Tilman Röhrig
Caravaggios Geheimnis

PIPER

Zu diesem Buch

Rom, 1593: Während die staunende Menge gebannt zusieht, wie in einer hochgefährlichen Aktion die goldglänzende Kugel auf der Kuppel des Petersdoms platziert wird, sinnt im Schatten Michelangelo Merisi, genannt Caravaggio, auf Rache. Nachdem der junge Maler kurz zuvor vom Architekten des Bauwerks höhnisch abgewiesen wurde, wird er zum Gespött bei den angesehenen Künstlern der Stadt. Mit seinen provozierenden Kompositionen aus Licht und Schatten, seinen fragwürdigen Modellen und seinem anstößigen Lebenswandel passt er so gar nicht zu den überheblichen anerkannten Meistern Roms. Bis es ihm eines Tages doch gelingt, die Kunstwelt Italiens in Erstaunen zu versetzen. Aber er schafft sich mit seinen umstrittenen Werken und seiner aufbrausenden Art Neider und Feinde. Sie sind zu allem bereit, um seinem Ruhm ein Ende zu bereiten. In die Enge getrieben, stößt er seine große Liebe zurück und begeht eine furchtbare Tat ...

Tilman Röhrig, geboren 1945, lebt in der Nähe von Köln. Nach seiner Ausbildung zum Schauspieler und Engagements an mehreren deutschen Bühnen arbeitet er seit über drei Jahrzehnten als freier Schriftsteller. Die größten Erfolge feierte er mit seinen historischen Romanen, die allesamt Bestseller und vielfach übersetzt wurden, zuletzt »Caravaggios Geheimnis«. Für sein literarisches Werk erhielt er zahlreiche Auszeichnungen, unter anderem den Großen Kulturpreis NRW.
Weiteres zum Autor unter: www.tilman-roehrig.de

Tilman Röhrig

Caravaggios Geheimnis

Historischer Roman

Mit einer Abbildung

Piper München Zürich

Mehr über unsere Autoren und Bücher:
www.piper.de

Von Tilman Röhrig liegen bei Piper vor:
Riemenschneider
Caravaggios Geheimnis
Die Schatten von Sherwood
Funke der Freiheit

Ungekürzte Taschenbuchausgabe
April 2011

vermittelt durch die Autoren- und Verlagsagentur Peter Molden, Köln
Umschlaggestaltung: semper smile, München
Umschlagmotiv: The Bridgeman Art Library,
nach einem Entwurf von Cornelia Niere, München
Autorenfoto: Peter von Felbert
Vorsatzabbildung: Michelangelo Merisi da Caravaggio:
Nativity with Saint Francis and Lawrence, 1609.
Palermo, Oratory of San Lorenzo. © 1990. Photo Scala, Florenz
Satz: Satz für Satz. Barbara Reischmann, Leutkirch im Allgäu
Papier: Munken Print von Arctic Paper Munkedals AB, Schweden
Druck und Bindung: CPI – Clausen & Bosse, Leck
Printed in Germany ISBN 978-3-492-26381-8

Prolog

Freitag, der 17. Oktober 1969. Seit dem Mittag hatte die Hitze ständig zugenommen. Dann waren Wolken träge vom Wasser her aufgezogen. Am frühen Abend legte sich der Wind. Bleiern hing der Himmel über Palermo.

In der Küche der kleinen Wächterwohnung über dem Oratorium San Lorenzo standen Maria und Martha Gelfi in ärmellosen Kitteln. Der Fernseher plärrte. Lauter noch als die Quizshow unterhielten sich die beiden Frauen zwischen Küchentisch und Kochstelle. Maria füllte Hand für Hand den gut gekneteten Teig in den Nudelwolf, die langen Spaghettischnüre drückten sich heraus und wurden von ihr über eine Stange zum Trocknen gehängt. Am Herd gab Martha Olivenöl in die hohe Pfanne. Zwiebeln, Knoblauch und Fenchelsamen lagen bereit. Sie nahm eine Wurst, ließ sie andächtig durch die linke Handfläche gleiten und presste dann mit geübtem Griff das Schweinemett aus der Haut in den Topf. Bald verbreitete sich der Duft nach Gebratenem und Gewürzen. Von draußen drang die Schwüle des Oktoberabends herein und mischte sich mit der Hitze des Herdes. Die Schwestern kümmerte es nicht, sie bereiteten das Lieblingsessen für den Papa vor: Pasta al sugo di salsicce. Dabei kosteten sie genüsslich von der Liebschaft zwischen dem Vetter und Lisa, der Tochter eines Fischers. Werden die beiden heiraten? Oder haben sie sogar schon vorher miteinander …? »Ganz bestimmt. Der Vetter will nur seinen Spaß.«

»Wie diese Lisa sich auch kleidet …! Nur enge Pullover. Will wohl wie die Loren aussehen.« Gleichzeitig stießen beide Frauen spitzes Hohngeschrei aus. »Niemals würde der Mastroianni sich ...« »Recht hast du. Unser Marcello gibt sich für so eine nicht her.« »Diese Lisa sieht aus wie eine Schlampe. Hast du gesehen, wie sie mit dem Arsch wackelt?« Maria drehte sich vor dem Nudelwolf mit ausschwingendem Gesäß einmal im Kreis. »Hast du das gesehen? Und noch schlimmer ...«

»Wie eine Henne, die auf den Hahn wartet. Ja, genau so eine ist die Lisa.« Martha probierte von der Soße, ließ die Schwester versuchen. Schwarzer Pfeffer fehlte und natürlich auch Salz.

Das offene Fenster knallte zu, fuhr auf. Draußen heulte jäher Sturm. Maria beugte sich hinaus, drehte den Kopf und schaute zwischen den eng stehenden Häusergiebeln nach oben zum Himmel. Da setzte Regen ein, pladderte, eine Böe trieb ihr das Nass ins Gesicht, sie musste sich gegen den Flügel stemmen, um ihn zu schließen. »Ein Sauwetter. Und ausgerechnet zum Wochenende, wenn der Papa zum Essen kommt.«

Einmal im Monat kam der greise Mann aus der Vorstadt von Palermo wieder ins Hafenviertel. Nach alter Gewohnheit wollte er erst zur Messe ins Oratorium, danach hinauf zu den Töchtern. Immer noch bezog er als Kustode das kleine Entgelt vom Orden. Ob er sein Amt übertragen und auch die Wohnung weitergeben durfte? Der Alte hatte niemanden um Erlaubnis gefragt, auch keinen von der Bruderschaft informiert, und da es bisher keine Nachfragen gab, war es so geblieben. Seit Papa Gelfi zu gebrechlich war, versahen die beiden Töchter an seiner statt den Dienst für die kleine Ordenskapelle San Lorenzo, direkt neben der größeren, der Klosterkirche des Franziskanerordens.

»Jesses, die Sintflut.« Martha blickte besorgt zum Fenster. Das Wasser prasselte nur so gegen die Scheiben. »Keine Katze würd ich jetzt vor die Tür jagen.«

Maria brachte die Flasche mit Marsala. »So ein kleiner Schluck? Was meinst du, Schwesterchen? So ein kleiner Schluck tut gut beim schlechten Wetter.«

Längst waren die Lichter hinter den Fenstern erloschen. Das Mitternachtschlagen von den Kirchtürmen war im Rauschen ertrunken. Und der Regen hörte nicht auf. Auf der kleinen Piazza San Francesco vor den Kirchen wuchsen Pfützenseen. Ströme flossen die engen Gassen hinunter.

Von der breiten Via Vittorio Emanuele bog eine Ape langsam im scharfen Winkel zur Via Parlamento ab. Gleich überflutete Wasser das kleine Vorderrad. Knatternd zwängte sich der dreirädrige Lieferwagen durch die Häuserschluchten, nahm an der Abzweigung zur Via Immacolatella neuen Atem, der Motor stotterte, heulte auf, und das Gefährt holperte weiter. Am Rande der Piazza stoppte die Ape vor den beiden Oratorien. Die Scheinwerfer verloschen. Nur das Licht der drei Laternen spiegelte sich schwach in den Pfützen, gab etwas Helligkeit.

Zwei Gestalten verließen den Wagen, lehnten die Seitenschläge nur an. Sie huschten über die Gasse zur Hofpforte von San Lorenzo. Der Größere schob einen Stahl zwischen die schmal-hohen Eichenflügel. »Los jetzt.« Zu zweit stemmten sie das Klingenblatt nach oben, innen wurde der Eisenriegel aus der Halterung gehebelt, schlug polternd gegen das Holz. Die Männer hielten inne, blickten an den Häuserfronten hoch. Nichts regte sich. Der Jüngere lief zur Ape, griff unter die Plane der Ladefläche und kehrte mit einer Leiter zurück. Nacheinander betraten sie den Innenhof, schlossen hinter sich die Pforte. Vor dem Brunnen nahmen sie rechts die wenigen Stufen zum Eingang des Andachtsraumes. Hier war die Tür nicht verriegelt.

Marino Mannoia zog eine Stablampe aus der Jacke. »Nur keinen Lärm jetzt«, er leuchtete seinem Helfer ins Gesicht. »Verstanden, Tonio?«

»Weiß schon Bescheid. Sorg dich nicht. Ist ja nicht das erste Mal …«

»Maul halten.« Der helle Strahl glitt über den Marmorboden, stieg die hölzerne Absperrung zum Altar hinauf, glitzerte kurz im unteren Rahmen des Bildes und erfasste den Kopf des im Stroh liegenden Christuskindes. Die Männer folgten dem Licht. Ohne Verabredung beugten beide vor dem Altar das Knie und bekreuzigten sich, murmelten »Amen« und küssten sich die Fingerkuppen. Unvermittelt geschäftig, griff Marino nach dem Kreuz und stellte es auf dem Stuhl neben der Sakristeitür ab. Tonio wartete ungeduldig, bis auch die beiden Leuchter und das Tuch in Sicherheit gebracht waren. Das Schaben der Leiter schnitt in die Stille. »Langsam«, zischte sein Partner. »Langsamer.« Er legte die Lampe beiseite. Gemeinsam hievten sie die Leiter auf den geheiligten Tisch, ließen sie vorsichtig nach hinten kippen, bis die Holmenden oberhalb des hohen Ölbildes an der Stirnwand lehnten.

»Denk dran, so dicht wie möglich am Rahmen.«

Tonio sprang auf den Altar, erklomm die Sprossen. Der Lichtkegel begleitete die langen Schnitte des Rasiermessers, träge bog sich die Leinwand nach vorn. Tonio reckte den Arm tief und tiefer, bis ganz hinunter aber vermochte er die Klinge nicht zu führen.

»Genug«, befahl Marino flüsternd. »Den Rest von unten.«

Kaum hatten sie die Leiter weggenommen, neigte sich das Gemälde tief über den Altar, blieb wippend hängen. Tonio huschte zur Stirnwand, schnitt die Leinwand vollends aus der Einfassung. Gleich wurde sie von Marino auf dem Marmorboden zusammengerollt und mit einem Strick verschnürt.

Geduckt verließen die Diebe den Andachtsraum. Von den überfüllten Dachrinnen schwappte Wasser, klatschte in den Innenhof, dazu pladderte der Regen. Nichts war zu hören vom Aufschwingen und Schließen der Hofpforte. Tonio lief mit der Leiter voraus zur Ape, hob die Plane, und Marino Mannoia musste rucken und drücken, bis das erbeutete Kunstwerk verstaut war. »Ich fahre.«

Der Motor tuckerte, heulte auf, setzte mit dem Gang wieder tiefer ein, und das dreirädrige Gefährt furchte durch die Regenseen vorbei am Oratorio dei Francescani. »Zünd mir eine an«, befahl der Fahrer. Tonio steckte ihm eine brennende Zigarette in den Mundwinkel. »War doch ganz einfach.«

»Erst wenn wir da sind, ist es vorbei.« Nach einem tiefen Zug blies Mannoia den Rauch aus dem anderen Mundwinkel wieder aus.

Die Ape zwängte sich in die Via Resuttana, heulte unter den von Haus zu Haus gemauerten Stützbögen her. Auf der Piazza della Magione nahmen die Lichter wieder zu. Straßenlaternen. Leuchtreklamen. Beim Abzweig in die Via Archirafi stoppte die Ape kurz, ließ den Bus passieren und fuhr ihm dann gemächlich in Richtung Botanischer Garten hinterher.

Neben einem düster schmutzigen Wohnhaus parkten die Diebe den Wagen in einem Holzschuppen. Wenig später brachten sie ihre in eine Decke gehüllte Beute mit dem Fahrstuhl hinauf zum vierten Stock. Marino spuckte Tabakreste auf den Boden. »Jetzt, Junge, jetzt haben wir es geschafft.« Oben angelangt, verließ er die Kabine als Erster. Rückwärts zog Tonio die unförmige zwei Meter hohe Rolle in den Flur. Zu langsam. Die Schiebetüren fuhren zu. Wolldecke und Bild verklemmten sich im Spalt. Der Junge zerrte, ruckte, schließlich befreite er das Gemälde und opferte dabei etwas von der Leinwand.

In Mannoias Wohnung wartete ein Gast, Sotto, teigfarben das Gesicht, die Augen leicht vorgequollen. Rasch erhob er sich vom aufgeschlagenen Feldbett, schloss den Gürtel seiner Hose. »Was ist? Sagt schon.«

»Gut ist es.« Francesco verzog den breiten Mund zu einem Grinsen. »War ein Kinderspiel.«

Sotto griff eilig nach dem Jackett, als dürfte er nur vollständig bekleidet einen Blick auf die Beute werfen. »Nun lasst es mich sehen.«

Ein Wink und Tonio streifte die Decke ab. Beim Anblick der Leinwandsäule erschauderte der Gast. »Ihr habt das Bild gerollt? Aufgerollt wie einen Teppich?«

»War sonst nicht zu transportieren.« Marino verschärfte den Ton. »Oder hast du geglaubt, wir schleppen es gleich mit Rahmen durch die Stadt? Jedes Plakat kaufst du gerollt mit einem Gummiband.«

Der Vergleich wog schwer wie eine Gotteslästerung. »Das, das ist beileibe kein Plakat«, flüsterte Sotto. »Das … das ist ein Caravaggio. Die ›Natività‹.«

Inzwischen hatte Tonio die Schnüre gelöst, langsam breitete er das Gemälde über dem Feldbett aus.

»Seht doch, das Kind …«, der Gast fiel auf die Knie, strich behutsam dem Jesuskind übers Haar. »Der Firnis ist gebrochen. Und an der Schulter von San Lorenzo ist Farbe abgeplatzt, auch San Francesco ist beschädigt. Gott sei Dank ist Sancta Maria unverletzt … Aber, da, da …« Die Hand tastete zum Engel, der, aus den Himmeln fallend, auf die Anbetungsgruppe hinabzeigte. »Der Flügel ist eingerissen.

Überall sind Knicke. Und da an der linken Ecke fehlt ein ganzes Stück vom Bild.« Sotto zückte das Taschentuch und trocknete sich die mit einem Mal schweißnasse Stirn. »Was wird mein Bruder sagen? Also ich ...« Furcht wuchs in seinem Blick, »ich werde es der Familie nicht überbringen.«

Jäh trat Mannoia einen Schritt auf ihn zu und ballte die Faust, beherrschte sich aber sofort. »Das war abgemacht. Wir holen das Bild, und du bringst es zum ehrenwerten Signor Venengo.«

»Niemals. Pietro wird toben. Das Gemälde ist beschädigt, O Madonna, was für ein Frevel ...«

»Hör auf zu jammern.« Unsicher geworden, beugte sich Marino nun selbst über das Bild. »So schlimm sieht das Bild nun auch nicht aus. Da und hier ein bisschen neue Farbe. Das lässt sich leicht ausbessern.«

Eifrig pflichtete ihm sein Helfer bei. »Unten im Schuppen. Da haben wir Pinsel und alte Farbtöpfe. Soll ich die raufholen ...?«

»Nein«, schützend hielt der Gast die Hände über Maria und das Kind. »Rührt sie nicht an. Sonst wird alles nur noch schlimmer. Vielleicht kennt der Bruder einen Restaurator. Aber ich frage ihn nicht.«

Marino Mannoia sank auf einen Stuhl. Fahrig nestelte er eine Zigarette aus der Schachtel, mehrmals schnippte das Feuerzeug, ehe die Flamme sprang. Zwei Züge, dann blies er den Rauch zur Decke. »Also müssen wir selbst ... Wenn du zu feige bist, dann müssen wir morgen das Bild selbst zum Ponte Ammiraglio schaffen. Aber deinen Anteil bekommst du nicht.«

»Einverstanden, ja, einverstanden.« Erleichtert seufzte Sotto. »Auch dafür, dass ich euch den Auftrag vermittelt habe, auch dafür verlange ich nichts.« Er blickte wieder auf das Gemälde. »Ihr Heiligen, verzeiht mir. Ich habe euch nicht so zugerichtet. Ich war's nicht ...«

»Maul halten«, blaffte Francesco und stieß die Zigarettenkippe in den Aschenbecher, zerquetschte die Glut.

Welch ein neuer Morgen! Keine Wolke war vom Unwetter zurückgeblieben. Klar hob sich das Gebirge in den Himmel, und am Hafen reichte der Blick weit über den Golf von Palermo. Erst am späten Mittag kehrten Maria und Martha mit prall gefüllten Tüten und gesättigt von Neuigkeiten vom Markt zurück. Frisches Brot, Käse, Gemüse, für den Nachtisch hatten sie Trauben gekauft, blaurote sonnengesüßte Trauben. Dem Papa sollte es beim Sonntagsmahl an nichts fehlen.

Die Pfützen vor den Kirchen waren getrocknet, und die Anwohner hatten den kleinen Platz, den Mittelpunkt ihres Viertels, längst vom Schlamm gesäubert. Stimmen drangen aus der geöffneten Bar, mit ihnen schwang leichter Duft nach Espresso nach draußen.

Die Schwestern betraten den Innenhof von San Lorenzo. Eine Erinnerung wollte sich nicht einstellen, unvermittelt spürte Maria ihr Herz, ehe sie den Pfortenflügel zuschob. »War heute Morgen der Riegel vor oder nicht?«

Martha blieb nicht stehen. »Aber sicher. Wir sperren mit ihm abends zu, und in der Frühe nehmen wir ihn wieder weg. Nun komm schon. Wir sind spät dran. Pater Rocco hat es ohnehin nicht gern, wenn der Andachtsraum erst am Samstagnachmittag geputzt wird.«

Mit breiten Besen, Wassereimern, Schrubbern und Lappen betraten die Frauen gegen fünfzehn Uhr das Oratorium. Nichts fiel ihnen auf. Wie gewohnt begannen sie von der Fensterwand her den Raum auszufegen, arbeiteten auf den Altar zu. Erst als sie den Stuhl erreichten, auf dem Kreuz und Leuchter standen, das bestickte Tuch über der Lehne hing, stockte Maria. »Hast du …?« Sie sah zum Altar, sah weiter hinauf. Die Augen weiteten sich, der Besen entglitt der Hand. »Porca miseria«, entfuhr es ihr. Der leere Rahmen … ein geöffneter Schlund, er hatte das Bild verschlungen. Sie bekreuzigte sich.

Martha folgte dem entsetzten Blick der Schwester und wich gleich einige Schritte zurück, schüttelte den Kopf, wehrte mit den Händen ab, dabei stieß sie kurze Wimmerlaute aus.

Maria begriff, und Schmerz durchfuhr sie, ihr schriller Schrei hallte durch den Andachtsraum. »Da! Weg, sie sind weg. Das Kind, die Mutter, die Heiligen, der Engel, alle sind sie weg. Das Bild ist gestohlen. O Madonna, wie schrecklich.«

»Komm, wir laufen weg.« Martha zerrte die Schwester am Ärmel. »Wir haben nichts gesehen.«

»Aber wir … wir sind doch die Wächter … wir beide. O Unglück, was wird nun?« Die Frauen sahen sich furchtsam an.

»Polizia?«, hauchte Martha.

Maria nickte.

»Gefängnis?«

Maria zuckte nur mit den Schultern. Wie Verurteilte vor dem Schwersten suchte eine Schwester die Hand der anderen, so verließen sie die Kirche. Im Innenhof blieben sie vor der Pforte stehen, atmeten noch einmal tief, dann traten sie nach draußen.

Die freundliche Begrüßung in der Bar erwiderten sie nicht. Maria bat um eine Telefonmünze. »Muss die Polizia anrufen«, flüsterte sie.

Der Wirt runzelte die Stirn, vergewisserte sich hastig, viel zu laut: »Die Polizia?«

Sofort stockten alle Gespräche. Jeder Gast spähte wachsam hinüber, beobachtete, wie Maria am engen Durchgang zu den Toiletten die Münze einwarf, den Hörer abnahm und wählte. »L'han levato … L'han levato. Portati via … tutti …« Sie musste ihren Namen nennen, die Adresse. Dann wiederholte sie: »Entführung. Hilfe, bitte. Nein, gar keiner ist mehr da. Sie haben sie weggeschleppt … Vom Altar … Ja, alle … Ja, danke. Ja, wir warten, meine Schwester und ich.«

Sie hängte vorsichtig den Hörer ein.

Sofort erkundigte sich der Wirt: »Kommt die Polizia?«

»Sind schon unterwegs, sagte der Mann.«

Unruhe entstand, keine wirkliche Hast, beinah jeder Gast aber hielt, noch ehe er an der Kasse war, das Geld abgezählt in der Hand. Wenig später hatte sich die Bar geleert. »Hier drinnen solltet ihr nicht bleiben«, freundlich, aber bestimmt bat der Besitzer auch die Frauen mit einem Wink zur Tür. »Es ist besser, wenn …«

Beide verstanden und schlurften hinaus und quer über den kleinen Platz. Vor dem Eingang zum Oratorium stellten sie sich wie zwei Verlorene hin und erwarteten ihr Schicksal.

Geheul, weit entfernt vom Osten her. Neues Geheul, diesmal aus Richtung der Via Emanuele. Gleichzeitig setzten Sirenen vom Hafen und vom Süden her ein … gemeinsam wurden sie lauter, kamen näher, das schrille Auf und Ab lärmte in den Häuserschluchten, näher und näher, blaue Lichter blinkten, blendeten, aus jeder Gassenmündung brachen die Wagen hervor, stoppten auf der Piazza, mehr und mehr kamen dazu. Jetzt war Lärm überall.

Maria fühlte die Knie schwach werden, sie sank auf die Stufen vor der Pforte, und Martha hockte sich daneben. Eng drängten die Frauen zueinander.

»Maria Gelfi?«

Sie hob den Kopf. »Ich.«

»Signora? Haben Sie angerufen?«

Nicken.

»Eine Entführung?«

Maria sah zu dem Mann auf, sah hinter ihm Polizisten, die ihre Maschinenpistolen, mit beiden Händen gefasst, quer vor der Brust hielten. »Commissario?«

»Beruhigen Sie sich, Signora. Wir sind jetzt da. Beantworten Sie einfach meine Fragen. Es handelt sich also um mehrere Personen? Und wie der Kollege verstanden hat, sind sie aus dem Oratorium entführt worden.«

»Vom Altar.«

»Verwandte?«

Erschreckt wehrte Maria ab. »Nein, nein, so schlimm nicht ...«

»Also sind Sie mit den Personen nur bekannt.«

Nun wagte sich Martha mit halblauter Stimme zu Wort: »San Francesco war dabei, San Lorenzo und ein Engel und noch zwei Hirten. Ja, und die Heilige Familie mit dem Kind.«

Der Mann runzelte die Stirn. »Ich verstehe nicht.«

»Das Bild. Alle waren sie auf dem Bild. Und nun ist es gestohlen.«

Maria bestätigte es mit einem tiefen Seufzer. »Sie haben unsere schöne ›Natività‹ geraubt.«

Langsam nahm der Commissario die Mütze ab, seine Haltung verlor an Schnittigkeit. »Also nur ein Diebstahl.« Nach einer Gedankenpause straffte er sich aufs Neue, wandte sich um, Befehle, kurze Pfiffe mit der Trillerpfeife, und die meisten der Polizisten kehrten zu ihren Wagen zurück, verließen unter Sirenengeheul und Blaulicht den Platz.

»Signora Gelfi.« Kein Mitgefühl mehr, kalt und nüchtern war die Stimme. »Führen Sie uns zum Tatort.«

Beide Frauen erhoben sich.

»Nein, nur Signora Gelfi.«

Martha nickte. »Schon richtig. Wir sind Schwestern, verstehen Sie.«

Ärgerlich winkte er ab.

Sie führten die Beamten durch den Innenhof, an der Kirchentür befahl der Commissario den Frauen zu warten. Nur ein kurzer Moment, gleich kam er mit den Kollegen wieder nach draußen. »Wenigstens stimmt diese Aussage. Es ist ein Diebstahl. Wer hat das Bild gemalt?«

»Unser Michelangelo …«, weiter kam Maria nicht.

»Michelangelo? Madre dio, ein großer Raub.« Neue Spannung straffte den Commissario. »Keiner rührt etwas an.« Wie Hühner scheuchte er die Frauen aus dem Innenhof. Sie sollten sich vor der Pforte zur Verfügung halten. »Wann haben Sie das Bild zuletzt gesehen?«

»Weiß nicht …«, kaum sah Maria den drohenden Blick, verbesserte sie rasch. »Doch, gestern. Freitag. Ja, genau, am Morgen war es noch da.«

Der Commissario stellte einen Agente zur Bewachung des Oratoriums ab. Den anderen befahl er: »Auf geht's. Fragt, ob jemand letzte Nacht etwas gehört oder beobachtet hat.« Er deutete zu den Häusern. »Von überall ist der Eingang hier gut sichtbar. Ich muss wohl den Soprintendente verständigen.« Er warf sich auf den Beifahrersitz seines Wagens und griff zum Hörer.

Die Beamten verteilten sich. Kaum näherten sie sich einem Gebäude, wurden über ihnen leise die Fenster zugedrückt. Niemand reagierte auf ihr Klopfen oder Klingeln, wie stumm und blind umstanden die Hausfronten den Platz des heiligen Franziskus.

Der Commissario verließ seinen Wagen, kehrte zu den beiden Frauen zurück, Zorn rötete sein Gesicht. »Kein Michelangelo. Maledetto!« Er presste die Fingerkuppen seiner rechten Hand zusammen, so drohte er ihnen. »Caravaggio. Es ist die Natività von Caravaggio.«

»Sag ich doch«, flüsterte Maria. »Michele …«

»Schweig!« Abrupt wandte er sich um. Seine Männer berichteten ihm von dem erfolglosen Versuch, bei der Nachbarschaft zu fragen, und die Laune verdüsterte sich noch mehr. »Drüben … Erkundigen wir uns in der Bar.«

Der Wirt hatte das Schild von ›offen‹ bereits auf ›geschlossen‹ gedreht, aber die Tür noch nicht verriegelt. Zu spät. Es blieb ihm nur Freundlichkeit, er servierte den Polizisten Espresso, auf ihre Fragen jedoch antwortete er nur mit erschrecktem Staunen oder Schulterzucken.

Nach einer Stunde näherten sich erneut Polizeisirenen. Eskortiert von zwei Wagen, stoppte der schwarze Alfa vor den Kirchen. Noch ehe der oberste Denkmalpfleger der Provincia di Palermo den Fond verlassen konnte, stand der Commissario mit seinen Männern neben dem Auto.

Ein schlanker, dunkel gekleideter Mann, angegraute Schläfen, die steile Stirnfalte zwischen den Brauen zeigte, wie besorgt Dottor Vincenzo Scuderi war. Mit kurzem Handheben erwiderte er den Gruß. »Ist die Presse schon da?«

Der Commissario verneinte.

»Das ist gut. Keine Meldung geht raus ohne meine Erlaubnis. Ich will mir erst einen Eindruck verschaffen, ehe ich mit den Reportern rede.« Der Soprindentente ging schon in Richtung Pforte, mit Blick auf die Frauen erkundigte er sich: »Sind das die beiden Kustodinnen?«

»Ja, Dottore.«

»Sie sollen mitkommen.«

Im Innenhof wandte er sich ihnen jäh zu. »Signore, wissen Sie, welchen Wert dieser Caravaggio hat? Welchen Schatz Sie hier bewacht haben? Nein? Nun ich will es Ihnen sagen: Der Wert des Gemäldes beläuft sich auf gut acht Milliarden Lire. Acht sage ich, und womöglich ist es noch viel mehr wert.«

Maria spürte, wie das Elend nach ihr griff, sie vermochte nichts zu antworten, ihre Lippen zitterten. Heilige Mutter, so hilf, flehte sie stumm. Es geht doch nicht nur um uns. Sobald er herausfindet, dass der Papa immer noch der Wächter ist … o nein, das überlebt der Papa nicht. Als Maria das Oratorium betrat, hoffte sie einen Moment, alles wäre nur ein schlimmer Traum. Schon aber versteifte sich vor ihr der Rücken von Dottor Vincenzo Scuderi. Langsam sah sie auf, folgte seinem Blick. Oberhalb des Altars hing der Rahmen vor dem rissigen Mauerwerk, sein Goldrand wurde zur Schwelle, lockte hinein ins Schwärzliche …

I

Zu Beginn war dunkle Leere, dann aber hob sich der Vorhang und weit entfernt schimmerte Licht. Es kam näher. Eine Glocke schlug, hell, hart, immer wieder. Ein Pferd schnaubte. Karrenräder knirschten über den Kies.

»Michele!«

Es ist der 22. Oktober des Jahres 1577. An diesem Dienstagmorgen hatte sich der Frühdunst über der Ebene nur zäh aufgelöst.

»Michele!«

Er beachtete das Rufen nicht, wollte es nicht. Immer wieder schlug er den langen Stock auf die niedrige Steinmauer. Neben ihm versuchte sein kleinerer Bruder Giovan Battista mit einer Rute den Rhythmus nachzuahmen. Stumm weinte Michele. Das Bild verschwamm vor den Augen. Der Totenwagen rollte vom Innenhof. Zwei Särge, beladen mit Blumenranken, an den Eckholmen der Ladefläche steckten schwarze Federbüschel, das Pferd nickte, und der schwarze Federbusch über der Mähne fuhr auf und nieder. »Großvater«, flüsterte der Sechsjährige. »Geh nicht fort … Geh nicht fort.« Um den Vater im anderen Sarg weinte er nicht, zu selten war Fermo Merisi von den Baustellen in Mailand herausgekommen. Die beiden Jüngsten hatten der Maurer und seine Frau Lucia in der kleinen Stadtwohnung bei sich behalten. Michele und die ältere Halbschwester aber lebten hier draußen bei den Großeltern in Caravaggio. Caterina war fleißig, half im Haus und war stets bemüht, der Großmutter zu gefallen.

Ganz anders Michele. Allein die Sonntagsschule, das Lernen der

Zehn Gebote, das Aufsagen des Vaterunsers und das lästige Malen der Buchstaben warf einen Schatten, sonst aber spielte er unbeschwert in der Sonne und der Weinhändler liebte den Enkel, verwöhnte ihn und freute sich sogar über dessen Wildheit. Das Prinzsein jedoch hatte im letzten Jahr jäh ein Ende gefunden, als Fermo Merisi samt Frau und den beiden Kleinen vor der Pest aus Mailand geflohen war und von da an mit im Hause des Weinhändlers wohnen musste. Der Platz im gemeinsamen Kinderbett wurde enger, und die Mutter achtete in der Küche streng darauf, dass jedes Honigbrot gerecht durch vier geteilt wurde. Nur hin und wieder hatte Großvater Merisi den Enkel noch allein mit auf den Kutschbock genommen. Diese Fahrten zu den Weinbauern in der Gegend waren Glückstage gewesen.

»Michele! Du sollst reinkommen, sagt deine Mutter.« Im sauberen Kittelkleidchen stand Paola nahe dem Brunnen, das dunkle, fast schwarze Haar in der Mitte gescheitelt, die Locken ringelten sich bis über die Schultern. »Michele, so hör doch. Auch Gianni soll kommen.« Paola war die Nachbarstochter, zusammen besuchten sie und Michele die erste Klasse der Sonntagsschule. Paola saß in der vordersten Reihe auf der Mädchenseite, und ihr direkt gegenüber hockte der wildlockige Enkel des Weinhändlers. Wie oft hatte er ihr, unbemerkt vom gestrengen Pater, hinter vorgehaltener Hand Grimassen geschnitten, die braunschwarzen Augen verdreht, die vollen Lippen mal zum Kuss gespitzt, dann wieder die Zähne wie ein Raubtier gefletscht, bis sie in Kichern ausbrechen musste und damit den Unterricht störte. Trotz Ermahnungen und sogar Strafen konnte Paola den Blick nicht von ihm lassen, ließ sich immer wieder zum Lachen verführen, und in der Woche erfand sie die sonderbarsten Gründe, um möglichst oft das Anwesen des Weinhändlers besuchen zu können. Großmutter Merisi sah es mit Schmunzeln, wenn zur Essenszeit die kleine Nachbarstochter sich einen Schemel zwischen die Geschwister zwängte, um neben dem Enkel zu sitzen, und gab auch ihr vom Brei aus der großen Schüssel.

»Michele! So hör doch. Die Beerdigung geht gleich los.«

Heftiger hieb er den Stecken auf die Steine. Draußen brachte der Knecht den Leichenwagen vor dem Säuleneingang der Weinhandlung zum Stehen. Dahinter sollte sich der Trauerzug formieren. Wie auf einen unsichtbaren Wink hin näherten sich aus den Gassen Frauen und Männer, dunkel gekleidet, die Mienen ernst.

»Michele!«

Der Ruf erreichte ihn, schmerzte in den Ohren. Michele! Dazu der helle Glockenschlag. Michele. Glockenschlag! »Michele!«

Er ließ den Stock fallen, bückte sich. Er zielte nicht, schleuderte den Stein mit aller Wucht in Richtung des Mädchens. Paola riss die Arme hoch, schrie und stürzte rücklings zu Boden. Das Schreien brach ab, eine Ewigkeit bis zum Atemholen, dann schrie und jammerte sie erneut. Entsetzt starrte Michele ins vorwurfvolle Gesicht des kleineren Bruders. »Nichts hab ich getan. Nichts.« Er hastete zu ihr, warf sich neben sie auf die Knie. Ihre Oberlippe schwoll an, aus dem tiefen Riss bis zur Nase pulste das Blut. Paola presste die Hand davor, wischte sie durchs Gesicht, weinte, dann schrie sie wieder.

Er schob eine Hand unter ihren Kopf. »Nicht. Bitte nicht.« Hilflos streichelte er ihr über die Stirn. »Ich wollte es nicht.« Seine Stimme bebte. »Ich wollte es doch nicht.« Er wandte sich zum Bruder. »Hole Großmutter, schnell.« Giovanni rannte ins Haus.

Michele beugte sich über das blutverschmierte Gesicht. »Verrate mich nicht. Bitte.« Aus geweiteten Augen sah Paola zu ihm auf, schluchzte: »Es tut so weh.«

»Nicht verraten. Bitte, bitte.«

Schon in Trauerkleidung, kamen Großmutter, Schwiegertochter und Paolas Mutter zugleich aus dem Haus gestürzt. Im Lauf lüfteten sie die Gesichtsschleier. Während die Nachbarin ihr Kind auf die Arme hob, riss Lucia Merisi den Sohn an den Haaren. »Was hast du getan?« Ehe er antworten konnte, ohrfeigte sie ihn. »Mit Steinen werfen! Und das am Tag, wenn dein Vater und dein Großvater ins Grab gelegt werden. Schämen sollst du dich.«

»Nichts hab ich getan«, heulte er. »Gianni lügt. Er lügt. Paola ist gefallen. Frag sie doch.« Michele riss sich los. Die Nachbarsfrau trug ihre Tochter zur Hintertür. Er lief ihnen nach. »Sag's. Hab ich geworfen, oder bist du gefallen? Sag's ihnen.«

Wieder blickte Paola ihn aus den großen Augen an. »Gefallen ...«, wimmerte sie. »Hingefallen.«

»Da hörst du's!«, schimpfte Michele seine Mutter an.

Nun griff Großmutter Merisi ein. »Schluss damit. Schlimm genug, was geschehen ist. Lasst uns rasch das Kind versorgen. Wir müssen zum Friedhof. Draußen warten schon die Leute.«

Paola wurde auf den Küchentisch gelegt. Die Wunde blutete heftig. Mit feuchten Tüchern reinigten die jungen Frauen Gesicht, Kinn und Hals. »Michele.« Ernst blickte ihn die Großmutter an. »Du gehst in den Keller. Und nimm die Lampe mit.« Sie reichte ihm eine flache Schüssel. Er sollte Spinnweben, ohne sie zu zerstören, aus den Ecken lösen und heraufbringen. »Aber beeil dich. Sonst verblutet uns deine Freundin noch.«

Er hastete zur Steintreppe. Zum ersten Mal fürchtete er sich nicht, allein in die Dunkelheit hinabzusteigen. Auch hatte er keine Angst vor den übergroßen Schatten der Weinfässer, die sich bewegten, sobald die Lampe an seiner Hand schwankte. Spinnen fürchtete er schon lange nicht mehr. »Die beißen nicht«, hatte Großvater Merisi gesagt und sich große Langbeiner durchs Haardickicht der Arme klettern lassen. Michele löste einige Netze von den feuchten Steinen und brachte sie nach oben.

Leise summte die Großmutter für Paola eine Melodie, lächelte tröstend in den schmerzvollen Blick und legte die Spinnenetze über den klaffenden Riss.

»Rotwein.« Lucia reichte ihr die Schale.

Die Tropfen festigten das Gewebe, und der Blutfluss stockte.

»Jetzt das Leinen.« Tupfer bedeckten die Wundränder, ein schmaler Leinenstreifen darüber sollte sie enger zusammenhalten und wurde von der Großmutter hinter dem Kopf gebunden. »Das muss fürs Erste genügen« Während sie die Hände in der Schüssel wusch, blickte sie über die Schulter zur Nachbarin. »Du kannst das Kind in unserer Stube hinlegen. Besser, es bewegt den Kopf in der nächsten Stunde so wenig wie möglich. Wenn wir heimkommen ...« Mit aller Schwere kehrten Trauer und Verlust zurück. Die alte Frau musste atmen, ehe sie weitersprechen konnte. »Wenn ich meinen Merisi und meinen Jungen ins Grab gelegt ...«

Die Schwiegertochter kam weinend zu ihr. »Mama.«

»Nur jetzt nicht heulen, sonst schaffen wir es nicht aus der Küche. Da draußen warten meine anderen Buben und auch dein Vater mit den Männern aus deiner Familie. Die stützen uns nachher, dann ist es leichter mit den Tränen.«

Eng nebeneinander gingen die Frauen zur Tür, Caterina folgte mit den beiden jüngsten Brüdern. Michele sah voller Reue zur Mutter von Paola auf. »Es tut mir leid. Auch wenn ich nichts getan hab.« Unbeholfen leicht streichelte er dem Mädchen über die Stirn. »Wird wieder gut.« Dann rannte er den Geschwistern nach.

Der Zug nahm nicht den direkten Weg. Im Bogen zog er von der Porta Seriola über die breiteren Straßen hinüber zum Marktplatz und hielt vor dem Palast des Fürsten. Nach stummem Gruß für die Witwen und Trauerfamilien reihte sich Francesco Sforza, Herzog von Mailand und Caravaggio, mit seiner jungen Frau Costanza Colonna neben Bürgermeister und Stadträten ein. Auf dem letzten Stück bis zur Stadtkirche schlossen sich mehr und mehr Bürger an. Niemand wollte fehlen, sie alle wollten den Toten die letzte Ehre erweisen. Vor dem Portal empfing der Priester die Trauergemeinde im wehenden Gewand.

Michele sah den sich aufbauschenden Rock und zog gleich die beiden jüngeren Brüder hinter die große Schwester. »Aufgepasst«, flüsterte er und spähte an Caterinas Arm vorbei. Dann vorsichtige Erleichterung. »Ihr braucht keine Angst zu haben. Er hat keinen Schnabel und auch keinen Stock.« Trotzdem wagten sich die Kleinen nicht wieder vor, tappten hinter Caterina her in die Kirche. Zu tief nisteten noch Schreck und Todesangst vor dem furchtbaren Vogelmenschen.

»Requiem aeternam dona eis, Domine.«

»Et lux perpetua luceat eis. Amen«, entgegnete die Gemeinde.

Der Priester hob den Blick hinauf. »Deus, cui proprium est misereri semper et parcere, …«

Kaum vierzehn Tage war es her. Michele schwoll als Erstem die Wange, dann auch der Hals, rot glühend und hart beulten sich die Verdickungen. »Mein Kopf tut weh.« Mutter Lucia schickte den Sohn zu Bett. Als wenig später auch Giovan Battista über heftige Schluckbeschwerden klagte und sich Rötungen zeigten, erschrak sie und dachte an Mailand, an die Flucht vor einem Jahr. Am Abend dann jammerte auch ihr Jüngster. Alle drei Söhne fieberten in der Nacht, weinten vor Schmerzen. Die besorgte Mutter saß aufrecht im Nebenraum. »Hat uns die Pest doch eingeholt?«

Fermo Merisi versuchte zu beschwichtigen: »So viele Monate wartet der Schwarze Tod nicht. Der holt sich seine Opfer gleich.«

»Aber ich kenne doch die Anzeichen.« Lucia bekreuzigte sich, murmelte ein Gebet, schlug wieder das Kreuz. Am nächsten Tag verschlimmerte sich der Zustand ihrer Kinder weiter. Pietro, dem Jüngsten, schwoll nun auch der Bauch. Und Michele konnte den Nacken nicht mehr bewegen.

»Müssen wir es nicht sagen?«

»Noch nicht«, bestimmte der Schwiegervater. »Noch warten wir ab.« Sobald auch nur das Gerücht aufkam, würde die Weinhandlung vom Rat geschlossen werden. Das weiße Zeichen an der Tür wäre das Ende. »Wir dürften nicht mehr hinaus.« Und kein Nachbar, auch kein Freund würde sich auch nur in die Nähe wagen.

Großmutter Merisi schlug vor, den Pestarzt aus dem benachbarten Treviglio heimlich herzubitten. »Nur der kann genau feststellen, was die Kinder haben. Wenn wir ihn gut bezahlen, schweigt er und hilft vielleicht sogar. Und wir können selbst entscheiden, ob und wann wir zum Rat gehen.«

Am nächsten Morgen, kurz nach Öffnen der Tore, ritt der Arzt in Caravaggio ein. »Will den alten Merisi zur Ader lassen.« Die Wächter argwöhnten nichts und winkten ihn vorbei. Erst im Wohnhaus der Weinhandlung öffnete er den großen Koffer und legte die Schutzkleidung an. So betrat er den halbdunklen Schlafraum.

Michele sah den Riesenvogel mit dem langen spitzen Schnabel, die dunklen Augenlöcher im wulstigen Kopf, das mächtige gelbliche Kleid, steif aufgebläht schaukelte es nach vorn und zur Seite. Ein süßlicher Geruch verbreitete sich. Auch die Brüder entdeckten das Ungeheuer, keiner vermochte zu schreien. Es näherte sich, schwang einen langen Stab in der rechten Kralle. Stärker wurde der Geruch nach verfaultem Sellerie. In höchster Not verbarg sich Michele mit den Kleinen unter der Decke.

Da vernahmen sie die schnarrende Stimme: »Zeigt euch. Nun zeigt euch.«

Nichts, die Kinder rührten sich nicht.

»Werdet ihr wohl!« Die Decke flog davon. Zitternd lagen die Knaben nebeneinander. Der Vogelmensch baute sich vor dem Bett auf, mit dem Stab tippte er Michele ans Bein. »Du zuerst. Zieh das Hemd aus.« Er wartete nicht ab und versetzte dem Jungen einen Hieb. »Wird's bald!«

Michele gehorchte. Die Stockspitze fuhr über seine Leisten, in die Achselhöhlen, dann stieß sie gegen die dick geschwollenen Halsseiten, fester. Er jammerte vor Schmerz. Endlich ließ das Ungeheuer von ihm ab und unterzog die Brüder der gleichen Behandlung. Als es den Raum wieder verließ, schluchzten alle drei.

Von draußen hörten sie das vergnügte Gekrächze des Vogelmenschen und weinten lauter, doch weder die Mutter noch der Vater kamen, um zu trösten.

»Kein Schwarzer Tod«, versicherte der Arzt den Eltern, dabei warf er die Handschuhe in den Koffer. »Es ist die Ohrbeulen-Krankheit. Sie wird nicht von Haus zu Haus springen.« Er streifte die Kapuze mit der angenähten Brille vom Kopf und zog die lange Schnabelnase ab. In ihr hatte er Engelwurz zum Schutz des eigenen Atems getragen. Er übergab das Säckchen an Großmutter Merisi. »Signora, sorgt dafür, dass dieses Kraut im Haus verteilt wird. Auch empfehle ich dringend, dass alle Räume mit Wacholder ausgeräuchert werden.« Nach guten Ratschlägen gegen das Fieber hatte er den in Wachs getränkten Mantel gefaltet und sich vom Weinhändler entlohnen lassen. Beim Anblick der Münzen war Glanz in seine Augen gestiegen. »Solltet Ihr es wünschen, sehe ich in einigen Tagen noch einmal vorbei.«

»Einverstanden. Und kein Wort zu den Nachbarn.«

»Ich schweige. Seid versichert, ich schweige.«

Vorn am Altar legte der Priester Weihrauch ins Räucherfass, träge stieg eine Wolke und der Geruch breitete sich aus.

»Kyrie eleison«, sang der Knabenchor von der rechten Seite. »Criste eleison«, antworteten die hellen Stimmen gegenüber. »Kyrie eleison«, priesen sie gemeinsam.

»Pater noster …«

Im Schutz der Schwester hielt sich Michele die Nase zu. Genauso hatte es im Haus gerochen, nachdem der Vogelmensch davongeflogen war. Am nächsten Mittag hatte sich Fermo Merisi unwohl gefühlt, sein Hals schwoll an. Das Sprechen war ihm schwergefallen. »Es ist nichts …« Er musste sich niederlegen, auch der Weinhändler spürte die Halsseiten anschwellen, auch ihn befiel hohes Fieber. Seine Gattin ließ sofort den Arzt aus Treviglio kommen, und wieder hatte er seine Diagnose gestellt: »Der Schwarze Tod ist es nicht.«

Die Kinder gesundeten noch in derselben Woche, die beiden Männer aber waren ans Lager gefesselt geblieben. Die Schwellung befiel auch die Hoden. Fieber und qualvolle Schmerzen hatten von Stunde zu Stunde zugenommen. Keine Medizin schlug an, selbst der schließlich herbeigerufene Leibarzt des Fürsten vermochte nicht zu helfen. Und zwei Tage zuvor, am Sonntag, dem 20. Oktober, waren Vater und Sohn der Krankheit erlegen.

»Oremus«, forderte der Diener Gottes die Trauergemeinde auf. Caterina blickte sich nach den Brüdern um. Alle drei hielten sich die Nasen zu. Mit flinkem, geübtem Schwung knuffte die Schwester jeden am Hinterkopf, und gleich legten die Geschwister folgsam die Hände zum Gebet aneinander.

»Fac, quaesumus, Domine, hanc cum servo tuo defuncto misericordiam, …«

Nicht sprechen, nur nicht. Michele schlich auf Zehenspitzen ins helle Studio. Der hagere alte Mann blickte kurz vom Zeichenbrett auf. Kein Nicken begrüßte den Jungen, allein im Blick erwachte ein Lächeln und vertiefte kurz die Falten um die Augenwinkel, dann beugte er sich wieder über die Arbeit. Der Zehnjährige schlich näher und bestaunte, was dort auf dem Papier entstand. Mit einer Straße hatte es gestern begonnen, jetzt waren noch Gebäude, Brücken und Bäume hinzugekommen. »Nicht sprechen. Nichts berühren.« Diese strikten Gebote galten für das Studierzimmer und das angrenzende Studio im ersten Stock und sollten die Enkel abhalten, unbedacht hereinzustürmen.

Zwei Jahre nach dem Tod ihres Gatten und ihres Schwiegervaters war Lucia mit den Kindern ins geräumige Haus der eigenen Eltern nahe der Porta Folcero umgesiedelt. Allerdings waren Geschrei, Unordnung und Herumtollen mit eingezogen und hatten das vornehme, inzwischen auch etwas ruhigere Leben des angesehenen Landvermessers Giovan Giacomo Aratore und seiner Gemahlin in neue Aufregung versetzt.

»Der andere Großvater ist ganz anders als Großvater Merisi.« Dies hatte Michele in den letzten beiden Jahren nicht ohne Tränen lernen müssen. Es gab keine Nachsicht, kein Verwöhnen mehr. Für Ungehorsam oder gar mutwillige Zerstörung setzte es abgezählte Stockhiebe, und jedes Lob musste verdient werden. Seine Geschwister fürchteten die Strenge und hielten sich an Mutter, Tante Margherita oder die Nonna, Michele aber fühlte sich zu dem ernsten Mann hingezogen, wollte, brauchte wieder einen Großvater.

In kurzen Bögen zeichnete Giacomo Aratore das Blattwerk der Bäume rechts und links der Allee hinaus zum Heiligtum der Stadt, dem Santuario di Santa Maria della Fontana. Als Verwalter der herzoglichen Güter war er beauftragt, genaue Lagepläne von Stadt und Umgebung anzufertigen. Michele schob sich näher an den Tisch heran, zur Sicherheit versteckte er die Hände auf dem Rücken, gerade mal Kopf und Hals ragten über die Kante, zwischen seinen halb geöffneten Lippen zeigte sich die Zungenspitze, so lauschte er dem Kratzen und Streichen und verfolgte jede Bewegung des Kohlestiftes. Auch die Bäume vor der Wallfahrtskirche trugen jetzt bauschige Kronen. Der Landvermesser richtete sich auf, überprüfte mit Stab und Zirkel die Länge der Allee und war zufrieden.

Dieser Moment des Ausatmens verführte. »Kannst du auch ein Pferd?« Gleich presste Michele die Hand vor den Mund, doch zu spät, er hatte gegen das Gebot verstoßen.

Der Großvater sah ihn an. Mit stummem Blick bat der Enkel um Verzeihung. Da glättete sich die steile Falte auf der Stirn. Ohne ein Wort nahm der Landvermesser einen neuen Papierbogen, legte ihn neben die Lageskizze auf den Tisch. Schnelle Striche, und schon rollte eine Kutsche über Steine. Davor spannte er einen Hengst, den Kopf nach vorn gereckt, Schaum flog vom Maul, die Mähne wehte …

Michele lachte.

Weit griffen die Hufe aus, der Schweif im Fahrtwind erhoben …

Michele hörte das Brausen, das Rattern der Räder und klatschte in die Hände. Nicht genug, jetzt hockte auch ein Kutscher auf dem Bock, hielt die Zügel und schwang die Peitsche. »Mehr«, jubelte der Junge, vergaß alle Gebote. Großvater war ein Zauberer und der Kohlestift sein Wunderstab. »Wohin fahren wir?«

Gleich entstand die Antwort auf dem Papier. Eine Wehrmauer, dahinter Hausdächer. Die Kutsche hielt direkt auf das turmhohe Stadttor zu. Die Zugbrücke war heruntergelassen. Wachposten patrouillierten mit langen Büchsen über der Schulter.

»Das ist …« Michele wagte sich mit dem Zeigfinger über die Zeichnung. »Das ist unser Tor. Die Porta Folcero …« Überwältigt seufzte der Junge und schmiegte den Lockenkopf an die Seite des Zauberers. »Du bist mein Großvater…« Einen Moment war nur gute Stille. Erst beim Räuspern über ihm löste sich Michele und trat einen Schritt zurück. »Ich weiß, ich darf nicht sprechen.«

»Heute gilt eine Ausnahme.« Die Hand wuschelte kurz durchs Haar. »Es hat mir gutgetan, nach all den starren Plänen mal etwas Lebendiges zu zeichnen.«

»So schön wie du kann das keiner.« Michele ließ die Finger dicht über der Mähne des Hengstes auf und ab hüpfen und ahmte den Galopp mit dem Zungenschlag nach, dazwischen wieherte er und schnaubte.

Leise lachte der Großvater. »Ich weiß einen Mann, der kann wirklich malen, viel besser, als es mir vergönnt ist.«

Gleich winkte der Enkel ab. »Das glaub ich nicht.«

»Doch, doch. Er verschönt die Wände drüben in unserer Stadtkirche. Maestro Bernardino Campi. Das ist ein Künstler …« Kurz zögerte der Landvermesser, dann hatte er sich entschieden. »Ich werde dafür sorgen, dass du ihm zusehen darfst. Allerdings musst du ruhig dasitzen und nur schauen. Und darfst nur reden, wenn du gefragt wirst. Versprichst du es?«

Der Junge nickte eifrig.

Seit einem Monat war das Gotteshaus während der Woche tagsüber geschlossen, und am Abend wie auch sonntags verhüllte ein großes Tuch die Sakramentskapelle. Kaum ein Kind in Caravaggio zog es freiwillig zur Kirche, erst seit der Strick das Eingangsportal versperrte und des Morgens nur der bärtige Maler mit einem Maurer hineinging, erst jetzt war die Neugierde geweckt. Was taten die Männer dort? Nichts war durch die Ritzen des Eichenportals zu erkennen, selbst wenn ein Junge auf den Schultern des Freundes stand, blieben die Kirchenfester unerreichbar. Und nun sollte Michele ins Geheimnis eingeweiht werden. Auf die neidischen Gesichter der anderen freute er sich, und nur wenn sie ihn inständig bitten würden, wollte er berichten, was er gesehen hatte.

Frühmorgens herrschte noch Kühle im hohen Kirchenschiff, und auch in der angrenzenden Sakramentskapelle war es frisch, obwohl die Sonnenstrahlen durchs Ostfenster fielen und den Raum in mildes Licht tauchten. Michele rieb sich die Arme warm. Von zu Hause hatte er einen dreibeinigen Schemel mitgebracht, darauf hockte er zusammengekauert neben dem Altarstein.

Maestro Campi ließ sich vom Maurer den angerührten Putz zeigen, tauchte die Kelle ein und prüfte, wie zäh die breiige Masse zurückfiel. »Etwas zu nass. Misch mehr Kalk bei. Und gib auch noch drei Handvoll vom Marmormehl dazu.«

Der Maler blickte zu dem Jungen hinüber. »Willst du helfen?«

Erschreckt öffnete Michele den Mund, schluckte und flüsterte: »Nein, danke. Besser nicht.«

Der breite Kinnbart wippte. »Bist du der Richtige? Signore Aratore hat mir einen lebhaften Knaben angekündigt.« Das Lachen hallte hinauf zur Decke. »Aber ich sehe nur einen kleinen, schwarz gelockten Frosch.«

Nenn mich nicht so, schimpfte Michele stumm, trotz der Wut gelang ihm eine artige Antwort: »Ich soll nicht rumlaufen, sagt Großvater.«

Der Meister hörte schon nicht mehr hin, prüfte wieder die angerührte Masse, war zufrieden und trat mit seinem Helfer vor das Wandfresko. Jesus saß dort im roten Gewand, vor ihm kniete Magdalena und wusch seine Füße. Hinter dem Tisch mit Brot und Messer klaffte ein großer heller Fleck im dunklen Grund. »Die Anschlussstelle wird sichtbar bleiben. Zu viele Jahre ist es her, seit ich den Hauptteil gemalt habe. Wenn jetzt noch Figuren dazukommen sollen, lässt sich ein Übergang nicht ganz vermeiden. Aber wir tun unser Bestes.« Campi klatschte kurz in die Hände. »Ans Werk, mein Freund. Gib jetzt die Malschicht auf.«

Mit geübtem Schwung warf der Maurer den hellen Kalkmörtel an und verteilte ihn mit der Kelle. Sorgsam achtete er darauf, nichts vom frischen Putz ins schon gemalte Fresko zu schmieren. Unterdessen legte sich Bernardino Campi auf dem Arbeitstisch die gelochte Zeichnung wie auch den Pausbeutel bereit und nahm die Lederhäute von den Farbtöpfen. Wieder blickte er zu dem Jungen hinüber. »Hier wird nicht gefaulenzt«, schimpfte er. »Und Gaffer kann ich bei der Arbeit schon gar nicht leiden.«

Michele wurde heiß. »Aber ich darf doch hier … Großvater hat mich doch geschickt … Was soll ich denn …?«

»Herkommen!«, unterbrach ihn der Meister. »Beweg dich!«

Der Schemel kippte nach hinten, schon stand der Junge vor dem langen Tisch.

»Na also. Jetzt gefällst du mir.« Der Meister zwinkerte ihm zu. »Deine Aufgabe ist sehr wichtig.« In jedes Glas gab er einen kleinen Stock. »Du wirst rühren. Und zwar so. Schau genau hin.« Langsam rührte er die untere angedickte braunrote Schicht, sie verband sich mit dem Kalkwasser und wurde bald zum cremigen Brei. »So müssen die Farben aussehen. Und zwar jede. Schaffst du das?«

Michele zog die Nase hoch und reckte sich. »Ich bin kein Kleinkind.«

»Na, beweis es mir.« Der Maler wandte sich ab und betrachtete die glatt verputzte Stelle.

In seinem Rücken sagte Michele sehr deutlich. »Und ich bin auch kein Frosch, merkt Euch das.«

Bernardino Campi sah verblüfft über die Schulter. »He? Was höre ich da?«

Doch der Junge blickte nicht auf, emsig rührte er in den Kalkfarben.

Der Nachmittag gehörte Michele. »Ich habe gemalt.«

Um jeden Zweifel zu beseitigen, führte er fünf Nachbarskinder hinters großelterliche Haus in den Gemüsegarten. Auch Paola und ihre Freundin gingen mit. Vom Steinwurf vor vier Jahren war eine blaurote Narbe zurückgeblieben. Sie kerbte den linken Bogen der Oberlippe und führte bis hinauf zur Nase. »Ich finde es nicht hässlich«, hatte Michele ihr versichert. Paola glaubte ihm und versuchte, nicht auf den Spott der anderen zu hören.

Dort, wo der Salat schon abgeerntet war, zog Michele mit einem Stock ein großes Viereck ins Beet und erlaubte gnädig, dass seine Spielkameraden die Erde glätteten. »Das genügt.« Meister Campi nachahmend, kratzte er im unsichtbaren Kinnbart, ehe er den Stock als Pinsel auf das noch leere Erdbild setzte. »In Wirklichkeit haben wir an die Kirchenwand gemalt«, erläuterte er den Unwissenden. »Und morgen muss ich wieder mitarbeiten.«

»Nun mal schon«, forderte ihn Paolas Freundin auf.

Er zog eine geschwungenen Furche, darunter eine zweite im Gegenlauf, dann malte er Kreise und Striche, setzte ab, krauste die Stirn und verbesserte an einer Stelle, ergänzte die Schlangenlinie an der anderen. Argwöhnisch beobachteten die Freunde den Künstler. Mit großem Ernst bemühten sich die beiden Mädchen, in dem Gebilde etwas zu erkennen.

»Fertig.« Michele legte den Malstock über die Schulter und sah erwartungsvoll in die Runde. »Na, da staunt ihr?«

Einer der Freunde deutete mit dem Fuß auf sein Kunstwerk. »Was soll das denn sein?«

»Ein Engel. Ja, guck nicht so blöde. In der Kirche sieht er anders aus, aber das hier ist mein Engel.«

Da feixten die Jungen, kicherten, und der größte von ihnen tippte sich an die Stirn. »Idiot. Ich sehe ein Fischmaul, mehr aber nicht.« Gleich pflichteten ihm die anderen bei. »Genau. Nur ein Fischmaul.«

»Das sind die Flügel vom Engel.« Michele ging um sein Gemälde herum und erklärte: »Und das hier ist der Kopf und die schönen Haare … Und da sind die Füße.«

Das Spottgelächter wurde lauter. Der Große wischte jetzt verächtlich mehrmals Zeige- und Mittelfinger unter dem Kinn vor, so als spuckte er den jungen Meister an. »Idiot! Spaccone!«

Michele bebten die Lippen. »Ich … ich bin kein Angeber.«

Ehe der Große ihn weiter schmähen konnte, rief Paola: »Die Farbe fehlt. Deshalb kann man den Engel nicht so gut erkennen. Michele hat doch keine Farbe gehabt.«

Für einen Moment lahmte der Spott. Alle starrten auf die Striche im dunkelbraunen Erdbild. Michele ergriff seine Ehrenrettung. »So ist es, Goldgelb für die Flügel hätte ich gebraucht.« Der Zorn aber wollte nicht weichen, musste hinaus. Er hob den Stock und näherte sich dem Größeren. »Weg! Verschwinde! Das ist unser Garten.« Weit schwang er die Waffe nach hinten.

Oben im Haus wurde das Fenster geöffnet. Großvater Aratore stand nur da, blickte auf den Enkel hinab und schüttelte den Kopf.

Erschreckt gehorchte Michele, der Stock sank. »Haut nur ab«, fauchte er zwischen den Zähnen die Jungen an. »Haut ab, sonst prügle ich euch alle.«

Nach dem Abendessen rief der Landvermesser den Enkel zu sich. Schuldbewusst blieb Michele an der Tür stehen. »Es tut mir leid. Ich hatte ja keine Farben, sonst hätten sie den Engel schon erkannt. Aber so war er auf dem Bild zu dunkel.«

»Und deshalb wolltest du gleich gegen alle kämpfen?«

»Weil sie gelacht haben.«

Dazu sagte der Großvater nichts, ließ ihn einfach dort stehen und blätterte in seinen Papieren. Michele wagte sich nicht zu rühren. Erst nach geraumer Zeit blickte der Landvermesser wieder auf. »Nächste Woche muss ich nach Bergamo. Du darfst mitfahren. Dort zeige ich dir in der Kirche ein Bild mit den schönsten Farben. Und wirklich prächtige Engel hat Meister Lorenzo vom Himmel herunterkommen lassen.«

2

Im vorletzten Jahr gab es keinen 5. Oktober …, dachte Michele, während er auf seinem Zeichenblatt den Maßstock vom Fluchtpunkt zur vorderen Tischkante legte und die Linie zog.

Es gab auch keinen 6., 7. oder 12., gleich mit dem 15. Oktober ging es weiter. Endlich, jetzt stand der Tisch richtig zum Fenster. Also, wenn wir heute den 20. Mai im Jahre 1584 schreiben, dann sind wir zwei Wochen zu schnell. Gerade noch rechtzeitig zog Michele den Finger zurück, wischte nicht, sondern blies den Kohlestaub von den Tischlinien.

Ich bin jetzt dreizehn Jahre alt, und am 29. September habe ich Geburtstag. Aber in Wirklichkeit … Nur weil Papst Gregor vor zwei Jahren den neuen Kalender wollte, fehlen mir immer vierzehn Tage, und das geht so weiter, und wenn ich dann mal sterbe, fehlen mir diese Tage an meinem Leben. Vielleicht irre ich mich auch … und an sich ist es mir gleichgültig. Seufzend betrachtete Michele das gezeichnete Zimmer. Jetzt musste der Schatten auf den Boden. Diese verdammten Schatten. Er hob unmerklich den Kopf und sah zu Meister Peterzano hinüber. Der grauhaarige Maler war vertieft in seine Arbeit. Hilfesuchend zischte Michele durch die Zähne in Richtung Francesco Alicanti. Der Geselle trat einen Schritt von der Staffelei zurück. Auf das bittende Winken hin hatte er nur ein Grinsen übrig, ließ die dick gerundete Zunge betont langsam durch die Lippen hinaus- und zurückgleiten, weidete sich einen Moment noch an dem notvollen Blick und wandte sich wieder seinem Porträtgemälde zu.

Verfluchter, geiler Kerl.

Seit April lernte und wohnte Michele in Mailand nahe dem Dom im Hause von Meister Simon Peterzano. Laut Lehrvertrag sollte er in den kommenden vier Jahren von ihm die Kunst der Malerei erlernen. Mit der Unterweisung in die Grundlagen des Zeichnens hatte der Meister seinen Gesellen beauftragt. Während der ersten Wochen war Francesco liebevoll besorgt gewesen, hatte dem Lehrling bei seinen Erklärungen stets die Schulter gestreichelt und auch schon mal den Finger in eine Nackenlocke gedreht.

Die Kammern der beiden befanden sich oben unter dem Dach nebeneinander. Gestern, am späten Abend war der Fünfundzwanzigjährige herübergekommen. »Du hast nach mir gerufen?« Er hatte die Lampe höher gedreht und sich nackt ans Bett gesetzt. »Wir werden viel Freude haben«, versprach er mit kehliger Stimme. Seine Finger spielten über Micheles Brust hin zum Bauch und tiefer.

Vor Schreck setzte sich der Junge auf. »Nichts hab ich gesagt. Geschlafen hab ich.« Er raffte die Decke und rutschte bis zur Wand.

Sofort rückte der Besucher nach. »Du lügst.« Francesco umschloss das Handgelenk, drückte zu. »Und ein Sklave darf seinen Herrn nicht belügen.« Der Geselle war stark, bog den Unterarm nach oben.

Michele musste die Decke loslassen. »Du … du bist nicht …«, haspelte er. »Meister Simon ist es. Und ich … ich bin kein Diener. Bitte, hör auf. Du tust mir weh. Mutter bezahlt für mich … Vierundzwanzig Goldscudi im Jahr. Da … da bin ich kein Sklave.«

Der Geselle zog ihn näher, fast berührten sich die Gesichter. »Doch, doch, mein Kleiner. Mir hat dich der Meister unterstellt. Im ersten halben Jahr lernst du alles von mir. Das genaue Zeichnen mit dem Kohlestift, die ersten Striche mit dem Pinsel und …« Ohne dass Michele sich wehren konnte, führte Francesco das Handgelenk über seine Lenden, bis die Finger den aufgereckten Penis berühren mussten. »Fass nur zu. Auch den Umgang mit ihm hier werde ich dir beibringen.« Er fuhr Michele mit nassen Lippen über die Wange. »Und je williger mein Sklave mir dient, umso besser hat er es.« Ein kurzer Biss ins Ohrläppchen. »Auch unten in der Werkstatt. Denk immer daran: Ich kann dir den Himmel zeigen oder auch die Hölle. Es liegt ganz bei dir.«

»Aber …« Michele wusste nichts, die Gedanken liefen durcheinander. »Lass mich doch los, bitte.«

»Erst drückst du ihn.«

Michele gehorchte, fühlte, strich die Härte einige Male auf und ab. »Ich will das nicht.«

Jäh gab der Geselle das Handgelenk frei, packte dafür aber dem Opfer ins Haar, zog den Kopf nach hinten. »Wir werden unseren Spaß noch haben«, hatte er gedroht. »Ob du willst oder nicht.« Dann war er gegangen.

Während des gemeinsamen Frühmahls hatte er den Lehrling übersehen, erst beim Betreten der Werkstatt und im Beisein des Meisters war Francesco zornig auf ihn losgegangen. »Porco dio. Du wagst es, so zu erscheinen?« Eine Ohrfeige folgte. »Mit diesen schmutzigen Fingern setzt du dich nicht ans Blatt. Ich verlange Sauberkeit. Wenn du herumschmieren willst, bist du hier fehl am Platz.«

Michele hatte nicht widersprochen. Während er die Hände in der Schüssel wusch, hörte er, wie hinter ihm Simon Peterzano den Gesellen ermahnte, nicht so streng zu sein.

»Verzeiht, Meister, bis jetzt hat dieser Bursche kaum etwas gelernt. Es ist höchste Zeit, ihn härter anzufassen.«

»Gut. Einverstanden. Ich verlasse mich auf dich.« In Gedanken schon bei der Anbetungsgruppe zu Füßen der Madonna, murmelte der Maler noch: »Heute nach dem Mittag werde ich mir seine Arbeit ansehen.«

Michele war zusammengefahren. Er konnte nichts vorzeigen. Gestern erst hatte er mit dem Zimmer begonnen. »Zeichne den Raum mit Tisch, Stühlen und einer Vase. Lass das Sonnenlicht von rechts durchs Fenster einfallen.« Das war die Aufgabe. Allein, die beiden Fluchtpunkte festzulegen hatte ihn viel Zeit gekostet. Und heute sollten die Möbel dazukommen. »Zeig es mir.« Doch der Geselle hatte nur aufs Blatt gedeutet. »Fang an, sonst wirst du nie fertig.«

Zu keiner Hilfe war er bereit. Stattdessen sah Michele seit Stunden nur dieses hämische Grinsen. Und am Mittag wollte Meister Simon das Blatt sehen. »Ich schaffe es auch so«, flüsterte er vor sich hin. Also Schatten. Das Licht fiel schräg herein, demnach mussten die Beine länger? Und die Platte schmaler? Und alles schräger? Oder?

Ein Versuch, er misslang. Sorgsam rollte Michele die Kugel aus geknetetem Brotteig über die Stelle, löschte die Kohlestriche und setzte neu an. Wieder und wieder. Mit einem Mal passten die Schatten zu Tisch und Stühlen, stimmte der Lichteinfall ins Zimmer. Erlöst blies Michele den Atem aus. Nun konnte er etwas vorweisen. Bis zum Mittag säuberte er das Blatt von überflüssigen Strichen, und als endlich der Glockensturm vom Dom her einsetzte, sprang er auf, wartete nur, bis der Meister den Pinsel ins Wasser stellte, und verließ gleich nach ihm die Werkstatt, ohne auf Francesco zu warten.

Signora Maria stellte den Suppentiegel in die Tischmitte. »Minestrone della casa.« Sie wischte die Hände an der Schürze. Ihr Lächeln versprach Gutes. Es duftete nach Gemüse, Fleischbrühe und Knoblauch. Michele hatte Hunger. Er löffelte, kaute und schluckte, zwischendurch nahm er vom frischen Brot und stopfte es hinterher. »Darf ich?« Zum zweiten Mal hielt er seinen Napf hin, und die Köchin rührte besonders tief, um mit dem Gemüse auch genügend Lammstücke nachzufüllen.

Jetzt erst betrat der Geselle die Küche. »Hatte noch was auszubessern.« Keine Entschuldigung, nur eine Mitteilung. Der Meister brummte zustimmend, dann tippte er den Zeigefinger auf den Tisch. »Wenn du mit dem Porträt fertig bist, dann möchte ich, dass du an der Madonna del Rosario mitarbeitest. Dieser Auftrag ist mir sehr lästig, aber er bringt gute Scudi ins Haus.« Das Gemälde war von Pelegrino Tibaldi begonnen worden, doch als der Maler an den spanischen Hof berufen wurde, hatte er diesen Auftrag an seinen Kollegen Peterzano abgetreten. Die Adoranten waren noch hinzuzufügen. »Es melden sich zu viele Honoratioren der Stadt, die eingereiht werden wollen. Jetzt sogar auch unser hochwürdiger Bischof Carlo Borromeo.«

»Aber, Meister, diese Ehre …«

»Basta, mein Guter«, unterbrach Peterzano. »Zunächst ist es Arbeit. Und du wirst dich mit den Votivbildern des Rosenkranzes im Hintergrund beschäftigen.«

Nach dem Essen legte Meister Simon auf dem Rückweg zur Werkstatt seinem Lehrbuben die Hand auf die Schulter. »Gefällt es dir hier in Mailand?«

»Ich habe noch nicht viel von der Stadt gesehen.«

»Das ist auch gut so. Herumtreiber lernen nichts. Aber wenn du fleißig gezeichnet hast, dann soll Francesco dir am Sonntag den Dom und den großen Palast zeigen.« Rasch sah Michele zu ihm auf. »Ich könnte auch allein ...«

»Damit du mir verloren gehst! Überall da draußen lungert gefährliches Gesindel ... auf den Plätzen, in den Gassen. Es ist traurig, aber wahr, Mailand ist heutzutage ein Sündenbabel. Und du bist noch ein unschuldiges Schäfchen. Was würde deine Mutter sagen, wenn ihrem Agnellino etwas zustößt?«

Michele hielt die Tür auf und wartete, bis Meister und Geselle eingetreten waren. Die Sonne brannte durch die drei Fenster. Jetzt in der Mittagshitze legte sich bei jedem Atemzug mehr der Geschmack von Farbe auf die Zunge. Ohne Zögern schritt der Maler zum Zeichentisch in der hinteren Ecke, Francesco begleitete ihn, und ehe Michele sie einholte, beugten sich beide über das Blatt. Nur einen Augenblick, dann fuhr der Meister wieder hoch. »Was soll das hier sein?« Sein Blick maß den Lehrling von Kopf bis Fuß. »Incapace! Nichts hast du begriffen! Es ist wahr ...«, ein kurzes Nicken zu Francesco. »Er ist faul und dazu noch unbegabt. Jeder Blinde hätte eine bessere Zeichnung angefertigt. Das hier ...« Immer wieder stieß er den Finger auf das Blatt, dabei geriet er mehr und mehr in Zorn. »Eine Beleidigung. Du willst Maler werden?«

Michele sah ihn an, verstand die Beschimpfung nicht. »Das Zimmer ... Verzeiht, Herr. Ich habe gezeichnet, was mir aufgetragen wurde.«

»Wag es nicht ... Willst du mich jetzt auch noch belügen?« Perterzano griff nach dem Ohr des Schülers und zog ihn so zum Zeichentisch. »Was sind das für Schatten? Wie viele Sonnen scheinen bei dir durchs Fenster?«

»Eine einzige.« Michele starrte fassungslos auf seine Zeichnung. Die Schatten. Sie fielen nicht mehr in eine Richtung. Tisch und Stühle, jedes einzelne Möbel warf einen anderen Schatten. »Um Vergebung, Herr«, flüsterte er.

Francesco schüttelte bekümmert den Kopf. »Und dabei habe ich dir die Technik genau erläutert. Sogar Beispiele hab ich dir vorgezeichnet. Du hättest nur aufpassen müssen.«

Michele sah den Triumph im Blick des Gesellen. Du warst es, dachte er, deshalb bist du vor dem Essen noch in der Werkstatt geblieben. Du hinterhältiges Schwein hast vorhin meine Schatten verändert.

Jegliches Wohlwollen war aus der Miene des Meisters entschwunden. »Für diese schändliche Leistung sollst du zwei Hiebe erhalten. Außerdem wirst du deine Lehre von vorn beginnen. Es gibt keinen Sonntagsausflug. Bis ich Fortschritte bei dir sehe, ist es dir untersagt, das Haus zu verlassen. Es gibt auch kein Ballspiel mehr im Hof.« Im Weggehen befahl er seinem Gesellen. »Sorg dafür.«

Francesco griff nach dem langen Malstock und stupste das mit Leder umwickelte Kugelende dem Schüler gegen die Stirn. »Ich hab's dir versprochen«, säuselte er halblaut. »Himmel oder Hölle. Es liegt ganz bei dir. Nun dreh dich um.«

Der Stock pfiff durch die Luft. Michele zuckte vor Schmerz, gab aber keinen Laut von sich.

»Und jetzt, Sklave, setz dich auf den Schemel und reibe. Sei schön fleißig, sonst …« Francesco ließ den Stock um die Hand wirbeln.

Für gewöhnlich beschäftigte Meister Peterzano drei oder vier Knaben, um die Farben anzureiben. Sie kamen jeden Montag in die Werkstatt, hockten an niedrigen Tischen und zerkleinerten Tonbrocken und Halbedelsteine im Mörser, zerrieben getrocknete Schildläuse und Pflanzen oder schabten Grünspan von kleinen Kupferplatten. Eine mühselige, stumpfsinnige Tätigkeit.

Nur an seinem ersten Montag hatte Michele dort mit an den Tischen sitzen müssen. »Du sollst nur wissen, wie es geht«, hatte Francesco damals geschmunzelt und ihn nach zwei Stunden schon erlöst. »Weißt du, ein erfolgreicher Maler komponiert nur die Zutaten für seine Farben. Für die Herstellung des Pigmentpulvers aber nimmt er sich diese kleinen fleißigen Wichte. Das Anteigen mit Bindemittel überwacht er dann wieder selbst.« Er nahm ein leeres Beutelchen aus Darmhaut vom Regal, steckte den Mittelfinger hinein und tupfte dem neuen Lehrling damit aufs Kinn. »Natürlich auch das Abfüllen der Farbe in solche Säckchen.« Wie eine Puppe spielte der eingehüllte Finger entlang der Reihe wurstiger, prall mit Farbe gefüllter und oben durch ein Holz verschlossener Darmhäute. »Sehen sie nicht verführerisch aus?«

An jenem Montag hatte sich Michele nichts bei dieser Frage gedacht und eifrig genickt, seit der vergangenen Nacht aber wusste er, worauf der Geselle anspielte. Und nun erniedrigte ihn dieser Kerl, verdammte ihn zum Reiben und Zerkleinern.

Francesco brachte einige Brocken. »Heute gibt es Terra di Siena.« Er warf sie in den Mörser. »Nun fang schon an. Gelber Ocker. Da sieht der Darmsack nach dem Abfüllen so lebensecht aus.«

Michele sagte nichts, biss sich auf die Unterlippe und stampfte den Treiber in den Mörser.

In der Nacht kam Francesco wieder in die Kammer, er drohte, wendete Gewalt an, roch nach Schweiß, und als sein Opfer später bäuchlings dalag und weinte, kniff er ihm in die Pobacken. »Warte nur, bis du dich daran gewöhnt hast. Dann wird es dir auch gefallen.«

Die warme Dunkelheit im Schlafgemach war noch durchzogen vom Parfum der Marchesa, Rosenduft mit einer Neigung zu Moschus. Paola schlich auf Zehenspitzen an der Bettstatt vorbei. Leise öffnete sie das Fenster, noch nicht aber die Schlagläden. Ehe sie den Tag hereinließ, sagte sie gedämpft: »Guten Morgen.« Wiederholte etwas lauter, klarer: »Guten Morgen, Herrin.«

Vom Bett her antwortete ein Seufzen, ein Räkeln. Nun erst schwang Paola die hölzernen Blenden auf, und Licht flutete in den Raum. Gleichzeitig drang unten von der Straße das Holpern der Karrenräder, Rufen und Pferdegetrappel herauf. Mailand erwachte früher als Costanza Colonna, die Witwe des schon 1583 verstorbenen Francesco Sforza, Herzog von Caravaggio. »Ich will nicht vom Lärm, sondern von einem freundlichen Menschen geweckt werden.« Und seit Costanza vor gut zwei Wochen für die Herbst- und Wintermonate ihren Palazzo in der Hauptstadt bezogen hatte, erfüllte Paola der Herrin diesen Wunsch. »Habt Ihr gut geschlafen?« Sie band die leichten Seidenvorhänge an den Pfosten fest und brachte das große Rückenkissen.

Die Marchesa setzte sich auf. »Wirr geträumt habe ich.« Als ihr die Nachthaube abgenommen war, lehnte sie sich zurück. »Muzio, stell dir vor, mein kleiner stolzer Muzio hat vor dem König gesungen, ungefragt und dazu auch noch falsch.«

»O Madonna.«

Costanza lachte leise. »Und die Spanier verstehen keinen Spaß, schon gar nicht bei Hofe und erst recht nicht der überstrenge König.« Im Sommer hatte sie ihren ältesten Sohn zur Erziehung nach Spanien gegeben. Dort sollte der zehnjährige Muzio von den Gelehrten und Theologen Philipps II. in allen Tugenden unterwiesen werden. »Ja, ich sah den Jungen im riesigen Thronsaal des Escorial. Er stellte sich breitbeinig hin, stemmte die Hände in die Hüften und sang. Jetzt weiß ich auch, was. Dieses frivole Lied von der Fischerstochter mit Beinen wie Würste ... Kennst du es?« Gleich spürte Paola eine heiße Welle ins Gesicht steigen und sah zu Boden. »Nein, nein, Kindchen, du musst nicht rot werden. Und ehrlich gesagt, ich habe mich auch geschämt.«

»Und wie endete der Traum?«

»Dem Himmel sei Dank, gar nicht. Ich sah nur, wie sich die Köpfe der Hofräte auf den steifen Halskrausen schüttelten, dann hörte ich deine sanfte Stimme und wachte auf.«

Paola reichte ihr ein Glas mit Saft von frisch ausgepressten Orangen. »Verzeiht, Herrin, die Buben warten mit Margherita schon ungeduldig vor der Tür.«

»Wie spät ist es denn?«

»Gleich schlägt es acht. Um diese Zeit sollte ich Euch wecken.«

»Es ist recht.« Costanza tätschelte ihrer Zofe die Hand. »Du bist noch so jung und doch mit deinen sechzehn Jahren schon so verantwortungsbewusst. Das gefällt mir sehr. Also gehen wir den Tag an.«

Kaum hatte Paola die Tür zum Schlafzimmer einen Spalt geöffnet, wurde sie ganz aufgerissen. Beide Söhne stürmten herein. Schnell versuchte die Kinderfrau nach ihnen zu greifen, doch es blieb ihr nur ein machtloses Lächeln. Weil Fabrizio als Erster am Bett war, musste sich Ludovico hinter ihm aufstellen. »Du hast mich gestoßen!«, schimpfte der Fünfjährige. »Sonst hätte ich gewonnen. Jawohl, ich.«

»Stimmt doch gar nicht.« Der ein Jahr ältere Bruder trat mit dem Fuß nach hinten. »Ich bin schon Ritter. Und Ritter sind immer besser.«

Zornig heulte Ludovico auf und trat zurück. »Ich bin auch …«

Ehe ein Zweikampf entbrannte, klatschte die Mutter energisch in die Hände. »Signori!« Sofort standen die Jungen stumm und still da. »Ich darf doch bitten. Ein Duell im Schafgemach einer Dame ist äußerst unschicklich.« Sie zwinkerte der Kinderfrau zu. »Hast du sie etwa heute Morgen gestillt? Weil nur deine Milch solche Kräfte entfesselt.«

»Gott bewahre, Herrin. Schon lange nicht mehr.« Margherita spielte mit und presste die Hände schützend an ihre Brüste. »Vor allem nähre ich keine Raubtiere.«

Seit Jahren verband die beiden Frauen eine tiefe Zuneigung. Die Schwester von Micheles Mutter war Amme im Hause der Marchesa, hatte Fehlgeburten und das Sterben einiger Kinder mit durchlitten und war stolz darauf, drei Mädchen und drei Jungen gesund über die ersten so gefahrvollen Jahre gebracht zu haben. Nach dem Tod des Herzogs waren die drei Töchter in einem Mailänder Kloster untergebracht worden. Muzio wurde in Spanien erzogen. Allein die beiden kleinen Raufbolde lebten noch bei der Mutter und hielten ihre Kinderfrau in Atem.

Costanza faltete die Hände, gnädig nickte sie den Sprösslingen zu. »Ich höre.«

Artig dienerte Fabrizio. »Gott grüße Euch, Frau Mutter. Ich wünsche Euch einen guten Morgen.« Er trat zur Seite, und Ludovico ahmte den Bruder in Geste und Sprache nach.

»Habt Dank, meine Söhne. Eure Mutter wünscht euch einen friedvollen, ich betone, friedvollen Tag. Sie wünscht sich kein Geschrei, keine Kriege, weder zu Lande noch zu Wasser.« Bei diesem Wunsch seufzten Paola und die Kinderfrau aus tiefstem Herzen.

Die letzte Seeschlacht hatte vor einigen Tagen unten im Flur zwischen Empfangshalle und Speisesaal stattgefunden. Fünf Eimer Wasser überschwemmten den Boden. Fabrizio übernahm die Rolle von Großvater Marc Antonio Colonna, und Ludovico musste sich mit dem türkischen Flottenkommandanten Kilic Ali Pascha begnügen. Die Schlacht entbrannte. Wie damals im Oktober 1571 trafen die Galeeren der Heiligen Liga bei Lepanto auf die Flotte des Osmanischen Reiches. So oft war das Ereignis von der Mutter erzählt worden! Bald schäumte das knöcheltiefe Wasser, Stockschläge auf Topfböden verursachten Furcht einflößenden Kanonendonner, Triumph- und Todesschreie gellten. Schließlich zwang der Christ den Ungläubigen nieder. Ludovico lag im Wasser, seine Galeeren waren untergegangen, und über ihm jubelte Fabrizio. Die türkische Expansion war aufgehalten, das Abendland gerettet. Und Großvater Colonna war einer der Helden in der Schlacht von Lepanto gewesen. Jäh hatten Margherita und Paola den Freudentaumel unterbrochen, hatten ohne Rücksicht Sieger und Besiegten hinausgejagt.

Fabrizio strich das Betttuch glatt, ordnete sogar die Falten des Seidenvorhangs, dann wandte er sich mit treuem Blick wieder der Mutter zu. »Darf ich meinen Rittermantel haben?«

»Ich will auch die Rüstung anziehen.«

Ergeben schloss Costanza die Augen. Auf Betreiben des Großvaters war Fabrizio schon mit drei Jahren in den Ritterstand der maltesischen Johanniter erhoben worden, seitdem besaß er einen weißen Umhang mit dem aufgestickten achtspitzigen Ordenskreuz. Natürlich musste auch Ludovico einen Rittermantel haben, wenn auch mit einem schlichteren Kreuz. Bald jedes Jahr verlängerte die Näherin beide Umhänge, und wie oft der Stoff schon gereinigt und gewaschen werden musste, war nicht mehr nachzuhalten. »Ich sagte, keinen Krieg heute. Die Ritter des Johanniterordens kämpfen nicht nur, sondern sie pflegen auch Kranke und sorgen sich um die Armen. Ihr dürft die Mäntel anziehen, wenn ihr heute ausnahmsweise ins Spital geht und euch um die Verletzten kümmert. Und nun verschwindet.«

Ein Spital? Im Hinausgehen plante Fabrizio schon: »Und du bist der Verletzte.« Eilig zog er den Bruder hinter sich her. Die Kinderfrau folgte ihnen mit besorgter Miene.

Costanza lächelte leise. »Das war sicher die angenehmste Audienz des Tages. Denke ich an Monsignore Speciano heute Mittag im Kloster, so graust es mich.« Sie verließ ihr Lager, bat Paola, das grüne Kleid herauszuhängen, und ließ sich am zierlichen Toilettentisch vor dem Spiegel nieder.

»Darf ich mit dem Haar beginnen?«

»Schlinge es zu einem Nackenknoten. Für den Besuch im Kloster nehmen wir das Haarnetz mit den kleinen Perlen. Das scheint mir schlicht genug. Jeder Prunk verführt diesen habgierigen Monsignore nur, um noch eine größere Spende für die Ausbildung meiner Mädchen zu bitten.«

Paola trat hinter die Marchesa, löste den lose geflochtenen Nachtzopf und begann, behutsam die kastanienbraunen Strähnen auszukämmen. Eine Weile betrachtete sich Costanza im Spiegel, dann hob sie die Brauen, beugte sich vor, dann wieder zurück, drehte den Körper zur Seite und schüttelte bekümmert den Kopf. Paola hatte Mühe, den Kamm nicht im Haar zu verheddern. »Fehlt Euch etwas, Herrin?«

»Im Gegenteil, nein, ich habe leider etwas zu viel. Zu viel an mir auszusetzen. Mit meinen einunddreißig wünschte ich mir einige Jahre weniger. Auch an Falten um die Augen habe ich etliche im Überfluss. Und mein Busen neigt sich schon. Diese vielen Geburten sind schuld. Früher gefiel mir mein Spiegelbild, aber nun muss ich doch …«

»Ihr seid schön, so wunderschön …«, kaum gehorchte die Stimme. »Aber ich … ich bin wirklich hässlich.« Überrascht sah Costanza im Spiegel das tränennasse Gesicht ihre Zofe. »Aber, Kindchen.« Sie drehte sich um. »Warum? Wie kannst du so etwas sagen?«

»Da.« Paola deutete auf die bläuliche breite Narbe, die sich von der Lippe zur Nase zog, und deckte sie gleich mit der Hand ab. »Deswegen.«

Costanza fasste die Unglückliche an den Hüften. »Du bist gerade gewachsen, hast eine schmale Taille, um die ich dich wahrlich beneide, und feste Brüste. Du bist jung, hast Augen zum Verlieben, und wer dein Wesen kennt, den stört diese Narbe sicher nicht.«

»Ach, Herrin.« Trotz Wischen und Trocknen mit der Schürze wollten die Tränen nicht ganz versiegen. Unter heftigem Schlucken beklagte Paola: »Alle gucken nur auf die Narbe. Verziehen das Gesicht oder lachen hinter meinem Rücken.«

»Aber …«, Costanza suchte nach Trost, fand ihn jedoch nicht gleich. »Vielleicht der eine oder andere Hohlkopf drüben in Caravaggio. Aber nicht hier in Mailand. Wir sind zwar gerade erst angekommen, aber du wirst sehen, hier stört sich niemand daran …« Ein Gedanke. »Und damit wir ganz sichergehen, nehmen wir davon.« Sie griff nach dem Schminktopf. »Du hast meine Erlaubnis, dich hieraus zu bedienen, wann immer du glaubst, dass es nötig ist. Nur zu, probier es aus.«

Paola gehorchte, nahm von der Paste, und als sie die Hand sinken ließ, lächelte sie sich zaghaft im Spiegel an. »Danke, Herrin.«

»Und jetzt noch etwas Puder, damit auch nichts mehr glänzt.«

Aus dem Lächeln wurde ein Strahlen. Costanza tippte sich an die Schläfe. »Das wir darauf nicht schon früher gekommen sind.«

Das Haarnetz. Dann folgte die Prozedur mit dem Korsett. Schleife für Schleife presste der Panzer aus Eisen- und Fischbeinstäben den Busen und schnürte die Taille ein. Als Paola der Herrin den Reifrock übergestreift und das Oberteil geschlossen hatte, befestigte sie die mit Draht verstärkte, nur am Nacken hoch stehende Krause. »Und das findest du schön?«, scherzte Costanza kurzatmig und deutete in den Spiegel. »Ich sehe aus wie zwei mit der Spitze aufeinandergesetzte Kegel. Ich wünschte …« mit Blick auf ihre Zofe unterbrach sie sich. »Aber was soll das Klagen, am spanischen Hof müssen sich die Frauen noch viel mehr mit dieser Mode herumquälen. Da fällt mir ein. Wir sind jetzt schon zwei Wochen in Mailand. Es wird höchste Zeit, dass sich unser großer Maler hier einfindet. Ich will doch hören, wie weit mein Schützling mit seinen Künsten gediehen ist.«

»Michele?« Wie ein lauter Herzschlag war der Name. Paola fühlte, wie er weiter pochte. Viel zu hastig stopfte sie den Latz des steifen Halskragens unter den Kleidstoff.

Als hätte Costanza nichts bemerkt, setzte sie gleichmütig hinzu: »Du kannst diesen Dienst übernehmen. Geh zur Werkstatt von Meister Peterzano und bestelle, dass die Marchesa Colonna heute Nachmittag Michelangelo Merisi zu sehen wünscht. Bist du damit einverstanden?«

»O ja, Herrin. Ich meine, ich gehorche … was ich meine, ist, ich werde den Auftrag … Ich gehe hin.«

Costanza streichelte ihre Wange. »So ist es fein.«

Die Mittagsruhe war beendet. Von der Dombaustelle drang wieder Lärm herüber. Gleich nachdem Paola den kleinen Palazzo nahe der Stadtmauer verlassen hatte, zögerte sie, sah am prunkvolleren Castello der Visconti vorbei zur Kirche San Giovanni in Conca. Langsam ließ sie den Blick am Campanile hinaufwandern, musste den Kopf in den Nacken legen, um auch die Spitze zu sehen. Der Glockenturm bei uns in Caravaggio ist lange nicht so hoch, dachte sie. Auch nicht der von San Giorgio, da drüben. Aber wenn einer den Campanile von San Giovanni raufsteigt, dann ist er den Heiligen gleich viel näher … und auch all den schönen Engeln.

Ihr dunkles Haar quoll aus dem Kopftuch über die Schultern. Für den kurzen Botengang heute hatte sie das hellblaue Sonntagskittelkleid angezogen, hatte ein weißes Tuch als Gürtel um die Taille gebunden und die Enden an der rechten Seite lose hängen lassen. Ich sehe Michele wieder. Ob er mich noch erkennt? Stupida, beruhigte sie sich, in den zwei Jahren hast du dich nicht so sehr verändert. Ohne darauf zu achten, hielt Paola auf das Portal von San Giovanni zu. Aber mag er mich noch? »Zweimal stupida«, flüsterte sie, »was bildest du dir ein? Du magst ihn, aber er hat es dir noch nie gesagt.« Damals bei Micheles Abreise nach Mailand war sie neben dem Wagen ein Stück hergegangen. Er hockte vorn neben dem Kutscher und sah zu ihr hinunter. Mit einem Mal beugte er sich tiefer zur Seite. »Weinst du?« Schnell hatte sie die Tränen mit dem Ärmel abgewischt und den Kopf geschüttelt. »Warum denn?«

»Ich dachte … Ist nicht so wichtig.« Das Pferd war in Trab gefallen, und er hatte ihr noch eine Weile gewunken.

Stille empfing Paola im halbdunklen Kirchenraum. Ich hätte eine Kerze mitbringen sollen, dachte sie, näherte sich im Seitenschiff dem flackernden Meer zu Füßen der Madonna und kniete nieder. Der Geruch nach warmem Bienenwachs beruhigte. Paola umfasste eine der schon brennenden Kerzen. Verzeih, heilige Mutter, ich nehme sie dir nicht weg; ich will mich nur beteiligen an dem Licht, weil ich kein eigenes hab. Aber morgen bring ich dir eins. Und Paola senkte den Kopf, bat um Gesundheit für die Herrin, für deren Kinder, erst zum Schluss wagte sie auch für sich und ihr Glück zu bitten. Noch ein Blick hinauf ins gütige Antlitz, dann verließ sie das Gotteshaus.

Rasch überquerte Paola den Platz, wandte nicht den Kopf, als ihr aus den Hausschatten nachgepfiffen wurde, wechselte in der Via Larga gleich die Straßenseite, weil drei Gecken versuchten, ihr den

Weg zu versperren, in der Hast stieß sie gegen eine Bürgerin. »Verzeiht, ich …« Sofort wurde sie von deren Knecht am Arm gepackt. »Weg mit dir, sonst …«

Paola eilte weiter. Nahe der Kirche von San Giorgio a Pozzo Bianco bog sie links in die Gasse ab. Es war nicht mehr weit. Vor dem Haus des Malers richtete sie aufatmend ihr Kopftuch, strich rechts die Enden des Gürteltuches glatt, dann fasste sie nach dem Messingring und klopfte.

Signora Maria Peterzano geleitete die Zofe zur Werkstatt. »Simon! Besuch.«

Niemand war zu sehen. Auf den beiden Staffeleien mitten im Raum zeigten sich nur die Rückseiten der großflächigen Bilder, Holzleisten und graue Leinwand. Erst nach einer Weile kam die mürrische Antwort. »Ich will jetzt nicht gestört werden.«

»Aber, Simon. Das Mädchen kommt von der …«

»Soll warten.«

Die Gattin des Malers tätschelte Paola die Hand und flüsterte: »So ist er nun mal, immer in die Arbeit vertieft. Hab ein wenig Geduld.« Damit entschwand sie wieder im Flur.

Unter den Staffeleien entdeckte Paola Beine und Füße. Diese dicken Strickstrümpfe in den ausgetreten Ledersandalen gehören wohl dem Meister, dachte sie. Vor der anderen Staffelei standen gleich zwei Männer. Die dünnsten Beine gehören sicher Michele.

»Was gibt es?«

Wie ertappt hob Paola den Kopf und sah ins graubärtige Gesicht des Malers. »Verzeiht …« Erst beim nächsten Atemzug hatte sie sich gefasst. »Meine Herrin schickt mich mit einem herzlichen Gruß an Euch und einer Bitte.«

Peterzano sagte nichts, scharf musterte er die Gestalt, verharrte an Mund und Nase. Einen Moment zu lange, und sofort spürte Paola ihre Narbe. Aber ich hab sie doch überschminkt … Wie gewohnt hob sie die Hand, um den Makel abzudecken.

»Nicht doch.« Der Meister unterstrich das Verbot mit dem Zeigefinger. »Ich will deinen Anblick festhalten.«

Was? Paola spürte die Röte aufsteigen. Was redet er da? »Ich soll bestellen …«

»Hell und von jugendlicher Klarheit.« Die Musterung war abgeschlossen. Simon Peterzano strich den wulstigen Lippenbart. »Diese Unschuld findet sich nur noch selten bei den jungen Damen hier in der Stadt.« Ohne Übergang wurde sein Blick geschäftlich. »Deine Herrin möchte einen Termin für ein Porträt? Sie muss wissen, dass meine Werkstatt mit Aufträgen sehr ausgelastet ist. Aber ich könnte ihr zuliebe vielleicht eine Arbeit zurückstellen.«

»Kein Bild, Meister. Wir, das heißt meine Herrin, will Euren Schüler Michelangelo Merisi sehen. Und zwar jetzt gleich.«

Kaum war der Name gefallen, als Michele hinter der Staffelei vorkam. »Du bist es! Wo …?«

Der Meister wandte den Kopf. »Zurück mit dir!« Streng fragte er Paola: »Von wem kommst du?«

Sie knickste leicht. »Meine Herrin, die Marchesa Costanza Sforza Colonna schickt mich.«

»Warum sagst du das nicht gleich. Also die Marchesa will ihren Schützling sehen.« Über die Schulter rief Peterzano nach dem Schüler. Sofort gehorchte Michele. Sein Blick strahlte Paola entgegen. Hinter ihm tauchte der Geselle auf, packte Micheles Kittelkragen: »Nichts da! Hier wird geblieben!« Dann beschwerte sich Francesco beim Meister. »Er kann nicht weg. Erst muss er noch das Blattwerk malen. Ehe die Farbe nicht getrocknet ist, kann ich nicht mit dem Jüngling beginnen. Wir sind doch mit dem Auftrag schon im Verzug …«

»Dann wirst ausnahmsweise du selbst die Blätter malen«, unterbrach ihn Peterzano schroff. Doch der Geselle gab nicht nach. »Wer weiß, woher diese Person da kommt? Seht Ihr nicht, dass die beiden sich kennen? Vielleicht lügt sie …«

»Wag es nicht!« Paola drohte ihm mit erhobener Hand. »Sonst schicke ich dir unsere Knechte …«

»Schluss jetzt!«, fuhr der Hausherr dazwischen, schnaufte, und wieder ruhiger erklärte er seinem Gesellen: »Auf keinen Fall will ich es mir mit der Marchesa verderben. Sie hat beste Verbindungen in Kreise, von denen wir Künstler nur träumen können. Ich sage nur Rom und Vatikan, ich sage Madrid und El Escorial. Wenn solch eine hochgestellte Dame bittet, so ist es für unsereins wie ein Befehl. Das solltest du stets beherzigen.« Er winkte Michele zu sich. »Und du ebenso. Von meinem großen Lehrer Tizian lernte ich nicht allein die Kunst der Malerei, die Liebe zu den Farben und ihre geheimnisvolle Kraft, sondern ich lernte auch von ihm, wie wichtig Gönner für uns sind. Ohne deren Wohlwollen sind wir verloren, sind wir zwar immer noch bunt schillernde Fische, aber auf dem Trockenen.« Er legte dem Lehrling die Hand auf die Schulter. »Und nun lass die Marchesa nicht warten, bestell ihr meine untertänigsten Grüße und sag ihr, dass ich sehr zufrieden mit deiner Entwicklung bin.« Noch ein Lächeln für die Zofe, dann schickte er beide hinaus.

Kaum waren sie zehn Schritt vom Haus des Malers entfernt, blickte Michele kurz zurück und rieb sich die Hände. »Das geschieht dem Kerl recht. Endlich.« Keine Schadenfreude, eher grimmige Zufriedenheit.

Jetzt allein mit ihm, hatte sich Paola eine ganz andere Begrüßung erhofft, sie zeigte es nicht, wusste aber auch nicht, wovon er sprach. »Meinst du deinen Lehrherrn?«

»Nicht Meister Simon.« Er hob die Faust, weiß waren die Knöchel, sie vibrierten unter seinem Kinn. »Francesco, dieses Schwein … Immer bestimmt er über mich … muss ich tun, was er verlangt. Nicht nur in der Werkstatt. Verstehst du?« Er wartete nicht auf Antwort, das Angestaute drängte hinaus: »Und wenn wir abends irgendwo hingehen, um Schüler von anderen Malern zu treffen, dann behandelt er mich wie seinen Hund … Manchmal, da … manchmal könnte ich ihn erwürgen. Aber heute …« Ein gepresstes Auflachen. »Hast du sein Gesicht gesehen, als der Meister ihm übers Maul fuhr? Und das verdank ich dir.« Michele umfasste ihre Schulter und drückte sie.

Paola fühlte die Knie nicht mehr, musste sich anschmiegen, doch schon gab er sie wieder frei. »Und du bist wirklich Zofe bei unserer Marchesa?«

»Seit dem Frühjahr.«

»Die Marchesa ist gut zu uns.« Beide nickten.

Nach dem Tod ihres Gatten hatte Costanza dessen Nachfolge angetreten. Bis zur Volljährigkeit des ältesten Sohnes waren ihr alle

Pflichten und Rechte des Herzogtums zugesprochen worden. Zu Beginn stand ihr Micheles Großvater Aratore tatkräftig zur Seite, doch nach dessen plötzlichem Tod im Jahre 1584 musste Costanza nun neben den verschiedenen Palazzi und ihren Kindern auch die ganze Verwaltung alleine meistern. Überdies hatte sie in dankbarer Erinnerung an Giacomo Aratore den Schutz für seine Enkel übernommen, insbesondere für Giovan Battista und Michele. Weil Paola wie ein zusätzliches Kind im Hause des Landvermessers ein und aus ging, war auch das Mädchen unter die Fittiche der Landesfürstin geschlüpft und hatte es aufgrund ihrer tüchtigen, liebenswerten Art rasch zur Kammerzofe gebracht.

Paola sah Michele von der Seite an. Wie weich seine Wangen sind, dachte sie, auch die Lippen sind noch voller geworden. In jedem Fall bekommt er bei der Meisterin gut zu essen. Aber seine Stimme klingt so bitter. »Gefällt es dir in Mailand?«

»Ich male gerne.« Er blickte sie an, ein samtener Glanz schimmerte in seinen Augen auf. »Noch lässt der Meister mich nicht an seine Bilder, bei denen darf ich mich höchstens an Bäume und Blumen heranwagen. Aber ich habe es schon heimlich auf einer eigenen Leinwand versucht. Weißt du, ich wollte das Gesicht von einem Jungen malen. Nur das Gesicht, den Hals und etwas von der Brust. Er hat geweint, weint aber jetzt nicht mehr. Unglücklich sollte er sein, weißt du, gleich nachdem die Tränen weggewischt sind. Und genau so hat der Junge ausgesehen.«

»Zeigst du ihn mir?«

Michele schüttelte den Kopf. »Francesco. Er hat das Bild bei mir in der Kammer gefunden. Ausgelacht hat er mich, weil ich nichts in den Hintergrund gemalt habe. Aber das wollte ich auch nicht. Und dann …« Er sprach nicht weiter, das Kinn bebte, eine Weile sah er hinauf zu den Hausgiebeln. »Francesco hat sein Messer genommen. Und …« Die Hand vollführte einen schnellen Kreuzschnitt. »Ich kann dir das Bild nicht mehr zeigen.« Er atmete, dann setzte er hinzu. »Aber jetzt habe ich auch ein Messer.« Schnell vergewisserte er sich, dass niemand in der Nähe war. »Schau her.« Er griff tief in seinen Hemdausschnitt und brachte einen langen Dolch mit lederner Scheide zum Vorschein, gleich verbarg er die Waffe wieder. »Jetzt soll sich jeder in Acht nehmen.« Unvermittelt vergnügt, nahm er sie wieder in den Arm. »Ich bin so froh, dass du jetzt hier in der Stadt bist. Dich kenne ich so gut.«

Paola bemühte sich, heiter zu sein, doch es gelang ihr nicht recht. »Zwei Jahre und vier Monate haben wir uns nicht gesehen, weißt du das?«

Das Pferd scheute, stieg auf die Hinterhand. Michele wurde hochgeschleudert, stürzte rücklings nieder, fiel und fiel ... er sah über sich den weißen, fleischigen Bauch des Hengstes, die wirbelnden Vorderhufe, das Tier blickte auf ihn herab, es hatte Augen wie Francesco, das Maul war sein Mund ... jetzt verlangsamte sich der Sturz, Michele ruderte hilflos mit den Armen, wimmerte, fand nirgendwo Halt, nichts konnte ihn retten ... Hastig schlug er die Lider auf. In der Dunkelheit schimmerte das nachthelle Rechteck des Fensters. Unter dem Rücken spürte er die heugestopfte Matratze. »Nur ein Traum«, keuchte er, wiederholte es, um wirklich daran zu glauben. Aber das Pferd? Der mächtige Leib umschnürt mit dem Deckengurt? Michele richtete sich auf, er tastete nach dem Wasserkrug, nahm ihn vom Hocker und trank gierig. Als er absetzte, war er vollends wach. »Moretto. Jetzt erinnere ich mich«, flüsterte er. »Seine ›Bekehrung des heiligen Paulus‹. In Santa Maria presso San Celso hängt das Bild. Und der gleiche fette Gaul hat mich abgeworfen.« Erleichtert ahmte er den Sturz noch einmal nach, ließ sich mit Schwung zurück auf die Matratze fallen. »Und Francesco hat keine Macht mehr über mich.« Als Siegeszeichen streckte Michele beide Daumen in die Höhe. »Nachts sowieso nicht. Höchstens wenn ich es will.«

Mit Gewalt konnte der Geselle sich den jetzt Siebzehnjährigen schon lange nicht mehr gefügig machen. So versuchte er es mit Schmeichelei, Vergünstigungen bei der Arbeit und vor allem mit Einladungen in die Spelunken am Largetto, dem kleinen Hafen nicht weit entfernt vom Dom. Michele liebte das Berauschen mit Wein oder Bier, genoss den Anstieg zur Leichtigkeit, wenn Gedanken unwichtig werden und einfach zurückbleiben. Gerade in solchen Momenten war ihm die Lust willkommen. Meist sehnte er sich nach Paola, wünschte, ihren Körper zu berühren, doch allein Francesco war zur Stelle und nutzte seine Sehnsucht nach Nähe aus. »Aber nur noch, wenn ich es will.« Michele griff sich mit beiden Händen zwischen die Lenden.

Gestern Abend war der Geselle herübergekommen. »Morgen geht deine Lehrzeit zu Ende. Wir müssen bald Abschied nehmen.« Mit bedrückter Miene hatte er sich ans Bett gesetzt. »Die vier Jahre waren eine gute Zeit für uns. Nicht wahr?«

Nichts glaubte ihm Michele, weder den einschmeichelnden Ton noch den traurigen Blick. »Schön waren die Jahre nicht. Und ich freue mich, dass sie vorbei sind. Wenn ich ...«

»Undankbarer Kerl«, schnitt Francescos Stimme. »Noch bist du nichts ...«, und Zorn funkelte in den Augen, gleich war der Moment vorbei. »Lass uns nicht streiten.«

Michele spürte Enge im Hals, wollte sich aber nicht fürchten. »Ich habe vom Meister und von dir das Handwerk gelernt. Das ist wahr. Aber ...« Francescos geballte Hände ließen ihn stocken. »Ich meine, ich kenn mich jetzt aus mit Öl und Fresko, weiß genug über Perspektive und Verkürzung ...« Langsam öffneten sich die Fäuste des Gesellen wieder, und Michele wurde mutiger, seine Stimme leierte den so oft hergebeteten Lernstoff herunter: »Achte auf die Bewegung und das Gefühl. Ach ja, und dann das Licht. Das Kapitel aus dem Buch von diesem Lomazzo kenne ich auswendig. ›Das Licht selbst hat keine Farbe. Das ist seine Eigenheit ...‹ und ›... das Licht nimmt die Farbe der Körper an, durch die es fällt ...‹«

Jäh schnellten Hände vor, packten den Schüler an der Kehle. »Hör auf zu spotten. Sonst erwürg ich dich.«

Michele griff nach dem versteckten Dolch unter seiner Decke, hart drückte er Francesco die Spitze in den Bauch. »Lass mich los! Sofort!«

Die Waffe erschreckte den Gesellen, er ließ von seinem Opfer ab. »Bastardo«, zischte er. »Maledetto bastardo.«

Ohne nachzudenken, wollte Michele den kleinen Sieg auskosten und zitierte in abfälligem Ton den Passus über das Licht zu Ende: »›Wenn es also durch grünes Glas fällt, sieht das Auge grüne Strahlen, die vom Glas ausgehen ...‹ Wie oft hast du mich gezwungen, diese Litaneien aufzusagen? Dabei habe ich auf der Leinwand hundertmal bewiesen, dass ich den ganzen Lomazzo und seine steifen Lehren begriffen habe.«

Francesco sah ihn lange an, ein Jäger, der seine Beute unterschätzt hat und sich nun einen anderen Weg zurechtlegt. »Du bist sehr begabt, und ich glaube, aus dir wird ein großer Maler.«

Völlig überrascht legte Michele das Messer neben sich und rückte ein Stück näher. »Meinst du das im Ernst?«

»Aber ja.« Die Hand streichelte über den Unterarm. »Schon lange habe ich bemerkt, dass dir unsere Art zu malen nicht gefällt. Nur solltest du deine Verachtung nicht so offen zeigen, das haben weder der Meister noch ich verdient.«

»Das will ich auch nicht. Ich bin dankbar, glaub es mir. Nur will ich mehr, keine Enge, keine Regeln. Und diese ewigen Freskobilder. Ich weiß nicht, wie oft ich den verdammten Untergrund für den Meister vorbereiten musste. Und wozu? Für blasse Farben, milchiges Licht. Da kann doch kein Ausdruck, keine Wirklichkeit entstehen.«

Jetzt erst bemerkte Michele, dass die Finger über seine Brustwarzen spielten. »Lass. Ich dachte, du hörst mir zu?« Weil Francesco nicht nachließ, ihn zu berühren, schob er die Hand energisch beiseite. »Verflucht, ich will nicht.«

Wieder spannte der Geselle den Rücken, die Armmuskeln, dann aber atmete er langsam aus. »Stoß mich nicht zurück.« Seine Stimme blieb sanft. »Das solltest du wirklich nicht. Gerade heute.«

Den gefährlichen Unterton bemerkte Michele nicht, er staunte über die eigene Stärke, genoss sie. »Ich bin eben nicht in Stimmung. Und jetzt lass mich schlafen.«

Francesco erhob sich, sein Blick verschlang den jungen Körper, kurz saugte er an seinem Mittelfinger und grinste. »Versteh ich doch. Ruh dich nur aus, Kleiner. Morgen ist ja dein großer Tag.« Er wandte sich zum Gehen, und im Innern jubelte Michele schon. Da kehrte der Geselle noch einmal zurück. »Aber morgen Abend, wenn alles vorbei ist, lade ich dich in den Gambero ein. Dann saufen wir auf die schöne Zeit. Na, was ist?« Er streckte die Hand hin.

»Einverstanden.« Michele hatte eingeschlagen, und Francesco war gegangen.

Bei der Erinnerung lächelte er zufrieden und sah zum nachthellen Fensterausschnitt. »Der Kerl hat keine Macht mehr über mich. Nie mehr.« Und morgen? Die Mutter wollte kommen, und Gianni war extra aus seinem Kloster in Cremona angereist. Michele drehte sich müde auf die Seite. Aber erst treffe ich noch Paola, dachte er ... Ich werde mit ihr ... Den nächsten Gedanken nahm er mit in den Schlaf hinüber.

Paola wartete schon, nicht direkt vor dem Malerhaus, sondern weiter vorn an der Gasseneinmündung. Als Michele sie entdeckte, schwenkte er sein Barett und lief zu ihr. Stürmisch drückte er sie. »Eines Tages werde ich die Sonne malen mit deinem Gesicht.« Nur einen Augenblick gab sich Paola der Begrüßung hin, dann blickte sie besorgt über die Schulter. »Wenn Meister Simon uns sieht? Und die Leute werden reden.«

»Ist mir gleich.« Er lachte und drehte sie einmal um sich selbst. »Heute ist mein Glückstag. Frei werde ich. Keine Befehle mehr, Schluss mit allen Ermahnungen und Belehrungen. Ich bin jetzt ein richtiger Maler. Weißt du, was das heißt?«

»Was denn?«

Er stockte, staunte. »So genau weiß ich das auch nicht.« Dann musste er über sich selbst lachen. Paola liebte seine Ausgelassenheit, liebte den Mund, die Augen. Gerne ließ sie sich anstecken und lachte mit ihm. »So etwas darfst du aber heute Nachmittag nicht vor deiner Mutter zugeben. Dafür war deine Ausbildung zu teuer.«

»Das weiß ich nur zu genau.« Der Scherz gelang nicht, rasch versicherte er: »Sobald ich meine ersten Bilder verkauft habe, zahle ich ihr jeden Scudo zurück. Und jetzt ...« Michele fasste sie bei der Hand. »Jetzt zeige ich dir, was mir gut gefällt. Und es ist mir gleich, ob mich einer sieht und es dem Meister erzählt. Komm, wenn wir uns beeilen, schaffen wir bis zum Mittagsläuten wenigstens einige Gemälde.«

Vor San Stefano deutete Michele im Vorbeigehen mit dem Daumen zum Eingang zwischen den sieben Säulen. »Da bin ich getauft worden. Aber weil von diesem wichtigen Ereignis dort kein Bild hängt, müssen wir auch nicht hinein.«

Paola krauste die Stirn. Eingebildet bist du wohl gar nicht, dachte sie und sah ihn von der Seite an. Nein, nein, das meint er nicht im Ernst.

Wenige Schritte weiter zog Michele sie in eine kleine Kapelle. »Hier wird es dir gefallen.« Im Dämmerlicht sah Paola einen Altar; dahinter und rechts wie auch links erhoben sich gelbweißlich schimmernde Bilder. Die Augen gewöhnten sich. Keine Gemälde. Waren es Mosaike? Jetzt erkannte sie die einzelnen Gebilde und wich erschreckt zurück. »O Madonna, wie ekelhaft.« Totenköpfe. Aus Tausenden von Menschenschädeln und -knochen waren kunstvolle Ornamente errichtet worden. »Bring mich weg«, hauchte sie und glaubte am Modergeruch zu ersticken. Wieder draußen, sog sie gierig die milde Aprilluft ein, sie beeilte sich, mit ihm Schritt zu halten. »Und so was findest du schön?«

»Nicht wirklich. Aber hässlich sind diese Knochenbilder nicht. Und einen Totenschädel möchte ich gern besitzen.«

»Michele …«

»Bestimmt. Ich finde, jeder Maler muss einen Totenkopf im Atelier haben. Als Requisit. Mit so einem Schädel auf dem Bild kannst du die Vergänglichkeit darstellen. Oder er dient zur Weissagung der Zukunft.«

Paola winkte ab. »Mach dich nur lustig über mich.«

»Aber wenn ich es dir doch sage.«

Sie hatten das Portal von Santa Maria presso San Celso erreicht. Paola drohte ihm mit dem Finger. »Nicht schon wieder so eine scheußliche Überraschung.«

»Keine Angst. Ich zeig dir, wovon ich geträumt habe.«

Heute am Montag knieten nur wenige Gläubige vor den Seitenaltären. Michele führte seine Freundin durchs Hauptschiff direkt auf die großen Gemälde zu, verharrte nicht einen Moment an Ferraris »Taufe Jesu«, doch beim Anblick des Gemäldes von Alessandro Moretto leuchtete sein Gesicht auf. »Ist das ein Pferd! Dieser Bauch. Genauso hab ich ihn letzte Nacht gesehen. Und schau mal das Licht!« Er deutete hinauf zum Spalt in der Wolke. »Wie einen Strahl hat Moretto es fast senkrecht hinuntergeschickt, über den Pferdekopf, die wirbelnden Hufe, runter auf Gesicht, Arm und Schenkel des Saulus. Das nenn ich eine Beleuchtung, fast sparsam, aber sie erzeugt Spannung.«

Beim Betrachten des gestürzten Saulus erinnerte sich Paola an die Sonntagsschule. »Und da er auf dem Wege war und nahe an Damaskus kam, umleuchtete ihn plötzlich ein Licht vom Himmel …«

»He, was du alles weißt!« Michele legte den Arm um ihre Taille und zitierte die Bibelstelle weiter. »… und er fiel auf die Erde und hörte eine Stimme, die sprach zu ihm …«

Paola sah den Liebsten schmunzelnd an und stimmte zwar leise, doch in tiefem gottgleichem Ton mit ein: »Saulus, Saulus, was verfolgst du mich?«

Ohne in Lachen auszubrechen, gelang es beiden, auch den nächsten Vers noch aufzusagen. Michele näherte sich ihrem Ohr und flüsterte: »Du könntest Malerin werden. Mehr brauchst du nicht zu wissen. Nur die Bibelstelle.«

»Mir kannst du viel erzählen.« Sie wartete den Kuss in ihre Halsbeuge noch ab, ehe sie ihn sanft von sich drückte. »Ich verstehe zwar nichts von der Malerei, aber unterschätzen sollst du mich besser nicht.«

»Glaub mir, wie in der Sonntagsschule musste ich zu all den Bildmotiven für Kirchen die passenden Verse auswendig lernen. Meister Simon meint, dass auch die berühmten Maler nicht mehr zu wissen brauchten, wenn sie einen Auftrag erhielten. Auch nicht die Brüder Campi. Ich werde es dir beweisen.«

Rasch verließ das Paar den geheiligten Raum. Michele kannte Abkürzungen durchs Gassengewirr, und bald standen sie vor der kleinen Klosterkirche San Paolo Converso. »Dem Meister hab ich immer erzählt, ich würde mir hier sein Pfingstbild anschauen. Aber da hängen viel bessere, das versprech ich dir.«

Paola folgte ihm, beobachtete seine Hände, während er durchs Seitenschiff an den Gemälden vorbeiging, sah das verächtliche Wegwischen, wenn ihm eines nicht gefiel. Sei nicht so hochnäsig, dachte sie, bis mal ein Bild von dir in einer Kirche hängen darf, wird es sicher noch lange dauern.

Abrupt blieb Michele stehen. »Da, sieh mal. Die ›Nativita‹ …« Fast berührte sein Finger die knienden Hirten im Stall von Bethlehem. »So was gefällt mir.«

»Meinst du etwa diese schmutzigen Füße?«

»Ganz richtig. Antonio Campi zeigt Mut. Seine Hirten kommen vom Feld, sind durch Mist und Dreck zum Stall gelaufen. Das nenne ich Wirklichkeit.« Er zog Paola weiter zur »Enthauptung des Johannes«. »Und hier … das ist einfach großartig. Dieser scharfe Kontrast zwischen Hell und Dunkel.« Er stand da und bewunderte. »Nur das eine Licht der Fackel … Es erhellt die düstere Szene mit Johannes und dem Henker und gleichzeitig, da an der Seite, auch die Frauen im Flur. Alles andere bleibt im Düsteren.«

»Wie ergeben der heilige Johannes den Tod erwartet!« Voller Mitgefühl seufzte sie: »Der Arme musste sterben, nur weil König Herodes als Belohnung für einen Tanz den Wunsch seiner Stieftochter erfüllen wollte.« Michele nickte und zitierte mit leiser Stimme: »Und alsbald schickte der König den Henker und befahl, sein Haupt herzubringen. Der ging hin und enthauptete Johannes im Gefängnis …«

Paola wischte sich die Augen. »… und trug her sein Haupt auf einer Schüssel und gab's dem Mägdelein, und das Mägdelein gab's seiner Mutter.« Sie lehnte die Stirn an Micheles Schulter. »Ich glaub, solch ein Bild kann man nur malen, wenn man selbst ganz traurig ist.«

Für Reifröcke standen die Stühle zu eng. Simon Peterzano bemerkte es rechtzeitig. Eilfertig rückte er sie weiter auseinander, glättete den Bezug der Kissen, dann kehrte er an die Tür zurück. Zu Ehren der Fürstin trug er heute die sonntägliche Heerpauke; in Gelb und Schwarz wölbten sich die prachtvollen Stoffbälle um seine Oberschenkel, dazu leuchtete sein Gesicht, wippte der sorgsam gekämmte Bart. »Marchesa, welch ein Glück, welch ein Licht in meinem bescheidenen Hause. Darf ich bitten.« Er dienerte und geleitete den hohen Besuch durch die Werkstatt. Kaum hatte sich die Fürstin nahe den Fenstern mithilfe ihrer Zofe niedergelassen, fragte er, noch ehe die Falten des nach beiden Seiten aufbauschenden dunkelblauen Rocks geordnet waren: »Darf ich eine Erfrischung anbieten?«

»Sehr freundlich«, Costanza hob leicht die Brauen. »Aber es geht hier nicht allein um mich. Zu dieser kleinen Feierstunde sind noch mehr Gäste erschienen.«

»Oh, verzeiht.« Der Meister schluckte, eine leichte Verneigung, er wandte sich um und winkte Micheles Mutter. »Seid mir gegrüßt, Signora Merisi. Tretet näher. Ja schaut Euch nur um, hier zwischen Staffeleien und Leinwand hat Euer Sohn den Umgang mit Farben und Pinsel gelernt.« Lucia trug einen schlichten mattgrünen Rock, ein eng geschnürtes Oberteil in gleicher Farbe. Die Frau an ihrer Seite war dem Meister unbekannt. Ehe er in Verlegenheit geriet, stellte sich Margherita selbst vor. »Ich bin ihre Schwester, die Tante von unserem Jungen. Capito, Signore? Die Schwägerin vom Pelzhändler Baschi, dem Vertragszeugen.«

»Willkommen ...«

»Und vor allem ist sie die Amme meiner Kinder«, ergänzte die Fürstin.

Da erstrahlten die Augen des Malers wieder. »So seid mir doppelt willkommen.«

Seinen Schüler und den jungen Mönch, die am Regal mit den Farbbeuteln standen, schien Peterzano vergessen zu haben. Die Marchesa war zu Besuch. Unauffällig gab er Francesco ein Zeichen, und der Geselle rückte eine der Staffeleien näher an die Fürstin heran. »Darf ich, da sich die Gelegenheit so unerwartet glücklich gefügt hat, darf ich Euch in aller Bescheidenheit einige Studien von mir zeigen?«

Costanza Colonna sah ihn verwundert an, deutete zu ihrem Schützling hinüber. »Hat der junge Merisi daran mitgearbeitet?«

»Noch nicht ...«, der Meister hob vielsagend den Zeigefinger. »Aber wer weiß, vielleicht schon bald? Hier auf dieser Zeichnung seht Ihr den schönen Medoro verwundet in der Schlacht, und Angelica sorgt sich um ihn.« Kein Einwand, keine Unterbrechung waren möglich, schnell und begleitet von großen Gesten, entwarf Peterzano die Szene, beschrieb in leuchtenden Farben, was nur mit Kohle angedeutet war. »Marchesa, auf der rechten Seite wird ein dunkler, muskulöser Sarazene sich über ein Opfer beugen. Davor die entseelten Leiber ...«

Am Farbenregal flüsterte Michele seinem Bruder zu. »Wenn der Meister mal in Fahrt kommt, dann hält ihn keiner mehr auf.« Giovan Battista lächelte nicht, nickte nur und blickte, die Hände vor dem Hüftstrick der Kutte zusammengelegt, vor sich hin.

»He, Gianni, was ist? Außer guten Tag vorhin hast du kein Wort mit mir gesprochen. Freust du dich nicht, dass ich meine Lehrzeit beendet habe?«

»Gewiss«, presste der junge Mönch hervor. »Doch keine Freude, seit Mutter mich gestern eingeweiht hat, empfinde ich eher Erleichterung. Ich hatte ja keine Ahnung …«

»Verflucht, wovon redest du? Was ist los?«

Giovanni drückte die Fingerkuppen fester zusammen. »Deine Ausbildung war kostspielig. Sehr kostspielig sogar. Und … und hast du dich nie gefragt, wie Mutter die Scudi aufgebracht hat?«

Michele verspürte einen Druck im Magen, konnte nur den Kopf schütteln.

»Um den Meister zu bezahlen, hat Mutter nach und nach Land verkauft, zuerst dein Erbe. Dann aber auch die Felder an der Straße nach Calvenzo, die Gemüsegärten in Rovere. Und die gehörten nicht dir, sondern unserer Schwester und mir. Mutter hat unser Erbe für deine Lehre veräußert.«

Heftig schluckte Michele gegen den schalen Geschmack an. »Das tut mir leid. Aber sicher ist noch Besitz da. Ich werde Caterina und dir alles zurückzahlen.«

Der Bruder seufzte schwer. »Glaub jetzt nicht, dass ich als Diener Gottes dem Gelde hinterherjage. Mir geht es dabei lediglich um Gerechtigkeit zwischen Geschwistern.«

»Ich verstehe.« Hinter dem Rücken ballte Michele die Faust. Scheinheiliger Kerl, dachte er, du bist ein richtiger Pfaffe geworden, nach außen hin fromm und bescheiden, aber unter dem Rock werden die Goldstücke gehortet.

Meister Peterzano hob die Stimme: »… wie schon in der ersten Fassung, werde ich auch dieses Mal noch den Hund von links kommen lassen. Er ist der treue Beschützer von Angelica, meiner christlichen Heldin.« Eine galante Verbeugung beendete den Vortrag. Costanza klatschte einige Male höflich in die Hände. Dieses Lob ermunterte den Meister zum eigentlichen Vorstoß. »Wenn Eure Hoheit Interesse … was sage ich, sollte Eure Hoheit sich entschließen, dieses Kunstwerk in Auftrag zu geben, so werde ich alle anderen Verpflichtungen zurückstellen und sofort mit der Ausführung beginnen.«

»Gebt mir Bedenkzeit.« Die Marchesa lächelte dünn. »Ich werde Euch benachrichtigen. Nun aber denke ich, ist es an der Zeit für den eigentlichen Anlass meines Besuches. Wie ich sehe, ist längst auch der Notar mit den Zeugen eingetroffen. Wir sollten endlich beginnen.«

Der Meister bemerkte die Kritik im Unterton der Fürstin nicht. »So nehmt doch Platz.« Mit weiter Armbewegung bat er alle Gäste zu den Stühlen am Fenster. Paola half auch Micheles Mutter und Margherita beim Ordnen der Reifröcke. Und ehe sie sich in der zweiten Reihe hinter ihre Herrin neben Giovan Battista und dem Pelzhändler setzte, strich sie wie unbeabsichtigt die Schulter des Liebsten.

Der Notar trat nach vorn zum Gastgeber und öffnete eine Mappe. Ihm oblag es, die Erfüllung aller im Lehrvertrag festgehaltenen Punkte abzufragen.

War der Meister seiner Sorgepflicht nachgekommen?

Stets hatten er und seine Gattin darauf geachtet, dass der Schüler saubere Kleidung trug, sich die Haare wusch, stets gab es ausreichend zu essen …

Bei der Frage nach der Bezahlung sah Michele die Mutter von der Seite an. Wie blass sie ist, dachte er, wie eingefallen ihre Wangen. Meine Schuld. Nur weil sie mir den Weg bereiten wollte. Als Simon Peterzano die Pünktlichkeit der halbjährigen Zahlung lobte und Lucia Merisi dafür dankte, tastete sie unbemerkt nach der Hand ihres Sohnes und hielt sie fest. Kurz wandte sie den Kopf, ein Blick voller Stolz nach überstandener schwerer Zeit.

War die Ausbildung erfolgreich?

Nun fächerte der Maler seinen Unterricht auf, flocht immer wieder ein: »…was ich von meinem großen Lehrer Tizian lernte, gab ich an meinen Schüler weiter. Und mehr als das …« Zum Abschluss lobte er Michele und streckte ihm beide Hände hin. »Erhebe dich, mein Sohn.« Er legte ihm den Arm auf die Schulter und verkündete den Anwesenden in vollem Brustton. »Aus dem Schüler Michelangelo Merisi ist nach vier Jahren Lehrzeit ein gründlich ausgebildeter und guter Maler geworden.« Den Beifall wartete er gütig lächelnd ab, dann fuhr er fort: »Und zum Zeichen meiner Anerkennung erlaube ich ihm, an meiner Seite zu arbeiten. Ich habe den ehrenvollen Auftrag erhalten, in San Vito in Pasquirlo eine Madonna mit Kind zu malen. Zu ihren Füßen sollen San Francesco und Santa Margaritha knien. Ich denke, mein Sohn, du hast genügend Reife erlangt, um den Francesco zu malen. Nun? Was sagst du?«

Alle Blicke richteten sich erwartungsvoll auf den frisch ernannten Künstler. Nur dem Gesellen loderte Eifersucht in den Augen.

Da keine Antwort kam, scherzte der Meister in väterlichem Ton: »Aber, aber, wer wird denn hier verlegen sein?«

Michele verzog den Mund, rümpfte kurz die Nase und sah zu Boden. Ich weiß nicht, was wird, dachte er, nur, hier in deiner Werkstatt versauern, dass will ich auf keinen Fall. Aber, verflucht, wie sag ich es? Er blickte zu Paola, sofort verbarg sie ihr Gesicht hinter der Hand. Eine schöne Hilfe bist du, schimpfte er stumm.

»Nur Mut, junger Kollege.«

»Nein …«

Simon Peterzano gefror das Lächeln, erschreckt klappte der Notar seine Mappe zu, und die Marchesa runzelte die Stirn.

»Verzeiht, Meister. Ich danke für alles, aber … aber an Eurer Seite zu arbeiten, dafür fühle ich mich noch nicht gut genug. Ihr habt Francesco, der fügt sich genau in Euren Malstil. Versteht bitte, ich habe Angst, mir würde das nicht gelingen.« Michele schnaufte angestrengt, er bemerkte, dass Paola ihn zwischen den gespreizten Fingern wieder ansah, ihm zunickte, und wusste sich auf dem richtigen Weg. »Außerdem möchte ich für einige Zeit heim nach Caravaggio, dort malen, zu den Bildern der berühmten Künstler reisen und auch die Mutter etwas entlasten. Dann werde ich mich entscheiden.«

»Er hat einen eigenwilligen Kopf.« Keine väterliche Zärtlichkeit, viel zu hart griff ihm der Meister in die Nackenlocken. »Aber nach der gründlichen Ausbildung hier in meiner Werkstatt wirst du in Norditalien sicher ein gefragter Maler werden. Und wer weiß, vielleicht wirst du sogar später mal einen Auftrag in Mailand erhalten. Die Kammer unterm Dach steht dir selbstverständlich noch bis zum nächsten Samstag zur Verfügung. Viel Glück.«

Nach dem Applaus, dem Händeschütteln und den guten Wünschen der Gäste führte Paola ihren Maler zum Stuhl der Marchesa. »Heute ist auch für mich ein Glückstag«, raunte die Freundin ihm ins Ohr. »Weil du zurück nach Caravaggio kommst.«

Michele musste warten. Der Meister teilte dem hohen Gast gerade noch eine großartige Ergänzung zu seiner Bildkomposition mit. Endlich gelang es Costanza Colonna, eine der wenigen Atempausen zu nutzen. »Sehr, sehr beeindruckend, werter Freund. Wie versprochen werdet Ihr in den nächsten Tagen von mir hören. Und nun lasst mich meinem jungen Künstler gratulieren.«

Simon Peterzano verneigte sich, strich den Kinnbart und trat etwas zur Seite.

»Ich bin stolz auf dich.«

Michele hörte nicht auf das Lob, hörte mehr auf ihre weiche Stimme, sah die geschwungenen Lippen, die kleinen Falten in den Mundwinkeln, doch jäh wurde er wachsam.

»… vielleicht war es unvorsichtig, gleich den ersten Auftrag abzulehnen?«

»Verzeiht, ich konnte nicht anders.«

Die grauen Augen lächelten leicht. »Sobald du zurück bist, erwarte ich deinen Besuch. Wir haben das große Glück, einige Reliquien unserer Stadtheiligen zu erhalten. Eine Schulter und eine Rippe von San Fermo und dazu eine Rippe von San Rustico …«

Hinter Michele versuchte Paola vergeblich, einen Seufzer zu unterdrücken.

»Was gibt es?«

»Nichts, Herrin. Ich dachte nur an Knochen und da …«

Michele half ihr. »Wir waren heute Vormittag in San Bernardino alle Ossa. Ich hab ihr die Ornamente aus menschlichen Gebeinen gezeigt.«

»Ein sonderbarer Ort, um ein Mädchen auszuführen.« Die Marchesa blieb ernst. »Zurück zu Fermo und Rustico. Zu Ehren der Reliquien wird im August eine Prozession durch die Stadt gehen, und die Kollekte soll dazu dienen, ein altes Gemälde mit den beiden Heiligen wieder aufzubereiten. Dabei dachte ich an dich. Nein, nein, schweig. Lehn jetzt nicht sofort ab. Ich erwarte deinen Besuch, und dann werden wir gemeinsam in Ruhe darüber nachdenken.«

Schwüle lastete. Die Tür zum Gambero stand weit offen. Vom Stadthafen her kroch Geruch nach Fäulnis durch die Gassen, mischte sich im Schankraum mit dem beißenden Qualm der Öllampen. Längst waren die meisten Gäste gegangen. Michele trank, setzte den Becher übervorsichtig ab und wischte sich mit dem Ärmel durchs verschwitzte Gesicht. Er hockte allein am Tisch nahe dem Hinterausgang und stierte neben sich auf den halb leeren zweiten Becher. »Francesco? He, wo bist du? Ich kann doch nicht … Du musst die Zeche bezahlen.« Dann erst erinnerte er sich. »Ach so … ich weiß schon, du bist was besorgen und kommst gleich wieder. Ich weiß schon.« Zwei Krüge hatte der Wirt nachgebracht, oder waren es drei? Das Rechnen war zu schwer. Er schenkte sich ein. Zu hastig, und Wein schwappte über den Rand. Mit dem Finger vermalte er den Rotwein auf der Holzplatte und sah sich selbst zu. »Für offene Wunden sollte ich mal keinen Zinnober nehmen, sondern richtiges Blut. Wenigstens versuchen könnte ich's. Am besten mein eigenes …«

»Was redest du da?« Francesco schlug ihm auf die Schulter. »Die Malstunde ist vorbei, Kleiner. Heute Nacht wird gefeiert.« Er zog seinen Becher quer durch die Rotweinzeichnung zur anderen Tischseite, setzte sich und gleichzeitig nahm eine junge Frau den Platz neben Michele ein. »Das ist Beppa, eine gute Freundin. Sie will dir zum Abschluss der Lehre gratulieren.«

Michele nahm sie nicht wahr, er beugte sich vor. »Weißt du, Francesco, was ich geträumt habe?« Zunge und Lippen mühten sich um jedes Wort. »Du warst ein Pferd, jawohl, ein mächtiges, dickes Pferd.«

Der Geselle feixte. »Das gefällt mir. Und wie groß war der Schwanz?«

Es dauerte, bis Michele begriff, dann kicherte er. »Weiß nicht, da hab ich nicht hingesehen.«

Ein nackter Arm schlang sich um seinen Hals, er spürte Lippen auf der Wange. »Glückwunsch«, gurrte Beppa. Der Busen rieb sich an seiner Seite. »Du sollst ja ein starker Kerl sein, hat mir Franci verraten.« Ohne Zögern griff ihre Hand zwischen seine Schenkel. »So stark wie ein Hengst, sagt er.«

Michele setzte den Becher an und leerte ihn mit großen Schlucken. Ihre Finger wühlten sich in den Latz seiner Hose. Er ließ es geschehen, tastete selbst nach den vollen Brüsten, dann lehnte er ausatmend den Kopf an ihre Schulter. Warm war ihm und wohlig.

»Hier wird nicht geschlafen.« Beppa fasste fester zu, der Schmerz ließ Michele aufschrecken. »Verzeih, ich wollte …«

Sie verschloss ihm mit dem Finger den Mund. »Komm.« Verstohlen wies sie zum Hinterausgang. »Da draußen kannst du's mir besorgen.«

Ohne Sträuben ließ sich Michele mitziehen. Im dunklen Hof tappte er trunken hinter ihr her. Beppa lehnte sich an die Wand, öffnete den Kittel und führte seine rechte Hand über die nackten Brüste tiefer an ihr Vlies. »Nimm auch die andere Hand«, forderte sie. »Na los, pack endlich zu.«

Michele gehorchte, dachte, wie weich das Fleisch ist …

Beppa stieß einen Schrei aus, schrie wieder. Entsetzt hielt er sie fest. »Was ist …?«, stammelte er. »Was ist dir …?«

Sie antwortete nicht, wiederholte nur in kurzen Abständen ihre Schreie.

Die Hintertür wurde aufgestoßen. Jäh erhellten Lampen den Hof. Immer noch hielt Michele die Frau umfasst. Das Licht blendete. Zwei Männer kamen auf das Paar zu. »Lass meine Schwester los«, forderte der eine, und sein Bruder drohte: »Du hast sie entehrt. Du Schwein.« Beide packten Michele am Kragen und schleuderten ihn zur Mitte des kleinen Hofes. Er stürzte, raffte sich halb auf, fühlte Übelkeit und erbrach sich. »Nichts hab ich ihr getan«, keuchte er. Da traf ihn ein Fußtritt in die Seite, ein anderer gegen den Hals, und benommen schlug er mit dem Gesicht in den schmierigen Dreck. Sie nahmen Knüppel und hieben auf seinen Rücken ein. Ein langer elender Schmerz. Rot und grelles Gelb schnitten ineinander. Die Trunkenheit wich, schlimmer noch wurde die Qual. Verdammte Kerle. »Lasst mich. Hört auf.« Seine Peiniger rissen ihn wieder auf die Füße, hieben ihm die Fäuste in den Magen, wenn er sich krümmte, schlugen sie ihm ins Gesicht. »Was jetzt, du geiler Köter?«, reizten sie ihn zwischen den Schlägen. »Das gefällt dir doch?«

Jäh erwachte die Wut und mit ihr neue Kraft. Michele wich einige Schritte zur Seite, gleichzeitig tastete er nach dem Dolch unter seinem Hemd, riss ihn samt Scheide heraus. Mit flatternden Fingern befreite er die Klinge vom Leder und packte die Waffe fester. »Ich steche euch ab«, lallte er. »Kommt nur. Jeden stech ich ab.«

Beim Anblick der blanken Klinge versiegte der Spott. Schnell bückten sich die Brüder nach den Knüppeln und umkreisten ihr Opfer. »Gleich reißen wir dir den Schwanz ab. Fressen wirst du ihn. Dann schlagen wir dir den Schädel ein.« Michele sah den einen, wandte sich nach dem anderen um, hin und her. Die Gefahr lauerte überall, wild fuchtelte er mit dem Dolch. Da schwangen die Gegner ihre Prügel hoch und griffen gleichzeitig an.

»Aufhören! Im Namen des Rates! Aufhören!«

Zwei Männer der Stadtwache drängten sich zwischen die Kämpfenden, bedrohten sie mit ihren Degen. »Fallen lassen! Wird's bald.« Die Brüder gehorchten.

»Du auch.«

Wie erstarrt stand Michele da, hörte die Stimme nur durch ein Rauschen. »Das Messer weg!«, herrschte ihn einer der Büttel an. Umständlich schob er die blanke Klinge in den Gürtel.

»Was geht hier vor?«

»Dieser Kerl da hat unsere Schwester belästigt.«

Ein kurzer Blick auf Beppa, die gerade ihren Kittel wieder zuknöpfte, genügte den Bewaffneten. »Ach, die schon wieder.« Beide steckten den Degen zurück. Einer von ihnen wandte sich an den Geprügelten. »Der Name? Wo wohnst du?«

Michele wollte antworten, schmeckte Blut auf den Lippen und brachte nur Würgelaute hervor.

»Sein Name ist Michelangelo Merisi.« Francesco stellte sich neben ihn und stützte seinen Arm. »Ein Kollege von mir. Wir sind Gesellen von Meister Peterzano. Bitte keine Anzeige. Das Ganze war nur ein Missverständnis. Wir haben gefeiert ...«

»Dein Freund sollte nicht so viel saufen und besser auf seinen Umgang achten.« Die Wachleute feixten sich an. »Unsere Beppa hat es faustdick. Mit der wird solch ein junger Bock bestimmt nicht fertig.«

Kaum hatten sie den Hof verlassen, als Michele die Knie versagten und er kraftlos zu Boden fiel. Unbemerkt steckte Francesco den Brüdern und ihrem Lockvogel rasch einige Münzen zu. »Gut gemacht. Und jetzt verschwindet.«

Er wartete, bis sie den Hof verlassen hatten, dann kauerte er sich zu Michele. »Ich bring dich nach Hause.« Große Fürsorge lag in seiner Stimme. Umsichtig half er dem Zimmernachbarn auf, stützte ihn durch den Schankraum. Draußen legte er sich Micheles Arm um die Schultern. »So schaffen wir es.«

»Diese Schweine. Ich hätte …«

»Gegen die beiden hattest du keine Chance. Sei nur froh, dass ich dich gerettet habe.«

»Wieso?«

»Aber, Kleiner. Als ich Beppa im Hof schreien hörte und die Brüder reinstürzten und gleich wieder raus durch die Hintertür, habe ich sofort die Stadtwache gerufen. Und glaub mir, wir kamen gerade noch rechtzeitig.«

Michele seufzte. »Das ist wahr.« Die Wirkung des Weines kehrte zurück, trotz der Schmerzen wurde ihm etwas leichter. Im Haus des Meisters gelangten sie über die Stiege endlich zu ihren Kammern unterm Dach. »Danke«, sagte er erschöpft. »Du bist wirklich ein Freund.«

»Nicht der Rede wert. Aber einer muss sich nun mal um dich sorgen.« Er öffnete die Tür. »Komm, ich bring dich noch ins Bett.«

Michele ließ sich von Francesco entkleiden und mit einem Lappen reinigen. »Nun leg dich hin.« Als der Geselle seine Wunden an Hals und Brust mit Salbe bestrich, empfand er es als Linderung. Dass er seinen Bauch küsste und bald sich der Mund an seiner Mitte festsaugte, erregte ihn mehr und mehr. Schließlich griff er Francesco ins Haar, wollte Lust.

Und der Abend im Gambero, auch Beppa und ihre Brüder verloren sich.

3

Seine Zunge war vertrocknet. Michele drückte sie an den Gaumen, spürte das Raue, versuchte zu schlucken, schal schmeckte der Mund, erst als er die Lippen schloss, wieder und wieder schluckte, entstand Feuchtigkeit, und er empfand sie wie Labsal. In stetigem Rhythmus wurde sein Körper geschüttelt, hart war der Boden, unter sich vernahm er das Mahlen und Knirschen von Rädern. Da waren doch Weinschläuche …? Mit den nächsten Atemzügen wich der Schleier allmählich. Ja, richtig. Dieser Bauer hat uns aufsteigen lassen.

Am Morgen waren Michele, sein Bruder Giovan Battista und die drei Handwerker aus Caravaggio im Hof der Herberge gerade dabei gewesen, ihre Bündel zu schultern, als der Alte auf die Gruppe zukam. Den Rücken leicht gebückt, dürr die Gestalt, ein dunkel gegerbtes Gesicht und über dem scharfkantigen Nasenrücken lebten kleine, helle Augen. Rasch musterte er einen nach dem anderen und erkundigte sich bei jedem nach Beruf und Ziel der Reise. »Ein Zimmermann und zwei Maurer? Das nenn ich ehrenhafte Handwerke.« Etwas unschlüssig begutachtete er noch einmal die beiden Brüder. »Und dann noch ein Mönch und …« Er trat einen Schritt auf Michele zu. »Du bist Maler, sagst du? Du meinst Hauswände und Schranktüren?«

Gewöhnlich empfand Michele solch eine Frage als Kränkung, jetzt aber verbesserte er nachsichtig: »Bilder. Nur Gemälde, verstehst du?« Über den Buckel des Alten hatte er längst das Fuhrwerk entdeckt. Die Rettung. Sein Kopf schmerzte vom Wein gestern Abend, die Beine waren schwer. Trotz Salbe und Verband brannten die wunden Füße in den Sandalen. Heute nicht wandern zu müssen, dafür wollte er freundlich sein und lächelte, so gut es ihm möglich war. »Gemalte Geschichten von den Heiligen. Für Kirchen, wenn du verstehst.«

Ein kurzes Leuchten glitt über das Gesicht des Bauern, und er schnalzte einige Male mit der Zunge. »Wenn ich's mir überlege, ganz nutzlos ist dein Beruf nun doch nicht.« Er hatte sich an alle gewandt: »Nach Rom? So weit fahre ich nicht. Bis Orvieto nehm ich euch mit. Dann habt ihr nur noch einen Tag.« Er war voraus zu seinem Gespann gegangen. »Steigt auf. Gebt mir nur auf die Lederschläuche Acht. Ich hab sie gerade neu anfertigen lassen. Setzt euch nicht drauf.«

Sobald die fünf Männer es sich zwischen den Stapeln bequem gemacht hatten, verriegelte er sorgsam die Rücklade. »Keiner soll mir runterfallen«, dabei kicherte er vergnügt vor sich hin und war trotz seines Alters unerwartet gelenkig auf den Kutschbock gestiegen.

Bald schon, als das Ruckeln gleichmäßiger wurde, hatte sich Michele ausgestreckt, den zusammengerollten Schultermantel unter den Nacken gelegt und war eingeschlafen. Nach dem langen Marsch gestern, nach dem elenden Auf und Ab durch die Hügellandschaft war am Abend schon der erste Weinkrug in der Herberge für den Rausch genug gewesen, ob er dann auch noch den zweiten ganz geleert hatte, wusste er nicht mehr. »Ist mir auch gleich.« Michele dehnte sich, gähnte ausgiebig und öffnete die Lider, das Licht schmerzte, und gleich verengte er die Augen zum Spalt. Ein Milchhimmel mit silbriger Sonne. Ihm gegenüber kauerten die Handwerker und schnarchten. Zwei lehnten aneinander, dem dritten war das Kinn auf die Brust gesunken, sein Kopf schaukelte mit dem Schwanken des Karrens. Für die lange gefahrvolle Reise nach Rom hatten sich Michele und sein Bruder mit ihnen zusammengeschlossen. Kräftige, schweigsame Männer, die ihre Fäuste ebenso wie die mannshohen Kampfstöcke zu gebrauchen wussten. Anfang Juli waren sie von Caravaggio aufgebrochen, waren jetzt schon zwei Wochen unterwegs, über die Pässe hatten sie sich Pferde gemietet, den Hauptteil der Strecke aber waren sie gewandert, und bisher hatte noch keine der gefürchteten Straßenräuberbanden gewagt, die Gruppe zu überfallen.

Michele wandte den Kopf. Neben ihm hockte Gianni, ein dünnes Buch auf den Knien. »Studierst du?«

»Ich lese im Evangelium des Johannes.«

»Und was?«

»Vom ungläubigen Thomas.«

»Warte«, Michele rieb sich die Stirn, als könnte er so das immer noch träge Durcheinander der Gedanken ordnen. »Das ist doch der mit dem Finger. Ja, richtig. Die anderen Jünger erzählen, dass sie den Herrn gesehen hätten, und er glaubt es nicht.« Nun wusste er sogar den ungefähren Text der Bibelstelle: »Thomas aber sprach zu ihnen: Das glaub ich nicht … Nein anders: Das glaub ich erst, wenn ich den Finger in die Nägelmale lege und meine Hand in die Wunde in seiner Seite. Sonst glaube ich es nicht.« Halb stützte sich Michele auf. »Sag, dieser Johannes, ist das derselbe, dem der Herodes den Kopf abgeschlagen hat?«

»Schäm dich.« Entrüstet schloss Gianni sein Buch und tippte auf den Deckel. »Das ist der Apostel, der andere ist Johannes der Täufer …«

»Nein, ich meine den, der vorher Zöllner war …«

»Großer Gott. Du solltest besser nicht so viel trinken.«

»Hör auf damit!« Michele ballte eine Faust. »Verdammt, wir haben das Jahr 1592. Ich bin bald einundzwanzig, und du bist und bleibst ein Jahr jünger.« Er setzte sich hoch und presste den Rücken gegen die Seitenlade. Um die Reisegefährten nicht zu wecken, senkte er die Stimme, doch der drohende Ton blieb: »Unsere Mutter ist jetzt zwei Jahre tot. Du brauchst sie nicht zu ersetzen. Oder glaubst du, weil du die Kutte trägst, dürftest du dich als meine Glucke aufführen? Es ist mir entfallen. Und basta.«

Unbeeindruckt vom zornigen Blick, dozierte der junge Jesuit weiter. »Es gibt nur zwei mit dem Namen Johannes. Der, den du meinst, ist Matthäus, der saß bei den Zöllnern …«

»Ach, halt's Maul.« Michele drehte sich weg und schnürte die Sandale vom rechten Fuß. Vorsichtig löste er den schmutzigen Verband. An der Ferse und unter den Zehen waren Blasen aufgeplatzt, die Ränder dunkelrot geschwollen.

»Soll ich dir den Fuß versorgen?«, bot ihm der Bruder an. »Salbe? Ein frischer Lappen?«

Alles sträubte sich in Michele, ich brauche deine Hilfe nicht, doch

Giovan Battista trug für alle die Reiseapotheke im Ranzen, außerdem wusste er von seinen Klosterbrüdern viel über Heilkräuter, Pulver und Tinkturen. Und wer weiß, wie lange wir morgen wieder laufen müssen? Dieser Besserwisser soll sich ruhig nützlich machen. Stumm rutschte Michele näher und streckte ihm den Fuß hin.

Nach dem Mittag verlor sich der hohe, milchige Dunst, und die Julisonne strahlte vom blauleeren Himmel. Von den Hügelkuppen aus wurde der Blick weiter. Am Horizont wuchs der mächtige Stadtfelsen von Orvieto, bald waren die Dächer auszumachen, und über allen hob sich die Kathedrale, der weiße, mit Schwarz abgesetzte Stein verlieh ihr eine vornehme Pracht. Wie eine eitle Principessa thront sie dort oben, dachte Michele, ihre Fassade hat sie mit bunten Mosaiken geschminkt und die beiden Seitenschiffe wie einen Reifrock neben sich aufgebauscht. Er ging nach vorn zum Kutschbock. »Weißt du, wer den Dom ausgemalt hat? Welche Bilder dort hängen?« Der Bauer sah ihn über die Schulter misstrauisch an. »Was fragst du da?«

»Aber du warst doch bestimmt schon zur Messe dort?«

»Nur an Fronleichnam. Wenn das Bluttuch mit auf der Prozession herumgetragen wird. Aber jetzt schon lange nicht mehr, weil meine Frau doch Wasser in den Beinen hat, da kommen wir kaum noch vom Hof.« Er saugte kurz an seinem Eckzahn. »Also ich schon, ich geh zur Messe in die Klosterkirche bei uns im Dorf. Meine Laetitia schafft das nicht mehr.«

Michele nickte und versuchte es erneut. »Da in der Kathedrale gibt es doch Geschichten an den Wänden. Weißt du, wer sie gemalt ...? Nein, schon gut. Aber du kannst dich an die Bilder erinnern?«

Mit einem Mal zwinkerte der Bauer ihm zu, und seine Zungenspitze fuhr über die Lippe. »Du bist mir vielleicht einer ...« Er nahm die Zügel in eine Hand und drehte sich etwas mehr Michele zu, ein kurzer Blick zu den anderen Fahrgästen, dann senkte er die Stimme: »Nur Nackte, sag ich dir, auch Weiber. Und viele. Die stehen da rum und gucken zu den Engeln rauf. Aber alles ist so richtig an denen zu sehen. Als ich noch ein Junge war, sind wir ziemlich oft dahin, bis uns der Priester weggejagt hat. Aber heute ... So im Alter ...« Jäh brach die Vertraulichkeit ab. »Was ist mit dir? Malst du etwa auch so ... solche Bilder?«

»Das muss entweder die Auferstehung oder die Hölle sein«, sagte Michele nachdenklich. »Oder vielleicht auch das Jüngste Gericht.«

»He. Ich hab dich was gefragt? Malst du etwa auch solche Sachen?«

»Nein, ans Ende der Welt hab ich noch nicht gedacht.«

»Na, Gott sei Dank.« Sichtlich beruhigt blickte der Alte wieder nach vorn. »Wir sind bald da.«

Die Handwerker rafften ihre Mäntel und Bündel zusammen, klopften sich gegenseitig den Staub vom Wamsrücken. Gianni erkundigte sich beim Bauern: »Weißt du in Orvieto eine schlichte Herberge?«

»Aber wo denkt Ihr hin, Pater?« Ein übertriebener Seufzer. »Ich bin ein großzügiger Mann. Auch meine Laetitia hat ein gutes Herz. Selbstverständlich könnt ihr auf unserem Hof übernachten. Es gibt auch was zu beißen.«

»Was kostet es?«

»Nichts. Ich sagte doch, ich und meine Laetitia ...« Er legte die Hand auf Herz, und die Geste sollte den Satz fortführen. Seine Fahrgäste tauschten erfreute Blicke. Da setzte er leicht hinzu. »Nun ja, wir sind schon alt, die Kraft fehlt. Vielleicht könnt ihr jungen Kerle da und dort was mit anfassen.«

Sofort waren alle einverstanden, und Gianni bekräftigte salbungsvoll: »Wer Hilfe gibt, dem wird geholfen.«

»Genau, das mein ich auch«, pflichtete ihm der Bauer bei.

Westlich des Stadtfelsens lenkte er das Gespann durch Olivenhaine in ein schmales Tal, Zitronenbäume blühten, verströmten ihren süßfrischen Duft, und am Ende des holprigen Wegs gelangten sie zu seinem Gehöft, eingefriedet mit einer Mauer aus geschichteten Steinen. Die runden Tonziegel der Abdeckung waren verwittert, an einigen Stellen sogar abgefallen, Lücken klafften, rechts und links der Einfahrt wucherten Efeu und Brennnesseln. Vor der Scheune ließ der Bauer die beiden Ochsen anhalten. Ohne Zögern stieg er vom Bock und entriegelte die hintere Lade des Wagens. »Runter mit euch«, forderte er munter, und kaum standen die Männer vor ihm, betrachtete er sie wie ein Jäger, der gute Beute mit heimgebracht hatte. »Willkommen. Nennt mich Girolamo. Da am Brunnen gibt es frisches

Wasser. Trinkt nur, trinkt, so viel ihr wollt.« Damit eilte er in kurzen schnellen Schritten zum Wohnhaus hinüber, verschwand und kehrte gleich wieder zurück. »Hab nur meiner Laetitia Bescheid gesagt. Fürs Essen ist gesorgt. Vorher aber ...« Er zeigte dem Zimmermann das marode Scheunentor, Bretter und Werkzeug lagen bereit. Er führte die beiden anderen Handwerker zur baufälligen Mauer. Wenigstens die Säulen an der Einfahrt sollten sie ausbessern, dann auch noch verwitterte oder fehlende Ziegel durch neue ersetzen, auch wenn nötig mit Lehm die Lücken im Gefüge der Mauer füllen. »Danach könntet ihr hinterm Haus ...« Mit jedem neuen Auftrag verloren die Männer aus Caravaggio mehr und mehr von ihrer Gutmütigkeit. Schließlich brummte einer von ihnen: »Das geht nicht an einem Nachmittag.«

»Muss ja auch nicht.« Das Bäuerlein gab sich gönnerhaft. »Ihr und eure Kameraden ruht euch eben noch einen Tag länger bei uns aus, dann werdet ihr auch fertig.« Völlig überrumpelt, wussten die Armen nichts zu erwidern, wussten nichts Besseres, als sich nach dem Werkzeug zu bücken und mit der Arbeit zu beginnen.

Eine schnelle Drehung auf dem Absatz. »Nun zu Euch, Pater, seid so freundlich und nehmt meiner Laetitia die Beichte ab.«

Giovan Battista strich sich über die Tonsur. »Ich bin noch nicht zum Priester geweiht. Bedaure, aber die Beichte darf ich deiner Gemahlin nicht abnehmen.«

Ein kurzes Stirnrunzeln, schon fasste der Alte nach dem Arm des Mönches. »Dann singt und betet Ihr eben mit meiner Laetitia. Das ist auch gottgefällig.« Damit zog er ihn in Richtung Wohnhaus. Über die Schulter forderte er Michele auf: »Nimm dein Bündel und komm mit. Für dich hab ich drinnen auch was.«

Lange schien niemand mehr die gute Stube des Hauses betreten zu haben. Die Luft roch schal, trübes Licht lastete auf den Möbeln. Zwischen zwei Truhen brachte der Bauer eine geschnitzte Madonna mit Kind zum Vorschein, spinnwebenverklebt, die Farben waren abgeblättert oder verblasst. »Die hatte ich schon beinah vergessen, aber als du heute Morgen von den Kirchenbildern erzählt hast, fiel sie mir wieder ein. Früher, als Mutter noch lebte, stand sie da vorn in der Nische neben dem Fenster. Aber dann hatten wir mal Wasser in der Wand, und das hat die heilige Maria nicht vertragen.« Jetzt befand sich im Heiligeneck nur eine große Kerze, den Fuß umkränzten getrocknete Wachholderzweige. Girolamo drückte dem Maler die drei Fuß hohe Statuette gegen die Brust. »Mach mir die Muttergottes wieder schön, so gütig gucken soll sie und den Kleinen anlächeln. Dann freut sich meine Laetitia.«

Michele begutachtete die Figur, drehte sie zwischen den Händen. Dieser alte, gerissene Ziegenbock. Von wegen, ein gutes Herz, der Kerl hat sich heute Morgen vor der Herberge billige Arbeitskräfte besorgt. Auf diese Weise erspart er sich die Knechte.

»Zu dunkel«, erklärte Michele dann. »Hier in dem düsteren Raum sehe ich zu wenig. Zum Malen brauche ich mehr Licht.«

»Das lässt sich machen. Draußen vor der Haustür. Du kannst die Muttergottes auf den Tisch stellen.«

»Außerdem benötige ich zwei Eier.«

»Du willst mich wohl ausnehmen?« Der Alte drohte ihm mit dem Finger. »Erst die Arbeit, dann wird gegessen.«

Wie zum Stoß packte Michele die Statue. Gleich wich der Bauer einen Schritt zurück. »Ruhig, ruhig. Du sollst vorher schon welche haben. Aber sag's nicht den anderen. Meine Laetitia ...«

»Nur das Eiklar, verstanden.« Eine steile Falte stand Michele zwischen den Brauen. Er ging mit der Figur voran aus der Stube. Hastig musste der Alte ausweichen, um nicht niedergestoßen zu werden. »Und bring mir Wasser, dazu einige Tonschalen.« Mit jedem Befehl fühlte sich Michele besser. »Zwei Leinentücher, und ein ...«

»Kleine oder große?« Bescheiden und beflissen war mit einem Mal der Ton hinter ihm. Michele wandte den Kopf und glaubte, der Bauer beugte den krummen Rücken sogar etwas tiefer. Das gefällt mir. Dir den Schneid abzukaufen ist nicht schwer. »Einfache Lappen sollen es sein. Und dann bring mir noch einen Krug vom Roten ...« Wie ein mahnender Finger bohrte ein Schmerz in seinem Hinterkopf. »Nein, besser keinen Wein. Jetzt noch nicht.«

Draußen legte Michele die Madonna auf den Tisch und öffnete den Reisesack. Eingerollt in den wollenen Umhang für kältere Tage, barg er das Herzstück seines Gepäcks, das Holzkästchen mit Weiß und Schwarz und den vier Farben. Weil er Scherben fürchtete, hatte er für unterwegs das wertvolle Pigmentpulver nicht in kleine Flaschen, sondern gleich in die mit einem Holzspan fest verschlossenen Beutelchen aus Darm abgefüllt. Noch ohne Bindemittel. »In Rom, wenn ich mein eigenes Atelier bezogen habe, dann werde ich mir die Farben anmischen«, hatte er sich vor der Abreise selbst versichert und seine Sammlung von feinhaarigen, borstigen, dünnen, dicken oder breiten Pinseln in den Lederköcher gesteckt. »Und dann werde ich malen.« Er schloss die Augen, genoss nur die Größe der Bilder, den Schwung der Bewegung. »Alle werden sie kommen und erst ganz still sein vor Bewunderung«, flüsterte er. »Und dann, dann jubeln sie mir zu.« Noch einen Atemzug lang genießen, dann erst hatte er die Lider wieder geöffnet. »Genau so.« Kein Zweifel. So würde seine Zukunft sein. Genau das hatte er sich vorgestellt.

Michele sah auf die heruntergekommene Madonna mit Kind und verzog die Mundwinkel. »Schöner Traum. Jetzt rühr ich für ein verwittertes Stück Holz zum ersten Mal die Farben an.«

Aus der Küche hob sich Gesang, zunächst ein verhalten getragenes »Halleluja – Hal-leee-luja.« Der schöne Tenor von Gian Battista führte den Lobpreis an, und dann griff die Stimme der Bauersfrau mit ein.

Er kratzte dem Jesuskind mit dem Pinselstiel die losen Farbplacken vom Bauch und blies sie beiseite. »Was soll's. Gianni muss sich da drinnen bei der Alten sein Essen verdienen, die anderen am Scheunentor und der Mauer. Warum soll es mir besser ergehen?«

Bald schon brachte der Bauer die verlangten Gegenstände, beobachtete argwöhnisch, wie der Maler die Eier aufschlug, geschickt das Eiklar in eine Schüssel gab und den Dotter aufschlürfte. »Damit also kannst du jetzt besser malen?«

Michele presste die Lippen, um nicht zu grinsen, er brummte nur vielsagend. In zwei Schalen häufelte er etwas vom roten und gelben Pulver, rührte die Farben mit Eiklar an, zwischendurch gab er die Pinsel ins Wasser, um die Borsten geschmeidig werden zu lassen.

Seine Geschäftigkeit gefiel dem Bäuerlein, sichtlich befriedigt nickte es. »Im Moment kommst du ja ohne mich zurecht. Will jetzt nach den anderen sehen, ob die meine Hilfe brauchen.« Eilig wieselte er über den Hof in Richtung Scheune. »Hilfe?« Michele spuckte auf den Boden. »Du buckliger Aufseher willst kontrollieren, ob deine neuen Sklaven nicht faul rumsitzen.«

Neben Rot und Gelb rührte er jetzt noch Weiß an. Behutsam mischte er dann die Farben, verdünnte, lichtete ihre Kraft, bis ein heller, weicher Ton gewonnen war. Zunächst erhielt der Körper des nackten Kindes eine frische Haut, danach die Beinchen und Arme. Das Gesicht sparte er noch aus.

»Salve Regina …« In der Küche begrüßte Bruder Gianni mit der Bäuerin nach dem Halleluja nun voller Inbrunst die Himmelskönigin, während Michele den Händen der Heiligen Mutter einen etwas dunkleren Hautton gab.

»Ad te clamamus, exsules …«

Ein leuchtendes Blau für das faltenreiche Gewand. Weil er keine Pigmente von Blei und Zinn mit sich führte, musste sein Gelb aus Terra Siena für das Gold der Krone genügen.

Nun die Gesichter. Michele rührte neue Farbe an. Nach dem Kind beugte er sich mit dem feinsten Pinsel über die Augen der Maria, gab ihnen einen braunen Schimmer.

Die Bewegung der Hand lüftete einen Schleier. Er sah ins blasse Gesicht seiner Mutter. Caravaggio. Das Haus nahe der Porta Folcero. Sie lag ermattet auf der Bettstatt, den Mund leicht geöffnet, tiefe Falten umgaben die Mundwinkel. »Was ich konnte, hab ich dir gegeben, mein Junge. Enttäusch mich nicht. Werde ein guter Maler und lebe … lebe gottgefällig …« Das Sprechen wurde ihr schwer. »Und … bitte … halte Frieden mit deinen Geschwistern. Versprich es mir.« Michele hatte ihre Hände geküsst und die Stirn hineingelegt. »Danke, Mama. Für alles. Ich enttäusche dich nicht.« Als er aufblickte, war das Licht ihrer Augen gebrochen.

An diesem Tag weinte Michele bis in den Abend, und mit ihm trauerten Giovan Battista und die Schwester. Schon beim gemeinsamen Frühmahl am nächsten Morgen aber schob der jüngere Bruder den leer gegessenen Breinapf mit entschlossenem Ruck von sich. »Mutter ist an Kummer gestorben.« Er blickte Michele an. »Weil sie sich aufgeopfert hat. Aber sie hat sich weder um Caterina noch um mich gesorgt, sondern allein um dich. Du warst es.«

»Willst du etwa behaupten, dass ich Mutter …?« Michele ballte die Rechte zur Faust, die Knöchel wurden weiß, sprachlos starrte er den Bruder an. Giovanni strich sich die Tonsur und lächelte dünn. »So weit würde ich nicht gehen, aber … Nun schweigen wir davon. Tatsache ist aber, dass Mutter dir von unserem Erbe gegeben hat.«

»Verflucht!« Mit aller Kraft hieb Michele auf den Tisch, dass Schüssel und Näpfe sprangen. »Ich zahl's zurück. Jeden verdammten Scudo!«

Ruhig griff der Bruder in den Ärmel seiner Kutte und brachte eine mit Lederband gebundene Papierrolle zum Vorschein. Er schob sie dem Bruder hin. »Damit dir die Summe nicht entfällt, gebe ich dir eine Abschrift des Schuldscheins, den ich vor drei Jahren von Mutter und dir habe unterschreiben lassen. Natürlich nur, damit alles seine Ordnung hat. Das Original bewahre ich für Caterina und mich noch auf.«

»Du bist …« Nein, keinen Streit, nicht schon am Tag nach Mutters Tod. Die aufwallende Wut verursachte Übelkeit. Michele musste sich ans Fenster stellen und atmen, erst nach einer Weile hatte er sich wieder gefasst. »Macht euch keine Sorgen, ich verkaufe alles, meine Äcker und Wiesen. Und meine Anteile an den Häusern von Mutter und Vater überschreibe ich euch. Nur keine Angst, ihr bekommt euer Geld.«

Caterina war zu ihm gekommen. »Ich wollte das nicht, glaub mir. Aber Gianni und mein Mann haben gemeint …«

»Lass gut sein, Schwester. Ich weiß, du hast ein warmes Herz.« Er starrte hinaus, das Stadttor stand weit offen, mehr zu sich selbst hatte er wie eine Drohung hinzugefügt: »Niemandem bleib ich etwas schuldig.«

Auch in den folgenden zwei Jahren war kein Streit zwischen den Geschwistern ausgebrochen. Zwar oft nur mit Mühe, aber Michele hatte das der Mutter gegebene Versprechen gehalten. Und als der Notar vor drei Wochen den endgültigen Erbteilungsvertrag aufsetzte, die Geschwister beinah alles erhielten und für Michele gerade noch so viele Scudi übrig blieben, um in Rom nicht gleich betteln gehen zu müssen, hatte er Giovan Battista sogar die Hand gereicht. »Ein Tag der Freude, nicht wahr? Für uns beide. Du hast dein Geld, frommer Mann. Und ich bin schuldenfrei.«

Der Bruder überhörte den bitteren Ton, er legte ihm den Arm um die Schultern. »Auch wenn so ganz verschiedene Lebenswege vor uns liegen, wir werden immer füreinander einstehen. Nicht wahr?« Auch den beinah erschrockenen Blick übersah der Jesuit mit einem Lächeln. »Jetzt, da keine leidigen Geldangelegenheiten mehr zwischen uns stehen, möchte ich dir meine Zuneigung beweisen. Ich werde dich nach Rom zu Onkel Ludovico begleiten.« Nun ging ein Strahlen in dem hageren Gesicht auf. »Und ich übernehme alle Kosten während der Reise. Die Herbergen, das Essen, die Pferde. Freust du dich?«

Michele hatte geschluckt, war erst dagegen, dann aber hatte der Gedanke an die Ersparnis schwerer gewogen als alle Einwände. »Wir werden uns schon ertragen.«

Michele setzte den Pinsel ab, trat einen Schritt zurück und prüfte das Antlitz der Muttergottes. Er mischte der angerührten Hautfarbe noch etwas mehr Schwarz bei und dunkelte die Wangen unter den hohen Knochen leicht nach, das Gesicht wurde schmaler. Wieder ein Schritt zurück. Er war mit seiner Arbeit zufrieden.

»Das nennst du schön gucken?« Die Stimme des Bauern biss Michele in den Rücken. Er wandte sich um. Girolamo ließ ihm keine Zeit: »Da soll die Maria lächeln und gütig gucken, damit meine Laetitia sich freut. Und was machst du aus ihr?« Gefährlich nah kam der gestreckte Zeigefinger dem Antlitz der Heiligen Mutter. »Sie guckt das Kind an, als hätte sie gerade Essig getrunken oder eine Kröte verschluckt. Und dafür hast du dir auch noch Eier geben lassen … Du bist mir vielleicht ein Künstler …«

»Halt's Maul!« Michele packte das Handgelenk und zog den Alten zu sich heran. »Hör auf damit, sag ich. Sonst stopfe ich dir dein Lästermaul.«

»Wag es nicht«, heulte der Bauer auf. »Mein Schwager ist der Präfekt von Orvieto.«

»Du elender Wurm …«

»Michele!« »Girolamo!« Warnung und Angst schallten gleichzeitig von der Tür her. Der Maler gab sein Opfer frei. Beide blickten schuldbewusst. »Wollte ich nicht«, Michele zeigte der Bäuerin die offenen Handflächen. »Tut mir leid.«

Doch Laetitia sah an ihm vorbei, ihr mächtiger Leib geriet in Schwingung, wie hingezogen watschelte sie zum Tisch, umfing die Statue mit dem Blick und legte andächtig die Hände aneinander. »So schön ...« Die Stimme schmolz ihr von den Lippen. »Mit solch sorgenvoller Liebe kann nur eine Mutter schauen. Sie würde alles für ihr Kind hergeben.« Jetzt wischte sich die Bäuerin eine Träne aus dem Augenwinkel. »So schön habe ich Maria noch nie gesehen.« In einer beinah leidenschaftlichen Drehung wandte sie sich an Michele. »Danke, Meister. Von ganzem Herzen sage ich Danke.«

Da tätschelte das Bäuerlein ihre Schulter. »Das hast du allein mir zu verdanken, Mama. Gleich, als ich hörte, was er von Beruf ist, da dachte ich, der ist ein guter Maler, der kann meiner Laetitia die Muttergottes wieder rausputzen.« Jetzt erhielt sogar Michele einen leichten Klaps auf den Arm. »Und er hat mich nicht enttäuscht.«

Ob die Füße schmerzten, wusste er nicht mehr, sah er hinunter, so schlurfte der linke, dann der rechte ins Blickfeld und wieder der linke. Vielleicht gehören sie mir gar nicht? Michele nickte vor sich hin. Aber das wäre mir inzwischen auch egal. Am Morgen in der Herberge hatte er beim ersten Auftreten geglaubt, auf rohem Fleisch zu gehen, für einen Moment sogar gemeint, Bruder Gianni hätte vor dem Verbinden Salz in die Wundsalbe gemischt, doch Schritt für Schritt durch Straßenstaub und über Steine hatte er den Schmerz wieder angenommen und ihn allmählich aus seinem Denken verbannt. Schon den ganzen Tag über brannte die Julisonne, und selbst jetzt, am späten Nachmittag ließ die Hitze nicht nach. Und kam ein Windhauch, so wehte er fauligen Gestank von den Sümpfen des Tiberufers herüber.

Neben Michele stöhnte sein Bruder den Atem durch die spröden Lippen, gesprochen hatte er lange nichts mehr. Selbst die drei Handwerksburschen ließen die Schultern hängen und schleiften ihre Kampfstöcke hinter sich her. Das Tempo bestimmten die müden Pilger weiter vorn. Vor zwei Tagen hatten sich die Männer aus Caravaggio dem abgekämpften Haufen angeschlossen. Eine Schar von zwölf Gläubigen aus dem fernen Bayern jenseits der Alpen. Die acht Männer und vier Frauen waren im Frühjahr von München aufgebrochen, Strapazen und Entbehrung hatten ihre Gesichter gezeichnet.

Keine fromme Heiterkeit ging von ihnen aus, abwechselnd schleppten sie an dem hölzernen Kruzifix, fast erloschen schien das Licht in den Augenhöhlen. Und schwenkte ihr Führer und Hirte aus dem Kapuzinerorden den langen Pilgerstab nach links, so begannen die Frauen mit schwachen Stimmen den Rosenkranz zu beten, und auf den Schwenk nach rechts fielen die Männer heiser mit ein. Nach Stunden des Marsches aber kamen die Zeichen immer seltener, der groß gewachsene Kapuziner hatte selbst Mühe voranzuschreiten und trug den Pilgerstab mit dem silbernen Marientaler über der Schulter wie ein Söldner die Lanze.

Michele stieß Gianni leicht in die Seite. »Immer noch höre ich diesen gerissenen Ausbeuter.« Er ahmte die Stimme des Alten aus Orvieto nach: »Bleibt noch, bleibt noch. Nach Rom habt ihr es nicht mehr weit.«

Der Bruder nahm den bitteren Scherz auf, er buckelte sogar und setzte im gleichen Tonfall hinzu: »So bleibt doch noch. Esst euch satt und genießt die gute Luft bei uns.«

Doch sosehr Girolamo auch gesäuselt hatte, die Männer aus Caravaggio hatten genug von seiner Gastfreundschaft und waren gleich am nächsten Morgen aufgebrochen.

»Und belogen hat er uns auch.« Michele drohte mit der Faust nach hinten. »Von wegen bis Rom ist es nicht mehr weit. Bald eine ganze Woche sind wir seitdem unterwegs.«

»Zürnen wir dem alten Mann nicht länger.« Nun gab sich Giovan Battista wieder salbungsvoll, selbst sein Gang veränderte sich. »Unsere Ziele sind wahrhaft höher als seine. Und heute Abend werden wir Gast bei Prälat Ludovico sein, unserem Onkel. Stell dir vor, er wohnt jetzt Tür an Tür mit dem Heiligen Vater. Begreifst du, was das für mich und meine Laufbahn bedeutet? Seine Beziehungen …«

»Hauptsache, er hat mir eine Bleibe gesucht«, unterbrach Michele, ehe der Bruder sich wieder mit dem erhofften Einfluss des Onkels die Karriereleiter des Jesuitenordens bis zu den obersten Sprossen hinaufschwärmte. »Vor allem ein geräumiges Atelier für die großen Bilder.«

»Sei unbesorgt, auch wenn Onkel Ludovico vor allem mich in sein Herz geschlossen hat, so wird er auch für seinen zweiten Neffen sorgen.«

»Hör auf, so mit mir zu reden …« Michcle vernahm das Sirren um seinen Kopf zu spät, schon verspürte er einen Stich an der Halsseite, gleich einen zweiten, einen dritten unter dem Kinn. »Verfluchtes Geschmeiß!« Er hieb sich auf die schmerzenden Stellen, wedelte mit den Händen. Das Sirren ließ nicht nach, größer und bedrohlicher wurde der Schwarm. Auch Gianni fuchtelte, drehte sich, stülpte die Kapuze über den Kopf. Die drei Handwerker schlugen mit den Schweißtüchern um sich. Die blutdürstigen Plagegeister ließen sich nicht abschütteln. Weiter vorn stürzte eine Wolke auch über die Pilger her. Sie aber waren gerüstet. Für ihre feierliche Ankunft heute in Rom trug jeder von ihnen einen Strauß aus Buchsbaumzweigen am Gürtel. Das Hosianna musste warten. Im Nu verwandelten sich die frommen Zeichen zu Waffen, mit denen sie sich heftig zur Wehr setzten, gleichzeitig beschleunigten sie den Schritt. Die Flucht vor den Mücken trieb die Schar wie auch die Männer aus Caravaggio über die Tiberbrücke, erst auf der gepflasterten Via Flaminia fühlten sie sich befreit. Nach einer weit geschwungenen Kehre blieb der Führer der Frommen stehen. »Seht doch!« Er wies mit dem langen Pilgerstab nach vorn. An dessen Spitze brach sich die Abendsonne in der silbernen Marien-Medaille, das Licht blinkte und blitzte. »Seht doch.« Weiter vorn hob sich die machtvolle Toranlage, standen die düsteren Mauern, und darüber zeigten sich Dächer, Kuppeln und Türme. Der Führer sank auf die Knie und mit ihm die Frauen und Männer. »Danke, großer Gott …«

Bruder Gianni tat es ihnen nach, laut stimmte er ins Gebet mit ein. Die Handwerksburschen beugten nur den Rücken, und Michele stützte sich auf seinen Stock. Besser ich bleib stehen, sonst komme ich nachher nicht mehr hoch. Sein Blick wurde von den drei offenen Toren angezogen, hineingesaugt in die andere Helligkeit dahinter. »Rom, ich komme«, flüsterte er, mit dem Lächeln sprang die trockene Unterlippe auf, und ehe er weitersprach, kostete er den Blutstropfen. »Noch kennst du mich nicht. Aber lass mir nur ein paar Monate Zeit, dann schmückst du dich mit meinen Bildern.«

Vor ihm sprachen die Pilger das Amen. Als sie sich wieder aufrafften, schienen sie von neuer Kraft beseelt. Den Kopf erhoben, den grünen Zweig in den Händen, stimmten sie das »Regina caeli« an, die

Tritte wurden fester. Wer noch die meiste Kraft hatte, trug nun das Kreuz erhöht vor seiner Brust. So schritten sie mit Lobpreis auf die Porta del Popolo zu. Auch von den Männern aus Caravaggio fiel die Erschöpfung ab, dicht blieben sie hinter den Singenden.

Beim Näherkommen gaben die Mauerschatten rechts und links des Tores ihre Bilder frei. Erst erkannte Michele nur Pfähle und Kreuze, hörte das Gekreisch gieriger Vögel, bald aber griff das Grauen nach ihm: Auf den Holzpfeilern stakten Köpfe, einige waren schon bleich gefressen, um andere stritten sich die flatternden Aasfresser, hackten in die Augenhöhlen und Schädeldecken. Heftiger umkämpft aber waren die Kreuze. An keinem hing ein vollständiger Leichnam, die Henker hatten ihre Opfer gevierteilt und die Körperstücke so angenagelt, dass sie nie mehr zu einem Leib gefügt werden konnten. Michele stöhnte auf, wollte sich abwenden. Da zerrte ihn Gianni am Arm. »Komm weiter. Sing mit, sing und preise Maria wie die Pilger da vorn. Die kann nichts erschrecken. Komm, das Lied führt dich hindurch.« Er frohlockte mit mächtiger Stimme und zog den Bruder nach, trieb die Handwerker vor sich her, und die Wachposten zählten die Männer aus Caravaggio zur frommen Schar, winkten und ließen sie ohne Kontrolle passieren.

Gleich nach der Toranlage riss der Gesang ab. Schuld hatte nicht die jähe Erinnerung an die Gerichteten. Linker Hand von den Pilgern reckte sich die prachtvolle Kirche Santa Maria del Popolo. Doch auch ihr Anblick hatte das Lied nicht verstummen lassen. Der Brunnen vor den Kirchenstufen, kein Kunstwerk, nur ein steinerner Trog, er wurde zum Ziel aller Begierde. Die Pilger stürzten hin zu ihm, nur die fünf ersten, zwei Frauen waren mit dabei, fanden an seinem Rand Platz, tranken aus den Handmuscheln, tranken und tranken, tauchten die Arme ins Kühle, schöpften sich das Nass aufs Haar und in den Nacken, dabei stöhnten sie genüsslich. Hinter ihnen entstand Gezischel, mit jedem lustvollen Seufzer nahm die Empörung zu. Erst leise Flüche, dann drohende. Unvermittelt drängten die Durstigen vor, wahllos hieben sie mit den Hosiannasträußen auf die Köpfe der Brüder und Schwestern, zerrten und stießen sie beiseite, um endlich an den Trog zu gelangen. Wasser platschte und spritzte. Allein der Hirte wartete geduldig ab, erst als seine Herde den Durst gestillt hatte, beugte auch er sich über den Brunnen. Danach straffte er den Hüftstrick seiner Kutte. Ein »Gott befohlen« noch für die Weggefährten der letzten beiden Tage, dann hob er den Pilgerstab, folgsam und wieder friedvoll formierten sich die Frommen hinter ihm, und mit feierlichem Gesang zogen sie über die Piazza del Popolo in die Heilige Stadt.

Dächer und Giebel verglühten im Schein der sinkenden Sonne, während die Schatten auf der Via Ripetta bereits ihre scharfen Konturen an die Dämmerung verloren. Gianni ging immer einen Schritt voraus, halb über die Schulter versicherte er dem Bruder: »Ich weiß den Weg. Sobald wir den Tiber erreicht haben, bleiben wir auf der Uferstraße, bis wir auf der anderen Seite die Engelsburg sehen.«

»Und woher weißt du ...?« Das nachsichtige Lachen unterbrach Michele.

»Du erkennst das Gebäude allein schon am Licht. Der Heilige Vater ist von Helligkeit umgeben. Sie lässt all seine Gebäude erstrahlen.«

Und du bist ein Idiot, dachte Michele, sagte aber nichts. Nach dem Abschied von den Handwerksburschen hatte der junge Mönch die Führung übernommen. Drei Straßen führten von der Piazza del Popolo in die Stadt. Wie breite Schneisen, von machtvoller Hand geschlagen, zogen sie durchs Meer der Prachtbauten und Kirchen. Gianni stand vor dem Obelisk inmitten des Platzovals und wies nach rechts. »Wir müssen diese nehmen.«

Michele hätte sich für die mittlere Achse entschieden, an deren weit entferntem Ende er eine kleine Turmspitze entdeckte. Wenn ich Papst wär, würde ich immer am höchsten Punkt wohnen. Aber der Bruder war von seinem Kloster mit einer Wegbeschreibung ausgestattet worden, und so hatte sich Michele gefügt.

Düster und bedrohlich ragte am anderen Ufer eine mit Mauern und Zinnen bewehrte Rundfestung auf, wenige Schritte weiter spannte sich eine Brücke über den Tiber. Da dort vermehrt Kuttenträger hin und her eilten, erkundigte sich Gianni vorsichtshalber. Nach der Auskunft wandte er sich etwas verwirrt zu Michele um. »Das da soll die Engelsburg sein.«

»Von wegen helles Strahlen«, feixte Michele. »Sieht wohl eher wie eine Kerkerfestung aus.« Er wies zum Platz vor dem Brückenaufgang. »Und um die Galgenkreuze da vorn flattern auch keine Engel.«

Der Bruder ließ den Spott nicht an sich heran. »Wir sollen hier über den Fluss, dann nach links an der alten Stadtmauer entlang. Sie führt von der Burg bis zum heiligen Dom. Und in den Gebäuden vor dem großen Platz haben die wichtigen Würdenträger des Vatikans ihren Wohnsitz. Da lebt Onkel Ludovico.«

Das Castel Sant'Angelo lag schon eine Weile hinter ihnen, immer wieder blieb der Führer stehen, hob sich sogar auf die Zehenspitzen, um besser zu sehen, doch das Bild besserte sich auch weiter vorn nicht.

Michele spuckte auf den Boden. »Nun glaub's endlich. Hier gibt es nicht einen Palazzo. Nur das da.« Er hob nicht einmal die Hand. Ein Gewirr von niedrigen Häusern und Hütten erwartete sie. »Da hat Großvater Aratore in Caravaggio aber besser gewohnt.«

Gianni hielt an seiner Zuversicht fest. »Mag alles noch ein dunkles Rätsel sein. Bald wird es sich uns in hellem Licht offenbaren.«

»Wenn du jetzt auch noch ein Lied anstimmst ...«, Michele drohte ihm mit dem Zeigefinger, »dann kenne ich dich nicht mehr. Dann verschwinde ich auf der Stelle. Ich find schon einen Schlafplatz.«

»Undankbarer Kerl ...« Der Friede zwischen den Brüdern war mit einem Mal nur dünnes Glas. »Was hab ich nicht alles in den vergangenen Wochen für dich getan?«

»Ja, rechne, rechne jeden Scudo zusammen. Und dann kannst du dir Münze für Münze in den Arsch stecken...«, Michele brach ab. Sein Bruder wischte sich Tränen aus den Augenwinkeln, kauerte sich auf einen Stein nahe der Mauer und stützte die Stirn in die Hand.

O Madonna, er glaubt tatsächlich, dass er mein Mildtäter ist. Diese Pfaffen machen es sich sehr einfach. Was vorher war, vergeben sie sich selbst, nur die letzte gute Tat zählt. Einen Moment lang dachte er daran, wirklich sofort zu verschwinden. Doch wohin? Bald wurde es Nacht. Roms Straßen sollten bei Dunkelheit sehr gefährlich sein, hatte er gehört. Und Paola und ihre Herrin? »Wenn du Hilfe benötigst, so kannst du jederzeit im Palazzo meines Bruders nach mir fragen.« Marchesa Costanza war schon im April mit Paola, den Kindern, der Amme Margherita und ihrem Hofstaat nach Rom gereist. Mit der Kutsche bis Genua und dann per Schiff bis Porto Fiumicino …

»Wir bleiben über ein Jahr in Rom«, Paola hatte den Liebsten an den Haaren gezogen. »Und da kennt uns keiner, da kann ich dich einfach im Atelier besuchen. Und wir können endlich …«

Michele kämmte mit den Händen die dunklen Strähnen zurück. Jetzt den Palazzo Colonna suchen und die Marchesa um einen Schlafplatz bitten? Ich werde nicht betteln. Erst will ich allein zurechtkommen, dann melde ich mich bei Paola. Er legte dem Bruder die Hand auf die Schulter. »Lass gut sein. Wir sind beide erschöpft und gereizt. Nicht streiten. Die ganze Reise über haben wir das geschafft, lass es uns bis zum Abschied durchhalten.«

Dankbar sah Gianni zu ihm auf. »Ich war doch auch noch nie in Rom«, gab er mit kleiner Stimme zu, und beiden gelang ein Lächeln.

Enge Gassen sogen sie auf, an jedem Winkel mussten sie sich neu entscheiden. Schließlich fragten sie, wurden achselzuckend von Tür zu Tür geschickt, da wohnte ein Sekretär, im nächsten Haus ein Assistent des päpstlichen Kämmerers, niemand aber kannte den Gesuchten. Sie bogen in eine etwas breitere Straße ein, und Gianni seufzte erleichtert. Vor ihnen, über den geduckten Behausungen, reckte sich ein wahrhafter Palazzo in den noch hellen Abendhimmel und nicht weit entfernt sogar ein zweiter. »Ich hab fest daran geglaubt«, flüsterte er. Am ersten Tor schüttelten die Wächter entschieden den Kopf, die Posten vor dem zweiten Palazzo aber waren unschlüssig und riefen den Hausverwalter.

»Merisi? Prälat Ludovico Merisi. Richtig, der gehörte doch zum alten Gregor XIV. Aber sollte der nicht …? Doch, doch. Ich mein, ich hab ihn gestern noch gesehen.« Der Majordomus führte die beiden durch die marmorgeflieste Empfangshalle, vorbei an Gemälden und Statuen.

»Wir sind die Neffen des Monsignore Ludovico«, erklärte Gianni wieder aufgelebt und mit wichtiger Miene.

»Aha.« Mehr sagte der Mann nicht dazu.

»Wir sind von Caravaggio, das liegt bei Mailand, hergereist, um den Onkel zu besuchen.«

»Von so weit? Und nur …?« Der Blick ging kurz zur Decke, die Brauen wölbten sich. »Da wird sich der Onkel gewiss freuen.« Sie verließen die Halle, gingen einen schmalen Flur entlang und gelangten durch eine eisenbeschlagene Pforte nach draußen. Es herrschte keine Dunkelheit, jede Farbe aber war fast verblasst. Michele rümpfte die Nase. Aus zahlreichen mit Küchenabfällen überquellenden Kübeln gärte Gestank. Zerbrochene Stühle, Lumpen und aufgerissene Strohmatratzen lagen herum. Einige Male klatschte der Majordomus heftig in die Hände. Gleich flohen mehr als fünf ausgemergelte Katzen aus dem Unrat und zogen sich in Richtung Mauer zurück. »Diese Biester. Wenn sie wenigstens die Ratten wegfressen würden. Aber nein, sie stören sich nicht einmal dran.« Er deutete zum ungepflegten Hinterhaus. »Gleich im Parterre. Geradeaus. Die letzte Tür. Und wenn der Monsignore für heute Abend noch Lampenöl braucht, dann sagt es mir.«

Rasch überquerte Gianni den Hof, und als fürchte er sich vor der Frage des Bruders, gab er gleich Antwort: »Das kann nur ein Irrtum sein. Nur ein Irrtum.«

Auf sein erstes Klopfen hin blieb es still; heftiger pochte er.

Nach einer Weile öffnete sich die Tür einen Spaltbreit. »Wer ist da?« Die Frauenstimme klang müde und verloren. »Wir haben keine Möbel mehr zu verkaufen. Prälat Ludovico hat für niemanden Zeit.«

»Aber wir sind es, Anna. Seine Neffen.«

Die Tür ging etwas weiter auf. »Wer?« Die kleinwüchsige Haushälterin hob das Gesicht. »Beugt euch runter, zeigt euch.« Und als sie die jungen Männer erkannte, entrang sich ihrem Herzen ein Schluchzer. »Die Buben von der Lucia. Aus unserer schönen Heimat. Kommt rein. Er wird sich freuen. Kommt nur.« Auf kurzen Beinen trippelte sie voraus durch die Diele. Eine Öllampe flackerte. Lederne Koffer standen rechts und links, nur ein schmaler Pfad führte in den heller erleuchteten Wohnraum. Auch hier standen gepackte Körbe, und vor zwei zum Tisch übereinandergetürmten hölzernen Reisekisten saß Prälat Ludovico Merisi zusammengesunken im Lehnstuhl, den halb geleerten Weinbecher in der Hand.

»Seht mal, wen ich Euch bringe«, vernehmlich räusperte sich die Haushälterin. »Schaut doch nur, wer gekommen ist.«

Der Kleriker drehte den Kopf. Über das rot fleckige rundliche Gesicht glitt ein Leuchten und verlosch gleich wieder. »Unglückselige. Wie habt ihr hergefunden? Kein Hund hätte mich in diesem elenden Loch hier aufgespürt.«

Gianni schwankte, das Blut war ihm aus dem Gesicht gewichen, er musste sich am Türholm festhalten. »Onkel, was ist nur geschehen?«

»Gevatter Tod hat Schuld. Ja, der hat wirklich Macht, nicht nur über den, der mit ihm gehen muss. Nein …« Erst nach einem tiefen Schluck sprach der Kleriker weiter: »Nein, auch die Zurückbleibenden stößt der Tod in den Abgrund.«

»Ludovico!«, gleich verbesserte sich die klein gebliebene, doch sehr mit weiblichen Rundungen beschenkte Haushälterin. »Hochwürden, verzeiht, wir wollten nicht mehr jammern. All das Klagen hilft nichts. Gäste sind gekommen. Sie haben sicher Hunger und Durst.« Zu den Brüdern gewandt, sagte sie: »Vor drei Wochen mussten wir unsere Wohnung im Palazzo verlassen. Seitdem warten wir hier auf gepackten Sachen, bis uns die Fuhrleute abholen. Aber die lassen sich Zeit, und das verärgert ihn. Doch jetzt legt eure Bündel ab, nehmt euch einen Hocker und setzt euch erst einmal zu eurem Onkel.« Sie zog beide an den Ärmeln ein Stück weit ins Zimmer. »Wir haben Wein genug. Dazu bringe ich noch Brot, Schinken und guten Schafskäse.« Im Vorbeigehen putzte sie mit leichten Handwischern die Schuppen von den Schultern Ludovicos und richtete seinen Kragen. »Auch du musst etwas essen, sonst bekommst …«, sie hatte ihren Fehler bemerkt, lächelte etwas verlegen zu den Besuchern hinüber, gleich aber war der Anflug von Scham überwunden, und selbstbewusst ergänzte sie: »Hochwürden, sonst bekommt Euch der Wein wieder nicht.«

Ludovico sah ihr nach; als sie in der angrenzenden Küche verschwunden war, nickte er. »Anna, meine gute Seele. Ohne sie wäre das Leben nicht auszuhalten.«

Nachdem er seinen Neffen eingeschenkt hatte, hob er den Becher. »Seid mir willkommen, auch wenn es zugleich der Abschiedstrunk ist.«

Michele schmeckte die Süße, schon der erste Schluck dehnte den Rachen, weitete die Brust, er genoss den zweiten, und nach dem dritten Schluck musste er an sich halten, um nicht wohlige Knurrlaute auszustoßen. Sein Bruder aber nippte nur, gleich setzte er den Wein wieder ab. »Tod? Abschied? Bitte, Onkel, warum solche düsteren Worte?«

Die roten Flecken im Gesicht wurden dunkler. »Aus und vorbei, Junge.« Bitterkeit vergällte den bemüht leichten Ton. »Da verlasse ich Cremona, meine Präfektur, verlasse mein Haus in Mailand und folge seinem Ruf nach Rom, weil Kardinal Sfondrato einer von uns war. Und wir Lombarden unterstützen uns gegenseitig, darauf habe ich mich verlassen.« Er trank und drehte sinnend den Becher in der Hand. »Auf Sixtus, den fünften dieses Namens, folgte vor jetzt zwei Jahren Urban VII. Der aber starb schon nach zwölf Tagen, noch ehe er gekrönt war.« Die Augen weiteten sich etwas, ohne Halt glitt der Blick zwischen den Neffen hin und her. »Zu diesem Zeitpunkt hatte Gevatter Tod schon Quartier im Papstpalast genommen, aber das ahnte ich damals nicht. Die Kurie wählte dann unseren Kardinal Sfondrato. Gewiss, er war ein Wunschkandidat des spanischen Königs, doch ohne Einfluss und Fürsprache gelangt niemand auf den Heiligen Stuhl. Papst Gregor XIV. Ich jubelte ihm zu. Ein gütiger, glaubensstarker Mensch. Alle Hoffnung habe ich auf ihn gesetzt.«

Frau Anna kehrte mit einem Tablett zurück. »Genau davor hatte ich Euch gewarnt.« Und während sie auftischte, Scheiben vom Schinken und Käse schnitt, schüttelte sie den Kopf. »Rom ist ein Sündenbabel. Und da im Vatikan geht's genauso zu wie in der Stadt. Vertrauen sollte jeder besser nur sich selbst. Ich sagte, Ludovico, lass uns abwarten. Nicht gleich nach Rom umsiedeln. Hättest du auf mich gehört, wäre uns dieses Jammertal erspart geblieben …«

»Aber das ging doch nicht.« Eine steile Falte wuchs dem Prälaten zwischen den Brauen. »Wie oft hab ich dir das schon erklärt? Wenn der Papst ruft, dann bleibt keiner einfach still daheim sitzen.«

»So ist es«, bestätigte Giovan Battista aus tiefster Brust. »Wenn mir solch ein Glück widerfahren würde, nicht eine Minute würde ich zögern.«

»Und was hatte dein Onkel davon?« Anna stemmte die kleinen Fäuste in die Hüften. »Schon bei unserer Ankunft war Papst Gregor krank und hatte Fieber, und es wurde nicht besser mit ihm. Dann starb er. Nur zehn Monate war er auf dem Stuhl ...«

»Aber er hat mich ...«, die Flecken vereinigten sich, hochrot lief das runde Gesicht an. »Papst Gregor hat mich in seine Kanzlei berufen. Ich durfte sogar bei Beratungen über den Kampf gegen den französischen Protestanten, diesen verfluchten Bourbonen Heinrich IV., anwesend sein. Und ... und wir hatten drüben im Palazzo eine schöne Wohnung.« Die Erinnerung an den Verlust von Ehre und Wohlstand entrang dem Onkel ein Stöhnen, das er im Wein ertränken musste. Der Inhalt des Bechers genügte nicht, es bedurfte noch weiterer Schlucke aus dem wieder frisch gefüllten, dann erst fand er zur Sprache zurück. »Es liegt ein Fluch auf dem Heiligen Stuhl ...«

»Nein! Bitte, Hochwürden, sag nicht so was.« Frau Anna stand neben ihm, sie presste die Hände unter dem Herzen zusammen, das Ringen um Beherrschung ließ den Busen vibrieren. »Es waren alte, kranke Männer. Das Alter hat Schuld und nicht irgendein Fluch. Hab ich recht?«

Sie suchte im Gesicht Micheles nach Zustimmung, doch der zuckte die Achseln. »Tut mir leid, Anna. Bis vorhin wusste ich nicht mal, dass unser Papst Gregor gestorben ist. Und Gianni hatte sicher auch keine Ahnung davon, sonst hätte er mir nicht während der ganzen Reise vorgeschwärmt, wie er ...« Auf den flehenden Blick des Bruders hin hob er die Hand als Entschuldigung. »Und dass wir schon einen neuen Papst haben, das wusste ich erst recht nicht.«

Onkel Ludovico nickte vor sich hin. »Der ist auch tot.«

»Was?« Michele fuhr zurück, um ein Haar wäre er vom Hocker gerutscht. Sein Bruder schlug entsetzt die Hände vors Gesicht. »Großer Gott. Doch ein Fluch?«

»So ist es. Innozenz IX. hatte nur zwei Monate, dann starb er.«

»Er war krank und sehr, sehr schwach.« Anna wollte diese düstere Stimmung nicht. »Der Greis hat sein Bett fast nie verlassen. Selbst die Audienzen hat er im Schlafgemach abgehalten.«

Unbeirrt orakelte der Prälat weiter: »Gevatter Tod hält reiche Ernte in den heiligen Gemächern. Erst Urban, dann Gregor, dann

Innozenz. Drei Päpste in etwas mehr als einem Jahr. Und seit Januar sitzt nun Clemens auf dem Thron. Doch wer weiß, wie lange noch.«

Jetzt füllte sich auch Frau Anna einen Becher vom Roten und nahm, ohne abzusetzen, einige kleine Schlucke. »Ich verstehe nicht, warum das Kardinalskollegium im letzten Jahr nur solche Greise erwählt hat.«

Michele gähnte, er verschränkte die Arme hinterm Kopf. »Vielleicht weil jemand im Hintergrund mehr Macht und Einfluss haben will und deshalb nur eine Puppe auf den Papstthron setzen lässt.«

»Puppe?« Empört fuhr Giovan Battista auf. »Rede nicht so abfällig über das heilige Oberhaupt der Kirche.«

Der Bruder winkte ab und fragte die Haushälterin, ob er sich die Sandalen ausziehen dürfe. »Vom vielen Laufen hab ich wunde Füße.«

Frau Anna war sichtlich erleichtert über den Themenwechsel. »Aber ja, armer Junge. Meine Kräuter sind noch nicht eingepackt. Ich werde dir ein Schüsselbad mit Kamille und Zittrichkraut zubereiten.« Sie tätschelte seine Hand. »Danach schmierst du dir die Stellen mit Ringelblumensalbe ein. Sollst sehen, morgen gehst du schon wieder leichter.« Jetzt wuschelte sie ihm sogar kurz durchs Haar. »Es tut richtig gut, dass wir mal wieder junge Leute zu Besuch haben.« War es Absicht oder Zufall? Während sie sich abwandte, spürte Michele ihre Brüste an seinem Arm vorbeistreifen. Die Haushälterin lachte leise und trippelte beschwingt zur Tür. Nein, es kann keine Absicht gewesen sein, entschied Michele, Frau Anna kennt mich schon als Junge. Eher glaube ich, dass sie und der Onkel … Aber das geht mich nichts an. Ich hoffe nur, dass mein frommer Bruder keinen Verdacht schöpft.

Prälat Ludovico hatte nur auf das Klappern in der Küche gewartet, dann winkte er die Neffen näher. »Sie hört das nicht gern, aber ich wollte nur sagen: Dieser neue Papst ist der Sohn eines Flüchtlings, aber er hatte einflussreiche Gönner. Ich mag diesen Emporkömmling nicht. Alles will er besser machen.« Ein schneller Blick zur Küche. »Ohne mich zu kennen, hat er mir meinen Posten in der Kanzlei wegnehmen lassen. Keine Audienz, keinen Dank. Meine Dienste waren nicht mehr erwünscht.« Weinschwer mühte sich die Zunge. »Ich sagte dem Kanzleioberen: Was soll denn werden? Alles hab ich aufgegeben, nur um dem Heiligen Vater zu dienen. Und was hat der fromme Herr mir geantwortet? Na?«

Gianni wusste es nicht.

»Deine Zeit ist um. Nun trete ohne Klagen ab. Kehr zurück in deine Heimat und diene dort wieder deiner Gemeinde. So geht man doch nicht mit einem verdienten Bruder um?« Mit einem tiefen Zug aus dem Becher stärkte sich der Verschmähte. »Auch wenn Clemens sich fromm gibt, jeden Morgen selbst die Messe zelebriert und jeden Mittag zwölf Arme sogar mit ihm am Tisch sitzen und speisen … Nein, ich mag ihn nicht. Und wenn …« Die Wunde war wieder offen. Der gestreckte Zeigefinger musste helfen, den Satz zu formulieren. »Und wenn Gevatter Tod auch ihn bald mitnimmt, dann … so soll es mir recht sein.«

Zutiefst erschüttert, bekreuzigte sich Gianni. Und als Frau Anna mit der dampfenden Schüssel in die Stube kam, fuhren sie auseinander, und jeder griff fahrig nach seinem Becher.

Michele wich den langen Schatten aus, trat auch nicht auf die beiden schwarzen Köpfe. Auf Schlangenart ging er das letzte Stück über den Ponte Sant'Angelo. Ehe er die Brücke verließ, blickte er rechts und links zu den Statuen der Apostel Paulus und Petrus auf. Hell und dunkel, so düster ihre Schatten auch waren, ihre Gesichter erglühten in der Morgensonne. »Wie ihr so dasteht, kann euch nichts erschüttern«, flüsterte ihnen Michele verächtlich zu. »Genauso strahlt ihr sicher auch, wenn bei Tagesanbruch direkt vor euren Augen die Verurteilten ans Kreuz genagelt werden. Selbst das schmerzvolle Schreien stört euch nicht. Und wenn abgeschlagene Köpfe auf die Pfähle gesteckt werden, so überkommt euch kein Entsetzen. Nein, eure heilige Ruhe und Selbstsicherheit kann durch nichts erschüttert werden.« Er wandte sich ab, überquerte den Richtplatz und folgte der breiten Straße in die Stadt. »Nur toter Stein. Die Apostel stehen zwar da in einer mutigen Pose, sind aber leblos.« Er zog das Reisebündel an den Schulterriemen höher zum Nacken. »So werde ich nie malen. Meine Figuren kommen irgendwoher und gehen auch irgendwohin.

Und dazwischen halte ich sie in einem Moment auf der Leinwand fest.«

Mit jedem Schritt weiter wucherten Lärm und Gewühl um ihn herum, trotz der frühen Stunde herrschte schon Gedränge und geschäftiges Treiben. Was für eine Stadt! Entweder hat hier niemand geschlafen, oder aber die Leute stehen viel früher auf als bei uns in Caravaggio.

»Aus dem Weg!« Ein Stoß warf ihn beiseite. Ehe Michele begriff, erhielt er noch einen Tritt, dass er gegen die Hauswand prallte und das Gleichgewicht verlor. Während des Sturzes schrie er: »Was fällt dir ein?« Kaum lag er in Staub und Unrat, griff er nach dem Dolch. »Ich werde …«

Da entdeckte er den Angreifer. Ein kahlköpfiger Riese, der Kittel spannte über dem Brustkorb. Er kam zwei Tanzschritte näher, zeigte die muskelbepackten Arme. Seine Fäuste glichen Eisenklötzen, zwischen denen ein Schädel zerplatzen konnte. Das spöttische Grinsen verschloss Michele endgültig den Mund, gleich stampfte der Rohling weiter. »Platz da! Zur Seite!« Die Passanten flohen vor dem Wegbereiter, pressten sich an die Mauern oder warteten in Hauseingängen.

Hufschlag. Eine schlanke Pferdekutsche rollte vorbei, zwei Diener liefen an den Seiten. Michele setzte sich auf. Für einen Augenblick nur sah er das Wappen: ein karmesinroter Kardinalshut, darunter ein goldenes Kreuz mit zwei Balken. Was war rechts und links des Schildes? Vorbei. Mehr hatte er nicht erkennen können.

»Hau ab da!« Michele wandte den Kopf und erschrak. Ein verdreckter Wurm kroch auf ihn zu, er hatte Augen, Nasenlöcher, und im staubgrauen Bartgestrüpp klaffte ein Loch, beim Näherkommen erinnerten drei Zahnstümpfe an einen Mund. »Das ist mein Platz.« Säuerlicher Atem schlug Michele entgegen. »Schon gut. Ich bleib nicht hier.« Er wollte aufstehen, doch da griff der Alte nach seinem Ärmel und hielt ihn fest. »Ein Pilger bist du nicht, Bübchen. Das seh ich dir an.«

»Lass mich los.«

»Erst eine Münze.«

»Ich habe selbst nichts.«

Der Körper krümmte und streckte sich, der Bettler war heran.

Schon tastete sich die zweite Hand zur Schulter hoch. »Und was versteckst du da in deinem Bündel?«

»Alles, was ich besitze.«

Vergnügt kicherte der Wurm und tippte seinem Opfer den Finger gegen die Wange. »Also hast du doch was. Teile, Bübchen! Na los, teile mit dem armen Isaak.«

Diese Dreistigkeit. Trotz Widerwillen musste Michele grinsen, der Jude begann ihm zu gefallen. »Willst du einen dünnen oder einen dicken Pinsel?«

Für einen Moment zogen sich die verdreckten Brauen zusammen, dann drohte der Zeigefinger. »Wenn du so einer bist, dann wärst du besser der Kutsche nachgelaufen.«

»Wer war das?«

Noch näher rutschte der Bettler. »Kardinal del Monte. Wohnt nicht weit von hier. Gleich neben der Piazza Navona.« Die Stimme sank ins Flüstern: »Weiber sind in seinem Palazzo nicht gern gesehen. Alles, was er so braucht, lässt er sich von Knaben besorgen.«

»Ich bin nicht so einer.« Michele deutete auf sein Schulterbündel. »Da drin hab ich Farben und Pinsel und was zum Anziehen. Ich bin Maler. Aus Caravaggio komme ich.«

Wieder kicherte Isaak. »Da wärst du besser auch geblieben. Maler gibt's hier in Rom viele. Aber kaum einer hat genug zu beißen, ums Brot müssen die betteln und nehmen uns die guten Straßenecken weg.« Begleitet von einem Augenzwinkern, nahm der Ton an Schärfe zu. »Also verschwinde! Für den Platz hier nicht weit von den Galgen am Ponte San' Angelo hab ich lange gekämpft. Hinrichtungen lohnen sich wirklich. Na wird's bald!«

Michele raffte sich auf. »Warte nur ab. Die ganze Stadt wird meine Bilder kennen. Ich schaffe es.«

»Wenn's so weit ist, dann komm wieder vorbei und schenk mir eine Münze.«

Sie lachten beide. Während Michele weiterging, hörte er: »Wünsch dir Glück, Bübchen.« Und als er über die Schulter zurückblickte, hatte der Jude sich wieder in einen Wurm verwandelt, der halb aufgerichtet den Vorbeigehenden die zittrige Hand hinstreckte.

Bald nach der Piazza Navona verästelte sich die Straße in schmale

Gassen. Das hatte Onkel Ludovico heute Morgen beim Abschied nicht erwähnt. »Dein Weg verläuft von der Engelsbrücke direkt nach Osten bis zum anderen Ende der Stadt. Halte unbeirrt die Richtung ein.« Zwei Brunnen sollte er sich merken, erst die Fontana di Trevi, dann die Fontana del Acqua Felice. »Von da aus gelangst du bald zur Villa Peretti. Glaub mir, der Weg ist leicht zu finden.«

Michele wölbte die Unterlippe vor und zurück. »Von wegen einfach.« Er wählte die Gasse nach rechts, ob es richtig war, wusste er nicht, vielleicht nahm er sie nur, weil Gianni sich gestern bei der Ankunft in Rom auch für die rechte Straße entschieden hatte. Die Hausfronten rückten enger zusammen, hoch über ihm schimmerte ein lichter Himmelsspalt, hier unten aber herrschte Dunkelheit. Michele tastete sich vor, nach einer Biegung verebbten hinter ihm die Geräusche der Stadt, mit jedem Schritt weiter nahm die Stille zu, eine fremde, bedrückende Stille. Er stolperte, stieß gegen Treppenstufen. Besser, du kehrst um, ermahnte er sich. Ein leiser Pfiff in seinem Rücken. Gleich antworteten drei Pfiffe von weiter vorn. Nicht stehen bleiben. Er zückte langsam den Dolch. Die Dunkelheit bewegte sich, jetzt erkannte er Gestalten, sie lösten sich aus den Hauseingängen, kamen auf ihn zu. Michele brüllte, warf sich herum. Er prallte gegen einen Mann, stach nach ihm, spürte, wie die Klinge tief eindrang, feststeckte. Mit wildem Ruck riss er sie heraus. Der Weg war frei. Hinter sich hörte er schmerzvolle Schreie. Er rannte, grell leuchtete die Einmündung der Gasse, im Lauf steckte er den Dolch in die Scheide. Michele floh zurück ins Licht, in den Tag. So willkommen waren ihm die Menschen! Doch er blieb nicht stehen, fürchtete seine Verfolger und hetzte in die linke Gasse hinein. Sie war kurz, mündete gleich in eine zweite, hellere. Dann hastete er zwischen großen Gebäuden hindurch, und unvermittelt gelangte er zur großzügig angelegten Via del Corso. Sein Atem flog, er blickte über die Schulter, niemand rannte ihm nach.

Nicht mehr laufen. In großen Schritten überquerte er die Prachtstraße. Bald schon kam die Fontana di Trevi in Sicht, von drei Zuläufen gespeist, sprudelte das Wasser in Steintröge. Michele wischte sich die Haarsträhnen aus dem Gesicht. Pilger umlagerten den Brunnen, mit nassen Tüchern kühlten sie Stirn und Nacken. Michele drängte in die Gruppe, lächelte, so gut er es vermochte, dabei spähte er immer wieder in Richtung Via del Corso. Erst nach einer Weile wurde er etwas ruhiger. Die Flucht war gelungen.

Er setzte sich mit dem Rücken zu zwei Frauen auf einen der Trogränder. Verstohlen griff er ins Hemd nach dem Dolch. Die Klinge fühlte sich klebrig an. Gleich schlug das Herz wieder hinauf in den Hals. Er prüfte seine Hand, sah Blut an den Fingerkuppen. Nicht meine Schuld. Ich konnte nichts dafür. Diese verfluchten Hunde. Sie hätten mich sonst niedergeschlagen. Entweder die oder ich. Zittern. Das Zittern begann in den Beinen, es griff nach der Brust, nach den Schultern. Er biss die Zähne aufeinander, atmete, atmete. Endlich ließ das Beben nach. Nur jetzt nicht auffallen. Michele wollte seine Hand im Brunnen säubern, zog sie aber gerade noch rechtzeitig zurück. Blut färbt Wasser schneller als jeder rote Ocker. Aber so durfte er nicht bei Monsignore Pucci erscheinen.

»Ein alter Freund von mir«, hatte Onkel Ludovico den Kleriker beschrieben, bei dem der Neffe eine Unterkunft erhalten sollte. »Und ein gottesfürchtiger Mann. Er ist Majordomus bei der Schwester des vor drei Jahren verstorbenen Papstes Sixtus V. Du wirst also in einem wahrhaft vornehmen Hause wohnen.« Mit angeekeltem Blick sah sich der Prälat in seiner Behausung um. »Und nicht in solch einem Elendsloch.« Die Trunkenheit des vergangenen Abends war am Morgen noch nicht ganz verflogen. »Ich habe Bruder Pandolfo gesagt, er möge dich wie einen Sohn annehmen.« Die eigene Entsagung schwang im Tonfall mit, während er selbstlos den Neffen hinaus ins Glück schickte: »Du wirst schon sehen, bei ihm bist du gut aufgehoben. Er hat die besten Verbindungen zu den meisten vornehmen Familien Roms.« Von seinen eigenen Worten gerührt, stiegen Tränen in die ohnehin noch weinwässrigen Augen. »Ich denke, mein Junge, ich denke, Pandolfo wird dir Wege ebnen und Türen öffnen. Leb wohl und Gott befohlen.«

Frau Anna steckte ihm eine kleine Holzdose mit Salbe für die Füße ins Bündel und verlangte nach einem Abschiedskuss. Michele beugte sich zu ihr hinunter, und erneut streiften ihm ohne sein Zutun ihre Brüste fest über den Arm. »Sei gottesfürchtig. Vergiss mir dabei aber nicht das Leben.« Dazu hatte sie ihm ein vergnügtes Augenzwinkern geschenkt.

Der Abschied von Gianni war kurz gewesen. Der Bruder hatte rot geweinte Augen. Ohne Fürsprache gab es für ihn keinen raschen Aufstieg im Jesuitenorden. Auch er musste zurück. Seine Enttäuschung war über Nacht größer und größer geworden. Nur ein schlaffer Händedruck für Michele. »Wenigstens du sollst hier in Rom Erfolg haben.« Gleich hatte er sich abgewandt.

Michele verbarg die blutverschmierten Fingerkuppen in der Faust. Vielleicht konnte er sich am nächsten Brunnen reinigen. Aber auch dort scharten sich Pilger ums große Steinbecken und ließen sich von den Wasser speienden Löwen ihre Trinkschläuche füllen. Und in der mittleren Wandnische erhob sich ein mächtiger Moses, der streng das Treiben zu seinen Füßen beobachtete. »Es nutzt nichts.« Mit kurzem Blick nach oben bat Michele den Urvater um Verständnis und zog sein Halstuch durchs Wasser. Ohne es auszuwringen, ging er rasch weiter. Die Häuser blieben zurück. Rechts und links dehnten sich Gärten. Eine Pinienallee mündete in einen weiten Platz, an dessen rechter Seite ein mehrstöckiger Prachtbau aufragte. Nach hinten versetzt, schlossen sich etwas niedrigere, lang gestreckte Wohnhäuser und Stallungen an. »Da wird es sein.« Rasch vergewisserte sich Michele, dass ihn niemand beobachtete, zückte den Dolch, rieb die Klinge gründlich ab, dann warf er das feuchte, mit Blut beschmierte Halstuch in ein Gebüsch. Vorbei, er atmete auf. Oder? In der Gasse war es zu dunkel gewesen, versuchte er sich zu beruhigen, selbst wenn du den Mann getötet hast, keiner hat dein Gesicht gesehen.

Vor dem Haupteingang kreuzten Wächter im glänzenden Harnisch die Spieße. »Keinen Schritt weiter. Du hast dich wohl verlaufen? Pilger und Bettler sind hier unerwünscht.«

Der abfällige Ton weckte den Zorn. Verdammte Stadt! Seit ich unterwegs bin, werde ich gestoßen, getreten, angebettelt und überfallen, und jetzt diese Kerle da. Michele stellte sich breitbeinig vor die Posten hin. »Ich werde erwartet.«

»Da staunen wir aber. Da kommt ein räudiger Köter, riecht auch so wie ein räudiger Köter und behauptet …«

»Halt dein Maul!« Michele riss den Dolch unter dem Hemd vor. »Niemand hat das Recht, mich zu beleidigen …«

Gelächter, gleichzeitig wirbelten sie ihre Waffen herum, hart trafen ihn die Schäfte an beiden Schläfen, er taumelte, im letzten Moment gelang es ihm noch, nicht hinzustürzen, da zielten beide Speerspitzen auf sein Herz. »Verdirb uns nicht die Laune. Nun steck dein Messer wieder ein. Na wird's bald!«

Vor Ohnmacht bebten Michele die Lippen.

»So ist es brav.« Einer der Kerle senkte die geschliffene Spitze, ließ sie vor seinem Unterleib kreisen. »Besser, du verschwindest. Oder muss ich dir zuerst den kleinen Wurm abstechen?«

So wehr dich doch! Michele wich einen Schritt zurück. »Das wird euch noch leid tun. Monsignore Pandolfo Pucci erwartet mich. Und wenn ihr mich nicht sofort bei ihm meldet, werde ich ihm sagen, wie Fremde hier am Tor behandelt werden.«

Die Posten schienen nicht sonderlich beeindruckt, stellten aber die Spieße wieder aufrecht. »Du bist falsch. Das hier ist der Haupteingang. Monsignore Pucci ist schon lange nicht mehr unser Majordomus, er dient nur noch der alten Donna Camilla.«

»Und wo finde ich ihn und die Dame?«

Er sollte zu den Nebengebäuden gehen und einen der Bediensteten fragen. »Wenn du Glück hast, bringt dich jemand rauf zu den Gemächern.«

Der Zorn wühlte. Michele wollte dem Kerl vor die Füße spucken, wollte … nur mit Mühe konnte er sich beherrschen. Auf halbem Weg hinüber begegnete er einer Magd, einer älteren Frau mit wachen Augen, und hatte sofort Glück. »Der Monsignore ist gerade oben bei der Herrin. Sie diktiert ihm Briefe.« Freundlich bat sie den Besucher, ihr zu folgen. Über eine schlichte Marmortreppe führte sie ihn hinauf in den dritten Stock, wollte klopfen, dann aber zögerte sie: »Hat der Monsignore dich herbestellt? Bringst du etwas?«

Michele schüttelte den Kopf, nickte. »Beides, ich glaub, beides stimmt. Ich bin Maler, weißt du …«

»Ach so. Du bist der Neue.« Sie sah ihn leicht bekümmert an. »Vor Tagen schon habe ich deine Kammer herrichten lassen. Weil der Monsignore dich früher erwartet hatte.« Sie reichte Michele die Hand. »Ich bin Flora, die erste Magd bei Donna Camilla. Sei willkommen.« Als er einschlug, zog sie ihn näher und flüsterte. »Und solltest du Fragen haben, komm getrost zu mir.«

»Wie meinst du das?« Doch Flora gab keine Antwort, sie pochte kurz an der Eichentür und trat ein. »Warte hier. Ich melde dich an.«

Im hellen Vorzimmer schwang ein süßer Duft. Weit geöffnete gelbe und rosafarbene Rosen standen in großen Vasen rechts und links des Fensters. Die schon gefallenen Blütenblätter bildeten weiche Farbkränze auf dem Marmorboden.

Micheles Blick wurde vom Gemälde eines Papstes angezogen. Der Rahmen trug einen schwarzen Flor. Ehe er den Namen auf der Tafel entziffern konnte, kehrte die Magd zurück. »Das ist unser seliger Heilige Vater, Papst Sixtus, der fünfte dieses Namens. Als er noch Kardinal war, hat er hier zusammen mit der Herrin und ihrer Familie gelebt. Er hat den Garten angelegt. Selbst sogar Bäume gepflanzt. Ein feiner Mann.« Sie winkte Michele. »Du kannst eintreten. Aber sprich laut und deutlich, weil Donna Camilla nicht mehr so gut hört.«

Gleich an der Tür wurde Michele von einem hageren hochgewachsenen Kleriker in schwarzer Kutte empfangen. Grindige Placken wucherten ihm von der Stirn bis ins silbrige Haar. »Wie schön, wie schön.« Er schnippte mit dem Finger. »Wir wollen die Zeit unserer geliebten Donna Camilla nicht lange vergeuden. Verstanden, junger Mann?« Helle Haut spannte sich über die Wangenknochen, und unter den etwas vorquellenden Augen ragte eine große scharfkantige Nase. Schnellen Schritts näherte sich Monsignore Pucci der alten Dame im Lehnstuhl. »Geliebte Herrin, darf ich Euch meinen jungen Besucher vorstellen. Mein Freund Prälat Merisi hat ihn empfohlen. Ihr erinnert Euch doch an den Prälaten? Nein? Ach, Ihr habt ja so recht. Also dies hier ist der Neffe, wohl auch ein Merisi.« Er stieß ein trockenes Meckern aus. »Aber was sagt schon ein Name?« Das erneute Schnippen befahl Michele, sich zu verneigen. Er gehorchte, und als er wieder aufsah, begegnete er dem bohrenden Blick der Herrin. »Orsini? Bist du verwandt mit Paolo Giordano Orsini …?«

Gleich drängte sich der Monsignore vor. »Verzeiht die Unterbrechung, Herrin, Ihr habt Euch verhört. Bitte …« Doch zu spät. Die Stimme der alten Dame wurde heller, durchdringender. »Der Herzog hat meinen einzigen Sohn ermorden lassen. Meinen schönen

Francesco. Drei Kugeln haben den Jungen getroffen. In den Rücken. Dann haben sie mit Dolchen auf ihn eingestochen. Und niemand hat ihn gerächt. Mein Bruder nicht, aber das habe ich ihm verziehen, denn als Kardinal war er damals zu schwach, um gegen einen Orsini vorzugehen. Aber auch dieser elende Papst Gregor der XIII. hat nichts unternommen.« Sie griff nach dem Stock an ihrer Seite und drohte Michele. »Paolo Orsini, Herzog von Bracciano. Wenn du sein Sohn bist … Hat er dich nun auch zu mir geschickt? Ich lass dich von den Wachen … Nein, sie sollen dich gleich erschießen und mit den Messern zerfleischen.«

Fassungslos starrte Michele die aufgebrachte Frau an. Der Monsignore rang die Hände. »Nein, Herrin! Ein Irrtum, Ihr habt den Namen verwechselt.« Er beugte sich dicht zu ihrem Ohr und rief: »Merisi! Dies hier ist Michelangelo Merisi! Er kommt aus Caravaggio. Ein Maler.«

Nun tippte ihm die Dame mit dem Stock an die Seite. »Warum habt Ihr mir das nicht gleich gesagt?« Ihre Erregung legte sich sofort. Sie stützte nun beide Hände auf den silbernen Knauf und beugte sich leicht vor. »Verzeih die Verwechslung, junger Mann. Aber mein Majordomus ist inzwischen etwas zerstreut. Merisi? Lass mich raten. Ist deine Familie etwa verwandt mit den Pittis aus Florenz? Nein, halt, es sind die Ladinis aus Siena. Habe ich recht?«

Michele wusste nichts zu antworten, hob nur hilflos die Hände.

Sein Gastgeber schnaubte durch die scharfkantige Nase, dann verkündete er mit der Lautstärke eines Herolds. »Donna Camilla! Der junge Mann ist ein Maler!«

Sie hatte jedes Wort verstanden. »Ach, wie interessant. Willkommen.«

»Ich geleite ihn zu seiner Unterkunft!« Damit beendete Pandolfo Pucci kurz entschlossen selbst die Audienz und befahl seinem Gast mit einem Wink, ihm zu folgen. Auf der Treppe räusperte er sich vernehmlich, ehe er sich Michele zuwandte, ihn jedoch nicht anschaute. »Du wirst sie nicht wieder sehen müssen. Aber dieser eine Besuch war notwendig. Zur Absicherung, falls irgendjemand von drüben aus dem Haupthaus neugierige Fragen stellt.«

Im entlegenen Teil des Erdgeschosses zückte der hagere Mann vor der letzten Tür neben dem Hinterausgang einen langen Schlüssel aus dem Kuttenärmel. »Hier wirst du leben und arbeiten.« Er deutete in den Flur zurück. »Meine Wohnung befindet sich etwa in der Mitte. Dieses Zimmer gehört noch dazu. Es war ursprünglich als Abstellkammer gedacht, aber …« Er lachte dünn. »Warum solch guten Platz vergeuden.« Einladend schwang er die Tür auf. »Nun herein.«

Michele ging die wenigen Schritte bis zur Mitte des Raumes, sah die in sauberes Leinen eingeschlagene Matratze, sah den Tisch, auf dem ein Buch lag, den Stuhl, das Waschgeschirr, sah den irdenen Nachttopf und die Kleiderhaken an der Wand. Er ging weiter zum Fenster. Der Ausblick ließ ihn tief atmen. An den engen Hof schloss sich der ausgedehnte Garten an. Zypressen umstanden einen Wiesenhügel. Oleanderbüsche blühten, Lorbeersträucher säumten die geharkten Kieswege. In seinem Rücken vernahm er ein Räuspern. »Wenn du das Zimmer nicht haben möchtest …«

»Es gefällt mir«, beeilte sich Michele. Der Raum war zwar kein Atelier, von dem er geträumt hatte, aber hier war Platz genug, und die Aussicht in den Garten beruhigte das Auge. »Es gefällt mir sogar sehr.«

»Dann lass uns beginnen. Ich möchte dein Wissen prüfen, werde dich über unsere Heiligen befragen.« Pandolfo Pucci verschränkte die Arme vor der Brust. »An welchem Beiwerk erkennen wir Christen den heiligen Sebastian?«

»Er ist an den Pfahl gebunden. Pfeile durchbohren seinen nackten Leib.«

»Und wie ist es mit dem heiligen Georg?«

»Es ist die Lanze, mit der er den Satanswurm zu seinen Füßen durchbohrt.«

»Ich sehe schon, du hast eine gute Ausbildung genossen.«

Michele winkte ab. »Bei Meister Peterzano musste ich einige Hintergründe seiner Gemälde mit Heiligen ausfüllen. Ich kenn mich aus.«

»Welch gute Voraussetzung. Aber zuvor noch eine Aufgabe: Wie steht es mit der heiligen Barbara.«

Michele formte mit den Händen einen Turm. »Der Vater hat sie dort eingesperrt, um ihren Willen zu brechen.«

Pandolfo Pucci klatschte einige Male. »Dann kannst du dein Bündel auspacken. Währenddessen mache ich dich mit deinem Stundenplan bekannt …«

Noch vor Sonnenaufgang war das Wecken. Nach dem Frühmahl folgten drei Stunden an der Staffelei. Zu Mittag gab es gemeinsam mit dem übrigen Gesinde eine Gemüsesuppe.

»… danach ist es dir erlaubt, eine Stunde in den Gärten zu spazieren. Der Nachmittag gehört wieder der Arbeit. Am Abend werden wir gemeinsam Salat essen und dein Tagewerk begutachten. Habe ich mich klar ausgedrückt?«

Auch ohne Micheles Zustimmung setzte er hinzu: »Sehr schön, sehr schön. Ich werde dir die Staffelei bringen lassen. Außerdem erhältst du von mir Farben, Pinsel und natürlich die zugeschnittenen und schon geschliffenen Holztafeln.« Ein verschmitztes Aufmeckern. »Ich habe einen Tischler gefunden, der mir die Tafeln für wahrhaft kleinen Lohn herstellt.«

Michele presste beide Hände an die Schläfen. »Bitte, Herr, langsamer. Ich begreife nicht. Wozu dieser Stundenplan? Von wem erhalte ich meine Aufträge? Und warum Holztafeln und keine Leinwand? Ich bin Künstler und will frei entscheiden.«

Monsignore Pucci runzelte die Brauen. »Lieber Freund. Ich bin zwar großzügig, aber seit die Herrin nicht mehr Schwester des Papstes ist und von ihrer eigenen Familie schändlicherweise nach oben ins Hinterhaus abgeschoben wurde, sind auch meine Bezüge sehr geschrumpft. Um meine finanzielle Lage etwas aufzubessern, vermiete ich diesen Raum an junge Maler. Nun weiß ich, wie arm gerade sie sind. Deshalb sollen sie für Unterkunft und Kost malen, und ich verkaufe die Bilder in meinem Heimatort oder, wenn ich Glück habe, auch hin und wieder an die Palazzi hier in Rom.«

»Aber …?« Michele hatte sich noch nicht gefasst, und sein Vermieter erklärte weiter: »So ist doch beiden gedient. Der Künstler hat ein Dach über dem Kopf und wird satt. Durch den Verkauf seiner Arbeiten wird er bekannt, und ich selbst habe noch einen kleinen Verdienst. Eine sehr schöne Fügung, nicht wahr?«

»Aber … darf ich fragen, was ich malen soll?«

»Heiligenbilder.« Der Blick wurde kühl, die Stimme geschäftig:

»Ich erwarte jetzt zu Beginn täglich zwei Heilige. Später erhöhen wir die Anzahl auf drei Tafeln pro Tag. Für heute aber …«, Pucci ging bereits zur Tür, »… sollst du dich einrichten und danach vielleicht schon eine erste Zeichnung anfertigen.« Er wandte sich noch einmal um und deutete auf den Tisch. »In diesem Buch sind leere Blätter. Du kannst es für deine Skizzen benutzen. Wenn es voll ist, nehme ich es an mich. Als kleines Präsent.« Noch ein meckerndes Lachen, dann verließ Pucci das Zimmer und zog die Tür leise hinter sich zu.

4

»Dieser wahrhaft gefährliche Mensch ist verhaftet worden. Jetzt ist es ganz sicher …«

Draußen vor dem linken, nur angelehnten Flügel der Saaltür stockte Marchesa Costanza einen Augenblick. Aus der Empfangshalle hörte sie: »Wir erhielten nun endlich auch die offizielle Bestätigung …« Nach der sonntäglichen Messe in der benachbarten Basilica dei Santi Apostoli hatte sie sich oben im Gästetrakt des Palazzo Colonna von Paola Schleier und Stola abnehmen lassen und war auf dem Weg zu ihrem Bruder Kardinal Ascanio. Drinnen setzte die kantige Stimme des Besuchers hinzu: »Und ich sage aus tiefstem Herzen: Gott sei gepriesen …«

Costanza trat ein. »Sollte es nicht besser heißen: Gott zum Gruße.« Die beiden Herren am Fenster wandten sich um, und sie lächelte in die erstaunten Gesichter. »Entschuldigt, ohne Absicht hörte ich im Flur die letzten Sätze mit. Sie klangen schauderhaft. Und dies am heiligen Sonntag.«

»Liebste Schwester, darf ich dich mit Monsignore Luca bekannt machen. Er leitet die Kanzlei von Großinquisitor Santori, und es war meinem Freund wie stets …« Ein leises Zucken der Mundwinkel verzögerte den Satz, »… ein dringendes Bedürfnis, mir die Neuigkeit persönlich mitzuteilen. Aber ich glaube, wir müssen uns beide entschuldigen.« Der Kardinal verneigte sich. Das Schwarz seiner Hauskluft wie auch die um die Taille eng anliegende Schärpe betonten seine elegante, immer noch jugendliche Erscheinung. »Es gibt gewiss wesentlich heiterere Themen.«

Etwas hölzern in der Bewegung, verbeugte sich auch der Gast. »Ich bedauere aufrichtig und wollte ohnehin die Zeit Seiner Eminenz nicht länger in Anspruch nehmen.«

Nun schüttelte Costanza energisch den Kopf, ihre Stimme verlor den höfischen Ton. »Im Gegenteil. Ihr dürft nicht gehen, ohne mich vorher genau einzuweihen. Schließlich bin ich eine Frau und bestehe auf meinem Recht der Neugierde. Wer ist dieser Übeltäter, für dessen Verhaftung Ihr den Höchsten preist?«

Monsignore Luca hob die Brauen, blickte sichtlich betroffen und verlegen auf den Hausherrn. Der ermunterte ihn: »Nur zu. Meine Schwester kann ein Geheimnis bewahren. Wenigstens bis morgen. Nicht wahr, Liebste?« Costanza nahm die kleine Spitze gelassen hin und bestätigte die Frage mit einer huldvollen Geste. Der Bruder wandte sich wieder an den Besucher. »Denn morgen, am Montag, wird es sicher von unserem geschätzten Großinquisitor eine schriftliche Verlautbarung an die Dominikaner geben, und weil dort selbst Türen große Augen und Ohren haben, weiß es dann bald die ganze Stadt.«

Da ihm Vertraulichkeit zugesagt war, blieb dem Informanten keine Wahl. Erneut vollführte er eine eckige Verbeugung in Richtung der Marchesa. »Dieser Mensch nennt sich Giordano Bruno … und er ist gewiss nicht mit einem gewöhnlichen Räuber in Roms Straßen zu vergleichen. Wenn auch …«, Hilfe suchend sah Monsignore Luca den Kardinal an.

Ascanio nahm den Arm seiner Schwester. »Mit einer Sensation, die du vielleicht erwartest, verzeih, die du natürlich befürchtest, können wir nicht dienen. Es handelt sich um kein Blutverbrechen.«

Costanza tätschelte ihm den Handrücken. »Ihr selbstherrlichen Männer. Was denkt ihr nur über Frauen? Ich war wohl zu lange nicht mehr in Rom, verehrter Bruder, sonst würdest du nicht so von oben herab mit mir reden. Nun heraus damit! Was wird diesem Bruno zur Last gelegt?«

»Soweit ich informiert bin«, kurz drückte der Kardinal seiner Schwester den Arm und warnte sie mit Blick auf den Gast, dann fuhr er im Plauderton fort: »Dieser gelehrte Mönch denkt das Falsche und sagt es auch noch unüberhörbar laut. Das scheint ihm jetzt in Venedig zum Verhängnis geworden zu sein.«

Sofort reckte Monsignore Luca das Kinn. »Er frevelt, Eminenz. Er rüttelt an den Grundpfeilern der römischen Kirche, verspottet und tritt mit Füßen, was uns Christen das Wertvollste ist. Er leugnet die Jungfrauengeburt, verweigert die Verehrung der Heiligen. Nie hätte er die Priesterweihe erhalten dürfen.« Hektisch zuckten die Schultern. »Schon vor Jahren hat er es gewagt, die Schriften des Kirchenvaters Augustinus in die Latrine zu werfen. Vor Zeugen! Damals schon hätten wir ihn festnehmen und zur Rechenschaft ziehen müssen. Aber er ist entwichen …«

»Lieber Freund …«, versuchte der Kardinal zu beruhigen, doch der Schwall an Vorwürfen war nicht mehr einzudämmen.

»Marchesa! Nein, dieser Bruno hat niemanden mit dem Schwert verletzt, aber seine Feder, seine Bücher sind wahrlich um viele Male gefährlicher. Er behauptet, unsere Erde drehe sich um die Sonne, sie wäre nicht der Mittelpunkt der Welt, sondern nur eine Welt von unendlich vielen. Ja, er geht sogar so weit in seiner Irrlehre, dass die Sterne wie unsere Sonne von vielen Planeten umkreist würden. Und das bedeutet nach diesem Bruno …« Monsignore Luca ballte die Faust vor dem Mund, die Stimme sank in die Tiefen seiner Erschütterung: »Außer auf unserer Welt gibt es im Universum noch eine Unzahl anderer intelligenter Lebewesen. Und alles ist miteinander verwoben. Und Gott, sagt er, Gott ist Natur.«

»Verzeiht meine Unwissenheit.« Costanza wagte vorsichtig einen Schritt auf den Informanten zu. »Aber was ist an dieser Behauptung so verwerflich?«

Da schnellte der Zeigefinger ihr entgegen. »Es ist Ketzerei, Marchesa! Unverhohlene Ketzerei! Gott zu erkennen ist allein Sache der Kirche, sie legt fest, woran der Mensch zu glauben hat.«

»Warum diese Erregung? Nur weil ein Mönch sich Gedanken macht?«

»Wir haben schon einmal nicht gleich hart und unerbittlich durchgegriffen. Vor gut fünfzig Jahren. Dieser Martin Luther …«, Monsignore Luca atmete, sammelte Kraft.

Der Kardinal nutzte den Moment: »Lieber Freund, Euer Eifer ehrt Euch, doch für heute genug. Ich glaube, dass Ihr meiner Schwester einen beeindruckenden Blick in den Abgrund geistiger Verfehlungen gewährt habt. Eine Fortsetzung der Lehrstunde sollten wir aufschieben, bis Giordano Bruno von Venedig nach Rom überstellt wird. Deshalb lasst uns den Sonntag nicht ganz in Galle ertränken.« Er reichte seinem Informanten zwei Scudi. »Für Euren treuen Dienst.«

Die Hand schnappte zu, und rasch verschwanden die Münzen in der Kuttentasche. »Danke.« Monsignore Luca knickte den Oberkörper ein. »Wie stets, werde ich mit dem Geld ein mildtätiges Werk unterstützen.« Er wiederholte die Verbeugung vor der Marchesa. »Erlaubt, mich zu entfernen.«

Sie nickte nur und wartete, bis er in eckigen Schritten den Saal verlassen hatte. Kaum war sie mit dem Bruder allein, sah sie ihn forschend an. »Seit wann hältst du dir einen Judas?«

»Sei nicht so streng. Wer heutzutage in Rom nicht alle Mittel einsetzt, der verliert den Tag schon morgens beim Aufstehen. Und gut informiert zu sein ist das oberste Gebot der Politik.«

»Wenigstens unterstützt er die Armen mit seinem Lohn.«

Da winkte der Kardinal müde ab. »Wenn du die Knaben armer Leute meinst, von denen er sich bedienen und mit Ruten schlagen lässt. Dann stimme ich dir zu. Aber …? Du siehst verärgert aus. Darf ich fragen? Nein?« Nun sichtlich beunruhigt, rückte er den Sessel am Marmortisch für sie zurecht. »Bitte nimm Platz. Ich lasse uns eine Erfrischung bringen.«

»Danke, Bruder. Jetzt nicht.« Costanza deutete zur Gartentür. »Noch ist es angenehm kühl. Begleite mich in den Park. Dort können wir ungestört miteinander reden.«

Der Duft nach Jasmin wetteiferte mit dem Duft der Rosenhecken. Wortlos gingen sie nebeneinander her, erst im Schatten der Pinien sah Costanza den Bruder von der Seite an. »Seit ich vor drei Monaten in Rom angekommen bin, grüble ich darüber nach, was dich verändert hat. Warum dein Blick nicht mehr so offen ist, dein Lachen oft nur gekünstelt klingt? Nein, sag noch nichts. Du bist jetzt …«, sie zählte an den Fingern ab. »Fünf Jahre bin ich dir voraus, also hast du im April deinen zweiunddreißigsten Geburtstag begangen. Von den fünf Geschwistern warst du mir stets der Liebste. Ja, mein schöner, bewunderter, so gebildeter Lieblingsbruder.« Mit einem lächelnden Seufzer streichelte sie seinen Arm. »Weißt du noch, wie ich dir vor deiner Erhebung zum Kardinal schrieb, du solltest darauf verzichten, weil damit der Frauenwelt unwiederbringlich ein schöner und einer der charmantesten Männer geraubt würde?«

Ascanio hielt ihre Hand fest. »Das war vor sieben Jahren noch unter Sixtus V. Seitdem hat sich vieles verändert, kein Wunder ...«

»Als ich anfangs deine Gemäldegalerie betrachtete, glaubte ich, dass du dich neben deinen Verpflichtungen nur den schönen Künsten widmen würdest, aber nach Wochen schon stellte ich fest, dass dich häufig Männer aufsuchten, die dein Haus weder durch den Vordereingang betraten noch verließen. Und bin ich ihnen zufällig auf den Fluren begegnet, so grüßten sie kaum, einige versuchten gar, ihr Gesicht hinter der Hand zu verbergen. Was hat diese Heimlichkeit zu bedeuten? In welche Sache bist du verstrickt?«

»Nur in den Alltag Roms. Sorge dich nicht.« Der Kardinal geleitete Costanza zur Bank neben einem Rosenbeet und wartete, bis sie sich niedergelassen hatte. Er selbst wollte nicht sitzen. »In einer Zeit der Unruhe und des Umbruchs gibt es hier in Rom keinen geraden Weg mehr. Sixtus hat noch mit harter Hand versucht, eine Ordnung durchzusetzen, und es ist ihm größtenteils gelungen. Ohne jede Gnade verfolgte und beseitigte er das Banditenwesen. An der Engelsbrücke waren ganze Stangenspaliere mit aufgepflanzten Köpfen zu sehen. Justiz und Stadtpolizei führten Tag und Nacht Säuberungen durch. Auf Abtreibung, Inzest, Homosexualität, ja, selbst auf Kuppelei, Ehebruch und Verleumdung stand die Todesstrafe. Während der großen Sommerhitze lastete unerträglicher Leichengestank in den Straßen Roms. Oft genug habe ich dem Gesinde befehlen müssen, sogar bei Nacht die Fenster geschlossen zu halten. Nein, schau mich nicht mit solchem Vorwurf an. Ich bin zwar im Besitz der Doktorwürde für weltliches wie auch kirchliches Recht, aber an diesen furchterregenden Aktionen hatte ich keinen Anteil.«

Costanza rieb sich die Stirn. »All die Strenge scheint nichts genutzt zu haben. Nie kam mir Rom unsicherer vor als heute.«

»Doch, der Erfolg war zunächst sichtbar und in den Straßen auch spürbar. Häufig habe ich Sixtus sagen hören: In meinem Rom kann nun ein Pilger unter einem Baum nächtigen, ohne während des Schlafes ausgeraubt zu werden.« Kardinal Ascanio brach eine lachsfarbene Rose, genoss einen Moment lang den Duft, ehe er sie seiner Schwester reichte. »Dieser Zustand zwischen Lähmung und Furcht, diese Perfecta Securitas dauerte genau bis zum Tode ihres Urhebers. Danach brach das Übel mit doppelter Wucht wieder vor. Nicht nur beim Volk. Das Papststerben in den darauf folgenden zwei Jahren hat auch in der Kirche große Unsicherheit hervorgerufen. Sicherlich noch begünstigt durch Bekanntwerden der Weissagungen des heiligen Malachias.«

Fragend hob Costanza den Blick. Ehe er sprach, zeigte der Bruder ihr zum Zeichen seines Zweifels Innenfläche wie auch Rücken der rechten Hand. »Sterben drei Päpste in so kurzer Zeit hintereinander, so bestätigt dies den Zerfall der Kirche, behauptet Malachias. Ich selbst rate zur Vorsicht. Dennoch wagen sich zurzeit mehr und mehr kritische Geister aus ihren Verstecken. Mit einem Mal wird öffentlich über die Lehrmeinung des Kopernikus an den Universitäten diskutiert …« Er brach ab und beugte sich zu ihr. »Verzeih, ich möchte dich nicht mit Einzelheiten langweilen.«

»Nur weiter. Noch ertrage ich sie gern.«

»Es ist ja nur ein Beispiel. Kopernikus sagt: Die Sonne und nicht die Erde sei der Mittelpunkt der Welt. Entgegen der Kirchenlehre drehe sich also die Erde um die Sonne und nicht umgekehrt. Das allein schon schürt Unruhe, schlimmer aber ist, dass die Wahrhaftigkeit der Kirche damit in Zweifel gezogen wird.« Kurz deutete Ascanio in Richtung Palazzo und senkte die Stimme. »Und nun zur Nachricht von heute Morgen. Aufgrund des häufigen Wechsels auf dem Heiligen Stuhl sah dieser Giordano Bruno wohl auch seine Stunde gekommen und kehrte nach Italien zurück. Immer schon hat er kräftiger noch ins Horn gestoßen als Kopernikus. Nach ihm gibt es nicht nur ein einziges Sonnensystem, sondern gleich unendlich viele, und alles dreht sich umeinander. Du hast es ja von meinem Spion selbst vernommen. Solch eine Provokation muss die Kirche ahnden, will sie ihre Glaubwürdigkeit nicht ganz verlieren.« Ascanio trat hinter die Bank, und als fürchte er Lauscher in den Büschen, neigte er sich zu ihrem Ohr und flüsterte: »Nicht die Ideen werfe ich Bruno vor, wohl aber seine Leichtfertigkeit, mit der er den Arm der Inquisition unterschätzt hat. Ein unendliches Universum? Ich persönlich könnte mich mit dem Gedanken anfreunden, würde es aber niemals öffentlich zugeben.«

Costanza wandte sich dem Bruder zu und strich mit der Rose über seine Wange und den Nasenrücken. »Du denkst also etwas anderes, als du sagst. Lebst vom Futter der Spione und sicher auch in der Angst, dich durch ein unvorsichtiges Wort zu verraten.«

»Da alle im Kardinalskollegium sich gleich verhalten, ertrage ich es, ohne zu leiden. Begreif doch. Jeder bewacht jeden. Denn auf jeden Einzelnen von uns könnte unversehens die Wahl zum nächsten Papst fallen. Wir beleidigen uns nicht untereinander, reden über Abwesende kein schlechtes Wort und sind stets um ein gutes Ansehen beim jeweiligen Inhaber des Heiligen Stuhls bemüht. Das Wichtigste aber ist und bleibt, möglichst als Erster an wichtige Informationen zu gelangen.«

Lange sah Costanza ihn an. »All dies sagst du so leicht dahin? Armer Bruder, woran, frage ich mich jetzt, woran kannst du noch Freude haben?«

»An einem guten Theaterstück, Musik, dem Sammeln von Gemälden und …«, er lachte jungenhaft. »Nein, von den heimlichen Freuden erzähle ich dir besser nichts. Komm, gehen wir noch ein Stück und genießen den Garten.« Mit einer eleganten Verbeugung reichte er Costanza die Hand und half ihr auf.

Nach dem Spaziergang fühlte sich Costanza sichtlich erleichtert; sah sie den Bruder an, so schimmerte Wärme in ihrem Blick. »Weißt du, die geschnürte Taille meines Kleides bereitet mir ohnehin schon Enge genug, und dazu kam noch die beklemmende Sorge um dich, das zusammen nahm mir beinah den Atem. Jetzt aber verstehe ich vieles besser und bin erleichtert. Nun sehnt es mich geradezu nach kühlem Saft.«

»Euer Wunsch ist mir Befehl, Signora.« Mit beinah übermütigem Schwung geleitete der Kardinal sie zu einem schattigen Tisch auf der Gartenterrasse. Kein Befehl war nötig, ein Wink genügte. Gleich näherte sich der Kammerdiener mit Kristallgläsern und einer gefüllten Karaffe. »Du siehst, liebste Schwester, er hat nur darauf gewartet, deine Bitte erfüllen zu dürfen.«

»Gutes Personal zu finden ist heutzutage ein Glücksfall.«

»Schau ihn erst gar nicht so begehrlich an, ich gebe meinen Carlo nicht her.« Heiter und gelöst lächelten beide dem umsichtigen Majordomus des Palazzos entgegen. Er zögerte, das Tablett abzusetzen. »Um Vergebung, hab ich vorschnell gehandelt?«

»Im Gegenteil«, versicherte die Marchesa. »Ohne dich müsste ich verdursten.«

Carlo schenkte ein, stellte die Karaffe auf den Tisch, dann legte er einen schreibtafelgroßen, nur mit einem Band verschlossenen Umschlag neben das Glas seines Herrn. »Es ist wieder so weit. Monsignore Pucci bittet Euch einmal mehr, sich ein Kunstwerk anzusehen und bei Gefallen auch zu erwerben. Dieses Mal sei es von besonders hoher Qualität. Der Maler stamme aus der Lombardei, aus der Nähe von Mailand. Er sei noch unbekannt, aber das Talent sei unverkennbar.«

Ascanio trank seiner Schwester zu; als beide die Gläser zurückstellten, griff er mit spitzen Fingern nach dem Umschlag. »Gib diesem Ausbeuter erfolgloser Maler das Machwerk ungeöffnet zurück und bestell ihm, dass ich nur richtige Gemälde sammele, vor allem aber mir die Künstler selbst aussuche.«

Ehe er sich versah, hatte Costanza ihm das kleine Paket aus der Hand genommen. Bei Carlo vergewisserte sie sich: »Aus der Lombardei, sagst du? Nahe Mailand?«

»Dies behauptet wenigstens Monsignore Pucci.«

Zum Bruder gewandt, sagte sie: »Vergib mein hastiges Zugreifen und erlaube, dass ich einen Blick auf die Arbeit werfe.«

Der Bruder hob belustigt die Brauen. »Aber gern. Doch ich warne dich. Die Schönheit deiner Augen könnte dabei Schaden nehmen.«

Costanza zog ein bemaltes Holztäfelchen aus dem Umschlag und betrachtete lange das Bild. »Diese Genauigkeit erinnert mich. Auch das Licht.«

Nun doch neugierig geworden, erhob sich der Kardinal und sah seiner Schwester über die Schulter. »In der Tat. Dieser Franz von Assisi ist um Klassen besser gemalt als die vorherigen.«

Sie deutete auf den Wolf zu Füßen des Heiligen. »Obwohl das

Raubtier so klein dargestellt ist, erkenne ich das Friedvolle in seinem Ausdruck. Auch die Farben beeindrucken.«

»Ich muss Pucci recht geben, dieser Maler hat Talent.« Ascanio kehrte zurück zu seinem Platz. »Dennoch werde ich das Holzbild nicht erwerben. Täglich laufe ich im Papstpalast an Heiligen jeglichen Ranges vorbei. Nein, versteh mich richtig, ich bin ihrer nicht überdrüssig. Ich habe gerade einen flämischen Maler für mich entdeckt, Jan Breughel, aus dem fernen Antwerpen. Er ist gerade zweiundzwanzig oder dreiundzwanzig Jahre jung, aber er hat Gespür für Farben. Seine Landschaften, verwoben mit Mythologie, einfach wunderbar. Verzeih, ich gerate ins Schwärmen. Aber sollte ich einen der Heiligen in meine Galerie aufnehmen, so möchte ich ihn groß und möglichst in Öl auf Leinwand haben.«

»Dann werde ich das Bild kaufen.« Ein Blick zu Carlo. »Was verlangt der Monsignore dafür?«

»Fünf Giulii.«

Der Kardinal lachte trocken auf. »Einen halben Scudo? Dieser Halsabschneider. Gib ihm drei Giulii, damit hat er genug.«

»Aber wenn er noch mit dem Künstler teilt, haben beide zu wenig.«

»Teilen? Aber wo denkst du hin? Er behält den ganzen Gewinn. Die Maler arbeiten lediglich für Kost und Unterkunft.« Ascanio schüttelte den Kopf. »Bitte kläre mich auf, warum du solch ein Interesse an diesem Holztäfelchen zeigst? Gilt es dem sanften Franziskus …?«

»Nein. Dem Künstler.« Costanza steckte das Heiligenbild zurück in den Umschlag. »Bitte lass mir das Geheimnis, bis ich Gewissheit habe. Carlo, wartet dieser Monsignore unten am Tor?«

»Er bietet noch in den anderen Häusern weitere Heiligenbilder an und wollte auf dem Rückweg nach Antwort fragen.«

»Wenn er kommt, so sag ihm, wir hätten uns noch nicht entschieden. Er wird in den nächsten Tagen von uns Bescheid erhalten.« Ehe der Bruder ihr helfen konnte, hatte sich Costanza schon erhoben. »Entschuldige mich jetzt. Ich muss mit meiner Zofe beraten, wie wir am besten vorgehen.«

Im rechten Schuh drückte ein Stein. Zweimal schon hatte Paola ihren bewaffneten Begleiter darauf hingewiesen, doch der hatte bisher nur ein »Hier nicht« zwischen den Zähnen hervorgebracht und sich umgeschaut, als folgte ihnen ein ganze Meute von Übeltätern. Sie humpelte vor ihm her und verfluchte ihre Sonntagsschuhe mit den bunten Schleifen über den Knöcheln. Eitle Pute, hättest du deine Sandalen angelassen, dann könntest du den Stein im Stehen loswerden. Endlich, auf dem Platz vor Santa Maria Maggiore, erlaubte der Wächter gnädig, Paola dürfe an den Sockel des Obelisken gehen und dort den Stein entfernen. Gleich aber entschied er sich anders. »Besser, wir steigen rauf bis zum Eingang der Kirche.«

Eine breite und für einen wehen Fuß schier endlose Treppe. Auf halber Strecke zog Paola mit beiden Händen die Leinenhaube fester und blitzte ihren Peiniger über die Schulter an. »Mich hier hochzujagen bereitet dir wohl Spaß? Aber jetzt hab ich es satt.« Sie hockte sich auf eine Stufe, streifte Schürze und Rock fast hinauf bis zum rechten Knie und löste die Schleife. »Hör auf zu gaffen. Dreh dich um und pass auf, dass dich keiner stiehlt.«

Ohne sich zu rühren, grinste der Wächter. »Was ich da sehe, gefällt mir. Und zähmen könnt ich dich auch.«

»Glaubst du wirklich?« Paola band schon wieder die Schleife. »Da müssen schon andere Männer her.« Sie erhob sich, ordnete mit geübtem Griff den Ausschnitt über dem Busen, richtete das kleine Silberkreuz an der Halskette zur Mitte und schlug einige Male in Pohöhe den Staub aus dem blauen Stoff. Noch ein kurzer Blick zum Kirchenportal mit den Marmorsäulen. »Wir können weiter«, bestimmte sie und eilte nun leichtfüßig die Stufen wieder hinunter. Unversehens hatte sie die Führung übernommen, und er folgte ihr ohne Widerworte. Paola schmunzelte vor sich hin. Man darf sich nicht rumschicken lassen, dachte sie. Man muss selbst die Kerle kommandieren. So geht's besser. Sie lüpfte ihr Häubchen, setzte es etwas schräg und ließ die Bänder durch die Hand gleiten.

Wenn es doch wahr wäre! Die Herrin hatte ihr gestern nur den Franziskus mit dem Wolf gezeigt. »Wer, glaubst du, hat ihn gemalt?«

»Meint Ihr wirklich?«

Jede Frage war zugleich auch Antwort.

»Der Maler stammt aus unserer Gegend. Wer sollte es sonst sein?«

»Aber warum hat er sich nicht gemeldet?«

»Willst du zur Villa Peretti gehen?«

In der vergangenen Nacht hatte Paola von Michele geträumt. Sie sahen sich beide in vielen Spiegeln. Paola berührte seine Lippen unendlich oft, und er lachte ihr tausendmal zu. Mit dieser Wärme war sie aufgewacht, doch bald schon nagte die Ungewissheit wieder und kam auch jetzt wie eine Welle über sie. Keine Nachricht, obwohl er doch schon den ganzen Sommer über in Rom sein musste. Dachte er überhaupt noch an sie? Hat er mich vergessen? Dann wär's mir fast noch lieber, dass er krank ist und ich deshalb nichts von ihm gehört habe. »Nein«, flüsterte sie, presste die Hand vor den Mund und hätte beinah unachtsam die Schminke von der Narbe zwischen Oberlippe und Nase weggewischt. »Nein, Heilige Mutter, verzeih, so etwas wollte ich nicht denken. Lass ihn bitte nicht krank sein!«

Am Haupttor wurden sie gleich weitergeschickt, und die Wachposten pfiffen hinter Paola her.

Scheinheilig erkundigte sich ihr Beschützer: »Verzeih, Signorina. Das sind also die Cavaliere, für die du den Rock hebst?«

»Nein, danke.« Sie ließ die gespreizten Finger wie einen Kamm über ihrem Kopf wackeln. »Die Gockel dahinten sind nicht besser als du.«

Noch ehe Paola der ersten Magd erklären konnte, warum sie gekommen war, wurde Flora schon vom Monsignore beiseitegeschoben. »Für mich. Die Botin kommt zu mir. Geh wieder an die Arbeit.«

Für einen Moment flackerten Entrüstung und Zorn in Floras Augen, dann wandte sie sich noch einmal der Besucherin zu: »Du musst ihn verstehen«, warb sie mit sanfter Stimme. »Unser guter Pandolfo Pucci nimmt von früh bis spät nur Salat zu sich, deshalb ist er auch so mager. Und magere Männer ...«

»Schluss jetzt!« Auf das Fingerschnippen hin kehrte Flora um und stieg betont gemächlich die Treppe in die oberen Stockwerke hinauf.

»Von welchem Palazzo? Welcher Heiliger?« Vor Aufregung wrang Pucci die Hände, zitterten seine Lippen. »Ich wusste, er ist begabter als die Vorgänger. Seine Bilder lassen sich auch in Rom verkaufen, ich wusste es. Heraus damit, schönes Mädchen, von welchem Palazzo …? Welcher Familie dienst du?«

»Meine Herrin, die Marchesa Costanza Sforza, schickt mich. Sie ist die Schwester von Kardinal Ascanio Colonna.«

»Oh … oh, welch eine Ehre!« Der fromme Majordomus krümmte sich leicht. Die Haut um die Grindplacken an der Stirn rötete sich. »Seine Eminenz ist ein großer Kunstkenner. Wenn selbst er von dem Bild angetan ist, so werde ich ihm in der nächsten Woche eine auserlesene Sammlung der einflussreichsten Heiligen unterbreiten. Und wenn dafür mein Maler die Stückzahl verdoppeln muss. Er wird …«

»Wie ist sein Name?«, entfuhr es Paola, gleich presste sie die Finger auf den Mund. »Verzeiht, meine Herrin hat mich beauftragt, sie möchte wissen, wer der Künstler ist?«

»Hast du das Geld bei dir? Fünf Giulii für den Franziskus.«

Paola nickte. Der Monsignore streckte die Hand aus. Paola nickte betonter. Endlich erinnerte sich ihr bewaffneter Begleiter an das von Marchesa Costanza und ihr vorher ausgeheckte Zeichen und trat neben sie. Mit einer heftigen Handbewegung schlug er den Schulterumhang über dem Degengriff zurück.

Verdammter Kerl, übertreib nicht so, dachte sie, so war das nicht ausgemacht.

Monsignore Pucci wich einen Schritt zurück. »Stimmt etwas nicht? Das, das ist ein ehrliches Geschäft.«

Sie nickte wieder. »Meine Herrin hat mich beauftragt, Euch drei Giulii für den Heiligen zu bezahlen. An die restlichen zwei erlaubt sie sich, Bedingungen zu knüpfen.«

Die Brauen zogen sich zusammen, die Lippen wurden schmal. »Ich suche keine Öffentlichkeit, sollte deine Herrin darauf abzielen. Das ist nur eine Gefälligkeit im Dienste der mittellosen Künstler.«

Paola begriff nicht, wunderte sich nur über den ängstlichen Tonfall. »Das mag ja sein. Aber zuerst müssen wir den Namen wissen?«

»Michelangelo Merisi. Er stammt aus Caravaggio.«

Der Jubel in ihr durchfuhr sie wie ein Windstoß, schwer fiel es, die Rolle der Botin beizubehalten. »Da meine Herrin die Marchesa Sforza ist und dieser Maler aus ihrem Hoheitsgebiet stammt, verlangt sie, dass ich mit ihm ungestört und in Ruhe sprechen kann. Erst nach der Unterredung darf ich Euch die zwei Giulii aushändigen.«

»Und ich glaubte schon …« Den Rest des Satzes versteckte Pucci im meckernden Lachen und richtete sich wieder zur vollen Größe auf. »Dieser Wunsch ist mir natürlich Befehl. Kommt nur, Signorina, kommt.«

Ihr Wächter gab mit einer großzügigen Geste sein Einverständnis, doch gleich funkelte ihn Paola an. »Spiel dich nicht so auf«, zischte sie. »Warte hier. Es kann eine Weile dauern.«

Vor der Tür im hinteren Flur flüsterte der Monsignore: »Merisi ist sehr fleißig. Vielleicht störst du ihn nicht zu lange. Er hat sein Tagessoll noch nicht erfüllt. Darf ich dich anmelden?«

»Nein. Ich schaffe das schon allein.«

Pandolfo Pucci verschränkte die Hände hinter dem Rücken und blieb stehen.

»Bitte.« Auffordernd sah Paola ihn an und deutete mit dem Kinn in die Tiefe des Flurs. »Es soll eine Überraschung werden.«

Gegen solche Eindeutigkeit wusste der Majordomus kein Argument mehr und zog sich steifen Schritts zurück.

Sie küsste rasch das kleine silberne Kreuz. »O Madonna, steh mir bei.« Auf ihr Klopfen hin vernahm sie: »Wer ist da?«

Ohne zu antworten, öffnete Paola. Geruch nach Terpentin schlug ihr entgegen. Leicht gebeugt stand er vor der Staffelei, strichelte mit einem dünnen Pinsel. Er sah sich nicht um. »Wieso kommt Ihr jetzt schon? Ich sagte doch, der Hieronymus braucht mehr Zeit.«

»Ich bin's.«

Der Rücken versteifte sich, dann drehte Michele langsam den Kopf. In seinem Blick wandelte sich Unglaube in Erkennen, die Unterlippe bebte.

Paola schlüpfte hinein, drückte die Tür mit dem Rücken zu, blieb dort, weil das Herz zu laut war. »Ich bin's.«

Mit einem Mal beschäftigt, sah Michele auf seine Arbeit. »Dieser elende Hieronymus!«, schimpfte er vor sich hin. »Was muss er auch die Bibel übersetzen? Und warum diese verflucht kleinen Holztafeln? Wie soll ich da einen lesbaren Text auf die Seite schreiben?«

»Das musst du nicht«, flüsterte sie. Alles in ihr flehte, lass mich nicht hier stehen, bitte! Und etwas lauter setzte sie hinzu: »Jetzt nicht.«

Jäh schleuderte Michele den Pinsel zwischen die Farben auf den Tisch und kam auf sie zu. Kaum breitete er die Arme aus, als sie ihm entgegenflog, sich an seine Brust schmiegte. »Liebster.«

Er küsste ihre Stirn, die Nase. »Woher wusstest du …?«

Die Lippen fanden sich, beim Atemholen sagte sie: »Der heilige Franziskus war's.«

Er streichelte ihre Brüste, den Rücken, den Po und küsste sie in die Halsbeuge. Alle Anspannung in ihr löste sich. »Es ist so lange her … Liebster, ich hatte solche Angst, weil ich nicht wusste, wo du warst.«

Michele ließ sie los und stürmte zum Fenster. »Da draußen ist Licht und Schönheit. Ich aber muss in diesem Loch hausen. Wie ein Sklave hält mich dieser Salatfresser. Ich bin gar nicht da. Den Maler Michele Merisi gibt es gar nicht, der war nur ein Traum … Oh, ich schäme mich.« Tränen stiegen. »Wie sollte ich dir sagen, wo ich bin? Sag es mir …« Er konnte nicht weitersprechen, presste den Unterarm gegen die Stirn.

»Nicht, Liebster, nicht.« Paola ging zu ihm, behutsam berührte sie seine Wange, als er es zuließ, streichelte sie ihn, fuhr mit der Fingerkuppe zart die Lippen nach. »Dein Heiliger hat mich zu dir geführt. Ich wusste sofort, dass nur du ihn gemalt haben konntest. Auch die Marchesa hat dich sofort darin erkannt. Und selbst Kardinal Ascanio sagte, dass der Franziskus die Arbeit eines sehr talentierten Künstlers sei.«

»Meinst du?« Er ließ den Arm sinken.

Sie wagte ein Schmunzeln. »Ich weiß es sogar.«

Michele erwachte wieder. »Dieser Ascanio ist bekannt. Neulich hab ich in einer Taverne gehört, wie sich zwei Maler über ihn unterhalten haben. Aber wer interessiert sich schon für meine Heiligenbilder?« Er führte Paola zur Staffelei neben dem Tisch. »So klein. Mir brennen die Augen, weil alles so klein sein muss.«

Sie beugte sich vor, wollte genau sehen. »Wunderschön. Jede Einzelheit ist zu erkennen.« Ihr Lob lockte ihn ganz aus der Höhle, und er fasste nach ihren Schultern, strich mit den Fingern über ihren Rücken. Paola spürte, wie sich Wärme in ihr ausbreitete, sie ließ es zu, wollte mehr und wagte nicht, sich zu bewegen. »War Hieronymus ein Mönch?«

»Ich …« Michele räusperte sich. »Ich hab ihn da mit dem Löwen gemalt.« Seine Hand fuhr über die Hüfte, dann zupfte und zog er langsam den Rock höher, raffte den Stoff mehr und mehr zur Taille hinauf.

Immer noch rührte sie sich nicht. »Wieso ein Löwe?«

Die Hand betastete ihre nackten Pobacken, glitt die Rundung hinunter. »Hieronymus hat ihm einen Dorn aus der Tatze gezogen …«

Ohne es zu wollen, lachte Paola leise, dabei öffnete sie die Schenkel etwas. »Einen Dorn?«

Mit den Fingern wagte er sich vor und verharrte.

Wenn sie früher Zärtlichkeiten ausgetauscht hatten, durfte er mit ihren Brüsten spielen, sie kosen. Und Paola half seiner Erregung, förderte sie mit geschicktem Spiel, hin und wieder durfte er sogar bis hinunter in ihren Schoß, doch dann hatte sie sich ihm entzogen. »Nicht weiter, Liebster. Lass uns noch warten.«

Auch heute richtete sie sich von der Staffelei auf, drückte den Po gegen die Tischkante und sah ihn an. »Wurde der Löwe zahm?« Kaum berührte sie den Stoff über seinen Lenden, sah er sie beinah erschrocken an, dann aber half er hastig, die Schlaufen zu lösen. »Wie ein Haustier lebte der Löwe bei ihm.«

Sie umfasste seinen aufgereckten Schwanz. »Freust du dich, dass ich hier bin?«

»Ich kann gar nicht sagen, wie sehr. Vorhin noch war mein Zimmer nur ein Gefängnis …« Er tastete im Ausschnitt nach ihren Brüsten, hob sie heraus und liebkoste die Knospen mit der Zunge, saugte an ihnen wie ein Kind. Gleichzeitig raffte er mit einer Hand wieder den Rock, zerrte ihn nach oben, fahrig und ungeschickt wühlten sich die Finger ins Vlies.

»Liebster.« Paola umschlang seinen Nacken, streichelte die Locken, zog ihn näher an sich. Tief in ihrem Leib strömte Wärme, drängte, ihre Schenkel bebten. »Komm.« Sie rutschte mit dem Po auf den Tisch. »Komm. Ich will es jetzt.«

Er trat zwischen ihre Schenkel, suchte den Weg, mühte sich, keuchte mit halb offenem Mund. Paola wollte helfen, bewegte den

Unterleib ihm entgegen. Doch weil beide sich suchten, fanden sie nicht zueinander. Die Hast nahm zu. Auch Paola keuchte; als er das Ziel wieder und wieder nicht fand, führte sie ihn. »Dort, Liebster. Ich hab so darauf gewartet.«

Ein leiser Schrei. Ihr Schoß zerriss und sengender Schmerz blieb. Sie krallte sich an seine Arme. Beim nächsten Atmen schon befiel sie Angst. »Kein Kind. Bitte ...« Sie wollte ihn wegschieben und wollte doch die Nähe. Michele stöhnte, seine Bewegung wurde schneller, der Atem flog.

»Nein! Bitte. Kein Kind.«

Michele hörte nicht, die Erregung übertönte alles. Verzweifelt rutschte Paola auf dem Tisch zurück, konnte sich entziehen. Schon bog er den Unterleib vor und entlud sich zwischen ihren Beinen auf der Holzplatte. Paola senkte den Kopf. Sie sah das Blut an den Schenkeln, auf dem Tisch. Der Schmerz in ihrem Schoß nahm wieder zu. »Kein Kind«, flüsterte sie und streckte ihre Hand nach Michele aus. »Halte mich ein wenig.«

Er nahm die Finger mit beiden Händen, führte sie an den Mund. »Mir war es, wie ... wie ein Flug über wilde Wellen. Ich konnte den Sturm hören.« Er schloss die Lider. »Nein, ich höre ihn immer noch. O Liebste, ich fühle mich so wohl.« Er küsste ihre Fingerkuppen, koste mit ihnen seine Wange.

Paola hob den Blick, sah über ihm zur Decke. Bin ich jetzt wirklich eine Frau? Sie seufzte. Auch wenn es nur wehgetan hat? Alle Träume von vorher waren entwertet. Sollte es so sein?

»Geht es dir gut?«

Seine Frage ließen die Tränen steigen. Ohne den Kopf zu senken, flüsterte sie: »Ich weiß noch nicht.« Jetzt erst blickte sie ihn an. »Noch hab ich Schmerzen, aber die gehen bald vorbei und dann ...« Sie runzelte die Stirn. »Was ist mit deinem Gesicht? Blau. Überall bist du blau verschmiert, auf den Lippen. Auch da neben der Nase.«

Für einen Moment hatte sie ihn erschreckt, dann aber grinste er und drehte Paolas Handfläche nach oben. »Deine Schuld. Ich musste aufpassen, durfte nicht.« Er deutete auf die Farbpalette neben ihr auf dem Tisch. »Und du hast dafür in mein Blau gefasst und mich beschmiert.«

Vorbei war der große Moment, Paola flüchtete in seine betonte Leichtigkeit und zeigte auf die Spuren zwischen ihren Beinen. »Ich denke, das hier waren wir wohl beide. Und sieh dir meine Schürze an, die muss ich abbinden.« Sie bemühte sich um einen scherzhaften Ton. »Nur gut, dass mein Rock dunkel ist, da fallen die Flecken nicht so auf.« Vorsichtig stieg sie vom Tisch. Michele tränkte zwei Lappen mit Farblöser, und während er vor dem Spiegel sein Gesicht reinigte, wischte sie sich das Blau von der Hand.

Und das Blut an den Beinen? Unvermittelt schämte sie sich, den Rock noch einmal hochzuziehen. Das wasch ich ab, wenn ich zurück im Palazzo bin. Ein Bad, dachte sie sehnsüchtig, jetzt in einen warmen Zuber steigen.

Michele sah sie lächeln. »Du musst wiederkommen, wir ... wir sollten uns beim nächsten Mal aufs Bett legen, dann hast du es bequemer.«

Sie streichelte seine Hand, strich ihm die Locken aus der verschwitzten Stirn. »Und wenn wir mehr Zeit haben, dann wird es noch viel schöner.« Sie wollte nicht, fragte dann doch: »Hast du mich lieb?«

»Aber ja. Wir gehören zusammen.« Mit einem Mal bekümmert, strich er über ihre Oberlippe. Als er die Narbe berührte, zuckte Paola zusammen. »Nicht wischen.«

»Warum hab ich nur damals den Stein geworfen? Dein schönes Gesicht. Immer noch mache ich mir Vorwürfe.«

Sie trat hastig vor den Spiegel. »O nein!« Die Schminke war ab. Das Blaurot der Narbe prangte, leuchtete ihr entgegen. »Kannst du sie wegmalen? Bitte, Liebster, hilf mir!« Schon zog sie ihn zum Tisch und führte seinen Arm in Richtung Palette. »Das muss doch gehen? Oder?«

»Setz dich.« Michele wies auf den Hocker, sie gehorchte. Gleich nahm das Ziehen in ihrem Schoß zu, doch sie beachtete es nicht.

»Und heb das Gesicht zum Fenster. Damit ich den richtigen Farbton bestimmen kann.« Von einem Atemzug zum anderen veränderte er sich, wurde ernst. Paola sah über sich die dunklen Augen, die langen Wimpern. Sein Blick aber galt nicht mehr ihr.

Michele prüfte, drehte ihr Kinn zur Seite, schätzte ab und beugte sich über seine Farben. »Deine Haut ist sehr hell und rein. Ich gebe viel Bleiweiß ins Gelb und auch etwas vom Veroneser Grün.« Während des Mischens summte er vor sich hin, dann wandte er sich ihr zu. »Keine Sorge, der Unterschied wird kaum zu erkennen sein. Allerdings glänzt frische Farbe.«

»Das stört mich nicht. Ich darf ja schwitzen. Nur die verdammte Narbe will ich nicht.«

Paola musste stillhalten, bis er einen Schritt zurücktrat. »Ich glaube, das genügt schon.«

Sie sprang auf und prüfte ihr Spiegelbild. »Wunderbar. O Liebster ...« Dankbar umarmte sie ihn, wollte küssen, doch er nahm rechtzeitig den Kopf zurück. Auch ihr wurde die Gefahr bewusst, und gleichzeitig warnten beide: »Nur nicht!«

Paola schmiegte sich mit der andern Gesichtsseite an seine Brust. »Ich muss gehen. Sobald ich die Erlaubnis erhalte, komme ich wieder. Die Herrin hat sicher nichts dagegen. Sie ist wie eine Freundin zu mir.«

Einige Male strich ihr Michele über den Rücken. »Irgendwas hat sich verändert bei mir. Ich kann's gar nicht genau sagen, aber seit vorhin weiß ich, dass ich nicht länger bei diesem Monsignore Insalata bleibe.«

Paola löste sich. »Willst du, dass ich frage, ob du zu uns kommen darfst?«

»Nein«, wehrte er schroff ab. »Ich will kein Almosen.«

»Aber die Herrin sagt, dass jeder Künstler jemanden braucht, der ihn fördert, ihn unterstützt? Und selbst dein Bruder Gianni bittet die Herrin ständig um Hilfe. Obwohl er doch im Kloster von Cremona alles bekommt, was er braucht.«

»Ich bin nicht mein Bruder.« Michele nagte heftig an der Unterlippe. »Und die anderen Künstler können anbetteln, wen sie wollen. Mir sollen einzig allein meine Bilder einen Mäzen bringen. Verstehst du. Und sie werden es. Bis dahin muss ich selbst für mich sorgen.«

Paola sah seinen Blick und wünschte sich große Engelsflügel, mit denen sie ihn umfassen und schützen könnte. »Bitte versprich mir, dass du im Palazzo Colonna Bescheid gibst, wo du hingehst. Jetzt, nachdem wir ... Ach, du weißt schon. Bitte, ich will dich nicht mehr suchen müssen.« Sie musste aufbrechen, griff nach der zusammengerollten Schürze. »Nur das Haus. Damit ich zu dir kommen kann.«

Michele nickte. An der Tür rückte er ihr helles Leinenhäubchen etwas nach hinten. »Auch ich will dich nicht mehr verlieren.« Er küsste die Stirn, die Nasenspitze und ließ sie hinaus. »Besser, du lachst auf dem Heimweg nicht. Ich weiß nicht, wie gut Ölfarbe auf der Haut abdeckt.«

»Mir ist sowieso nicht zum Lachen zumute.« Gleich spürte Paola die Tränen aufsteigen, sie winkte und eilte durch den Flur davon. Nach der Biegung wurde der Gang breiter. Dort stand Monsignore Pandolfo Pucci und versperrte ihr den Weg. »Ich muss schon sagen, diese Unterredung hat über Gebühr lange gedauert. Und aus den Geräuschen, die ich zufällig vernahm, muss ich schließen, dass …« Er räusperte sich. »… dass nicht nur gesprochen wurde. Deshalb meine ich, dass der Restbetrag getrost noch um etwas aufgestockt werden könnte. Für mein Schweigen.«

Na warte. Zu allem Abschiedsschmerz kam jetzt auch noch dieser dürre Ausbeuter dazu. Nur Zorn half jetzt noch. Paola drohte ihm mit der Schürzenrolle. »Ungestört war ausgemacht. Und Ihr habt gelauscht, Monsignore. Und das stört mich!« Ihre Lautstärke nahm zu. »Ich sollte Euch gar nichts geben! Sollte meinen Wächter rufen! Und wenn Ihr glaubt, der Kardinal …«

»Nein, nein. Ein Irrtum«, versuchte der Majordomus zu beschwichtigen. »Ich habe nichts gehört, nur gewartet. Kein Aufhebens deswegen …«

»Ihr behauptet, arme Künstler zu unterstützen? Von wegen.« Paola schlug ihm die zwei Giulii in die Hand. »Ich weiß jetzt, was Ihr seid!« Damit ließ sie ihn stehen und ging hoch erhobenen Hauptes weiter.

Ihr Begleiter sprang auf, als sie ins Freie trat. Ehe er etwas sagen konnte, befahl Paola: »Nach Hause! Ich habe alles erledigt.«

Kein Wort wurde gewechselt. Das Ziehen in ihrem Unterleib nahm zu. »O Madonna«, seufzte sie, »wär' ich doch nur schon da.« Aber ich habe meinen Michele wiedergefunden, sagte sie sich, und das ist wirklich ein Glück.

Die Villa lag längst hinter ihnen, und allmählich wurde ihr Schritt doch unsicherer. Santa Maria Maggiore kam in Sicht, als der Wächter unvermittelt neben ihr ging und sie von der Seite angrinste: »Du siehst etwas gerupft aus. Und was ist da unter deiner Nase …?«

Sofort hieb ihm Paola mit der eingerollten Schürze ins Gesicht. »Halt dein loses Maul!« Sie lief voraus, fluchte, um nicht zu jammern, und drohte über die Schulter: »Wehe, du sagst noch was.«

Auf der engen Stiege für die Dienstboten des Palazzos kam Paola von oben eine Magd entgegen. »Wo warst du so lange? Mittag ist längst vorbei. Zweimal schon hat die Herrin nach dir gefragt …« Sie unterbrach sich, fasste den Arm der Zofe. »Du siehst aber schlecht aus. Ist dir nicht gut? Soll ich dich nach oben bringen?«

»Danke. Nicht nötig. Es ist alles in Ordnung.« Paola tappte schon weiter. »Wird wohl die schwüle Luft draußen sein, die bekommt mir heute nicht.«

Als sie nach leisem Klopfen eintrat, saß die Marchesa im Sessel nahe dem geöffneten Fenster und studierte einen Brief. Kurz blickte sie hoch. »Komm nur. Ich bin gleich so weit.«

Paola trat näher. Jetzt erst fiel ihr auf, dass sie immer noch das Schürzenbündel unter dem Arm trug. O nein. Sie schüttelte über sich selbst den Kopf. Eine frische Schürze wäre richtig gewesen. Zumindest hätte ich das verdreckte Ding draußen lassen sollen.

Costanza ließ das Blatt sinken. »Weißt du, wer sich angekündigt hat? Muzio, mein Ältester. Seine Ausbildung am spanischen Hof geht zu Ende, und er will im Herbst nach Rom kommen, um seine alte Mutter zu besuchen.«

»Aber, Herrin, Ihr seid nicht …«

»Still, still. Du bist ein liebes Kind. Nun wird unser Fabrizio sich nicht länger hinter dem älteren Bruder verstecken können, sondern muss allein dort am spanischen Hof zurechtkommen.« Nachdenklich strich sie über das Blatt. »Mein Gott, wie lange habe ich Muzio nicht gesehen? Sechs Jahre sind es bald her. Ich freue mich jetzt schon auf den Moment, wenn er zur Tür hereinkommt.« Sie legte den Brief beiseite und lächelte ihrer Zofe zu. »Bitte, setze dich.«

Nur auf den Rand des Hockers und dies auch nur behutsam mit einer Pobacke. Weil es nicht wehtat, atmete Paola erleichtert aus. Ihre Herrin hob die Brauen. »Du bewegst dich so ungelenk …?« Der Blick wurde prüfender, ihre Stimme aber veränderte sich nicht. »Ich bin so gespannt. Ist es unser Michele?«

Paola nickte und dachte, o Madonna, sie hat es schon gemerkt.

»Hast du den Auftrag erledigt?«

Wieder nur Kopfnicken.

»Hast du den Kaufpreis in zwei Raten bezahlt, so wie wir es geplant hatten?«

Paola vergaß zu nicken, sah die Herrin aus großen Augen an.

»Aber, Kindchen, hab Mitleid mit mir! Erzähl endlich. Ich brenne darauf. Konntest du mit unserem Künstler eine Zeit alleine sein?«

Nun stieg Paola die Röte ins Gesicht, sie glaubte zu verglühen und sagte nichts.

Da lehnte sich Marchesa Costanza im Sessel zurück und betrachtete ihre Zofe noch genauer. Schließlich glättete sich die hohe Stirn. »Nun glaube ich zu begreifen. Was ist mit deiner Schürze? Willst du sie mir zeigen?«

»Bitte nicht, Herrin«, hauchte Paola. »Sie ist voller Flecken. Ich meine Farbflecken.«

»Ihr habt gemalt?« In den Augenwinkeln spielte ein leises Lächeln. »So lange wart ihr getrennt, und da habt ihr aus lauter Freude über das Wiedersehen gleich zusammen …«

»Verzeiht, Herrin.« Paola presste die Hände vors Gesicht. »Nicht gemalt. Alles ging so durcheinander, und er … ich meine, auch ich.« Sie rieb sich die Stirn. »Es ist wahr, er hat mich bemalt, aber nur die Narbe, weil meine Schminke … Und jetzt brennt es mir … Ach, überall in mir ist auch so ein Durcheinander.«

Costanza beugte sich vor und streichelte das Knie ihrer Zofe. »Dann werden wir mit dem Aufräumen beginnen. Und zwar gleich.«

Auf Anordnung der Marchesa bereiteten Mägde im Schlafzimmer ein Bad vor. Sie erlaubte keine Fragen und schickte die Neugierigen gleich, nachdem das Wasser eingefüllt war, wieder hinaus. Sie wählte zwischen den Glasphiolen und träufelte Öle aus der Ringelblume, Kamille und Wiesenraute in die kniehohe, wie eine Muschel geformte Wanne.

»Aber, Herrin. Das ist doch meine Arbeit.«

»Heute nicht.« Costanza fuhr mit der Hand durchs Wasser und wohlriechender Duft breitete sich aus. »Du wirst dich jetzt entkleiden. Keine Widerworte. Ich kann mir nur zu gut vorstellen, wie du dich fühlst.«

So wohltuend war die Wärme. Das Wasser reichte bis zur Hüfte. Ohne aufzusehen und so unauffällig wie möglich rieb Paola die Blutspuren von den Schenkeln. Ihre Herrin hatte sich neben der Bademuschel auf einem Hocker niedergelassen. »Du musst dich nicht vor mir verstecken. Du darfst sogar lächeln, wenn du magst.«

»Aber ich schäme mich. Ihr seid eine so erfahrene Frau. Und ich sitze hier und komme mir vor wie ein dummes Huhn.«

Costanza faltete die Hände im Schoß. »Da gibt es ganz andere dumme Hühner, und eines davon war ich. Genauer würde ich sagen: Für ein Küken war ich schon zu alt, zum Huhn aber reichte es noch lange nicht.«

Bei dem Wortspiel staunte Paola die Herrin mit offenem Mund an. »Aber Ihr könnt Euch doch niemals mit so einer wie mir vergleichen.«

»Glaubst du, es hätte bei mir kein erstes Mal gegeben? Ich gestehe, dass ich diese Erfahrung erst nach der Vermählung durchlitten habe. Allerdings war ich längst noch keine zwanzig Jahre alt wie du, sondern erst dreizehn.«

Vor Neugierde vergaß Paola ihre Scheu, umschlang die Beine mit den Armen und blickte, das Kinn auf den Knien, die Herrin an. »So jung schon einen Bräutigam zu haben? Das ist doch schön.«

»Für meine gewiss beeindruckende Mitgift haben sich damals sicher nur unsere Familien interessiert. Kurz vor der Eheschließung sah ich meinen Mann zum ersten Mal. Herzog Francesco Sforza war fünf Jahre älter als ich, und er gefiel mir. Auch das Hochzeitsmahl war ganz nach meinem Sinn, denn es gab extra für mich hergestellte Marzipantiere: Schafe, Kühe, sogar ein Pferd, und ihre Beine waren aus Zucker gegossen.«

»Wie wunderbar.« Paola seufzte aus tiefstem Herzen und verspürte Heißhunger auf Gebäck oder kandierte Früchte.

In der Erinnerung runzelte Costanza die Stirn, gleichzeitig musste sie lächeln. »Ich habe sie alle hintereinander gegessen, sodass mir schon unwohl war, als ich von meinen Zofen ins Schlafgemach geführt wurde. Dort roch es nach Moschus, und mir wurde noch elender. Das Auskleiden ließ ich über mich ergehen und erwartete nun, hingebreitet über das Lager, in aller Unschuld meinen Gemahl.«

Ohne den Blick von ihr zu lassen, streckte Paola die Beine, schöpfte Wasser mit den Händen und ließ es warm und duftend über ihre Brüste laufen. Die Marchesa straffte den Rücken. »Um das Drama abzukürzen: Mein Francesco kam herein, ich erlaubte ihm, sich neben mich zu legen. Er aber wollte unbedingt einen Platz auf mir, den er sich schließlich trotz meines Flehens eroberte. Nicht genug, nun verlangte er schier Ungeheuerliches, was mir meine Scham und auch die gute Erziehung strikt verboten. Da ich mich wehrte, erzwang er sich den Weg. Dann aber glaubte ich, dass er mit einer Waffe versuchte, auf mich loszugehen, er verletzte mich gar, und ich schrie, rief um Hilfe. Keine der Dienerinnen im Vorzimmer erhörte mich.«

Paola flüsterte: »Und weiter.«

»Unvermittelt lag er neben mir und weinte. Ich schluchzte lauter, klagte, dass ich es doch sei, der ein Leid geschehen sei, und nicht umgekehrt. Da jammerte Francesco: Nie könne er eine Frau beglücken. Die körperliche Übereile sei schuld, mit der er zu Werke ging. Er sei unfähig, die Ehe zu vollziehen.« Die Marchesa richtete ihr seidenes Schultertuch. »Ich verstand nicht, wovon er sprach. Weder meine Amme, geschweige denn meine Mutter hatten mich aufgeklärt. Nur laut vor mich hin betend, ertrug ich in den folgenden fünf Nächten die erneuten Angriffe. Dann wandte ich mich wegen der andauernden Misshandlung durch meinen Gatten an den Kardinal, einen Freund unserer Familie, und floh mit dessen Hilfe in ein Kloster. Obwohl die guten Nonnen mich mit allen möglichen Tinkturen und Säften behandelten, ging es mir von Woche zu Woche schlechter.« Die Marchesa hielt inne, sann nur vor sich hin. Paola wagte nicht zu fragen.

»Nun ja, ich … Es war früh am Morgen des 14. November im Jahre 1569. Ich brachte ein totes Kind zur Welt. Eine Tochter.« Ein Hauch von Wehmut klang in der Stimme nach. »Da niemand, und ich zuallerletzt, ahnte, dass ich schwanger war, konnte mir vorher auch nicht die richtige Betreuung zuteil werden.«

Ohne dass Paola es merkte, rollten ihr die Tränen übers Gesicht. Ihre Herrin schüttelte den Kopf. »Nein, nein, weine nicht. Das ist lange her. Damals, nach einigen Wochen der respektvollen Zurückhaltung, atmeten unsere beiden Familien sogar auf. Denn ich hatte den Beweis erbracht, dass mein Gemahl sehr wohl imstande war, die Ehe zu vollziehen.« Costanza gewann ihre Heiterkeit wieder. »Und ich kehrte zu ihm zurück. Durfte dann sehr bald erleben, wie aus der vermeintlichen Misshandlung sogar fruchtbare Freude wurde. Meine sechs gesunden Kinder sind wohl Beweis genug.« Nach einer Pause fuhr sie betont beiläufig fort: »Über die Details eurer Malstunde darfst du schweigen. Eines allerdings muss ich wissen. Gibt es Grund zur Sorge?«

»Kein Kind, Herrin. Ich war vorsichtig. Bitte glaubt mir.«

»Das ist gut«, Costanza streichelte ihrer Zofe übers Haar. »Hier sitzt kein dummes, nein, hier sitzt sogar ein schon richtig kluges Huhn.«

5

Einen Versuch war es wert. Ich werde hingehen. Nur den Rock lose über der nackten Schulter, stand Michele am Fenster der Speicherwohnung und starrte in den verregneten Morgen des 27. Januar. Der Himmel war grau, schwärzlich nass glänzten die Dächer unter ihm. Wenn mir auch bisher nichts gelungen ist, diese Stadt besiegt mich nicht. Er presste die Faust gegen den Fensterholm. Und zuletzt werde ich gewinnen.

Im Herbst letzten Jahres hatte er die Villa Peretti verlassen. Bei der Erinnerung an seinen Auszug lächelte er bitter. »Monsignore Insalata wird mich so schnell nicht vergessen.«

An jenem Morgen im Oktober war Pandolfo Pucci ohne Klopfen in die Stube seines Malknechts gestürmt. Michele schlief noch halb. »Aufstehen. Sofort aufstehen. Wir haben einen Großauftrag.« Der Majordomus schwenkte triumphierend einen Brief. »Meine Heimatstadt Recanati bestellt gleich fünfmal zehn Andachtsbilder, dazu alle vierzehn Nothelfer. Geliefert werden muss noch vor dem Advent. Also …« Er ließ die Hand kreisen, dabei schnippten die Finger in forderndem Rhythmus. »Ab jetzt keine Müdigkeit mehr. Bis zur Erledigung des Auftrags ist dir jeglicher Abendbesuch in den Tavernen gestrichen. Du beginnst mit den Nothelfern. Achatius, Ägidius, Barbara … und so fort. Nun erhebe dich, du Faulpelz.«

Faulpelz? Vorbei war die Schläfrigkeit. Michele sprang auf. Zorn loderte in ihm. Ohne seine Blöße zu bedecken, ging er auf den hageren Mann zu. »Ihr wagt es … Tag für Tag arbeite ich für Euch wie ein Sklave. Und Ihr wagt es, mich faul zu nennen?«

Mutig reckte Pandolfo Pucci das Kinn. »In meiner Güte habe ich dir Obdach gegeben, dich ernährt …«

»Salat! Immer nur Salat!« Michele zeigt ihm beide Fäuste. »Seit Monaten scheiße ich wie eine Kuh. Und hab schon überlegt, ob ich aus meinem Kot nicht dunkelgrüne Farbe anrühren soll. Das nennt Ihr einen Mann ernähren?« Kein Entschluss ging voraus, Michele wandte sich ab, in fliegender Hast kleidete er sich an, nahm die Pinsel aus dem Waschtopf und wickelte sie in Tücher. Als er dabei war, die Palette in einen Lappen einzuschlagen, begriff sein Zimmerherr langsam. »Das darfst du nicht. Du schuldest mir noch viel für die Unterkunft.« In zwei langen Schritten war Michele wieder dicht vor ihm, die Palette mit dem Daumen durchs Loch fest gefasst. »Meine Bilder sind tausendmal mehr wert als dieses Zimmer und die verwanzte Matratze. Nicht ich dir. Du verdammter Ausbeuter, du schuldest mir Geld. Ich werde dir zeigen …« Mit der farbverschmierten Seite voran stieß er die Palette in Richtung Kinn des Monsignore, der ruckte das Gesicht nach hinten, vergaß dabei den Schritt zurück und verlor das Gleichgewicht. Er stürzte, wollte sich mit dem Arm am Tisch halten, riss den Waschbottich für die Pinsel mit sich, und noch im Fall ergoss sich die farbtrübe Brühe über die dunkle Kleidung und den Hals. Stöhnend lag Pucci auf dem Rücken, wie ein Käfer bewegte er die dürren Arme und Beine in der Luft. Ohne sich weiter um ihn zu kümmern, schnürte Michele seine Habseligkeiten. Erst mit dem Bündel unter dem Arm kehrte er zurück. »Ich danke Euch nicht …«

»Dieb.« Schmerzverzerrt stützte sich Pandolfo Pucci auf. »Ich werde dir unsere Wachen hinterherschicken. Und solltest du ihnen entkommen, werde ich dich bei der Polizei anzeigen. Du gemeiner Dieb.«

Nur mit Mühe gelang es Michele, sich nicht auf ihn zu stürzen. »Nenn mich nicht so. Ich warne dich. Ich bin ein ehrlicher Mensch.«

»Du hast dich bereichert.« Pucci hob die Stimme. »Meine Pinsel, meine Palette hast du gestohlen. Und das wirst du bereuen, so wahr ich Majordomus von Donna Camilla Peretti bin.«

Der dürre Kerl hatte recht. In der Eile hatte Michele nicht daran gedacht. Erneut stieg der Zorn. Hart setzte er das Bündel auf den Tisch, klaubte aus seinen Utensilien die geliehenen Sachen heraus und schleuderte sie auf ihren Eigentümer. Der ließ sich wieder zurückfallen, versuchte mit den Händen abzuwehren. Kein Halten mehr. In Michele war ein Damm gebrochen, er konnte nicht aufhören, griff jetzt nach den Töpfen mit angerührter Farbe und entleerte sie über Pandolfo Puccis Kopf. Zuletzt übergoss er das eine Ohr mit Schwarz, das andere mit Weiß. »Nun verkauf dich selbst als Heiligenbild.«

So bunt zugerichtet, hatte er seinen Vermieter liegen lassen. Wochen später war ihm in seiner Taverne erzählt worden, dass sich Pandolfo Pucci als Mäzen zurückgezogen habe, keine jungen Maler mehr bei sich aufnehme.

Am Fenster der Dachwohnung wischte sich Michele die Haarsträhnen aus der Stirn. »Ich hab's diesem Ausbeuter gezeigt. Und das hat mir gutgetan.«

Doch die dann folgenden Herbst- und Wintermonate waren hart gewesen. Zunächst hatte er Unterschlupf und Arbeit bei Lorenzo und Mario Minitti gefunden. Beide Maler stammten aus Sizilien, waren jung. Lorenzo so alt wie Michele, er führte das Geschäft. Mario ein stets sauberer und modisch gekleideter Sechzehnjähriger, er besorgte das Material und lockte mit seinem Charme neue Käufer an. Die Künstler hatten sich auf das Zeichnen von Köpfen spezialisiert. Ihr Geschäft ernährte sie recht und schlecht, erlaubte aber jedem, sich eine bescheidene Wohnung in der Nachbarschaft zu mieten. Für Michele fiel nicht so viel ab, und er musste hinter einem Vorhang im rückwärtigen Teil der Werkstatt hausen. Vor allem Pilger und Geistliche gehörten zur Kundschaft, und der geschickte Kollege aus der Lombardei war den beiden Sizilianern eine willkommene Verstärkung.

»Drei Köpfe am Tag habe ich geschafft.«

Als Paola ihn an einem Sonntag zum ersten Mal besuchte und er sie nach hinten in seinen Verschlag führte, hatte sie weinend die Hände vors Gesicht geschlagen. »So kannst du doch nicht leben. Bitte komm in unseren Palazzo. Die Marchesa sorgt für einen Raum, in dem du wohnen und malen kannst.«

»Hör auf damit. Ich gehe meinen Weg allein.« Und weil sie ihn nicht verärgern wollte, schwieg Paola. Bei ihren nächsten Besuchen brachte sie Brot, Käse und Wurst, sagte nichts dazu und ließ den Korb einfach stehen. Als es kühler wurde, legte sie ihm wortlos einen wollenen schwarzen Mantel aufs Lager. Ohne Protest nahm Michele die Liebesgaben an.

Der Stumpfsinn seiner Arbeit aber trieb ihn Abend für Abend in die Taverne, häufig begleitete ihn Mario Minitti dabei. Der junge Maler aus Syrakus hielt ihn oft frei und bot Michele in weinseliger Stimmung sogar an, bei ihm zu wohnen. Michele lachte nur, drückte den Jungen an sich und trank weiter. Eines Morgens stand er mit vom Wein noch schweren Kopf vor der Staffelei und sollte einen schweinsgesichtigen Aufseher des päpstlichen Pferdestalls porträtieren. Nicht die Vernunft, allein das Gefühl führte den Pinsel, und er arbeitete das für ihn Wesentliche heraus, gab Nase und Ohren sehr viel vom Schwein. Ohne an die Folgen zu denken, zeigte er dem Kunden sein Werk mit den Worten: »Ich finde, Ihr seid auf dem Bild besonders gut getroffen.« Der Stallmeister schrie, verfluchte ihn und drohte mit furchtbaren Konsequenzen.

Michele war noch zu müde, um zu streiten. Endlich kam er zu Wort. »Ich habe den gezeichnet, der vor mir saß. Wenn Ihr Euch anders seht …«, er stellte eine frische Leinwand bereit und überreichte dem Zornschnaubenden seinen Kohlestift, »… zeichnet Euch doch selbst.« Damit ließ er den Mann stehen, streifte den fleckigen Kittel ab und kündigte Lorenzo noch in derselben Stunde die Mitarbeit auf.

Eine neue Anstellung fand er rasch. In der Taverne nahe der Piazza Navona verkehrte auch Antiveduto Gramatica, der in seiner Werkstatt die Steinbüsten von berühmten Männern aus der Antike auf die Leinwand kopierte und sie dann verkaufte. Überall wurde Gramatica nur der »Große Köpfemaler« genannt. »Wenn du schnell bist, kann ich dich brauchen.«

Und Michele war bald schneller als sein Meister, doch auch der konnte ihm nur eine Unterkunft in der Werkstatt bieten. »Das ist kein Leben für mich.« Und nun hatte er auch diese Arbeit aufgegeben. »Ich will ein eigenes Atelier und endlich große Bilder malen.« Gramatica hatte ihn spöttisch angesehen. »Mein Freund, geh nur. Wenn dein Traum ausgeträumt ist, komm getrost wieder vorbei.«

Michele kehrte aus seinen Gedanken zurück. »Ich durfte nicht bei ihm bleiben.« Der Nieselregen hatte aufgehört. Wolken trieben, hin und wieder zeigte sich ein Stück vom Blau. Er wandte sich um. Die Tür zum größeren Raum stand offen, dort schlief Mario Minitti.

An dem Abend nach seinem Weggang vom Großen Köpfemaler waren sie sich zufällig in der Taverne wieder begegnet. »Komm zu mir. Ich habe genug Platz für zwei.«

Dieses Mal hatte Michele angenommen. Beim Betreten der Wohnung war er gleich an der Tür stehen geblieben. Die Sauberkeit erschreckte. Der Boden war ausgefegt, nahe dem Gluttiegel hingen Topf und Pfanne sorgsam an der Wand, die Decke auf dem Bett war geschüttelt. Jede Ecke des Bezuges zeigte eine gezogene Spitze. Die irdene Waschschüssel stand auf einem niedrigen Tisch, und das Trockentuch hing gefaltet über dem Rand. »Wenn deine Mutter auch hier wohnt, will ich nicht stören.«

»Aber nein, die ist in Syrakus auf Sizilien. Sie schreibt mir oft.«

Michele rieb sich die Stirn. »Das kann nicht sein. Mit den Köpfen verdient ihr nicht genug, dass du dir Personal leisten kannst. Wer sorgt hier für Ordnung?«

Da lachte Mario vergnügt und schlenderte zur Kleidertruhe. »Ich hab's gern, wenn es aufgeräumt ist. Dann fühle ich mich wohl.« Er deutete auf die Karaffe im Wandregal. »Ein Schluck zur Begrüßung?«

Zum ersten Mal sah Michele ihn genauer an. Wie gleichmäßig der Schwung seiner Brauen war. Und unter den langen Wimpern das samtene Braun der Augen. Und dann sein Lächeln, den vollen Mund leicht geöffnet, zeigte er ganz zart die Zungenspitze zwischen den weißen Zähnen. Nicht weiter, ermahnte sich Michele. Das ist keine Absicht. Mario ist nur ein Freund, der dir aus der Not helfen möchte. Basta. Er schloss für einen Moment die Lider. »Was hast du gesagt?«

»Möchtest du Wein?«

»Was feiern wir denn?«

»Ich sag's dir.« Mario stellte Becher und die Karaffe auf den Tisch. »Aber du darfst nicht böse sein?«

»Ach was.«

»Schon als du zum ersten Mal in unsere Werkstatt gekommen bist, da hab ich mir gewünscht, dass du mich magst. Wie einen kleinen

Bruder … Und jetzt wird es vielleicht wahr.« Mario schenkte ein, noch hob er nicht den Becher, strich mit den Fingerkuppen einige Male über den Nasenrücken. »Und? Bist du jetzt ärgerlich?«

Michele dehnte das Nein, setzte langsam hinzu. »Also wie einen kleinen Bruder, sagst du?« Damit griff er nach dem Becher und goss den Wein in sich hinein, während Mario nur einige kleine Schlucke nahm. Gleich nachdem er abgesetzt hatte, rutschte er mit dem Hocker etwas näher. »Ums Essen musst du dich nicht sorgen. Ein entfernter Onkel lebt hier in Rom, bei ihm haben meine Eltern Geld für mich hinterlegt. Jeden Monat kann ich mir dort den Unterhalt abholen. Zusammen mit dem Honorar für die Köpfe reicht das bequem für uns beide.«

»Glaubst du, ich will mich von dir aushalten lassen?« Michele rückte von ihm weg und sah sich nach seinem Bündel um. »Ich kann selbst für mich sorgen.«

»Bitte bleib.« Ängstlich hielt Mario den Ärmel fest. »So wollte ich das nicht sagen. Was ich meine, ist: Du bist viel zu gut als Maler, viel besser als Lorenzo und die anderen Kollegen in der Taverne und viel, viel besser als ich. Du musst in eine große Werkstatt, da, wo berühmte Künstler sind und die vornehmen Leute kaufen.«

Michele hatte gelacht und die Hand um den Nacken des Jungen gelegt. »Du schwärmst ja richtig.«

Fest hatte Mario den Unterarm gedrückt. »Weil ich an dich glaube. Ich weiß auch schon, zu wem du gehen sollst.« Er flüsterte Michele den Namen ins Ohr, der wehrte ab, doch Mario war auch in den folgenden Tagen beharrlich bei seinem Vorschlag geblieben, und gestern schließlich hatte Michele eingewilligt. »Also gut.«

»Du wirst den Meister überzeugen.« Vor Freude hatte sich Mario mit beiden Händen an den schwarzen Locken gezogen. »Und damit das Glück an deiner Seite geht, laufe ich rasch zu Santa Maria Maggiore und zünde vor der Madonna eine Kerze für dich an.«

Das war gestern …

»Versuchen kann ich es ja.« Leise betrat Michele den großen Wohnraum und näherte sich dem Bett in der Wandecke nahe dem Glutttiegel. Sein Gastgeber schlief noch. Er lag unter dem hohen Federkissen, nur der schwarze Lockenschopf war zu sehen. Begleitet von leichtem Schniefen, atmete er tief und gleichmäßig. Michele wollte ihn an der Schulter wachrütteln, hielt jedoch inne. Schlafend habe ich sein Gesicht noch nie gesehen, dachte er, und beugte sich über ihn, um aber wirklich etwas zu erkennen, hätte er sich auf die Matratze knien müssen. Ich bin nackt. Und wenn Mario in diesem Moment erwacht? Gleich erinnerte er sich an Francesco in der Dachkammer bei Meister Peterzano, wie oft hatte der Geselle unvermittelt nackt über ihm auf dem Bett gekniet und ihn erschreckt.

Aber anschauen wollte Michele den Schlafenden. Er zog seinen Rock richtig an und band die Schärpe; so begutachtete er sich im Spiegel. Oben die halb freie weiße Brust und unten die dünnen Beine. Er schnitt sich selbst eine Grimasse. Wenn du dich in drei Wochen beim Karnevalsfest so auf der Via del Corso zeigst, dann würde selbst ich dich sofort verhaften.

Dieser Spiegel ... Michele wurde ernst. Er trat ein Stück aus der Bildmitte, sah in seinem Rücken zur Hälfte den Tisch mit dem Brotkorb, er sah einen Stuhl, weiter hinten das Fenster und draußen entfernt und kleiner die Kuppe einer Kirche. Weil er selbst zu viel Platz im Spiegelbild einnahm, entfernte er sich rückwärts einige Schritte. »Jetzt«, flüsterte er, »so hat das Motiv Spannung. Etwas mehr Licht von der Seite wäre noch besser.« Er benetzte die Unterlippe. »Keine drei Dimensionen, wie das Auge die Natur erfasst. Der Spiegel zeigt mir bereits die Umwandlung für ein Gemälde, zeigt sogar genau den Ausschnitt, den ich will. Das bedeutet, ich kann das Motiv durch Drehen, Kippen oder die Entfernung so lange verändern wie nötig und ...«

Er blickte sich nach dem schlafenden Freund um, nahm den Spiegel und schlich wieder zum Bett. Behutsam hob er ihn über Marios Kopf und stellte ihn dicht vor dem Gesicht an die Wand. Welch ein Porträt. So weich die Lippen, die Wimpern, der Schlaf gab dem Ausdruck eine mädchenhafte Unschuld, sodass Michele versucht war, die Wange zu streicheln.

Mario schlug die Augen auf, sah sich selbst und schloss sie gleich wieder. Er blinzelte, wagte einen Blick durch den Wimpernvorhang, dann begriff er langsam, bemerkte Micheles vergnügtes Grinsen im Spiegel und war endgültig wach. »Ist das ein neues Spiel?«

»Eher eine Idee oder eine Probe. Aber das muss ich erst noch genau testen. Später. Heute ist Mittwoch. Heute hab ich etwas anderes vor.«

»Wir!« Mario sprang aus dem Bett, stand im langen weißen Nachthemd vor seinem Gast. »Wir. Denn ich werde dich bis zum Haus des Cesari d'Arpino begleiten …« Er brach ab. »Wieso trägst du den Überrock ohne Hemd …?« Er entdeckte die nackten, dünnen Beine. »Ich verstehe …« Das Kichern war nicht zu unterdrücken. »Du hast deine Kniehosen nicht gefunden?«

»Hör auf damit.« Der Spott reizte, Michele atmete dagegen an. »Ich hab sie noch gar nicht gesucht.« Er ärgerte sich nun selbst über seinen Anblick und ging ins Nebenzimmer. »Hab nachgedacht.«

Mario folgte ihm mit einem Leinenbeutel. »Du kannst sie auch nicht finden.«

»Wen?«

»Deine Kniehosen. Ich habe sie versteckt.«

»Was fällt dir ein? Verdammt, ich will nicht …«

Ehe der Zorn sich steigerte, unterbrach Mario tapfer: »Weil ich dir gestern noch eine neue beim Juden Thaddäus gekauft habe. Nachdem ich die Kerze angezündet habe, bin ich noch schnell in die Schneiderei. Ein Kunde hat seine bestellte Hose nicht abgeholt. Und Thaddäus hat sie mir billig überlassen.« Mit großen Augen überreichte er das Geschenk. »Sie wird dir passen.«

Der Zorn war verflogen. »Die alte ist noch gut.«

Mario tastete sich behutsam vor. »Das war sie sicher einmal. Aber heute ist sie zerschlissen und vor allem …? Weißt du, jeder Mann schwitzt oder verschüttet Wein, auch beim Essen fällt manchmal etwas runter. Ich habe dich noch nie in einer anderen Hose gesehen, auch früher nicht.«

Verblüfft starrte Michele auf den schwarz gelockten Engel im weißen Hemd. »Willst du damit sagen, ich stinke? Na und? Mich stört der Geruch nicht.«

»Ich ertrage ihn, weil du es bist.« Mario faltete die Hände vor der Brust, die Knöchel wurden weiß. »Aber heute besuchst du die vornehmste Werkstatt von Rom. Du willst dich bei dem erfolgreichsten Maler der Stadt bewerben.«

Michele ahnte, welches Ziel der Freund verfolgte, konnte es aber nicht glauben. »Worauf willst du hinaus? Nun sag's endlich.«

»Das saubere gute Aussehen kann helfen. Ganz besonders bei einer Vorstellung.« Mario hob sein schönes Kinn. »Aus diesem Grund möchte ich, dass du heute frische Kleidung anziehst. Vorher aber …«, er schluckte, setzte dann mutig hinzu: »Vorher aber sollst du dich waschen.«

Schon war Michele bei ihm, umschloss den Hals mit beiden Händen. »Meine Paola hat sich bis heute noch nicht beschwert, wieso du?«, knurrte er übertrieben böse. »Verlangst du's immer noch, wenn ich zur Strafe zudrücke?«

»Ja«, hauchte der Junge. »Wasch dich. Auch das Haar.«

»Also gut! Anstandsdame.« Michele gab ihm einen schmatzenden Kuss auf die Stirn. »Dann werden wir mich jetzt zu einem Stutzer herausputzen.«

Am späten Vormittag verließen sie das Haus. Unter dem Wollmantel trug Michele sein gesäubertes schwarzes Wams halb aufgeknöpft, über dem leicht gekräuselten weißen Hemdkragen, eine Leihgabe von Mario, lag das gewaschene lange Haar in Locken auf den Schultern. Die dunkelrote samtene Pluderhose passte, wölbte sich lose über den Knien, und die Anstandsdame hatte es sich nicht nehmen lassen, vor der ausgeprägten Schamkapsel niederzukauern und sie mit einer schwarzen, nach Farbe der Strümpfe ausgewählten Schleife zu bedecken. »Das ist jetzt Mode in Venedig.«

»Aber ich komme aus … Und wenn ich malen muss?«

»Damit doch sicher nicht?« Sehr schnell pariert. Für einen Moment war Stille, dann hatte Mario voller Unschuld hinzugesetzt. »Du kannst doch auch den Kittel im Malkoffer mitnehmen.«

Beide trugen weiche schwarze Hüte. Da ihnen ein nassfrischer Wind entgegenblies, zogen sie die breiten Krempen tiefer in die Stirn, und Mario schlang seinen blauen Mantel enger um die Schultern. Sie überquerten die Piazza San Luigi de Francesi und eilten in großen Schritten die Via della Scrofa entlang. »Sauwetter«, schimpfte Michele. »Keinen Hund würde ich an solch einem Tag vor die Tür jagen.«

Pfiffe! Drei Wachen ritten auf und versperrten vor ihnen die Straße. Scharfe Pfiffe. Einer setzte die Stummelflöte ab. »Halt.« Mit herrischer Geste hielt er die Passanten zurück. »Wartet! Wartet!«

Rasch entstand ein Pulk. »Ausgerechnet heute.« Michele bahnte sich einen Weg bis nach vorn, dicht hinter ihm folgte der Freund. »Wie lange dauert es?«, rief er zu den Berittenen hinauf.

»Sobald der Wagen vorbei ist, könnt Ihr weiter.«

»Verflucht, wer ist denn da so wichtig?«

Schon sank die Hand zu dem Schlagstock im Lederköcher, aber mit Blick auf die Kleidung des Fragers zog der Polizist es vor, ruhig zu antworten. »Geduldet Euch, junger Herr. Venedig überstellt uns einen Ketzer für die Heilige Inquisition, der soll uns nicht auf den letzten Metern noch von irgendwelchen Banditen befreit werden.«

Hufschlag dröhnte. Eine Eskorte näherte sich von Norden, die Reiter in verdreckten und nassen Regenumhängen. »Ich sehe nichts«, beklagte sich Mario, und Michele trat etwas zur Seite. Der Trupp war heran und bog vor den Stadtwachen nach links in Richtung Tiber und der Engelsburg ab. Zwei Pferde zogen den hohen Kastenwagen mit den kleinen vergitterten Fenstern. Vorn auf dem Bock straffte der Kutscher die Zügel, dennoch schwankte das Gefährt bedenklich in der Kurve hin und her. Mario wies dem Wagen nach. »Dort der Löwe mit den Flügeln. Das ist das Wappen von Venedig. Da kommen die schönsten Gewänder her, die ich kenne.«

Michele stieß ihn leicht in die Seite. »Meinst du, der Gefangene trägt vorne auch so eine Schleife?«

»Du machst dich über mich lustig.«

»Aber nein«, versicherte Michele mit der Hand auf dem Herzen. Vor ihm lenkten die Stadtwachen ihre Gäule beiseite und gaben die Straße wieder frei. Ehe er mit Mario weiterging, erkundigte er sich: »Wie heißt der arme Kerl, den sie da ins Loch sperren?«

»Der war mal Mönch. Oder ist noch einer. Ich glaube Bruno ... oder ...« Der Berittene befragte die Kollegen, dann gab er weiter Auskunft: »Also sein Name lautet: Giordano Bruno. Muss so ein Magier sein, der unschuldige Leute verführt hat. Oder so was Ähnliches ... Mehr wissen wir auch nicht.«

Michele winkte und zog den Freund weiter. »So einen Mann

würde ich gern mal kennenlernen«, sagte er halblaut. »Gerade die, die sie vor die Inquisition schleppen, das sind meistens kluge Köpfe. Und nur weil sie mehr wissen, als die Kirche erlaubt, werden sie als Ketzer angeklagt.«

»Sag bitte so etwas nicht laut.« Mario fasste nach der Hand des Freundes. »Bitte auf keinen Fall nachher vor Cesari d'Arpino. Der Meister hat Verbindungen bis hinauf zur höchsten Stelle.« Er blickte sich rasch um und flüsterte: »Bis zum Heiligen Vater. Papst Clemens VIII. hält viel von ihm.«

Kein prachtvoller Palazzo erwartete sie, eher das Haus eines wohlhabenden Patriziers. Nach einer Mauer entlang der linken Gassenseite ging es vom Tor über einen ungepflegten Kiesweg durch einen Garten mit Grasflecken, kahlen Bäumen und wild wuchernden Lorbeerbüschen. Hohe nackte Fenster, in denen sich Wolken und Baumkronen ineinander spiegelten, ragten rechts und links des Eingangs, und auch darüber im ersten und zweiten Stockwerk auf. Mario begleitete den Freund bis zur Tür, trotz der Anspannung lächelte er: »Ich warte in der Gasse auf dich.«

»Nein, geh zurück. Das Wetter ist zu schlecht. Wer weiß, wie lange es dauert.« Mit einem Mal wollte Michele keine Rührung, wollte nicht Danke sagen, wollte auch kein Glück gewünscht bekommen. »Nun geh schon.« Er wandte sich zur Eichentür, wartete, bis sich die Schritte über den Kies entfernten, und betätigte den Messingklopfer.

Ein breit gebauter, kahl geschorener Kerl öffnete, scharf musterte er den Besucher. »Käufer oder Akademie?«

Michele ärgerte der Ton. »Diener oder Leibwächter?« Er gab den abschätzenden Blick zurück. »Bin ich hier richtig?«

Der Glatzkopf schob die Tür wieder zu, gleich stellte Michele den Fuß dazwischen. »Verzeih. Eigentlich möchte ich zum Meister … zu Giuseppe Cesari d'Arpino.«

»Käufer oder Akademie?«

»Ich bin Maler und wollte …«

Ohne die Miene zu verändern, öffnete der Zerberus und ließ ihn eintreten. Geruch nach Farblöser durchzog die Halle, gemischt mit Parfüm und Holzbrand. »Der Name?«

»Michelangelo Merisi aus Caravaggio.«

Erst wiederholte der Mann stumm die drei Namen, ballte eine Faust, als müsste er jedes Wort festhalten, und stieg dann die breite Treppe hinauf. Halb schon oben, befahl er über die Schulter: »Bleibt da stehen. Ich gebe dem Meister Bescheid.«

An den Seitenwänden reihten sich Rötel- und Kohlezeichnungen. Michele ging langsam an dem Fries entlang. Alle Bilder beschäftigten sich mit dem gleichen Thema: Maler bei der Arbeit. Ein sitzender junger Mann vor der Staffelei. Ein Schüler mit seinem Lehrer. Daneben eine Gruppe Zeichner im Halbkreis, und vor ihnen auf einem Podest stand ein Mann in Rednerpose. Einen Schritt weiter beugte sich Michele vor. Tatsächlich. Hier saß eine Gruppe im Halbrund um ein weibliches Aktmodell. Er schüttelte leicht den Kopf und flüsterte: »Ich dachte, nackte Weiber nach lebendem Modell zu malen sei verboten?«

Von der Galerie im ersten Stock waren Stimmen zu hören. Gleich richtete er sich auf und stellte sich mit dem Rücken vor die Zeichnung.

An der Treppe erschien in Begleitung eines Patriziers ein eleganter schmalgesichtiger Herr mit dünnem Lippen- und spitzem Kinnbart. Das Haar seitlich gescheitelt, klebte es an den Kopfseiten und wellte sich nur schwach über den Ohren.

Das soll der Meister sein? So jung? Michele verengte die Brauen. Der ist ja kaum älter als ich! Vielleicht vier oder fünf Jahre, mehr nicht.

Die Männer tauschten Höflichkeiten aus, während sie die Marmorstufen hinunterschritten, ihr Lachen zwischendurch ähnelte mehr einem Hüsteln. In gebührendem Abstand folgte ihnen der glatzköpfige Hausdiener.

»Verehrter Giuseppe, ich darf also auf Euer Wort bauen?« In der Halle angekommen, berührte der Patrizier mit zwei Fingern den Arm des Meisters. »Die Rektoren der Bruderschaft von San Luigi dei Francesi werden aufatmen.«

»Ich versichere Euch zum wiederholten Mal, verehrter Giacomo, die Freskenmalereien am Gewölbe der Contarelli-Kapelle werden im Juni abgeschlossen sein.« D'Arpino neigte kaum merklich den Kopf, dabei blieben die grauen Augen fest auf den Geschäftspartner gerichtet. Der Ton seiner ohnehin hohen Stimme verschärfte sich. »Allerdings muss ich zu diesem Zeitpunkt auch auf sofortiger Zahlung der nächsten Rate bestehen.«

»Das wird sich einrichten lassen.« Nun rang sich der Besucher noch zu einem Scherz durch. »Welch wahrhaft köstliche Einstellung: Laut unseres Vertrages seid Ihr weit im Verzug mit den Arbeiten, verlangt aber pünktliche Bezahlung. So etwas wäre im normalen Geschäftsleben undenkbar. Aber ein Künstler ist eben mit anderen Maßstäben zu messen.« Er begann ein Lachen, ließ es jedoch gleich wieder ersterben.

Der Meister überging den Vorwurf und schnippte seinem Diener. »Boris. Bring Stock und Hut unseres Gastes.«

An der Tür verneigten sich beide steif voreinander, der eine wünschte erfolgreiches Schaffen, der andere einen guten Heimweg. Kaum hatte der Meister hinter dem Gast die Tür geschlossen, als Boris zu ihm ging. »Neuer Besuch.«

Nur ein Blick streifte Michele, dann winkte d'Arpino den Diener näher und ließ sich informieren, doch die Auskunft kam stockend. »Du Idiot.« D'Arpino ging zwei Schritte in Richtung des Gastes. »Caravaggio? Ist das der richtige Name?«

»Nein. Ich darf mich vorstellen: Michelangelo Merisi. Ich stamme aus Caravaggio.«

»Ihr müsst schon entschuldigen. Mein russischer Hausdiener vom Schwarzen Meer hat wenig Verstand, dafür umso mehr Kraft und die ist oft sehr hilfreich, wenn es gilt, gegen eifersüchtige Kollegen vorzugehen.« Ein überheblich mildes Lächeln bewegte den Lippenbart. »Aber wenn ich Euch so betrachte ...« Der Blick verharrte einen Moment auf der Schleife vor der Schamkapsel. »... so denke ich, bei Euch wird so etwas niemals nötig sein. Gehe ich richtig in der Vermutung, dass Ihr in der Kunst der Malerei unterrichtet werden wollt? So zum Zeitvertreib?«

»Verflucht ...« Michele mäßigte sofort seinen Ton. »Entschuldigt. Was ich sagen wollte: Ich bin Maler, war in der Lehre bei Meister Simon Peterzano in Mailand und habe sie mit Erfolg abgeschlossen. Kein Zeitvertreib, ich will auch keinen Unterricht ... Verflucht. Ich kann malen.«

»Sehr schön aufgesagt.« Völlig unbeeindruckt deutete Giuseppe

Cesari auf den Malkoffer. »Dann zeigt mir einige Beispiele Eures Könnens.«

Micheles Zunge wurde trocken. »Ich trage nur Pinsel, Farben und meinen Kittel bei mir. Bilder? Nein. Ich habe keine.«

»Dann sagt mir, in welcher Kirche sie hängen. Oder welcher Mäzen sie besitzt.«

Michele schüttelte den Kopf.

»Wollt Ihr mir im Ernst sagen, dass Ihr ein Maler ohne Gemälde seid?«

Er stand hoch oben auf dem Berg in der Sonne, und Michele musste sich unten am Fuß im Morast und Dickicht selbst suchen. Es war so schwer, nicht den Mut zu verlieren. »Der Raum fehlte. Auch die Zeit, weil ich für den Lebensunterhalt sorgen musste. Das kennt Ihr doch sicher auch aus der Zeit, als Ihr angefangen habt?«

»Nein, ganz sicher nicht.« Der Hausherr spitzte mit den Fingerkuppen den Kinnbart. »Nach der Lehrzeit bei meinem Vater kam ich mit vierzehn Jahren nach Rom und fand gleich eine Anstellung als Malerjunge bei Cristoforo Roncalli. Ihr kennt ihn gewiss? Nein? Auch nicht unter dem Namen Niccolò Pomarancio? Sonderbar? Jeder Künstler in Rom kennt ihn. Roncalli leitete zum Beispiel die Ausgestaltung der Loggien im Vatikan. Nun gut. Ich malte schon im darauffolgenden Jahr den ›Samson‹ in der Sala vecchia degli Svizzeri und erweckte damit gleich die Aufmerksamkeit des Heiligen Vaters.« Nun bespielte er den Lippenbart. »Und diese Gunst ist mir von Papst zu Papst bis heute geblieben, natürlich nur durch Können und Fleiß. Ihr seht, mein Weg scheint so ganz anders verlaufen zu sein als der Eure.« Er blickte zur Decke. »Ein Maler ohne irgendeinen Beweis seiner Fähigkeit? Ohne Mäzen? Euch zu glauben fällt nicht leicht.«

Nur ein Gedanke, schon sprach ihn Michele aus: »Doch. Die Marchesa Costanza Sforza von Mailand und Caravaggio, sie hat ein Bild von mir gekauft. Sie ist die Schwester von Kardinal Ascanio Colonna.«

Die Augen des Meisters waren erwacht. »Ihr meint den Kardinal Ascanio, der seinen Palazzo an der Piazza Santi Apostoli hat?« Michele nickte und zauberte damit sogar ein anerkennendes Zungenschnalzen hervor. »Was für ein Thema hat das Gemälde?«

»›Der heilige Franziskus mit dem Wolf‹.«

»Beachtenswert. Welche Maße?«

Michele spürte, wie ihm der Nacken heiß wurde, spürte den Schweiß. Er zeigte die Größe mit gestreckten Fingern. D'Arpino begriff nicht, ehe er fragen konnte, gab Michele mit leiser Stimme selbst Auskunft: »Eine kleine Holztafel, wie Menschen sie auf eine Truhe neben die Kerze stellen.« Er hasste sich. Erst seit er mit diesem glatten, sich in Ruhm badenden Angeber sprach, wurde ihm die eigene Erbärmlichkeit bewusst. Fast um sich selbst zu bestrafen, setzte er noch hinzu: »Es ist wahr. Ich habe mit Andachtsbildern mein Geld verdient. Und eines hat die Marchesa gekauft, weil sie mich von Caravaggio her kennt. Danach zeichnete und malte ich Köpfe und antike Büsten. Mit mehr Erfolg kann ich nicht dienen.«

D'Arpinos Blick war erkaltet. »Ich glaube dir nicht. Ich sollte dich von Boris einfach hinauswerfen lassen, doch die Erwähnung des Namens Colonna rettet dich. Ich schlage dir ein Geschäft vor. Du beweist mir dein Talent, und je nach Vorhandensein werde ich entscheiden, ob ich dich in meine Akademie aufnehme. Gegen Bezahlung, keine Frage. Bei völligem Versagen allerdings wird sich mein glatzköpfiger Russe gründlich deiner annehmen, weil du mir die Zeit gestohlen hast. Einverstanden?«

Als hätte er schon die Fäuste zu spüren bekommen, fügte sich Michele. »Was muss ich tun?«

»Folge mir.« D'Arpino schritt voraus, öffnete mit einem Stoß beide Flügel der hohen Saaltür und betrat den Raum. »Werte Freunde und Schüler.« Er wartete, bis sich die jungen und einige ältere Männer vor den zahlreichen Staffeleien oder Zeichenbrettern ihm zuwandten. »Hier bringe ich ein Studienobjekt zur Schärfung eures Urteilsvermögens. Dieser Mensch will malen können, kann aber nicht ein einziges Gemälde vorlegen. Ich denke, wir setzen ihn in die Mitte. Ich stelle ihm Aufgaben, und ihr, Freunde und Schüler, bewertet das Ergebnis. Entlarvt er sich selbst, so werden wir ihn bitten, uns als Scharlatan noch ein Weilchen Modell zu sitzen.«

Der Scherz kam an, eifrig wurden Hocker geschoben, und wenig später stand Michele mit Zeichenkohle vor der Staffelei.

D'Arpino stellte sich wenige Schritte entfernt in Positur. »Wir beginnen mit den Körperteilen. Bitte verschwende das Papier nicht, doch zeichne so groß, dass wir alle keine Mühe haben, das Dargestellte zu erkennen. Zunächst nehmen wir uns die einzelnen Körperteile vor, damit beginnt jeder Malschüler. Also: Zeig uns ein Auge.«

Michele erinnerte sich an das Erstaunen im Blick von Mario heute Morgen. Seine beiden Augen mit den leicht gesenkten Lidern ... Die Nasenwurzel deutete er mit einem Schatten an ... je ein Lichtpunkt im oberen Teil der dunklen Iris ... Die Brauen zog er mit schnellem Strich und arbeitete den Bogen mit der Kuppe des Mittelfingers nach.

Das einzelne Klatschen in seinem Rücken schreckte ihn aus der Konzentration. Als er sich umwandte, war es schon wieder erstorben, und der Meister sah missbilligend auf einen etwas älteren Maler mit nur noch spärlichem Haarwuchs. »Werter Prospero Orsi. Wir wollen doch nicht vorschnell urteilen.« Dann gab er die nächste Anweisung.

Michele blieb bei Mario und zeichnete dessen vollen, leicht geöffneten Mund, die Zungenspitze war nur zu erahnen. Ohne Aufforderung fügte er noch Nase und Ohren hinzu, nahm wieder die Fingerkuppe zu Hilfe, um den Wangen Kontur zu verleihen. Das Räuspern des Prüfers ließ er unbeachtet, fasste den Kohlestift quer und entwarf mit der Längsseite den kräftigen Haarschopf.

»Kommen wir zur nächsten Aufgabe ...«

Heftiger Applaus der ganzen Gruppe unterbrach den Meister, der reckte beide Hände und wartete ab. Als wieder Stille eingekehrt war, klatschte er selbst einige Male dünn dem Prüfling zu. »Kein Zweifel, du hast uns beeindruckt mit diesem Knabenbild. Doch Gesichter sind leicht zu malen, kommen wir zu den Extremitäten. Ich möchte eine Hand sehen, die einen Apfel hält. Dann einen Fuß auf den Zehenspitzen.«

»Rechts oder links?« Micheles Frage löste bei den Schülern staunendes Seufzen aus, den Meister verärgerte sie. »Ganz gleich. Sei froh, wenn dir Geste und Proportion der Finger einigermaßen gelingen.«

Michele spürte, wie er freier atmen konnte, seine Brust sich dehnte. Er zeichnete gleich beide Hände, die eine hielt einen Apfel, die andere einen Pfirsich. Zum Abschluss ließ er die Füße auf den Zehenspitzen umeinander tanzen.

D'Arpino musste nicht um das Urteil bitten. Alle Gutachter, junge wie ältere Schüler und Maler, erhoben sich und stimmten mit Bravorufen und Klatschen für Michele. Schließlich verlangte der Meister mit schriller Stimme nach Ruhe. »Nehmt wieder Platz. Das Examen ist noch nicht zu Ende.« Seine Miene hatte sich verändert, war offener, der Blick zugleich angespannt und sehr wachsam. Mit dem gestreckten Finger deutete er auf den Prüfling. »Wieso wolltest du mich täuschen? Spielst mir den armen Nichtskönner vor?«

Heftig blies Michele den Atem aus den geblähten Wangen. »Nichts hab ich ... Verdammt, Ihr habt mich selbst ... Ach was, Herr, ich sage nichts. Ich will doch nur malen, etwas verdienen und endlich genügend Platz für mich.«

Mehr und mehr wuchs ihm die Stimmung im Saal entgegen. Kopfnicken, Gemurmel, sogar Rufe wurden laut: »Bravo, er hat es verdient.« »Gebt ihm eine Chance.«

Giuseppe d'Arpino passte sich den Mitgliedern seiner Akademie an, lächelte zustimmend, nur in den Augen blieb der Frost. »Der Mensch, den ich euch brachte, hat es wirklich verdient, dass ihr auch seinen Namen kennt: Michelangelo Merisi aus Caravaggio. Und er soll sich beweisen dürfen. Allerdings muss er noch eine Prüfung bestehen.« Er ließ einen neuen Papierbogen in den Rahmen spannen und setzte sich seitlich der Staffelei auf einen Hocker. »Nun, mein Freund. Fertige ein Porträt von mir an. Auch wenn dir nur Kohle zur Verfügung steht, will ich die Unterschiede im Stoff meines Wamses, meines Hemdes und des Kragens erkennen.«

Der Kopf war rasch gezeichnet, Michele begann mit den Konturen der Kleidung, füllte sie dann nach und nach aus, kratzte Muster mit den Nägeln, wischte mit dem Daumenballen. Nur noch die Knöpfe ... Er trat zurück. Schweigend beobachtete die Gruppe ihren Meister. D'Arpino erhob sich, nahm die Staffelei und trug sie näher ans Fenster. Er verschränkte die Arme vor der Brust, wenig später die Hände auf dem Rücken, so beugte er sich vor, um die Zeichnung noch genauer zu studieren. Endlich richtete er sich auf. »Ganz passabel. Wirklich ganz passabel.« Er ging zu Michele und legte ihm die Finger der rechten Hand auf die Schulter. »Du hast nicht nur mich, sondern uns alle von deinem Talent überzeugt.«

Erleichterung breitete sich unter den Mitgliedern der Akademie aus. D'Arpino nutzte den Moment für sich: »Meine Freunde, ihr wisst, wie sehr ich und meine Schule bemüht sind, aufstrebende junge Künstler zu entdecken und zu fördern. Und heute nehmen wir ein neues Talent in unsere Reihen auf. Michelangelo Merisi.« Huldvoll nahm er den Applaus entgegen. »Und nun arbeitet gestärkt weiter. Während unser neues Mitglied und ich draußen noch über die Einzelheiten sprechen.«

Der kalte Wind störte nicht. Michele ließ den Mantel offen, beschwingt schritt er über den Kiesweg durch den Garten, fand Gefallen an den kahlen Bäumen und riss im Vorübergehen zwei Lorbeerzweige ab. Ein Blatt zerrieb er zwischen den Fingern und sog den herben Geruch wie Rosenduft in sich auf. Vor dem Tor suchte er nach Mario, doch nirgends war der Freund zu sehen. Ein kleiner Stich der Enttäuschung, gleich aber erinnerte er sich. »Meine Schuld. Ich hab ihn selbst nach Hause geschickt.« Er wollte erzählen, berichten, wollte das Echo seines Glücks in Marios Gesicht sehen. Im Sturmschritt verließ er die Gasse. »Giuseppe Cesari«, sagte er vor sich hin und horchte auf den Klang. »Dieser Name macht was her. Meiner nicht halb so viel. Vielleicht sollte ich mir einen Künstlernamen zulegen?« Gleich kniff er sich in die Wange. »Langsam. Überstürze nichts. Stell dich vor die Staffelei und arbeite. Nach den ersten Bildern, ist immer noch Zeit genug, über den Namen nachzudenken.«

Nahe dem Mausoleo Augustino wollte er wieder in die Via Ripetta einschwenken, als unvermittelt zwischen zwei Gebäuden Mario aus einer windgeschützten Mauernische trat. Die Augen geweitet, seine Miene war eine einzige Frage. Michele ließ sich die Freude nicht anmerken, trat dicht vor ihn hin, strich ihm mit der Hand langsam übers Gesicht und küsste dann die Stirn. »Hab ich dir nicht gesagt ...? Was soll ich nun mit einem so ungehorsamen Jungen anstellen?«

»Sei nicht böse. Aber zu Hause hätte ich es nicht ausgehalten. Da hab ich lieber hier gewartet. Nun sag schon?«

»Ab sofort gehöre ich zur Akademie.«

»Ich hab's mir so gewünscht«, flüsterte Mario, sank nach vorn und barg das Gesicht an seiner Brust. »Mir ist ganz schwindelig.«

Michele griff nach den Nackenlocken und bog den Kopf zurück. »Nun übertreib nicht. Wer von uns beiden hat mehr Grund, erschöpft zu sein? Doch wohl ich.« Er lachte, legte den Arm um die Schultern des Jungen und führte ihn weiter. »Dabei weißt du noch nicht alles. Ich sag's aber nur, wenn dir wieder besser ist.«

»Hör auf.« Mario befreite sich. »Sei nicht so spöttisch. Du hast keine Ahnung, welche Sorgen ich mir in den letzten Wochen um dich gemacht habe.«

»Schon gut. Also: Giuseppe hat mich zu seinem Assistenten ernannt. Weil sein jüngerer Bruder mit den Banditen heimlich Geschäfte betrieben hat und bis Juni aus Rom verbannt ist, werde ich ihm an dessen Stelle bei den Fresken für die Contarelli-Kapelle in San Luigi assistieren. Gegen gute Bezahlung.« Michele ging einen Schritt schneller. »Und das Beste kommt noch.« Während Mario fast neben ihm herlaufen musste, berichtete er von den Malern, die in der Akademie aus und ein gingen. Jan Breughel, der mit einigen Kollegen sogar aus dem Norden, von Flandern, nach Rom gekommen war, Cristoforo Roncalli und viele bekannte Maler der Stadt. »Sie alle treffen sich einmal im Monat bei Giuseppe d'Arpino. Aber nicht allein, es kommen auch Dichter und Komponisten.« Michele schwenkte die Lorbeerzweige über dem breitkrempigen Hut. »Ein Künstlerzirkel. Und ich gehöre dazu. Weißt du, jeder von diesen Mitgliedern hat einen Mäzen. Wenn ich gut male, vielleicht kauft dann auch einer von denen meine Bilder. Könnte doch ganz leicht sein? Was meinst du?«

Etwas atemlos sah Mario vor sich hin. »Ich glaube fest daran.« Die Stimme klang furchtsam.

Michele bemerkte nichts, er stürmte weiter voraus. »Und was soll ich dir sagen: Giuseppe hat mir zwei Zimmer unter dem Dach gegeben. Ich hab sie mir schon angeschaut. Außerdem kann ich Leinwand und Farben bei ihm billig kaufen. Unten in den Sälen ist Platz genug zum Malen. Jetzt hab ich alles, was ich mir für den Anfang wünsche.« Er legte sich die Zweige an die Hutkrempe, sodass sich Blätter und Stiele vor der Stirn verästelten, und wandte sich um: »Na, wie gefalle ich dir?«

Mario war einige Schritte vorher schon stehen geblieben. »Du … du willst weg? Von uns weg?«

»Versteh doch …«

Der Junge schüttelte den Kopf, kam langsam auf Michele zu, mit verlorenem Blick ging er an ihm vorbei. »Du nennst ihn beim Vornamen. Ist er jetzt dein Freund?«

»Nein, das verstehst du falsch.« Michele wollte nicht verletzen. Rasch holte er Mario ein und umarmte ihn. »Hör zu«, flüsterte er. »Ich gehe nicht fort. Und dieser d'Arpino wird nie ein Freund werden, das wusste ich schon vom ersten Moment an. Er hat alles, was ich verabscheue, aber auch alles, was ich dringend benötige und …« Einen Atemzug lang stockte er bei der Erinnerung an die Kälte, mit der ihn der Meister betrachtet hatte. Gleich drückte er Mario noch enger an sich. »Nein, wein jetzt nicht. Hör nur zu: Ich werde sicher hin und wieder in seinem Haus übernachten, warum nicht? Aber bei dir will ich weiter wohnen. Und noch etwas.« Er sah Mario ins Gesicht, wischte mit den Fingerkuppen die nassen Wangen. »Neben der Hilfe bei den Fresken soll ich für den Meister Bilder mit Blumen und Früchten malen. In Öl. Aber das reicht mir nicht. Ich habe eine Idee für mein erstes richtiges Gemälde. Und dafür benötige ich deine Hilfe.«

Mario schluckte den Kummer hinunter. »Aber ich kann doch gar nicht richtig …«

»Das musst du auch nicht. Ich brauche dich. Du wirst schon sehen.«

6

Es gab Hasenbraten. Die Fenster oben im Speisesaal des Gästeflügels standen offen. Lind wehte der Mai herein, bewegte die Vorhänge. Paola aß fast nichts, sie löffelte etwas von der süßen Soße, einem Sirup aus Rotwein, Honig, Nelken und Zimt. Zweimal hatte sie versucht, mit dem neumodischen kleinen Zinken das Fleisch aufzuspießen, und weil noch Knochen daranhing, war der Bissen zweimal auf halbem Weg zum Mund wieder zurückgefallen. Ich hab auch keinen richtigen Hunger, dachte sie, bin viel zu aufgeregt. Verstohlen blickte sie zur Seite. Michele kam besser mit dem Gerät zurecht. Er hatte sich zuerst ein Bratenstück abgeschnitten, jetzt nahm er den Stiel in die Faust, stach fest mit den drei langen Silbernägeln zu und reckte den Hals vor. Trotz des weit geöffneten Mundes aber war der Brocken zu groß; kurz entschlossen nagte er das Fleisch von den Zinken ab. Soße tropfte, lief ihm übers Kinn. Paola stieß ihn unter dem Tisch an und flüsterte: »Gib Acht auf deinen Kragen.«

Sie sah an Micheles Tante Margherita, den brennenden Kerzen und der Obstschale vorbei zum Kopfende des Tisches. »Bei der Herrin sieht es so leicht aus.« Marchesa Costanza bemerkte den Blick. »Ehe du verhungerst, mein Kind, leg die Gabel getrost wieder beiseite. Du darfst die Finger benutzen.«

»Gilt das auch für mich?«, Margherita hob sichtlich überfordert die Brauen. »Der Hase wird auf meinem Teller alt und älter, und ich stochere immer noch an ihm rum.«

»Aber ja, meine Liebe. Nicht nur das Stillen ist vorbei, auch die

Zeiten, in denen wir alle versuchen mussten, Vorbild für meine Söhne zu sein.«

»Auch ohne dieses Zinkending haben wir ihnen Anstand bei Tisch und ordentliches Benehmen beigebracht.« Margherita nahm das Hasenbein am Knochen und biss herzhaft in den Schenkel.

Geschickt zerteilte Costanza mithilfe ihrer Gabel und dem Messer eine gekochte Möhre. »Ja, wenn man bedenkt, was aus Muzio geworden ist. Solch ein besonnener, kluger junger Mann.« Stolz schwang in der Stimme mit. Nachdenklich führte sie ein Möhrenstück zum Mund. Noch vor Weihnachten war ihr ältester Sohn aus Spanien in Rom eingetroffen. Er zeigte kein großes Interesse an den Festen, die Onkel und Mutter im Palazzo Colonna für ihn gaben. Aus der Bibliothek lieh er sich Bücher von Dante, las sehr viel. Vor allem aber dichtete er selbst. Im März schon, kaum waren die Straßen wieder frei, hatte er sich verabschiedet und war nach Mailand weitergereist.

»Allerdings …« Costanza tupfte sich mit der Serviette den Mund ab und lächelte zur Amme hinüber. »Wir wollen ehrlich sein. Weder deine Milch noch meine Ermahnungen werden bei Muzio zu diesem Erfolg geführt haben. Ganz sicher hat die strenge Erziehung am Hofe Philipps II. den Hauptanteil daran.«

»Das glaube ich nicht, Herrin.« Margherita legte die Hand aufs weiße Mundtuch vor ihrem Busen. »Der Junge hat mir so schöne Verse geschrieben, dass ich geweint habe. So schön, Herrin, schreibt man vom Herzen. Das lernt keiner bei einem Lehrer.«

»Ich will dir nicht widersprechen. Nun aber genug. Was soll unser Gast denken, wenn wir in seiner Gegenwart nur Lobesreden über Muzio führen?« Costanza griff nach dem Weinpokal und blickte Michele an. »Dir zu Ehren habe ich dieses kleine Familienessen arrangiert. Du schaust überrascht? Ja, junger Mann, ich sagte Familie: Margherita, deine Tante; Paola kennst du seit Kindertagen, und soweit ich weiß, seid ihr euch hier in Rom noch etwas nähergekommen. Bleibt meine Person. Durch Margherita bist du der Milchbruder meiner Söhne und Töchter geworden. Später übernahm ich dann die Sorge für dich und deine Geschwister. So betrachtet, gehörst du zu uns. Also zur Familie. Nein, antworte noch nicht. Ich habe dir einiges mehr zu sagen, dies aber nach dem Essen. Nun lasst uns vom Wein kosten.«

Nach den Marzipantörtchen hatten Paola und Tante Margherita ohne erkennbaren Grund den Speisesaal verlassen. Michele sah immer wieder zur Tür, doch keine von beiden kehrte zurück. Die Marchesa schien in ihre Gedanken versunken zu sein. Also wagte er nicht zu stören. Endlich richtete sich die Herrin auf, zog den Weinpokal näher und drehte ihn langsam auf der Tischplatte. »Wie lange bist du nun schon in Rom? Ein Jahr, hab ich recht? Ich weiß durch Paola, wie schwer die Zeit für dich war; trotz deiner großen Begabung. Und du weißt, wie gern ich dir geholfen hätte. Sei es mit einer Wohnung hier bei Kardinal Ascanio oder auch lediglich mit Knüpfen von Verbindungen. Aber du hast jede Hilfe abgelehnt, darin unterscheidest du dich wirklich von deinem Bruder Giovan Battista. Selbst bei Kleinigkeiten sucht er mich auf oder schreibt mir Bittbriefe. Ich wünsche, dass du in Zukunft mehr Vertrauen zu mir hast. Du ahnst nicht, wie hilfreich der Name Colonna in dieser Stadt sein kann.«

»Verzeiht«, Michele nestelte an seinem Kragen. »Ich habe ihn schon einmal ausprobiert.« Kurz berichtete er vom Tag der Prüfung bei d'Arpino und schloss mit leichtem Spott über sich selbst: »Der große Name Colonna hat den Meister sehr beeindruckt, nur mein Heiligenbild war ihm zu klein.«

Costanza schmunzelte und deutete auf die Weinkaraffe. »Bitte sei so freundlich und schenk uns beiden nach.« Als Michele ihren Pokal füllte, lud sie ihn ein, näher zu kommen, sich auf den Stuhl über Eck zu setzen. »So können wir uns besser in die Augen schauen. Dieser Giuseppe Cesari … Mein Bruder schätzt ihn als Maler nicht so sehr, und ich kenne keines seiner Werke, aber wie ich hörte, genießt er in Rom einen außerordentlich guten Ruf. Und du arbeitest seit einigen Monaten in seiner Werkstatt. Bist du zufrieden?«

»Schwer zu sagen. Ich assistiere ihm bei den Fresken in der Contarelli-Kapelle, doch auch wenn der Lohn gut ist, habe ich wenig Freude daran. Ansonsten lässt er mich Früchte- und Blumenbilder in Öl malen.«

»Aber du kannst doch mehr, viel mehr. Ist diese Werkstatt der richtige Ort?«

Die Frage versetzte Michele einen Stich. Unaufgefordert trank er hastig einige Schlucke. »Ich habe keinen besseren. Und Früchte, auch Blumen sind ebenso schwer zu malen wie Menschen. Bitte versteht mich richtig: Ich begegne im Haus von d'Arpino so vielen anderen Künstlern. Auch gelehrte Männer kommen dorthin. Ich sehe viele Bilder und Zeichnungen. Das sind wichtige Anregungen für mich.«

»Das glaube ich gern. Nur bleibt die Frage: Hast du schon ein Bild gemalt, eines, das dir vorschwebt? Ein Gemälde nach deiner Vorstellung?«

Die Wunde vertiefte sich, erneut trank Michele dagegen an. »Ich habe das Bild genau im Kopf, sehe es vor mir, nur fand ich bisher keine Zeit, es zu verwirklichen.«

»Schenk dir getrost nach.« Costanza nahm einen kleinen Schluck. Michele beeilte sich, sein Glas zu füllen, und sie wartete, bis auch er getrunken hatte, dann setzten beide gleichzeitig die kristallenen Pokale ab. »Nachdem ich nun etwas mehr von deinem Leben erfahren habe, möchte ich dir einen Vorschlag unterbreiten. Komm mit zurück in die Heimat. Dort werde ich dir in Mailand ein geräumiges Atelier einrichten lassen. An großen Aufträgen soll es dir nicht mangeln, das verspreche ich. So wie hier in Rom der Name Colonna, so öffnet dort der Name Sforza Kirchenportale und Privatgalerien. Außerdem …«, sie ließ eine Pause und setzte dann betont leicht hinzu: »Außerdem wäre dort auch für dein privates Glück gut gesorgt …«

»Niemals …« Um nicht lauter zu werden, musste Michele aufspringen, alles in ihm empörte sich … abhängig … Sklave … ich will frei sein … ich bin kein Günstling, küsse keine Füße … er stürmte einige Schritte durch den Saal; wieder etwas gefasster, ging er zu einem der geöffneten Fenster, schließlich gelang es ihm, ruhiger zu atmen, und er wandte sich um. »Eure Einladung ehrt mich. Die Angebote sind verlockend. Doch ich kann nicht. Bitte seid nicht zornig, aber ich will meinen Weg nach oben aus eigener Kraft schaffen.«

Die Marchesa blickte ihn lange an. »Diese Entscheidung habe ich befürchtet, sie sogar beinah erwartet, und doch wollte ich es versuchen, dir und auch meiner Zofe zuliebe. Nein, ich zürne nicht, versuche sogar, dich zu verstehen. Eines sollst du nie vergessen: Ganz gleich, was noch geschieht, stets werde ich oder ein anderes Mitglied der Colonnas im Hintergrund für dich da sein. Du gehörst zu uns, du genießt den Schutz unserer Familie. Ob du ihn in Anspruch nimmst oder nicht, wird allein dein Entschluss sein. Nein, bedanke dich nicht.« Sie wies zur Tür. »Geh hinaus zu Paola und sag ihr selbst, wozu du dich entschieden hast. An mir liegt es dann später, das arme Kind zu trösten.«

Sie stand mit dem Rücken zum Galeriegeländer; ohne es zu merken, zerrten ihre Finger am Stoffgürtel des hellblauen Kittelkleides. Kaum trat er aus der Tür, saugte sie seine Miene mit dem Blick auf. Kein Strahlen, er presste die Lippen zusammen. O Madonna, nein. Paola ging ihm einige Schritte entgegen. »Wo… worüber habt ihr gesprochen?«

»Die Marchesa hat sich nach meiner Arbeit erkundigt.« Sein Ton war schroff. Nur kurz streifte er ihr Gesicht, dann betrachtete er seine Stiefelspitzen und schwieg.

Sie sehnte sich danach, ihn zu berühren, ließ aber die Hand wieder sinken. Vorsichtig begann sie von Neuem: »Hast du dich über das gemeinsame Essen gefreut?«

Er nickte, hob aber nicht den Kopf.

Paola wusste nicht weiter, die eine einzige Frage verdrängte alles Denken. »Kommst du mit uns?«

»Verdammt. Du kennst mich doch. Glaubst du, ich hab all die Monate hier durchgehalten, um mir jetzt von der Marchesa ein Samtbändchen um den Hals binden zu lassen und ihr Schoßhund zu werden?«

»Wie redest du von ihr?« Der Zorn half. Sie funkelte ihn an. »Da geben wir uns alle Mühe, sorgen uns um dich. Und du? Du bist noch nicht einmal dankbar.«

Gleich hob auch er die Stimme. »So ist das also. Ihr wolltet mich einfangen?« Er drohte mit der Hand in Richtung Speisesaal. »Der Hase … das Essen im kleinen Kreis … Jetzt wird mir alles klar. Das war eine Falle. Und du wusstest davon, nein, du hast die Schlinge selbst ausgelegt.« Michele stürmte an ihr vorbei zur Treppe.

»Geh nicht!«

Er lief die Stufen hinunter. In höchster Not rief ihm Paola nach: »Wir reisen ab! Bitte warte noch. Bitte!«

Michele blieb stehen, langsam wandte er sich um. »Ist das wahr?«

»Alles ist schon gepackt.« Sie presste die Hände an die Wangen. »In zwei Tagen. Es bleibt keine Zeit. Ich kann dich nicht mehr im Haus deines Meisters besuchen.«

Michele kehrte zurück, nahm zwei Stufen gleichzeitig, oben schloss er sie in die Arme. »So bald schon. Das konnte ich nicht ahnen.«

Paola klammerte sich an ihn. »Du fehlst mir jetzt schon …« Sie küsste seinen Hals, das Kinn, die Lippen und flüsterte dazwischen: »Ich hab so gebetet, dass du mitkommst … Wie soll ich das aushalten …? Wir kommen erst im nächsten Frühjahr wieder … Ach, Liebster.«

Unten im Treppenhaus wurden Stimmen laut. Sofort fuhren die beiden auseinander. Paola richtete ihr Häubchen, strich den Rock glatt. »Kardinal Ascanio«, flüsterte sie. »Komm, ich bringe dich zum Seitenausgang.« Sie verließ mit Michele den breiten Flur durch die schmale Gesindetür.

Erst draußen in einer Nische der Arkaden von Santi Apostoli umarmten sie sich wieder. Michele streichelte ihre Wange, die Narbe über der Lippe. »Auch ich werde dich vermissen.«

Tapfer lächelte sie gegen die Tränen an. »Und lauf mir nicht einfach weg. Versprich es. Und wenn du in eine andere Wohnung ziehst, dann sag bitte im Palazzo Bescheid. Damit ich …«, sie schluckte, »damit ich dich wiederfinde. Und … und jetzt geh bitte.«

»Ich werde hier sein, wenn du zurückkommst. Ich verspreche es. Leb wohl.«

Nach wenigen Schritten rief sie: »Warte! Warte noch.« Paola lief ihm hinterher, nestelte mit den Fingern an der Halskette und zog ihr kleines Silberkreuz aus dem Kleidausschnitt. »Das wollte ich dir schon vor dem Essen schenken. Es wird dir Glück bringen.«

Kein Wort mehr, sie wollte ihn auch nicht mehr ansehen. Um nicht zu bleiben, floh Paola zurück in den Palazzo.

Weil sie schon bei Tagesanbruch am Petersdom sein wollten, hatte Michele in Marios Wohnung übernachtet und sich von ihm wieder herausputzen lassen. Eilig schritten sie nebeneinander her. Über den Türmen und Kirchenkuppeln zeigte der Junimorgen erste Sonnenspitzen, in den Straßen aber herrschte noch Schatten, war die Luft noch frisch. Auf der Tiberbrücke reckte und dehnte sich Michele. »Kannst du schwimmen?«

»Wie ein Fisch.« Der Freund lachte. »Bei uns daheim in Syrakus lernt das jeder Junge. Wir sind im Hafen morgens den Booten entgegengeschwommen, wenn sie zurückkehrten.«

»Nur gut, dass du ihnen nicht ins Netz geraten bist.« Michele stupste ihn leicht gegen die Brust. »So ein Fang hätte sich gelohnt.«

»Du machst dich schon wieder lustig. Und was ist mit dir? Kannst du es?« Mario schlang sich den gelben Seidenschal fester um den Hals, das Braun der Augen funkelte. »Oh, ich vergaß deine Angst vor Wasser.«

Im ersten Moment blieb Michele der Mund offen, dann knurrte er übertrieben gefährlich. »Noch ein Wort. Und ich werfe dich übers Brückengeländer.«

Gleich wandte sich Mario ab und eilte weiter. Der Prinz ist empfindlich wie eine Mimose, dachte Michele. Erst auf der anderen Uferseite hatte er ihn wieder eingeholt.

»Das war doch ein Scherz.«

»Ich mag nicht, wenn du so etwas sagst. Auch nicht zum Spaß.«

»Überall in den Straßen wird geprügelt, getreten und gestochen.« Michele zeigte ihm die geballte Faust. »Ich sollte dich abhärten, damit du dich verteidigen kannst.«

»Wenn es mal nötig sein sollte, überlasse ich das Kämpfen dir. Mir genügt, wenn du freundlich bist.«

Mehr und mehr Menschen waren unterwegs. Frauen trugen mit Tüchern abgedeckte Körbe, ihre Männer schleppten in jeder Hand einen Hocker und auf der Schulter meist noch den jüngsten Sprössling. Die älteren Geschwister waren beladen mit Kissen und Sitzdecken. Alle Straßen in Richtung Dom füllten sich. Trotz der frühen Stunde verlangten hin und wieder sogar schon Reiter und Kutscher in rüdem Ton nach Platz. Ohne Rücksicht zwangen sie die Fußgänger beiseite. Wer an engen Stellen nicht rechtzeitig eine Mauernische oder einen Hauseingang erreichte, den traf die Peitsche oder ein Stockhieb.

Michele schrie einem Wagen hinterher. »Saukerl!« Als der Fuhrmann sich auf dem Bock umwandte, zeigte er ihm die Faust.

Gleich drückte Mario seinen Arm nach unten. »Nicht. Wer weiß, wer im Wagen sitzt?«

»Glaubst du, ich hätte Angst?«

»Nein, natürlich nicht«, beeilte sich der Freund. »Aber … wieso bist du heute Morgen so auf Streit aus?«

»Das ist nicht wahr …« Michele wollte sich losreißen, dann hielt er inne, stieß den Atem aus. Verflucht, er hat recht. Mit der freien Hand tätschelte er die Finger auf seinem Arm. »Nimm's mir nicht übel. Du weißt, was ich vorhabe. Vielleicht ist es nur die Unruhe.«

Mario hob den Blick, sah ihn an. »Wenn du willst, frage ich für dich. So als dein Bursche. Glaub mir, ich tue es gern.«

»So weit kommt es noch. Eher lass ich es ganz.«

Auf dem eckigen Vorplatz hielt sich kaum jemand auf. Die Bürger eilten zwischen den Schutthaufen, Bretterstapeln und Ziegelsteinbergen weiter und folgten der Straße, die links des mächtigen Bauwerkes durch einen Torbogen führte. Fast einsam wachten rechts und links der breiten Treppe vor dem Hauptportal die riesigen Marmorstatuen von Paulus und Petrus über die Baumaterialien.

Am Eingang wurden die Freunde von einem Schweizergardisten angehalten. Die in Gelb, Rot und Blau leuchtende Uniform konnte nicht über die Strenge in seinem Blick hinwegtäuschen. »Kein Zutritt. Der Festakt findet draußen vor dem Südflügel statt, dort ist die Sicht am besten. Bitte versteht, Signori, hier ist der Zutritt heute nicht erlaubt.«

Vorbei, die Chance war vertan. Doch ehe sich Michele abwandte, strahlte der Freund den Bewaffneten an. »Wir sind verabredet.«

Ohne die Miene zu bewegen, stellte der Gardist die scharf geschliffene Hellebarde aufrecht. »Mir ist kein Besucher angekündigt worden.«

»Bei Künstlern wird der Dienstweg manchmal übergangen. So ist es doch?« Die Farben verlockten, davon angezogen, trat Mario einen

Schritt näher, hob schon die Hand, um den Stoff mit den Fingerspitzen zu kosten, als der Beschützer von Papst und Vatikan seinen Ärmel an sich presste. Die Spitzen des Lippenbartes vibrierten. »Mit wem …?« Ein Räuspern half über die Verunsicherung hinweg. »Wer erwartet Euch?«

Nun gelang auch Michele ein Lächeln. »Architekt Giacomo della Porta höchstselbst oder einer seiner Stellvertreter.«

»Sonderbar, dass ich nichts davon weiß! Aber vielleicht wurde die Nachricht wirklich nicht weitergegeben. Tretet ein. Der gesamte Baustab besichtigt im Moment das Gewölbe der großen Kuppel. Wie lange das dauert, kann ich nicht sagen.« Der Wächter gab den Weg frei, dabei bedachte er Mario mit einem Zwinkern, der antwortete mit verwundertem Wimpernaufschlag. Gleich wurde die Miene des Schweizers wieder ernst.

Kaum waren sie außer Hörweite, flüsterte Mario: »Du kannst mich gut gebrauchen, stimmt's?«

»Wir hatten Glück«, dämpfte Michele und dachte, wenn ich zu viel lobe, dann glaubt er nachher, ich käme nicht ohne ihn weiter. »Sei froh, dass der Kerl … War schon gut. Aber du führst dich auf wie ein kleines Weib.«

»Ist das denn schlimm?«

»Immerhin gibt es Kerle, auf die solch ein Verhalten nicht wirkt. Im Gegenteil.«

»Ich benehme mich besser als du …« Mario wollte nicht weitersprechen.

Im riesenhaften Bau herrschte Kühle, und weil es dazu auch noch heftig zog, wickelte er sich den Schal zweimal um den Hals. Kein Marmor zierte den Boden. Sie schritten über fest gestampften Kies. An Säulen und Bögen gab es weder Stuck noch Verzierung. Die Wände in den Nischen und Kapellen gähnten kahl und düster. Im Innern war Sankt Peter nichts als ein verdreckter Rohbau. Drei Jahre zuvor erst hatte sich die Kuppel über ihm geschlossen.

Während die Freunde sich den mächtigen Pfeilern rund um den Mittelpunkt näherten, vernahmen sie eine laute Stimme. »Das also nennt ihr solide Arbeit? Das Wort Schande ist für solch eine Leistung noch viel zu milde. Ihr verfluchten Scharlatane!«

»Herr, Vergebung, seid gerecht. Meine Maurer haben das Beste geleistet. Die mangelnde Stabilität hat Schuld.«

Michele zog Mario hinter einen Pfeiler. »Besser, wir warten hier.« Vorsichtig spähte er zum weiten Mittelkreis unter der Kuppel. Dort, wo das rechte Seitenschiff mündete, stand eine Gruppe vor zertrümmerten Ziegelsteinen und Mörtelbrocken. Architekt della Porta, schon für den Festakt mit bodenlangem Mantel, hohem Eckkragen und dem Untergewand aus schwerem Brokat angetan, fluchte wie ein Arbeiter und bedachte die Meister weiter mit übelsten Beschimpfungen.

Nach einer Weile begriffen die Freunde und blickten nun selbst besorgt hinauf. Die gemauerte Kuppel wölbte sich über dem lichthellen Tambour, und sosehr sie sich auch mühten, ein Schaden war von hier unten nicht auszumachen. Und doch mussten sich Steine aus dem Gewölbe gelöst haben. Mario bekreuzigte sich. »Eins weiß ich: Zur Messe gehen wir weiter in unsere Kirche. In Santa Maria Maggiore sind wir sicherer.«

Wie ein Prophet des Jüngsten Gerichts wies nun Giacomo della Porta mit gestrecktem Arm hinauf zum von der Morgensonne gold glühenden Auge in der Kuppelmitte. »Was geschieht, wenn wir heute die Kugel auf der Laterne verankern? Zum ersten Mal ihr Gewicht nicht vom Holzgerüst getragen wird? Gnade uns Gott. Und wenn die innere, vielleicht sogar auch die äußere Kuppel … wenn beide herabstürzen?« Er schlug sich gegen die Brokatbrust. »Sechs Jahre. Sechs Jahre Mühe wären vergebens, und wir alle stürzten mit ins Verderben.«

»Herr, beschwört das Unglück nicht herbei«, warnte der oberste Bauleiter den Aufgebrachten und versuchte zu beschwichtigen. »Glaubt mir, nichts kann geschehen. Ich meine, weil die Hauptlast nicht auf den Stützpfeilern, sondern ausschließlich auf dem Tambour liegt, sind nun mal …«, mit Schwung trat er einen herumliegenden Steinbrocken beiseite, verzog vor Schmerz das Gesicht und stöhnte, »… sind solche kleineren Schäden nicht auszuschließen.«

Schweigen. Die Sorge blieb, war jedem Gesicht anzusehen. Nach einer Weile zückte der Architekt ein weißes Schnupftuch und schnäuzte sich trompetend. Der Schall stieg hinauf und verlor sich in der Weite der Kuppel. Nun etwas gefasster, nickte Giacomo della Porta in die Runde. »Zu oft wurde bei diesem Bauwerk aufgebaut und wieder abgerissen. Von den mehr als sechshundert Arbeitern haben dort oben zu viele ihr Leben gelassen. Eine Blamage können wir uns nicht mehr leisten. Heute soll und muss die Kuppel endlich vollendet werden.« Er straffte die Mantelseiten vor der Brust. »Der Heilige Vater selbst wird mit den Kardinälen von den Fenstern seines Palastes aus dem Festakt beiwohnen. Und ich will draußen auf der Tribüne an der Seite meiner Freunde diesen Triumph genießen.« Seine Stimme gelangte zur gewohnten Härte zurück. »Schafft Schutt und Steine weg. Und kein Wort zum Präfekten der Basilika, kein Wort zu irgendjemandem. Es gibt keine Baufälligkeit, keine Schäden. Bei Gott, ich hoffe, ihr habt mich verstanden.« Damit verließ er mit seinen Stellvertretern den Kreuzplatz in Richtung Hauptausgang.

Mario schob, drängte den Freund aus dem Schatten des Pfeilers. Im selben Moment spürte Michele schon den Druck der Leere im Magen. Als er die Miene des Architekten sah, wusste er, wie aussichtslos sein Versuch sein würde. »Signore della Porta? Ich will Euch nicht lange aufhalten. Bitte.«

Grob riss der Architekt einen seiner Begleiter an der Schulter. »Was sind das für Männer?«

»Ich kenne sie nicht.«

»Wer hat Euch hereingelassen?« Della Porta schnaufte auf Michele zu. »Wer hat Euch geschickt? Für wen spioniert Ihr? Sagt es, oder ich rufe meine Arbeiter und dann gnade Euch Gott.«

»Ein Irrtum. Für niemanden. Wir … ich komme aus eigenem Antrieb. Ich wollte mich Euch empfehlen.«

Ein Stirnrunzeln. Michele sah es als günstiges Zeichen und versuchte gleich, den Augenblick zu nutzen. »Sicher werden hier im Dom viele Aufträge zu vergeben sein. Und Ihr, Herr, seid für mich die Hoffnung …« Er sprach schneller. »Eure Fürsprache kann mir das Tor zum Glück öffnen. Ganz sicher. Ich bin bei einem herausragenden Meister in die Lehre gegangen und werde Euch …«

»Schweigt.« Der gestreckte Zeigefinger drohte Michele vor der Nase. »Ich habe keine Zeit, mir dieses Gestammel anzuhören. Sagt nur, wer Ihr seid und was Ihr von mir wollt.«

»Ich bin Maler und bewerbe mich um einen Auftrag in Sankt Peter.«

Für einen Moment stockte dem Architekten der Atem, dann vergewisserte er sich bei seinen Stellvertretern. »Habt ihr das gehört? Da hat sich doch tatsächlich einer von diesen herumlungernden Pinselzwergen eingeschlichen.« Er lachte einige Male. Für Michele klang es wie das Bellen eines Kettenhundes. »Ich weiß nicht, wie du und dein Freund an der Schweizergarde vorbeigekommen seid. Aber jetzt werde ich dafür sorgen, dass ihr einige Tage ins Loch kommt.« Unvermittelt brüllte er: »Denn niemand darf ohne meine Erlaubnis den Dom betreten! Niemand!« Die Stimme sank, erneut stach der Zeigefinger in Richtung Nase. »Und hergelaufene Maler sind für mich noch weniger als niemand.«

Schweiß rann Michele von der Stirn, unter dem weiten Hemd umklammerte seine Rechte den Dolchgriff. »Warum beleidigt Ihr mich?«, presste er zwischen den Zähnen hervor und spürte das Beben bis in die Oberschenkel.

»Beleidigen? Nein, ich sage dir nur die Wahrheit. Was glaubst du, wie viele Versager deines Schlages täglich draußen vor dem Portal rumlungern?«

»Herr!« Mit Mühe bezwang sich Michele. »Ich … Ich bin nicht einer von denen.«

»Wer bist du schon?«

»Ich …« Wut schnürte die Kehle. Rasch schob sich Mario vor den Freund, auch seine Stimme zitterte: »Verzeiht, Herr. Das ist Michele Merisi aus Caravaggio. Er ist Assistent von Cesari d'Arpino … dem berühmten Maler … dem Favoriten unseres Heiligen Vaters.« Atemlos zerrte Mario an seinem Schal.

Die Miene des Architekten veränderte sich. »Ist das wahr? Giuseppe Cesari ist ein guter Freund von mir. Ich treffe ihn gleich auf der Tribüne.« Er zückte das Schnupftuch, wischte kurz Nasenlöcher und Lippen, dann sah er Michele kopfschüttelnd an. »Warum kommst du selbst? Wieso brichst du die Regeln? Wenn du bei d'Arpino arbeitest, musst du doch wissen, wie die Aufträge im Vatikan vergeben werden? Ein Freund leistet dem Freund einen Dienst. Je geringer der Ruhm des Künstlers, umso mehr Freunde sind nötig. Vergeben werden die

Aufträge vom Kardinalerzpriester oder gar vom Heiligen Vater selbst. Aber dann kommt es auf die Freunde an, und zu denen gehöre ich und auch dein Arbeitgeber. Bist du etwa direkt hergekommen, um dir die kleinen Dankesgaben zu ersparen?«

Ein stinkender Sumpf. Michele sah zu Boden. »Das war nicht meine Absicht. Ganz sicher nicht.«

»Und du willst bei meinem Freund d'Arpino arbeiten? Neben seiner künstlerischen Größe gilt er als einer der geschicktesten Kunstmakler der Stadt. Er beherrscht die Szene, zieht die Fäden. Und du hast nichts bei ihm gelernt?« Architekt della Porta tätschelte im Vorbeigehen Micheles Schulter. »Nein, junger Mann, das reimt sich nicht. Immerhin hast du mich milde gestimmt und ich lasse dich nicht verhaften, sondern gewähre dir und deinem Freund freien Abzug aus Sankt Peter.«

Mario zog Michele mit. »Danke, Herr«, rief er, und sie folgten den Männern. Kurz vor dem Ausgang erkundigte sich der Architekt über die Schulter. »Wie war der Name?«

»Michelangelo ...«, Mario sprach sehr deutlich, »Michelangelo Merisi da Caravaggio.«

»Ich werde mich nachher bei Meister d'Arpino nach ihm erkundigen.« Ein kurzes Lachen. »Vielleicht wird ja doch ein Auftrag draus.«

Michele schluckte, konnte nur nicken. Neben ihm strahlte der Freund und zwickte ihm dabei einige Male in den Rücken.

Der Gardist vor dem Hauptportal nahm Haltung an, als die Herren ins Freie traten. Mario blinzelte ihm zu, doch dieses Mal wurde das kleine Spiel nicht erwidert, denn der Architekt verlangte nach bewaffneter Begleitung. Auf Pfiff und kurzen Wink hin eilten zwei Gardisten zu ihm. »Bringt uns durchs Volk zur Tribüne.« Mit den Schäften ihrer Hellebarden bahnten die Wachen eine Schneise durch den Menschenstrom in Richtung Südflügel. Michele und Mario blieben dicht hinter den Vornehmen, gelangten so ohne Gedränge zum Festplatz. Ein Bläserorchester spielte fromme Weisen. Dicht an dicht umlagerten Bürger die lang gestreckte Tribüne. Kinder tollten, spielten Ball, rannten hintereinander her. Seitlich und etwas vor der Tribüne fanden die Freunde noch einen freien Platz. Michele deutete hinauf. Weit über dem Bauwerk wölbte sich die Kuppel, und an der höchsten Stelle ragte das mit Brettern verschalte Gerüst in den blauleeren Himmel, als reichte es dort bis an den Mantelsaum Gottes.

»Wir haben gute Sicht. Wenn du genau hinsiehst, dann erkennst du in den Zwischenräumen schon etwas vom Gold.«

Mario beschirmte die Augen mit der Hand. »Meinst du, sie ist aus reinem Gold?«

»Dummkopf. Innen sind Kreuzstreben, und die Haut der Palla besteht aus vergoldeter Bronze.«

»Woher weißt du so viel?«

Michele beobachtete aus den Augenwinkeln, wie Architekt della Porta die mit einem Sonnensegel überdachte Tribüne bis zur dritten Sesselreihe hinaufstieg und dort von Giuseppe Cesari und einigen Freunden begrüßt wurde.

»Warum antwortest du nicht?«

Ohne die Gruppe aus dem Blick zu lassen, sagte Michele: »Über die Kugel wird bei uns in der Akademie schon seit Wochen geredet.« Er legte dem Jungen die Hand auf die Schulter. »Ich habe d'Arpino entdeckt. Nein, dreh dich nicht um, schau nur unauffällig hin. In der dritten Reihe. Vorn sitzen vier Prälaten. Siehst du ihn in der Mitte?«

Mario nickte. »Willst du weg?«

»Warum? Glaubst du, ich verstecke mich vor ihm? Unser Platz hier ist gut, und hier bleiben wir.«

Ganz in ihrer Nähe hockten vier Mütter beieinander. Sie palaverten, als wären sie allein, als gäbe es keinen Festakt, sondern nur die Neuigkeiten über den lockeren Lebenswandel einer Nachbarin aus ihrer Straße. Dabei gaben zwei der Frauen ihren Säuglingen die Brust. Eine andere hielt gerade die kleine Tochter mit blankem Po zwischen den breit gestellten Beinen, wartete, bis das Bächlein versiegte, schüttelte den Körper noch einige Male, streifte dem Kind das Kittelchen wieder hinunter und schickte es zu den Geschwistern.

»Sie hat auch einen Hund«, eröffnete die vierte der Frauen ein neues Sündenkapitel. »Einen großen Hund.«

»Was willst du damit andeuten?«

»Was ich gehört habe, habe ich gehört. Und ich meine, so spricht man nicht mit einem Hund … Eher mit einem …« Die Damen steckten die Köpfe zusammen und flüsterten, dabei weiteten sich zusehends ihre Augen.

Mario schüttelte sich. »Glaubst du, dass es so etwas gibt?«

»Wundern würde es mich nicht«, antwortete Michele, ohne nachzudenken. »Und wenn ja, wäre es mir gleichgültig.« Sein Interesse galt nur der Tribüne. Inzwischen hatten sich zwei weitere Patrizier zur Gruppe in der dritten Reihe gesellt. Michele beobachtete den Jüngeren. Irgendwo hab ich den rausgeputzten Kerl schon mal gesehen. Dieses kantige Kinn. Und an die platte Nasenspitze erinnere ich mich genau. Viel älter als ich ist er nicht. Wo nur? Vielleicht in der Osteria? Hin und wieder, wenn es Lohn gegeben hatte, besuchte Michele mit Mario dieses teure Speiselokal in Trastevere. Pasta, Salat und einen Krug Wein, zu mehr reichte das Geld nicht. Dort waren sie nur Zaungäste. Denn im Gassenviertel auf der rechten Tiberseite trafen sich die erfolgreichen Maler, Sänger und Dichter. Dort zechten und spielten sie mit den Söhnen der Reichen Roms. Dort ließen sich die stadtbekannten Dirnen von ihren Beschützern wie vornehme Damen ausführen. Die Szene wurde beherrscht … Jetzt fiel es Michele wieder ein. Dieses Gesicht mit der platten Nase … der Stutzer dort drüben war einer der Cliquenführer im Gassenviertel, sie bestimmten, wer dazugehörte und wer nicht. Führte er die Franzosenpartei oder die Spanienanhänger?

Das Gedränge nahm zu. Die Bläser auf der anderen Seite der Tribüne schmetterten ihre Melodien lauter und lauter. Michele musste sich zu Marios Ohr beugen. »Schau noch mal hin. Dieser junge Mann, der mit dem älteren dazugekommen ist? Wir haben ihn schon mal in der Osteria gesehen. Weißt du noch den Namen?«

Nur ein kurzer Blick. »Er heißt Onorio Longhi. Sein Vater ist der päpstliche Architekt Martino Longhi.« Er zog die Mundwinkel leicht nach unten. »In diesem scheußlich grünen Schultermantel würde ich mich nicht nach draußen wagen. Und wenn ich schon so eine missglückte Nase hätte, dann würde ich sie nicht so hoch tragen. Nein, ich mag diesen Angeber nicht. Auch wenn er zu den Franzosen gehört.«

»So furchtbar sieht er nun auch nicht aus.« Michele drehte wieder den Kopf und fuhr zusammen. Della Porta deutete mit gestrecktem

Arm zu ihm herüber, dabei sprach er auf d'Arpino ein. Es fiel nicht schwer, allein am Mienenspiel ihrer Unterhaltung zu folgen. Michele nagte an der Unterlippe. Nun erfuhr Giuseppe, wo sein Assistent vorhin gewesen war, vor allem, was er versucht hatte. Der Meister wollte es nicht glauben, fragte nach und della Porta bestätigte es nachdrücklich. D'Arpino erhob sich halb, starrte in Micheles Richtung; als die Blicke sich begegneten, drohte er ihm mit erhobenem Zeigefinger wie ein Lehrer dem Schüler. Della Porta und sein Architektenkollege amüsierten sich darüber, und kaum hatte sich d'Arpino wieder niedergelassen, schlugen sie ihm auf die Schultern, und er genoss sichtlich die Anerkennung, zwirbelte vergnügt an den Spitzen seines Lippenbartes. Nun gab er etwas zum Besten, das sie erneut zu dem Maler hinüberblicken und die Köpfe schütteln ließ.

Auf meine Kosten. Die Scham wühlte in Michele. Erzähl ihnen nur, was für ein Handlanger ich bin. Trotz des Lärms und des Gewühles glaubte er, die helle Stimme zu hören: »Kein Zweifel, eine gewisse Begabung ist diesem Merisi nicht abzusprechen. Aber die Ausstattung einer Kapelle in Sankt Peter? Mit eigenen Gemälden? Völlig undenkbar! Ich lasse ihn Früchte und Blumen malen, mehr aber traue ich ihm nicht zu.«

Michele schlug sich gegen die Stirn. »Du elender Hund. Wie ich dich hasse!«

»Was sagst du?« Mario blickte erschrocken zu ihm hoch.

»Verflucht, schau nicht so!« Michele stieß ihn gegen die Schulter, bereute es im selben Moment und zog den Freund fest an sich. »Das wollte ich nicht. Verzeih. Komm wir gehen. Ich muss hier weg.«

»Aber die Kugel?« Mario fasste nach seiner Hand. »Gleich ist es so weit. Bitte lass uns noch warten! Alle freuen sich doch auf den Moment.« Ein flehender Augenaufschlag. »Und ich auch.«

Fanfarenstöße. Schnell hintereinander. Sie verkündeten, dass der Heilige Vater auf der anderen Seite des Doms am Fenster seines Palastes erschienen war. Fanfarenstöße. Jetzt lang und machtvoll. Papst Clemens, der achte dieses Namens, hatte die Erlaubnis zum Beginn des Festaktes gegeben.

Freudige Aufregung wogte durch die Menge. Einige Leute versuchten noch einen besseren Platz zu finden und wurden wieder zurückgedrängt. Wer bis jetzt auf dem Boden lagerte, erhob sich. Mütter fingen ihre Kinder ein, auf Ohrfeigen folgte Geschrei, es ging im Trubel unter. Dann ertönte ein Hornsignal. Es schallte vom Himmelsblau. Und die Menschen hoben die Blicke, reckten die Hälse. Und der Lärm verebbte. Noch ein einzelnes Kinderweinen. Dann herrschte Stille.

Dunkle Schattenwesen tauchten außerhalb des Gerüstes auf. Waren es Vögel oder doch Menschen? Nach und nach lösten sich die Schalbretter von der Plattform. Mit jeder Lücke nahm der goldene Glanz zu, zeigte sich die Kegelform der Laterne deutlicher. Bald schon war das Gerüst nackt. Wie zerbrechlich wirkten die letzten Stütz- und Schrägbalken! Wie fingerdünn der waagrechte Ausleger des Krans über der Kugel!

»Da kriechen zwei!« Neben Michele zeigte eine junge Frau hinauf. Über den langen Arm robbten Arbeiter, setzten sich auf … »O gute Madonna, lass sie nicht runterfallen!« Mit der Ängstlichen bekreuzigten sich die Umstehenden. Mario faltete die Hände. »Was tun sie da?«

»Muss ein Netz sein.« Das Schauspiel hatte nun auch Michele gefangen genommen, aus schmalen Lidern spähte er nach oben. »Sie haben die Kugel in einem Netz gesichert und befestigen die Halteseile am Ausleger. Ich verstehe nicht …?«

Ein Aufschrei ging durch die Menge. Hände reckten sich, als könnten sie helfen. Die Plattform unter der Kugel wankte, sackte ein Stück tiefer. Männer versuchten, sie von den schmalen Stegen aus an Stricken zu halten, vergeblich, die Plattform entglitt ihnen durch die Gerüstbalken, rutschte, überschlug sich, zerbrach, und die Trümmer wirbelten die Wölbung der Kuppel hinunter.

Die Zuschauer schrien. Ohne zu überlegen, riss Michele den Freund zu Boden, er barg ihn unter sich und hielt den Atem an. Nichts geschah. Kein Schlag auf den Rücken, um ihn herum wurde kein schmerzvolles Stöhnen laut. »Wir hatten Glück.« Die Freunde erhoben sich wieder. Mario lehnte den Kopf an Micheles Arm. »Du hast mich beschützt.«

»Ging nicht anders.«

»Du hättest ja auch nur dich in Sicherheit bringen können.«

»Schon gut.«

»Das war wunderschön.«

»Hör auf.« Wie ertappt schob ihn Michele von sich, und beide blickten wieder hinauf. Die Kugel schwebte im Netz dicht über der Laterne. Deutlich war jetzt die runde Öffnung an der Unterseite auszumachen. Mit langen Stangen dämmten Arbeiter das gefahrvolle Pendeln ein, während der Ball langsam auf die Kegelspitze niedersank, sich der Dorn tief und tiefer in ihren Leib bohrte.

Die Arbeiter auf dem Kranbalken lösten die Stricke, das Netz öffnete sich, glitt ab, und die Kugel glänzte auf, spiegelte die Sonne, wurde selbst zur neuen Sonne über dem Petersdom.

»Palla! Palla!«, skandierte eine Gruppe, und das Volk stimmte ein. »Palla! Palla!« Die Menschen klatschten, einige tanzten auf der Stelle, und Väter hoben ihre Kleinsten dem goldenen Ball entgegen, als hofften sie, etwas von seinem Strahlen einzufangen.

»Viva della Porta. Viva!« Kaum ertönten die neuen Hochrufe von der Tribüne her, zerriss in Michele der Schleier des Festes. Ein Blick nur über die Schulter, und der Druck im Magen nahm wieder zu. Der erste Architekt von Sankt Peter stand auf seinem Sessel und nahm die Huldigungen seiner Freunde entgegen.

Ihr bestimmt die Regeln, dachte Michele, das hab ich heute gelernt. Aber glaubt nur nicht, dass ich mich ihnen beuge. Er tippte Mario auf die Schulter. »Wir verschwinden. Ehe d'Arpino und seine Kumpane von der Tribüne kommen, will ich weit genug weg sein …« Ein Gedanke, schnell nahm er Gestalt an. Michele sah dem Freund prüfend ins Gesicht, strich ihm mit der Fingerkuppe fest über die Brauen. »Ja, das ist es. Nun komm, komm, ich bin in Eile.« Fast grob zerrte er den Jungen hinter sich her.

Sie wählten nicht die engen Gassen, blieben auf der breiten Straße zum Tiber, doch auch hier kam Michele nicht schnell genug voran. »Verflucht.« Er fühlte sich vom heiteren Gedränge der Leute angegriffen. Und wieder bahnte sich eine Kutsche den Weg durch die Menge, kam direkt auf ihn zu. Peitschenknallen. Die Bürger wichen nach rechts und links. »Platz! Platz da!«

»Nicht mit mir«, knurrte er.

»Bitte komm.« Mario schlüpfte in eine Toreinfahrt.

»Nein, er soll den Gaul zügeln.« Bis zum letzten Moment wartete Michele, dann erst sprang auch er zur Seite, hörte den Peitschenknall und verspürte gleichzeitig das Brennen auf der Schulter. »Du elender Kerl.« Er bückte sich nach einem Stein, schleuderte ihn der Kutsche hinterher, traf das Dach. Über die Schulter blickte der Fuhrmann zurück. Michele drohte ihm mit der Faust. »Komm nur her!«

Da verlangsamte der Wagen seine Fahrt, hielt an. Der Kutscher sprang federnd vom Bock. Ein großer Mann. In schnellen Griffen rollte er die Peitschenschnur ein, war bereit zum Schlag und näherte sich den beiden.

»Wir müssen fort«, flehte Mario. »Bitte, hör auf mich. Bitte.«

Mit einem Mal wich der rote Zornnebel. Der Gegner war stärker, die Peitsche eine gefährliche Waffe. Michele ließ los. »Du hast recht«, flüsterte er. »Für eine Prügelei haben wir heute keine Zeit.«

Die Nachmittagssonne stand noch prall auf dem Fenster. Im großen Raum der Dachwohnung gab es zu viel Licht, außerdem war die Gluthitze kaum auszuhalten. »So kann ich nicht arbeiten.« Michele packte die Staffelei, brachte sie hinüber in seine Schlafstube. Mario trug ihm die dunkelbraun grundierte Leinwand nach und wartete still an der Tür.

Das Fenster war schmaler, die Helligkeit nicht so grell. Michele ging zur Wandecke. Weil ihn die Matratze störte, zerrte er sie beiseite, schaffte freien Platz. »Da wirst du stehen.« Die Arme leicht vorgestreckt, hielt er beide Hände senkrecht in Kopfbreite auseinander, so ging er, laut die Schritte zählend, rückwärts ins Zimmer, verharrte, prüfte den Bildausschnitt, näherte sich wieder um zwei Schritt der Wandecke. Jetzt war er zufrieden und markierte die Position auf dem Boden mit einem Kreidestrich. Sorgsam stellte er die Staffelei darüber und ließ sich von Mario die Leinwand bringen.

»Welche Farben brauchst du?«

»Weiß ich noch nicht. Zuerst will ich eine Skizze, und dafür benötige ich nur dich ...« Nachdenklich nagte Michele an der Unterlippe, dann führte er den Freund zur Wand und reichte ihm eine aus Weiden geflochtene Schale. »Halte den Korb im rechten Arm. Drück ihn an deine Brust. Nicht so. Du musst ihn, so weit du kannst, umfassen.« Er führte Zeigefinger und Daumen etwas tiefer ans Flechtwerk. »Stütz ihn mit der Linken von unten.«

»Nicht nötig.« Mario war voller Eifer dabei. »Die Schale ist nicht schwer.«

Sofort pulste der Herzschlag hinauf. »Verdammt, wenn ich sage ...« Bleib ruhig. Er soll dir Modell stehen, stoß ihn jetzt nicht vor den Kopf! Michele wuschelte Mario durchs Haar. »Nachher hat der Korb ein größeres Gewicht, deshalb nimm jetzt schon mal die linke Hand als Stütze.«

Von der Staffelei aus gab er neue Anweisungen. Mario befolgte nun jede ohne Widerworte. »Leg den Kopf etwas schräg. Schau über die Schale zu mir. Nein, nicht ins Gesicht, schau mir auf den Bauch und denk an was Schönes!«

»Meinst du wirklich?« Kaum gefragt, musste der Freund kichern, presste die linke Hand vor den Mund, vermochte die Heiterkeit nicht zurückzuhalten, lachte los. Zwischendurch schlug er unter Tränen vor: »Etwas Schönes ... Soll ich ...? Soll ich da nicht besser woanders hingucken?«

»So dick ist mein Bauch nun auch nicht.« Weil Michele die Anspielung falsch verstanden hatte, steigerte sich das Vergnügen noch. »Jetzt reicht es!«

»Entschuldige.« Mario wollte wieder die Position einnehmen, doch der Künstler winkte ab. »Wir bereiten den Korb vor.«

Auf dem Rückweg von Sankt Peter hatten sie Obst gekauft. Die untere Hälfte der Schale füllte Michele mit einem Wolltuch und drapierte Quitten, Birnen und Äpfel darüber, änderte mehrmals die Anordnung, danach verteilte er die blauen, roten und grünen Weintrauben, steckte das Laub dazu. Sorgsam wählte er unter den Pfirsichen, bis er einen mit kräftigem Gelb fand, dessen Samthaut von zartroten Wangen überzogen war. »Der kommt schön sichtbar hier an den Rand.« Beeren, Granatäpfel und Blätter fehlten noch, schließlich trat Michele zurück und begutachtete sein Werk. »Traust du dir zu, den Korb eine Zeit lang im Arm zu halten, ohne dich zu bewegen?«

Mit Schwung griff Mario zu und trug den Korb ins Nachbarzimmer, dort nahm er vor der Wandecke die gewünschte Pose ein. Michele stellte sich an die Staffelei, betrachtete das Bild, dabei drehte er den gespitzten Holzstift zwischen den Fingern und legte ihn wieder aus der Hand. »Zieh dich aus.«

»Ganz?« Mario rundete die Augen. »Soll ich nackt den Früchtekorb halten?«

»Hemd und Hose kannst du anlassen.«

Als der Freund sich halb entkleidet hatte, entblößte ihm Michele den Hals und die rechte Schulter bis zum Ansatz des Oberarms, zupfte und zog die Falten des Hemdes zurecht. Rasch kehrte er zur Leinwand zurück. »Neige den Kopf noch etwas mehr zur nackten Schulter hin. Das ist es. Ja, so wollte ich dich haben. Bleib bitte in dieser Haltung. Falls du dich doch bewegen musst, sag es mir vorher.«

Er setzte den Ritzstab an und brach erneut ab. Die Proportion? Die Fülle des Hemdstoffes entsprach dem üppigen Obstkorb, den Eindruck ergänzte die schimmernde Haut darüber. Was aber war darunter? Für einen Moment überlegte Michele, den Freund vom Bauch hinunter vollständig entblößt darzustellen. Gleich aber schüttelte er, leicht vor sich hin schmunzelnd, den Kopf. Entweder wird dann der Korb überflüssig, oder aber ich muss als Gegenpol seinen Leib ebenso lustvoll präsentieren. Dann darf mein Bild später nie in der Öffentlichkeit gezeigt werden. Und wenn doch, verhaften sie mich gleich wegen Verbreitung unzüchtiger Gemälde.

»Musst du noch lange überlegen? Vielleicht sollte ich den Korb besser noch eine Weile absetzen?«

»Nein, warte. Gleich bin ich so weit.« Michele brachte den Spiegel, stellte sich neben die Staffelei mit dem Rücken zu Mario und betrachtete das Bild. Noch sah er den Freund von Kopf bis Fuß. Langsam kippte er den Spiegel nach oben, Beine und Unterleib verschwanden. Mit einem Mal spürte er das Pochen in den Schläfen; Aufregung trocknete den Mund aus. Das war der Bildausschnitt. Wand und Decke kümmerten ihn nicht, die wischte er beiseite. Nur so entstand Spannung. Rasch legte er den Spiegel ab. »Halte durch, Lieber. Und vergiss nicht an etwas Schönes zu denken. Nein, nicht lachen, jetzt bitte nicht.« Mit der Spitze des Holzstiftes markierte Michele die äußersten Punkte in der Breite, bis dahin sollte der Stoff über den Ellbogen sich ausdehnen, dann markierte er den höchsten

Punkt; nur so weit durfte sich Marios Haar nach oben locken. Kurz verband er die Markierungen mit einem Messstab und war zufrieden, dass die Schenkel des gedachten Dreiecks ungleich lang waren. Nun fasste er den Stift fester und ritzte die Konturen des Gesichtes ins Braun. »Du bist wirklich ein schöner Junge«, lobte er, um sein Modell bei Kräften zu halten, und zeichnete Hals und Schultern. Beim ersten Blick war nichts auf der Leinwand zu sehen, nur wer genau und etwas von der Seite auf die dunkle, glatte Grundfläche schaute, konnte die vertieften Linien erkennen.

»Wann darf ich mich anschauen?« Mario war voller Ungeduld.

»Bald«, versprach der Maler. »Nicht bewegen. Bleib ruhig stehen.« Nachdem der rechte Arm den Korb hielt, begann er mit dem Pfirsich am vorderen Rand. Dabei munterte er den Freund immer wieder auf.

So viel Lob, solch ungewohnte Freundlichkeit. Mario wusste nicht, wie ihm geschah, genoss aber sichtlich jede Schmeichelei wie einen Löffel Honig, und sein Arm erlahmte nicht.

Am nächsten Morgen betrat Michele früher als gewöhnlich das große Atelier der Akademie im Hause von Giuseppe Cesari. Keiner der Kollegen arbeitete schon. Michele trug rasch die Leinwand durch den Raum zu seiner Staffelei am hinteren Fenster neben der Materialkammer. Gleich verließ er den Saal wieder und kehrte wenig später mit dem Früchtekorb zurück. Ein Blick nach rechts und links, immer noch war er allein. Von seinem Modelltisch nahm er die Vase mit dem halb verwelkten Blumengesteck und ersetzte sie durch die neue Vorlage. Einiges war in Unordnung geraten.

Für den Weg von Marios Wohnung zur Akademie hatte er das Laub herausgezogen, über die Früchte gelegt und sie mit einem Tuch abgedeckt. Er hatte den Korb getragen und der Freund die Leinwand. Die größte Gefahr, zufällig vom glatzköpfigen Russen entdeckt zu werden, bestand am Tor und auf dem Kiesweg durch den Garten. Doch ohne Schwierigkeit erreichten sie die Hintertür des Patrizierhauses. »Kommst du mit rein?«

»Ich muss zum Köpfemalen. Gestern war ich schon nicht im Geschäft. Nicht dass mich Lorenzo noch vor die Tür setzt.«

»Soll ich dich wenigstens wieder zur Gasse bringen?«

»Das schaffe ich allein.« Bei diesem so oft gehörten Satz hatte Mario sogar versucht, den Tonfall des Freundes nachzuahmen, und war mutig mit erhobenem Haupt davongegangen.

Michele steckte jedes Blatt wieder an seinen Platz zwischen den Früchten, hielt die Leinwand schräg zum Fenster und verglich die Komposition mit der eingeritzten Zeichnung. »Gut so.«

Jetzt erst bemerkte er die vom Vortag noch stickige, terpentinschwere Luft und öffnete das Fenster, atmete tief und stemmte die Fäuste in die Hüften. »Wenn er mich nach Sankt Peter fragt …«

Die Träume der vergangenen Nachtstunden standen wieder auf … Cesari schrie: »Sklave! Du wagst es, deinen Herrn zu hintergehen!« Immer wieder schlug er mit der Peitsche zu … Michele betrat mit seinem Malkoffer eine Kapelle im Dom. Da fiel Cesari wie ein Raubtier von der Decke, zerfleischte ihn mit Zähnen und Krallen …

»Nichts werde ich dazu erklären«, flüsterte Michele. »Schließlich bin ich ein freier Mann.« Er kehrte zu seinem Arbeitsplatz zurück, rührte Rot und Grün an, ein weiches Braun für den Korb, und sorgte dafür, dass genügend vom Weiß und Schwarz zum Mischen auf der Palette war.

»Und ich will mein eigenes Gemälde.« Nach den Albträumen hatte er schweißnass dagelegen und sich einen Plan zurechtgelegt. Um diesen nicht zu gefährden, nahm er sich vor, heute jeden Spott des Meisters ohne Gegenwehr über sich ergehen zu lassen. Mit einem dünnen Pinsel nahm er Braun auf und begann in sorgsam geführten Strichen die Reisigruten zum Korb zu flechten.

Als nach und nach die Kollegen eintrafen, sah Michele nur für einen kurzen Gruß auf und malte weiter. Prospero Orsi blieb neben der Staffelei stehen und legte ihm die Hand auf die Schulter. »So früh heute?«

»Ich habe schlecht geschlafen.« Michele sah in Prosperos rundliches Gesicht mit den an beiden Mundwinkeln tief nach unten gefurchten Falten und versuchte einen Scherz: »Weißt du, bei dieser Hitze nachts kocht und schäumt mein Talent über.«

Prospero verstand mit Absicht falsch, nickte bekümmert und zahlte zurück. »Du bist jung und heißblütig. In meinem Alter kocht nichts mehr über. Wenn hin und wieder noch der Topfdeckel klappert, bin ich zufrieden.«

»An den gerade mal zwanzig Jahren zwischen uns kann es nicht liegen. Vielleicht solltest du das Brennholz austauschen ... Entschuldige, ich wollte dir nicht zu nahe treten.«

Beide schmunzelten. Prospero Orsi war der Erste gewesen, der bei Micheles Probezeichnen vor fünf Monaten geklatscht hatte. Er war es auch, der ihm bei seinem Eintritt in die Akademie mit guten Ratschlägen zur Seite gestanden und ihn vor der Scheinheiligkeit und Tücke einiger Kollegen gewarnt hatte. Da Prospero selbst aus guter Familie stammte, der Neffe des angesehenen Poeten und Humanisten Aurelio Orsi war, konnte er Michele über jeden einflussreichen Besucher der Akademie informieren. »Warst du gestern am Dom?«

Michele nickte nur und rührte den Pinsel im Braun.

»Hast du's gesehen? Wie die Palla enthüllt wurde?«

Ein spärliches Ja, und Michele beugte sich zur Leinwand.

Der ältere Freund runzelte die Stirn. »Ist etwas vorgefallen?«

Ein vorsichtiger Blick über die Schulter. »Nicht jetzt«, flüsterte Michele. »Später.«

»Wenn ich helfen kann, sag es nur.« Prospero Orsi ging zu seinem Platz ganz in der Nähe, zweimal noch blickte er zu dem jüngern Freund hinüber, doch der sah nicht mehr auf.

Gegen Mittag wurden beide Flügel der hohen Tür gleichzeitig aufgestoßen, und der Meister betrat den Saal. »Freunde und Schüler! Ich wünsche allen einen gelungenen, farbenfrohen Tag.« Ihm folgte ein etwas jüngerer Mann. Nase und Kinnpartie ähnelten denen des Hausherrn, die Statur aber war kräftiger.

»Sagte ich allen? Das nehme ich zurück. Doch dazu später.« Er tippte nur mit den Fingerspitzen auf die Schulter seines Begleiters und rieb sie gleich aneinander, als müsste er Schmutz entfernen. »Zunächst bitte ich Euch, werte Herren, den Verlorenen, den aus Rom Verbannten ... bitte ich um Beifall für die glückliche Rückkehr meines Bruders Bernardo.«

Spärlich geriet das Klatschen, nur wenige lächelten. Darüber amüsierte sich Giuseppe, beinah neckisch schnippte er einige Male dicht am Ohr des Bruders. »Hörst du? Deine Sünden sind dir nicht vergeben. Aber nach Verbüßen der einjährigen Strafe hoffen wir alle, dass du jeden Kontakt mit den Banditen meidest.« Er hob warnend den Finger. »Und das bedeutet: keine Waffengeschäfte mehr. Kein illegaler Handel mit Gewürzen. Kein Verkauf von Informationen …«

»Schweig …« Das Blut war Bernardo aus dem Gesicht gewichen. »Warum vor allen hier?« Er bemühte sich, die Stimme zu dämpfen. »Warum musst du meine … meine Fehler vor allen aufzählen? Verflucht, ich habe aus der Sache gelernt.«

»Das hoffe ich.« Unbeeindruckt sprach der ältere Bruder bewusst deutlich, sodass ihn jeder im Saal verstehen konnte. »Du hast mit deinem Verhalten meinen guten Ruf in Gefahr gebracht. Und das wollen wir in Zukunft vermeiden. Nicht wahr?«

Michele rutschte auf dem Hocker nach vorn, biss die Zähne zusammen, konnte nicht mehr zum Meister hinübersehen. Und was ist an dir besser?, dachte er. Betreibst heimlich Zusatzgeschäfte mit Baumeistern und Klerikern? Ob nun Aufträge oder Waffen verkauft werden, da gibt es keine großen Unterschiede. Gerade wollte er den Pinsel wieder ansetzen, als er in seinem Nacken, ohne berührt zu werden, einen Druck verspürte. Giuseppe Cesari stand neben ihm. »Und nun, liebster Bruder, darf ich dir einen ganz außergewöhnlichen Künstler vorstellen. Er ist erst nach deiner Verbannung zu uns gestoßen. Dies ist …« Er stockte kurz, als müsse er sich erinnern. »Richtig. Dies ist Michelangelo Merisi. Schon viele Künstler sind aus der Lombardei nach Rom gekommen, und einige haben es hier sogar zu Erfolg und Ruhm gebracht. Unser Freund Merisi aber begeht in der Kunstszene eine Todsünde nach der anderen …«

Michele stemmte die Füße fest auf den Boden, mit diesem Halt sah er langsam zur Seite, sah an d'Arpino vorbei zum Bruder hin. Bernardo lachte nicht, erwiderte seinen Blick mit hochgezogenen Brauen.

Cesari gefiel sich in der Rolle des beißenden Spötters. »Um nicht zu verhungern, musste er jede Arbeit annehmen, malte Heiligenbildchen, Köpfe und ähnlich scheußliche Dinge, bis ich ihm eine Chance gab. Du siehst, dein Bruder zeigt durchaus Mitleid.«

»Ich weiß«, fauchte Bernardo. »Du bist ein guter Mensch.«

»Und wie dankt es mir unser Freund Merisi?«

Mit wildem Ruck hob Michele das Kinn, blieb aber beherrscht. »Ich male für dich. Leiste Handlangerdienste. Genügt das nicht?«

»Doch, doch.« Sichtlich erstaunt über den Anflug von Zorn, zwirbelte d'Arpino an seinen Bartspitzen. »Ehe ich es vergesse«, seine Stimme wurde geschäftig. »Deine Zeit als mein Assistent geht mit dem heutigen Tag zu Ende. Mein Bruder hatte das Amt vor seiner Verbannung inne. Nun soll er es zurückhaben. Auch er benötigt eine neue Chance. Das wirst du sicher verstehen?«

Nun folgt die Rache. Michele erwartete mehr und wappnete sich. »Ich weiß, du bist ein guter Mensch.«

»Die Deckenfresken in der Contarelli-Kapelle von San Luigi sind abgeschlossen. Beim nächsten Auftrag wird mich Bernardo unterstützen. Du bist natürlich in der Akademie weiter willkommen.« Er schnippte an den Rahmen der Leinwand. »Deiner Fertigkeit, Blumen und Früchte so täuschend echt nach der Natur zu malen, zolle ich große Anerkennung. Um dieses Talent weiter zu vervollkommnen, hast du nun in Zukunft viel Zeit.«

Michele wollte nicht, doch es brach aus ihm heraus. »Verflucht, ich kann viel mehr!« Der Pinsel zerbrach in seiner Hand. Wütend starrte er den Feind an.

Giuseppe Cesari breitete leicht die Arme aus, bot sich schutzlos dar, nur sein Blick verriet, dass er einen Angriff erwartete, ihn sogar erhoffte. Ungewöhnlich laut räusperte sich Bernardo, lenkte Michele für einen Moment ab. Kaum trafen sich die Blicke, als er rasch ein Zeichen mit der Hand gab, Michele solle ruhig bleiben, sich nicht reizen lassen. Dann fragte er seinen Bruder: »Warum testest du ihn nicht? Lass ihn doch ein Bild malen.«

Michele riss die Augen auf. Darauf hatte er selbst hinausgewollt.

In der Nacht hatte er sich vorgenommen, d'Arpino danach zu fragen. Mario war dagegen gewesen. »Bitte warte einige Tage. Bis der Vorfall im Dom vergessen ist.«

»Nachdem ich jetzt angefangen habe …« Michele hatte keine Geduld mehr.

Es musste heute sein. All seine Beherrschung vorher hatte nur dem

Zweck gedient, eine positive Antwort zu erhalten, und nun war ihm Bernardo zuvorgekommen.

»Was ist, Bruder? Du rühmst dich doch, junge Talente zu fördern?«

Giuseppe Cesari schwieg, heftig arbeiteten die Kinnmuskeln. Inzwischen neugierig geworden, verließ Prospero Orsi seinen Platz und näherte sich. Gleich folgten ihm einige Kollegen. Doch der Meister hielt sie mit scharfem Fingerschnippen zurück. »Freunde, wenn Merisi etwas zu laut geworden ist, so bitte ich in seinem Namen um Nachsicht. Aber lasst euch durch uns nicht von der Arbeit abhalten.«

Er sah Michele an, zum Spott in seinem Blick kam ein böser Glanz hinzu. Wortlos beugte sich Cesari über den Modelltisch und betastete Frucht nach Frucht. Als er die gesteckten Blätter beiseiteschob, um die Reife der Weintrauben zu prüfen, setzte Rauschen in Micheles Kopf ein. »Nicht«, flüsterte er. »Nicht die Anordnung verändern.«

D'Arpino schien nichts gehört zu haben. Seine Finger verrückten das Arrangement im Korb, schließlich klaubte er vorn am Rand den gelb leuchtenden Pfirsich heraus und biss genüsslich in die zartrote Samtwange. Während er aß, ließ er den Maler keinen Moment aus den Augen.

Die Komposition eines Bildes ist heilig, unantastbar …

Nichts, nichts! Rühr dich nicht! Bleib sitzen! Er wartet nur darauf, dass du dich vor Zeugen auf ihn stürzt. Nichts tun! Sonst hat er Grund, dich hinauszuwerfen. Nicht zum Dolch greifen! Endlich ließ das Rauschen nach. Michele vermochte dem inneren Befehl zu gehorchen und legte beide Hände offen und sichtbar auf die Knie.

Einige Schritte vom Meister entfernt atmete der Bruder auf. Doch d'Arpino trieb das Spiel weiter. Kaum hatte er das genüssliche Mahl beendet, wusste er nicht, wohin mit dem abgenagten Kern; kurz entschlossen warf er ihn in den Früchtekorb zurück, dorthin, wo er den Pfirsich entnommen hatte.

Michele rührte sich nicht. Wenn auch Flüche, Drohungen und Racheschwüre in ihm tobten, er bewegte sich nicht.

Bernardo forderte: »Entscheide dich endlich.«

Verwundert blickte Cesario erst ihn, dann Michele an. »Hab ich das nicht schon längst?« Er hob die Stimme, sodass alle im Saal ihn verstehen konnten. Sein Ton wurde gönnerhaft. »Selbstverständlich erlaube ich dir, nach eigener Vorstellung zu malen. Allerdings darfst du dabei die Blumen- und Früchtebilder nicht vernachlässigen.«

Nutze den Sieg! Ebenso deutlich forderte Michele: »Ich will nach Modell malen.«

»Ein Modell?« Der Meister wiegte den Kopf. »Erst in zwei Wochen kommt unser Modell wieder in die Akademie. Aber ich warne dich, eine Einzelsitzung wird sehr teuer …«

»Ich habe ein eigenes Modell. Ich bitte um die Erlaubnis, dass Mario Minitti mir hier im Saal Modell stehen darf. Nein, er wird niemanden stören. Ich benötige ihn höchstens zwei Tage.«

Cesari gewann sein überhebliches Lächeln zurück. »So kurz? Erstaunlich.«

»Ich habe es nicht nötig zu planen, Entwürfe zu fertigen.« Michele hörte sich selbst zu und war verwundert, wie leicht ihm die Sätze von den Lippen kamen. »Ich nehme mir ein Modell, arrangiere mein Bild und beginne sofort mit dem Malen.«

Sichtlich überrascht verengte Giuseppe Cesari die Augen. »Kaum vorstellbar …« Dann glättete er den Lippenbart. »Nun, du scheinst mir wirklich von der Neigung zur Selbstüberschätzung getrieben zu sein. Aber bitte, zwei Tage seien dir gewährt. Schließlich kann eine Blamage vor den Kollegen nur heilsam sein.« Er wandte sich zum Gehen.

Bernardo blieb kurz neben Michele stehen. »Ich glaub dir.« Ehe er dem Bruder folgte, beugte er sich über den Früchtekorb, klaubte den Pfirsichkern heraus und warf ihn beiseite.

Michele sah den beiden nach, bis sich die Tür hinter ihnen geschlossen hatte. Dann hielt er die Leinwand schräg zum Fensterlicht, sah die Ritzungen und flüsterte: »Warte nur ab, d'Arpino.«

7

Michele ging langsamer, versuchte die Augen ans Halbdunkel zu gewöhnen. Gerade war er mit Mario noch im Glutrot der späten Nachmittagssonne von Trastevere über die beiden Brücken der Tiberinsel gewandert, und großzügig hatten sich ihrem Blick der Flusslauf, die Türme und Palazzi der Stadt geöffnet. Kaum aber waren sie neben dem Teatro Marcello durchs Tor des Ghettos geschritten, war die weite Helligkeit der Stadt zurückgeblieben. Und hinter der ersten Biegung verengten abgestellte Karren, Kisten und Fässer die Gasse. Rechts und links reckten sich dünne Häuser schief und gekrümmt, nach Licht und Luft lechzend, in den Himmel. Kein Architekt hatte sie je geplant, wie Taubenschläge waren die einzelnen Stockwerke nach und nach aufeinandergebaut worden. Und an den brüchigen Hausbrüstungen hingen bis hoch hinauf Wannen, große Töpfe, Tiegel und Gerätschaften, die seltener gebraucht und in den Stuben nur die Enge verschlimmert hätten.

»Warum willst du immer durchs Judenviertel gehen?«

»Weil es eine Abkürzung ist.«

Mario hielt sich die Nase zu. »Ich finde diesen Modergeruch einfach ekelhaft. Schlimm genug, dass hier die Juden im Ghetto so eingepfercht …«

»Still.« Michele blieb stehen. »Hörst du das?« Aus einem Hinterhof ganz in der Nähe drangen die Klänge einer Schalmei. Eine leichte und doch traurige Melodie lief vor sich hin, stieg hinauf in helles Aufschluchzen, dann sank sie zurück, eilte und hüpfte und schwang sich wieder hinauf. »Komm«, flüsterte Michele und zog den Freund hinter sich her durch den düsteren Torbogen. Rechtzeitig entdeckte er den schlafenden Hund mitten auf dem Weg. Im Innenhof hob Michele den Kopf. Die gezackten Hausgiebel rundum waren die Lippen des Klagemundes und von weit oben blickte das glühende Auge des Himmels herab ins Ghetto. Dazu weinte und lachte die Schalmei. Er sah sich um, fand den Spieler jedoch nicht. Zunächst erkannte er nur Lumpenhaufen vor den Türen, bunte Stofffetzen, Lappen aus Brokat glitzerten, da schimmerte Grün, da wetteiferte Gelb mit Rot, und an der gewundenen Steintreppe hinauf zum Eingang im ersten Stock hingen blaue Seidentücher. Er neigte sich zu Mario. »Siehst du hier irgendjemanden?«

Unmerklich deutete der Freund zur schmalen Leiterstiege gegenüber am mittleren Haus. Michele verengte die Augen, dann sog er den Atem ein. War es der leichte Rausch vom Wein in der Osteria? Ganz gleich. Er wünschte sich Leinwand und Farbe, wollte malen. So würde ich die Szene stellen, dachte er, genau so. Zwei schlanke Mädchen, das dunkle Haar zum Zopf geflochten, kauerten auf Samtkissen und nähten an einem Flickenteppich. Um sie herum tänzelte langsamen Schritts ein junger Mann und blies die Schalmei, und es schien, als bestimme die Melodie jede Bewegung seines Körpers.

»Wir sollten gehen«, ermahnte Mario. »Sonst ...«

»Still. Sei still.« Hingezogen näherte sich Michele einige Schritte, dann ließ er sich auf einem Mauerrest nieder und hob die Hände, um den Bildausschnitt zu sehen. Nur etwas mehr Licht fehlte. Es soll von oben kommen, soll die Gesichter der Mädchen, ihre Körper und die nähenden Finger zeigen, wenn sie Nadel und Faden aus dem bunten Flickenteppich ziehen. Und zwischen ihnen bläst der Junge die Schalmei. Nein, er schaut keine der Schönen an, er spielt ganz allein für sich.

Michele spürte die Hand auf der Schulter. Noch halb vom Bild gefangen, tastete er nach den Fingern des Freundes. »Wir sollten sie zu uns einladen. Mit den Lumpen. Nicht in die Akademie. Zu dir. Ich könnte die Szene stellen.«

»Bitte. Nicht jetzt. Es ist schon spät.« Mario versuchte ihn hochzuziehen. »Wir müssen uns beeilen. Bei Sonnenuntergang werden die Tore geschlossen. Du kannst ja morgen fragen. Bitte lass uns gehen.«

Widerwillig gab Michele nach, sah sich im Durchgang noch einmal um, sein Blick fand die Mädchen nicht mehr. Nur das Spiel der Schalmei begleitete ihn noch eine Weile, löste sich erst auf, als er mit Mario über den Judenplatz am Brunnen vorbei zum Haupttor eilte.

Ein Wachtrupp bezog draußen Posten. Der Hauptmann hoch zu Ross gab den Befehl: »Schließen!« Je zwei Männer marschierten zu den Torflügeln, das dritte Paar kreuzte in der Zufahrt die Spieße.

»Schnell!« Mario sah angstvoll den Freund von der Seite an, sah nach vorn. Die Torhälften bewegten sich schon. »Lauf! Bitte, laufen wir!«, flehte er. Michele ging rascher, lief aber nicht. »Die Kerle sehen uns doch. Die warten.«

Langsam schwangen die Flügel aufeinander zu.

»Nein, sie warten nicht! Schnell!«

Nur noch wenige Schritte. Jetzt hastete Michele nach vorn, streckte die Hand. »Wir müssen noch raus. Wartet! Verdammt, so wartet!« Im letzten Moment drang er in den noch offenen Spalt, stemmte sich mit dem Rücken gegen einen der Flügel. »Wartet! Verdammt!« Überrascht hörten draußen die Männer auf zu ziehen.

Michele sah nur den Freund. »Raus! Raus mit dir!« Als Mario an ihm vorbeischlüpfte, lachte er. »Was hab ich gesagt? Wir schaffen es.« Er gab den Spalt frei, wollte auch in die Helligkeit der Stadt. Zwei Spieße zielten auf seine Brust. »Keinen Schritt weiter! Zurück mit dir!«

Michele staunte die Bewaffneten an. »Was fällt euch ein? Ich gehöre da nicht hin.«

»Wird's bald!« Der Ton wurde drohender. »Oder wir nageln dich gleich hier ans Tor.«

»Was?« Jäh ahnte Michele die Gefahr. Bedrohlicher spürte er den Druck der geschliffenen Spitzen auf seinem Wams. »Nein, das ist ein Irrtum.«

Jetzt trieb der Hauptmann sein Pferd näher. »Senkt die Spieße.« Erleichtert stieß Michele den Atem aus, trat einen Schritt beiseite und spähte suchend an dem Reiter vorbei. Mario stand nicht weit von der nächsten Gassenecke entfernt, presste die Hände ängstlich an die Wangen. Wenigstens du bist in Sicherheit, dachte er.

Neben ihm zügelte der Hauptmann den Gaul. »Nun los, Jude!

Ab, zurück ins Ghetto! Morgen Früh kannst du wieder raus und die Leute betrügen.«

»Ich bin kein Jude!«

»Ach ja?« Der Truppführer spuckte ihm vor die Füße. »Sieht aus wie ein verlauster Jidd, hat fettige Haare wie ein Jidd und leugnet, dass er ein Jidd ist. Das hört dein Rabbi sicher nicht gern.«

Michele rauschte das Blut in den Ohren.

Wieder spuckte der Reiter und setzte gefährlich sanft hinzu. »Nun aber zurück mit dir! Leg dich unter die Judensau …«

Das Rauschen wurde übermächtig, brach den Damm. »Wag es nicht!« Michele ballte die Fäuste. »Ich bin Maler und wohne bei Giuseppe Cesari.« Er ging auf den Reiter zu, einer der Wachmänner wollte ihn zurückhalten. »Lass mich!« Michele schlug die Hand auf seinem Arm beiseite, durchbohrte den Hauptmann mit dem Blick. »Und wenn du mich noch länger aufhältst, dann sollst du wissen, dass ich ein Freund der Familie Colonna bin.« Dicht neben der Flanke des Pferdes hob er die Fäuste über den Kopf und drohte zum Truppführer hinauf. »Und Kardinal Ascanio wird es gar nicht schätzen, wenn sein Verwandter von einem lausigen Wachhauptmann als Jude beschimpft wird.«

»Das konnte ich nicht ahnen.« Die Stimme klang hörbar verunsichert. »Aber was hat ein Christenmensch im Ghetto zu suchen? So spät noch?«

Gewonnen. Er beugt sich vor mir. Nun wollte Michele den Triumph auch ganz auskosten, übertrieben heftig stieß er die Fäuste in die Luft. »Ich bin Künstler!«, brüllte er. »Bin auf der Suche nach Motiven! Aber davon verstehst du nichts. Ich werde bei deinem Vorgesetzten …«

Lärm, das Fuchteln der Arme. Unvermittelt scheute das Pferd, tänzelte, stieg vorne auf; mit Mühe zwang es der Reiter nieder, gleich buckelte es, sprang mit der Hinterhand.

Ein furchtbarer Schlag traf Michele am linken Oberschenkel, die Wucht warf ihn zu Boden. Hart prallte er mit der rechten Seite auf einen Stein. Schmerz durchfuhr die Brust, Schmerz stach über der Hüfte tief in den Leib. Luft fehlte. Michele rang nach Atem, hustete, das Stechen nahm zu. Weit aus der Ferne hörte er die Stimme des

Hauptmanns: »Schließt das Tor! …« Ein Echo folgte, wurde leise, Rot kam hinzu und erstickte alle Geräusche.

»Aufwachen.«

Michele erinnerte sich an die Stimme, sie gehörte Mario.

»Wach auf. Bitte, so hör doch.«

Er öffnete die Lider. »Wo sind wir?«, keuchte er. »Draußen?«

Mario strich ihm das Haar aus der Stirn, mit der anderen Hand wischte er sich selbst über die Augen. »Vor dem Ghetto.«

»Und die Kerle?«

»Fort. Sie haben dich einfach liegen lassen.«

»Ist besser so.« Michele versuchte sich aufzurichten, schrie vor Schmerz und sank zurück. »Allein schaff ich es nicht.«

Behutsam half ihm Mario, stützte den Rücken, bis er sitzen konnte. »Was ist mit meinem Bein?«

Der Hosenstoff war zerrissen. Mario untersuchte die Stelle. »Die Haut ist aufgerissen. Es blutet nur wenig. Aber viel Schmutz ist in der Wunde. Wir müssen sie auswaschen. Hast du starke Schmerzen?«

»Da nicht so sehr.« Michele versuchte tiefer zu atmen. »Ich glaub, meine Seite ist schlimmer.« Noch ein Stöhnen, dann zwang er sich über den Schmerz hinweg. »Hilf mir auf die Füße.«

»Ich bringe dich zu mir.«

Mit dem linken Arm stützte sich Michele auf den Freund. Schon nach wenigen Schritten keuchte er. »Nicht zu dir. Die vielen Treppen schaffe ich nicht. Wir gehen zur Akademie. Mein Zimmer da liegt nicht so hoch.«

Heiß war ihm. Michele wälzte den Kopf hin und her. Nur den Kopf. Nur nicht den Körper bewegen!

Längst war das Bett zum Foltertisch geworden. Seit drei Nächten, drei Tagen sehnte er sich danach, auf dem Rücken zu liegen, so einschlafen zu dürfen. Doch schon der Druck der Matratze entfachte wieder die Qual auf der rechten Seite, und das Atmen fiel ihm schwerer. Und drehte er sich nur etwas zur Wand, dann pochte die hart geschwollene Wunde am linken Oberschenkel, schlug der Schmerz unerbittlich den Takt in sein Fleisch.

Was hatte Prospero erzählt? Heftig rieb sich Michele die Stirn. »Ich weiß es genau«, flüsterte er. Doch seine Gedanken flatterten wie Bänder, kaum vermochte er sie festzuhalten. »Von vorn!« Der Befehl sollte helfen. »Beginne von vorn.«

Wie schon in den vergangenen beiden Tagen hatte Prospero Orsi auch heute in den Mittagsstunden nach ihm geschaut. »Benötigst du etwas?«

Deutlich erinnerte sich Michele an seinen Scherz. »Nicht viel. Einen Auftrag für eine Kirche, einen reichen Mäzen … Und mindestens zwei große Räume, einen fürs Wohnen und den andern zum Malen …«

Das war seine Antwort gewesen. Und dann? Mehrmals leckte er über die Unterlippe, keine Linderung, seine Zunge war vertrocknet. Durst. Jetzt fiel ihm wieder ein, was er hinzugefügt hatte. Die Unruhe legte sich. Klar und deutlich erkannte er das sonnenhelle Fenster seiner Kammer oben im Haus der Akademie, sah neben dem Bett den Tisch mit seinen Skizzen. »Schenk mir Wasser ein. Das genügt.«

»So unbescheiden sind deine Wünsche gar nicht.« Der ältere Freund hatte ihm den Becher gereicht. »Zu dumm, dass du dich mit der Wache angelegt hast. Ausgerechnet am Ghetto … Den Sommer über hab ich mir einiges durch den Kopf gehen lassen. Und jetzt, da es Herbst wird und alle Vornehmen mit ihren Familien wieder von ihren Landsitzen zurück in die Stadt kommen, wollte ich dir einen Vorschlag unterbreiten.«

Michele hatte zu ihm aufgesehen. »Nur zu. Ich … ich bin nur unbeweglich.«

»Es wäre …« Die Erinnerung verlor sich in einer weiten Steinwüste. »… aber sobald …«

Vorbei. Ein Windstoß wirbelte die Bänder auf. Keine Bänder mehr, es waren graugelbe, lange Würmer mit offenen Mäulern. Angst befiel Michele. Er presste beide Fäuste auf die Augen, um sich vor ihnen zu verbergen …

»… das Hemd ist nass geschwitzt.« Die Stimme kehrte zurück, war ganz nah an seinem Ohr, doch sie gehörte nicht dem Malerfreund aus der Akademie. »Wir müssen es wechseln. Hast du Hunger?«

Verwundert ließ Michele die Arme sinken. Trübes Dämmerlicht herrschte in der Kammer. Mario beugte sich über ihn. »Ich habe dir Feigen und Käse mitgebracht.« Er kühlte die Stirn mit einem feuchten Tuch.

»Was hat Prospero gesagt?«

»Weiß ich nicht.«

»Aber er war doch gerade noch hier?«

»Als ich kam, warst du allein. Und auf der Treppe bin ich auch niemandem begegnet.«

»Das kann nicht sein, weil …« Michele wusste den Grund nicht mehr, er legte den Kopf zur Seite. »Licht. Bitte lass mich nicht im Dunkeln liegen. Weißt du, ich habe keine Angst, in den Keller zu steigen.« Die Lippen bebten. »Spinnen, sagt Großvater, Spinnen sind gute Freunde. Und die Riesen an der Wand sind nur Schatten. Sie kommen nie her.« Er seufzte erleichtert. »Niemals …«

Mario drehte den Docht höher und stellte die Lampe dicht ans Lager. »Was ist nur mit dir?« Behutsam schlug er die Decke zurück. »O Gott, nein.« Der linke Oberschenkel war unförmig aufgequollen. Dort, wo der Huf ihn getroffen hatte, glänzte ein rotbläulicher eitriger Wulst. »Was sollen wir nur machen?« Mario fasste nach der Hand des Kranken, suchte seinen Blick. »Die Schwellung ist viel größer geworden. Sie reicht jetzt schon vom Knie bis hinauf zur Leiste.«

»Ärger dich nicht länger über das Bild.« Michele sah ihn aus geweiteten Augen an. »Mein Prinz, du bist in Wahrheit viel schöner. Aber wenn … wenn ich dich so gemalt hätte, niemand wollte dann noch die Früchte. Alle hätten dich gewollt. So wie ich …« Michele schloss die Lider, bog den Kopf zurück, atmete rasch mit halb geöffnetem Mund.

… Er zog das Tuch von dem fertigen Gemälde. Mario sagte nichts, starrte auf den Knaben, der den Früchtekorb im Arm hielt. Seine Augen füllten sich mit Tränen. »So hässlich? Bin ich wirklich so hässlich …?«

Michele schüttelte den Kopf, spürte das Kissen an den Wangen, nur kurz schlug er die Augen auf. Wo war sein Prinz? Es fiel ihm ein, und mit einem Lächeln sank er in die Erinnerung zurück. »Unser Festmahl«, flüsterte er.

… Im großen Wohnraum lag der Freund nackt auf dem Tisch. Michele schmückte den Körper mit Blättern und den zerkleinerten Früchten aus dem Korb. Weinlaub fürs Haar. Birnenscheiben umfächerten die Brustwarzen. Eine Perlenschnur aus grünen und roten Weinbeeren führte vorbei an Feigen- und Apfelstücken hinunter zum Pfirsichnabel. Von dort wucherte eine Landschaft blauer Reben weiter über den Bauch, häufelte sich um den Penis, und wie ein Kleinod wuchs aus dem fruchtigen Dunkel die rot schimmernde Eichel. Das Mahl war bereitet.

»Mein Prinz … Ich habe … Du warst mein Garten …« Michele betastete mit den Fingerkuppen die rissigen Lippen. »Ich habe von den Früchten gegessen … Hab von dir getrunken.« Im Nachschmecken bewegte er die trockene Zungenspitze. »Solch eine Süße … dazu salzigen Mandelwein …«

»Wein? Nein, besser nicht.« Ein Arm schob sich unter seine Schultern. Nur widerwillig kehrte Michele aus dem Traum zurück. Neben sich bemerkte er Mario, der ihn langsam aufrichtete, und vor dem Lager erkannte er Prospero Orsi und Bernardo. »Was wollt ihr?«

»Du musst ins Hospital.« Der Ältere deutete auf d'Arpinos Bruder. »Wir haben versucht, über den Meister einen Doktor herzubitten. Aber der feine Leiter dieser Akademie weigert sich, die Kosten zu übernehmen. Deine Schulden bei ihm seien zu hoch. Auch eine Kutsche für dich ist dem Herrn zu teuer. Aber hab keine Furcht, wir schaffen dich schon zur Bruderschaft des Trostes.«

»Ich kann nur malen …« Michele hatte Mühe, den Zusammenhang zu begreifen. »Ich hab ein richtiges Gemälde von meinem Prinzen. Ihr könnt es verkaufen …«

»Das musste ich d'Arpino schon überlassen.« Erst nachdem Mario die Trage neben das Bett gerückt, eine Decke und darüber noch den Mantel gebreitet hatte, setzte er hinzu: »Aber dieser ›Knabe mit dem Früchtekorb‹ reicht dem gierigen Kerl nicht.«

Michele streichelte Marios Arm. »Du musst nicht weinen.« Eine Schmerzwelle näherte sich, ehe sie ihn überrollte, versicherte er hastig: »Ich werde dich noch so schön malen, wie du wirklich bist.« Michele stöhnte, atmete gequält, bis ihn schwarze Federn mit roten Spitzen aufhoben.

»Wundfieber … Wie konntet ihr nur so lange zögern? … Kommt erst mitten in der Nacht her … höchste Gefahr …«

Nur Satzfetzen erreichten Michele, und die tiefe fremde Stimme klang vorwurfsvoll.

»Sie wollten mich nicht …«, mit geschlossenen Augen rang er nach Luft, »… wollten mich nicht rauslassen.«

»Wenigstens ist der Patient bei Bewusstsein.« Die Stimme erkundigte sich nach dem Namen. Gleich darauf trafen schnelle, harte Schläge seine Wangen. »Merisi. Merisi! Seht mich an.« Schärfer wurde der Ton. »Ihr sollt mich ansehen.«

Michele mühte sich. Es kostete so viel Kraft, die Lider zu öffnen. Flackernder Lampenschein blendete ihn. Dann sah er über sich ein hageres Gesicht und Augen; viel Weiß umgab die dunklen Punkte. »Euer Leben steht auf dem Spiel. Versteht Ihr das?«

Nur ein Nicken.

»Ich werde die vereiterte Wunde am punctum maximum aufschneiden. Ich werde tief schneiden müssen, um auch den inneren Entzündungsherd zu erreichen. Und Ihr müsst wach bleiben, dürft Euch nicht bewegen. Verstanden?«

Michele hörte den Chirurg, begriff aber den Sinn seiner Worte nicht, dennoch nickte er.

Das Gesicht verschwand. Der Doktor sprach jetzt zu anderen. »Zur Sicherheit solltet Ihr beide Beine festhalten. Eine Hauptader befindet sich nahe der Wunde.«

Als die Freunde ins verschwommene Blickfeld kamen, seufzte Michele erleichtert. »Mario«, hauchte er. »Und du Prospero …«

Ein Stich durchfuhr seinen Oberschenkel. Michele bäumte den Oberkörper auf. Jäh sah er klar und scharf. Blutiger Eiter spritzte aus der Wunde, nach dem ersten Strahl quoll mehr und immer mehr. Der Schmerz wich einer Erlösung. Michele starrte auf die besudelten Hände des Chirurgen, sah den Fingern zu, wie sie seinen Oberschenkel drückten, das Schädliche aus dem Fleisch pressten. Schwäche befiel ihn, haltlos zitterte sein Kinn. »Ich … Mir wird kalt …«

Die Hände lösten sich, kehrten mit einer silbrigen Klistierspritze zurück. »Halt still, Merisi. Ich werde die Wunde jetzt ausspülen. Gleich ist es geschafft.«

»Ich bin schon still.« Michele ließ sich zurücksinken, zum ersten Mal spürte er auch in der rechten Seite wieder den Schmerz, gleich aber drang ein brennender Strahl in seinen offenen Oberschenkel. Geruch nach Schlehen und Kamille breitete sich aus. Das hagere Gesicht erschien wieder über ihm. »Ich denke, Ihr habt Glück, Merisi. Versucht jetzt zu schlafen. Morgen sehe ich wieder nach der Wunde.«

Prospero zeigte sich. »Mach dir keine Sorgen wegen der Kosten, die …«

»Was …?«, unterbrach ihn Michele und hatte gleich Furcht, die Frage erneut zu vergessen. »Der Vorschlag? Was hast du mir gesagt?«

»Später. Werde gesund. Dann sprechen wir darüber.« Er lächelte zum Abschied, und nach ihm beugte sich Mario über den Kranken. »Ich bleibe bei dir, die ganze Nacht.«

Mein Prinz, dachte Michele und suchte seine Hand. »Das ist gut«, flüsterte er.

»… und am Abend brachte man viele Besessene zu Jesus. Er trieb mit seinem Wort die Geister aus und heilte alle Kranken.« Der Mönch vorn an der Saaltür hob die große Bibel über seinen Bauch, gleichzeitig hob er die Stimme, um auch jedes Bett in den offenen Gauben zu erreichen. »… auf dass sich erfülle, was durch den Propheten Jesaja gesagt worden ist: Er hat unsere Leiden auf sich genommen und unsere Krankheiten getragen.« Der Vorleser trat einen Schritt zurück, blickte die drei Mitbrüder an, gab durch Kopfnicken das Einsatzzeichen, und aus voller Brust beschenkte das Quartett die Patienten mit dem Cantus: »Ave verum Corpus natum ex Maria Virgine …«

Michele lehnte halb sitzend im Kissen. Zum ersten Mal, seit ihn die Freunde fünf Tage zuvor ins Hospital gebracht hatten, fühlte er sich etwas besser. Die Schmerzen in Brust und Bauch vom Sturz auf den Stein waren zurückgegangen, und die Wunde am Oberschenkel heilte zwar nur langsam, aber das stechende Pochen hatte nachgelassen. Ich lebe wieder, dachte er und sah dankbar zu den Sängern hinüber. In Schichten versahen die Mönche der Bruderschaft von Santa Maria della Consolazione den Dienst an den Kranken. Dreimal täglich sangen sie und lasen aus der Schrift vor, die übrige Zeit versorgten sie selbstlos die Patienten, wuschen, fütterten, brachten frische Laken und trösteten jeden, der Schmerzen litt. Michele kämmte mit den Fingern die strähnigen Haare zurück. Ohne euch hätte ich es bestimmt nicht geschafft.

»O clemens! O pie! O dulcis Jesu, Filii Mariae!« Kaum hatten die Mönche den getragenen Cantus beendet, als sich hinter ihnen die Saaltür weit öffnete und sie von einer Schar vornehmer Damen beiseitegedrängt wurden. »Wir wünschen einen wunderschönen Tag!« »Wie schön!« »Wie wunderbar!« Die Grüße jubilierten hinauf zur getäfelten Decke des Krankensaals. Und dann raschelten Gewänder, trippelten Füße durch den Mittelgang, lächelten rot geschminkte Lippen aus hell gepuderten Gesichtern rechts und links in die Säulenbögen zu den Betten hinauf, und ein Gemisch von Rosen-, Veilchen- und Moschusduft schwängerte den Geruch nach Schweiß, Wunden und Urin.

Acht Damen der vornehmen Familien Roms waren ins Armenspital gekommen, um Mildtätigkeit zu üben. Die Gaben hatten sie sich von der Dienerschaft bis zur Saaltür bringen lassen, nun aber trugen die Patrizierinnen selbst einen der reich mit Obst gefüllten Körbe. Vier Betten hatte sich jede von ihnen zur Betreuung vorgenommen.

Michele glättete die Decke über der Brust, als sein zuständiger Engel das linke Nachbarbett erreichte, und wischte sich rasch den verklebten Speichel aus den Mundwinkeln. »Wie geht es?«, hörte er. »Was machen die Schmerzen?« Er hörte das tönerne Mitgefühl, es waren Fragen, die keine Antwort erwarteten, er sah den beringten Händen zu, sie verschenkten keine Weintrauben, sie verteilten nur eine Ration. Ich will keine Almosen …

Schon stieg der Engel die zwei Stufen vom Mittelgang hinauf zu seinem Lager. »Wie geht es? Was machen die Schmerzen?« Schon griff die Hand nach den Trauben im Korb. Ohne nachzudenken, stöhnte Michele laut auf. »Helft mir. Bitte helft mir.«

»Was sagst du?« Der Arm stockte, das freundliche Maskenlächeln wich einem verunsicherten Stirnrunzeln. »Bist du nicht von den frommen Brüdern versorgt worden?«

Jetzt meint sie mich, dachte er. Irgendetwas trieb ihn weiter. »Doch schon. Aber sie kümmern sich mehr um die anderen Patienten. Helft mir.«

Vorsichtig trat die Dame näher ans Bett. »Was fehlt dir denn?«

»Mein Bein. Die Wunde heilt nicht. Wollt Ihr sie Euch ansehen?«

Die Augen der Schönen rundeten sich. »Ich … ich verstehe nicht viel …«

»Bitte.« Michele senkte ermattet die Stimme. »Schon Euer Blick wird mir helfen.«

Die Dame rang mit sich. Welch ein Opfer wurde von ihr gefordert? Tapfer sagte sie: »Also gut.«

Michele zog die Decke von seinem Bein, behutsam faltete er das nur lose aufgelegte Tuch auseinander. Der Oberschenkel war grünlich-gelb verfärbt, die Schnittwunde war nicht mehr so tief, noch aber klafften die Ränder auseinander. »Seht Ihr?« Fast berührte seine Fingerkuppe das rohe Fleisch. »Hier befand sich der Eiterherd. Und seht Ihr die vielen Maden …? Das sind wichtige Helfer, sie fressen das verfaulte …«

Ein Seufzen. Michele blickte hoch, und die Zeit verlangsamte sich, er sah, wie die schönen Augen sich verdrehten, die Wangen einfielen, und beobachtete, wie die Dame neben seinem Lager still zu Boden sank. Der Korb entglitt ihrem Arm, rollte die Stufen hinunter in den Mittelgang und hinterließ eine Spur blau schimmernder Weintrauben. Gebannt bestaunte Michele das Bild.

Der Hilferuf des Bettnachbarn brachte die Wirklichkeit zurück. Schnell waren zwei Brüder bei der Ohnmächtigen. Befehle. Die beiden anderen brachten Riechsalz, Wasser und Tücher. Jetzt löste sich auch das Entsetzen bei den übrigen Damen, gemeinsam wagten sie sich näher. Erst als ihr Mitengel sich regte, wieder die Augen aufschlug, begann das Getuschel. Eine Patrizierin kauerte sich nieder. »Was ist dir geschehen, meine Liebe?«

»Fort will ich«, flüsterte die Freundin. »Bringt mich von diesem Bett fort.« Die Brüder halfen ihr auf. In der Sicherheit des Mittelgangs schilderte die Arme den Hergang, dabei wandte sie sich nicht um, deutete zum Abschluss nur mit dem Finger über die Schulter. »… und dann, ehe ich es verhindern konnte, hat der Patient seine Wunde vor mir entblößt.«

»Entblößt?« Allein dieses Wort hielt Einzug und empörte die Gemüter. Kein Anstand. Da zeigen wir uns großherzig, opfern unsere Zeit für die Kranken, und wie wird es uns gedankt? Sie beleidigen uns! Schamloses Gesindel. Die Entrüstung nahm zu. Der Ruf nach Sühne war einstimmig. Lautstark wurde nach Prior Antonius verlangt. Eine ehrwürdige Erscheinung, der spärliche Haarkranz silberweiß und ebenso die buschigen Brauen. Nach vielen Beteuerungen gelang es ihm endlich, die aufgebrachten Engel der Barmherzigkeit zu besänftigen.

Nur eine Genugtuung fehlte, die aber unbedingt zu leisten war. Trotz seines Alters nahm Prior Antonius die beiden Stufen zum Krankenbett mit einem Schritt. »Unseliger«, fauchte er mit gedämpfter Stimme, und sein Blick verglühte Michele. »Diese selbstlosen Damen bemühen sich nicht nur einmal in der Woche hierher, um Speisen und frisches Obst zu bringen. Nein, du … du hirnloser Narr, vor allem bedenken sie unser Hospital mit großzügigen Spenden. Davon kaufen wir Medikamente, bezahlen die Ärzte. Und ihre Mildtätigkeit hört damit nicht auf. Was glaubst du, wer den Bau unserer Kirche finanziert? Und du entblößt dich vor ihnen in obszöner Weise.«

»Das ist nicht wahr …«

»Schweig. Ich verlange, dass du dich bei der Dame entschuldigst …«

»Aber wofür …?«

»Schweig, sage ich.« Der Prior hob die Faust und sprach jetzt auch für die Ohren der Damen. »Wenn du dich weigerst, so lasse ich dich trotz deines schlechten Zustandes von meinen Mitbrüdern sofort aus diesem Krankensaal, aus meinem Hospital entfernen. Und glaub mir, die streunenden Hunde dieser Stadt werden dich nicht verschonen.«

Bei dieser furchtbaren Drohung wich die Engelschar einen Schritt zurück, um sich dann gleich zwei Schritte wieder zu nähern. »Übt Gnade, Vater«, bat die Geschädigte selbstlos.

»Nein, Signora. Habt bitte Verständnis.« Der Prior mahnte mit dem Zeigefinger. »Vor der Gnade kommt erst die tätige Reue.« Nur für Micheles Ohren zischte er. »Wird's bald. Über alles andere reden wir nachher.«

Vergeblich mühte sich Michele zu begreifen. Es war nur aus einer Laune heraus, dachte er, bloß ein Spiel. Ich wollte sehen, ob ihr Maskengesicht überhaupt zu einer Regung fähig ist, mehr nicht. Aber diese Folgen …

»Verfluchter Bastard«, presste der Prior durch die Zähne. »Wir warten.«

Michele räusperte sich. »Hochverehrte Dame. Zu keiner Zeit war es meine Absicht, Euch zu kränken.« Das musste ausreichen.

Dem Prior aber genügte die Entschuldigung nicht, sein Handzeichen forderte unmissverständlich nach mehr.

Erneutes Räuspern. »Und wenn mein Verhalten Euch doch verletzt haben sollte, so bitte ich inständig um Vergebung.«

Mit dem Rücken zu ihm hatte die Dame zugehört. »Dieses Mal noch sei dir verziehen, Bursche.« Mehr Entgegenkommen brachte sie nicht über die Lippen und trippelte im Geleitschutz der Freundinnen in Richtung Saaltür. Der ehrwürdiger Prior rief den Engeln nach: »Ich folge Euch. Bitte, so wartet doch einen Moment.« Rasch beugte er sich über Michele. »Für dich hat die Barmherzigkeit ein Ende. Du solltest ab sofort darüber nachdenken, wie du deinen Aufenthalt hier bezahlen willst.« Damit eilte er den Gönnerinnen seines Hospitals hinterher.

Der weiß gekalkte Raum war eng, er bot Platz für Stuhl und Tisch, die Staffelei und das Bett. Die Matratze lag nicht wie in den anderen Zellen der Bruderschaft des Hospitals auf dem Boden. Nach inständigem Bitten war Michele eine kniehohe Holztruhe als Unterbau vom Prior bewilligt worden. So konnte er am Bettrand sitzen, konnte das linke Bein angewinkelt auf den Boden setzen und gleichzeitig das kranke zwischen Palette und Farben auf der weichen Decke ausstrecken. Keine bequeme Haltung, die häufige Pausen erzwang, aber auf diese Weise gelang es ihm zu arbeiten. Mit dem Pinselstiel maß er, wie schräg das Licht vom Himmelsauge in den gezackten Klagemund des Ghetto einfallen musste, um vor der Hauswand die Szene mit dem Schalmeispieler und den beiden Näherinnen zu erhellen.

Zwei Tage lebte er nun schon in dieser Klause. Nach dem unseligen Vorfall hatte Prior Antonius die Patrizierinnen verabschiedet und war gleich zurück in den Krankensaal an Micheles Lager gestürmt. Die weißen Brauenbüsche vibrierten, hoben und senkten sich. »Patienten wie du verderben den Ruf dieses Hospitals. Nein, erspare dir jedes Wort der Verteidigung. Ich will nur wissen, wie du gedenkst, die Kosten deiner Behandlung und Pflege zu begleichen? Hast du Verwandte, die für dich bürgen? Reiche Freunde?«

Michele schüttelte den Kopf, wollte erklären, kam aber nicht zu Wort.

»Das dachte ich mir. Mittellos und ohne jeden Rückhalt … Du glaubst wohl, du könntest mein mit Fleiß und Mühe aufgebautes Lebenswerk kurz vor der Vollendung zerstören, weil du selbst nichts zu verlieren hast. Aber für dich gilt die Armenregel unseres Hospitals nicht mehr. Sobald du wieder auf den Beinen stehen kannst, wirst du hier den niedrigsten Dienst verrichten. Du wirst die Latrinen säubern, und zwar so lange, bis deine Schulden beglichen sind.« Der Aufgebrachte ballte die Faust, sprach jetzt mehr zu sich selbst. »Unser Kirchenbau steht kurz vor der Vollendung. Alle Gelder sind zugesagt. Erst, wenn dieses Ziel erreicht ist, darf ich ausruhen. Erst dann werde ich dieses Amt aufgeben und nach Spanien in mein Heimatkloster, nach Sevilla zurückkehren.«

»Ich kann malen.« Trotz aller Beschimpfungen, trotz der Ungerechtigkeit mochte Michele diesen alten und immer noch so leidenschaftlichen Mann. »Falls Ihr Gemälde benötigt? Vielleicht für die Ausstattung der Kirche?«

»Was redest du da?«

Ganz unvermittelt sah Michele seine Chance. »Erlaubt mir, mit einem Altarbild die entstandenen Kosten zu begleichen.«

»Diese Aufträge sind längst vergeben.« Nun betrachtete der Prior den obszönen Sünder genauer. »Bist du wirklich Maler? Ich würde gern …« Er zögerte. »Nein, erst den Beweis, dann reden wir weiter.«

Von Mario hatte sich Michele Karton, Rötel- und Kohlestifte bringen lassen und vom Krankenbett aus mit Sicht durch den Logiabogen die vier Mönche gezeichnet, während sie ihre morgendliche Andacht vor der Saaltür abhielten: düster die Patienten, nur ihre Gesichter blasshell; eingefallene, kranke Gesichter … Und in üppigem Rötel das Lob- und Preisquartett, die Konturen mit Schwarz unterlegt. Dieses Blatt nahm der Obere der Bruderschaft schweigend an sich, nur sein Blick lobte den Künstler. Als Nächstes fertigte Michele ein Porträt vom Prior selbst. Dabei kam ihm die harte Schule bei Lorenzo und dem Großen Köpfemaler Roms sehr zugute. Seine Hand führte den Stift so schnell, dass der fromme Mann ihn zunächst misstrauisch beobachtet hatte, als er jedoch das fertige Porträt in Händen hielt, war offene Bewunderung in seiner Stimme gewesen: »Einverstanden. Ich bin sogar sehr einverstanden. Du darfst deine Schulden mit Bildern begleichen.« Ohne Zögern hatte er Micheles Verlegung in eine Mönchszelle angeordnet. Nahrung und ärztliche Fürsorge waren versprochen. »Zu deiner Sicherheit bleibt die Tür stets geöffnet. Falls du Hilfe benötigst, so betätige die Glocke.«

Er hatte sich entschlossen: Den späten Nachmittag im Ghetto wollte er zeigen. Die Sonnenstrahlen mussten also von Westen her einfallen. Nur mit Strichen, Winkeln und Bögen markierte Michele die Komposition des Bildes.

Kühl, sonderbar kühl wurde ihm. Ehe er weiter am Entwurf arbeitete, zog er sich die dünne Decke über die Schultern. Gott blickt ins Klagemaul, nur sein Licht lässt leben, wärmt im Ghetto den Musikanten und die beiden Mädchen. Aber es beleuchtet auch Armut und Elend des Hinterhofs … Er ritzte Tiegel, Sensen, Fässer und kleine Hasenställe an die Hauswand. Dem Schalmeispieler gebe ich Marios Gesicht, nahm er sich vor. Aber was war mit den Mädchen? Ihre Gesichter? Für einen Moment dachte er daran, den Freund ins Ghetto zu schicken, um die beiden zu finden und herzubitten, gleich aber verwarf er den Gedanken und schloss die Lider, versuchte, in sich selbst ihre schmalen Gestalten, ihre Gesten, den Blick, das leichte Lächeln erstehen zu lassen. Ja, große dunkle Augen. Sie könnten denen von Paola ähneln …

Unvermittelt stieg Kälte vom Rücken herauf, breitete sich aus, sie befiel seine Brust, den Hals. Erschreckt weitete Michele die Augen, Leinwand und Stuhl verschwammen vor ihm. Mit dem Handrücken rieb er sich über Stirn und Wangen, sie waren eisig. »Was ist mit mir?« Er bemühte sich, das Kruzifix an der Wand gegenüber zu erkennen. Dort hingen zwei Kreuze, einen Atemzug lang schoben sie sich übereinander, trennten sich dann gleich wieder. Frost. Gewaltiges Zittern befiel Michele, es schüttelte seinen Körper, die Zähne schlugen aufeinander. »Zu Hilfe.« Mehrmals griff seine Hand ins Leere. Endlich ertastete er den Stiel der Glocke. Sie war schwer, einige Male vermochte er, sie zu schwingen, dann entglitt sie seinen Händen, schlug lärmend auf den Boden und rutschte zur offenen Tür hinaus in den Flur.

Michele wimmerte, Krämpfe zogen seinen Leib zusammen. Schwäche, er war zu schwach, die Hand auf die Brust zu heben ... Haltlos schlugen die Zähne den Takt. Kalt, so kalt war ihm ...! Michele stürzte vom Felsen in eisige Finsternis, lange dauerte der Sturz, Sturm riss an seinem Gesicht ...

Dann fiel er aus der Dunkelheit, fiel in glühende Eisspitzen ... sie verwandelten sich in Glutlanzen, sie versengten ihn, die Haut am Bauch brannte, das Feuer fraß an den Hüften, die Flammen schlugen über Brust und Rücken, loderten vom Hals, vom Nacken hinauf zum Kopf, erfassten Gesicht und Haar. Ich ... ich verbrenne ... »Erbarmen«, stammelte er. »Oh Gott, bleib bei mir ... erbarme dich.« Er übergab sich, drohte am Mageninhalt zu ersticken, hustete, weinte vor Verzweiflung ... In ihm bäumte sich eine fremde Macht, höhlte ihn aus, seine Beine zappelten wehrlos. »Helft doch«, stammelte er. »Helft.« Er versuchte, dem Druck zu widerstehen, doch sein Darm entleerte sich ...

»Merisi. Was ist mit dir?«

Michele fühlte eine Hand, sie griff nach seinem Arm, gleich klammerte er sich an ihr fest. Nie mehr wollte er loslassen, mit aller Kraft hob er den Kopf, erkannte durch das lodernde Höllenfeuer ein Gesicht. »Bitte ... Hilfe.« Da versengten Flammenstöße seine Augen. Rot löste sich in gnädiges Schwarz auf.

Essig. Michele kannte den Geruch, er tastete mit der Zungenspitze über die Unterlippe, fand dort aber den Geschmack nicht. Langsam öffnete er die Lider. Einer der Brüder saß an seinem Lager, nässte Tücher in einer Schüssel und wrang sie leicht aus, dann wickelte er sie dem Patienten um die Waden.

»Durst«, flüsterte Michele. »Bitte ... Wasser.«

»Gottlob, du bist wach!« Gleich fühlte der Mönch nach seiner Stirn. »Das Fieber will und will nicht sinken.« Er stützte den Nacken und setzte den Becher an die spröden Lippen. »Nur kleine Schlucke. Und langsam. So ist es recht.«

Nachdem Michele getrunken hatte, sah er seinen Samariter an, dessen besorgte Miene. »Wie lange bist du schon bei mir?«

»Seit einigen Stunden kühle ich dir die Beine, reibe deine Brust, den Nacken und die Stirn mit Essigwasser ab. Viel mehr konnte ich nicht tun.«

»Aber was ...?« Michele spürte wieder das Brennen der Haut, scharf sog er den Atem zwischen den Zähnen ein. »Erst war mir kalt, dann diese Hitze ... Ich weiß nicht, was mit mir ist!«

»Der Arzt war hier. Er vermutete, was auch ich vermute. Und er wird noch oft wiederkommen müssen.« Zur Kühlung legte der Bruder einen essiggetränkten Lappen auf die Brust des Kranken. »Wenn erst der Frost kam, danach das Feuer ... Ich habe solche Patienten schon versorgt, so gut es möglich war.«

»Ist es das Bein?«

»Daran hatten wir zunächst gedacht. Aber deiner Wunde geht es gut. Nein, es wird das Wechselfieber sein. In extremer Stärke. Und ehe der Höhepunkt überstanden ist, wirst du noch viel zu kämpfen haben. Doch verlier nicht den Mut, ich bleibe hier und helfe, so gut ich kann.«

Das Hautfeuer loderte jetzt im Rücken, Michele rollte sich auf die Seite, krümmte den Leib, streckte ihn wieder. »Mario?«, keuchte er. »Weiß mein Freund davon?«

»Er war noch nicht hier«, hörte er den Bruder sagen. »Aber wenn er kommt, halte ich es für richtig, wenn er draußen wartet, bis wenigstens dieser Anfall vorüber ist.«

»Sehe ... sehe ich so furchtbar aus?«

»Das nicht allein. Es ist vor allem der Geruch, der dich umgibt.«

»Mario weiß, dass ...« Durch all die hitzige Qual drängte bitteres Selbstmitleid nach vorn. »... weiß, dass ... dass ich mich nicht gerne wasche.«

Wasser. Es quoll aus der Kopfhaut, nässte das Haar, gleich perlte es von der Stirn, den Schläfen, strömte in Bächen über die Wangen.

Wasser löschte das Hautfeuer. Der Bruder prüfte den Hals, griff dem Patienten unter die Achseln. »Das dritte Stadium beginnt. Nun bin ich ganz sicher, es ist das Wechselfieber. Bleib ruhig liegen, ganz ruhig.« Er entfernte die Wadenwickel. »Ich werde kurz zur Wäschekammer gehen. Für die nächsten Stunden benötigen wir ausreichenden Vorrat an trockenen Tüchern. Bald bin ich zurück.«

Die Glieder wurden schwer, Michele sanken die Augendeckel. Eine Schleuse öffnete sich, und Wogen von Schweiß brachen aus seinem Körper; er fühlte sich in der Matzratze untergehen; bald musste er nach Luft ringen, um nicht zu ertrinken …

»He, Freund? Schläfst du?«

Michele wusste nicht, ob die Stimme wirklich war, erinnerte sich auch nicht, wem sie gehörte.

»He, wach auf.«

Einen Spaltbreit öffnete er die Augen. Zwei Gesichter. Oder war es nur eins? Nein, es mussten zwei sein. Das nahe am Bett kam ihm bekannt vor.

»Ich bin's, Bernardo, der Bruder vom großen Meister. He, erkennst du mich?«

Michele hob leicht die Hand. »Jetzt ja. Danke …«

»Und das hier …« Bernardo zog den zweiten Besucher neben sich. »Das ist Onorio, der Sohn von Martino Longhi. Du weißt, wer sein Vater ist?«

Nur ein Kopfschütteln.

»Martino Longhi ist Architekt. Er baut die Kirche hier. Die zum Krankenhaus. Verstehst du?«

»Es geht mir nicht gut«, flüsterte Michele, jetzt erinnerte er sich an das starke Kinn, die abgeflachte Nase. Drüben in Trastevere. Die Osteria. Der andere war Onorio, der Wortführer der Franzosenclique aus der Osteria. »Warum … Warum kommt ihr her?«

Bernardo klatschte einmal in die Hände, hob die Achseln und grinste. »Einfach so. Ich hab Onorio von dir erzählt, auch dass mein Bruder dich befeindet.«

Nun beugte sich der Architektensohn über Micheles Augen. »Und wer diesen Giuseppe zum Feind hat, der gefällt mir besonders …« Er schnappte nach Luft und drückte die Nase noch flacher ans Gesicht.

»Allerdings stinkst du heute wie eine Jauchegrube. Vielleicht sollte dir mal jemand die Kotze aus den Haaren waschen.«

Der Spott kränkte, doch Michele konnte nicht zurückzahlen, er schwamm im eigenen Schweiß und wiederholte nur hilflos. »Mir geht es heute nicht gut …«

Gleich beschwichtigte Onorio: »War nur ein Spaß. Aber du siehst heute wirklich zum Kotzen aus. Sollst ja ein guter Maler sein, hab ich von Bernardo gehört …«

Der Mönch kehrte beladen mit Tüchern zurück. Noch in der Tür wurde er zornig. »Wer hat diesen Besuch erlaubt? Jede Anstrengung ist für den Patienten …«

»Genug, Pater!« In einer schnellen Körperdrehung stand Onorio vor ihm. »Gewöhnt Euch einen anderen Ton an. Ihr redet mit dem Sohn des Architekten Longhi. Ich weiß nicht, ob Prior Antonius zu diesem Zeitpunkt eine Auseinandersetzung mit meinem Vater schätzen würde. Sagt mir Euren Namen.«

Einen Moment noch kampfbereit, erwiderte der Bruder den Blick, dann ging er gesenkten Hauptes an dem jungen Stutzer vorbei. »Ich bin Pater Rufus.« Die Stimme grollte unterdrückt und gefährlich. »Bei allen Heiligen, beklagt Euch über mich, bei wem Ihr wollt, Signor Longhi, doch jetzt und in diesem Zimmer habe ich meine Christenpflicht zu erfüllen. Mir ist das Leben des Kranken anvertraut, und ich will und werde es retten.« Er schleuderte die Tücher ans Fußende des Bettes. Mit gestrecktem Arm wies er zur Tür. »Hinaus. Oder muss ich Euch tatkräftig helfen, den Weg zu finden?«

Bernardo trat mit offenen Händen zu ihm. »Niemand will Streit, Pater. Wir wollten unseren Freund besuchen, mehr nicht. Wer konnte ahnen, dass es so schlecht um ihn steht.« Ein Blick zum Bett. »Schon ganz gut, dass Ihr Euch um ihn kümmert. So was gefällt uns, glaubt mir, Pater.«

»Dann befolgt meine Anordnung.«

Auch Onorio wollte nicht kommentarlos das Feld räumen. »Ich war ein wenig schroff.« Er schlug sich mit leicht überzogener Selbstanklage gegen die Brust. »Die Sorge um meinen Freund war schuld.« Er warf noch einen Blick auf Michele. »Halt durch. Wir kommen wieder. Und denk daran, wir lassen dich nicht im Stich.«

»Hinaus!«

Der Bruder des stadtbekannten Malers ging voraus, und der Sohn des päpstlichen Architekten folgte ihm mit leicht tänzelndem Schritt.

»Beide seid ihr nichts wert«, flüsterte Pater Rufus vor sich hin und sah stirnrunzelnd auf Michele. »Dein Mario und Signor Prospero Orsi gefallen mir wesentlich besser.«

»Es sind …«, mit großer Anstrengung gelang ein Lächeln, »neue Freunde. Und ich bin froh …«

»Gib nur Acht, Junge. Diese beiden sind aus anderem Holz geschnitzt … Aber was rede ich, du bist alt genug und musst selbst entscheiden.« Geübt hob er Micheles Oberkörper an, dann Unterleib und Beine, dabei entfernte er das nasse Laken, wiederholte den Kraftakt, und sein Patient lag auf trockenem Leinen. »Ab jetzt musst du trinken.« Er achtete darauf, dass Michele den Becher ganz leerte, und füllte ihn gleich aufs Neue. »Was du an Schweiß verlierst, müssen wir doppelt auffüllen. Sonst trocknet dein Körper aus, und du verdurstest. Also wehre dich nicht gegen das Wasser, sondern liebe es.« Damit setzte er Michele den randvoll gefüllten Becher erneut an die Lippen.

Nach drei qualvollen Stunden ebbte das Schwitzen ab. Pater Rufus prüfte die Stirn seines Schützlings. »Kein Fieber mehr.« Er ließ sich neben dem Bett auf den Hocker sinken und faltete die Hände über den Knien. »Lass uns dankbar sein.«

Michele fühlte sich ausgelaugt und erschöpft, dennoch lächelte er seinem Retter zu. »Ihr habt gesiegt.«

»Nein, nein. Das war nur das erste Treffen. Die Schlacht aber dauert an, und ich fürchte, niemand kann vorhersagen, wie lange.« Der Mönch beugte sich vor. »Mich wundert, dass du so wenig über diese Krankheit weißt. Sie muss früher schon aufgetreten sein. Kannst du dich nicht an solche Anfälle erinnern?«

»Als Kind hatte ich im Sommer manchmal hohes Fieber, genau wie meine Geschwister. Jetzt erinnere ich mich, Großmutter schimpfte mit uns, weil wir in den Sümpfen vor der Stadt nach Fröschen gesucht hatten. Sie sagte: Im Sumpf wohnt das Fieber.« Nachdenklich schüttelte Michele den Kopf. »Aber an solch eine Qual kann ich mich nicht erinnern.«

»Für mich ergibt es einen Sinn. Die Verletzung am Bein hat dich vorher schon geschwächt. Jetzt vermag dein Körper sich kaum gegen die Anfälle zu wehren.« Pater Rufus erhob sich, ging zum Tisch und kehrte mit einem Topf zurück. »Ehe der Schüttelfrost wieder einsetzt, musst du etwas essen. Nein, sträube dich nicht.« Er rührte einige Male im Brei. »Ich weiß, alles Essbare verursacht dir Ekel, und doch werde ich dich füttern. Jeder Löffel, den du bei dir behältst, wird dich stärken.«

Es waren drei Tode, die er nicht starb und doch erleiden musste. Gevatter Frost, er führte den Reigen an, ihm folgte seine Buhle Hitze, und als wäre das nicht Qual genug, saugte dann Bastard Schweiß dem Körper die letzten Kräfte aus. Nur ein Atemholen, und wieder zogen die drei gegen Michele ins Feld. Erst nach zwei Tagen und Nächten ruhten sie für zwei Tage und Nächte, um dann jedoch zurückzukehren und aufs Neue ihr furchtbares Wechselspiel über die nächsten zwei Tage und Nächte mit dem Kranken zu treiben.

Im Auf und Ab des Fiebertaumels vernahm Michele die Stimme: »Nimm Isaak, deinen einzigen Sohn … Opfere ihn, schlachte ihn als Brandopfer.« Unter Tränen legte er den Kopf auf den steinernen Altar. Der Vater packte mit der Linken sein Genick, in der anderen Hand hielt er das geschliffene Messer … Michele sah flehend zum Vater auf und stöhnte, als er das Gesicht erkannte. »Ich bin es selbst.« Und die Hand hob die Klinge. Da rief die Stimme: »Halt ein. Schlachte den Sohn nicht …« Immer wieder bedrängte ihn diese Sequenz, immer wieder sollte er sich selbst schlachten und durfte im letzten Moment innehalten. Nach drei Wochen erst schien der Rhythmus gebrochen, setzten die Anfälle nach der Zweitagesruhe nicht wieder ein.

Michele fürchtete sich, als der Frost nicht zur erwarteten Stunde nach ihm griff. Tief in der Nacht suchte er den Blick seines unermüdlichen Samariters. »Sagt es nur, Vater. Geht es jetzt ganz zu Ende mit mir?«

Pater Rufus strich ihm die verklebten Haarsträhnen aus der Stirn. »Im Gegenteil, Junge. Wir können aufatmen, für dieses Mal ist die Schlacht vorbei, und du hast gesiegt.«

»Vorbei«, flüsterte Michele und dachte, welch ein fremdes Wort. Er versuchte, es zu wiederholen, doch seine Lippen waren zu müde, und so nahm er es mit in den Schlaf hinüber.

Erst Suppen, bald schon Gemüse. Von Tag zu Tag wuchs der Hunger, die Küche der Bruderschaft wurde zum Paradies, und Michele aß sich ins wiedergewonnene Leben hinein. »Ich muss malen«, verkündete er Mario. »Ehe ich meine Schulden nicht beglichen habe, darf ich das Krankenhaus nicht verlassen.«

»Endlich«, lachte der Freund. »Jetzt endlich glaube ich auch, dass du wieder gesund wirst. Ja, malen. Was benötigst du? Sag es nur.«

Sparsam ist mehr … Michele zeigte die Armut im Ghetto nur durch die schwach erhellten Gegenstände an der Hauswand, ein halb zerbrochenes Fass zwischen den blau, rot und grün schimmernden Stoffbergen, hier und da glitzerte ein Fetzen Brokat. Der Hund schlief eingerollt vor dem Flickenteppich. Im Halbdunkel stand der Karren. Oder war es doch zu wenig? Michele trat zurück. »Ich lasse es dabei.« Er prüfte noch einmal das einfallende Licht und hellte die linke Gesichtshälfte des Schalmeispielers ein wenig mehr auf, endlich war er zufrieden.

Wohin mit dem Gemälde? Er wollte es sehen, es auf sich wirken lassen. Kurz entschlossen nahm er den Gekreuzigten von der Wand, »Du wirst es mir verzeihen«, und hing an seiner statt das Ghettobild an den Nagel.

Abends stand Mario lange unbeweglich davor, irgendwann verschränkte er die Arme und seufzte.

»Was ist? Gefällt es dir etwa nicht?« Michele erwartete Lob, verlangte nach Begeisterung. »Nun sag endlich was.«

Der Freund wandte sich um, traurig war sein Blick, er setzte sich an den Tisch und stützte das Kinn auf.

»Verdammt. Da hängt keine Leiche.«

»Dein Bild ist gut. Ganz gewiss.« Ein Seufzer aus tiefstem Herzen. »Ich weiß nicht, was ich dir getan habe? War ich während deiner Krankheit unaufmerksam? Habe ich dir einen Wunsch abgeschlagen? Oder dich gekränkt?«

»Nichts von dem. Du warst …«

»Aber dann begreife ich nicht, warum du mich so malst?«

Gleich eilte Michele zu seinem Bild und deutete auf den jungen Spielmann hinter den beiden Mädchen. »Findest du dich etwa wieder zu hässlich?«

»Nein, das nicht. Aber warum hast du mich bis auf das halbe Gesicht so im Dunkeln gelassen? Und diese dumme Schalmei ist viel heller als mein Wams. Dabei hast du sogar verlangt, dass ich das samtene anziehe.« Die Verletzung schwang in der Stimme mit. »Ich kann gar nicht auf einer Schalmei spielen. Nur auf der Laute, aber keine Schalmei.«

»Herrgott, es liegt am Licht«, empörte sich Michele und reckte die Hand zum Himmelsblau. »Schau her. Verdammt, du sollst herschauen! Von dort oben kommt es. So. Und nun streift es die Hauswand, fällt runter auf deine linke Gesichtshälfte und die Flöte … und erreicht die beiden jungen Frauen. Ich kann doch mein Bild nicht verfälschen, nur damit du mit deinem Wams besser zur Geltung kommst. Dann kann ich gleich wieder Porträts malen. Willst du das?«

»Nein, nein«, wehrte Mario ab. »Ich wollte ja gar nichts sagen, aber du hast mich gefragt.«

»Das hätte ich besser nicht getan«, blaffte Michele, im selben Moment aber tat es ihm leid. Er ging zu Mario und strich ihm über die Locken. »Schon gut. Verzeih, ich wollte nicht laut werden. Aber das Bild da ist ein Teil von mir, verstehst du. Ich … ich«, er presste die Hand an die Brust. »Ich hole es von hier drinnen. Und wenn ich's gemalt habe, dann muss ich es beschützen.« Er neigte das Gesicht tief über den Tisch, bis er dem Freund in die Augen sehen konnte. »Das verstehst du doch? Oder?«

Mario nickte. »Ich versuche es.«

»Dem Himmel sei Dank.« Michele gab ihm einen lauten Kuss auf die Stirn. »Und ich glaubte vorhin, als du so steif dagestanden hast, dass du mit einem Mal kein Jude sein wolltest. Ich mein auf dem Bild.«

Mario blickte ihn erstaunt an. »Daran hab ich überhaupt nicht gedacht. Aber jetzt …? Nein, ich sehe zwar nicht aus wie ein Jude, aber deswegen nicht aufs Ghettobild zu wollen wäre mir nicht eingefallen.«

»Wie sehen denn Juden aus? Wenn sie nicht die Hörnermützen tragen müssten und die gelben Flecken auf dem Wams, würde ich so schnell keinen erkennen.«

»Nein, ich war nur traurig, weil du mich wieder nicht so schön gemalt hast, wie du's versprochen hast.«

Michele fasste den Freund an der Schulter und schüttelte ihn leicht. »Du kannst also auf der Laute spielen? Gut. Ich verspreche dir, dass ich dich irgendwann als Lautenspieler malen werde. Und zwar so schön, wie du wirklich bist. Einverstanden? Aber jetzt …« Seine Arme sanken, die Beine wurden schwer, er tappte durch die Zelle und erreichte nur mit Mühe das Bett. Mario war gleich bei ihm. »Ist dir kalt? Kommt wieder ein Anfall? Bitte sag etwas.«

»Es ist nichts. Das Malen hat mich angestrengt.« Michele streckte sich aus. »Ich muss ruhen. Sonst nichts.«

Während der Nacht war ein Sturm über Rom hinweggefegt, Regen peitschte ans schmale Zellenfenster, dem Novembermorgen gelang nur ein Grau, auch wenn der Wind nicht mehr heulte, so liefen die Tropfen doch unaufhörlich die Scheibe hinunter.

Früh schon saß Michele in der Klosterküche, kaute genüsslich, hin und wieder bestätigte er den beiden Mägden mit anerkennenden Blicken, wie gut ihm die Köstlichkeit schmeckte.

Nach dem Morgenbrei hatten sie ihn mit einem Zimtbrot überrascht. »Schneidet es an, Signor Merisi, schneidet es an.« Die Füllung bestand aus Pinienkernen und Rosinen. »Lasst es Euch schmecken.«

Jeden Bissen verfolgten die Frauen; als Michele das letzte Stück in den Mund schob, röteten sich ihre Wangen. »So ist es recht«, sagte die eine und drängte die andere mit einem kurzen, aber energischen Rückenschubs näher zum Tisch.

»Das ist so … Hat es Euch geschmeckt?«, begann die Vorgeschobene, dabei wischte sie sich die Hände an den Schürzenseiten. »Das freut uns. Wir haben das Brot nur für Euch gebacken.«

»Ich danke sehr. Womit habe ich diese Köstlichkeit verdient?«

»Noch gar nicht«, rutschte es der einen vorschnell heraus.

»Sei still«, schimpfte die andere unterdrückt und schenkte Michele ihr schönstes Lächeln. »Es ist so. Die Lioba, das ist meine Freundin hier. Also die Lioba stammt nicht von hier. Ich auch nicht. Wir kommen aus den Bergen aus Rocca Priora. Und meine Freundin Lioba ist dem Sohn des Tischlers fürs nächste Frühjahr versprochen.«

Michele wusste nicht, worauf es die beiden abgesehen hatten, und sagte vorsichtig: »Meinen Glückwunsch.«

»Ja und weil der Winter doch lang ist. Und wir hier arbeiten. Und ein Mannsbild vergisst schon mal. Da dachten wir ... Ihr seid doch Maler. Und so ein Bild von der Lioba könnte gegen das Vergessen helfen.«

»Ein Porträt ...«

»Nein, einfach ein Bild«, unterbrach Lioba. »Auf dem ich zu erkennen bin, das reicht. Das schicke ich dann nach Rocca Priora.«

Bemüht ernst betrachtete Michele das künftige Modell, sah zur Fürsprecherin und wiegte den Kopf. »Möglich wäre es schon. Eine Zeichnung mit Kohle und Rötel. Was mein Honorar betrifft ...«

»Nicht zu teuer. Bitte nicht.«

»Ich dachte an fünf Zimtbrote. So viele müssen es schon sein.«

Einen Atemzug lang benötigten die Mägde, dann begriffen sie und überschütteten ihn gleichzeitig: »Einverstanden. Sagt nur, wann!« »Ihr seid ein guter Mensch.« »Und zur Hochzeit laden wir Euch ein ...«

»Was steht ihr da rum?« Mit Händeklatschen vertrieb der Küchenmeister die Mägde, ungehalten sah er Michele an. »Patienten in meiner Küche habe ich nicht gern. Schon gar nicht, wenn sie meine Hilfen von der Arbeit abhalten.«

Die Ermahnung versetzte einen Stich, gleich wollte Michele parieren, doch rechtzeitig schluckte er: Mit dem Herrn über die Kochtöpfe durfte er es sich nicht verderben. »Verzeih«, murmelte er und setzte im Fortgehen hinzu: »Soll nicht wieder vorkommen.«

»Merisi«, rief ihm der Küchenmeister nach. »Ehe ich es vergesse. Du hast Besuch. Er wartet im Flur.«

Kaum erkannte Michele die Gestalt am Ende des Gangs, beschleunigte er, so gut es sein linkes Bein zuließ, den Schritt. »Prospero? Welch eine Überraschung!« Der Freund war vom Regen durchnässt, das wenige Haar klebte ihm am Kopf. »Heute so früh? Ich hatte deinen Besuch erst gegen Mittag erwartet. Warum bist du nicht in der Akademie?«

»Gemach. Gemach. Es gibt eine Antwort nach der anderen.« Prospero lachte. »Deswegen bin ich hier.«

In der Zelle fiel sein Blick als Erstes auf das Ghettobild. Er trat zur Wand und war gebannt, schien nicht zu bemerken, dass Michele ihm den feuchtschweren Schultermantel abnahm. »Dieser Augenblick«, flüsterte er. »Ich sehe, wie Nadel und Faden von den schlanken Fingern gezogen werden, höre den Melodiebogen der Schalmei, wie er die Tiefe gerade erreicht und schon wieder aufsteigt. Großartig, Junge.« Ohne das Gemälde zu berühren, glitten seine Fingerkuppen über das Halbdunkel des Hofes. »Und trotz der Schatten ahne ich den Handkarren, die Treppenaufstiege. Fühle ich die Enge, in der die Juden dort leben.«

Ausgehungert schlang Michele das Lob in sich hinein und war sicher, dass es ihm noch besser mundete als der Zimtkuchen. »Und weißt du …«, er deutete nun selbst auf den nur schwach beleuchteten Hintergrund, »… vielleicht hätte ich ihn mir sogar beinah ganz ersparen sollen. Begreifst du, was ich meine? Ich müsste auf Details verzichten und doch dabei für den Gesamteindruck nichts weglassen.«

Prospero prüfte ihn erst von der Seite, ehe er wagte, leise zu lachen. »Das klingt eher nach einem Maler, der schon vier Becher Wein getrunken hat. Nein, im Ernst. Ich finde auch den Hintergrund sehr gut dargestellt. An diesem Gemälde gibt es nichts auszusetzen.« Er zog den Freund zum Tisch und drückte ihn auf den Hocker. »Das bringt mich zum Thema.« Ehe er begann, blickte er eine Weile zum Zellenfenster hinaus. »Nach deiner Genesung solltest du die Akademie verlassen, solltest nicht mehr zu Giuseppe Cesari d'Arpino zurückkehren.«

»Das ist leicht gesagt.« Michele stieß den Atem scharf durch die Zähne. »Du weißt, wie ich ihn hasse, aber er beherrscht die Szene. Die Akademie ist meine einzige Chance. Nur dort kann ich Verbindungen knüpfen. Und mit viel Glück finde ich sogar einen Mäzen. Vergiss nicht, ich bin ein Niemand hier in Rom, habe keinen Fürsprecher. Wenn sich d'Arpino auch nicht für mich einsetzt, so kann ich wenigstens die Mitgliedschaft in der Akademie als Reputation vorweisen.«

»Du bist nicht mehr allein auf dich gestellt.« Langsam wandte sich Prospero um. »Du hast auch einen Vermittler für deine Gemälde. Und nicht allein dafür.« Der ältere Freund verschränkte die Hände, rieb die Handballen fest aneinander, presste die Finger, dass die Knöchel weiß wurden. »Du musst nur zustimmen.«

»Halt, warte, ich … ich.« Michele sah ihn an, entdeckte ein neues Leuchten in dem sonst so müden Blick. »Du meinst, ich soll allein …? Nur mit dir? Aber wir sind beide Maler. Nicht lange, und wir würden uns wegen eines Auftrags bekämpfen.«

»Aber nein. Was die Kunstrichtung angeht, so kommen wir uns nie in die Quere. Mit meinen Grotesken bin ich kein Konkurrent für dich. Ich will dein Vermittler sein. Du sollst dich um nichts mehr kümmern müssen, sollst dich nur noch mit dem Malen beschäftigen.«

»Aber wer …«

»Nicht zweifeln, mein Freund.« Die Stimme drängte: »Lange genug habe ich darüber nachgedacht und bin mir inzwischen sehr sicher. Sag Ja zu meinem Vorschlag. Wir verlassen beide die Akademie und kämpfen zu zweit. Du bist der Maler und ich dein Agent.« Mitgerissen von der eigenen Idee, wies Prospero zur Wand. »Und dieses Gemälde soll der Anfang sein. Damit werde ich bei den Kunsthändlern Roms die Türen für dich öffnen.«

»Es ist schon weg«, dämpfte Michele die Begeisterung.

»Verkauft?«

»Nicht direkt. Damit begleiche ich die Kosten hier im Hospital. Prior Antonius hat akzeptiert. Morgen will er das Ghettobild in seinem Zimmer aufhängen, und wenn er in den Ruhestand geht, nimmt er es mit nach Sevilla.«

Stille. Der Regen schlug gegen das Fenster. Nach einer Weile suchte Michele den Blick des Freundes. »Einverstanden. Ich beginne morgen mit dem nächsten Bild.«

Die Efeuranke in seinem Haar war verrutscht. Michele schob sie vor dem Spiegel wieder etwas nach vorn und steckte die Spangen neu, zupfte und verteilte noch einige Locken in die Stirn. Dann setzte er sich in Positur. Den Blick auf den roten Strich am unteren Rand des Spiegelrahmens geheftet, forderte er Mario auf: »Schau zur Leinwand. Vergleiche den gemalten Efeukranz mit dem, wie ich ihn jetzt trage.«

»Auf dem Bild ist dein rechtes Ohr ganz frei.«

»Das weiß ich. Sieh mich an. Findest du es besser, wenn ich es so halb mit Blättern bedecke? Schon gut. Ich habe recht, so wirkt der Kranz üppiger.«

»Soll ich antworten? Ich mein, weil du mich gefragt hast.«

»Aber ja.«

»Also, das mit dem Ohr sehe ich genauso. Nur dass Lorbeer dir besser stehen würde. Und nur gut, dass du jetzt ein Hemd trägst.« Mario verzog leicht die Mundwinkel. »Denn auf dem Bild hier siehst du wirklich schrecklich aus. Dein rechter nackter Arm und die freie Seite vom Oberkörper sind ja fast gelb. Auch dein Gesicht …«

»Das muss so sein«, sagte Michele in Gedanken.

»Nur weil die Früchte schöner als du sein sollen?«

»Wieso? Ach, du denkst an dich und den Obstkorb?« Gleich nutzte Michele die Gelegenheit. »Mein Prinz, dieses Bild hier sollte dich beruhigen. Selbst mich male ich hässlicher, als ich in Wirklichkeit bin.«

»Wirklich?« Der Freund machte große Augen, dann glaubte er an einen Scherz. »Nein, so weit musst du nicht gehen. Schließlich …«

»Mach dir keine Vorwürfe. Es gibt noch einen anderen Grund.« Auch Michele schmunzelte leicht. Wieder auf die Arbeit konzentriert, hob er das Leinensäckchen mit Kieselsteinen nahe zum Mund, fasste nun auch mit der anderen Hand zu. Langsam drückte er, dass eine Hälfte der runden Steinchen im Stoff oben aus den Händen quoll. »Sieht es so aus, als wollte ich gleich von den Trauben essen?«

»Auf dem Bild schon. Obwohl, so richtigen Hunger scheinst du nicht zu haben.« Mario seufzte, in seiner Stimme klangen Spott und Zweifel. »Kein Wunder, wenn du in Wirklichkeit nur so einen Beutel in den Händen hältst.«

»Wir hatten nun mal keine echten Trauben.« Michele lachte und kehrte zur Staffelei zurück. »Ich finde den Ersatz sehr gut.«

Ende November gab es in Rom kaum noch Früchte, und die wenigen ansehnlichen waren unerschwinglich. Deshalb hatte Michele den Freund gebeten, am Tiberufer kleine Kieselsteine zu sammeln und sie in traubengroße Säckchen abzufüllen. »Zwei brauche ich davon. Eins halte ich, das andere kommt auf den Tisch, zusammen mit dem Zweig und den beiden Lehmkugeln. Dabei ist mir nur die Anordnung wichtig.«

Andächtig hatte ihm Mario gestern bei der Verwandlung zugeschaut. Aus den Lehmkugeln wurden auf der Leinwand gelbe Pfirsiche und aus den beuligen Stoffsäckchen blaue und goldgelbe Weintrauben. Heute aber war er unzufrieden. »Bleibst du auf dem Bild so?«

Michele hörte nur halb hin, er dunkelte das Grün der beiden Efeublätter an seiner Ohrmuschel nach. »Warum nicht? Gleich ist es fertig.«

»Ich dachte, du wolltest dich als Bacchus malen. Ich meine, es sind ohnehin recht wenige Früchte da. Und ein Weinkrug oder wenigstens ein gefüllter Pokal fehlt auch.«

»Der Bacchus ist krank.«

»Davon hab ich noch nie gehört.«

»So oft kommt das sicher auch nicht vor. Aber dieses Mal hat es ihn erwischt.«

Michele nahm das feuchte Bild behutsam an den Rändern und tauschte es wieder mit dem Christus an der Wand.

Mario trat neben ihn, gemeinsam betrachteten sie das Werk. »Darf ich was sagen? Aber du darfst nicht böse werden.«

Nur ein zustimmendes Brummen.

»Ich glaub, nur weil du selbst noch gelb im Gesicht bist, hast du den Bacchus so krank gemalt.«

Michele legte dem Freund den Arm um die Schultern und pinselte ihm einen grünen Strich auf die Nase. »Sehr schlau. Aber die Leute, die sich das Bild ansehen, wissen nichts davon. Die kann ich damit überraschen. Und darauf kommt es an. Wer meine Gemälde betrachtet, soll sich verwundert die Augen reiben.« Unvermittelt packte er den Freund und humpelte mit ihm im Kreis herum. Als sie wieder vor der Staffelei standen, schaute er auf den Bacchus und sprang gleich entsetzt zwei Schritte zurück. »So sollen sie sich erschrecken.«

Der Schwung war zu heftig, er geriet ins Stolpern und wäre aufs Bett gefallen, wenn ihn Mario nicht gehalten hätte. Darüber mussten beide lachen, und Michele schränkte ein: »So ungefähr wenigstens.«

Drei Tage später räumte er seine Zelle auf, stellte den Hocker etwas versetzt unters schmale Fenster und suchte im Stapel auf dem Tisch nach einem geeigneten Zeichenkarton für das Porträt der schönen Lioba.

Seit seinem Versprechen hatten ihn die beiden Mägde nicht mehr aus ihrer Obhut gelassen. »Ihr müsst gut essen, Signor Merisi.« Jeden Morgen gab es für Michele eine kleine köstliche Überraschung, mal waren es kandierte Mandeln, mal ein Eierkuchen, und sobald er sich den Mund gewischt hatte, folgte die Frage, wann er die künftige Tischlersgattin zeichnen wolle. Heute nun hatte er sich, verführt durch die mit einer Ingwer-Feigensoße übergossenen Marzipansterne, bereiterklärt. »Kommt am frühen Nachmittag. Da scheint die Sonne zu mir herein, und wir haben gutes Licht.«

Welch eine Aufregung! Was soll ich anziehen? Den Sonntagskittel?

Michele schmunzelte vor sich hin. »Nur gut, dass ich ihr den Hut mit der Feder ausreden konnte. Solch einen hohen Zeichenbogen besitze ich gar nicht. Den hätte mir Mario erst besorgen müssen.« Vier Schritt vom Hocker entfernt baute er die Staffelei auf und spannte den Karton ein.

Klopfen an der Tür.

Er runzelte die Stirn. Diese Weiber, dachte er, ich habe »am Nachmittag« gesagt, und dabei bleibt es. Wo war der Schmirgelstein, um die Stifte anzuspitzen? Er hob seinen Malkoffer aufs Bett.

Wieder klopfte es, gleich wurde daraus ein forderndes Pochen.

Empört wandte Michele kurz den Kopf und wühlte dann zwischen Farbbeutel und Pinseln nach dem aufgerauten Schieferblock.

Hartes Bummern! Faustschläge, so heftig, dass die Tür bebte.

»Aufhören! Sofort!« Michele humpelte durch die Zelle und schimpfte schon, während er den Riegel öffnete: »Verdammt, ich habe gesagt ...« Eine Pranke stieß ihm flach ins Gesicht. Er taumelte rückwärts.

»Maul halten.«

Nase und Lippen schmerzten. Erschreckt starrte Michel auf den glatzköpfigen Kerl. Boris. Es war der Russe, der Hausdiener aus der Akademie, es war der Leibwächter von d'Arpino. Der Riese drückte hinter sich die Tür zu und baute sich breitbeinig davor auf. Sein Blick wirkte teilnahmslos, beinah schläfrig, der Mund schien sogar zu lächeln.

Michele zog sich bis zum Fenster zurück. »Was willst du hier?«

»Schulden eintreiben. Der Herr schickt mich.«

»Kann er denn nicht warten? Sobald ich aus dem Hospital entlassen werde, komme ich zur Akademie ...«

»Ist dem Herrn zu unsicher. Weil Ihr nicht mehr im Haus wohnt.«

»Aber ja doch. Oben im zweiten Stock hab ich mein Zimmer, das weißt du genau.«

»Signor Orsi hat alle Sachen weggebracht und gesagt, Signor Merisi kommt nicht wieder. Deshalb soll ich jetzt die Schulden eintreiben.« Boris massierte mit der Linken die rechte Faust.

»Warte. Bitte warte!« Michele wurde heiß. Ausgezogen? Davon hat mir Prospero nichts erzählt, als er gestern hier war. Er war begeistert vom »Kranken Bacchus«, wusste schon den Kunsthändler, dem er das Gemälde anbieten wollte, aber dass ich nicht mehr bei d'Arpino wohne, davon hat er nichts gesagt. Michele zerrte an seinem Hemdkragen. »Wie viele Grossi fordert der Meister von mir?«

»Kein Geld. Signor Orsi hat schon bezahlt.« Das Lächeln verbreiterte sich leicht. »Ich soll sagen, der Herr verlangt Entschädigung für großen Ärger durch Euch. Das kostet zwei neue Bilder, sagt der Herr.« Boris deutete auf den »Kranken Bacchus«. »Hier ist eins.«

»Verkauft. Bitte.« Michele wollte die Grundlage für den Neubeginn retten. »Dieses Gemälde gehört mir nicht mehr.«

Boris hieb ihm die Faust auf die Schulter. »Wo ist das zweite Bild?«

Der Schmerz stach hinunter bis in den Magen. »Ich habe ...« Michele rang nach Atem, keuchte. »Ich habe kein zweites.«

Die Faust fuhr auf seine andere Schulter nieder, Rücken und Brustkorb krachten, die Knie gaben nach, er wankte vor und zurück. »Glaub mir«, stammelte er.

»Wenn kein anderes Bild ...«, nun gab das Lächeln sogar die gelblichen Zähne frei, »... dann soll ich fünf Schläge geben. Zwei hast du schon ...«

Ein furchtbarer Stoß in den Magen krümmte Michele, nahm den Atem, würgte ihn. Er fühlte sich an den Haaren hochgerissen, sah die Faust, dann zerbrach sein Gesicht, gleich darauf krachte ein Fels auf seinen Schädel, und Rot dunkelte ins Schwarz ...

»Heilige Maria ...« »Signor Merisi? Ihr Heiligen steht ihm bei. Signor Merisi?«

Michele schlug die Augen auf, sah in die ängstlichen Gesichter der beiden Mägde. Liobas Freundin tupfte ihm mit einem Tuch die wunden Lippen ab. »So viel Blut. Wer hat Euch das nur angetan?«

Die künftige Tischlersgattin legte ihm einen feuchten Lappen auf die Stirn. »Ich hab in der Kammer ein Heilöl von meiner Mutter. Sagt nur, wo Ihr die schlimmsten Schmerzen habt.«

»Ich weiß es nicht«, murmelte Michele. »Überall. Mein ganzer Körper ...«

»Nicht aufregen«, beruhigte ihn Lioba. »Lasst uns nur machen. Wir bekommen Euch schon bald wieder auf die Beine. Und bis dahin kann mein Bild noch warten.«

8

Michele wartete nun schon seit einer Stunde. Ohne Pause schlenderte er die Via del Coronari auf und ab, blieb aber stets in Sichtweite des Hauses an der Ecke zur Via Vetrina. Warum dauert es so lange? Ist das ein gutes oder ein schlechtes Zeichen?

Bis zur Piazza Navona waren sie zusammen gegangen. Wie aus dem Winterschlaf erwacht, wetteiferten heute dort Gaukler und Scherenschleifer lautstark mit den Bauersfrauen an den Fleisch- und Gemüseständen.

»Lass mich vorgehen.« Auf Micheles Blick hin hatte Prospero gleich beschwichtigt. »Nur eine Vorsichtsmaßnahme. Wenn Kunsthändler Spada dich mit mir zusammen sieht, bittet er dich sicher, mit ins Haus zu kommen. Aber glaub mir …«, er hob die in Stoff eingeschlagenen Bilder leicht an, »… einen guten Preis in Anwesenheit des Künstlers auszuhandeln ist schwierig.«

»Du musst es wissen, schließlich bist du mein Agent.« Eine Weile hatte Michele noch dem aufgeregten Markttreiben zugeschaut, war dann erst dem Freund nachgegangen.

Verflucht. Das Eichenportal schien wie zugenagelt. Für einen Moment war Michele versucht, einfach hinzugehen und mit dem Türklopfer, mit diesem bronzenen Cäsarenhaupt, gegen das Holz zu hämmern.

Zwei Bilder wollte Prospero anbieten. Zwei leichte Themen. »Ganz passend fürs Frühjahr.« Er war sehr zuversichtlich. »Wie sollen wir sie nennen?«

Michele hatte die Unterlippe vorgeschoben. »Ich weiß nicht. Vielleicht ›Obst schälen‹? Und ›Eidechse‹?«

»Äußerst anregend«, spottete der Freund. »Vom Malen verstehst du was, aber vom Kunstgeschäft herzlich wenig. Der Name eines Gemäldes ist wichtig.« Doch auch er fand keine verlockenden Titel. Als zweitbeste Möglichkeit blieb nur die Umschreibung: »Knabe, eine Frucht schälend« und »Knabe, von einer Eidechse gebissen«. Michele hatte dem Klang nachgelauscht und gleich die Brauen gehoben. »Also, ich weiß nicht ...«

»Keine Sorge. Wenn Constantino Spada erst einmal die Gemälde vor Augen hat, wird er begeistert sein.«

Auf seiner Wartestrecke gelangte Michele zur Wendemarke, kehrte um und spürte den Herzschlag. Im geöffneten Eingang des Eckhauses stand Prospero mit dem Kunsthändler. Ohne Bilder. Also hatte er sie verkauft. Michele stieß den Atem aus, er ging nicht weiter, sah nicht direkt hin. Die beiden Männer schüttelten sich die Hände, dabei sprachen sie, lachten auch, schließlich verneigten sich beide leicht und trennten sich. Erst als das Portal hinter Signor Spada wieder dumpf ins Schloss gefallen war, winkte Michele, bis ihn der Freund entdeckt hatte und rasch die Straße überquerte.

Seine Miene verriet nichts. »Nun sag schon!« Michele wollte nicht länger warten, ging ihm einige Schritte entgegen. »Wie viel?«

»Das Honorar ist gar nicht mal so schlecht.« Prospero bemühte ein Lächeln. Er fasste den Maler an der Schulter und führte ihn zum schmalen Durchgang in Richtung Piazza Navona. »Constantino Spada war von deiner Technik wirklich beeindruckt.«

Michele streifte die Hand ab. »Hör auf mit dem Honig. Was hat er bezahlt?«

»Du kannst sicher sein, dass ich alle Argumente ... alles für die Gemälde ...«

»Wie viel?« Michele packte den Freund am Wams und zog ihn näher. »Ich bitte dich«, flüsterte er beherrscht. »Sag es.«

»Für den Jungen mit der Eidechse habe ich fünfzehn Giulii bekommen, für den Obstschäler zehn Giulii.«

Die Fäuste gaben das Wams frei, und Michele strich den Stoff so behutsam glatt, als wollte er eine Wunde heilen. Doch es half nicht, die Enttäuschung schmerzte im Kopf und in der Brust. »Fünfundzwanzig Giulii … Nicht einmal drei Scudi waren dem Kerl meine Bilder wert?«

Prospero rückte seinen schwarzen Hut wieder in die Mitte und nestelte am oberen samtenen Teil. »Erst wollte Spada lediglich zwei Silberscudi geben. Für jedes Bild nur zehn Giulii. Mit Engelszungen ist es mir gelungen, wenigstens für die Eidechse noch fünf mehr herauszuhandeln. Und das auch nur, weil sich das Fenster in der Blumenvase spiegelt. Diese Besonderheit hat ihn überzeugt.«

»Und sonst nichts?« Michele ging langsam weiter. »Da kann ich …«, bitter schmeckte der Spott, »da kann ich wirklich stolz auf mich sein.« Er trat gegen einen angefaulten Holzeimer. »Verflucht! Was hat er denn gegen meine Bilder? Sind sie ihm zu klein? Gefallen die Farben nicht? Oder was?«

»Du kannst viel mehr, sagt er.« Am Rande der Piazza Navona hielt Prospero den Enttäuschten zurück. »Spada meint, du solltest mehr auf den Körperbau achten, auf die Proportionen. Nein, bitte. Werde nicht gleich wütend. Er meint es wirklich gut.«

Michele atmete aus und verschränkte die Arme vor der Brust. »Ich höre.«

»Im Eidechsenbild stört ihn die rechte Schulter, weil sie zu unnatürlich hochgezogen und auch zu kräftig ist. Außerdem ist die linke Hand grober und größer als die rechte mit der Eidechse.«

»Was soll das? Mario hat nun mal so einen Körper.«

»Ganz sicher nicht. Wenn der Junge jetzt hier wäre, würde er dir empört seine Hände zeigen.« Prospero versuchte einen Scherz. »Womöglich würde er sich hier sogar vor allen Leuten das Hemd ausziehen.«

Bei der Vorstellung musste Michele schmunzeln. »Das traue ich ihm zu.«

Gleich wagte der Freund den nächsten Schritt. »Constantino Spada schlägt vor, dass du dir die Statuen der alten griechischen Bildhauer gründlich anschaust. Den Herkules von Glykon zum Beispiel oder die Athena von Phidias. Da könnest du Körperbau und Gesten lernen …«

»Dieses tote Gesindel?« Michele lachte verächtlich. »Nie werde ich mich damit abgeben.« Er zeigte auf das Markttreiben. »Siehst du die Bauernweiber? Die Dicke da hinten oder die Bucklige da am Nebenstand?« Seine Stimme gewann an Kraft. »Und hier vorn. Den Gaukler mit den Schellen am Bein? Oder die Leute, wie sie über den Zwerg lachen, weil er es nicht schafft, auf den Rücken seines Esels zu steigen? Das sind meine Vorbilder.« Überzeugung oder Trotz, ganz gleich, der Schwung half Michele gegen den Misserfolg an. Zur Bekräftigung hob er sogar den Finger: »Die lebendige Natur, mein Freund, von ihr lerne ich gern und nur von ihr.« Damit zog er Prospero mit ins Gewühl, klatschte übertrieben dem Zwerg zu, blieb bei den Schauspielern stehen, lachte lauthals. Er nahm Schinkenwürfel von den Bauersfrauen und kaute mit Schmatzen und sichtlichem Genuss. Prospero ließ ihn gewähren, folgte dem Freund schweigend über die Piazza Navona. Gerade wollten sie den Markt auf der anderen Seite des Platzes verlassen, als eine junge Zigeunerin ihnen den Weg versperrte: »Zukunft? Bei mir können die Signori ihr Schicksal erfahren. Für nur drei Baiocchi sage ich Euch die Zukunft voraus.«

Michele blickte in das rundliche Gesicht mit den weit auseinander stehenden Augen. Die Frau war kaum älter als er. Stirn und Wangen wurden vom dunklen kräftigen Haar eingerahmt, nur ein Ansatz war zu sehen, den Rest verbarg eine weiße unter dem Kinn gebundene Tuchhaube. »Sagst du mir Gutes oder Schlechtes?«

Ein Anflug von Lächeln spielte in den Mundwinkeln. »Für drei Baiocchi gibt es die Wahrheit, für mehr lüge ich, so wie Ihr es wollt.«

»Das gefällt mir.« Michele schnippte dem Freund. »Gib ihr gleich einen ganzen Scudi. Damit sich das Gute auch lohnt.«

Prospero hob die Brauen. »Ist das dein Ernst?«

»Aber nein.« Michele wischte sich beide Hände an den Wamsseiten ab. »Ich will der Wahrheit ins Auge sehen.«

»Ihr seid ein schöner Herr.« Die Zigeunerin ließ die Stimme gurren, in ihrer Kehle lockte das ›r‹. »Reicht mir Eure Hand.« Die Zipfel ihres großen zweifarbigen Umhangtuches waren nur auf der rechten Schulter geknotet, ein dunkles Grün, und der umgeschlagene Saum zeigte warmes Weinrot. »Was für kräftige und doch schlanke Finger. Nun öffnet sie, Herr. Zeigt mir die Handfläche.«

Um genauer die Linien zu studieren, umfasste sie mit ihrer Linken Micheles Handgelenk und hob es an. »Seid ganz entspannt, Herr.« Wieder zuckten die Mundwinkel. »Vertraut mir, ich nehme Euch die Hand nicht weg.«

Prospero trat einen Schritt näher. »Das würde ich dir auch nicht raten. Ich lass dich nicht aus den Augen.«

»Das habe ich mir gleich gedacht.« Sie schenkte ihm einen ehrlichen Blick. »Bei solch einem wachsamen Beschützer kann dem jungen Herrn nichts geschehen.« Ihre Linke fasste kräftiger zu. »Nun aber still, lasst mich in Ruhe aus dem aufgeschlagenen Buch lesen.« Ihre Fingerkuppe beschrieb zarte Bögen und Striche in der Handfläche. »Nein. Da sehe ich nichts ...« Sie setzte neu an. »Aber hier ... das Schicksal beginnt in der Lebenslinie.«

»Und was bedeutet das?«

»Ihr lenkt es selbst. Euer Schicksal hängt von Eurem Willen ab. Und sie ...«, die Wahrsagerin bog die Hand etwas auseinander, »... die Linie gabelt sich gleich am Anfang. Ihr habt wohl in Eurer Jugend viel durchgemacht? Und auch jetzt scheint Euer Leben nicht so glatt zu verlaufen. Ich sehe viel Unruhe ...«

»Woher weißt du das?« Michele wollte seine Hand zurück, doch die Zigeunerin hielt sie fest. »Und Liebe? Lasst mich sehen, wie es mit ihr bestellt ist.«

»Was ist mit Erfolg?«

Sie antwortete nicht, suchte im Bogen zwischen Zeige- und Mittelfinger, quetschte leicht die Haut und glättete sie wieder. »Kaum zu sehen, aber es ist nicht eine, sondern es sind mehrere Linien. Das bedeutet ...«, unter halb geschlossenen Lidern sah sie zu Michele hoch und ließ die Stimme tiefer sinken. »Ihr könnt Euch wohl nicht entscheiden? Verzeiht, oder soll ich sagen: Für Euch gibt es nicht nur einen Blütenkelch.«

»Das hast du geraten.« Das Unbehagen wuchs. Michele wollte aufhören und musste es dennoch wissen. »Erfolg? Schau nach meinem Erfolg.«

»Die Schicksalslinie beginnt spät, aber sie endet unter dem Zeigefinger. Das bedeutet, dass Ihr jetzt noch zu kämpfen habt, aber später wird sich Erfolg und sogar Reichtum einstellen.«

»Das gefällt mir!« Gleich hielt Michele inne. »Wie viel verlangst du?«

Sie hob nur drei Finger. »So viel kostete die Wahrheit.«

Erleichtert blickte Michele den Freund an. »Zahle sie aus. Rasch, gib ihr das Geld, ehe sie es sich anders überlegt.«

Prospero zückte den Lederbeutel. Während er die Münzen herausklaubte, schmiegte sich die Zigeunerin näher an ihn heran, strich ihm leicht über den Ärmel. »Wollt Ihr nicht auch, Herr?« Sie dehnte das Gurren. »Eure Herzlinie birgt sicher wunderbare Geheimnisse.«

»Wie bitte?« Vor Schreck lachte Prospero meckernd, erst mit dem nächsten Atemzug fand er eine Antwort. »Früher vielleicht. Aber heute? Nein, lassen wir das Geheimnis ungelüftet.« Er reichte ihr den Lohn für Michele. »Die Wahrheit würde mir womöglich auch noch die letzte Illusion rauben.«

»Schade.« Sie verbarg das Geld in ihrem Schultertuch und zog die linke Hand nicht wieder vor. »Gerade weil Ihr der Beschützer dieses jungen Herrn seid und Eure Augen nicht von mir lasst, gerade deswegen hätte ich Euch gern weiter bestohlen.«

Michele nahm es als Scherz. »Du gefällst mir.«

Sein Freund aber schwankte, wusste das Weib nicht mehr einzuschätzen. »Was meinst du mit ›bestohlen‹? Ich habe dich genau beobachtet.«

»Aber, Herr, Ihr sprecht nicht mit einer gewöhnlichen Diebin, sondern mit einer Künstlerin. Ich will es Euch beweisen.« Sie nickte Michele zu. »Was fehlt Euch?«

»Nichts.«

»Wirklich? Überprüft Euer Handgelenk.« Sie zog ein geflochtenes Lederband aus ihrem Tuch.

»Das hat Mario mir geschenkt.« Michele schüttelte den Kopf. »Ich habe nichts bemerkt.«

Die Zigeunerin trat nun zu Prospero Orsi. »Den Geldbeutel habe ich Euch im Gürtel gelassen, obwohl ich schätze, dass Ihr darin Münzen im Wert von ungefähr drei Scudi habt. Dafür aber nahm ich Euch dies hier.« Sie reichte ihm einen silbernen Talisman. »Und natürlich die Brille aus Eurer Brusttasche.«

Prospero starrte auf die Gegenstände, nach einer Weile spitzte er die Lippen. »Du bist wahrhaftig eine Künstlerin …«

»Und ich bin ein Künstler«, unterbrach Michele. »Und ich werde …«, erst jetzt versuchte er, sich über den neuen Gedanken klar zu werden. »Ich werde … Hättest du Lust? … Ich, ich meine Zeit …« Er begann von Neuem: »Entschuldige. Ich bin Maler von Beruf und würde dich gern malen. In Öl, so wie du bist. Auch …«, rasch reifte der Plan. »Auch deine Kunstfertigkeit soll in dem Gemälde vorkommen.«

Die Zigeunerin verlor etwas von ihrer Sicherheit. »Malen? Wird das ein Geschäft, oder lockt Ihr mich in die Falle?«

Prospero wollte den Freund fortziehen. »Lass gut sein. Komm.«

»Ich weiß, was ich tue.« Ohne die Frau aus den Augen zu lassen, befreite sich Michele. »Und je länger ich darüber nachdenke, umso sicherer bin ich mir.« Er lächelte gewinnend. »Kein Falle. Ich spreche von Kunst, deshalb wird es auch leider kein gutes Geschäft, weder für dich noch für mich.«

»Was muss ich dabei tun?«

»Stehen. Wir besprechen vorher die Körperhaltung, und dann musst du so eine Weile still dastehen.«

Sie belauerte seine Miene. »Das ist alles?«

Mehr und mehr entwickelte sich in Michele die Komposition des Bildes. »Ein Kunde wird dabei sein.«

»Wusste ich es doch. Nein, Herr.« Entschieden wehrte sie den Vorschlag ab. »Ich bin keine Hure.«

»Nicht solch ein Kunde. Versteh mich nicht falsch. Es wird ein Kunde sein, dem du die Zukunft voraussagst. Ich würde mich gern selbst zu dir stellen, aber einer muss schließlich das Bild malen. Und deshalb …«

»Sechs Baiocchi«, unterbrach sie. »Wie lange muss ich stehen?«

Michele ging einige Schritte zurück, betrachtete sie durch den Rahmen seiner Hände. »Könntest du gleich mit uns kommen?«

»Das kostet dann acht.«

Prospero versuchte, den Freund durch Fingerschnippen zu warnen, doch Michele winkte ab. »Ich benötige dich heute und dazu noch das ganze nächste Wochenende.«

»Das macht dann vierundzwanzig Baiocchi, aber nur, weil Ihr ein schöner Herr seid und ich noch nie einen Maler gesehen habe.«

Wieder schritt Prospero ein. »Wucherin. Jetzt sind es bald zweieinhalb Giulii.«

Sie lächelte nur. »Gut. Sagen wir drei Giulii.«

Dem Agenten verschlug es für einen Moment die Sprache. Er zog Michele beiseite. »Ich verbiete es. Hör auf mich, ehe dieses Weibsstück vor deiner Staffelei steht, hat es uns ruiniert.«

Die Zigeunerin tippte ihm auf die Schulter. Erschreckt fuhr Prospero herum, vergewisserte sich sofort, ob Brille und Geldbeutel noch an ihrem Platz waren. Sie zwinkerte ihm spöttisch zu. »Ich habe sehr gute Ohren, wachsamer Herr. Bei dreißig Baiocchi bleibt es.« Sie streckte ihm die Hand hin. »Abgemacht?« Weil er einschlagen wollte, dann aber zögerte, versicherte sie. »Nur Mut, es wird kein Finger fehlen.« Vorsichtig besiegelte er das Geschäft und gestand mit einem dünnen Lächeln: »Ich halte mich nicht für unerfahren, aber einer Person wie dir scheine ich in der Tat nicht gewachsen zu sein. Darf ich deinen Namen wissen?«

»Estrella. Meine Mutter liebte einen spanischen Kapitän, aber der ist mit seinem Schiff weggefahren und bis heute nicht wiedergekommen. Nur ich bin von ihm übrig geblieben.« Sie klatschte einige Male, bis in der Nähe eine ältere Frau von ihrem Stickrahmen aufschaute. »Ich begleite die beiden Signori. Warte nicht auf mich.«

Die Alte streifte die Männer mit einem kurzen Blick und nickte der Tochter zu. »Bleib fromm, mein Sternchen.« Mit einem Seufzer beugte sie sich wieder über ihre Handarbeit.

»Wohin gehen wir?«

Kaum hatte Michele den Palazzo Petrignani nahe der Piazza San Salvatore in Campo erwähnt, hob Estrella die Hand. »So fein? Das kostet zusätzlich …«

»Halt!« Gottgleich klang Prosperos Drohung. »Wehe dir, Weib. Du sollst deine Zusage einhalten, sonst straft dich …«

»Nur nicht aufregen.« Sie lachte und tippte ihm gegen die Brust. »Wachsamer Herr, Ihr gefallt mir immer besser.«

Da Michele schon vorausging, hakte sie sich vertraulich bei Prospero ein. »Aber Ihr müsst zugeben, wer in solch einem feinen Haus lebt, der kann getrost etwas mehr von seinem Reichtum abgeben.«

»Der Palazzo gehört dem ehrenwerten Fatino Petrignano. Mein Freund bewohnt dort nur zwei Zimmer im Gesindetrakt.« Estrella gab sich damit zufrieden.

Eine Weile gingen sie schweigend hinter Michele her, als Prospero die Stirn runzelte. »Sag! Welche Handlinie meintest du gleich zu Beginn? Erst bist du ihr nachgefahren, hast abgebrochen und bist dann gleich zur nächsten übergewechselt!«

»Ihr seid wirklich ein wachsamer Herr.« Estrella sah zu ihm auf, jeder Schalk war aus ihrem Blick entschwunden. »Als Erstes sehe ich nach der Lebenslinie …«

Sie sprach nicht weiter.

»Was hast du gesehen?«

»Fragt nicht, Herr.«

Er senkte die Stimme. »Nun rede schon.«

»Wenn Ihr etwas Gutes erfahren wollt«, flüsterte sie, »dann gebt mir noch einen Baiocco.«

»Du meinst …?« Prospero sah sie erschreckt an. »Nein, ich will es nicht wissen. Auch die Wahrheit nicht.«

Sogar einen Degen durfte er tragen. Mario schritt durch den Wohnraum, sein kühner Blick suchte durchs Fenster die Weite, gekonnt schlug er mit der Rechten den dunklen Schultermantel nach hinten, die weiß und schwarz gefärbten Pfauenfedern wippten über dem schräg gesetzten Hut. Che bell Signorino! Noch ganz in der Rolle blieb er vor dem Fenster stehen, streifte den rechten Lederhandschuh ab, mit großer Geste griff er zum Degen und zückte ihn langsam.

»Du kannst dich wieder umziehen.« Micheles Stimme ließ ihn zusammenfahren. Er wollte nicht zurück, noch nicht. Zum ersten Mal hatte ihn der Freund so gemalt, wie er wirklich aussah, und in dieser Aufmachung glich er sogar einem echten Edelmann. »Willst du die Szene nicht noch einmal überprüfen?« Hilfe suchend sah er zu Estrella, die am Tisch saß und sich, hungrig vom langen Posieren, über Käse und Brot hermachte. »Du hast doch nichts dagegen?«

Estrella kaute, in ihrem Blick mischte sich Vergnügen mit Spott, sie maß den hübschen Gemäldepartner von der Hutfeder bis zu den Schuhspitzen, blickte auf die genauen Detailskizzen und Vorzeichnungen an der Wand und sah hinüber zur Staffelei. »Wenn unser Meister es wünscht und ich vorher noch einen Becher Rotwein bekomme. Warum nicht?«

»Michele? Da hörst du's.«

Keine Antwort.

Mario schenkte der Wahrsagerin ein, nahm sich selbst und stieß mit ihr an. Nach dem Schluck erkundigte er sich leise: »Gefällst du dir auf dem Bild?«

»Ich wünschte, ich hätte solch einen Spiegel daheim.« Sie lachte vor sich hin. »Und noch besser wäre es, wenn der Meister das Bild noch einmal malen und mir die Kopie für meine Marktbude überlassen würde.«

Mario kicherte, ehe er aber etwas sagen konnte, warnte sie: »Kein Wort, Kleiner. Natürlich muss er dann auf dem neuen Bild meine Finger unschuldig malen.«

Michele trat von der Staffelei zurück. »Ich denke, das reicht … Für die Feinarbeit an den Übergängen muss die Farbe erst etwas antrocknen.«

»Du wolltest uns noch mal überprüfen«, erinnerte ihn Mario und zog Estrella mit zur abgehängten Wand hinüber.

»Sagte ich das? Vielleicht nur das Spiel der Hände. Ob ich den richtigen Moment festgehalten habe.« Er nahm den Krug vom Tisch und trank einige große Schlucke, während er zum Gemälde zurückkehrte. »Estrella, zeig uns noch mal den Trick. Bitte langsam, ich möchte den Ablauf genau verfolgen.«

»Also, ich nehme die Hand des Kunden …« Sie brach ab, lachte und patschte einige Male in Marios linke Handfläche. »Ohne Ring geht es nicht. Entschuldige, ich habe ihn von vorhin noch unter dem Tuch.« Sie steckte ihrem Partner das Schmuckstück zurück auf den Finger. »Vergoldete Bronze. Normalerweise gebe ich mich mit solch einem billigen Ding erst gar nicht ab.« Sie blickte zu Michele. »Jetzt kann es losgehen. Also: Ich nehme das Handgelenk des Kunden. Dann sag ich ihm erst etwas über die Lebenslinie und streiche dann von der Handwurzel angefangen der Schicksalslinie entlang nach oben. Wohlgemerkt mit dem Zeigefinger. Und während ich dabei dem Kunden seine Geheimnisse offenbare, streifen ihm mein Mittel- und Ringfinger in derselben Bewegung den Edelstein ab. Je fester der Ring sitzt, umso aufregender muss ich das Schicksal ausmalen … Ganz einfach.«

»Von wegen.« Mario nickte bewundernd. »Ich wusste genau, was du tust, und doch habe ich es beim ersten Mal nicht bemerkt.«

Sie stupste ihm mit der Fingerkuppe auf die Nase. »Sollst du ja auch nicht, kleiner Edelmann. Ja, Kunden, die so gekleidet sind wie du, die sind mir die liebsten.«

»Dabei gehört kein Stück davon mir.« Ein Seufzer. »Nicht einmal das Hemd. Prospero hat sich Kleider und Degen vom Hausherrn ausgeborgt …«

»Kommt beide zu mir.« Michele nahm den Pinsel zwischen die Zähne und rückte die Staffelei ins Fensterlicht. »Soll ich den Diebstahl des Rings so lassen? Oder deutlicher hervorheben?«

Estrella beugte sich vor und begutachtete fachkundig die Geste. »Gut so, nichts verändern. Ich muss auch an meinen Ruf denken. Wenn Ihr das Abstreifen auffälliger zeigt, würde jeder Kollege gleich sagen, dass ich eine Anfängerin bin. Nein, so ist es eine gute Arbeit.«

»Meinst du meine oder deine Kunst?«

Estrella lachte leise. »Ich dachte an beide.«

Unvermittelt drehte sich Michele zu Mario um und zog ihm den Degen aus der Scheide. Einige Male ließ er die Klinge durch die Luft schneiden, vollführte einen Stich zum Fenster hin. »Und wie gefällt dir das?«

Die Zigeunerin sah ihn spöttisch an. »Ich kenne Kerle, die besser damit umgehen können. Nein, Herr, nehmt lieber den Pinsel, dann lebt Ihr länger.«

Leicht gekränkt, vollführte Michele erneut einige Luftschläge. »Ich werde üben.«

»Warum?«, flüsterte sie, groß, beinah ängstlich waren ihre Augen auf ihn gerichtet. »Lockt das Unglück nicht herbei. Hört auf mich.«

»Danke für den Rat.« Michele bemerkte den Ernst nicht, zu sehr hing sein Blick an der blanken Klinge. »Aber weißt du, da draußen gibt es reiche Maler, die dafür sorgen, dass so unbekannte wie ich erst gar nicht ins Geschäft kommen.« Wieder hieb er die Klinge durch die Luft. Das Pfeifen bereitete ihm Lust. »Und einer von denen hat mir zwei Bilder gestohlen, dieser Herr hat sogar seinen russischen Bluthund auf mich gehetzt. Ich muss lernen, mich besser zu wehren.«

Estrella ging zum Tisch, leerte ihren Becher und knallte ihn zurück auf die Holzplatte. »Ihr malt so schön … Soll ich Euch noch mal die Zukunft voraussagen? Ja? Aber dafür müsst Ihr mir vier Baiocchi geben … Nein, schon gut, was kümmert es mich.« Sie hielt Michele den Becher hin. »Schenkt mir ein. Ich will mit Euch und dem kleinen Edelmann auf das schöne Bild trinken. Und wenn Ihr wieder eine wie mich …« Sie schaute ins dunkle Weinrot. »Nein, Ihr dürft mich nie mehr befragen, Herr.« Ihr Blick bleib ernst, während die Becher aneinanderstießen.

Spät war es. Michele saß mit Prospero am Tisch. Mario schlief schon nebenan. Er hatte zur Feier des Bildes ungewohnt heftig dem Roten zugesprochen und war zu betrunken gewesen, um noch den Weg in die eigene Wohnung zu finden.

Zwei Lampen brannten rechts und links der Staffelei und das flackernde Licht lebte in den Farben. Manchmal wachten die Gesichter auf, begann das Leuchten in den Blicken von Wahrsagerin und Edelmann zu sprechen.

Nach Zählen des Honorars und nur einem kleinen Versuch, doch noch zwei Baiocchi mehr von Prospero zu erhalten, hatte sich Estrella bereits am späten Nachmittag verabschiedet. In der Tür wandte sie sich noch einmal um. »Und, Meister, solltet Ihr wirklich mal Kerle benötigen. Ich meine solche, die nicht viel reden, umso besser aber mit der Klinge oder den Fäusten umgehen können, dann gebt mir Bescheid. Unter den Schaustellern habe ich viele kräftige Freunde. Für ein paar Münzen und mir zuliebe erfüllen sie Aufträge jeder Art.«

»Danke.« Völlig überrascht sah er sie an. »Warum willst du mir helfen?«

»Weil Ihr …« Estrella nickte zum Bild hinüber. »Weil Ihr etwas Wertvolles könnt und doch ziemlich dumm seid.« Sie hatte auf den Degen gedeutet, der samt Gehänge neben der Staffelei lehnte. »Aber was rede ich? Solltet Ihr Schutz oder Hilfe brauchen, dann meldet Euch.«

»Wo? Sag mir deine Adresse?«

Sie hatte sich wieder abgewandt. »Ich bin jeden Tag auf einem der Märkte. Auf der Piazza Navona oder sonst wo. Fragt nur nach mir. Irgendeiner weiß immer, wo ich gerade bin.«

Leicht vom Wein beseelt, prostete Michele der Wahrsagerin auf dem Gemälde zu. »Estrella. Du bist ein wunderbares Weib.«

»Und auch gefährlich.« Prospero lehnte sich zurück. »Aber jetzt, da wir sie nur noch in Öl hier haben, bin ich bereit, mich deiner Meinung anzuschließen.« Nach etlichen Bechern vom guten Roten schnörkelte er seine Sätze: »Mit diesem Bild, mein werter Freund, hast du die letzten beiden so schwer verkäuflichen Gemälde übertroffen. Kein Obst mehr, nicht mehr nur eine Person. Und ...«, er trank, setzte den Becher schwungvoll ab, dass der Wein überschwappte. »Und du versteckst in deiner Geschichte sogar ein Geheimnis. Großartig. Für dieses Bild werden wir einen guten Preis erzielen. Ich fühle mich der Zigeunerin tatsächlich zu Dank dafür verpflichtet, dass sie mich ... dass sie uns bestohlen hat. Nie wäre dir ansonsten der Gedanke gekommen, sie von der Straße gleich ins Atelier zu bitten. Eine Fügung ...«

»Das ist es!« Michele sprang auf. In zwei Schritten war er an der Staffelei, fasste nach dem Degengriff, und mit einem Schlenker schleuderte er Scheide und Gurt beiseite. Die blanke Klinge in der Faust, kam er auf den Freund zu. »So dumm, wie Estrella meint, bin ich gar nicht.«

»Bitte, mein Freund ...« Prospero hob die Hände. »Wir haben zu viel getrunken. Bitte leg die Waffe beiseite.«

»Mein Plan ist gut.« Michele freute sich über die furchtsame Miene des Freundes. »Und du wirst mir helfen, ihn zu verwirklichen.« Er ging zur Wand und zerschnitt mit schnellen Kreuzschlägen alle Vorzeichnungen zu seinem Gemälde.

»Um Gottes willen!« Prospero stöhnte. »Welcher Dämon treibt dich? Mit diesen Skizzen hätten wir Geld verdienen können. Du Narr, dafür zahlen Liebhaber gute Preise.«

»Wir haben bisher noch keine Liebhaber. Hast du das vergessen?« Michele baute sich vor ihm auf und warf die Papierstücke über die Schulter. »Wir benötigen die Skizzen nicht, weil es sie gar nicht gegeben hat. Verstehst du?«

Prospero hielt den Atem an.

Michele beugte sich zu ihm. »Ich fertige keine Vorzeichnungen an. Darauf kann ich verzichten. Keine Komposition mit Lineal und Zirkel, keine Dreiecke ... Nein, das Bild entsteht im Kopf, das genügt. Dann hole ich mir meine Modelle von der Straße, stelle die Szene, male das, was ich sehe, ... und fertig.« Michele lachte in Prosperos verblüfftes Gesicht. »Ab heute bin ich ein Genie.«

»Aber du konstruierst doch, zeichnest den Bildplan, oder du ritzt ihn ...«

»Denk nach.« Michele kniete sich jetzt neben den Freund. »Wie soll ich jemals hier im Rom der vielen Maler auffallen? Ich muss etwas Besonderes können. Nur wenn ich eine Ausnahme bin, werden die Leute neugierig. Also?«

Als müsste er sich wach waschen, rieb Prospero mit beiden Händen übers Gesicht, danach sah er den Schützling an. »Damit verstößt du gegen jede geltende Regel.«

»Genau das will ich.« Michele umschloss die rechte Hand des Freundes mit beiden Händen. »Die Leute sollen meine Bilder bewundern, sollen über mich staunen. Und die Kollegen sollen mich fürchten.«

»Der Gedanke ...«, prüfend blickte Prospero zum Gemälde hinüber. »Du hast recht. Wir sollten mehr an deinem Ruf arbeiten. Ich werde sagen, du hast die Wahrsagerin zusammen mit einem Kunden auf dem Markt beobachtet, nahmst beide mit ins Atelier. Ein kurzes Arrangement genügte, und sofort hast du begonnen, das Paar mit schnellen Pinselzügen auf die Leinwand zu bannen.«

»Genau so! Und das gilt auch für alle Bilder, die ich noch malen werde.« Vor Begeisterung hieb ihm Michele auf die Schenkel, erhob sich, und ehe sich Prospero versah, küsste er schmatzend die haarlose Stelle auf dessen Schädel. »Erzähl es allen, auch denen, die es gar nicht hören wollen: Michelangelo Merisi schert sich nicht um die übliche Arbeitsweise der Maler. Er richtet sich nicht nach Vorbildern, er malt, was er sieht und denkt.« Wieder griff Michele nach dem Degen, streckte ihn wie ein Sieger und verkündete: »Leute! Hier steht der Rebell aus Caravaggio!«

»Leise. Sei vorsichtig.« Prospero bekreuzigte sich. »Rebellen werden vertrieben. Nicht dass sie dich nach Caravaggio zurückjagen.«

Es war ganz sicher. Paola nahm den Zettel aus der Schürzentasche und vergewisserte sich auf dem Rückweg vom Schlafgemach in den Flur erneut. »Liebste …« Sie wiederholte das Wort und liebte den Klang. Weiter: »… man hat mich verständigt, dass Du und Deine Herrin wohlbehalten in Rom angekommen seid …« Nein, kein Zweifel. Paola steckte die Nachricht zurück. In Wahrheit kannte sie den Text längst auswendig. Während sie sich über die aufgeklappte Reisekiste beugte, zitierte sie in leisem Singsang. »Viel zu lange haben wir uns schon nicht mehr gesehen. Deshalb warte ich heute vom Abendläuten an dort, wo wir uns im letzten Jahr Lebewohl gesagt haben. In Sehnsucht, Michele.« All die Angst der langen Monate war verflogen und mit ihr diese verdammte Ungewissheit. Paola legte sich sorgsam zwei Festgewänder ihrer Marchesa über den Arm, erst das blaue, dann das neue grüne mit den weinroten Hängeärmeln.

Gestern, bald nach ihrer Ankunft im Palazzo Colonna, hatte Carlo, der über den Winter etwas dicklich gewordene Kammerherr von Kardinal Ascanio, sie beiseitegenommen. »Du wirst zufrieden mit mir sein. Ich weiß, wo er sich aufhält. Über jede Wohnungsänderung deines …« Er wollte Hahn sagen, Paola war sich ganz sicher, sie zeigte ihm ihre Faust, und Carlo ergänzte mit vornehmem Lächeln: »… deines Malers wurde ich von meinen Gewährsleuten unterrichtet. Sogar als man ihn ins Hospital brachte, wurde ich informiert.«

»O Madonna. Er war krank?«

Ein bedauerndes Schulterzucken. »Woran er kränkelte, entzieht sich meiner Kenntnis. Über seine jetzige Unterkunft hat er sogar persönlich unsere Torwachen informiert. Und in der Tat, es ist keine schlechte Adresse.«

»Du bist der Beste.« Im Überschwang hatte sich Paola auf die Zehenspitzen gereckt und Carlo einen Kuss auf die Wange gegeben. »Danke. Und jetzt lass ihm Bescheid geben, dass ich da bin. Bitte.«

Carlo war auf den Geschmack gekommen, hatte ihr die andere Wange hingehalten und sich erst entlohnen lassen.

Und heute schon war die Antwort da.

Heute schon will er sich mit mir treffen. »Das ist ein gutes Zeichen.« Zum Lüften und Entknittern hatte Paola inzwischen alle Gewänder der Herrin nah dem geöffneten Fenster ans bronzene Hakengerüst gehängt und kehrte als Nächstes mit der Fächerschatulle aus dem Flur zurück.

War Marchesa Costanza bei manchen Versäumnissen auch nachsichtig, nahm widrige Kleinigkeiten oft wortlos in Kauf, bei ihren Fächern hingegen hörte jede Großzügigkeit auf. »Es ist mir unerträglich, wenn ich in Gesellschaft etwas Kühlung bedarf und dieses Ding beim Aufschlagen klemmt. Niemand würde eine Bemerkung darüber verlieren, jeder aber doch denken, dass ich zu ungeschickt wäre. Ich erwarte …«

Bisher hatte Paola sie noch nie in eine derartige Verlegenheit gebracht. Umsichtig öffnete sie jeden Fächer, spreizte ihn, richtete die Horn-, Holz- oder Schildpattstäbe, kniff an den Falten der von Bändern gehaltenen Zwischenblätter, um jeden dann mehrmals mithilfe des kleinen Fingers aus dem Handgelenk aufzuschlagen. Ihren Favoriten bewahrte sie sich auf bis zum Schluss. Nur selten benutzte ihn die Herrin. Feinstes Elfenbein, kein strahlendes Weiß, cremefarbig. In jeden der breiten Stäbe war ein Bildmotiv eingeschnitzt, ganz aufgefächert zeigte sich das Liebespaar. Der Jüngling stand unter dem Baum. Er schaute hinauf, und über ihm saß die Angebetete auf einem Ast. Sie war nackt … »Das könnten wir auch«, flüsterte Paola. Sie stellte sich vor den Spiegel, schloss den Fächer und ließ ihn erneut vorsichtig aufgleiten. Sie verbarg mit ihm ihr Gesicht, legte ihn über den Busen, drehte sich zur Seite und blickte so in den Spiegel, sie schmunzelte geheimnisvoll und fächelte sich dabei Kühlung zu.

»Vergiss bei aller Eitelkeit nicht: Das schöne Stück gehört mir.« Unvermittelt war die Marchesa mit ins Spiegelbild getreten. Paola fuhr zusammen, drängte die Elfenbeinstäbe ineinander.

»Geh behutsam damit um, Kind.«

»Verzeiht. Es war nur so in Gedanken.«

»Befreie mich vom Unterkleid. Kaum zu glauben, aber der Mai hier in Rom ist wesentlich wärmer als der Mai bei uns in Caravaggio.«

Paola ließ sich hinter der Herrin auf die Knie, lüftete den seidenen Reifrock bis über die Waden und griff darunter hinauf zur Hüfte. Während sie an den Knöpfen des Unterkleids nestelte, erkundigte sich Costanza. »Wovon hast du gerade vor dem Spiegel geträumt? Wolltest du etwa eine Dame bei Hofe sein? Bei einem Empfang?«

»Gott behüte.« Die Antwort kam aus tiefstem Herzen. »Nein, ganz und gar nicht.«

»Kluges Kind.« Mit leichten Bewegungen half Costanza nach. Der Unterrock glitt über Po und Schenkel, und sie konnte ihm entsteigen. »Ich hasse diese steifen Feste. Jedes Mal aufs Neue schwöre ich mir: Nun ist Schluss. Das war mein letzter Empfang. Dann kommt die nächste Einladung, und ich sage selbstverständlich zu und langweile mich wieder.« Costanza besah ihr Gesicht im Spiegel, betastete die Frisur.

Gleich stand Paola neben ihr bereit. »Soll ich Euch neu kämmen?«

»Ich glaube, das wird nicht nötig sein. Prüfe nur den Sitz der Spangen und Nadeln. Mein Bruder hat heute einige Kardinalskollegen zum Essen eingeladen. Ich vermute mal, diese Herren werden mich nicht um einen Tanz bitten.« Sie lächelte und wölbte die Brauen. »Zumindest nicht offiziell. Einer der Gäste ist allerdings Kardinal Francesco del Monte, der Gesandte des florentinischen Großherzogs Medici. Über diesen Herrn und den Vorgängen in dessen Palazzo kursierten schon in den vergangenen Jahren die unglaublichsten Geschichten, und es werden gewiss inzwischen neue hinzugekommen sein. Entsprechen die Gerüchte auch nur in etwa der Wahrheit, so scheint ihm schier alles zuzutrauen zu sein. Allerdings sind seine Lustbarkeiten wohl mehr auf die Knabenwelt beschränkt. Also meine Frisur wird heute nicht in Gefahr geraten.«

Paola löste dennoch das Haarnetz, wand einige Strähnen am Hinterkopf und befestigte sie neu. Die Herrin suchte ihren Blick im Spiegel. »Nun heraus damit: Warum hast du vorhin so verträumt mit dem Fächer gespielt?«

»Mir gefällt die Schnitzerei. Besonders das Liebespaar in der Mitte.«

Costanza griff nach Paolas Handgelenk und wandte sich auf dem Hocker um. »Hast du etwa schon ein Lebenszeichen von ihm?«

Paola nickte, gleichzeitig stieg Röte in ihre Wangen. »Sogar eine Nachricht.«

»Aber das ist doch wunderbar. Ich freue mich für dich.«

»Er will …« Paola begann neu: »Er wartet auf mich …« Sie sah zu Boden, hob dann doch wieder den Blick. Bitte gepaart mit Furcht vor einem möglichen Verbot stand in ihren dunklen Augen. »… beim Abendläuten. Da wartet er nebenan unter den Arkaden von Santi Apostoli. Und ich wollte fragen, ob …? Ich mein, wegen der Kardinäle heute?«

»Natürlich gehst du hin. Für die Rothüte werde ich mich nicht in ein Festgewand werfen. Natürlich müsst ihr euch sehen. Nach solch langer Zeit …« Costanza furchte die Stirn. »Allerdings …«, sie betonte die kurze Pause, »… Zeit genug wird euch beiden nicht bleiben. Wohl aber ist sie ausreichend, um sich wiederzusehen, und genug, dass ihr euch verabreden könnt. Ich benötige dich erst wieder zum Ankleiden für das Gastmahl.«

Also blieben zwei Stunden! Glück verlockt den Überschwang: Paola wollte die Herrin umarmen, hielt rechtzeitig inne, schlug sich aber stattdessen mit dem Kamm heftig auf den Arm.

»Was tust du?«

»Nichts«, flüsterte sie. »Ich freue mich nur.«

Drei Glocken. Die helle hatte begonnen, zwei Schläge, ein Atemholen, und schon fand sie ihren eifrigen Rhythmus. Als wären die dunkleren uneins gewesen, hatten sie ohne Takt beinah gleichzeitig eingesetzt, fügten sich aber rasch, schlugen nun ihre behäbigen Töne und erfüllten so das Abendläuten von Santi Apostoli. Das Brausen schallte hinein in die schmalen Gassen, überflutete die Straßen und brach sich an den hohen Gebäuden.

Paola trat aus der Nebenpforte in den Durchstieg zwischen Kirche und Palazzo. Nach wenigen Schritten Dunkelheit war sie im Licht. Die schon tief stehende Sonne teilte die Piazza, Schatten verbarg die gegenüberliegende Seite. Arkaden und Portal von Santi Apostoli aber erstrahlten, zeigten jede Figur, jeden Steinschmuck.

Seine wilde Haarmähne, sein Rücken im schwarzen Schultermantel. Er wartete wirklich. Nicht laufen, befahl sich Paola. Gleich widersprach das Herz: Aber schnell gehen wird erlaubt sein. Er lehnte im mittleren der neun Bögen an einer Säule, sah den Tauben auf dem Platz zu, lockte sie mit leichten Armschwüngen, als wolle er ihnen Körner oder Brotreste hinwerfen.

»Auch ich hab Hunger«, sagte sie leise. »Aber ich will viel mehr.«

Er fuhr herum. Sein Gesicht wurde weich, Paola nahm die vollen Lippen wahr, das Kinn, die Nase, dann erst las sie in den Augen, fand Freude, die aufblühte. »Liebste«, sagte er. Beinah scheu griff er nach ihrer Hand, kaum aber berührten sich die Finger, hielt er sie fest, zog er Paola in die Arme.

Sie sog seinen Geruch in sich auf, wurde nicht satt, atmete ihn wieder und wieder ein. »So lange …« Sie kämpfte gegen die Tränen. »Und jetzt, da ich dich spüre, war es noch viel mehr als zu lange. Ach, verflucht, ich will viel mehr sagen, weiß aber die Worte nicht.« Sie hob das Gesicht, küsste sein Kinn, ihr Mund wollte gefunden werden und seine Lippen fanden ihn. Endlich. Und Paola gab ihr Herz, erfühlte das Pochen in seiner Brust. So bleiben, dachte sie, nichts brauch ich sonst.

Es gab keinen Abschied, nur ein Atemholen für neue Zärtlichkeit. Aus der Umarmung streichelte er ihren Nacken, fuhr hinauf ins Haar, küsste die Stirn, die Schläfen, dann hielt er sie von sich, lächelte bekümmert. »Entschuldige«, er nestelte an ihrer weißen Leinenhaube, »ich hab den Stoff verknittert.«

Welch wunderbare Sorge, so als gäbe es im Leben keine größere. »Das ist schlimm.« Sie lächelte zurück. »Sehr schlimm und sehr teuer.«

Michele spielte mit. »Und wie kann ich den Schaden wiedergutmachen? Wünscht die Dame etwa ein Porträt?«

»O gern. Sehr gern«, rutschte es ihr heraus, gleich schlüpfte sie in die Rolle zurück. »Ein schöner Gedanke, Meister, und … ja, eine zufriedenstellende Entschädigung. Allerdings sollten wir für die Sitzung einen Termin vereinbaren …« Sie brach ab, das Spiel dauerte zu lange. »Jedes Fenster im Palazzo hat Augen. Uns bleibt nur wenig Zeit heute. Zwei Stunden. Ich will mich wenigstens einen Moment mit dir allein fühlen. Wie weit ist es bis zu dir?«

»Zu mir …?« Einen Atemzug lang stockte er und sagte, als wäre es schwierig, die Entfernung auszurechnen: »Komm erst mal weg von hier.« Michele legte den Arm um ihre Schultern, rasch verließen sie die Arkaden und entschwanden in der Gasse gegenüber. »Also bis zum Palazzo Petrignani …?«, spröde, beinah sachlich gab er Auskunft. »Das dauert bestimmt eine halbe Stunde, wenn wir schnell gehen.«

»Und die gleiche Zeit benötigen wir auch wieder zurück.« Paola schüttelte den Kopf. »Nein, das wäre zu schade. Wenn, dann will ich ein kleines Fest.« Sie sah zu ihm auf, rieb ihren Busen an seinem Arm. »Genießen. Ganz ausführlich. Nur wir beide.«

Michele streichelte ihre Brüste, erst etwas abwesend, dann aber wollte er mehr. Sie spürte sein Verlangen und liebte es, ihn vertrösten zu müssen: »Ich sehne mich auch so sehr. Aber wir haben so lange gewartet. Die wenigen Tage ertragen wir auch noch. Abends werde ich nie können, doch ganz sicher gibt die Herrin mir hin und wieder am Nachmittag frei. Und nächste Woche bestimmt.«

»Nachmittags?« Das Wort belebte ihn, voll neuer Freude drückte Michele sie wieder an sich. »Ja, Liebste. Dann sind wir heute vernünftig, und du kommst nächste Woche zu mir. Am Nachmittag.« Er streichelte ihre Lippen. »Wie weich sie sind«, flüsterte er und küsste sie. Dann ergriff er wie ein Junge ihre Hand, und beinah übermütig zog er Paola hinter sich her. »Schneller. Wir laufen zum Foro di Trajano und setzen uns auf die Steine. Der alte Kaiser oben auf der Säule hat sicher nichts gegen Verliebte.«

Sie lief neben ihm her, lachte, jubelte: »Und wenn? Bei dem wär's mir auch gleich.«

Die Sonne war noch in den Steinen. Paola lehnte mit dem Rücken an einem der marmornen Umgrenzungspflöcke und ließ die Beine in den Graben baumeln. Michele saß neben ihr, sobald sich ihre Füße berührten, schienen sie für einige Momente aneinanderzukleben. Welch ein glücklicher Luxus, dachte sie. Zum ersten Mal in diesem Jahr sitze ich draußen, tue nichts, außer verliebt zu sein. Paola sah ihn von der Seite an. Zugenommen hat er nicht, seine Haut ist so blass, und die Ränder um die Augen sind dunkler geworden. »Der Kammerherr unseres Kardinals erzählte, dass du im Krankenhaus warst?«

»Wechselfieber. Das würde ich nur meinem ärgsten Feind wünschen.«

»So schlimm?«

»Und davor noch der Pferdetritt. Von dem bekam ich Wundbrand im Bein.«

Paola tastete nach seiner Hand. »Wie lange hast du im Hospital gelegen?«

»Den letzten Herbst über. Insgesamt waren es gut zwei Monate.«

»Wie schrecklich. Und ... so allein. Ach, ich könnte weinen, wenn ich daran denke, wie du da so einsam gelegen hast.«

Michele zog seine Hand zurück, gab sie aber gleich wieder. »Also Besuch hatte ich schon. Freunde eben. Die haben schon mal nach mir gesehen.«

»Der Heiligen Mutter sei Dank«, seufzte Paola. »Wäre ich hier gewesen, dann hätte ich dich in jeder freien Stunde besucht, hätte dich gefüttert, einfach alles hätte ich getan.«

»Hunger hatte ich erst später. Während der Anfälle wünschst du dir gar nichts. Da wirst du hilflos auf und ab geschleudert, hin und her geschüttelt, da musst du durch jede Kammer der Hölle ...«

»Nicht ... erinnere dich nicht mehr daran.« Paola rückte nah zu ihm, lehnte den Kopf an seine Schulter. »Ich bin froh, dass du inzwischen Freunde gefunden hast. Enge Freunde?«

Unmerklich versteifte er den Rücken. »Wie das so ist ... Einige schon. Andere nicht. Man freut sich, wenn man sich trifft, trinkt vielleicht einen Becher zusammen. Bernardo zum Beispiel, das ist der Bruder von meinem letzten Arbeitgeber, diesem d'Arpino. Oder Onorio Longhi, ein Architektensohn.« Weil er zu lange schwieg, stupste sie ihn leicht in die Seite. »Und die besseren?«

Michele räusperte sich umständlich. »Zu denen zähle ich Mario. Du kennst ihn. Er ist der Kompagnon von diesem Lorenzo aus Sizilien. Sie malen Porträts. Damals hab ich bei ihnen gearbeitet, habe im hinteren Teil ihres Ateliers gewohnt. Du hast mich damals hin und wieder dort besucht.«

»Ich erinnere mich«, Paola schüttelte den Kopf. »Eine erbärmliche Unterkunft.«

»Dieser Mario …« Michele sprach jetzt schnell, als wollte er rasch zu einer wichtigeren Person kommen. »Also den würde ich einen guten Freund nennen. Und dann natürlich meinen Prospero. Was hätte ich ohne ihn gemacht. Wie ein Vater war er zu mir im Krankenhaus …« Michele erzählte viel, häufelte Satz um Satz und deckte damit Mario gleich wieder zu. Dafür beschrieb er ihr ausführlich das Äußere von Prospero Orsi, berichtete vom gemeinsamen Start in die Selbstständigkeit. »Erst waren wir erfolglos, aber vielleicht gelingt es, für meine neuen Bilder einen reichen Käufer zu finden.«

»Jetzt wird dir alles gelingen. Du hast mehr Talent als alle anderen Maler hier in Rom. Außerdem hast du gute Freunde …« Paola säuberte mit entschiedenen Handschlenkern ihre helle Schürze. »Und hier neben dir sitzt eine Frau, die dich liebt.«

»… Hört, welche Ehre Amor ihr erwiesen,
denn klagen sah ich ihn um sie in Wahrheit …«

Oben im Studio der Akademie hielt der Schauspieler inne. Ein langer bedeutungsschwerer Blick für die Zuhörer, langsam neigte er den Kopf, seine Haarmähne fiel, wurde zum Trauervorhang. Seit einer halben Stunde schon malten Geste und Stimme mit an Dantes Versen.

»Bald beugte er zum entseelten Bild sich nieder …« Nun hob der Künstler die Stirn, suchte im Stuck der Decke jene göttliche Ferne.

»… Bald blickt er hoch empor zum Himmel wieder,
Wo schon die Seele schwebt in lichter Klarheit;
Der Schönen helles Antlitz sei gepriesen!«

Der Schauspieler blieb in der Pose, bis das letzte Wort verklungen war, dann erst kehrte er gemessenen Schritts auf seinen Platz im Halbrund der Gäste zurück. Weihevolle Stille herrschte. Schließlich räusperte sich Giuseppe Cesari d'Arpino. Ehe er aber dem Vortragenden danken konnte, warf der Malerkollege neben ihm das bis zur Schulter wallende rote Haar zurück und reckte die Hände anbetend zur Decke. »Amor, du himmlischer Unruhestifter. Ich habe dich nicht vergessen. Irgendwann, nein, bald schon werde ich dich in Öl auf die Leinwand bannen.«

»Ein lobenswerter Vorsatz«, bemerkte der Gastgeber leicht verärgert. »Werter Giovanni Baglione, über deine künstlerischen Pläne können wir nachher gerne sprechen. Wenn wir im Programm unseres heutigen Treffens so weit fortgeschritten sind. Zunächst aber gilt unser Applaus dem großartigen Mimen Stefano.« Er klatschte, und die Anwesenden fielen mit ein.

»Und nun, Freunde …« Der Meister erhob sich, tänzelte zur Mitte und baute sich neben zwei mit weißem Tuch verhüllten Staffeleien auf. Dort verharrte er, den linken Fuß leicht vorgesetzt, bis er sich aller Blicke aus dem Publikum sicher war. »Lasst mich zunächst unserem Förderer, unserem Beschützer und Wohltäter, lasst mich dem Heiligen Vater Papst Clemens, dem achten dieses Namens, im Namen aller danken. Möge er mit hohem Alter gesegnet werden. Unsere Akademie, meine Freunde, hat sich dem Streben nach Vollendung verpflichtet. Es geht uns nicht allein darum, die althergebrachte Zeichenschule fortzuführen. Nein, wir sind modern, fühlen den Puls der Dichter …«, rasch noch ein anerkennendes Nicken für den Schauspieler, »… lauschen der Melodie des Komponisten, und wir steigen hinauf in die Höhen der Philosophie. Freunde, wir, im Gegensatz zu anderen Akademien, widmen uns dem Wissen über die Kunst, verschmelzen Theorie und Praxis …« Der Meister unterbrach, starrte strafend auf seinen Bruder am rechten Ende der zum Hufeisen gestellten Sesselreihe. Bernardo war damit beschäftigt, eine Papierkugel nur mithilfe beider Füße vom Boden bis zur Sitzhöhe zu balancieren. Das Kunststück gelang, erst da bemerkte er die Stille, sah den vorwurfsvollen Blick und zog den Kopf ein.

»Nachdem nun auch einer der Geringsten unter uns sich aufmerksam zeigt, darf ich den Faden wieder aufnehmen. Freunde, wie sagte ich soeben richtig: Wir in dieser Akademie verschmelzen Theorie und Praxis. Und damit garantieren wir eine lebenslange Weiterentwicklung des Künstlers.« Zustimmendes Nicken, Gemurmel, jeder fühlte sich emporgehoben und des erlauchten Kreises würdig. »Natürlich müssen wir uns auch mit den mehr oder weniger geglückten Malversuchen des Nachwuchses und der Laien beschäftigen. Heute stelle ich Euch, meine werten Freunde, zwei Werke, oder soll ich, ohne Eurem geschätzten Urteil vorzugreifen, sagen: die Machwerke eines abtrünnigen Schülers unserer Akademie vor.« Ein kurzes aufmeckerndes Lachen, dann enthüllte er mit großem Armschwung beide Gemälde. »Seht und staunt, was Michelangelo Merisi wagt, dem Publikum zu bieten.«

Kein Aufschrei folgte, jedoch blickte das Gremium mit hochgezogenen oder gar verengten Brauen auf die Kunstwerke. Das Schweigen dauerte dem Meister zu lange. »Nun, möchte einer sich zu den Gemälden äußern? Was ist Eure Meinung, geschätzter Oratio Gentileschi?« Mit beiden Händen wehrte der Gefragte ab. »Oder was meint Ihr, Filippo?« Der schmächtige Trisegni schüttelte den Kopf und rutschte tiefer in den Sessel. Zur Überbrückung lachte der Akademieleiter gekünstelt, dabei zwirbelte er an den Spitzen seines Lippenbartes.

»Darf ich …?«, meldete sich Bernardo, doch der Bruder sah über ihn hinweg. »Meine Freunde? Nur Mut. Vielleicht hilft es, wenn ihr die Arbeiten genauer in Augenschein nehmt.«

Giovanni Baglione erhob sich als Erster, bei jedem Schritt setzte der nicht einmal dreißigjährige, doch überfüllige Mann die Füße nach außen, dazu wippte sein rotes Haar den Takt; so watschelte er auf die Staffeleien zu. Sessel rückten. Nach und nach folgten ihm die übrigen Künstler. Allein der Bruder des Meisters blieb zurück.

Baglione beäugte den »Kranken Bacchus«, und während er ihn beinah mit der ausgeprägten Nasenkuppe berührte, saugte er unentwegt an einer Zahnlücke. Auch die Kollegen umkrochen nun wie Schlangen beide Kunstwerke, prüften sie von der Seite, hoben sich auf die Zehen, um von oben mit dem Blick über die Leinwand hinunterzugleiten. Langsame, stetige Bewegungen, ein Entfernen, ein Näherkommen, mit einem Auge schauen, dann wieder mit beiden Augen und immer wieder Maßnehmen zwischen Zeigefinger und Daumen. Schließlich löste sich Giovanni Baglione von der Leinwand, noch ein Schnalzer durch die Zahnlücke, dann verneigte er sich leicht vor dem Gastgeber. »Wenn du erlaubst, Meister.«

Mit lautem Klatschen scharte Cesari die Kollegen um sich und den Roten. »Bitte, du hast das Wort, mein Freund.«

»Lasst mich, das Einverständnis aller vorausgesetzt, stellvertretend diese recht artigen Malversuche kommentieren.« Ohne sie zu berühren, wischte er mit einer Handbewegung über beide Bilder hinweg. »Die Farben sind meist gelungen. Auch meist die Formen. Vor allem die Früchte, die der Jüngling im Korb trägt. Aber … aber …«, Baglione schürzte die Lippen, musste mit sich ringen, um den Ernst zu wahren, »… seht nur, mit welcher beinah genialen Ungeschicklichkeit der Urheber den Körper des Jünglings dargestellt hat. Und dieser Bacchus, es soll wohl ein Selbstbildnis sein, grünlich wie ein Molch … nun ja, jeder sieht sich selbst in bester Verfassung …, aber ganz abgesehen von der erbärmlich ausgeführten Gestalt, vermisse ich jeden Hintergrund. Ist er vergessen worden? Oder reichte die Technik des Urhebers einfach nicht aus? Mein Urteil: Diese Bilder, so arm an Fantasie, sie sind bestenfalls mittelmäßig.« Nun gab er sich ganz offen dem Spott hin. »Meine Empfehlung an den jungen Mann lautet: Lerne er einen anderen Beruf, und male er in seiner Freizeit sich selbst zur Freude, doch verschone er uns mit solchen Traktaten.«

Baglione warf die Haarmähne nach hinten und strahlte, als ihm der Meister beide Hände drückte. »Lieber Freund, kaum einer aus unserem Kreis hätte ein treffenderes Urteil über die Bilder des beklagenswerten Merisi formulieren können. Danke …«

»Mir gefallen sie!«, unterbrach Bernardo den Bruder. Er stand auf. »Und ich glaube nicht, dass alle hier der gleichen Meinung sind wie dieser … dieser Fett…«

»Schweig!«, fuhr Cesari ihn an. »Verlasse den Saal. Sofort!«

Bernardo wagte drei Schritte mit geballten Fäusten auf den Bruder zu. »Und was ist mit dir? Wieso hast du dich dieser Bilder bemächtigt? Gewaltsam! Du hast sogar deinen Russen ausgeschickt und den vom Wechselfieber noch völlig geschwächten Merisi im Armenhospital niederschlagen lassen! Nur, um an diese Kunstwerke zu gelangen!«

»Er hatte Schulden bei mir! Und jetzt hinaus! Oder soll ich nach Boris rufen?«

Bernardo zeigte mit gestrecktem Finger in die Runde der Künstler. »Ihr Heuchler und Neider. Ja, nickt nur dem Meister und schmiert ihm und seinem roten Erpel ums Maul …«

»Boris!«

Ehe der Leibwächter an der Flügeltür erschien, warf Bernardo dem

Kritiker einen verächtlichen Blick zu, bedachte ihn noch mit einem tonlosen »Bastardo«, dann lief er zur linken hinteren Saalecke und verschwand neben dem hohen Spiegel durch die Tapetentür.

Cesari geleitete den schwer atmenden Giovanni Baglione am Arm zu seinem Sessel. »Lieber Freund, ich entschuldige mich für meinen Bruder. Er ist unbeherrscht und wild.«

»Nicht hinnehmbar ...«, keuchte der Geschmähte. »Dabei ist meine Kritik an diesem Neuling noch milde ausgefallen.«

»Wie wahr, wie wahr ...«

»Kein Talent. Und was noch schwerer wiegt, er wagt es, sich gegen unseren Kreis zu stellen ... will ohne uns, will sich auf eigene Faust in Rom behaupten. Ein Konkurrent ...«

»... den du gewiss nicht fürchten musst wie auch niemand hier im Saale«, beschwichtigte der Meister rasch und setzte hinzu: »Allerdings scheint es mir angebracht, diesen Merisi von nun an stets im Auge zu behalten. So können wir uns besser vor unliebsamen Überraschungen schützen.«

»Euer Bruder ...«, Baglione stieß den Atem in kurzen Stößen aus den geblähten Wangen, »... scheint mir nicht für diese Aufgabe geeignet.«

»Wie recht du hast, guter Freund. Solch delikate Dienste lasse ich von Boris und wirklich tüchtigen Helfern erledigen. Nicht aber von Bernardo, der leider nur zu oft vergisst, auf wessen Seite er zu stehen hat.«

Ein tiefer Seufzer der Zustimmung. »Seine Kränkungen sind so verletzend ... so entwürdigend ...« Baglione sank auf dem Sessel in sich zusammen. Halslos schien sich der Kopf nur mühsam auf dem fülligen Rumpf gerade zu halten. »Solch ein durch und durch verfaulter Charakter ... Nur um unserer Freundschaft willen, verehrter Meister, verzichte ich auf eine Anzeige bei Gericht.«

»Großherzigkeit war immer schon eine deiner wertvollsten Tugenden.« Cesari tätschelte ihm die Hand, zwar war sein Blick erkaltet, dennoch wärmte er mit der Stimme. »Und wir warten mit großer Spannung auf deinen Amor. Wie gedenkst du den Liebesboten darzustellen?«

Gleich kehrte Baglione aus der Tiefe wieder zurück. »Himmlisch.

Noch ist die Komposition in mir verschleiert, doch wird es einen oder gar zwei Engel geben. Eine Szene quasi zwischen Himmel und realer Welt ...«

Wohlwollend nickte der Gastgeber den Ausführungen zu und wartete, bis alle Kollegen wieder ihre Plätze eingenommen hatten, dann erst unterbrach er behutsam und kündete den nächsten Punkt der Tagesordnung an.

9

Der Korb hatte Gewicht. Paola wog ihn am rechten Unterarm. »Ein schönes Gewicht, selbst für zwei gebratene Hühner.« Sie bog vom Palazzo Colonna in die breite Straße zur Piazza Venezia ein. Ein prüfender Blick zur Seite. Das Tuch steckte rundum fest. Obwohl die Köstlichkeit höchstens noch lauwarm sein konnte, entströmte ihr Verführung. »Sogar die Feigen rieche ich.«

Und überall war Hunger in den Straßen. Wie zum Beweis entdeckte Paola zwei Bettler an der nächsten Gassenmündung und schlug einen weiten Bogen um sie. »Verdammt, wir hätten die Hühner besser in Lederbeutel stecken sollen. Jetzt lauf ich hier als Festmahl durch die Gegend.« Sie beschloss, nicht über den Hügel und vorbei an den antiken Ruinen zu gehen – da war es zu einsam, gab es zu viele tote Ecken und Winkel –, sondern unten die belebte Via San Marco zu nehmen.

Die erste Köchin im Palazzo hatte sie nach dem Abtragen des Geschirrs beiseitegenommen. »Zum Warmessen war es heute für die Herrschaft wohl zu heiß gewesen. Ist viel übrig geblieben.« Die rundliche Frau war Paola zugetan. »Nimm, Kindchen, nimm nur.« Sie steckte ihr Marzipan und Kandiertes zu und sorgte sich auch um Micheles Wohl, als gelte es, den eigenen Schwiegersohn heranzufüttern. »Was meinst du, Kindchen? Zwei Hühner hab ich noch. Knusprig gebraten und gestopft mit Ingwer und in Honig gewälzten Feigen. Wäre doch zu schade für den Schweinetrog. Und so ein Künstler muss gut essen, dann gibt's auch gute Bilder.«

Paola hatte nicht gezögert. »Danke. Damit hat er für heute und auch noch morgen genug.« Sie wollte rasch los und in einer Stunde wieder zurück sein. »Falls mich die Herrin vermisst und hier in der Küche fragen lässt, sag einfach, ich wäre mal eben zur Kirche rüber. Das versteht sie schon.«

Nur in der ersten Zeit nach dem Wiedersehen war Paola manchmal ohne Verabredung in Micheles Atelier erschienen und dies stets kurz nach dem Mittagsläuten. Schnell aber musste sie lernen, wie sehr er unangemeldete Besuche hasste. »Du störst mich bei der Arbeit.« Knapp und schroff war sein Ton.

Nie hatte Michele bei ihrem Eintreffen vor der Staffelei gestanden, meist sogar im Wohnraum auf dem Bett gelegen. »Ich dachte, du malst nur abends und in der Nacht?«

»Jetzt denke ich nach, das ist genauso ein wichtiger Teil der Kunst.«

Paola wollte sich ganz still verhalten, doch auch dann fühlte er sich gestört. Das verstand sie zwar nicht, hatte aber seinen Wunsch respektiert.

»Erst morgen sind wir verabredet. Was macht der eine Tag? Er wird sich auch heute freuen. Wenn er die Hühner sieht, bestimmt … Nein, so weit kommt es noch. Wer bin ich denn?« Sie tippte sich mit der freien Hand gegen die Brust. »Sobald du mich und dann auch noch die Hühner siehst, hast du dich gefälligst zu freuen. So sehe ich das. Außerdem ist es spät am Nachmittag, da sollte deine Künstlersiesta längst vorbei sein.«

Eine Berührung an der rechten Schulter riss sie aus den Gedanken. Paola fuhr herum, starrte in ein Grinsen, schwarze Zahnstummel, die Zunge leckte über die verdreckte Unterlippe. »Täubchen …«

»Weg!« Heftig schlug Paola nach den Fingern der zerlumpten Frau. »Verschwinde!« Sie wich einige Schritte zurück. Sofort wurden ihr von hinten die Arme festgehalten. »Keiner darf unsere Mama schlagen«, zischte eine Stimme. Paola wehrte sich, kam nicht frei, versuchte zu treten. Entsetzt bemerkte sie die enge Gasse. O Madonna, ich hab nicht aufgepasst, hab die Abkürzung vorbei am Judenviertel genommen. Ich muss hier weg. Nur weg! Heftiger ruckte und zerrte sie, doch die Fäuste waren wie Eisenklammern. Dicht neben ihrem Ohr hörte sie ein böses Lachen. »Halt still, oder ich mach dich still. Unsere

Mama will dich was fragen.« Paola beugte sich vor und biss dem Kerl ins linke Handgelenk. Er schrie, der Arm zuckte zurück. Sofort holte sie aus und schlug im Drehschwung mit der Faust nach ihm, traf die Halsseite. Er torkelte gegen eine Hauswand. Gleich aber waren zwei weitere Halbwüchsige neben ihr. Ein Hieb in den Rücken, zwei Hände umschlossen von hinten ihren Hals, würgten sie. Paola wollte atmen, wollte schreien … Nichts, nur Angst, nur hilflose Not …

»Lasst sie los!« Und schärfer: »Oder soll ich euch …« Die erhobene Hand genügte. Gehorsam gaben die Söhne das Opfer frei. Ihre Mama tätschelte Paola den Rücken, wartete, bis Würgen und Husten vorbei waren. »Aber, Täubchen, warum machst du es dir so schwer? Andere geben gleich alles her, was sie bei sich tragen, und wir lassen sie unversehrt davonlaufen.«

Paola richtete sich auf. Trotz des Kampfes hatte sie den Korb nicht verloren. Ihre Augen tränten, sie fuhr sich mit dem Ärmel durchs Gesicht. »Ich habe kein Geld. Bin nur eine Magd.«

Gleichmütig deutete die Zerlumpte auf den Korb. »Und was ist da drin?«

»Nur etwas zu essen.« Verdammt! Paola verfluchte sich selbst: keine Besorgung in der Stadt ohne Schutz! Wie oft hat die Herrin es dir vorgebetet? Und du? Rennst einfach allein los.

»Her damit!«

Die räuberische Mutter fasste nicht nach dem Henkel, streckte nur fordernd die Hand aus. Ein gutes Zeichen?

»Bitte, ich bringe meinem Freund etwas zu essen. Er ist ein armer Maler. Ich bringe ihm die Reste aus unserer Küche.«

Die Zerlumpte hörte zu. Vielleicht …? Paolas Hoffnung wuchs. »Er ist ein ganz armer Maler. Lag lange im Hospital bei den Mitleidigen Brüdern. Und seine Mutter ist auch tot. Bitte, er hat nur mich. Er muss doch wieder zu Kräften kommen.«

Langsam sank die ausgestreckte Hand. »Was ist mit deiner Lippe, Täubchen?«

»Die Narbe?« Paola schützte Nase und Mund. »Da hat mich …«

»Bist wohl viel geschlagen worden?« Sogar etwas Verständnis schwang mit, gleich aber wurde die Stimme wieder hart. »Meine Söhne und ich haben auch Hunger. Was hast du da?«

»Zwei Hühner«, gestand Paola. »Gebraten. Aber schon fast kalt.«

»Her damit!« Jetzt riss ihr die Zerlumpte den Korb vom Arm, zerrte das Tuch beiseite, griff hinein und zog einen der knusprigen Vögel heraus. Kurz beroch sie die Köstlichkeit. »Sehr gut. Sogar mit Feigen drin.« Sie nickte zur Hauswand hinüber. »Hier. Das ist für euch.« Damit warf sie ihrem Nachwuchs den Braten zu. Wie Raubtiere rissen sich die Söhne Beine und Flügel ab.

Die Mutter drückte Paola den Korb an die Brust. »Nun lauf, Täubchen, ehe meine Buben auch noch das zweite Huhn wollen.«

Paola stolperte, verlor nicht das Gleichgewicht, dann rannte sie, erst auf der hellen Via Arenula verschnaufte sie einen Moment. Die Angst hatte nachgelassen, dafür aber quälte sie heftiges Seitenstechen, schmerzte der Rücken und auch das Schlucken.

Nahe dem Palazzo Petrignano suchte sie sich eine belebte Straßenecke und für den Rücken eine Hauswand ohne tiefe Nischen oder Torbögen. Ein Blick nach rechts und links, niemand schaute her. Nun konnte sie in Ruhe die Schürze glätten, ihre Haube notdürftig richten und lose Haarsträhnen darunterstecken. Meine Narbe? Selbst der Räubermutter war sie aufgefallen. »Die Schminke ist ab.« Nach kurzem Zögern zuckte sie mit den Schultern. »Es ist nun mal nicht zu ändern. Und Michele darf die Narbe nicht stören. Schließlich hat er den Stein geworfen.«

»Einen Stein?« Zwei Wachmänner blieben bei ihr stehen, beide zückten die Schlagstöcke. »Wer? Woher kam der Stein? Zeig nur die Richtung.«

»Danke.« Paola lächelte in die streng besorgten Gesichter. »Ich habe nur laut mit mir gesprochen.«

»Ist alles in Ordnung, Signorina?«

»Jetzt ja. Vorhin hätte ich Hilfe gebrauchen können.«

Die Stöcke verschwanden wieder in den Hüftschlaufen. Paola musste ihren Namen und den Wohnsitz ihrer Herrschaft angeben.

»Kardinal Ascanio? Du arbeitest für seine Schwester, die Marchesa Colonna, und gehst ohne Leibwächter durch die Stadt?«

»Das hab ich mir auch schon vorgeworfen.« Paola schüttelte bekümmert den Kopf.

»Wo musst du hin?«

Sie deutete über den kleinen Platz auf das mächtige dreistöckige Gebäude. Die Hüter für Stadtfrieden und Ordnung ließen es sich nicht nehmen, sie geleiteten die Zofe zum Hintereingang des Palazzos und warteten, bis die Pforte geöffnet wurde. »Eine Empfehlung an seine Eminenz Kardinal Ascanio«, grüßte der eine mit leichter Verbeugung, der andere setzte hinzu: »Auch eine Empfehlung an ihre Hoheit, die Marchesa Costanza Colonna.«

Seht sie euch an, dachte Paola und zwang sich zu einem Lächeln. Nach unten tretet ihr Kerle ohne jedes Erbarmen, nach oben aber wird gebuckelt und gekrochen. Als sich die beiden noch einmal umwandten, winkte sie ihnen. Ihr Angeber, heute Abend wird sicher erzählt, dass ihr mich vom Palazzo Colonna bis hierher eskortiert habt.

Paola nickte dem Wachposten an der Hinterpforte zu und lief die Wendeltreppe ohne Halt bis in den dritten Stock und weiter über eine enge Holzstiege zum Dachgeschoss hinauf. Die Tür war nur angelehnt, dennoch pochte sie vernehmlich.

Ein erstaunter Ruf, dann folgte: »Es ist offen!«

Die Stimme gehörte nicht Michele.

Paola trat ein. Hier in diesem Raum wohnte und schlief er. Heiß war es, der Geruch nach Terpentin beengte das Atmen … Aus dem Atelier nebenan vernahm sie: »Wieso bist du schon zurück? War Prospero nicht zu Hause?«

Jetzt erkannte sie die Stimme.

»Aber ich bin noch nicht fertig.« Mario erschien im Durchgang, er hielt einen Besen in der Hand und über der Schulter lag ein Putzlappen. Im ersten Moment stutzte er, dann aber leuchteten die dunklen Augen auf. »Paola. Ich erinnere mich genau. Das ist eine schöne Überraschung. Endlich sehen wir beide uns mal. Michele hat erzählt, dass du mit deiner Herrin wieder in der Stadt bist …« Das Lächeln versickerte ein wenig. »Du erinnerst dich doch an mich?«

»Aber ja doch.« Mehr brachte Paola nicht heraus. Sie schlenkerte den Korb vor den Knien hin und her. Wie läuft der denn hier rum? Endlich fand sie eine Erklärung für Besen und Wischtuch. Sicher gehören die Sachen zum Kostüm fürs nächste Bild. Ja, so wird's sein. Sie schenkte ihm ein Lächeln und stellte den Korb ab. »Ich freue mich auch.«

Mario bemerkte den Putzlumpen neben seinem Kinn. »Entschuldige.« Über sich selbst entrüstet, hob er die Brauen und stopfte das Tuch in den Gürtel. »Setz dich doch. Möchtest du Wein?« Übergeschäftig rückte er den Stuhl, wischte mit der Hand über die Tischplatte und stellte Krug und zwei Becher vor sie hin. »Den hab ich beim Weinhändler ganz in der Nähe unserer Werkstatt gekauft. Michele findet ihn sehr gut ...« Ein bekümmerter Seufzer. »Leider wirklich sehr, sehr gut. Wenn du verstehst? Ich denke oft, wenn er etwas weniger trinken würde, dann könnte er früher mit dem Malen beginnen. Aber was rede ich da?« Voll hastigem Eifer schenkte Mario bis zum Rand ein. »O verzeih.« Er lachte gekünstelt. »Jetzt müssen wir beim ersten Schluck achtgeben, dass nichts überschwappt.«

Beide beugten sich vor, schlürften, ehe sie tranken.

Paola nahm gleich noch einen Schluck, der Wein wärmte, linderte den Würgedruck in der Kehle. »Musst du nicht Köpfe malen?«

»Ausnahmsweise bin ich heute früher von der Werkstatt weggegangen. Weißt du, ich finde, mindestens einmal im Monat ist es Zeit. Und weil Michele sich heute mit seinem Agenten trifft ...« Mario drückte beide Daumen, küsste dreimal die Knöchel, ehe er weiter erzählte: »Wenn wir Glück haben, dann kauft ein reicher Bankier die beiden letzten Bilder, vielleicht sogar auch das neue, wenn es fertig ist. Und er bezahlt gut, sagt Michele. Einen richtig guten Preis.«

Paola griff nach dem Wein, vergaß zu trinken und hielt den Becherrand an die Lippe gedrückt. Davon hat er mir nichts erzählt? Letzte Woche war ich hier ... Zwar nur eine Stunde, aber ... Sie nippte, sah zum breiten Lager hinüber, in der Erinnerung musste sie schmunzeln.

Michele hatte eine Überraschung unter dem Kissen versteckt. »Ab heute ist Schluss mit dem Wachstuch. Von jetzt an nehmen wir das hier.« Er zauberte ein länglich-schmales Säckchen hervor. »Stabiler als unsere Darmbeutel für die Farben und doch geschmeidig. Fühl selbst.«

Paola betastete, rieb das Säckchen zwischen den Fingerkuppen. »Und wofür ...?« Gleich fiel es ihr ein. Nun prüfte sie die Überraschung erneut und staunte. »Wirklich praktischer als das Gewürge mit diesen Tüchern.«

»Das ist feinste Schweinsblase. Hab ich von dem Gerber, der die Huren im Viertel beim Campo Marzio beliefert.« Michele hatte sich nackt auf dem Rücken ausgestreckt. »Komm, Liebste. Ich will eine Probe.« Und Paola hatte ihm die Überraschung anprobiert.

Wieder nippte sie vom Wein. Letztes Mal war die Zeit wirklich zu knapp gewesen, da konnte Michele mir nichts von dem Bankier erzählen. Sie fühlte sich erleichtert, war sogar bereit zu scherzen: »Ich kann mir ja denken, dass deine Aufmachung mit einem seiner neuen Bilder zusammenhängt. Aber als du vorhin so mit dem Besen reingekommen bist, da dachte ich zuerst, da kommt die neue Dienstmagd.«

»Hausmädchen«, verbesserte Mario und schnippte sich einen Krümel vom Ärmel. »Das Hausmädchen muss ich hier wirklich manchmal sein.«

»Verzeih, ich wollte dich nicht …« Paola stockte, schüttelte den Kopf. »Was hast du gerade gesagt?«

»Also, Hausfrau wäre sicher treffender.« Mario seufzte ergeben. »Ich bin nun mal keine Frau. Aber sonst muss ich für ihn alles sein, mal Modell, mal Ratgeber, und lieb zu ihm sein soll ich auch …« Er nahm das Tuch aus dem Gürtel und faltete es auf der Tischplatte. »Und manchmal muss ich eben auch Hausfrau sein, damit hier der Dreck nicht aus dem Fenster wächst.«

Paola schob langsam den Becher zurück, stützte die Ellbogen auf und hielt sich das Gesicht mit beiden Händen. Sie starrte Mario an, bemerkte mit einem Mal seine langen Wimpern, die Nase, den schönen Mund. »Lieb zu ihm? Du sollst …? Was meinst du damit?« Ohne ihn aus den Augen zu lassen, zeigte sie … und zeigte doch nicht zum Bett hinüber. »Meinst du etwa …?«

»Also wünschen würde ich mir schon mehr.« Mario errötete leicht und rückte mit dem Hocker näher. »Weißt du. Er ist so launisch«, vertraute er ihr über die Tischecke an. »Und gerade in den letzten Monaten ist es schlimmer geworden. Mal kann er ein richtig roher Kerl sein, nicht mal anfassen darf ich ihn, ohne dass er gleich wütend wird. Dann jagt er mich weg, dann darf ich hier auch nicht über Nacht bleiben.« Ein Blick zur Decke. »Und dann wieder ist er sanft, lacht vergnügt. Oft will er mich als Modell sehen, so ohne was … Du weißt schon. Weil er … ›Ich muss den menschlichen Körper studieren‹, sagt er. So fängt er an … Aber es ist ein Spiel … und daraus wird eben … Du verstehst schon.«

»Nein«, flüsterte Paola. »Niemals.« Sie presste die Lider zusammen. Ich sehe dich nicht, ich höre dich auch nicht. In Wahrheit bist du gar nicht hier. Madonna, o Madonna, halte mich, beschütze mich. »Und wer … was glaubst du, wer bin ich?«

»Warum fragst du?«

»Sag es, verdammt! Sag es!«

Ein erstauntes Lachen. »Du bist Paola. Eine Freundin, ein gute Freundin von ihm. Ihr kennt euch schon seit Kindertagen. Michele hat mir von den Streichen in der Schule erzählt, wie er dich zum Lachen gebracht hat.«

Mir wird übel. Paola atmete heftig. »Und was noch?« Ihr Ton wurde drohender. »Was erzählt er von mir? Von jetzt?«

Mario runzelte die Stirn. »Ich verstehe nicht.« Er wollte trinken. Da schlug sie ihm den Becher aus der Hand. »Antworte!«

»Aber der Wein …« Entsetzt deutete er auf die blutroten Lachen und die Scherben auf den Bodendielen. »Warum …?«

Paola fühlte sich schwach, doch etwas in ihr zwang sie aufzustehen. »Ich will wissen, was Michele über mich erzählt? Sofort!«

Mario begriff ihren Zorn nicht, wich mit dem Gesicht zurück. »Ich hab's …« Die Stimme verhaspelte sich. »Ich hab's doch schon gesagt.«

»Du willst nicht?« Paola packte in die Locken. »Heraus damit. Oder …« Sie holte zum Schlag aus.

Mario wehrte sich nicht, Tränen liefen ihm über die Wangen. »Eine Freundin eben. Sonst nichts.«

Der Stich traf den Magen. »Mehr nicht?« Paola musste ihn loslassen. »Und was tun wir da auf dem Bett? Erzählt er dir nichts davon? Weißt du nicht, dass ich mindestens einmal in der Woche hierherkomme?«

»Auf dem Bett …?« Mario streckte ihr abwehrend die Hände entgegen. Zu hastig, er kippte mit dem Schemel, schlug auf den Boden, raffte sich gleich wieder hoch, auf allen Vieren kroch er davon, erst außer Reichweite erhob er sich. Seine rechte Hand blutete von einer Scherbe, er beachtete es nicht. »Du und Michele, ihr …?« Er sah zum Bett, sah fassungslos auf die von ihm sorgsam gefalteten Laken. »Aber wir sind doch ein Paar. Ich gehöre zu ihm.«

»Du?« Die Ratlosigkeit schrie in Paola, zerwühlte ihr Herz. »Ich zeig dir, wo du hingehörst.« Wieder packte sie sein Haar, zerrte ihn quer durch den Raum und stieß ihn durch die geöffnete Tür. Mario stürzte auf den Treppenabsatz, blieb einfach liegen. »Von wegen Hausmädchen … Michele ist mein Mann. Hast du mich verstanden?«

Ohne sie anzusehen, rutschte Mario nach vorn und hockte sich auf die oberste Stufe. Als Antwort schüttelte er den Kopf und ließ ihn langsam auf Arme und Knie sinken. Sein Rücken zuckte, dann wimmerte er und weinte.

»Ja, denk nur nach!« Paola kehrte in die Wohnung zurück. Unter Tränen flüsterte sie. »Ich muss es auch …« Ihre Muskeln erschlafften. Wie lose Schnüre wirrten die Gedanken umeinander. Ohne es zu wollen, nahm sie den Rutenbesen und fegte die Scherben zusammen. Als es ihr auffiel, schleuderte sie den Besen in die Ecke.

Von der Treppe hörte sie das leise Schluchzen und Schniefen. Meinetwegen kann er da anwachsen.

Und wenn Michele zurückkommt? Das Herz begann wieder härter zu pochen.

»Darauf warte ich nur …« Und mit erhobener Faust drohte sie in Richtung Mario: »Kurzen Prozess wird er mit dir machen! Damit du es weißt!« Doch sie glaubte sich selbst nicht. »Was nur? O Gott …!«

Das Fenster stand offen. Luft, vielleicht half frische Luft. Sie ging hinüber und stützte beide Arme auf das Simsbrett. Draußen war es so heiß wie drinnen, doch hier am Fenster schien sich die Hitze wenigstens etwas zu bewegen. Was für ein verfluchter Tag! Da will ich ihm einen Gefallen tun … Erst werd ich überfallen und jetzt das hier …!

Etwas weiter unten schnäbelten zwei Tauben in der breiten Dachrinne, umgurrten sich. Das Weibchen wich ihm sehr zögerlich einige Schritte aus; er, geübt in diesem Spiel, flatterte über sie …

»Hört ihr wohl auf!« Paola klatschte, wedelte mit den Händen. »Verschwindet. Sucht euch einen anderen Platz.« Die Tauben ließen sich nicht von ihr stören. »Ekelhafte Biester.«

Sie wandte sich ab. Junge Männer haben Lust miteinander, das war nichts Besonderes, das wusste sie. »Weil ein Mädchen vor der Ehe nicht angerührt werden darf.« Aber Liebe? Paola schluckte. Und Mario ist für Michele das Mädchen? Nein, verflucht, ich bin es, ich allein. O Madonna …

Nicht heulen, nur das nicht! Sie ging zum Tisch, nahm den Becher und goss Wein in sich hinein. Was nur? Der Messerblock im Wandregal zog ihren Blick an. Sie wählte eine lange Klinge und war in wenigen Schritten an der Schwelle zu seinem Arbeitsraum. Dunkle Tücher verhängten die Wände. Vom Fenster fiel das Licht auf ein angefangenes Gemälde: ein nackter Engel von hinten. Er spielte einem bärtigen Mann auf der Geige vor. Paola ging nicht näher, kniff aber die Augen zusammen, um den Engel genauer zu betrachten. Ein Tuch bedeckte lose Hüften und Hintern, zeigte dennoch viel Haut. »Ich sollte …« Einige Male schlug sich Paola die flache Klinge in die offene Handfläche. Sie kehrte um und ging zur Treppe, das Messer verbarg sie auf dem Rücken. »Komm rein. Na los, wird's bald!« Mario erhob sich stumm, die Augen gerötet, Wangen und Kinn waren nass. Wie benommen gehorchte er. Paola zog ihn mit zum Nebenraum. Sie deutete auf den nackten Engel. »Ich will nur eins wissen! Bist du das?«

»Nein.« Mario räusperte sich, dennoch blieb seine Stimme grabestief. »Der Engel ist ein Mädchen. Eine Freundin von Anna Bianchini, das ist die Maria daneben mit dem Kind.«

Paola machte auf dem Absatz kehrt. Hinter sich hörte sie einen leisen Schrei. »Wolltest du mich umbringen?«

»Nein, du Idiot. Aber dich auf dem Bild, wenn du's gewesen wärst.« Sie reckte sich, um das Messer zurück in den Block zu stoßen, da fiel ihr Blick auf den Korb zu ihren Füßen. Gleich kauerte sie sich nieder und stach voller Wucht in das Huhn. Welch ein Gefühl! Paola lachte trostlos und streckte das aufgespießte Huhn in die Luft. »Setz dich, Hausmädchen. Wir speisen allein. Denn der Hausherr hat heute keinen Hunger.«

Voller Misstrauen hockte sich Mario an den Tisch, sah zu, wie Paola mit fahrigen Hieben das Huhn zerteilte, die Knochen knirschten. Dann lag der Braten aufgebrochen vor den beiden.

»Soll ich Holzbrettchen holen?« Er deutete verzagt zum Regal.

»Untersteh dich. Wir essen so, und die Reste bleiben liegen, verstanden!« Paola schob ihm ein Stück Brust hin und gab noch eine Handvoll Feigenfüllung dazu. »Fang an! Na wird's bald!«

Sie selbst nahm sich ein gebratenes Bein, führte es mit trotzigem Schwung an die Lippen und biss hinein. Schaler Fettgeschmack. Ebenso fettig schmeckte auch das Fleisch. Ekel. Sie wagte nicht zu kauen, ihr wurde übel. Hinter vorgehaltener Hand spuckte Paola den Bissen auf den Boden. Gleich tastete sie nach dem Weinkrug: trinken, sie musste die Zunge, ihren Rachen säubern.

Mario kaute und kaute, schluckte aber nicht.

»Was ist? Schmeckt dir das Huhn nicht?« Bitterkeit. Trotz des eigenen Unwohlseins wollte sie ihn treffen. »Oder bist du eine Kuh?«

»Doch«, würgte er hervor. »Das heißt, nein. Sag nicht Kuh zu mir. Bitte, mir ist so elend. Ich kann nicht essen.«

»Glaubst du etwa ich?« Paola trank und setzte den Krug hart ab. »Verdammt, mir wird schlecht, wenn du so kaust. Spuck es aus.«

Er wollte es ihr nachtun, besann sich aber, eilte zum Fenster, beugte sich hinaus und gab unter Stöhnen mehr als nur den einen Bissen von sich. Die Übelkeit steigerte erneut das Herzensleid, still weinend kehrte Mario an den Tisch zurück.

Stimmen vom Treppenhaus her. Lachen, unbeschwertes Geplänkel. Michele und eine Frauenstimme. Dazu hastige Tritte auf den Stufen.

»Heilige Mutter, hilf mir.« Paola starrte zur offenen Tür. Mario vergaß sich zu setzen, wie ein Verurteilter wartete er geduckt auf den Henker.

Das helle Lachen perlte als Erstes herein, dann folgte Anna Bianchini mit wehendem Kleid. »Beim nächsten Mal gebe ich dir zehn Stufen vor«, rief sie über die Schulter, »und gewinne immer noch.«

»Darauf würde ich nicht wetten«, keuchte Michele von weiter unten. »Du hattest heute noch keinen Freier, deshalb bist du noch so frisch.«

»Untersteh dich …« Sie erwartete ihn, die Hände in die Seiten gestemmt. »Noch solch eine Frechheit, und du kannst dir ein anderes Modell für die Maria suchen.«

»War nicht so gemeint.« Atemlos erreichte Michele die Wohnung.

»Ich hab gestern zu viel getrunken. Deshalb …« Er sah an ihr vorbei und erbleichte. »Was macht ihr da …? Aber ich habe doch …?« Er fuhr mit der Hand durch die Luft. »Paola? Erst morgen … Wir sind doch erst morgen verabredet.«

Seine Begleiterin wandte sich zum Tisch, bemerkte mit hochgezogenen Brauen die überall verteilten Hühnchenstücke und den schmierigen Feigenbrei. »Besuch?« Sie scherzte spitz. »Und mitten beim Festmahl? Ich hoffe, wir stören nicht. Deinen Freund kenne ich, aber … Willst du mich der Dame nicht vorstellen, Meister?«

Paola ertrug die Stimme nicht, auch nicht den Anblick der Frau. Langsam schob sie die Hand zum Messer. »Sei still. Sonst …«

In ihr war der Damm längst gebrochen. Mein Herz blutet aus, dachte sie und suchte in seinen Augen. »Heute ist mein Glückstag, weißt du? Lauter Überraschungen gibt es für mich.« Das Messer entglitt ihr, sie musste sich an der Tischplatte stützen. »Und das alles nur, weil ich nicht morgen, sondern heute vorbeigekommen bin. Dabei hab ich dann dein Hausmädchen …«, die Stimme gehorchte nicht mehr, »… beim Putzen hab ich Mario gestört. Und ich kann nur … froh sein, dass ich euch beide nicht …«, das Bett zog ihren Blick an, »… dass ich euch nicht dabei gestört habe. Glück …« Nicht schwach werden. Sie schluckte und fand noch einen Rest an Kraft. »Es ist eben mein Glückstag heute.« Mühsam aufrecht ging sie in Richtung Tür, der Weg war so weit. Sichtlich betroffen wich ihr Anna Bianchini aus.

Michele streckte die Hand. »So warte doch. Es lässt sich alles erklären …«

»Erspar es dir.« Hilflos hob sie die Hände. »Ich verstehe ohnehin nichts mehr.«

Michele ging auf Mario los. »Bist du wahnsinnig? Was hast du ihr erzählt?«

»Aber es ist doch die Wahrheit!«, schluchzte Mario. »Oder nicht? Dann sag es mir …« Er schlug einen Bogen um ihn, eilte Paola nach.

»Bleib hier!«, befahl Michele. »Hörst du nicht?« Er ging bis zum Treppenabsatz, rief hinunter. »Paola! Mario! So bleibt doch. Ich erkläre es euch. Verflucht, kommt sofort zurück.«

Doch beide hörten nicht …

Seine Dame sprang über den ersten Stein, einen Moment nur zögerte Kardinal Ascanio, dann ließ er sie nach vorn schlagen und gleich weiter den nächsten Stein nehmen; von spöttischem Zischeln unterstützt, lieferte er ihr in der Diagonale rechts auch noch das letzte Opfer aus. »Reiche Ernte, liebste Schwester. Die Dame der Finsternis hat der weißen Unschuld empfindliche Wunden geschlagen.« Er lachte jungenhaft und griff nach dem Kristallpokal. »Du darfst jetzt schon mit mir auf meinen sicheren Sieg anstoßen. Ein Roter übrigens, dunkel und samten im Geschmack.«

»Kannibale.« Costanza bedachte ihn mit einem verächtlichen Blick. »Trink du nur das Blut der Hingeschlachteten.« Sie rückte die Öllampe näher und beugte sich übers Spielbrett, suchte nach einem Ausweg, doch die Niederlage war nicht mehr abzuwenden. »Ich gebe mich geschlagen. Leider.«

»Also dann.« Der Triumph hob den Kelch noch etwas höher. »Gratuliere mir.«

»Solltest du darauf warten, wirst du ganz sicher verdursten.« Costanza nahm ihren Wein und trank allein. Als sie absetzte, bedachte sie den Bruder zur Versöhnung mit dem Glanz ihrer Augen und lehnte sich zurück. »Weißt du noch, wie wir uns früher beim Damespiel gezankt haben?«

»Ich war der klügere Stratege. Und du konntest nicht verlieren …«

»Das ist nicht wahr. Sei nicht so selbstherrlich …« Sie musste über sich selbst lachen. »In Wahrheit leide ich unter diesem Spiel, seit ich Kind war. Ich leide und will es doch immer wieder versuchen.« Costanza hielt inne, betupfte nachdenklich mit der Fingerkuppe ihre Nasenspitze. »Ich weiß nicht, wieso er mir gerade jetzt in den Sinn kommt, aber was ist mit dem gefangenen Mönch? Diesem Bruno? Hat die Inquisition den Armen freigelassen?«

Statt zu antworten, spendete Ascanio seiner Schwester dünnen Beifall und lachte in sich hinein.

»Sei nicht unhöflich«, beschwerte sich die Marchesa.

»Verzeih, meine Liebe, aber die Vorstellung, Großinquisitor Santori ließe einen Mann wie Giordano Bruno je wieder aus den Fängen, ist so abwegig, dass sie mich erheitert. Nein, der Mönch sitzt immer noch im Kellerverlies von Sant' Angelo. Gerade heute Nachmittag war Monsignore Luca bei mir. Gewiss hast du …«, er gab seiner Stimme spielerisch etwas Gewicht, »… meinen Spion durch den Flur schleichen sehen und erinnerst dich deshalb jetzt an diesen Bruno.«

Costanza nahm einige Damesteine vom Spielbrett und baute in ihrer Handmulde einen Turm. »Wie geht es dem Mönch? Oder darfst du nicht darüber sprechen?«

»Schlimmer noch: Bis auf die offiziellen Verlautbarungen darf ich nichts über ihn wissen.« Ascanio nahm noch einen Schluck vom Roten. »Wie du dir denken kannst, bin ich dennoch gut informiert. Nach meiner Auffassung steht das Todesurteil schon seit dem Tag seiner Verhaftung fest. Von höchster Stelle jedoch ist empfohlen worden, ihn alle Stationen eines großen Ketzerprozesses durchleiden zu lassen. Verhör, Folter et cetera. Wie ich erfahren habe, will sein Untersuchungsrichter, der ehrenwerte Kollege Kardinal Bellarmin, ihn zunächst zermürben. Und zwar durch Zeit.«

Fragend hob Costanza die Brauen.

»Das bedeutet, Bruno hat zum Beispiel ein Gesuch eingereicht, direkt mit Papst Clemens zu sprechen. Die abschlägige Antwort wird er frühestens in einigen Monaten erhalten, wenn überhaupt. Bis dahin modert er weiter im feuchten Verlies, darf weder lesen noch schreiben. Für einen Denker wie ihn sicher eine Höllenqual. Außerdem, so berichtete mir Monsignore Luca, leidet er Hunger. Sein Zustand muss inzwischen äußerst bedenklich sein.«

»Aber die, die ihn gefangen halten, sind Christen. Sie müssen Bruno zumindest ernähren, das gebietet allein schon die Pflicht zur Nächstenliebe.«

»Da spricht das gute naive Herz meiner Schwester, nicht aber die Marchesa Costanza Colonna. Verzeih, nimm mir den Spott nicht übel. Nächstenliebe ist ein äußerst dehnbarer Begriff und scheint in Sant'Angelo sogar ein Fremdwort zu sein. Die Gefangenen dort sind faktisch schon außerhalb der Gesellschaft, auch ohne Urteil. Doch zeigt sich das Inquisitionsgericht gnädig und erlaubt ihre Versorgung mit Nahrung durch die Anverwandten. Giordano Bruno aber hat keine Familie. Er wird bei seinen Wächtern um jeden Brocken Brot betteln müssen, damit er nicht gänzlich verhungert.«

»Lass uns das ändern.« Costanza setzte die in der Hand aufgetürmten Damesteine neben ihren Weinpokal. »Nein, belächle mich nicht. Die unwürdigen Zustände dort in den Kerkerkellern werden wir nicht abschaffen können, aber wenigstens sollten wir diesem Mönch helfen. In der Küche bleiben so viele Reste. Einer deiner Diener … Oder wenn du willst, schicke ich auch meine Zofe zur Engelsburg. Wie ich heute zufällig von der Köchin erfahren habe, sind ihr solche Wege nicht fremd …«

»Nicht weiter, bitte …!« Ascanio erhob sich rasch, trat hinaus auf die Terrasse, nach einem prüfenden Blick kehrte er zurück und schloss die Glastür. Neben dem Sessel seiner Schwester blieb er stehen. »Wir sind in Rom. Uns umgibt ein Netz von Lauschern und Spionen. Vergiss das nicht! Und selbst in diesem Palazzo vertraue ich außer meinem Kammerherrn Carlo nur wenigen.« Er beugte sich zu ihr, senkte die Stimme: »Auch ein Kardinal kann stürzen. Nicht wegen Veruntreuung von Geldern, nicht wegen Bestechung oder abartiger sexueller Neigungen, solange er diese nicht öffentlich praktiziert, solch ein Verhalten hinterlässt keine Flecken, kostet ihn nicht eine Quaste seines roten Hutes. Aber ein eigenmächtiger Samariterdienst an einem mutmaßlichen Ketzer entfernt ihn aus dem Kreis der Begünstigten um den Heiligen Stuhl. Und glaub mir, von da an fingert unser ehrenwerter Großinquisitor bereits an seinem Hals.«

Costanza sah bedauernd zu ihm auf. »Du hast wirklich Angst. In welch eng gefasster Männerwelt lebst du nur?« Sie berührte seine Hand. »Sei versichert, lieber Bruder, ich unternehme nichts, was dir Schaden zufügen könnte.« Costanza erhob sich. »Doch wundere dich nicht, wenn dir demnächst zugetragen wird, dass entfernte Verwandte dem Gefangenen Giordano Bruno hin und wieder Nahrung in den Kerker gebracht haben.« Sie nickte leicht. »Gute Nacht.« Schon halb abgewandt, setzte sie hinzu. »Ich frage mich, ob in Wahrheit die Regeln des Damespiels nicht falsch sind? Vielleicht verliere ich nur deshalb.«

Der Flur war schwach beleuchtet. Im Licht der wenigen Öllampen an den Wänden schimmerten auf den Gemälden nur Gelb und Hellblau, die Bilder selbst hielt das Halbdunkel verborgen. Beim Erscheinen der Marchesa trat Carlo lautlos aus der Wandnische. Diese Wartegaube für die Dienerschaft befand sich angemessen entfernt vom Salon, war außer Hörweite der dort geführten Gespräche und doch nah genug für Rufe oder Befehle. »Hoheit, darf ich Euch hinauf zu Euren Gemächern begleiten?«

»Sehr gern.« Costanza wartete, bis er den Docht der Handlampe höher gedreht hatte, und folgte ihm. »Ich bin erstaunt, wie rasch es schon wieder dunkel wird. Dabei haben wir erst Mitte September.«

»Jetzt kommt bald die Zeit, in der uns vom Himmel mehr versprochen wird, als die Erde leisten kann.« Am Fuß der Treppe hob Carlo das Licht höher. »Der Himmel erzählt noch vom hellen Tag, während hier unten längst schon die Nacht hereinbricht.«

»Aber ...?«

»Verzeiht, ich wollte Euch nicht langweilen.«

»Im Gegenteil. Du überraschst mich. Solch poetische Worte ... Woher stammen sie?«

Carlo stieg etwas langsamer die Stufen hinauf. »Mit Verlaub, Hoheit. Ich schreibe hin und wieder selbst. Natürlich nur in den freien Stunden oder auch nachts. Es sind einfache Gedanken. Manchmal reichen sie für kleine Verse. Nicht der Rede wert.«

»Hättest du nicht einige Kostproben? Ich würde sie gern lesen.«

Das Handlicht schwankte, zitterte leicht. »Euer Interesse beschämt mich.«

»Mir ist es Ernst. Ich muss doch wissen, welch ein Talent unter diesem Dach wohnt.«

»Verzeiht, ich hätte mich zurückhalten sollen.« Er ging rascher, verlangsamte dann doch wieder. »Zuvor aber müsste ich die Gedichte auf besseres Papier schreiben ... Das eine oder andere könnte ich Euch dann zeigen. Doch nur, wenn Ihr darauf besteht.«

»Ich bestehe darauf. Mein ältester Sohn Muzio versucht sich ebenfalls als Dichter.«

»Mit seinen Texten können sich meine Verse gewiss nicht messen.«

Schweigend stieg ihm Costanza nach. Auf dem nächsten Treppenabsatz verlangte sie, ohne außer Atem zu sein, nach einer Pause.

»Soll ich Euch den Stuhl heranrücken?«

»Lass nur. So gebrechlich bin ich noch nicht.« Costanza trat einen Schritt auf ihn zu. »Aus welchem Ort stammst du?«

»Latina. Zwischen Rom und Neapel.«

»Ist der Ort weit von Nola entfernt?«

»Schon eine gute Strecke.«

Costanza rieb sich das Kinn. »Könntest du Verwandtschaft in Nola haben? Eine entfernte Tante? Vielleicht einen Neffen?«

»Verzeiht, Hoheit, aber meine Familie ist sehr bodenständig. Soviel ich weiß, hat bis auf meine Person niemand die Gegend von Latina verlassen.«

»Aber ganz ausschließen würdest du es nicht?«

Carlo verneinte. Nur die leicht angehobenen Brauen zeigten seine Verwunderung.

»Darf ich auf deine absolute Verschwiegenheit bauen?«

»Hätte ich sonst diese Stellung inne, Hoheit?«

Kurz berichtete sie über die Not des eingekerkerten Giordano Bruno. »Der Mönch stammt aus Nola. Wenn nun …?«

»Ich habe verstanden, Hoheit.« Der Kammerherr richtete den Lampenspiegel neu ein, sodass der Schein mehr vom Boden erfasste. »Mir kommt ein Wachshändler in den Sinn, der gerne im Auftrag und für geringen Lohn Nachrichten und kleinere Waren von einem Ort zum anderen transportiert.«

»Ich bin erleichtert. Meinen Bruder sollten wir mit dieser Kleinigkeit nicht belästigen.« Auf ihre Geste hin führte er Costanza die nächsten Stufen hinauf. Ehe sie ins zweite Stockwerk gelangten, hüstelte Carlo leise. »Verzeiht, Hoheit, gewiss erübrigt sich nun eine Abschrift meiner Verse. Dennoch bin ich dankbar für das mir erwiesene Interesse.«

»Schäm dich.« Sie drohte ihm mit dem Finger. »Was hältst du von mir? Nächste Woche möchte ich deine Gedichte lesen. Das ist ein Befehl.«

Im oberen Flur trug Carlo die Lampe wieder über Schulterhöhe, kaum dehnte sich die Helligkeit aus, waren weiter vorn eilige Schritte zu hören, für eine Ahnung nur zeigte sich eine Gestalt, ein hoher Lichtspalt tat sich auf und erlosch wieder.

»Hab ich mich geirrt?« Costanza blieb stehen.

»Dort drüben befindet sich der Eingang zu Euren Gemächern«, stellte Carlo betont unaufgeregt fest. »Hoheit, wartet bitte hier unter der Wandleuchte.« Seine Stimme sollte Vertrauen einflößen. »Ich werde nachsehen.« Bemerkenswert rasch näherte er sich dann der Tür und stieß sie auf.

Ein erstickter Schrei. Mit geweiteten Augen stand Paola da und presste die Hand vor den Mund. Streng fragte Carlo: »Warum da draußen? Und nicht hier im Vorzimmer, wie es sich gehört?«

Sie ließ den Arm sinken. »Was geht es dich an?«

»Ich hab die Marchesa hinaufgebracht. Und ich …«

»Ist mir bekannt …«

»Und ich bin für ihre Sicherheit verantwortlich. Sollte sich jemand auf dem Flur herumtreiben, ist es meine Pflicht, ihn zur Rede zu stellen.«

Müde streckte Paola ihm die gekreuzten Hände hin. »Dann verhafte mich eben.«

Ohne darauf einzugehen, blickte er sie prüfend an. »So blass? Ist dir nicht wohl?«

»Ach, Carlo … Doch, es geht schon. Lass die Herrin nicht warten.«

Nur zögernd ließ er sie zurück, dann aber eilte er hinaus, war Kammerherr, gab Entwarnung und geleitete die Marchesa bis zur Tür. Vollendet verbeugte er sich. »Hoheit, ich wünsche eine erholsame Nacht.«

Während er die Tür schloss, nickte er Paola unmerklich zu, doch sie bemerkte es nicht.

Auf dem Weg zur Kleiderpuppe streifte Costanza ihre Zofe mit einem forschenden Blick und blieb mit dem Rücken zu ihr vor dem aus Draht geflochtenen Torso stehen. »Wusstest du, dass Carlo heimlich dichtet?«

»Er sieht nicht danach aus.«

Ein kleines Lachen. »Welches Aussehen, welche Gestalt sollte denn deiner Meinung nach ein Poet haben?«

Paola hatte Mühe, die Haken des Oberteils zu öffnen, dann übersah sie sogar zwei in der Mitte, musste, um sie zu lösen, die Rückenpartie unter den Ösen kräftig zusammendrücken. »Verzeiht, Herrin.«

Costanza schien es nicht bemerkt zu haben. »Hörst du nicht? Ich möchte eine Antwort. Wie stellst du dir einen Dichter vor?«

»Ist mir egal …« Erschreckt hielt Paola inne. Reiß dich zusammen. Einen Moment lang biss sie sich auf die Unterlippe. »Um Vergebung. Das ist mir nur rausgerutscht. Einen Dichter? Vielleicht mit Bart. Und … mit Geheimnissen … Augen voller … Ach, ich weiß nicht genau, wie. Jedenfalls nicht mit Bauch und mit so wenigen Haaren wie Carlo.« Der Reifrock sank zu Boden. »Und überhaupt, Kammerherren dichten nicht.«

Costanza stieg aus der grünen Stoffburg. »Lass den Rock auch morgen über Tag noch auf der Puppe hängen. Es war ziemlich heiß heute. Er soll gut lüften.« Kaum merklich bedachte sie ihre Zofe wieder mit einem fragenden Blick, setzte dann das Geplauder betont heiter fort. »Auch du scheinst mir etwas zu verheimlichen …«

»Ich verstehe nicht«, stammelte Paola. Die Hitze überflutete sie, ihre Finger zerrten an den Schlaufen des Mieders, dabei flüsterte sie: »Es ist anders … ganz anders.«

Costanza überhörte es, setzte den Gedanken fort. »Solltest du etwa dem beklagenswerten Torquato Tasso einmal begegnet sein? Möglich wäre es schon, er wohnte ja nicht weit von hier. Wie mir mein Bruder berichtete, verstarb der Arme jetzt im April, wenige Tage bevor ihn Papst Clemens mit der ›Krone der Poeten‹ auszeichnen konnte. Tasso, der glich deiner Vorstellung von einem Dichter. Eine unerfüllte Liebe trieb ihn beinahe in den Wahnsinn, stets quälten ihn Kopfschmerzen und Fieberanfälle. Er trug einen Bart, hatte einen solch traurig feurigen Blick, dass, wenn in gesellschaftlicher Runde das Gespräch auf ihn kam, jede der anwesenden Damen ihm wenigstens einen Seufzer widmete.«

»Ich hab noch nie von diesem Tasso gehört.« Paola ruckte zu ungeduldig, dabei riss ein Schnürband ab. »Verflucht … O verzeiht, Herrin. Bitte.« In der einen Hand hielt sie das Korsett, in der anderen die Schlaufe.

Costanza wandte sich zu ihr um.

»Ich nähe die Schlaufe gleich wieder an. Verzeiht.«

Sorgsam rieb sich die Marchesa mit einem weichen Tuch den Busen ab. »Seit ich zurück bin, musstest du dich nun schon zum dritten

Mal entschuldigen. So zerstreut …?« Ihre Hand stockte, schmerzhaft verengten sich die Brauen, gleich prüfte sie ihren Oberkörper im Spiegel. Ein Miederstab hatte die Haut unter der rechten Brust wund gescheuert.

Paola wollte helfen, wollte nach der Puderdose greifen.

»Nicht jetzt«, bestimmte Costanza. »Das hat Zeit. Mir scheint eher, du benötigst Hilfe?« Die Stimme bedrängte nicht, war nur sanft. »Wenn du magst, ich höre gerne zu.«

Paola schluckte heftig, so sehr hatte sie sich danach gesehnt, sprechen zu dürfen, gewartet hatte sie, und nun …? »Ich weiß nicht einmal, wie man so etwas sagt«, flüsterte sie. »Gar nichts weiß ich.«

»Vielleicht finden wir es zu zweit heraus.« Costanza deutete auf die Seidenstola. »Leg sie mir um und schenk uns eine Erfrischung ein.«

Keine Fragen. Die Herrin saß still da. Ihre Ruhe tat wohl. Paola nippte vom Saft. Wohin mit dem Blick? Weiter als bis zum Becherrand wagte sie sich nicht. »Wie ist das mit der Liebe? Gibt es zwei verschiedene davon?«

Erst nach einer Zeit antwortete Costanza. »Soweit ich sie erfahren habe, denke ich ja. Da gibt es einmal den Mann und zum anderen die Kinder. Meine Liebe zu ihm unterschied sich schon sehr von meiner Liebe zu den Söhnen und den Töchtern.«

Paola setzte den Becher ab, schüttelte dann den Kopf. »Es ist viel schwerer.« Der Seufzer brachte ihr keine Erleichterung. »Weil es so ist: Michele …« Nicht aufhören, flehte es in ihr, rede weiter. »Weil Michele … Er …« Zu bitter schmeckten die Gedanken auf der Zunge.

Costanza legte die offene Hand aufs Knie. »Ich weiß inzwischen, dass du ihm heute Nachmittag aus unserer Küche zwei übrig gebliebene Hühner gebracht hast. Du warst also in seiner Wohnung. Gab es dort eine … eine unliebsame Überraschung?«

Paola nickte wieder.

Leicht beugte sich Costanza vor. »Könnte diese Frau nicht auch ein Modell für das nächste Gemälde gewesen sein?«

»Als ich ankam …« Paola presste beide Hände vor die Augen. »Als ich ankam, war da keine Frau, die kam erst später mit Michele. Da war ein Mann, Herrin. Und … und er war kein Modell, auch kein Käufer.«

»Aber, Kind, hat er dir etwas angetan?«

»Nein, nicht so … Und doch, ja, aber anders. Er und Michele … Es war sein Freund. Nicht einfach ein Freund …« Paola nahm die Hände herunter und starrte die Herrin an. »Liebe eben«, flüsterte sie. »Versteht Ihr?«

Unwillkürlich schloss Costanza die Stola etwas enger. »Du meinst, er hat sich für diesen Mann entschieden?«

»Ich glaube nicht … das heißt … ich weiß es nicht. Letzte Woche war es noch nicht so … Wenigstens nicht, als ich bei ihm war.«

»Hatte er sich verändert?«

Paola fror mit einem Mal, sie kauerte sich auf dem Hocker zusammen. »Wir waren lustig, haben sogar über Kinder gesprochen, wie wir …«, sie hielt erschreckt inne, um ein Haar hätte sie von der Überraschung erzählt, »… vergnügt waren wir eben.«

Costanza schüttelte unmerklich den Kopf, musste einige Schlucke trinken, ehe sie ihre Zofe wieder ansah. »Und jener Mann?«

»Das ist Mario. Ich kenne ihn schon vom letzten Jahr. Ein liebenswürdiger …«, nein. Dieses Wort hatte eine andere Bedeutung bekommen.

»Mario ist freundlich«, verbesserte Paola. »Er malt Köpfe in einer Straßenwerkstatt. Von Pilgern und von jedem, der es verlangt. Und viel höflicher ist er als Michele. Ich mochte ihn gern, und Michele wohl auch …« Sie verbarg ihre Augen wieder mit den Händen. »Ich aber einfach nur so. Doch Michele … er wohl so wie er mich … Ach, es ist so furchtbar durcheinander. Was nur … Was soll ich nur jetzt tun?«

Lange sah die Marchesa vor sich hin. »Ich bin völlig überrascht. Wärst du eine Prinzessin und dein Gemahl würde seine Gunst einem Manne schenken, so wäre die Antwort leichter. Du müsstest seine Neigung tolerieren, eure Kinder großziehen und mit etwas Glück für dich selbst einen Liebhaber finden. Eine Ehe in meinen Kreisen wird nicht aus Leidenschaft, nur aus Vernunft geschlossen. Wer weiß das besser als ich? Aber du, mein Kind, könntest mit meiner Erlaubnis frei wählen. Bisher dachte ich, diese Freiheit sei ein Geschenk …

Doch was nutzt jetzt das Philosophieren?« Costanzas Stirn glättete sich. »Dir bleiben zwei Möglichkeiten. Doch sag mir zunächst, was dich an unseren Maler bindet. Was gefällt dir an Michele?«

»Er ist … er ist in mir drin, einfach so. Schon als ich ein kleines Mädchen war, musste ich ihn wenigstens einmal am Tag sehen … Auch wenn das heute nicht geht, aber möchten tue ich es immer noch.« Paola rieb mit der Fingerkuppe die Unterlippe. »Und dann … Sicher, oft ärgere ich mich über den Jähzorn, auch dass seine Probleme immer größer sind als meine, obwohl das gar nicht stimmt. Aber dann schaut er mich an, als könnte nur ich ihn retten. Oder er steht vor der Staffelei und malt. Dann ist er ein ganz anderer Mensch. Versteht Ihr? Nicht nur seine Hand führt den Pinsel, gleichzeitig malen auch seine Augen. Und manchmal denke ich, dass er sogar mit dem ganzen Körper in die Leinwand will. Da strömt so eine innige Leidenschaft … Wie er sonst mit mir ist, wenn wir … verzeiht, wenn wir auch innig sind.«

»So viel Gefühl? Wie verwundbar bist du nur?« In Costanzas Lächeln war ein Anflug von Wehmut. »Aus dem Herzen reißen, ihn vergessen …? Nein, diese Möglichkeit müssen wir ausschließen. Bleibt nur die andere. Du musst um ihn kämpfen.«

Für einen Augenblick griff Paola danach, gleich aber schreckte sie zurück. »Wie, Herrin? Wie soll ich denn? Gegen eine Frau kann ich das. Aber so? Da ist doch ein Mann, alles ist doch anders bei so einem.«

»O Gott, Kind.« Costanza ergriff ihre Hand. »Mit den weiblichen Waffen verstehen wir umzugehen. Auf solch einen Kampf aber sind wir nicht vorbereitet. Du siehst mich im Moment selbst ratlos. Vielleicht solltest du mit ihm sprechen? Und vielleicht gibt es dir Kraft, wenn du weißt, dass du stets einen verlässlichen Rückhalt in mir hast.«

Während der Mittagszeit hatte sich ein Gewitter über Rom entladen. Blitze, gefolgt von furchtbarem Krachen ohne Atemholen, dazu goss der Himmel den Regen, als gelte es, den Heiligen Stuhl samt aller Hirten wie auch die Herde der Gläubigen von Sünde reinzuwaschen. Nur kurz aber währte die Läuterung, denn kaum war das Unwetter verzogen, dampften Dächer und Straßenpflaster in der Oktobersonne, hatte sich die stickige Dunstglocke wieder über die Stadt gestülpt.

Michele trat aus der Osteria del Moro ins Freie, schwer atmend lehnte er sich an die Hauswand, er zitterte, musste den Weinbecher mit beiden Händen halten. »Diese Schweine«, flüsterte er, »diese eingebildeten Pinselquäler.«

Onorio kam nach draußen, dicht gefolgt von Bernardino und Ranuccio. Alle drei stark und laut vom Wein. Ranuccio war der Sohn des hoch geachteten Hauptmanns Tomassoni der päpstlichen Truppe, arbeitete nichts, trug stets die neuste Mode und war in den Spelunken und Hurenhäusern der Stadt ständiger Gast. Ein hagerer Bursche mit scharfkantiger Nase und eng beieinanderstehenden wasserhellen Augen. Die Kumpane bauten sich vor Michele auf. »Nimm's leicht«, der Sohn des Architekten Longhi stieß aufmunternd seinen Becher an Micheles Becher. »Das sind Krähen. Untereinander hacken sie sich nicht, aber dafür jeden, der nicht zu ihnen gehört.«

Auch Bernardino stieß mit an. »Und wenn jemand es wagt, die Akademie zu verlassen, ich meine, aus eigenem Antrieb und nicht von meinem Bruder rausgeworfen, den hassen sie …«

»… und genau deswegen lieben wir dich.«

»Wir alle lieben dich«, pflichtete Ranuccio eifrig bei und drängte sich dicht neben den Anführer.

»Dieser Baglione.« Gequält wölbte Michele Bauch und Brust nach vorn, nur so schmerzte das Atmen nicht. »Bestenfalls mittelmäßig, sagt er …? Ich wäre ein Freizeitmaler? Dieser rote Hundsfott. Habt ihr schon mal seine Zeichnungen gesehen? Habt ihr?« Er wartete die Antwort nicht ab. »Bloße Langeweile. Auch in Öl. Keine Einfälle. Nichts weiß der zu sagen.« Michele goss den Wein in sich hinein. »Baglione malt wie sein Herr, dazu leckt er ihm auch noch die Füße. Und lässt Cesari einen Furz, dann wackelt er für ihn mit seinem fetten Arsch.« Die Wut pulste hoch, schmerzte in den Augen, ein Schrei brach aus der Enge. Mit aller Kraft schleuderte Michele den Becher gegen die Hauswand auf der anderen Gassenseite. Das Gefäß zerplatzte, Tonscherben spritzten.

Onorio lachte begeistert. »So gefällst du mir.« Er schleuderte seinen noch halb vollen Becher hinterher, die Scherben flogen, auf der weiß gekalkten Wand prangte ein vielfingriger roter Fleck, in gezackten Adern floss der Wein nach unten. »Los! Ihr auch!« Onorio stieß Bernardo und den Sohn des Hauptmanns gegen die Schultern. »Seid keine Memmen.«

Der Bruder des großen Giuseppe Cesari wollte nicht nachstehen, und Ranuccio Tomassoni wollte die anderen noch übertrumpfen. Beide Becher zerschellten über dem Fenster. Nun tropfte und rann der Wein von oben über die Scheiben. Onorio klatschte sich auf die Schenkel. »Die Leute denken …«, er lachte schon im Voraus, »… da hat jemand im ersten Stock eine Sau abgestochen. Und hängt sie raus zum Ausbluten.« Die Vorstellung begeisterte ihn mehr und mehr, er hielt sich an Ranuccio fest, beide torkelten vor Vergnügen. Jetzt wurde sich Bernardo seiner Großtat bewusst, fiel in die Alberei mit ein, und endlich zog es auch Michele aus der Höhle. Kurz vorher hatte er durch Bernardo vom Spott der Akademiemitglieder und der Schmährede dieses Giovanni Baglione erfahren. Ein ganzer Krug Wein hatte die Stiche in seiner Brust nicht lindern können, jetzt aber fühlte er sich von den Freunden gerettet. »Genau so …«, brüllte er über das Gekicher und zeigte auf die besudelte Hauswand. »So werde ich diesen roten Erpel an die Mauer klatschen, dass ihm die Gedärme rausquellen.«

»Nieder … Nieder mit Baglione«, skandierte Onorio, bückte sich nach Steinen und gab jedem ein Geschoss. »Los, Freunde! Das Fenster da drüben ist dieses Schwein.« Er schlug Michele auf die Schulter. »Dich hat er beleidigt.« Er beugte sich nah zu ihm. »Du darfst anfangen. Zeig's ihm! Na, los! Nieder mit Baglione!«

»Ja, nieder mit ihm«, keuchte Michele. Berauscht schleuderte er den Stein, verfehlte aber den Verhassten. »Gib mir noch einen …«

»Aber ja. Du bist der Beste.« Onorio händigte ihm seinen Stein aus. Erneut riss Michele den Arm zurück.

»Wag es nicht!« Vom Lärm alarmiert, war der Wirt mit einigen Gästen nach draußen gekommen. Hände ringend eilte er zu Michele. »Um Gottes willen, hör auf damit! Da wohnen gute Nachbarn. Wir leben hier in Frieden.« Rechtzeitig gelang es ihm, den Wurf zu verhindern. Jetzt entdeckte er die besudelte Hauswand. »Du hirnloser Kerl! Welcher Satan hat dich geritten?«

Michele erwachte. Für einen Moment verwundert, starrte er den Wirt an, starrte auf den Weinfleck.

»Den Schaden bezahlst du. Das kostet mindestens zehn Giulii. Her damit. Sonst melde ich dich der Polizei. Du verdammter Idiot …«

Michele schüttelte den Kopf, die Benommenheit wich. »Nenn mich nicht so!« Wieder stieg der Zorn. Er stürzte sich auf den Wirt, hatte die Kehle gepackt. Gleich rissen ihn Ranuccio und Bernardo zurück. Er befreite sich, ging sofort wieder zum Angriff über. »Keiner hat das Recht, mich zu beleidigen.«

»Zahle und lass dich in meiner Osteria nie mehr blicken.«

Michele fasste ins Hemd nach dem versteckten Dolch. Ehe er ihn herausziehen konnte, stellte sich jetzt Onorio zwischen ihn und den Feind. »Ruhig, Freund. Ganz ruhig.« Die Stimme wurde vertraulich: »Du kannst doch unserem Zapfhahn nicht den Hals durchtrennen. Wo sollen wir sonst morgen saufen?«

»Freund«, das Wort besänftigte den Sturm. Michele ließ die Hand sinken.

Grinsend wandte sich Onorio dem Wirt zu. »Was lamentierst du, Pietro? Brüllst hier rum wie ein Stier? Meinem Freund ist die Hand mit dem Becher ausgerutscht. Zufällig war die Wand da drüben im Weg. Na und? Ich komme für den Schaden auf. Also lass das Geschrei, und stell dich ans Weinfass. Deine anderen Gäste haben auch Durst.«

»Du solltest besser auf diesen …«

»Verschwinde!« Der Befehl duldete kein weiteres Wort mehr. Geduckt gehorchte Pietro und kehrte gemeinsam mit den Neugierigen ins Lokal zurück.

Onorio strich sich das lange Haar aus der Stirn. »So muss man mit diesen Domestiken umspringen. Wagt der doch, meinen Freund zu maßregeln. Und das wegen ein paar lumpiger Münzen. Die werfe ich ihm nachher einzeln in den gierigen Rachen.«

»Danke.« Bewundernd sah Michele zu ihm hinüber. »Du bist wirklich ein guter Freund.«

»Verstehe ich hier etwas falsch?« Heftig kratzte sich Bernardo unter der rechten Achselhöhle. »Onorio, du spielst dich hier als Retter auf? Dabei haben wir drei doch den Schaden angerichtet und nicht Michele.«

»Ist das so wichtig?« Der Sohn des Architekten Longhi zog die Brauen hoch, erhielt durch Blick und Grinsen das Verständnis von Ranuccio und tadelte Bernardo: »Sei nicht so verdammt kleinlich. Wir waren es alle zusammen.« Er tippte sich auf die flache Nasenkuppe. »Erinnere dich an damals, ans Waffengeschäft mit den Banditen oder den Gewürzschmuggel. Wer hat alles vorfinanziert? Na also. Und habe ich jemals den größeren Anteil verlangt? Na also.«

»Dafür musste ich ein Jahr in die Verbannung …«

»Dass du bei der Übergabe erwischt worden bist, war reines Pech. Doch reden wir nicht mehr davon.« Onorio lächelte gewinnend und zog Bernardo zu Michele, beiden legte er einen Arm auf die Schulter, und dem Sohn des Hauptmanns Tomassoni befahl er: »Hak dich auf der anderen Seite bei unserem Maler ein.« Die Reihe war geschlossen. »Wir sind Freunde, wir gehören zusammen, das ist doch die Hauptsache. Kommt, wir gehen wieder rein und erschrecken den guten Pietro noch etwas. Kommt, ich lade euch ein.«

Der Rückweg über die beiden Brücken der Tiberinsel, gefolgt vom Marsch ums Judenviertel, war eine Qual gewesen. Erst nachdem sich Michele heftig übergeben hatte und eine Zeit lang mit der Stirn an die Mauer gepresst stehen geblieben war, erst dann fühlte er sich etwas wohler, schmeckte der Tagesrest auch säuerlich auf der Zunge.

Immer noch leicht schwankend, überquerte er die Via Arenula und fand ohne Schwierigkeit den engen Durchstieg zur Piazza Salvatore in Campo. »Wusste ich es doch«, murmelte er, »so betrunken bin ich gar nicht.«

Lichterglitzern. Die Saalfenster im Erdgeschoss des Palazzo Petrignani waren weit geöffnet. An beiden mächtigen Deckenlüstern flackerten unzählige Kerzen. Klänge von Harfen, Geigen und einer dunklen Viola da Gamba wehten nach draußen. Michele stützte sich an der Hauswand ab, lauschte einige Atemzüge dem Konzert, dann tappte er weiter. »Da drinnen sitzen lauter Geldsäcke.« Er nickte vor sich hin. »Einfach reingehen sollte ich. Und ihnen bei der Musik meine Bilder zeigen. Und nach dem Applaus, da fängt Prospero an.«

So gut es ging, ahmte Michele die Stimme des Freundes nach: »Wer bietet für das Gemälde ›Ruhe auf der Flucht nach Ägypten‹?« Die Vorstellung einer Auktion gefiel ihm. »Einhundert Scudi von Seiner Eminenz. Wer bietet mehr? … Ja, das wär's.« Dem Seufzer entwuchs ein befreiender Rülpser.

Die Gasse zur Hinterpforte war düster, erst weiter vorn schimmerte die halb abgeschirmte Blendlaterne. Michele stieß mit der Sandale gegen einen Stein, Schmerz durchzuckte Zeh und Fuß. »Verflucht!« Er beugte sich hinunter, geriet aus dem Gleichgewicht und fiel seitlich gegen die Mauer. »Hier gibt's keine gerade Linie … verflucht, nicht eine einzige.«

»Bist du es?« Aus dem Lichtschein vor der Hinterpforte näherte sich eine Gestalt.

So vertraut …? Michele wandte den Kopf. »Mein Prinz?« Die Freude überraschte ihn. »Da bist du ja endlich!« Er streckte den Arm, wedelte mit der Hand. »Hilf mir. Irgendwie stecke ich hier fest.« Kaum ertastete er Stoff, klammerte er sich daran.

Mario half und richtete ihn wieder auf. »Ich warte hier schon seit heute Nachmittag …«

»Du wartest …?« Michele hob den Zeigefinger. »Ich, mein schöner Prinz. Ich habe gewartet. Seit Wochen schon. Aber du bist nicht gekommen.« Er ließ sich bis unter die Laterne führen. Unvermittelt teilte sich in seinem Kopf ein Vorhang. »Nein, warte!« Alle Trunkenheit vertrocknete. Seine Augen brannten, und vor dem Feuer stand Mario. »Warum wolltest du mich im Stich lassen?«

»Ich? Aber du hast … du brauchst mich doch gar nicht.«

Michele packte ins Hemd des Freundes und zog ihn näher. »Hab ich es dir nicht oft genug bewiesen? Wen habe ich auf meinen Bildern verewigt? Muss ich sie dir erst aufzählen? Undankbarer Kerl!«

»Ich meine ja mich«, die Stimme bebte, »und nicht das Modell für deine Gemälde. Mich brauchst du nicht.«

Was sollte dieser Vorwurf? Michele reckte das Kinn. »Du bist ungerecht. Suchst mit Absicht nach Streit. Wer hat dich gegen mich aufgehetzt?«

»Niemand. Niemand.« Mario barg die Stirn an seiner Schulter. »Keinen Streit. Ich bin hier, weil ich nicht weiterweiß.« Er löste sich von ihm, faltete die Hände, um sich nicht zu verlieren. »Erst war ich nur unglücklich.« Seine Stimme klang, als habe er den Text vorher einstudiert. »Aber dann quälten mich Nacht für Nacht die Gedanken. Und ohne Klarheit finde ich überhaupt keine Ruhe.«

Schuld? Michele verspürte einen Druck in der Brust. Was willst du mir da einreden? »Aber es ist doch alles in Ordnung.«

»Das stimmt nicht. Seit dem Nachmittag … seit Paola da war, nicht mehr.«

»Sie hat nichts mit uns zu tun.« Es kam viel zu hastig, um glaubwürdig zu sein. Michele spürte es selbst, er legte ihm den Arm um die Schulter. »Das mit Paola hat für uns keine Bedeutung.« Er führte ihn zur Hinterpforte. »Lass uns nach oben gehen. Dann erkläre ich es dir.«

Der Wächter am Tor öffnete und ließ sie wortlos passieren. In ihrem Rücken aber erkundigte er sich: »Will der Meister so spät noch arbeiten?«

Etwas in seinem Ton reizte Michele. Gleich fuhr er herum. »Du kannst ja mit hochkommen. In einer Bildecke gibt es noch einen freien Fleck.« Kurz beäugte er den Mann durch den Ring aus Zeigefinger und Daumen. »Dein Gesicht passt nicht. Aber mit deinem Hinterkopf könnte ich den Fleck ausfüllen.«

Vom jähen Angriff überfordert, erwiderte der Wachmann nichts und kehrte in seine Stube zurück.

»Hast du's gesehen?« Neu belebt, zog sich Michele am Geländer die Stufen hinauf. »So muss man mit Domestiken umspringen.« Vor der steilen Stiege zum Dachgeschoss aber fehlte ihm der Atem. »Schöner Prinz«, er breitete ergeben die Arme aus. »Warte etwas … oder hilf mir.«

Wider Willen musste Mario lachen. »Du bist und bleibst immer derselbe. Du weißt genau, was ich jetzt tue.« So oft schon gemeinsam erprobt: Drei Stufen schaffte Michele allein, dann griff Mario fest nach seinen Pobacken und schob ihn so bis zur Wohnung hinauf.

»Mein schöner Prinz.« Michele strich ihm übers Haar, küsste die Stirn. Der Geruch der Haut drang ihm bis in die Lenden. »Ich hab dich vermisst.« Seine Stimme wurde rau. »Zeig mir …«

»Nicht.« Halbherzig entwand sich Mario und ging zum Tisch hinüber. »Wir wollten reden. Bitte …«

»Später.« Michele folgte ihm. Mit jedem Schritt wuchs seine Lust. Dicht hinter Mario blieb er stehen. Kein anderer Gedanke hatte noch Raum. Er spielte ihm den Finger durch die Locken bis zum Nacken. Mario ließ es geschehen. Auch als die Hand unter dem Kragen seine Schulter strich, nach vorn glitt und die Knospe der linken Brust suchte, wehrte er sich nicht.

»Du hast mich doch auch vermisst? Sag es ...« Michele drückte den Unterleib an ihn, flüsterte: »Mein unartiger Prinz, soll ich dein Erzieher sein? Das magst du doch. Ich könnte dir wieder den Nackten versohlen, weil du die Bibelverse nicht gelernt hast.«

In der Erinnerung schmiegte Mario das Ohr enger an seine Lippen, dann aber schüttelte er den Kopf. »So lasse ich mich nicht überreden. Erst musst du mir sagen, ob du nur mich liebst oder ... Sonst will ich nicht.«

»Du bist mein einziger Prinz. Sicher benötige ich hin und wieder noch andere Modelle. Ich kann ja nicht immer denselben Körper und dasselbe Gesicht malen.« Voller Ungeduld nestelte Michele an der Hemdschlaufe. »Aber du bist mein Herzensfreund, meine Liebe.«

Mario sah ihn aus großen Augen an: »Und was ist mit ihr?«

Der bunte Kreisel stockte. Michele spürte den Ruck und wehrte sich dagegen, er wollte weiter, drehen sollte sich die Nacht, er wollte kein Gelb, kein Grün ... »Mit Paola? Das ist etwas ganz anderes. Glaub es endlich. Sie hat nichts mit uns beiden zu tun.«

»Wirklich?« Es war keine Frage, nur eine Hoffnung. Mehr wagte Mario nicht und ergab sich dem heftigen Werben. »Züchtige mich, Herr. Denn ich war müßig und faul.«

Michele stellte den Hocker in die Mitte. Mit dem Finger winkte er den Schüler näher. »Entkleide dich und erwarte die Strafe.«

Die Hände sind gebunden. Ein Trichter wird ihm zwischen die Lippen gepresst. Sand. Sie schütten Sand hinein. Der Rachen setzt sich zu. Luft. Nur nicht atmen. Schlimmer wird die Qual. Ich ersticke. Er krümmt sich, muss atmen ...

Michele hustete, würgte und war wach. Noch gefangen vom Traumbild, tastete er nach den Lippen. Nichts. Kein Trichter. Mehrmals versuchte er zu schlucken, endlich befeuchtete Speichel wieder Zunge und Gaumen. Er schlug die Augen auf und starrte zur dunklen Holzdecke. Als er die beiden Astlöcher direkt über sich fand, war er beruhigt: »Zu Hause.«

Doch in beiden Schläfen steckten Dolche, er wagte den Kopf nicht zu bewegen, tastete mit der Hand nach rechts. Der Platz an seiner Seite war leer, weiter streckte er den Arm. Mario lag nicht neben ihm. »Bring mir ...« Erst erneutes Husten reinigte seine Stimme. »Bring mir Wasser.«

Keine Stimme, kein Geräusch antwortete. »He? Hörst du nicht?« Stille. Michele stützte sich hoch. Keine Unordnung. Auf dem Tisch standen weder Krug noch Becher, das Zimmer war aufgeräumt. Wams und Hemd lagen gefaltet auf dem Hocker, davor standen die Schnürsandalen. Mario aber war nicht mehr da.

»O verflucht!« Michele legte sich zurück. Was war gestern? Was, nachdem er die Osteria verlassen hatte? »Elend übel war mir ...« Dann die Musik. Und der Prinz hatte gewartet. Und hier oben? Mit der Hand strich sich Michele über den Bauch nach unten, betastete den Penis. Nichts war wund. Aber wir haben Erzieher und Prinz ...? Für gewöhnlich spürte er diese eindringliche Strafaktion noch Tage danach. Mario stand gebückt da. Genau sah er den schönen Hintern vor sich. Jetzt erinnerte er sich wieder. »Wir haben gar nicht ...« Trotz Lust und aller Mühe, viel zu viel Rotwein hatte die notwendige Härte des Erziehers verhindert. Michele rieb sich die Stirn. »Aber ich hab dich belohnt.« Er war vor dem Freund auf die Knie gesunken und hatte ihn mit Lippen und Zunge bis zum schönsten Glücksseufzer liebkost. »Und warum bist du gegangen? Hast mich schon wieder allein gelassen?« Er presste die Hand über die Augen. »Undankbarer Kerl«, stöhnte er. »Ich sollte dich hinauswerfen.«

Pochen an der Tür. Er ist zurück, sicher hat er nur Besorgungen gemacht. Michele stellte sich schlafend. Sicher will er mich überraschen.

Erneutes Pochen, dieses Mal fordernder. Gleich darauf hörte Michele Schritte im Raum. Es waren nicht Marios Schritte. So schnell er in der Lage war, richtete er sich auf. »Wer ...?

»Die Tür stand offen ...« Prospero. Beide starrten sich erschreckt an. Der Agent fasste sich als Erster. »Ich konnte nicht ahnen, dass du mittags noch im Bett liegst.«

»Mir geht es nicht gut.« Michele ließ sich wieder zurückfallen und stöhnte erbärmlich. »Wenn es schlimmer wird, muss ich wieder ins Hospital.«

Prospero eilte zum Bett. »Sumpffieber? Ein Anfall?«

»Ich weiß nicht. Vielleicht schlimmer noch.«

»Nicht jetzt. Bitte ...« Prospero roch Micheles Atem und rümpfte die Nase. »Allen Heiligen sei Dank. Diese Krankheit bedarf keines Arztes. Und ich weiß ein gutes, nein, das beste Heilmittel ...«

»Verschone mich mit der Medizin dieser Kräuterhexe. Verzeih, ich wollte deine Frau nicht beleidigen, aber denke ich an die Mixtur aus Öl und zerriebener Baumrinde wird mir gleich wieder speiübel.«

»Sieh mich an.« Prospero rüttelte ihn. »Dieses Heilmittel habe ich selbst zusammengestellt.«

Michele schlug die Augen auf. Keine mahnende Miene wie gewöhnlich, über ihm war ein strahlendes Gesicht. »Du scheinst auch krank zu sein.«

»Wir haben Glück, Junge. Endlich Glück.«

Langsam raffte sich Michele hoch, bis er mit dem Rücken an der Wand lehnte. »Wovon sprichst du?«

»Von drei Bildern. Von dem Kustoden seiner Heiligkeit Papst Clemens VIII. mit dem schönen Namen Gerolamo Vittrici. Und ...« Die Pause diente einem sorgfältigen Atemholen. »Und von dreißig Scudi.«

Michele verbot sich zu glauben, woran er dachte. »Ich verstehe nicht ... Woher kennst du den Kämmerer des Papstes?«

»Gerolamo ist mit meiner Schwester Orinzia verheiratet. Und er hat gekauft.« Die Stimme geriet beinah ins Hymnische: »›Die Falschspielerin‹ und ›Die reuige Magdalena‹ und ... und nicht zuletzt ›Die Ruhe auf der Flucht nach Ägypten‹.« Prospero lächelte über sein eigenes Pathos und mäßigte sich: »Ich bin auf dem Weg zu ihm mit der Rechnung. Aber der Handel ist perfekt. Das wollte ich dir nur rasch mitteilen. Wir sehen uns heute Abend.« Er eilte zur Tür, drehte sich noch einmal um. »Das ist der Anfang vom Glück. Mein Schwager hat viele Freunde in der päpstlichen Kanzlei. Sie empfehlen sich die

Künstler untereinander. Und ab heute gehörst du dazu.« Er verstieg sich zu einem verschmitzten Lächeln. »Na, wenn das kein Heilmittel gegen Unwohlsein ist?« Prospero entschwebte, und Michele horchte den eiligen Schritten auf der Treppe nach, bis sie nicht mehr zu vernehmen waren.

Der Schmerz in den Schläfen hatte sich tatsächlich aufgelöst. Nur zur Probe flüsterte Michele den Satz: »Ich habe Bilder verkauft.« Gleich übte er den nächsten: »Ich habe einen Gönner gefunden.« Michele wollte sich dabei zuschauen. Er stieg aus dem Bett und stellte sich nackt vor den Spiegel. Wiederholte, sagte es sich ins Gesicht, mal laut, mal geheimnisvoll. Auch wenn sein Aussehen ihn erschreckte, die Sätze klangen wunderbar, und das Begreifen füllte nach und nach die Brust. »Dreißig Scudi, zehn für jedes. Das sind die Preise für Gemälde von guten Künstlern.« Mit beiden Händen kratzte er sich die Kopfhaut, zerwühlte das ohnehin schon zerwühlte Haar noch mehr. »Und bald, bald zahlen sie mir Preise, wie sie nur den ganz Großen bezahlt werden.« Michele lachte sein Spiegelbild an, bis er husten musste. Erzählen. Ich muss die Neuigkeit erzählen. Mario? Verflucht. Warum bist du nicht hier? Allein mit der Neuigkeit halte ich es nicht aus, sonst zerreißt sie mich.

Paola? Er griff nach Hose und Wams. Sie wird sich freuen, ganz bestimmt. Michele wusch sich durchs Gesicht, trank einen halben Krug Wasser und war unterwegs.

An den Verkaufsbuden im Säulengang vor der Chiesa del Gesù drängten sich die Leute. Stoffe, Kleider und Flickenteppiche. Alle Farben, ordnungslos ausgebreitet. Ein Paradies für Frauen, schmunzelte Michele vor sich hin. Kundinnen schmückten sich mit Tüchern, legten sie ab und wählten neue. Sie wickelten sich Stoffbahnen um den Leib, traten aus dem Schatten der Kirche und drehten sich vor der Nachbarin. Sie rollten Teppiche aus und wieder zusammen, begleitet von eifrigem Schwatzen und Gelächter.

Zwei Gesichter hinter einem hoch beladenen Verkaufstisch hielten Michele auf. Er trat näher. Die feine Blässe, das dunkle Haar zum Zopf geflochten? Es sind meine Mädchen, dachte er, die beiden aus dem Judenviertel. Er suchte nach dem Schalmeispieler, konnte ihn aber nicht entdecken.

»Wünschen der Herr etwas?« Michele sah die Ältere der beiden verwundert an. Warum diese Förmlichkeit? So viele Stunden waren wir zusammen. Ich kenne eure Haut, jedes Fältchen um die Augen, auch eure Gedanken. Wir sind doch ganz vertraut miteinander. »Ich wollte nur guten Tag sagen.«

Das Mädchen hob leicht die Brauen. »Vielleicht meint Ihr Sarah, meine Schwester?«

Jetzt begriff Michele. Mach dich nicht zum Narren, die beiden wissen gar nichts von dem Bild. »Ich habe mich geirrt, entschuldige.«

»Wollt Ihr nicht doch etwas kaufen. Vielleicht eine Stola aus Seidenflicken? Wir haben sie selbst genäht.«

»Ich weiß«, murmelte er und deutete auf ein Tuch mit einer gelben vielblättrigen Blüte auf dunklem Grün. »Eine schöne Arbeit.«

Als er die drei Baiocchi bezahlte, berührte er für einen Augenblick die schmale Hand und hätte sie gern länger gehalten.

»Die Stola wird Eurer Gemahlin gefallen.«

»Ich bin nicht verheiratet.«

»Dann wird sie Eurer Freundin gut stehen. Schalom, junger Herr.«

Paola? Natürlich, das Tuch ist ein Geschenk für sie. Zur Feier des Tages. Michele winkte den hübschen Jüdinnen. »Danke. Und ... Schalom.« Vergnügt eilte er weiter.

Die Wächter am Haupteingang hatten ihn weiter zur Pforte für die Dienstboten geschickt. Dort schüttelte einer der beiden Posten den Kopf. »Während der Arbeit? Ihr solltet besser am Abend wiederkommen.«

»Ich muss die Zofe der Marchesa sehen.« Michele trat einen Schritt vor, sofort sank die Hand des Wachmanns auf den Schwertknauf. »Bleibt stehen.«

Nur keinen Streit. Michele biss sich auf die Unterlippe. »Versteh doch. Ich muss Paola sehen. Nur kurz. Eine Überraschung.« Er hob das zusammengerollte Tuch. »Sie wird sich freuen.« Sein freundlicher Ton öffnete ihm die Pforte.

»Ich werde dem Kammerherrn Bescheid geben.« Unter Aufsicht

des zweiten Postens sollte Michele in der schmalen Eingangshalle warten.

Es dauerte nicht lange, dann vernahm er überhastetes Springen die Treppe hinunter. Kaum erschien Paola, verlangsamte sie und nahm beherrscht Stufe für Stufe. Michele lächelte ihr entgegen. »Ich hoffe, ich störe dich nicht …«

»Was willst du?« Die Narbenseite der Oberlippe bebte. »Ich muss gleich wieder hinauf. Carlo hat mir nur fünf Minuten erlaubt.«

»Ich habe dich vermisst …«

»So? Du wusstest ja, wo ich wohne. Du hättest früher kommen können.«

»Ich … Ich habe dir …« Er überreichte das Tuch. »Das ist für dich.«

Der eisige Blick schmolz dahin. »Wirklich?« Sie griff danach, als wäre es aus feinstem Porzellan. »Ein Geschenk? Noch nie hast du mir etwas mitgebracht …« Ihre Augen füllten sich. Michele spürte sich von einer Welle der Wärme emporgehoben. Behutsam strich er ihren Arm. »Lass alles wieder gut sein. Bitte. Ich brauche dich doch.« Wie von selbst kamen die Sätze tief aus dem Herzen. »Ohne dich geht es doch gar nicht. Seit wir Kinder waren, gehören wir zusammen. Uns darf doch nichts trennen.«

»Aber …« Mit kurzem Blick auf die Wächter zog ihn Paola in eine Nische. »Du redest so schön. Aber was bedeutet dir Mario?«

»Er ist ein Freund, ein lieber Freund.« Michele fasste sie an der Schulter. »Du hast einen festen Platz in mir, den kann niemand einnehmen, nicht Mario und auch nicht sonst wer.«

Michele sah ihr zaghaftes Lächeln, und die Last fiel von ihm ab, es gelang ihm noch ein vorsichtiger Versöhnungskuss. Dann aber überschäumte das Glück seine Brust, erhellte alle Winkel und Erker. »Stell dir vor, ich habe es geschafft. Ab heute werde ich berühmt.«

»Ich wünsche es dir von Herzen. Und sollte sich der Erfolg auch nie einstellen, für mich bist nur du wichtig.«

Michele hielt sie von sich, um für die Nachricht mehr Platz zu haben. »Er ist da. Bald wird mich ganz Rom kennen.«

»Ist es dein alter Traum, oder wovon …?«

»Der Traum ist endlich wahr geworden. Du sollst es als Erste wissen: Drei … Ich habe drei Bilder verkauft. Für gutes Geld. Und das Schönste ist …« Michele umfasste ihre Taille und drehte sich mit ihr. »Der Käufer gehört zum engsten Kreis des Papstes. Und der eine sagt es dem anderen. Ach, Paola, sie werden Gemälde bei mir bestellen. Stell dir vor, bald hängen sie in den Sälen der großen Palazzi und bald auch in den Kirchen …«, er drehte sie weiter und lachte, »… die Bilder des berühmten Michelangelo Merisi da Caravaggio.«

10

Federnd schritt der stiernackige Riese mitten auf der Via Coronari. Er war Feldherr und Sturmtrupp zugleich. Schnelle Blicke nach rechts, nach links, zielgerichtet der Blick nach vorn. Ölig schimmerten die muskelbepackten Oberarme. »Aus dem Weg!« Er griff zwei Passanten am Wamskragen und schleuderte sie beiseite, andere entkamen gerade noch seinen Fußtritten. Ihm folgte eine schlanke Kutsche, flankiert von zwei Dienern.

Vor dem Patrizierhaus an der Ecke zur Via Vetrina zügelte der Fuhrmann den mit schwarzem Leder aufgezäumten Schimmel; nur ein leiser Zuruf, und das Tier verlangsamte und stand; leicht nickte der schwarze Kopfputz. Einer der Diener öffnete den Schlag, kurz blinkte über dem Wappenschild das goldene Doppelkreuz unter dem Kardinalshut in der späten Julisonne. Der andere Diener klappte den Fußtritt herunter. Je zwei behandschuhte Hände streckten sich zum Wageninneren: Francesco Maria del Monte erschien, fasste nur nach den Fingerspitzen der Helfer und stieg aus der Kutsche. Eine hohe Stirn, wache graue Augen, der lange Nasenrücken prägte das blasse Gesicht, und ein Anflug von Spott in den Mundwinkeln nahm dem angegrauten, spitz zulaufenden Kinnbart die Strenge. Der Kardinal ließ sich den schwarzen Schultermantel richten, zögerte einen Moment und verzichtete auf den Hut. »In Anbetracht der Sommerhitze wird mir Constantino Spada die Unvollständigkeit meines Habits nachsehen. Doch bekleidet mich mit etwas Frische.« Gleich zückte einer der Diener das schmale Duftfläschchen und beträufelte ihm Kragen und Bart mit Öl aus Jasmin und Zitrone. Er schnippte dem

Riesen. »Ich will allein und in Ruhe dem Kunsthändler einen Besuch abstatten. Sollte sich in dieser Zeit weitere Kundschaft einfinden, so bitte sie um etwas Geduld. Jedoch …«, verstärkt spielte Spott auf den vollen, wie mit Violett gefärbten Lippen, »… jedoch, mein Herkules, zeige dich von deiner freundlichen Seite, sie wirkt abschreckend genug.«

Ehe die bronzenen Cäsarenhäupter gegen das Holz schlagen konnten, tat sich das Portal weit auf. »Willkommen, Eminenz.« Constantino Spada beugte sich tief über den dargebotenen Ring. »Seit Stunden schon sehne ich Euren Besuch herbei.«

»Lieber Freund, habt Dank. Doch damit genug der Förmlichkeit.« Unaufgefordert und erhobenen Hauptes, schritt der Gast vornweg in die Halle. Mit einer großen Geste, begleitet von einem Seufzer, begrüßte er ringsum die Gemälde an den Wänden. »Welch ein Vorzug, im Anblick solcher Schätze wohnen zu dürfen.«

»Aber, Eminenz, Ihr schmeichelt. Verglichen mit Eurer Sammlung ist mein Bestand geradezu ärmlich. Aber bitte, nehmt doch Platz.« Constantino Spada eilte zur Nische neben dem Treppenaufgang und zog am geflochtenen Brokatband, irgendwo im Inneren des Hauses ertönte eine Glocke, bald darauf erschien eine Magd mit frischem Orangensaft.

Kardinal del Monte zupfte den rechten Handschuh Finger für Finger ab. »Heute komme ich aus besonderem Anlass. Ich gestehe, Neugierde trieb mich her.« Er trank und setzte das Glas zurück. »In der päpstlichen Kammer wird von einem neuen Maler gemunkelt. Für gewöhnlich tauchen solche Namen auf und versinken wieder, ehe sie ausbuchstabiert sind. Dieser Name aber hält sich nun schon seit Monaten …?« Eine prüfende Pause, doch der Kunsthändler schien nicht zu ahnen, von wem sein Gast sprach. Leicht enttäuscht lehnte sich del Monte zurück. »Mein Informant verwies mich an Eure Adresse, Ihr sollt die ersten Werke des jungen Künstlers angeboten haben? Aber vielleicht liegt ein Irrtum vor und der ehrenwerte Valentino war gemeint?«

Die Erwähnung des Konkurrenten ließ Spada aufspringen. »Ich und nur ich allein weiß unter den Neulingen das wahre Talent zu erkennen. Eminenz sagt mir den Namen und ich …«

»Merisi. Michelangelo Merisi.«

»Wirklich?« Erst mit dem nächsten Atemzug glättete sich das Stirnrunzeln. »Ihr meint den Lombarden aus Caravaggio? Ein recht ungefälliger Mensch.«

»Ungefällig?« Del Monte lachte leise. »Eure Bemerkung gefällt mir. Wenn Ihr Bilder von ihm führt, so möchte ich einen Blick darauf werfen.«

»Zunächst kaufte ich drei von ihm aus Gefälligkeit für einen Freund. Merisi malt sehr spartanisch und, was die Anatomie betrifft, zum Teil noch recht ungelenk. Diesen Gemälden fehlt die umfassende Idee. Keine wirklichen Räume. Der Preis war entsprechend niedrig, schließlich ...«

Das mahnende Trommelspiel der Fingerkuppen unterbrach den Kunsthändler. »Verzichtet auf weitere Kommentare. Ich möchte mir selbst einen Eindruck verschaffen.«

Constantino Spada rang mit sich. »Eminenz, ich sehe es als meine Pflicht an ...«

»Habt Ihr Bilder?« Der Ton durchschnitt die Luft. »Ja oder nein?«

»Eines ist noch in meinem Besitz. Ich nahm es im letzten Sommer. Seitdem hat mich zu meiner Erleichterung der Agent nicht mehr aufgesucht. Es ist Fallobst. Ein Korb mit überreifen Früchten und zum Teil schon verwelkten Blättern.«

Ein forderndes Fingerschnippen!

Wenig später kehrte Spada aus seinem Lagerraum zurück und reichte dem Gast das Gemälde. Del Monte stellte es vor sich auf die Knie. Nach einer Weile richtete er sich im Sessel auf und beugte sich tief über das Bild. Der Kinnbart zitterte. Die Fingerkuppen tasteten nach den Wangen, wischten in den Augenwinkeln ... Der Kardinal räusperte sich. »Verzeiht. Was sagtet Ihr vom Preis?«

»Solltet Ihr Euch entschließen, ein Gemälde von einem wirklich gestandenen Künstler zu erwerben, so überlasse ich Euch den Früchtekorb als Dreingabe. Ansonsten wäre ich mit zwanzig Baiocchi zufrieden, das sind fünf mehr, als ich dem Künstler bezahlt habe.«

»Akzeptiert. Schlagt ein, mein Freund.« Del Monte streckte ihm die Hand hin.

»Aber, Eminenz ...?«

»Ich will es so. Ausnahmsweise dürft Ihr auf den Ringkuss verzichten.«

Zaghaft gehorchte Constanino Spada. Kaum war das Geschäft besiegelt, nestelte del Monte einige Münzen aus dem Geldbeutel. »Hier sind drei Scudi …«

»Aber, Eminenz …?«

»Nein, nicht für Euch. Ihr dürft Euren Preis von zwei Giulii abziehen. Den Rest aber werdet Ihr dem Künstler persönlich übergeben. Mit einem Gruß von mir und einer Einladung in meinen Palazzo. Ich will diesen Maler unbedingt kennenlernen.«

»Hätte ich geahnt …? So viel für solch ein kleines Bild. Damit steigert Ihr den Marktwert des Künstlers erheblich.«

»Er ist jeden Scudo wert, den ich bezahlt habe.« Del Monte nahm das Kunstwerk wieder zur Hand. »Unkonventionell. Und meisterlich ausgeführt. Ein wunderbares Stillleben. Jan Breughel und andere malen Kristallschalen, Silberränder und feinstes Obst. Dieser hier aber …« Eine Weile versank er wieder in Andacht. »Ihm genügt ein einfacher Bauernkorb. Hier erkenne ich Auflösung, spüre ich unsere Vergänglichkeit, und sie erstrahlt in einer Wärme, wie ich sie selten sah.«

Mit dem Aufblicken kehrte das spöttische Spiel in die Mundwinkel zurück. »Ich will Merisi haben. Und Euer Verdienst, lieber Freund, wird dereinst sein, dass Ihr dieses Maltalent so lange in der dunklen Kammer verborgen hieltet, bis ich kam, um es zu entdecken.«

Nicht das Lied von der Bäuerin und ihren schönen Melonen! Vor Wut bebend, stand Michele hinter der Leinwand. Trotz Androhung von Prügel stimmten die beiden Novizen Kardinal del Montes immer wieder dieses Gassenlied an, hielten zwei Zeilen durch, um dann gleich loszuprusten. Mario kannte nicht einmal die Melodie und zupfte nur irgendwelche Töne auf der Laute. »Haltet die Position ein! Verflucht!« Es hatte solche Mühe gekostet, die Szene auf engstem Raum zu arrangieren, und nun gelang es den drei Kerlen nicht, wenigstens eine Viertelstunde ruhig dazusitzen. Pietro schabte sich ständig mit den Notenblättern über den nackten Rücken. Nino kringelte entweder mit dem Finger in den Locken über seinem Penis oder zupfte an der Weinrebe auf seinen Knien. Und ausgerechnet dieser kleine Satan wollte die Engelsflügel angeschnallt bekommen.

Zwischen den Novizen hatte er Mario mit seiner Laute als zentrale Figur platziert. Michele ritzte zuerst den abgeknickten Hals und die Wirbel des Instruments in den Firnis. Der Freund bewegte sich, rückte die Laute auf dem Oberschenkel näher zu sich, dadurch brachte er die Falten des roten Tuches an der rechten Schulter durcheinander. »Hab ich dir erlaubt, dich zu bewegen? Rühr dich noch einmal, und du kommst in den Hintergrund. Dann nehme ich mir Nino als Hauptperson.« Diese Drohung ließ Mario in der Position erstarren.

Musizierende Knaben sollten es sein. »Male sie bei einem privaten Hauskonzert. Mit viel Sinnlichkeit.« Kardinal del Monte hatte ihn vielsagend angeblickt. »Verstehen wir uns?«

»Ich benötige Modelle …«

»Natur. Du liebst das Natürliche, sagtest du an dem Tag, als ich dich zu mir nahm und dir eine Wohnung in meinem Hause gab, und meintest, indem du das Einfache darstellst, entdecktest du darin die Wirklichkeit. Was also soll ein berufsmäßiges Modell? Für genügend Münzen verharrt es für dich in jeder Verrenkung.« Der behandschuhte Finger war Michele vom Kinn bis hinunter zum Kragenansatz gewandert. »Wähle dir aus meinem Novizenchor die geeigneten Knaben. Male sie, doch nicht mehr. Denn jeder von ihnen gehört mir und ohne meine Erlaubnis darf sich niemand ihrer bedienen.« Das Violett der Lippen verdunkelte sich. »Ein Gedanke noch: Du empfängst hin und wieder Besucher. Nein, entschuldige dich nicht. Obwohl du nicht um mein Einverständnis nachgefragt hast, mögen sie dir gestattet sein. Wie ich hörte, besucht dich eine Zofe aus dem Hause meines geschätzten Freundes Kardinal Ascanio Colonna, und außerdem kommt ein junger Mann zu dir. Du neigst also zu beiden Geschlechtern.«

Michele öffnete den Mund, wusste aber nichts zu sagen.

»Solltest du etwa erröten? Mein Freund, nur unmittelbar vor dem Tor meines Palazzos und in den Empfangs- und Festsälen gelten Zurückhaltung und höfische Etikette. Innerhalb des privaten Wohnbereiches hingegen sind dem Spiel der Lust keine Schranken gesetzt.

Ich selbst bevorzuge die Anmut und Schönheit eines Knabenkörpers, deshalb arbeiten in meinem Haushalt keine Frauen mit Ausnahme in der Küche. Aus diesem Grunde gilt mein Interesse auch nicht deiner kleinen Zofe, sondern dem jungen Mann. Könntest du ihn nicht als einen der Musizierenden mit ins Gemälde nehmen und ihn mir auf diese Weise vorstellen?«

Mittelpunkt des Gemäldes und für einige Tage auch der Mittelpunkt im Alltag des Freundes. Michele hatte Mario nicht lange überreden müssen.

Und wieder ertönte das Lied von der Bäuerin. »Aufhören!« Michele rang um Fassung. Wie viel leichter hätte er es doch mit bezahlten Modellen! »Dieser Text … dieser Text verdirbt den Ausdruck eurer Gesichter. Ich will Hingabe, sehnsüchtige Mienen, meinetwegen auch etwas traurige …«

»Verdammt, wie lange müssen wir hier noch sitzen?«, beschwerte sich Nino und rupfte Blätter von der Weinrebe.

Zu viel! In wenigen Schritten war Michele über ihm, packte den Haarschopf, hob die Faust. »Schluss ist, wenn ich es sage. Und wenn du noch ein einziges Blatt abreißt, dann schlag ich dir den Schädel ein …«

»Nicht …«, flehte Nino, »reg dich nicht auf. Bitte.« Die Engelsflügel verhakten sich ineinander. »Das war doch nur Spaß.«

Ruhig, werde ganz ruhig, befahl sich Michele, während er ihm das Gefieder richtete. Dann wandte er sich mit bemüht sanfter Stimme an seine drei Musikanten. »Gebt mir noch eine halbe Stunde. Danach treffen wir uns zum Faustball unten im Hof.«

Wie zu neuem Leben erwacht, strahlten ihn die Augen an. »Vorher aber bleibt ihr unbeweglich in der Position. Denkt ans Ave Maria. Ihr müsst ja nicht singen, aber öffnet die Lippen für ein leises A und denkt euch den übrigen Text. Den will ich in euren Blicken lesen können.«

Sie waren einverstanden, fügten sich, und endlich konnte Michele seine Bildkomposition vervollständigen. Der Beginn eines Gemäldes bedeutete für ihn Schwerstarbeit. »Und die Erde war wüst und leer …« Wie oft dachte er dabei an den Beginn der Bibel, an die ersten Sätze im Buch Mose. Am Anfang war das Nichts, auch vor ihm, kein Wasser, dafür aber die leere Leinwand. Auch ich muss Leben erschaffen, dachte er und ritzte Marios Knie in den dunklen Malgrund. Sieben Tage werde ich mit den dreien da vorn schon durchhalten müssen. Dabei hat mich der erste Tag schon erschöpft. Die Entspannung nachher hab ich mir redlich verdient.

Faustball. Diesem Spiel gehörte die Leidenschaft aller Novizen. Innerhalb des Palazzos fanden regelmäßig Wettkämpfe statt. Zu Anfang hatte Michele nur zugeschaut und sich gleich gefragt, wo die Grenze zwischen Freund- und Feindschaft lag. Rasch überredeten ihn die jungen Männer mitzuspielen. Faustball! Seine Begeisterung wuchs. Doch es war mehr als ein Spiel, es war Kampf, es gab Sieger und Besiegte. Hin und wieder bluteten von den Zusammenstößen einige Nasen und Lippen, oder es gab Schürfwunden bei den Stürzen. Und dann, am Freitagabend, zog die Mannschaft des Palazzo Madama hinaus ins Viertel Campo Marzio. Nun waren sie die Söldner der Franzosen, und Michele gehörte ganz zu ihnen. Ihr Wohltäter und Feldherr Kardinal Francesco Maria del Monte war der Gesandte des florentinischen Herzogs Ferdinando de' Medici und förderte diskret den französischen Einfluss auf das Papsttum. In Paris war man katholisch, doch auch Hugenotten und Protestanten wurden geduldet.

Die Faustballspieler dachten nicht an Politik, die Neigung ihres Herrn aber bekleidete sie mit den Farben, für die sie kämpfen wollten. Schnell fand sich eine gegnerische Rotte, die Söldner der Spanier. Katholisch, rein katholisch und sonst nichts. Und die Schlachtfelder der Religionskriege verlegten sich auf die engen Plätze zwischen den Kirchen und den hohen Wohnhäusern vom Campo Marzio. Um wie viel? War der Einsatz auch gering, um ihn entfachte sich ein erbarmungsloser Kampf. Mit Geschrei, Spott und Flüchen wurde der Ball übers Netz hin und her geschlagen, und nicht selten wurde danach das Ergebnis mit den Fäusten korrigiert.

Obwohl Mario direkt vor ihm herging, verpasste Michele spät am Samstagabend auf der Piazza Navona leicht angetrunken die Querstraße zum Palazzo Madama. Der Freund bemerkte sein Fehlen spät, kehrte um, fand ihn nicht und fand ihn dann doch unweit des Brunnens. Dort stand er, die Hand auf dem Degengriff, den Blick himmelwärts gerichtet. »Kommst du? Ins Bett geht es da lang.«

»Ich hab nicht zu viel Bier.« Michele sah unverwandt nach oben. »Meinst du, der Mond ist schon halb gefüllt?«

»Etwas fehlt ihm noch.«

»Das war kein Fest. Auch wenn der Papst noch so viele Fässer spendiert hat. Sauer schmeckte mir jeder Schluck.« Michele senkte den Kopf und stieß einige Male mit der Stiefelspitze langsam gegen den Brunnenrand. »Als der Kopf fiel, stöhnte die Menge. Du hast es gehört ... Aber, Freund, sie haben nicht etwa aus Mitleid oder Entsetzen gestöhnt. Nein, aus Lust ...«, zur Bekräftigung hob er den Zeigefinger, »... aus dieser Lust ganz tief drinnen, die sie sonst in ihrem Rippenkäfig gefangen halten, weil sie, wenn sie ausbricht, wie ein wildes Tier ist.«

»Wir sollten nach Hause gehen.« Mario zog Michele am Arm, und er sträubte sich nicht.

Der Wächter öffnete ihnen die Pforte neben dem Hauptportal. »Unser Hoher Herr erwartet euch.«

Wie nach einem Schlag schüttelte sich Michele. »Jetzt? Und wieso uns?«

»Auch Signor Mario Minitti. Ganz gleich, wie spät es ist. Der Hohe Herr arbeitet noch in der Bibliothek.«

»Hat er etwas angedeutet?«

»Ich bekomme Befehle, keine Erklärungen. Nun geht schon.«

Auf dem Weg die breite Treppe hinauf, den linken Flur entlang, atmete Michele immer wieder tief ein, versuchte den Biergeschmack herunterzuschlucken, und kämmte sich mit den Fingern das Haar zurück. »Was wird er wollen?«

Mario rückte im Gehen an Micheles Hemdkragen. »Du hast dir nichts zuschulden kommen lassen.«

»Glaubst du etwa, ich hätte Angst?« Unsanft befreite sich Michele. »Vielleicht stört es ihn, dass du in letzter Zeit so oft bei mir übernachtest?«

»Oft?« Der Freund senkte die Stimme. »Nur während du mich gemalt hast, war ich tatsächlich häufiger hier. Mit dem Musikantenbild und dem Bild mit mir allein waren es höchstens zehn Mal«, rechnete er und setzte sofort den Vorwurf dagegen. »Und was ist mit Paola? Ich weiß, du willst es mir nicht erzählen. Aber sie kommt bestimmt mindestens so oft hierher. Schließlich ist sie nicht mit der Marchesa nach Caravaggio zurück, sondern in Rom geblieben. Sicher aus gutem Grund. Ich bin gespannt, wann du sie das erste Mal als Modell gebrauchst. Dann …«

»Musst du ausgerechnet jetzt wieder damit anfangen?«, fauchte Michele mit unterdrückter Wut. »Jeder entscheidet sich freiwillig, so wollten wir es versuchen. Außerdem haben wir abgemacht, nicht darüber zu reden.«

»Das hast du abgemacht.«

»Sei still jetzt.« Michele fasst ihn an der Schulter. »Ich bitte dich darum.«

Gleich nach dem Klopfen wurden sie hereingebeten. Kardinal del Monte saß über ein Schriftstück gebeugt am Schreibtisch. »Geduldet euch noch einen Moment.« Zwei Öllampen mit Seitenspiegeln erhellten den Arbeitsplatz. Er trug einen blauen Hausmantel, Kragen und Ränder waren von Silberfäden durchzogen. Nach der Lektüre tunkte er die Feder ins Fass und setzte seine Initialen unter den Text. »Wenn Diplomatie einen Sieg erringt«, sagte er mehr zu sich selbst, und Stolz schwang in der Stimme mit, »so war es meist Beharrlichkeit, die zum Ziel geführt hat.« Del Monte musterte seine Besucher. »Wo kommt ihr so spät noch her?«

Wer war gefragt? Ehe sich Michele klar wurde, dass der Blick ihn meinte, trat Mario schon einen halben Schritt vor. »Mit Verlaub, Eminenz. Wir sahen der Hinrichtung von Orazio Conti zu. Danach sind wir noch bei den Bierfässern stehen geblieben.«

Die bläulichen Lippen hatten ein Lächeln für ihn. Gleich wieder ernst, nickte der Kardinal. »Der arme junge Herzog. Ja, es genügt heute schon, nur als ein Sympathisant der Räuberbanden zu gelten. Und schon fällt der Kopf. Unser aller geschätzter Heiliger Vater lässt hart durchgreifen. Insbesondere wenn nach Beseitigung des Beschuldigten ein beträchtlicher Besitz für einen seiner Lieblingsneffen frei wird. Papst Clemens sorgt rührig für seine Sippe. Aldobrandini, diese Familie floriert besser als jede Bank in Rom.« Er wischte mit dem Handrücken unsichtbaren Schmutz von seinem Schreibtisch. »Doch zu schöneren Dingen.« Del Monte lehnte sich im Sessel zurück, dieses Mal deutete er direkt auf Michele. »Ich bin entzückt von deinem ›Hauskonzert‹ und kann nur ahnen, welche Mühe es gekostet hat, ausgerechnet meine beiden lebhaftesten Novizen in diesen Moment der Andacht zu bringen. Strenge Aufsicht war sicher notwendig. Gewiss hast du dich aus diesem Anlass im Hintergrund als vierten Musikus dazugesellt. Die beiden unterhalten mich gewöhnlich auf recht stürmische Weise. Wirklich tief angerührt hat mich jedoch der ›Lautenspieler‹. Diese Harmonie, der verklärte Blick des Jungen. Einfach hinreißend.«

»Ihr schmeichelt.« Michele atmete befreit: keine Vorwürfe, im Gegenteil. »Es ist bisher mein bestes Gemälde.« Ein Lächeln für Mario. »Die Natur war mir eine gute Vorlage.«

»Womit wir beim Thema sind.« Del Monte nahm den marmornen Briefbeschwerer vom Stapel einiger Schriftstücke, wog ihn in der Handmulde und bestrich ihn mit den Fingerkuppen. Er war Michele bisher nicht aufgefallen, einen Augenblick nur wunderte er sich über die sonderbare Form, dann wusste er es: Der Kardinal spielte mit einem gemeißelten männlichen Geschlechtsteil. Der Penis ruhte auf dem ausgeprägten Hodensack. »Kürzlich erst beging ich meinen siebenundvierzigsten Geburtstag. Trotz meines Alters bin ich noch voller Neugierde ... Was irritiert euch?«

Ertappt löste sich Michele von dem Anblick. Neben ihm presste Mario schuldbewusst die Fingerkuppen auf die Lippen. Auch er hatte wohl nur noch Augen für das Spielzeug in den Händen des Kardinals gehabt.

»Ach, ihr wundert euch über dieses Kleinod hier.« Er setzte es vor sich hin. Jetzt erst kam seine kunstvoll gemeißelte Form in Gänze zur Geltung, selbst kleine Hautfalten waren herausgearbeitet. »Wir haben hier das Geschlechtsteil des Götterboten Hermes vor uns. Schaut mich nicht so zweifelnd an. Es entstammt der eindrucksvollen Marmorstatue im Garten der Villa Medici. Auf dem Höhepunkt der Prüderie und des Kampfes gegen Unzucht und Unmoral in der Malerei wie auch in der bildenden Kunst wurden auf päpstlichen Erlass hin viele der herrlichen Statuen aus der Antike geschändet. Das heißt, die Helden der Mythologie wurden entmannt und hernach die geschlagene Wunde unter einem Eichen- oder Weinblatt versteckt. Die steinerne Ernte der Schnitter wurde in der Scheuer des Vatikans eingelagert.« Del Monte nahm das Kleinod wieder zur Hand. »Aufgrund meines guten Verhältnisses zum Leiter des Geheimarchivs gelangte ich in den Besitz dieses edlen Körperteils. Da es dem beflügelten Götterboten gehörte, hat es folgerichtig seinen Platz auf meinen Eildepeschen gefunden.« Er legte den Penis zurück.

Eine Weile betrachtete er Mario, dann, als müsse er sich losreißen, wandte er sich wieder Michele zu. »Ich erwähnte meinen Geburtstag. Gewiss kennst du den schönen Brauch, dem Jubilar ein Geschenk darzubringen, insbesondere, wenn er dir Obdach und Arbeit gibt? Verstehen wir uns bis dahin?«

»Aber ja, Herr.«

Auch Mario nickte zustimmend.

Leicht benetzte del Monte die Unterlippe. »Darf ich mir ein Geschenk erbitten?«

»Was Ihr wollt, Herr.« Gleich schränkte Michele halb im Scherz ein: »Solange es meine Mittel nicht übersteigt.«

»Das Geschenk kostet dich keinen Giulio.« Der Kardinal beugte sich vor. »Überlasse mir den Lautenspieler für eine Nacht.«

Michele lachte leise. »Aber das Bild gehört Euch doch schon ...«

»Ich meine nicht das Gemälde ...«

Stille. Michele sah das Violett des Mundes im Lampenschein glänzen, dann begriff er. Neben ihm atmete Mario erschreckt ein.

»Ich wünsche, dass er mir nackt auf der Laute vorspielt ...«, als gelte es ein gutes Essen zu planen, schwang in der Stimme freudige Erwartung mit, »... und dass er mir zeigt, welche Instrumente er noch beherrscht. Zum Dank werde ich ihm beim Morgengrauen so viele silberne Giulii zwischen die sinnlichen Lippen stecken, wie sein Mund ohne Schlucken zu fassen vermag.«

Mario duckte den Kopf, als stürzte gleich die Decke auf ihn nieder.

Unaufgefordert näherte sich Michele dem Schreibtisch und sorgte dafür, dass er den Freund hinter seinem Rücken verbarg. »Nein, Herr.« Er spürte den Herzschlag in den Schläfen. »Diesen Wunsch kann ich Euch nicht erfüllen.«

Die Brauenbögen wölbten sich. »Du sitzt an meinem Tisch, isst mein Brot und weigerst dich, mein Lied zu singen?«

»Wenn Ihr es verlangt, so singe ich gern für Euch, aber …«

Ein Hieb mit der flachen Hand auf den Schreibtisch unterbrach ihn. »Nicht weiter … Ungebildeter Kerl. Wärst du nicht so talentiert, würde ich dich hinauswerfen.« Hart schnippte der Kardinal und stach mit dem Finger nach ihm. »Du willst mir also deinen Freund nicht für eine Nacht überlassen?«

Michele war heiß, er zerrte an seinem Kragen. »Ich gebe Euch meine Bilder, so haben wir es ausgemacht, und ich bin zufrieden damit. Mir geht es gut in Eurem Haus, so gut wie niemals vorher. Dafür schulde ich Euch Dank. Doch Mario ist nicht zu verschenken.«

»Dein letztes Wort?«

»Ich lasse mich nicht erniedrigen. Verzeiht, Herr, auch nicht von Euch. Eher packe ich meine Sachen und gehe.«

»Mein schöner Lautenspieler«, mit versteinerter Miene wandte sich del Monte an Mario, »verlass uns jetzt. Ich habe mit meinem Maler noch einiges zu besprechen.« Kaum hatte sich die Tür geschlossen, ging er wortlos zum Waffenschrein, der in die linke Bücherwand eingelassen war. Del Monte wählte einen Degen, dann zog er noch ein ledergebundenes Buch aus dem Regal und kehrte mit beidem zurück.

Was hat er vor? O großer Gott, ein Kampf? Unmerklich tastete Michele nach dem Griff seiner Waffe. Ich habe keine Chance, nur ein Ruf von ihm, und durch jede Tür stürmen Wachen herein. Er bemühte sich, im Gesichtsausdruck des Kardinals zu lesen, doch die Miene blieb undurchdringlich.

Erst nachdem del Monte den Degen neben sich abgelegt und eine Weile im Buch geblättert hatte, blickte er auf. »Bravo. Beraubt mich deine Weigerung auch eines besonderen Vergnügens, so muss ich dir dennoch ein Kompliment aussprechen. Nur ganz selten wagt es jemand hier in meinem privaten Bereich, mir einen Wunsch abzuschlagen, und dies schon gar nicht in solch brüskierender Art und Weise.«

»Bitte versteht, Herr, ich habe gerade Frieden …«

»Verwässere deine Entscheidung nicht.« Warnend hob del Monte den Zeigefinger, dazu spielte Spott in den Mundwinkeln. »Sonst erzwinge ich meinen Wunsch. Du müsstest dann gefesselt dem Schauspiel beiwohnen. Sicher wäre dies auch eine reizvolle Variante … Nein, nein, lieber Freund, bleib ruhig. Ich spreche nur von einer Möglichkeit. Und nun schnall deinen Degen ab.« Weil Michele zögerte, pochte del Monte ungeduldig auf die Holzplatte. »Das ist ein Befehl.«

Michele gehorchte. Sein Herr nahm die Waffe mit spitzen Fingern, warf einen kurzen Blick auf die Klinge und ließ sie samt Gehänge neben sich auf den Boden fallen. »Von wem hast du dieses stumpfe Messer?«

»Ehe ich zu Euch kam, wohnte ich im Palazzo …«

»Nein, ich will es nicht wissen.« Del Monte deutete auf den Degen aus seinem Waffenschrank. »Nimm. Er ist ein Geschenk von mir. Der Stahl stammt aus Toledo. Trag ihn mit Vernunft und Verantwortung.«

»Herr …?« Michele bestaunte die mit Leder bespannte Scheide, den schlanken Korb. Er zückte die Waffe, fühlte die Schärfe der Klinge. »Noch nie … Ihr macht mich sehr glücklich, Herr.«

Del Monte sah ihn amüsiert an. »Du scheinst dir immer noch nicht bewusst zu sein, in welchem Hause du wohnst und bei wem du eine Anstellung gefunden hast. Solange du unter meinem Dach weilst, gehörst du mir, ebenso wie alle Knaben meines Novizenchors oder meine Dienerschaft.« Mit elegantem Schwung füllte er sich aus der Weinkaraffe einen Silberbecher und trank einige Schlucke. »Natürlich steht es dir frei zu gehen … Doch wohin? Wenn ich es nicht erlaube, so wird dir, trotz deiner großen Begabung, künftig in Rom keine Tür mehr aufgetan. Umgekehrt natürlich stehen dir mit meiner Unterstützung alle Tore offen.«

Heiße Schauer befielen Michele, kaum vermochte er still zu stehen. Mal fühlte er sich zu diesem Mann hingezogen, dann wieder ging eine gefährliche Bedrohung von ihm aus, sodass er versucht war, sich in Sicherheit zu bringen. »Alles verwirrt mich so. Bitte verzeiht, Herr. Aber was wollt Ihr mir mit all dem sagen? Nur vom Malen verstehe ich was.«

»Du hast recht. Außerdem ist es spät und ich habe dir immer noch nicht meine Vorschläge für künftige Gemälde unterbreitet. Zunächst einmal wünsche ich je eine oder auch zwei Kopien vom ›Knaben mit dem Früchtekorb‹, wie auch von der ›Wahrsagerin‹ und von unserem ›Lautenspieler‹.«

»Wenn ich mir genügend Zeit nehmen darf, sehe ich darin keine Schwierigkeit.« Michele wagte ein Lächeln. »Ich weiß, wie viele Bilder Ihr besitzt. Darf ich fragen, wo in Eurem Palazzo Ihr die Kopien noch hinhängen wollt?«

Del Monte gab das Lächeln zurück. »Nirgends, mein Freund. Sie sollen mir als Präsente dienen. Jetzt, da sich nach der Aussöhnung zwischen Papst Clemens und dem französischen König Heinrich eine fester werdende Beziehung zwischen diesen beiden Machtblöcken abzeichnet, steigt auch wieder mein Einfluss auf die Politik. Es ist eine Tatsache, dass ausgefallene und wertvolle Präsente die Ratifizierung von Urkunden ungemein erleichtern. Und wer außer mir kann mit solchen Gemälden aufwarten? Dein Korb mit den überreifen Früchten zum Beispiel ist schon unterwegs zu Kardinal Federico Borromeo, als Präsent für sein Museum in Mailand. Du siehst, auf diese Weise werden deine Bilder bald in viele Länder Europas reisen, und mit ihnen wird sich dein Ruhm ausbreiten.«

Welch eine Vorstellung! Michele spürte, liebte die väterliche Fürsorge. »Ich werde all meine Kraft einsetzen. Das verspreche ich. Die Kopien sollen den Originalen in nichts nachstehen. Im Gegenteil.«

»Gut, gut.« Del Monte winkte ihn näher, er blätterte in dem Buch einige Seiten weiter. »Hier hab ich noch einen ganz persönlichen ...« Er schmunzelte leise. »Ich will heute Abend den Begriff ›Wunsch‹ besser vermeiden, einigen wir uns darauf, dass es mein ganz persönlicher Vorschlag ist. Was sagt dir dieses Haupt?«

Michele beugte sich über die Federzeichnung: ein Schild mit einem schönen Frauengesicht umkränzt von zwei Schlangen. Die Nattern waren unter dem Kinn ineinander verschlungen, und ihre Köpfe ragten oben aus dem gelockten Haar. »Ich habe es irgendwo schon mal ... Nein, wenn ich ehrlich sein soll, weiß ich nichts darüber.«

»Phidias schuf lange vor Christus eine Statue der Athene, sie trägt diesen Schild mit dem Abbild der Medusa. Darauf hat der Künstler die Gorgonin dargestellt, als sie noch eine Schönheit war. Ovid schwärmt in seinen ›Metamorphosen‹ von ihr ...« Die Stirnfalte des Kardinals vertiefte sich. »Es muss ... es ist das vierte Buch, dort schreibt er: Medusa war das schönste Mädchen, das eifersüchtig gar viele Bewerber bedrängten …« Der Kardinal zerrieb ihr Schicksal zwischen Zeigefinger und Daumen. »Eines Nachts überraschte Athene die Schöne, während sie mit Poseidon in einem ihrer Tempel buhlte. In rasendem Zorn verwandelte Athene die Gorgonin in ein geflügeltes Ungeheuer.« Der Kardinal sah auf. »Langweile ich dich?«

»Ganz sicher nicht, Herr.« Michele deutete auf die Natternköpfe. »Und diese Schlangen?«

»Abscheulich – dieses Wort ist sicher noch zu schön für ihr Aussehen. Medusa wurde zu einem furchtbaren Scheusal, Schlangen ringelten sich als Haare auf ihrem Schädel, darunter glühten die Augen, und zwischen Raubtierzähnen hing die lange Zunge heraus. Jeder, der sie ansah, erstarrte sofort zu Stein. So schützte sich Medusa vor ihren Feinden.« Ein anerkennender Handschlenker über die Zeichnung. »Medusa war sterblich und doch unbesiegbar. Bis unser Freund Perseus kam.«

Del Monte nahm einen Schluck. Michele schmeckte mit trockener Zunge dem Wein nach, hoffte auf eine Einladung, doch sein Herr trank allein und setzte seine Erzählung fort: »Auf dem Weg zur Schlafhöhle des Ungeheuers borgte die Göttin Athene dem Helden einen spiegelnden Bronzeschild und von …«, der Kardinal griff wieder nach dem marmornen Geschlechtsteil auf seinen Eildepeschen, »… und von unserem viel begabten und von mir bewunderten Götterboten hier bekam er die geflügelten Schuhe geliehen, dazu ein scharfes Schwert. So ausgerüstet, flog Perseus durch die Himmel bis hin zu ihrem Unterschlupf. Er näherte sich Medusa, indem er nur in den Spiegel schaute, und schlug ihr mit einem einzigen Hieb den Kopf ab …«

Del Montes Blick tropfte wie Blut auf die Zeichnung. Erst nach einer Weile setzte er hinzu: »Welch einzigartiger Moment war dieser Moment!« Er hielt die Lippen leicht geöffnet, atmete einige Male hastig und wurde mit einem Seufzer ruhiger. »Verstehen wir uns, mein lieber Junge?«

»Ich habe Durst«, flüsterte Michele. Noch ganz in Gedanken, reichte ihm der Kardinal seinen Becher, und er leerte ihn bis auf den Grund. Das Bild wucherte in Michele. »Ich werde ihr Schlangenhaare geben …«, er wandte das Gesicht zur Decke, »… und alles Entsetzen im Moment des Todes … Den Schrei … Die aufgerissenen Augen. Ich werde die Leinwand rund schneiden …«

Del Monte tippte an seinen Oberarm. »Nein, warte, Junge. Keine Leinwand.« Rasch erhob er sich, eilte zur Waffensammlung und brachte einen Turnierschild. »Er stammt aus dem Orient. Mal Medusa hierauf. Das ist ihr Platz.«

Michele strich über die Goldornamente auf der mit Leder und Samt gearbeiteten Borte. Die leicht gewölbte Fläche war schwarz. Behutsam, als berühre er bisher Unberührtes, tastete er sich mit der Fingerkuppe bis zur erhöhten Mitte vor. »In Schreck und Schmerz mische ich Unglaube. Sie wird nicht begreifen, was ihr geschehen ist. Diesen Moment sehe ich vor mir.«

»Das ist es.« Del Monte benetzte die Lippe. »Lieber, lieber Junge. Ich ahnte es gleich, als ich das erste Gemälde sah. Etwas von mir ist auch in dir.«

Paola sah mit großen Augen zum Kammerherrn auf. »Bitte. Lass mich hingehen.«

»Aber warum trefft ihr euch nicht morgen, am Sonntag? Bis dahin sind hier alle wichtigen Arbeiten erledigt. Und überhaupt: Wieso in der Frühe? Nun schau mich nicht so an … Erst nach dem Mittagsläuten beginnt am Samstag das Wochenende, das wäre die richtige Zeit.«

Der Widerstand war schon fast gebrochen. »Er ist Künstler. Die haben nun mal einen anderen Tagesrhythmus als wir einfachen Leute. Er sucht nach neuen Eindrücken, nach Gesichtern und … na ja, was er so zum Malen braucht, und ich soll ihn begleiten.« Paola wusste es nicht so genau, sie hatte nur eine Nachricht von ihm erhalten, dass er sie am Samstagfrüh, so gegen acht Uhr zu einem Spaziergang abholen wollte. »Vier Augen sehen mehr … Was rede ich denn …? Du bist doch Dichter. Du müsstest ihn doch verstehen? Bestimmt würdest du auch gern deine Verse mal tagsüber schmieden und nicht erst nachts, wenn dein Dienst vorbei ist. Sei ehrlich.«

Entwaffnet hob Carlo die Schultern. »Ich werde eins der Mädchen mit dem Reinigen der Böden und dem Lüften der Zimmer beauftragen. Wer weiß, wann Ihre Hoheit in Rom eintrifft? Und ich will, dass alles für ihren Empfang vorbereitet ist.« Seit Costanzas Abreise vor zwei Jahren war Paola ihm unterstellt, und er ließ der Zofe, auf Bitten der Marchesa, mehr Freiheiten als irgendjemandem sonst im Palazzo Colonna. »Es könnte durchaus schon heute sein.«

»Glaub ich nicht. Die Herrin fährt bis Genua, dort besucht sie wie jedes Mal noch Verwandte und nimmt dann erst das Schiff nach Rom. Sie wird Anfang Mai kommen, schätze ich. Bis dahin sind's noch gut zwei Wochen.«

Er lächelte etwas gequält. »Sobald es um diesen Maler geht, fällt dir jede Ausrede ein, findest du jede Entschuldigung ...«

»Danke.« Paola hob sich auf die Zehenspitzen und küsste ihn auf die Wange. »Du bist der beste Mann, den ich kenne.«

Nun vollends aus der Fassung gebracht, strich er ihr über die Schulter, einen Augenblick lang blühte Zärtlichkeit zwischen ihnen, doch schon lief sie davon.

»Aber für frische Blumen sorgst du«, rief er ihr nach. »Und dass die Vasen sauber sind.«

»Ich denke dran. Keine Sorge.«

Als die Tür hinter ihr zugefallen war, schloss Carlo die Augen. »Und ich sorge mich doch. Mehr als du ahnst.«

Er wartete wie immer im mittleren Arkadenbogen vor Santi Apostoli gleich neben dem Palazzo. Warum trägt er nur diesen schwarzen Lumpen, dachte Paola beim Näherkommen bekümmert. Als ich ihm den Schultermantel vor Jahren schenkte, war er schon alt, sah aber noch nach etwas aus, jetzt ist es nur noch ein zerschlissenes Ungetüm mit Kragen. Und seine Pluderhose war mal samtrot ... und diese abgewetzten Stiefel ... Sie seufzte. Wenn ich könnte, wie ich wollte, dann würdest du genauso gut angezogen durch die Stadt laufen wie die großen Maler, wie dieser Cesari d'Arpino und seine Freunde.

Michele warf mit einem Kopfschlenker die Haarsträhnen aus der Stirn und schloss sie zur Begrüßung in die Arme. »Gut, dass du da bist.« Husten schüttelte ihn, und er spuckte aus. »Entschuldige.«

»Was ist ...?«

»Nichts. Es ist nur spät geworden gestern, und ich hab schlecht geschlafen. Aber langsam wird's mir besser.« Er küsste ihre Stirn und zog sie gleich mit fort. »Wir gehen rüber ins Judenghetto.« Lange Schritte, Paola musste sich anstrengen, um neben ihm zu bleiben. »Langsamer, Liebster. Bitte, hetz doch nicht so.«

»Ich will möglichst früh da sein. Dann ist die Auswahl größer. Del Monte möchte von mir eine heilige Katharina haben, die von Alexandrien. Das ist die, die auf die Folterräder sollte, welche aber rechtzeitig vom Engel zerbrochen wurden. Bei mir wird sie vor solch einem zerstörten Rad sitzen mit einem dunklen wertvollen Kleid. Der Stoff soll üppig sein. Und den suchen wir uns da aus. Er soll wertvoll sein und nicht zu teuer.« Von Weitem sahen sie etliche Bürger unterhalb der Ghettomauer auf und ab flanieren. Vor dem Tor selbst standen kleine Gruppen beieinander. Ein helles Hornsignal, und die großen mit Eisen bewehrten Flügel wurden von den Stadtwachen geöffnet.

Keiner der Wartenden drängte ins Judenviertel. Ehe Michele mit Paola eintrat, deutete er auf das Straßenpflaster. »Genau hier bin ich damals von dem Pferd getreten worden. Bei feuchtem Wetter spüre ich die Narbe immer noch.«

»Das waren sicher schreckliche Monate für dich.« Paola drückte seinen Arm. »Und ich war nicht bei dir.« Sie hob die Brauen, seufzte und dachte, das Unglück und das Sumpffieber hätte ich nicht verhindern können, aber wenn ich da gewesen wäre, dann hättest du Mario vielleicht nicht ... Ach, was nutzt all das »wäre« und »hätte«.

»Wo bleiben denn die Leute?« Auf dem Brunnenplatz verzögerte Michele den Schritt. »Sonst wimmelt es hier um diese Zeit schon von Käufern! Und wo sind die Warentische?« Er sah in einen Hinterhof. Nichts. Die Türen standen zwar offen, aber es gab kein Anzeichen von Geschäftigkeit.

»Sie haben Feiertag.« Paola tippe sich gegen die Stirn. »Heute ist Samstag. Sabbat, das ist der jüdische Ruhetag. Am Sabbat arbeitet keiner.«

Michele setzte sich auf den Brunnenrand. »Daran hab ich nicht gedacht.«

»Schade um unsere wertvolle Zeit.« Paola hockte sich neben ihn. »Wir hätten zu dir gehen können.« Sie schmiegte die Wange an seine Schulter. »Sollen wir noch?«

Hufschlag. Eine Eskorte der Stadtwache marschierte auf den Judenplatz, angeführt von einem Hauptmann hoch zu Ross.

Michele versteifte den Rücken. »Was soll das?«

Nur nicht auffallen. Paola klammerte sich fester an ihn. »Sag nichts. Bitte, frag die Männer auch nichts. Lass uns einfach nur still sitzen bleiben.«

Zehn Wachleute waren es, bewaffnet mit Degen und Schlagstock, zusätzlich trugen sie Peitschen im Schulterköcher. »Jeder schafft mir zehn Männer und fünf Weiber her.« Knapp war der Befehl. Der Hauptmann hob die Hand. »Ihr habt eine Viertelstunde. Vorwärts, Männer!«

Die Stadtwachen schwärmten aus, zückten die Peitschen und ließen sie knallen. Das Echo bellte von den hohen Hauswänden im Ghetto zurück. Ein Schnauzbärtiger baute sich am Rand des Platzes vor den schmalbrüstigen, krumm und schräg nach oben fingernden Bauwerken auf. Kein Rufen, kein Brüllen war nötig. Das scharfe Knallen allein genügte. Aus den obersten Hauseingängen traten schwarz gekleidete Männer mit spitzen gelben Hüten auf den gesenkten Häuptern. Langsam stiegen sie die engen Außentreppen hinab; erreichten sie das nächst untere Stockwerk, gesellten sich weitere Männer hinzu, mehr und mehr reihten sich ein. So verließen die Söhne Zions nach und nach den Himmel. Und unten im Düsteren wurden sie vom Peitschenträger in Empfang genommen. Erneutes Knallen. Nun folgten dunkel gekleidete Frauen mit gelben Schleiern dem Abstieg. Kinder weinten, doch die Töchter Zions riefen ihnen Koseworte zu und dass sie bald wieder heimkehren würden.

Paola spürte, wie alles Blut aus ihrem Gesicht wich. Neben ihr stöhnte Michele. »Warum wehren sie sich nicht?«, flüsterte er. »Die weigern sich nicht einmal. Warum?«

Sie sah ihn an. Seine Miene hatte sich verändert, jede Überlegenheit, auch jede Gleichgültigkeit waren ausgelöscht, dafür fand sie schmerzhaftes Mitleiden, sah Tränen in den Augenwinkeln. Wie weich du in Wahrheit bist, Liebster. Paola küsste seinen Hals, gleich aber erwachte wieder Furcht in ihr. »Nicht einmischen. Was auch geschieht. Hörst du? Wir können nur zusehen.«

Aus den Gassenmündungen trieben die anderen Wachleute ihre

Gruppen zur Platzmitte. Ging jemand zu langsam, so schlugen sie mit den Peitschenstielen nach ihm. Eine junge Frau stolperte, fiel zu Boden. Ehe sie von Nachbarinnen aufgehoben werden konnte, war der Aufseher zur Stelle. »Weg da!« Er scheuchte die Hilfsbereiten beiseite und bückte sich selbst, schob der Frau den Peitschenstiel unters Kinn und zog sie hoch, dabei wühlte er mit der freien Hand in den Kleidausschnitt, rieb und quetschte ihre Brüste. Ohne Laut weinte sein Opfer. In weniger als einer Viertelstunde standen nicht weit vom Brunnen entfernt hundert Männer und fünfzig Frauen jeden Alters vor dem berittenen Hauptmann. »Maul halten und warten!«

»Schlimmer als Vieh behandelt er sie«, flüsterte Michele zwischen den Zähnen. »O wie ich das hasse.«

»Nicht. Bitte nicht.« Paola streichelte seine Faust, flehte stumm, dass er nicht laut würde. Sie schreckte zusammen, als drüben an der Ghettomauer das Läuten der Glocken von Sant'Angelo in Pescaria einsetzte.

Auf das Signal hin zückte der Hauptmann seinen Säbel und richtete sich im Sattel auf. »Abmarsch! Nur fünf in einer Reihe. Vorwärts!«

Die Zusammengetriebenen kannten den Befehl, zwar knallten wieder die Peitschen, sie aber ordneten sich ohne Murren. Die erste Reihe ging schon hinter dem Reiter her, die zweite folgte, bald bewegte sich der ganze Zug zum Ghettotor hinaus.

»Komm«, Michele erhob sich vom Brunnenrand. Paola hielt ihn zurück, bis der Abstand sicher genug war, dann erst gab sie nach.

Mit Zurufen und Klatschen wurde draußen der Zug empfangen. Erst langsam begriffen sie. »Deshalb sind die Leute so früh hergekommen. Alle haben nur auf die Juden gewartet.«

Einige riefen den Bewaffneten zu. »Habt ihr sie der alten Judensau weggenommen? Gut gemacht!« Andere forderten: »Gebt dem Judenpack die Peitsche. Los, zeigt es den Ungläubigen!«

Die Gaffer schlossen sich dem Zug an. Kein Entrinnen. Männer schlugen Michele auf die Schulter, Bürgerinnen hakten sich bei der Zofe ein. Die denken, wir wären wie sie, dachte Paola und sah besorgt auf den Geliebten. Er bemerkte es, und sein Blick gab ihr zu verstehen, dass er bereit war mitzugehen.

Am finsteren antiken Hallengewölbe der Oktavia hielt die Prozession vor dem Eingang der Kirche. Der Hauptmann gab einem Dominikaner an der Pforte Meldung: »Pater, ich bringe Euch hundert Stück männlich. Fünfzig Stück weiblich.«

»Gott lohnt es dir, mein Sohn.« Ein Handzeichen an die Diakone. Laut zählend ließen sie die Juden einzeln eintreten. Nach ihnen wurden die zehn Bewaffneten mit dankbarem Kopfneigen hereingebeten.

Verflucht, die Pfaffen tun so, als müssten sie vor wilden Tieren geschützt werden. Als Paola im Pulk der Bürgerinnen an den Geistlichen vorbeigeschoben wurde, dankte sie nicht für den herzlichen Willkommensgruß.

Vor den Altarstufen hatten die Juden Aufstellung genommen, rechts die spitzen gelben Hüte und, durch einen Gang geteilt, auf der linken Seite die gelben Schleier. Eine Holzbarriere trennte den Kirchenraum nach hinten für die christlichen Gaffer ab. Platz gab es genug, und doch drängten sich Frauen und Männer möglichst dicht an die Schranke, um nichts von dem Schauspiel zu verpassen.

Paola hatte Micheles Hand gefunden und hielt sich daran fest. Wie Fremde standen beide hinter den Leuten, mussten hinsehen, weil sie nicht glauben konnten, was dort geschah.

Der Dominikaner entfernte zunächst die Monstranz vom Altartisch und löschte beide großen Kerzen. Danach brachte einer der Diakone ein einfaches Windlicht und stellte es neben die aufgeschlagene Heilige Schrift.

Ein vernehmliches Räuspern. Die Blicke richteten sich auf den Priester. Lautes Klatschen eines Peitschenstocks, gefolgt von einem unterdrückten Aufschrei. Paola starrte zur Frauenseite, entdeckte die Geschlagene, sah, wie sie den Rücken durchbog. Und wieder das hässliche Geräusch. Dieses Mal hieb einer der Wachen auf der Männerseite zu. Warum? Paola beobachtete, wie der Getroffene sich die Stirn hielt. Erneut trafen zwei Schläge den Kopf. Die Hände sanken. Blut rann über das Gesicht. Ehe der nächste Schlag folgte, trat der Mann einen Schritt zur Seite, um den verlangten Abstand zum Nachbarn einzuhalten. Sofort richteten sich in der Reihe auch die übrigen ängstlich danach.

»Dominus vobiscum.«

Schweigen vor dem Altar, umso lauter aber antworteten von weiter hinten die Christen: »Et cum spiritu tuo.«

»Oremus.«

Wer sich von den Juden nicht schnell genug niederkniete, den trafen Hiebe.

Michele beugte sich zu Paola. »Merkst du es? Die wollen den Juden unseren Gottesdienst beibringen.«

»Aber warum die Schläge?«

Er lächelte bitter. »Damit's schneller geht.«

Vorn am heiligen Tisch hatte der Priester das Gebet verrichtet, und ehe er mit der Lesung begann, wandte er sich direkt an die gelb gekennzeichnete Gemeinde. »Jammert und klagt nicht, denn euch wird nichts vorenthalten. So wie heute am Sabbat in eurer Synagoge aus dem alten Testament der Prophet Hosea zu Wort kommt, ebenso soll er auch hier im Gotteshaus des Engels der Fischer zu uns Christen sprechen. So vernehmet Gott durch den Mund seines Propheten Hosea …« Der Priester sammelte sich, atmete mehrmals tief, als müsse er den Brustkorb mit Kraft füllen. »Da Israel jung war, hatte ich ihn lieb und rief ihn, meinen Sohn, aus Ägypten …« Nun donnerte die Stimme auf die Juden nieder: »Aber je mehr ich sie rief, desto mehr liefen sie von mir weg! Sie opferten den Baalen und brachten den Götzenbildern Brandopfer dar!« Der Dominikaner ließ von der Bibel ab und trat einen Schritt zur Seite. Er streckte den Juden die erhobene Faust entgegen. »Was habt ihr getan? Euer, unser aller Vater, er liebt euch, sorgt sich um euch und ihr? Ihr seid fortgelaufen, seid ihm ausgewichen. Ja, schlimmer noch, ihr habt andere Väter gesucht, habt den Götzen gedient, ihr wollt das Glück selbst finden … Treulos, schamlos habt ihr die Liebe des Vaters mit Füßen getreten.« Der Priester kehrte zurück, beugte sich über die Heilige Schrift, vergewisserte sich, ohne zu lesen, und hob erstaunt den Kopf: »Diese Worte stehen nicht im Neuen Testament. Nein, nein, das Buch Hosea finden wir in unserem gemeinsamen Alten Testament, es gilt für Juden wie auch für Christen.« Kummer beschattete das Gesicht des Hirten, und er ließ die Stimme ins Mitgefühl sinken. »Gewiss kennt ihr diese Stelle. Doch, ihr armen Verlorenen, sie wird euch von euren

Ältesten falsch gedeutet. Weil sie nicht wollen, dass ihr die Wahrheit erkennt … euch besinnt … und euch bekehren lasst …«

Paola nagte an der Unterlippe. Ist das wirklich ein Priester? Oder ein Schauspieler? Sie sah zu Michele. Er bemerkte es nicht, mit halb geöffnetem Mund starrte er auf den Dominikaner. Der schleuderte den Juden die nächsten Bibelverse entgegen: »… Denn ich bin Gott, nicht ein Mensch … Darum komme ich nicht in der Hitze des Zorns … Und sie werden hinter Jahwe herziehen. Der Herr wird brüllen wie ein Löwe, ja, er brüllt, dass die Söhne vom Westmeer zitternd herbeikommen …«

Hartes Schlagen der Peitschen übertönte die Lesung. Der Diener Gottes unterbrach, sah milde lächelnd zu, wie Unaufmerksame zur Aufmerksamkeit gezwungen wurden. Erst als ihr Stöhnen abebbte, hob er wieder an: »… Wie Vögel kommen sie zitternd herbei aus Ägypten, wie Tauben aus dem Lande Assur. Und ich lasse sie heimkehren in ihre Häuser.« Erneut trat der Priester beiseite, dieses Mal streckte er der von Wächtern umzingelten Schar beide Hände hin. »Hört ihr es, ihr Undankbaren? Gott sagt: Und ich lasse sie heimkehren in ihre Häuser. Das ist Liebe. Trotz aller Verfehlungen will Gott nicht den Tod des Sünders, nicht die völlige Zerstörung Israels. Seine Liebe sucht und will euch erziehen. Bekehrt euch, und die vernichtende Glut seines Zorns wandelt sich in die wärmende Kraft seines Erbarmens. Amen.«

Tief bewegt von den eigenen Worten, verharrte der Priester, den Kopf über die zusammengelegten Hände gebeugt.

Schweres Atmen keuchte hinter Paola und Michele. Sie sah sich verstohlen um. Neben der Orgel pumpte der Blasebalgtreter mit kraftvollem Treten Luft in das Instrument, dann drückte der Organist die Tasten und stimmte das Alleluja an. Aus vollen Kehlen sangen die Christen über die gelben Hüte und Kopftücher hinweg zum Kreuz hinter dem Altar. Der Dominikaner und seine Diakone beobachteten scharf die hergezwungene Gemeinde, doch keine Frau, keiner der Männer fiel ins Lob mit ein.

Michele stieß Paola an. »Verschwinden wir.«

Nichts lieber als das, dachte sie und folgte ihm rasch in Richtung des Eichenportals. Der Ausgang war von zwei Posten versperrt.

»Hiergeblieben.« Die Peitschen schwangen hoch. Michele reckte den Wächtern das Kinn entgegen, doch Paola schob sich rasch vor ihn. »Wir sind Christen, sind keine von denen.«

Michele musste sich drehen, ob er nicht etwa den gelben Hut auf dem Rücken versteckt hielt, und Paola sollte ihr Umhangtuch aufschlagen, ob sie nicht den gelben Schal darunter verbarg. Erst dann durften beide die Kirche vor Ende des Gottesdienstes verlassen.

Draußen atmete Paola befreit. Die Luft war frisch, dazu Sonnenschein, ein schöner heller Tag. »Da drinnen war's wie im Fegefeuer.«

Neben ihr zitterte Michele noch immer. »Ich … ich hasse Ungerechtigkeit.« Er schlug die Faust heftig in die linke Handfläche. »Gewehrt hätte ich mich, auch wenn sie mich erschlagen hätten, vorher aber hätte ich einen von denen erstochen.«

»Sag so was nicht.« Paola ging einige Schritte, dann winkte sie ihm. »Wenn der Vormittag auch schon bald vorbei ist, lass uns wenigstens noch etwas am Tiber entlangspazieren.«

Junges Grün leuchtete an den Bäumen. Enten ließen sich auf dem Wasser treiben. Nach einer Weile legte Michele den Arm um ihre Taille. »Wirklich schade um die Zeit«, murmelte er. »Wir hätten es schöner haben können.«

»Aber dein Stoff? Wo bekommst du ihn jetzt so rasch her? Soll ich bei uns schauen? Vielleicht könnte ich ein Kleid …?« Paola schlug sich leicht vor den Mund. »Nein, bei aller Liebe …«

»Wovon redest du?«

»Ach, ich überlegte gerade, ob ich dir nicht ein Gewand meiner Herrin ausleihen sollte. Aber ohne Erlaubnis darf ich das nicht. Und die Marchesa kommt erst Anfang Mai.«

Michele hatte keinen Termin für die Fertigstellung des Bildes gesetzt bekommen. »Die Katharina kann warten. Ich müsste mir nur den Stoff aussuchen können.«

»War eine dumme Idee.« Entschieden schüttelte Paola den Kopf. »Ich kann die Herrin nicht fragen, ob du mal eben ihre Garderobe durchsehen kannst. So sehr sie mich mag, aber das wird sie mit Sicherheit nicht erlauben.«

»Ich finde schon …«

»Nein, warte.« So oft hatte sich Paola gewünscht, ihm helfen zu können. »Diese Heilige? Das ist doch die Schutzpatronin aller schlauen Menschen. Und auch Nothelferin für einen, der nicht gut sprechen kann. Was war sie im wirklichen Leben?«

»Soviel ich weiß, eine Königstocher aus Zypern.«

»Also von Adel. Das ist gut.« Paola stellte sich ihm in den Weg, krauste die Stirn und hob den Finger. »Wie wäre es …? Ich meine, der wirkliche Name von der Frau, die da vor dem Rad sitzt, ist doch später, wenn das Bild fertig ist, egal? Oder?«

»An sich ja.«

»Mein ich auch. Wie wär es denn, wenn du die Marchesa als Katharina malst? Von ihr bis zu einer Königstocher ist es nicht weit. Und vor allem könntest du dann in ihren Kleidertruhen den Stoff raussuchen, den du brauchst. Ich frage sie. So als Modell für ein Gemälde von dir, da sagt sie bestimmt nicht Nein.«

Der Gedanke gefiel ihm, Paola sah es und reckte sich schon zum Belohnungskuss, dann aber schüttelte er den Kopf. »Das ist mir zu einfach. Ich male keine Königstochter als Königstochter. Für ein Porträt reicht das, aber für mein Bild ist mir das zu wenig.« Michele las einen Stein auf und schleuderte ihn flach übers Wasser, siebenmal hüpfte er, bevor er versank. »Ich zeige auf meinen Bildern einfache Leute. Die haben mehr Leben im Gesicht. Nicht von selbst, nein, das Leben hat ihnen erst das Gesicht geformt. Solche Menschen will ich malen.«

II

Auch die Farbe an der Unterseite von Jupiters Oberschenkel hatte in den zwei Jahren gelitten. Noch am Boden, mischte Michele roten Ocker mit Mennige. Einige Pinselstriche auf der geschliffenen Marmortafel zur Probe, dann hängte er sich den neuen Farbtopf zu den drei anderen mit einer Lederschnur um den Hals, steckte breite und schmale Pinsel in den Gürtel und erklomm die Leiter. Auf halber Höhe fehlte ihm der Atem, er musste warten, die stickigere Luft hier oben, vermischt mit Terpentingeruch, löste einen Hustenanfall aus, dass die Erschütterungen die hohe Dreiecksleiter schwanken ließen. »Verflucht! Und ich hätte es leichter haben können.«

Für die Ausbesserungsarbeiten an dem Deckengemälde im Landhaus seines Arbeitgebers hatte er auf das Gerüst verzichtet. »Wird nicht viel sein«, beim Blick von unten war er sich ganz sicher gewesen, doch oben aus der Nähe hatte er dann zahlreiche feine Risse in den Ölfarben entdeckt. Nicht nur bei Jupiter; auch Neptun und Pluto hatten gelitten.

Alle drei Söhne des Kronos mussten bearbeitet werden, ebenso die Wolken rund um den silbrig weißen Kreis des Universums. Und jeder Aufstieg war mühsam, und beim Abstieg befiel ihn regelmäßig heftiger Schwindel; und seit Arbeitsbeginn heute Morgen hatte er schon gut zehn Mal den Himmel und auch die Hölle aufsuchen müssen.

Michele kletterte weiter hinauf bis zum Adler, auf dessen ausgebreiteten Schwingen Jupiter saß; mit dem linken Bein hielt sich der

Gott an dem Vogel fest, das rechte streckte er weit aus. Der Betrachter sah Jupiter nur von unten. Zum Entzücken des Kardinals hatte Michele den Hintern geschickt mit dem gefiederten Leib verdeckt, die göttliche Potenz aber war symbolisiert durch den kraftvollen Hals und den Schnabelkopf.

Vor zwei Jahren, im Sommer 1597 hatte del Monte ihn mit dem Deckengemälde beauftragt. »Das Laboratorium ist meine Herzenskammer, klein, aber lebenswichtig. Dort experimentiere ich …«

»Gold?« Michele strahlte bei dem Gedanken. Schon als Kind hatte er von Magiern und ihren brodelnden Zauberküchen gehört, in denen sie aus Eisen und anderen Zutaten reines Gold kochten.

»Nicht im eigentlichen Sinne. Mit Gold lasse ich mich von meinem Patron Ferdinando de' Medici entlohnen. Hier aber stelle ich Wach- und Traumpulver her. Unter anderem auch Elixiere, um die Manneskraft zu fördern. Sie sind das Gold …« Ein Heben der Brauen, verbunden mit leichtem Selbstspott. »In jungen Jahren verschwendete ich keinen Gedanken daran, in meinem Alter inzwischen leider zu viele. Diese Elixiere sind das Gold der Schwäche.« Er hüstelte und wandte sich wieder dem eigentlichen Grund der Unterredung zu. »Ich erwarte eine Bildkomposition, die meinem Hang zur Alchemie gerecht wird. Nein, schau nicht so ratlos. Ich habe bereits für dich vorgedacht.« Er zückte ein eng beschriebenes Blatt aus der Ärmeltasche. »Ich möchte dort oben die drei Söhne des Kronos sehen. Also Jupiter mit dem Adler, er steht für Schwefel und Luft, dann Neptun, der natürlich sein Seepferd haben muss, ihm sind Quecksilber und Wasser zugeordnet, und nicht zuletzt Pluto mit seinem dreiköpfigen Hund Kerberos. Pluto steht für …? Nun, weißt du es?«

Michele hasste es, von ihm geprüft zu werden. »Nein, Herr. Ihr wisst doch genau, dass ich es nicht weiß.«

»Schau nicht so verärgert. Immer noch hast du dich nicht an meine kleinen Neckereien gewöhnt. Aber genug. Also Pluto wird mit dem Salz und der Erde in Verbindung gebracht. Deshalb wählte ich diese Götter aus. Hier habe ich dir kurz niedergeschrieben, was die Mythologie über Kronos und seine Söhne berichtet. Ich denke, damit bist du für das Fresko gut gerüstet.«

»Kein Fresko …« Michele unterstrich sein Nein mit dem Finger, und del Monte trat einen Schritt zurück. Der Blick erkaltete. »Weigerst du dich? Oder wie soll ich das Nein verstehen?«

»Ich hasse diese leblosen Farben.«

»Mir steht die farbenprächtige Ausstattung der Sixtinischen Kapelle vor Augen. Wie konnte es Michelangelo Buonarotti gelingen ...?«

»Er hat ...« Michele fiel in der Eile die Begründung nicht ein.

Gleich deutete der Kardinal sein Zögern. »Muss ich annehmen, dass du in Wahrheit die Technik nicht beherrschst? Oder bereitet dir die Perspektive Schwierigkeiten? Schließlich steht der Betrachter nicht vor einem Wandgemälde, sondern das Bild schwebt hoch über ihm, und dies erzwingt eine Veränderung der Körperformen.«

»Herr ...!« Michele zitterte das Kinn. »Ich habe die Malerei bei einem guten Lehrmeister erlernt. Und zwar jede Technik. Ich kann nicht nachrechnen, bei wie vielen Fresken ich mitgearbeitet habe. Und was die Perspektive ...«

»Genug.« Del Monte hatte die Hände gehoben, als müsste er eine Flut eindämmen. »Kürzen wir ab. Keine Fresken. Wie aber gedenkst du die Arbeit auszuführen?«

»In Öl. Die Decke muss hart verputzt werden, soll ganz austrocknen, und dann nehme ich meine Farben.« Jetzt wusste er das überzeugende Argument für seinen kritischen Herrn: »Ist ein Freskobild aufgetragen, so ist es abgeschlossen und unveränderbar. Beim Ölgemälde aber kann ich immer wieder etwas verbessern.«

»Du ziehst also diese Technik vor, weil sie dir erlaubt weiterzudenken? Damit bin ich sehr einverstanden.« Del Monte schlug ihm den ausgezogenen Handschuh leicht auf beide Schultern, als erhöbe er ihn in den Ritterstand. »Und ich freue mich darauf, dies künftig in deinen Werken entdecken zu können.«

In weniger als zwei Wochen war das Werk vollendet, und der Kardinal entlohnte seinen Maler fürstlich mit fünfzig Scudi. »Außerdem ...«, er überreichte ihm eine handtellergroße Messingdose. »Nimm diesen Kompass als Geschenk. Mein Bruder Guidobaldo ist eng befreundet mit dem zwar im Vatikan umstrittenen, von mir aber sehr geschätzten und geförderten Professor Galileo Galilei aus Padua. Ihm half Guido entscheidend bei der Entwicklung des Kompasses, und so besitze ich einige der ersten Exemplare, von denen ich dir nun eines überreiche.«

Michele hatte das Geschenk entgegengenommen, behutsam den Deckel geöffnet und die bewegliche Nadel beobachtet. Ihm war bekannt, wozu die Erfindung diente, doch niemals vorher hatte er einen Kompass in Händen gehalten. »Aus welchem Grund macht Ihr mir gerade dieses Geschenk?«

Del Monte hatte zum Deckengemälde hinaufgeblickt. »Zwischen den Göttern sehe ich das Universum. Sonne und Mond am Rande und in der Mitte des Kreises unsere Erde. Für dieses althergebrachte und von der Kirche abgesegnete Weltbild gebe ich dir diesen Kompass. Er ist äußerst wertvoll. Mal ihn oder stell ihn auf den Schrank, doch veräußere ihn nicht.« Del Monte hatte seinen Spazierstock elegant ums Handgelenk schwingen lassen. »Weiterdenken. Dies hattest du zu Beginn der Arbeit angedeutet. Wärst du bereit? Ich könnte dich in die neuen Erkenntnisse über die Beschaffenheit des Universums einweihen! Und du könntest dann ...«, der Spazierstock wies hinauf ins Weltall, und die Stimme vibrierte leicht, »du könntest die Erde entsprechend nachbessern ... sie bewegen. Bedenk jedoch: Kann solch eine Tat bewiesen werden, so wird sie als Frevel und Ketzerei hart geahndet. Du müsstest also genau den Grad zwischen eindeutig und zufällig treffen. Zum Lohn würdest du einen zweiten, dieses Mal als Schmuckstück gearbeiteten Kompass erhalten.« Del Monte benetzte die Lippen. »Willst du dich von mir in diese und auch in andere neue Erkenntnisse einweihen lassen?«

Michele war gefangen, er spürte die Macht dieses Mannes und wehrte sich nicht, wollte, was er wollte. Die Erde ist eine Kugel. Das stand außer Frage. Doch sie bewegt sich, ist auch nicht Mittelpunkt des Weltalls, sondern dreht sich mit anderen Planeten um die Sonne. Dafür hatten Wissenschaftler wie Kopernikus und Galilei längst den Beweis erbracht. Keiner aber durfte darüber schreiben, Zeichnungen anfertigen oder es gar laut verkünden, denn die Kirche wachte über die unbewegliche Erdkugel, und wehe dem, der ihre Unfehlbarkeit anzweifelte. Allen unruhigen Geistern war der nun schon seit sieben Jahren in Sant'Angelo eingekerkerte Giordano Bruno ein warnendes Beispiel.

»Ich bin bereit dazu.« Doch am Tag, an dem Michele die Korrektur in seinem Deckenuniversum vornehmen wollte, just an diesem Tag griff die unersättliche Gier der päpstlichen Familie nach dem Landhaus del Montes. Der Heilige Vater, Clemens, der achte dieses Namens, hatte sich um das Wohl seines Neffen Kardinal Pietro Aldobrandini gesorgt und den Repräsentanten seines Erzfeindes Ferdinando de' Medici zum Verkauf der Villa gezwungen. In grenzenloser Überheblichkeit stieg Kardinal Pietro mit dem sichtlich erschütterten del Monte auf den Turm des Casinos und zählte ihm, das Panorama Roms zu Füßen, mit genüsslicher Stimme all die weiteren Palazzi und Villen auf, die er oder seine Brüder und Cousins sich noch anzueignen gedachten.

Del Monte hatte sich ein Lächeln abgerungen, hatte den neuen Besitzer einfach stehen gelassen und war ungewohnt rasch die Wendeltreppe wieder hinabgestiegen. Im kleinen Laboratorium rührte Michele noch an den Farben. »Dem Himmel sei Dank. Rühr das Universum nicht an.« Del Monte erläuterte kurz die neue Lage und forderte ihn auf, sofort die Arbeit einzustellen. »Begib dich nicht in Gefahr. Lassen wir dem Günstling des Heiligen Vaters die reglose, im eigenen Sumpf verrottete Erde und ziehen wir uns zurück.« Die Brauen zuckten. Kaum war er noch imstande, die Selbstironie beizubehalten. »Aber wir gehen aufrecht hinaus, mein Sohn, aufrecht. Unsere Tränen soll der Feind nicht sehen.«

Das war vor beinah genau zwei Jahren gewesen. Inzwischen war das Interesse des Papstneffen an dem Landhaus wieder erloschen, und Ende Mai 1599 hatte del Monte den hoch über der Stadt gelegenen Wohnsitz zurückgekauft. Fenster und Türen wurden weit geöffnet. Lüften, frischer Wind sollte jeden Geruch der Aldobrandinis aus den Zimmern wehen. Putzkolonnen rieben und wienerten, Gärtner schnitten die Rosenstöcke zurück, und der Kardinal erinnerte seinen Maler an die drei Söhne des Kronos und das Universum im kleinen Laboratorium. »Bist du noch bereit?«

»Wenn Ihr nach meinem Mut fragt, jederzeit.« Michele war von der Staffelei zurückgetreten, die Hände farbverschmiert, Farbreste auch in den Bartstoppeln, seine Augen übernächtigt und rot unterlaufen. »Aber ich kann jetzt schon keinen meiner Ablieferungstermine einhalten.« Er deutete auf die nebeneinandergereihten Bilder längs der Atelierwand. »Nicht genug, dass ich mit dem Malen im Verzug bin, bei der Witterung trocknen auch noch die Farben so verflucht langsam. Und gegen Mittag kommt dieser Signore Giustiniani und will seine Kopie vom ›Lautenspieler‹ abholen, aber das Öl härtet einfach nicht aus.«

»Du beschwerst dich? Sprichst von einem der reichsten Bankiers, als wäre er irgendein Kunde.« Unmerklich schüttelte del Monte den Kopf. »Du klagst inzwischen auf sehr hohem Niveau, mein Freund. Sollte dir der rasche Erfolg etwa nicht bekömmlich sein? Innerhalb weniger Monate hat dein Agent dir lukrative Aufträge gebracht, welche durch meine diskrete Vermittlung angebahnt wurden.« Der Spott spielte in den Mundwinkeln. »Deine Aufgabe ist es zu malen … mehr nicht.«

»Herr …!«

»Ruhig, bleib ganz ruhig, mein Freund. Auch wenn du überarbeitet bist, ich wollte dich nur daran erinnern, dass dein Erfolg Vater und Mutter hat. Und ich komme heute mit einer Bitte zu dir …«

»Verzeiht, Herr.« Michele verbeugte sich leicht. War eine Bitte des Kardinals so betont ausgesprochen, durfte es keine Ausflüchte mehr geben. »Ich werde gleich morgen das Deckengemälde untersuchen, ausbessern, was nötig ist, und dann die Korrektur an der Erde in Angriff nehmen.«

Die Risse im Muskelstrang an Jupiters Oberschenkel waren behoben, und auch der Unterschenkel strotzte wieder vor Kraft. Welch ein gewaltiges Götterbein! Michele strichelte frisches Schwarz ins Gefieder unter dem Hintern und betonte noch etwas den Adlerhals. Er grüßte zum bärtigen Gesicht hinauf. »Nun bin ich wieder zufrieden mit dir.«

Aus Angst vor Schwindel blickte er während des Abstiegs nicht in die Tiefe, starrte nur auf die Leitersprosse vor sich.

»Endlich hab ich dich gefunden.« Die atemlose Stimme von Prospero Orsi. »Was tust du hier?« Er wartete nicht ab. »Ein Bote hat mir die empörte Nachricht von Signor Vincenzo Giustiniani überbracht. Wo warst du gestern? Hast du die Verabredung mit ihm vergessen?«

Michele hatte den Boden erreicht. »Das Bild war noch nicht trocken. Da bin ich zu Mario gegangen.«

»Wie kannst du nur?« Prospero fasste sich an die Stirn. »Du hättest … Da will dir ein Bankier, ach, wenn er nur das wäre, da kommt einer der wichtigsten Kunstsammler und, Gott sei es gepriesen, ein Bewunderer von dir ins Atelier, und du bist nicht da. Stattdessen geht der Herr saufen.«

Lange höre ich mir diese Vorwürfe nicht mehr an, dachte Michele und sagte mühsam beherrscht: »Ich hatte keine Lust, mich schon wieder bei ihm zu entschuldigen. Genügt dir das?« In harten Rucken zog er die Leiter bis in die Mitte des Raums. Prospero folgte ihm. »Weißt du, wen Giustiniani noch sammelt?«

»Interessiert mich nicht.«

»Aber ganz sicher wirst du staunen, wen sein Bruder Kardinal Benedetto unterstützt.«

Michele entgegnete nichts und bereitete die Farben für das Universum vor.

»Es ist Baglione.«

Bei der Erwähnung des Namens fuhr er zusammen, der dünne Rührstab zerbrach, um ein Haar wäre ihm auch noch die Schüssel entglitten. »Der rote Erpel?«

»So ist es. Giovanni Baglione. Er wird vom Kardinal geradezu hofiert. Die Brüder Giustiniani sind völlig verschieden, auch im Sammeln von Gemälden. Einer verachtet den anderen. Der ältere ist konservativ und der jüngere mag eben Künstler wie dich. Einige behaupten sogar, dass sie ihren Streit untereinander auf diese Weise austragen. Kunst gegen Kunst.«

Michele pfiff durch die Zähne. »Jederzeit bin ich bereit, mich mit diesem Baglione zu messen. Sag ihm das.« Er stieg wieder die Leiter hinauf. »Und richte ihm aus, dass es mir leid tut … und dass ich ihm sein Bild persönlich in den Palazzo bringe …« Husten unterbrach ihn.

Prospero hielt die Leiter fest, als der Anfall verebbte, rief er hinauf. »Vielleicht solltest du an einem kühleren Tag dort oben arbeiten, wenn die Luft besser ist?«

Der Atem flog, alles um ihn herum versank in Schwärze mit grell rotem Rand, Michele lehnte die Stirn an eine Leitersprosse.

»Ist dir übel? Komm sofort wieder runter.«

Der Moment war vorüber. Michele blickte nach oben, klar und deutlich erfasste sein Blick wieder das Universum zwischen den drei Gottheiten mit der Erde inmitten von Sonne und Mond. »Sorg dich nicht«, beruhigte er den Freund, »ich schaffe hier nur rasch Ordnung.« Er hatte den Kreis der Gestirne erreicht, wählte aus dem Gesteck in seinem Bauchgürtel zwei Pinsel, den breiteren nahm er in die Linke, den dünneren sättigte er im Grauschwarz. »Also dann …«, flüsterte Michele und begann, den Kopf ins Genick gelegt, mit leichten Schwüngen den Rand der Erde aufzulösen und zu schattieren. Er wechselte den Pinsel, gab nun der Jupiter zugewandten Seite etwas mehr Schwarz.

»Bist du des Satans?« Prospero schlug mit der flachen Hand gegen den Leiterholm. »Hör auf damit …«

»Was siehst du von unten?«

»Wenn du so weitermalst, beginnt sich die Erde zu bewegen und du landest in Sant'Angelo.«

»Da sitzt doch dieser Mönch Bruno.« Die Angst des Freundes bereitete Vergnügen. »Den wollte ich immer schon malen.« Michele wagte es, den Schattenrand noch zu vertiefen.

»Genug jetzt! Bitte nimm Weiß, nimm viel Weiß und bring die Erde wieder in den alten Zustand. Ich kann mir nicht vorstellen, dass der Kardinal solchen Frevel in seinem Hause sehen möchte.«

»Werte Herren …« Del Montes Stimme. Michele stockte der Pinsel, er wagte einen Blick in die Tiefe. Unter ihm fuhr Prospero herum. Unbemerkt hatte der Hausherr das Laboratorium betreten. »Hörte ich das Wort Frevel? Wer von euch möchte mich aufklären?«

Der Agent nahm den Hut ab und knautschte ihn zwischen den Händen. »Um Vergebung. Wir redeten nur, scherzten … ein wenig.« Er wedelte mit der Kopfbedeckung, als wollte er oberhalb seines fast kahlen Schädels etwas wegwischen.

Del Monte blickte hinauf, beschattete die Augen, dann trat er zur einen und gleich wieder zur anderen Seite des Raums. Prospero fürchtete ein Unglück hereinbrechen. »Herr, es ist nicht so, wie es scheint.«

»Darin kann ich dir nicht beipflichten.« Ohne die Augen abzuwenden, setzte del Monte hinzu: »In Wahrheit ist es so, wie es nicht zu sein scheint. Bravo.« Er klatschte Michele zu. »Was ist dort angedeutet? Die Erde bewegt sich? Oder scheint es nur so, weil der Maler am Rand unsauber gearbeitet hat? So zwiespältig sollte die Deutung sein. Bravo, mein Freund. Und nun bitte ich dich, aus den Himmeln herabzusteigen. Ich habe mit dir zu reden.«

Er bedachte Prospero mit einem spöttischen Seitenblick. »Und du traust mir keinen Frevel zu? Sollte mein schlechter Ruf noch nicht bis zu dir gedrungen sein? Oder hast du mich nur vorgeschoben, um unseren Künstler dort oben kirchentreu auf dem angepassten Pfad zu halten?«

»Um Vergebung.« Röte überzog Prosperos Gesicht. »Heutzutage genügt schon ein falsches Wort und die Schergen der Inquisition sind zur Stelle. Um vieles gefährlicher noch ist ein so sichtbarer Protest.«

»Ohne Salz schmeckt keine Suppe. Und mit solch einer Prise ist das Deckengemälde nun versehen worden.« Del Monte vergewisserte sich kurz, dass Michele noch beim Abstieg war, und nahm Prospero beiseite. »Kunst darf, soll mitreden. Das ist meine Auffassung. Und gewiss hast du bemerkt, wie wach unser Schützling in den beiden letzten Jahren geworden ist. Er hat seine Linie gefunden, ist unbequem, beinah schon aufsässig. Um hier in meinem Laboratorium mit der Alchemie zu sprechen: Das sind die Grundsubstanzen für ein Genie. Gerade sein jüngstes Werk ›Judith und Holofernes‹ ist erneut ein Beweis dafür …« Beim Klappern der Farbtöpfe brach del Monte ab und wandte sich Michele zu, schloss den Agenten mit einer Geste ein. »Begleitet mich beide nach draußen. Was ich zu besprechen habe, verdient einen würdigen Rahmen. Und im Schatten alter Pinien auf Rom hinunterzublicken wird dem sicher gerecht.«

Hitzedunst nahm den Farben die Kraft, Sant' Angelo und der Petersdom jenseits des Tibers wirkten sonderbar blass. Wie ein Fresko, dachte Michele, so würde ich die Stadt nie malen. Er schüttelte den Kopf. Nein, ich werde überhaupt keine Stadt malen, meine Bilder kommen ohne Hintergrund aus. Gegen den Terpentingeschmack auf der Zunge schöpfte er sich mit der Handmulde Wasser aus dem Brunnen und spülte den Mund, wollte ausspeien, mit Rücksicht auf seinen Herrn aber zog er es vor zu schlucken.

Del Monte ließ sich auf der Bank nieder und nahm den ganzen Platz ein, indem er beide Arme auf der Rücklehne ausbreitete. »Wie ihr wisst, bekleide ich neben meinen Aufgaben am Heiligen Stuhl noch etliche Ämter in den für die Vergabe von Kunstaufträgen einflussreichen Gremien dieser Stadt. Ich will nur zwei nennen: zum einen die Fabbrica di San Pietro und vor allem die Accademia di San Luca.« Sichtlich genoss er seinen gespreizten Tonfall. »Nun ergab es sich, dass in der Nationalkirche der Franzosen dringender Bedarf nach einem Künstler besteht, der die Seitenwände der Contarelli-Kapelle ausstattet ...«

»Cesari«, wie Auswurf kam der Name Michele über die Lippen, »seit Jahren hat d'Arpino den Auftrag ...«

Del Monte schlug mit der flachen Hand auf die Lehne. »Würdest du mich nicht unterbrechen.« Er schloss die Augen, nach einem tiefen Atemzug öffnete er sie wieder. »Jetzt, da der Name schon gefallen ist, kann ich meine Ausführungen abkürzen. Giuseppe Cesari ist mit Aufträgen überlastet, zumal er gerade lange im zurückeroberten Ferrara beschäftigt war und sich jetzt mit Hinblick auf das Heilige Jahr 1600 der Renovierung der Lateran-Basilika widmen muss. Kurzum, es blieb ihm nichts anderes übrig, als dem Flehen der Rektoren von San Luigi nachzugeben und die Ausstattung der Kapelle einem anderen Künstler zu überlassen. Natürlich hat er sich ein Mitspracherecht bezüglich seines Nachfolgers eingeräumt.«

Wen wundert es, dachte Michele bitter, bei dieser Vetternwirtschaft schiebt einer dem anderen die fetten Brocken zu. »Und? Auf wen ist das Los gefallen?«

Die violetten Lippen verschenkten ein Lächeln. »Wäre ich ein Weib, was der Schöpfer dankenswerterweise nicht zugelassen hat, so dürftest du mich als Fortuna malen. Versehen mit Füllhorn und Lebensrad auf einer Kugel rollend.« Ein Schnippen zur Seite. »Keine schlechte Vorstellung, nicht wahr, verehrter Agent? Vielleicht solltest du dieses Motiv im Kopf behalten, für Zeiten, in denen unserem Maler die Ideen ausgehen.« Ohne auf eine Antwort zu warten, fuhr er fort. »Doch ich schweife schon wieder ab. Erwähnenswert ist nur, dass ich mich bei der Entscheidung für den zurzeit begabtesten Maler Roms eingesetzt habe.«

Prospero Orsi presste die Hand vor den Mund, starrte mit hellen Augen auf den Kardinal. Michele hatte nur halb hingehört, war zu sehr mit der verhassten Künstlersippschaft beschäftigt und stieß die Sandalenspitze in den Kies. »Und wer ist der Glückliche?«

»Ein junger Maler aus der Lombardei. Michelangelo Merisi. Er stammt aus Caravaggio.«

Prospero versuchte, den Jauchzer zu unterdrücken, dann aber streckte er beide Arme in die Luft und jubelte.

Michele hatte seinen Namen gehört, wagte nicht, daran zu glauben. »Wer? Ist das wahr? Wenn es wahr ist, Herr, dann …? Ihr meint wirklich, ich habe den Auftrag?«

Del Monte verschränkte die Arme vor der Brust. »Wir schreiben den 23. Juli 1599. Ich komme geradewegs von der morgendlichen Sitzung im Ausschuss. Cesari hat eingewilligt, dass du seinen Vertrag übernimmst.«

Michele schlug mit der Faust gegen den Pinienstamm. »Niemals hätte ich geglaubt, dass er mich auswählt.«

Da lachte del Monte leise. »Besser gesagt, der Druck auf ihn war so stark, dass er sich so entscheiden musste. Allerdings war dies nicht die einzige Hürde.« Er furchte die Stirn und bemühte sich um Strenge. »Einer der frommen Rektoren hat deine heilige Katharina zu Gesicht bekommen, und es schien mir, als wäre es für ihn eine Erscheinung gewesen. Nicht die Heilige selbst, sondern die Dame, die du mit meinem Degen in den Händen vor das Sichelrad platziert hast. Übrigens ein wunderbares Kleid. Und welch ein Stoff: nachtblau mit einem Schimmer von schwerem Rot und durchwirkt von Gold- und Silberfäden. In der Tat einer Königstochter würdig. Doch zurück zu dieser Dame …«

»Fillide. Sie besaß den Stoff, Herr, den ich mir nicht leisten konnte. Außerdem ist sie eine gute Freundin …«

»Und die bekannteste Kurtisane Roms. Fillide Melandroni alias heilige Katharina von Alexandria. Welch eine Provokation für das christliche Gemüt! Ich war nur froh, dass der Rektor diese Fillide nicht auch als Judith gesehen hat, wie sie Holofernes den Kopf abtrennt.« Nun hob der Kardinal den Finger. »Und hätte er überdies noch einen Blick auf das Gemälde vom letzten Jahr, auf unsere Martha und Magdalena, werfen können, also auf gleich zwei Prostituierte in einem Bild, dann wäre, trotz meiner scharfen Engelszunge, aus dem Auftrag sicher nichts geworden. Sag mir, ist es eine Laune oder steckt ein tieferer Grund dahinter, dass du die von allen Gläubigen verehrten Frauengestalten von Huren figurieren lässt? Selbst die Muttergottes …«

»Aus ihnen spricht so viel Leben. Das höre ich, während ich sie anschaue und male. In der Bibel wird fast nur von einfachen Leuten erzählt.« Mehr konnte Michele nicht dazu sagen, jetzt nicht. Ein Wunder war geschehen, und es drängte sich mehr und mehr vor alles andere. Rasch setzte er noch hinzu: »Außerdem bin ich gern mit ihnen zusammen, besonders mit Anna Bianchini. Dass sie eine Hure ist, stört mich nicht.«

Prospero Orsi, sichtlich aufgelöst vom freudigen Schreck, musste es für sein vollständiges Glück wissen: »Und … Verzeiht, Herr, und wie habt Ihr den Rektor überzeugen können?«

Um den Genuss seines Erfolges auszukosten, begnügte sich del Monte mit einer kurzen, fast bescheidenen Auskunft: »Ich erkundigte mich bei ihm, wo er die Bekanntschaft dieser Kurtisane gemacht habe und welch einprägsames Erlebnis dazu führte, dass er sie trotz dieser Verkleidung gleich wiedererkannt habe? Der Gute überging meine Fragen, forderte die sofortige Abstimmung und war gleich der Erste, der die Hand für Merisi hob.«

»Wunderbar«, flüsterte Prospero und streichelte sich voller Andacht über die glänzende Kopfhaut.

»Danke, tausendmal Dank.« Einen Augenblick zögerte Michele, dann küsste er die Hand seines Herrn. »Ich bin tief in Eurer Schuld. Was kann ich tun?«

»Hüte dich vor dieser Frage.« Del Monte schmeckte die eigene Freude über den Erfolg des Schützlings mit Spott ab. »Ich habe meinen kleinen Wunsch von damals nicht vergessen. Nein, bleib. Ich will ihn durch einen anderen ersetzen: Male, male besser noch als gut. Bei Versagen war dies sicher die einzige Chance, bei Erfolg aber kannst du bis in die vorderste Reihe der Künstler Roms aufrücken. Deshalb male, und nichts darf dich in den nächsten Monaten ablenken. Die Rektoren von San Luigi wollen die Contarelli-Kapelle zum Heiligen

Jahr 1600 feierlich einweihen. Dir bleibt also nur Zeit bis zum Jahresende …«

Michele schloss die Lider, er sah sich auf einen Baum steigen, und ganz hoch oben im schwankenden Wipfel flüsterte er: »Ich schaffe es. Ich schaffe es ganz bestimmt …«

Giovanni Baglione drückte mit dem fülligen Bug seines Körpers den roten Samtvorhang auseinander, trat ins Vorzimmer, zückte das Sacktuch und trocknete sich das verschwitzte Gesicht. »Danke«, sagte er halblaut über die Schulter. Die oberen Schlaufen seines Hemdes waren sorgfältig gebunden, auch der Kragen stand im Nacken steif und hoch, vor dem Bauch aber hingen die losen Zipfel des nur dürftig in den Bund zurückgesteckten Hemdes, und die unteren Haken des Wamses waren nicht geschlossen. »Meine Verehrung, werteste Freundin.«

Aus dem Schlafgemach drang ein kehliges Lachen, dunkel setzte es an und immer wieder glockten dazwischen hellere Töne. Niemand in Rom lachte so wie Fillide Melandroni. »Meister, Ihr wart ein wunderbarer Gesellschafter …« Das Gurren untermalte den Satz. »Oder darf ich schelmisch sagen: Ihr seid ein wunderbarer roter Hahn. Und was Ihr zu bieten habt! Respekt, verehrter Meister.«

Baglione nickte peinlich berührt, beschwichtigte mit der Hand. »Verzeiht, werteste Freundin. Ich war zu hastig. Doch beim nächsten Mal werde ich Eurem Liebreiz vollauf gerecht werden.«

»Ihr seid stets ein willkommener Gast.« Noch ein Lachen. Dann Stille, kein Laut drang mehr aus dem Schlafgemach. Die Kurtisane hatte ihren Kunden entlassen. Wie einstudiert öffnete sich eine Tapetentür, und Ranuccio Tomassoni schlängelte herein. Unter der lilafarbenen Samtweste trug er ein hellgrünes Hemd, Spitzen kräuselten sich an Kragen und Handgelenken. Ohne den Kopf zu senken, verneigte er sich knapp. »Ich hoffe, ich habe Euch nicht zu viel versprochen.«

Baglione blähte die Wangen und blies in kurzen Stößen den Atem aus. »Sehr gut. Wirklich ein Erlebnis. Und dieser Duft überall im Raum. Er raubte mir fast die Sinne … Wirklich ein Erlebnis.«

Ranuccio feixte. »Meine Fillide beglückt besonders gern die Maler dieser Stadt. Allerdings nur die besten. Ohne indiskret zu sein, nenne ich da Gentleschi und Trisegni, auch wartet hin und wieder ein junger Holländer mit seinem Besuch auf, vor allem aber hat es Michelangelo Merisi meiner Fillide angetan.« Unmut wuchs auf der flachen Stirn. »Er genießt einige Sonderrechte bei ihr. Sie stellt sich ihm sogar als Modell zur Verfügung und das kostenlos …«

»Merisi?« Als müsste er sein Edelstes schützen, stopfte Baglione die Hemdzipfel unter dem Bauch tief in die Hose. »Dieser Mensch auch?«

Bei Ranuccio war die Wolke weitergezogen, das Grinsen stellte sich wieder ein. »Ich kenne ihn über meine Freunde. Er ist zwar irgendwie anders, aber malen kann er …«

»Darüber ließe sich wahrhaft streiten …«

Gleich bog sich der Geck in die andere Richtung. »Da stimme ich Euch zu. Aber Ihr, Meister Baglione, gehört unbestritten zum engeren Kreis der namhaften Künstler Roms. Und ehe Ihr geht …« Er streckte die Hand aus. »Darf ich um das Geschenk bitten.«

Baglione nestelte an der Gürteltasche und zählte ihm die verabredeten drei Giulii hin. Die Finger schnappten zu, das Geld verschwand in der Westentasche. Wieder streckte Ranuccio die Hand aus. »Und für die Vermittlung?«

Der Maler schnaufte: »An diese Abmachung erinnere ich mich nicht …« Ein neuer Gedanke verdunkelte die Augen unter den roten Brauenbüschen, der Tonfall wurde breit und wohlwollend. »Aber ich will mir nichts nachsagen lassen.« Er gab neun Baiocchi dazu, den zehnten behielt er zwischen Daumen und Zeigefinger. »Du könntest noch erheblich mehr davon erhalten. Nein, keine Furcht, ich spreche nicht von Arbeit. Nur ein kleiner Dienst, der dich nicht einmal Mühe kostet.«

Ranuccio horchte zum roten Vorhang und gab dem Besucher stumm ein Zeichen, ihm zu folgen. Beide verließen den kleinen Empfangssaal. Draußen zog der Sohn des Hauptmanns Tomassoni den Künstler in eine Nische. »Hier lässt sich besser über Geld sprechen. Was habt Ihr zu bieten?«

Baglione zerknüllte das Sacktuch in der Faust und tupfte sich die Stirn ab. »Dieser Merisi. Ich bin an seinem Aufstieg interessiert. Es ist das reine Interesse eines Kollegen. Mehr nicht. Verstehst du? Nur gehört er nicht unserer Akademie an, ja, ich glaube, er hat sogar Vorbehalte gegen einige der Mitglieder. Du verstehst? Dazu gibt es natürlich keinen Grund, aber er scheint eben sehr empfindlich zu sein.« Baglione trocknete sich nun auch den Nacken. »Deshalb möchte ich den direkten Kontakt meiden …«

»Ihr wollt also, dass ich ihn …?« Ranuccio sprach das Wort nicht aus, sein Grinsen ersetzte es. »Sagen wir so, Ihr wollt über ihn Bescheid wissen?«

»Und zwar über jeden Auftrag.« Baglione blickte sich um, als fürchte er Lauscher, und seine Stimme sank ins Flüstern. »Über jeden seiner Gönner. Und was er so tut … Für diesen kleinen Dienst würde ich dich gut entlohnen.«

Ranuccio überlegte, dabei schnalzte er leise mit der Zunge. »Ein Freund von mir ist er nicht. Außerdem treibt er es mit Fillide und zahlt nichts dafür.«

»Da siehst du's. Bei ihr legt er sich kostenfrei ins Nest. Uns ehrbaren Künstlern versucht er die Gönner abzujagen. Ein Schmarotzer ist dieser Merisi.«

»Abgemacht.« Ranuccio streckte wieder die Hand aus. Baglione zögerte, schließlich wollte er einschlagen, doch da entzog sich sein frisch angeworbener Spitzel. »Erst will ich den zehnten Baiocchi. Und dann reden wir über den Preis. Ein Geschäft nach dem anderen …«

Nicht frühmorgens, gleich nach Öffnen der Buchhandlung, auch nicht in der abendlichen Dämmerung kurz vor dem Schließen der Tür. Drei Tage lang hatte sich Michele mit Mario bei der unauffälligen Beobachtung des Ladens abgewechselt und wusste nun, wann die größte Gefahr drohte.

Pünktlich mit dem Morgenläuten erschienen zwei Dominikaner am Ende des Campo de' Fiori, schritten, ins Gespräch vertieft, linkerhand an dem Palazzo des Inquisitionsrichters entlang, kehrten zurück und blieben im Durchgang zu einem Innenhof stehen. Von dort konnten sie schräg gegenüber die Gasse der Buchhandlung einsehen, jeden Besucher des Geschäftes erkennen. Bei Verdacht genügte nur ein Handzeichen hinüber zum Unterstand des Polizeipostens, und die Bewaffneten stellten den Verdächtigen nach Verlassen des Ladens meist noch in der schmalen Gasse. Sie ließen sich den Einkauf zeigen, nicht genug, sie klopften Wams und Bundhosen ab, ob sich dort nicht doch eine verbotene Zeichnung oder gar ein Buch der Indexliste versteckte. Dreimal war der Händler Ottavio Gabrielli bereits wegen des Verdachts, verbotene Bücher zu vertreiben, vorbestraft worden, der schlüssige Beweis allerdings konnte bisher nicht erbracht werden. Die frommen Spürhunde hofften, ihn und auch seine Kunden irgendwann auf frischer Tat zu ertappen und der Inquisition auszuliefern.

Gegen Mittag zog sich die Morgenschicht zurück, ohne auf die Ablösung zu warten, das hatte Mario herausgefunden. »Die Dominikaner für den Nachmittag tauchen erst eine Stunde später auf.« Er war sich ganz sicher.

»Also muss ich Gabrielli am helllichten Tag aufsuchen.«

»Wenn du willst, gehe ich …« Nur ein tapferes Angebot mit verzagter Stimme.

»Lass nur.« Michele klopfte dem Freund auf die Schulter. »Du zitterst ja jetzt schon. Es genügt, wenn du auf deinem Posten wachsam und schnell bist.«

Gleich nach der Vertragsunterzeichnung für die Contarelli-Kapelle hatte Michele sich bei dem Buchhändler nach den verbotenen Skizzenbüchern der Maler Holbein und Dürer erkundigt, und in der vergangenen Woche war ihm abends in der Osteria il Moro die Nachricht zugespielt worden, dass ein Paket mit Malunterlagen aus den deutschen Landen auf ihn warte.

Und heute regnete es. Schrille Stiche … Aufstöhnend verschränkte Michele die Hände hinter dem Kopf. Diese Nackenschmerzen. In Wellen kamen sie, wurden heftiger, stachen bei jeder Drehung bis in die Schultern, und nur langsam ebbten sie ab. Eine Weile noch starrte er aus dem Fenster seines Ateliers im Palazzo Madama, sah die tief hängenden Wolken, die nass glänzenden Dächer, endlich wandte er sich mühsam um. »Wir nutzen das schlechte Wetter.«

»Heute? Aber du kannst dich ja kaum bewegen!«

»Ich hab nur zu viel gearbeitet. Der Schmerz lässt schon nach. Geh gleich jetzt hinüber zur Buchhandlung und bestell Ottavio, dass er sich gegen Mittag bereithalten soll.«

Um keinen Verdacht zu erregen, schulterte Michele den ledernen Einkaufssack und besorgte in verschiedenen Geschäften neue Pinsel, Farbbeutel, Öl und Firnis. Sonst eher wortkarg, plauderte er heute ausgiebig mit den Händlern. Jeder sollte sich an ihn erinnern. Seine Einkäufe führten ihn sogar an dem Durchgang zum Innenhof vorbei. Höflich grüßte er und erhielt ein Gottbefohlen mit auf den Weg. Ehe das Mittagsläuten einsetzte, verließen die beiden Spürhunde Gottes ihren Posten. Die Köpfe tief in den Kapuzen, eilten sie durch den Regen in Richtung Corso davon.

»Lauft ihr nur zu den Fleischtöpfen.« Michele spuckte aus. »Wer frisst, bellt nicht.« Er nahm den Rucksack von der Schulter und trug ihn in der Hand. Ehe er zur kleinen Gasse abbog, verlangsamte er den Schritt, sah aus den Augenwinkeln den Freund tief im Schatten einer Hausnische und nickte unmerklich. Mario trat rasch zwei Schritte vor, nahm den Rucksack und gab ihm dafür einen anderen. Kein Zögern, nur ein Atemholen genügte ihnen.

Wegen des Regens lockte vor der Buchhandlung kein Verkaufstisch die Passanten an. Die Ladentür stand weit offen. Michele zeigte sich am Eingang, schlenderte weiter, kehrte um, zögerte und ging dann doch vorbei. In seinem Rücken verließ jetzt Ottavio Gabrielli, ohne abzuschließen, sein Geschäft. Er winkte dem Krämer gegenüber, ging am Nachbarhaus die drei Stufen hinunter und betrat laut grüßend die Schusterwerkstatt.

Michele schlüpfte in den Buchladen. Ein großer Tisch; inmitten von Stapeln bedruckter Blätter und kolorierter Holzschnitte befand sich ein Schreibpult, die Feder steckte im Tintenfass. In den Wandregalen ringsum reihte sich bis zur Decke Buchrücken an Buchrücken ... gewalztes Schweinsleder mit Goldbuchstaben beschriftet. Eine prall gefüllte Vorratskammer für Wissenshungrige.

Michele beachtete die Schätze nicht, er ging um den Tisch, schob den Sessel beiseite und tastete den Fußraum ab. An der rechten Innenseite berührte er Leinenstoff. Der Buchhändler hatte Wort gehalten. Das eckige Bündel war nicht größer als eines seiner kleineren Bilder, nur dicker und schwerer und verschnürt mit Lederbändern. Keine Zeit, den Inhalt zu prüfen. Michele verstaute das Paket im Rucksack, rückte den Sessel wieder an seine Stelle und verließ das

Geschäft. Ohne sich umzublicken, ging er eng an den Hauswänden entlang in Richtung Campo de' Fiori. Bei der Einmündung stockte er. Wieso …? Für Antwort blieb keine Zeit. Vom Unterstand der Stadtwache näherten sich drei Bewaffnete, keiner sah direkt zu ihm hin, doch Michele spürte, dass er ihr Ziel war. Noch auf dem Platz teilte sich der Trupp. Ganz gleich, wohin, einer würde ihm den Weg abschneiden.

Ruhig, bleib ruhig. Michele bog nach rechts ab. Nur noch wenige Schritte bis zur Hausnische. Mein Prinz, sei wachsam. Unter halb gesenkten Lidern beobachtete er den Wachmann. Erst an der Ecke des übernächsten Patrizierhauses würde der seinen Weg kreuzen. Mario tauchte aus dem Dunkel auf, ein doppelter Handschlenker, der Tausch war vollzogen, der Freund wieder verschwunden, und Michele ging weiter.

»Signor.« Der Bewaffnete hob die Hand, lächelte. »Einen Moment bitte. Kann ich einen Blick in Euren Rucksack werfen?«

»Aber es regnet.«

Das Lächeln veränderte sich nicht. »Dann begleitet mich zur Station hinüber.«

Zu dritt klaubten sie Pinsel, Farben und Malutensilien heraus, stülpten sogar den Boden um. Das Lächeln erlosch. »Ihr könnt die Waren wieder einpacken.« Mit Handzeichen gab einer der Bewaffneten den frommen Spionen im Durchgang zum Innenhof Entwarnung.

Ich fasse es nicht. Michele biss sich auf die Unterlippe. Was für ein Aufwand! Dabei sucht ihr keinen Mörder. Ihr habt tatsächlich Angst vor Büchern. Doch es gelang ihm zu schweigen. Ohne jeden lauten Protest schulterte er den Rucksack und eilte durch den Regen am Palazzo des Inquisitionsrichters vorbei.

So groß, so riesig. Michele stand vor der Leinwand. Eine leere, düstere Welt, elf Fuß breit und zwölf Fuß hoch … Ein dunkelbraunes Nichts. Schweiß perlte ihm auf der Stirn. Er wandte sich um. Zwei Fenster, kahle Wände, ein Gekreuzigter. Die Oberen von San Luigi hatten ihm diesen Nebenraum der Kirche als Atelier zur Verfügung gestellt. Platz war genug. Als Altarfläche hatte er sich ein zweistufiges

Holzpodest von den Mönchen erbeten und es an die rechte Wand rücken lassen, damit der Schauplatz vom einfallenden Licht des linken Fensters erhellt würde.

Noch einmal spielte er die Szene vor seinem inneren Auge durch: Der alte König von Äthiopien ist gestorben und sein Nachfolger Hirtacus will die Prinzessin Ephigenia heiraten. Die Schöne aber hat ein Kloster gegründet und lebt dort als Nonne zusammen mit mehr als zweihundert frommen Jungfrauen. Jedes Werben um sie ist vergebens. Da wendet sich der neue König an den Apostel Matthäus. »Überzeuge du die Prinzessin.« Sein halbes Reich will er ihm als Lohn für die erfolgreiche Vermittlung überlassen. Und Matthäus verspricht, darüber nachzudenken. »Komm am Sonntag in die Messe, da werde ich dir Antwort geben.«

Langsam stieg Michele die beiden Stufen hinauf und breitete die Arme aus.

In seiner Predigt spricht Matthäus ausführlich über das heilige Sakrament der Ehe, dann richtet er das Wort direkt an den König. »Du sollst nicht begehren deines Nächsten Weib. Höre, Hirtacus, die Prinzessin hat sich dem ewigen Herrn geweiht, hat den heiligen Schleier angelegt. Wehe dir. Wage es nicht, die Gottgeweihte dir zur Frau zu nehmen …«

Wutentbrannt verlässt Hirtacus den Tempel. Gegen Ende der Messe hebt Matthäus die Hände zum Gebet …

Michele drehte sich zur Wand, hier stand sein gedachter Altartisch. »Benedicat vos omnipotens Deus: …«, murmelte er.

In diesem Moment stürmen die Soldaten der königlichen Wache nach vorn und einer von ihnen sticht dem Apostel das Schwert in den Rücken.

Michele stöhnte getroffen, sank auf die oberste Stufe des Podestes nieder, rutschte tiefer und blieb unterhalb der zweiten Stufe rücklings liegen.

Der Apostel ist nicht tot, richtet sich wieder halb auf …

»Nun entsteht Tumult …«

Michele setzte sich hin, starrte zur Leinwand. Welcher Moment ist mein Moment? Der erste Stich? Oder soll der Soldat zum zweiten, dem Todesstoß, ausholen? O verflucht, wenn doch das fertige

Gemälde sich zeigen würde, nur für einen Herzschlag! Aber nichts schälte sich aus dem schwarzbraunen Dunkel …

Lautes Pochen an der Tür ließ ihn zusammenfahren. Seine Modelle. Er hatte sie, mit Ausnahme von Mario, in den vergangenen Tagen unter den Novizen und Angestellten Kardinal del Montes ausgesucht. Sie kamen zur ersten Probe. Michele begrüßte jeden persönlich, eintreten durfte nur, wer auch die verlangten Stoffe oder das Kostüm mitgebracht hatte. Erst die beiden Soldaten mit Brustpanzer und Schwert, dann die fünf Gläubigen und der Engel.

»Bin ich es wirklich wert, den Matthäus zu spielen?« Der Mann mit dem üppig fallenden Lippen- und Kinnbart blickte besorgt und deutete auf den jungen Burschen hinter sich. »Er eignet sich doch viel besser.«

»Nein, mein Freund. Du bist genau der Apostel, den ich gesucht habe.« Michele tippte ihm sanft die Faust gegen die Schulter. »Wenn du nicht schon auf Frederico getauft wärst, dann müsstest du Matthäus heißen.« Er hatte ihn im Park des Landhauses seines Arbeitgebers beim Ernten der Pfirsiche entdeckt. Frederico war Gärtner. Brauenbögen wölbten sich über wache Augen, und die Stirn dehnte sich hinauf in die kahle vordere Schädelhälfte, erst von der Kopfmitte an wucherte ihm das Haar und hing rechts und links bis zu den Ohren hinunter. »Du wirst sehen. Ich male aus dir einen echten Heiligen.«

Keine Unsicherheit zeigen. Ohne sich vorher endgültig entschieden zu haben, stellte Michele sofort die Szene. Matthäus musste die Hände zum Gebet heben. Die beiden Soldaten sollten ihn packen, der links stehende holte zum Schwertstoß aus. Die Gläubigen stolperten bei der Flucht übereinander. Zwei zum Ausgang gewandt, drei aber blickten über die Schultern zurück.

Den Engel stellte er ganz nach rechts. »Zieh dich aus.« Als Himmelszeuge hatte sich Michele wieder Nino, einen der Lieblingsnovizen des Kardinals, ausgesucht. »Schnall dir die Flügel auf den Rücken. Du stehst breitbeinig da, du siehst den Mord und bist entsetzt. Mehr nicht. Und wehe dir, wenn du dich von der Stelle rührst.«

»Und wenn ich mich kratzen muss?« Nino rundete empört die

Augen. »Überall haben mich die Flöhe gebissen. Hier …« Er präsentierte seinen Hintern, den Hals, zog den Penis ausführlich weit nach rechts und links, um dem Meister die Bisse in den Leisten vorzuführen. »Die Biester haben mich regelrecht überfallen.«

»Weiß Gott, wo du wieder gewesen bist!«

Nino grinste. »Wenn Ihr wollt, kann ich Euch mein Nest in der Zeugkammer hinter dem Pferdestall zeigen. Da treffen wir …«

»Wag es nicht.« Mario hatte den letzten Satz aufgeschnappt und war zur Stelle. Halb zückte er den Degen. »Sonst schlag ich dir die Flügel ab.«

»Schluss jetzt!«, fuhr Michele dazwischen. Er wies mit dem gestreckten Finger auf die Position rechts der Stufen und befahl dem Engel wie einem Hund: »Nino. Da hin.« Gleich griff er Mario am Wamsärmel und zerrte ihn mit sich. »Du Idiot«, zischte er. »Was ist nur in dich gefahren? Suchst Streit mit einem Lustknaben des Kardinals? Ausgerechnet jetzt, wenn ich die Szene komponiere.« Auf der anderen Seite des Altars schüttelte er noch einmal den Freund, ehe er ihn wegstieß. »Da lasse ich dich wieder als Edelmann auftreten … Und zwar als Einzigen im Bild. Ja, schau dir nur die Kleidung der anderen an. Und du? Du behinderst mich.«

Der unvermittelte Wutschwall trieb Mario Tränen in die Augen. »Ich hab doch … Es war doch gar nicht ernst.«

»Sei still. Und tu, was ich dir sage.« Michele atmete aus. Die Spannung in ihm hatte sich etwas gelockert. Er trat zurück, betrachtete die Szene durch den Ausschnitt der Finger. Nach einer Weile bat er den Gärtner, auf die Knie zu sinken. »Denk dran. Du hast gerade den ersten Stich erhalten.« Den Gläubigen rief er zu: »Ihr seid Zeugen. Etwas Furchtbares ist geschehen. Zeigt es mir in euren Gesichtern. Ja, genau so. Und so bleibt ihr jetzt.«

Michele trat vor die Leinwand, suchte die zentrale Position für den verwundeten Apostel, dann setzte er den spitzen Holzstift an, ritzte das Haupt ins Dunkel. Zu niedrig … Er spürte es schon nach den ersten Strichen.

Obwohl Matthäus kniet, rutscht die Figur zu tief an die Unterkante.

Michele markierte den Kopf fünf Handbreit höher.

Aber dann muss der Mörder auf die oberste Altarstufe, sonst kann er den Stich nicht ausführen …

Michele punktete die Brust, nahm den Messstab und legte die Stoßrichtung fest. Waagerecht soll die Spitze eindringen, also kann der Mörder mit der Klinge höchstens einen leichten Schwung von unten nehmen …

»Ich muss mich kratzen …«

»Was?« Michele schreckte aus seinen Überlegungen, als er begriff, drehte er sich gefährlich langsam nach dem Engel um. »Wag es, und ich erwürge dich mit eigenen Händen.«

Nino fügte sich, anstatt dem Juckreiz in seinen Leisten mit den Fingernägeln beizukommen, schabte er die Oberschenkel heftig aneinander.

Wortlos sah Michele dem nackten Novizen zu. Mit einem Mal fühlte er Schweiß im Nacken, fühlte die Nässe den Rücken hinunterrinnen. Die Leinwandfläche ist zu groß. Direkt, nur vom Anschauen, kannst du die Szene nicht übertragen. Er zwang sich zur Leichtigkeit: »Ihr habt eine Pause verdient. Aber dass mir jeder seine Position mit Kreide markiert. Entspannt euch einen Moment.«

Michele winkte Mario. »Hilf mir.« Gemeinsam bauten sie seine Staffelei auf.

»Warum bist du so gereizt?«, flüsterte der Freund. »Was hab ich dir getan?«

»Nichts. Ich bin nur unruhig. Das ist alles.« Michele spannte einen Papierbogen ein und legte Kohlestifte bereit. Mit betont frischer Stimme befahl er die Modelle zurück auf die Markierungen. In schnellen Strichen skizzierte er die handelnden Personen; über dem Geschehen deutete er Säulen an und gab so dem Raum die Tiefe eines antiken Tempels. Gottlob. Mit dem Ärmel wischte sich Michele die nasse Stirn. »Schluss für euch. Geht jetzt. Seid morgen um die gleiche Zeit wieder hier.«

Außer Mario blieb auch der Gärtner zurück, er zupfte an den Bartspitzen vor seiner Brust. »Wart Ihr zufrieden mit mir?«

»Aber ja. Hab keine Angst …« Michele fühlte sich am Rande der Geduld. »Du bist der Richtige. Doch bitte … Nun muss ich arbeiten.«

»Entschuldige.« Mit einer Verneigung zog sich sein Matthäus zurück.

Mario wollte die Tür hinter ihm schließen.

»Du auch. Lass mich allein. Ich muss die Skizze übertragen.«

»Aber ich kann helfen. Ich halte dir den Entwurf hin, wenn du auf der Leiter stehst. Dann musst du nicht immer rauf- und runtersteigen.«

Michele suchte den weit entfernten oberen Rand der Leinwand. »So hoch will ich gar nicht«, murmelte er vor sich hin und nahm wieder den angespitzten Holzstift zur Hand. Ohne Mario weiter zu beachten, schritt er nach rechts und begann mit den ausgebreiteten Flügeln des Engels. Nie trat er ganz zurück, nur mit Blickkontakt zur Kohlezeichnung auf der Staffelei ritzte er das skizzierte Bild in den schwarzbraunen Firnis. Die Arbeit saugte ihn ein, er fühlte die Hitze nicht mehr, folgte allein seiner Unruhe, wollte ihr gehorchen …

Nach zwei Stunden wandte er sich um. »Das ist es.«

Mario hockte auf der untersten Podeststufe und sah ihn aus großen Augen an.

»Hab ich was vergessen?« Gleich stieg erneut Ärger in ihm hoch. »Ich hab jetzt nur die Umrisse der Personen festgelegt. Kannst du sie nicht erkennen?«

»Doch, schon. Aber …« Mario schloss die Augen. »Bitte schau selbst.«

In schnellen Schritten war Michele bei ihm, zum ersten Mal betrachtete er von dort das ganze Bild. »Nein …« Schmerz verkrallte sich in seinem Hinterkopf. Er trat zur Seite, suchte den besseren Lichteinfall, um die Linien genauer zu sehen. »Falsch. Die Perspektive stimmt nicht.« Seine Schultern sanken, langsam hockte er sich zu Mario auf die Stufen, stützte die Stirn in die Hände. »Ich kann es nicht«, flüsterte er. »O verflucht! Alle sind zu klein. Die ganze Komposition stimmt nicht …«

Unvermittelt wurde ihm kühl, leicht zitterten die Beine, das Fleisch zog sich an den Knochen zusammen. Kälte befiel die Lenden, sie kroch durch den Unterleib in den Bauch … »Was …?« Angstvoll starrte Michele an sich hinunter. Da griff das Eis nach seiner Brust … »Verloren …«, stammelte er, nein, nicht nachgeben, mit großer Anstrengung hob er den Kopf, suchte … Die schwarzbraune Leere vor ihm überzog sich mit scharfen Zacken. Wo? Da war Mario. »Hilf … Hilf mir.« Er mühte sich, ihn mit der Hand zu erreichen, wie frostige Äste waren die Finger. »Wie damals …« Er wollte erklären: Das Wechselfieber kommt. Beben setzte ein, haltlos schlugen die Zähne, er versuchte weiter, sich mitzuteilen, doch sie zerschlugen jedes Wort.

Wie ein bunter Engel beugte sich Mario über ihn … da zerfloss das Gesicht, zerteilte sich in tausend Gesichter, sie schimmerten wie Lampions, das erste erlosch, das zweite … Mehr und mehr verloren ihr Licht; ein weit entferntes Flackern noch. Dunkelheit.

Michele schluchzte; Eiswasser schwappte in seinen Mund, drohte ihn zu ersticken, er hustete und die Rippen zerbrachen. Er trieb im Winterfluss. Kopf und Oberkörper auf einer Eisscholle, der Unterleib und die Beine auf einer anderen. Die Inseln treiselten voneinander weg, stießen zusammen, sie zerrten und quetschten seinen Leib.

»Gleich hast du es geschafft«, vom Ufer her drang Paolas Stimme zu ihm, »… nur noch das frische Laken unter die Beine …«

»Halt mich …« Er streckte die Hand. Vorbei. Der Fluss nahm ihn mit in einen Strudel. Drehen, drehen… Das Eis schmolz, warm wurde das Wasser, wärmer, Blasen stiegen. Von unten brodelte Hitze, verbrühte Beine und Rücken, den Hals, den Kopf; Haut löste sich von der Stirn, die Lippen quollen. »Durst …«

»Nicht so hastig.«

Paola. Sie verschenkte die Schlucke. Dafür liebe ich dich, dachte Michele und weinte vor Glück. Er öffnete die Lider, sah ihr Gesicht. »Danke. Wie lange …?«

»Ich bin seit ein paar Stunden hier. Mario hat mir Bescheid gegeben.« Mit einem feuchten Lappen kühlte sie die Stirn. »Er und ich, wir wechseln uns ab.«

»Wo bin ich? Im Hospital?«

»In deinem Bett. Der Leibarzt vom Kardinal kommt regelmäßig vorbei. Doktor Mancini kennt sich mit Wechselfieber aus. Er sagt uns, was zu tun ist.«

Die Augen begannen zu brennen, Michele presste die Lider zusammen, stöhnte, warf den Kopf hin und her. Ein Windstoß ließ das

Hautfeuer erneut auflodern. Michele schrie, mit dem Schrei entleerte sich der Darm, dann gab es keinen Halt mehr, Wasser presste nach. Gleichzeitig floss Urin, schwemmte die Hitze mit fort. Schweiß überströmte ihn …

»Wir benötigen Tücher …«, hörte er sie sagen. »Schnell …«

»Ich frage in der Wäschekammer.«

Diese Stimme? Michele sank zurück. Rasch füllte sich das Grab mit Wasser, schon erreichte es den Hals und die Ohren. Jetzt fiel es ihm ein, die Stimme gehörte Mario. »Wo ist mein Prinz?«

»Gleich. Er ist gleich zurück.«

»Ich ertrinke …« Kein Notschrei, eher eine Feststellung. Mein Verstand ist ganz klar, dachte Michele. Ich muss mich festhalten, sonst ertrinke ich. Nur kein Wasser schlucken. Er tastete neben sich, fand Kittelstoff und klammerte sich daran fest. Gerettet …

»Liebster, öffne den Mund. Bitte.« Paola hob seinen Kopf, presste den Becherrand an seine Lippen. »Du musst trinken, sagt Doktor Mancini. Sonst trocknest du aus.«

Michele öffnete die Lider, sah ihr Gesicht, den besorgten Blick, wusste, wer sie war. »Liebste …«

»Bitte. Es ist Tee, die Kräuter helfen.«

Ihr zuliebe nahm er einige Schlucke zu sich. Müde, so müde …

»Es geht ihm langsam besser«, hörte er Paola sagen. »Ich bin froh.«

»Nur der erste Anfall.«

Marios Stimme, dieses Mal erkannte er sie sofort.

»Der Arzt sagt, es folgen noch viele …«

»Wie lange hat das Wechselfieber damals angehalten?«

»Drei Wochen, glaub ich. Unendlich lange Wochen waren es.«

»Er wird wieder gesund. Dafür sorge ich.«

»Wenn du hierbleibst …«, Mario zögerte, ehe er fortfuhr. »Dann gehe ich für ein paar Stunden in die Werkstatt. Außerdem … Also, ich muss noch andere Besorgungen machen.«

»Lass dir Zeit. Ich darf ihn pflegen, so lange es nötig ist. Carlo, unser Kammerherr, hat mir die Erlaubnis gegeben.«

Die Tür klappte. Paloa setzte dem Kranken wieder den Becher an die Lippen. »Trink, mein armer Liebling«, flüsterte sie. »Trink du nur …«

Die drei Tode ritten mit ihrem Opfer durch die Vorhöllen, einer zerrte Michele an sich, quälte ihn über Stunden und gab den Geschwächten an den nächsten weiter. Zwei Tage und Nächte Dahinsterben ohne Erlösung. Aus einer Laune ließen sie ihn zwei Tage wieder etwas zu Kräften kommen, um dann erneut den furchtbaren Wechselritt zu beginnen.

Paola harrte neben Michele aus. Die vergangene Nacht war ruhiger gewesen. Erschöpft bin ich, dachte sie. Bald drei Wochen sind es her, dass ich in einem Bett gelegen hab. Zu Beginn hatte sich Mario regelmäßig mit ihr in der Wache abgewechselt, in der letzten Zeit aber war er nur hin wieder bereit dazu gewesen. Paola schlief im Sessel, manchmal hatte sie sich auch auf dem Boden ausgestreckt, doch bei jedem Seufzer, jedem Wimmern war sie hochgeschreckt.

Die Tür schwang auf. Doktor Mancini kam herein. »Wie geht es ihm?«

»Etwas besser, meine ich.«

Er strich Paola leicht übers Haar. »Sollte ich jemals selbst krank werden, dann wünsche ich mir solch eine fürsorgliche Pflegerin wie dich.«

»Danke, Herr.« Paola dehnte die Schultern. »Aber ich weiß nicht, ob ich das bei einem anderen durchhalten würde.«

Nur ein Seitenblick. »Du liebst unseren Maler?«

»Ich fürchte, ja«, seufzte sie.

Giulio Mancini betastete Hals und Brust des Patienten, fühlte unter den Achseln. »Die Körperwärme ist seit gestern konstant geblieben. Ich denke, er hat das Schlimmste überstanden. Dank deiner Hilfe und ... Wo ist der junge Minitti?«

»Mario wollte schon bei Sonnenaufgang hier sein. Es kann nicht mehr lange dauern.«

»Auch er hat seinen Anteil an der Genesung. Merisi muss euch beiden dankbar sein.« Der Arzt deckte den Kranken wieder zu. »Er wird bald aus dem Dämmerschlaf erwachen und Hunger verspüren. Lasst ihn essen, aber es darf nicht zu viel auf einmal sein. Ich gebe in der Küche Bescheid, dass Fleischbrühe und Brot für ihn bereitstehen. Damit soll er beginnen.« Ehe der Doktor den Raum verließ, wandte er sich noch einmal um. »Ich unterrichte Kardinal del Monte von der Genesung. Er wird erleichtert sein und ich vermute, dass er dem Kranken sogar einen Besuch abstattet. Vielleicht sollte Merisi, wenn möglich, ein sauberes Hemd tragen. Auch frische Luft wäre angebracht ...«

Paola nickte ergeben. »Ich hab verstanden.«

Mario kam mit zwei hoch gefüllten Körben. Den einen mit Fleisch und Fisch stellte er neben der Tür ab, den mit dem Obst brachte er zum Tisch. »Verzeih. Es ging nicht schneller. Auf dem Wochenmarkt war der Andrang zu groß.« Während er die Hälfte der Apfelsinen, Trauben und Feigen in die Schale legte, blickte er zum Krankenlager und erkundigte sich flüsternd: »Du hast ihn alleine umgezogen?«

Gleich verspürte Paola einen Stich. »Stört es dich?«, gab sie ebenso leise zurück.

»Gar nicht.« Er lächelte etwas gequält. »Ich hätte dir nur gern dabei geholfen.«

»Mit einem Mal?« Paola kam an den Tisch und setzte sich. »Seit zwei Wochen schaust du nur kurz vorbei, um dich nach ihm zu erkundigen. Die ganze Arbeit hast du mir überlassen.«

»Du kannst ihn besser pflegen als ich.« Mario wagte nicht, sie anzublicken. Er nahm eine Feige in die Hand und legte sie gleich wieder zurück. »Zurzeit haben wir viele Kunden in der Werkstatt. Pilger aus dem Norden, aus Deutschland und Holland, einige sogar aus England. Die Wallfahrtsgruppen kommen jetzt schon in die Stadt. Dabei beginnt das Heilige Jahr 1600 erst in zweieinhalb Monaten.«

Paola krauste die Nase. »Warum erzählst du mir den Unsinn?«

»Viele Pilger wollen von uns ihre Köpfe malen lassen. Manche wollen sogar zu zweit auf ein Bild. Das Geschäft blüht, da muss ich Lorenzo helfen. Aus diesem Grund bin ich nicht so oft hier gewesen. Er hat's ja nicht gemerkt. Und bitte erzähl es ihm auch nicht. Ich mein, dafür hab ich heute eingekauft.«

»Die Küche hier sorgt gut für Michele.« Paola pflückte sich einige Beeren von der Weintraube, aß sie nacheinander, dabei deutete sie auf den Korb neben der Tür. »Wurst und Fisch darf er ohnehin noch nicht essen.«

»Die sind auch nicht für ihn …« Mario hielt inne, als habe er beinah zu viel gesagt. Gleich hakte Paola ein. »Ach so …?« Sie dehnte das o bis hinauf zur Frage.

»Woher weißt du?«

Nichts wusste sie, zum Spaß aber lockte sie ihn: »Ich hab es mir schon gedacht.«

Mario rang mit sich, dann rückte er etwas näher. »Du weißt, dass meine Eltern bei einem Onkel für mich Geld hinterlegt haben. Ich hole mir jeden Monat den Unterhalt bei ihm ab und dabei auch die Briefe von meiner Mutter. Sie sorgt sich um mich …« Er stockte und sah schuldbewusst zu Michele hinüber.

Paola tippte ihm auf den Arm. »Und weiter?«

»Es ist so. Die Mutter hat sich mit dem Onkel geeinigt. Wegen meiner Zukunft, verstehst du?«

»Nein.«

»Na ja, es ist so … Sie haben eine Frau für mich ausgesucht.«

»Nein!« Paola fuhr zurück, um ein Haar wäre sie rücklings vom Hocker gefallen. »Du meinst … Du willst mir sagen, dass du …? Nein, das glaub ich nicht. Oder doch? Ist es wahr?«

»Ich soll heiraten, sonst bekomme ich kein Geld mehr.«

Tief atmen. Paola kniff sich in den Unterarm. Ich hab das nicht geträumt. Nein, nein, wach bin ich. »Und wen? Ich mein, wer ist die … die Glückliche?«

Mario seufzte. »Es ist Filiberta. Ich kenne sie nur von früher aus Syrakus, damals war sie ein ziemlich dickes Mädchen. Sie ist die Nichte von meinem Onkel und wohnt jetzt in Frascati bei irgendwelchen reichen Verwandten von ihm.«

Das Begreifen durchzog Paola wie ein frischer Wind. Sie wollte mehr wissen, genauer. »Und du hast eingewilligt?«

»Ich weiß ja auch nicht, wie das werden soll. Aber wenn Mutter etwas anordnet, dann … Ich musste zusagen. Vor zwei Wochen. Alles hat der Onkel schon verabredet. Die Hochzeit ist gleich zu Beginn des Heiligen Jahres. Noch im Januar.«

»Aber das ist doch wunderbar!«, Paola mühte sich, leise zu bleiben. »Und wann lernst du die Braut richtig kennen?«

»Heute Abend beim Onkel.« Mario blickte zum Korb neben der

Tür. »Deshalb hab ich im Auftrag der Tante die Besorgungen gemacht. Ich soll Würste und Fisch mitbringen.«

»Sehr gut«, pflichtete sie ihm scheinheilig bei. »Solche Leckereien lieben Frauen. Du musst Filiberta gleich von Anfang an verwöhnen.« Sie schob ihm die Schale mit den Früchten zu. »Und nimm das Obst auch wieder mit. Was Michele braucht, hole ich ihm aus der Küche.«

Mario presste beide Hände vors Gesicht. »Und wie soll ich es ihm sagen? Wie nur …? Ich bleibe doch sein Freund, anders als jetzt, aber ein guter Freund.«

Kaum konnte Paola die Aufregung verbergen. »Erst einmal soll Michele wieder gesund werden. Und dann … Also, wenn du magst, ich helfe dir dabei.«

12

Michele blätterte im Skizzenbuch des Deutschen. Er suchte nach Ideen für die Stube der Zöllner …

Jesus kam herein, zeigte auf Matthäus und sagte: »Folge mir nach.« Da stand Matthäus auf und folgte ihm …

Ein einfacher Bibeltext. Aber wie umsetzen? Wie sollten Matthäus und die übrigen Männer am Tisch angeordnet werden? Was tun sie gerade?

Durch seine Krankheit war Michele in Zeitnot geraten. Nicht nur die Oberen von San Luigi hatten anfragen lassen, ob er wieder bei Kräften sei, auch Kardinal del Monte war in der vergangenen Woche besorgt ins Atelier gekommen. » Du siehst noch sehr elend aus. Unter normalen Umständen würde ich dir Schonung empfehlen, bis du vollständig genesen bist. Doch das Heilige Jahr droht uns allen. Dir bleibt keine Wahl, mein Freund. Du musst malen.«

»Ich werde es schaffen, Herr.«

»Und solltest du Rat und Hilfe bei der Umsetzung der Themen benötigen, so frag. Ich werde dir ein guter Gesprächspartner sein. Alles andere liegt bei dir.«

Um nicht gleich an sein Versagen vor dem Wechselfieber erinnert zu werden, hatte Michele das Martyrium des Apostels zurückgestellt und wollte zunächst das Bild für die linke Seitenwand der Kapelle malen. Erst den Anfang, dann das Ende. »Ob der Apostel mitgegangen wäre, wenn er zu Beginn gewusst hätte, wie er endet?« Michele schüttelte unmerklich den Kopf. Laut seinem Auftrag sollte links »Die Berufung des Matthäus« ihren Platz haben. Vom Stifter Mattheo Contarelli selbst war vor dessen Tod die Zollstube als Ort der Handlung festgelegt worden.

Totentanz. Jeder einzelne Holzschnitt von Holbein faszinierte Michele. Diese starken, einprägsamen Motive. Und mit welcher Perfektion war jede Bewegung dargestellt! Er wendete Seite um Seite, musste trotz der Eile immer wieder innehalten:

… Da führt der Tod den Papst hinweg und schlägt dabei mit einem Knochen den Takt auf einen Schädel …

Da hält er dem Kaiser galant die Hand und bläst ihm die Schalmei zum letzten Tanz …

Beim nächsten Blatt setzte sich Michele ruckartig auf. »Schau dir das an.« Er winkte Paola. Sie ließ das Wäschestück zurück in den Bottich fallen und kam zu ihm herüber, dabei trocknete sie Arme und Hände an der Schürze.

»Der Tod und der Maler«, mit düsterer Stimme kündigte Michele den Titel an.

»Versündige dich nicht«, ermahnte Paola noch auf dem Weg und bekreuzigte sich. »Heilige Madonna, bewahre uns …«

»Es ist kein Scherz.« Michele hielt das Buch für sie höher. »Da. Um meinen Kollegen zu holen, hat sich der Tod gleich noch einen Gehilfen mitgebracht. Schade, dass der Vers dazu auf Deutsch geschrieben ist. Den wüsste ich gern. Schau dir nur diesen Maler an. Er will fortlaufen. Aber der Gevatter greift ihn sich gerade noch an der Schulter und zeigt ihm seinen letzten Weg in die andere Richtung.« Michele nickte vor sich hin. »Genau da war ich in den letzten Wochen, genau an diesem Punkt. Den Weg hatte er mir schon gezeigt …« Er blickte zu ihr auf, im düsteren Gedanken strömte Wärme mit. »Dank dir musste ich ihm nicht folgen. Dieses Mal nicht. Aber wer weiß, vielleicht packt er beim nächsten Mal härter zu?«

»Was redest du da?« Paola entriss ihm das Buch, starrte auf die Abbildung. »Mir fällt was ganz anderes dabei auf. Ich wünschte, du würdest dich so fein kleiden wie dieser Maler hier. Außer dem Degen und der Palette mit den Pinseln kann ich sonst keine Ähnlichkeit mit dir erkennen.« Ihr Ton wurde schärfer. »Du läufst rum, als hättest du seit Jahren das Wams nicht mehr gewechselt. Hast du ja auch nicht. Verflucht, da wasche ich jedes Mal, wenn ich herkomme, eins deiner beiden Hemden. Aber so, wie du schwitzt, reichen zwei nun mal nicht aus. Kauf dir endlich anständige neue Kleidung! Das solltest du aus diesem Bild hier lernen. Und nicht …«, sie warf das Buch auf den Tisch, »… und nicht vom Tod reden.«

Michele umarmte ihre Hüften und zog sie zwischen seine Knie. »Du hast Angst um mich gehabt? Stimmt's?«

»So wie du da im Bett lagst? Da war mir nicht zum Lachen zumute.«

Er rieb mit der Nase sanft ihre Brüste. »Wie gut du riechst.« Die Knospen drückten sich durch den Stoff, und er ließ seine Lippen mit ihnen spielen.

Paola strich ihm übers Haar. »Ich dachte, du willst arbeiten?«

»Das muss ich auch«, versicherte er mit rauer Stimme, dabei löste er die Halsschleifen des Kittelkleides. »Aber wie kann ich mich konzentrieren, wenn du so nah bei mir bist?« Er tastete nach dem breiten Kragen, und sie half ihm, das Oberteil abzustreifen. Michele verbarg das Gesicht im Tal zwischen den Brüsten, ihre Haut schmeckte nach Salz und Blumen, er kostete viel, konnte nicht genug haben. Paola drängte sich näher an ihn, fuhr mit der Hand vom Nacken unters Hemd, streichelte seinen Rücken. »Es ist lange her …«

»Ich hab in den letzten Nächten an nichts anderes gedacht.« Er öffnete die Haken an der Taille, ruckte, zerrte den Kleiderstoff ganz nach unten.

Paola beugte sich über ihn. »Wollen wir … Sollen wir zum Bett …?

»Nicht warten …« Er wand sich unter ihr, endlich war die Hose abgestreift. Beide seufzten, waren sich hinderlich, dann endlich stand Paola über seinen geschlossenen Schenkeln. Michele drückte den Mund in ihren Schoß, saugte von ihr, dann bog er den Oberkörper zurück. »Komm. So komm doch.«

Sie senkte sich auf seine Mitte. Wange an Wange flüsterten sie, hauchten sie und fanden bald zum hastigen Gleichtakt des Atems. Nahe dem Ziel wollte Michele abbrechen. »Wir sollten …«

»Nein, bleib!« Ein Hilfeschrei. Fester noch umklammerte sie seinen Rücken, drängte die Lippen an sein Ohr. »Bleib. Liebster. Bitte …«

Keine Entscheidung mehr. Unaufhaltsam vereinten sich Lust und

Schmerz. Michele wimmerte. Als das Beben nachließ, sank seine Stirn auf ihre Schulter. Zu einem Leib geworden, saßen sie eng umschlungen da. Nach einer Weile begann sich Paola mit ihm sanft zu wiegen, dazu summte sie eine kleine Melodie …

Erst am nächsten Tag fand Michele wieder zum Skizzenbuch zurück und entdeckte eine brauchbare Körperhaltung. Auf dem Blatt »Der Tod und die Spieler« saß einer von den Zechern vornübergebeugt am Tisch und strich noch rasch die Münzen ein, während der Gevatter schon seinen Kumpan am Hals gepackt hatte. »Zoll heißt Gier.« Michele nagte an der Unterlippe. »In einer Zollstube wird stets etwas weggenommen. Zöllner raffen Geld an sich. Ich kann mir gut vorstellen, dass sie sich sogar heimlich untereinander bestehlen, wenn einer gerade abgelenkt ist.«

Und Jesus kam herein, zeigte auf Matthäus: »Folge mir nach.«

Wie zeigt Christus? Streckt er die Hand aus oder nur den Finger? Als Erstes kam Michele eines der Deckengemälde in der Sixtinischen Kapelle in den Sinn, und am Sonntag stand er dort mit Paola. Beide den Kopf im Nacken, betrachteten sie mit offenem Mund die Szenen der Schöpfungsgeschichte. »Mein Kardinal hatte recht«, murmelte er. »Dieser Michelangelo Buonarotti konnte in seinen Fresken wirklich die Farben zum Leuchten bringen.«

»Du sicher auch.« Sie stieß ihm leicht den Ellbogen in die Seite. »Den Vornamen habt ihr gemeinsam, also fehlt nicht mehr viel.«

Gleich verteidigte er sich: »Das sagst du so …« Erst jetzt begriff er und versuchte, ihren Spott mitzugehen. »Will ich wohl meinen. Schließlich ist der da der alte Michelangelo und ich bin der neue.«

»Oh, ja natürlich.«

Paola drehte nur den Kopf, sah ihn von der Seite an, und beide mussten lachen. Mit energischem Räuspern fasste er sich wieder und deutete zur Decke. »Siehst du in der Mitte die Erschaffung des Adams? An diese Handgesten dachte ich.« Er kauerte sich nieder, legte den Skizzenblock auf die Knie. Mit schnellen Strichen zeichnete er die ausgestreckten Arme und Hände. Über dem Nichts zwischen Himmel und Erde berührte der Zeigefinger Gottes beinah den Zeigefinger Adams.

Paola hatte vom Kammerherrn nur für zwei Stunden frei bekommen. Auf dem Rückweg brachte Michele sie gleich zum Palazzo Colonna. In den Arkaden vor Santi Apostoli hielt sie ihn zurück – »Etwas Zeit hab ich noch« – und lehnte den Kopf an seine Schulter. »Wann beginnst du mit dem Malen?«

»Erst muss ich mit del Monte sprechen. Wegen der Hände. Mir geht da was durch den Kopf, aber ich bin mir unsicher.« Leicht zupfte er an ihrem Ohrläppchen. »Und dann bestell ich meine Leute. Ich hab die Modelle schon zusammen. Außer Matthäus und Jesus benötige ich noch vier. So kann ich in der Bildbewegung ein Gegengewicht schaffen. Vielleicht nehme ich sogar noch den Petrus dazu. Damit Jesus nicht allein das Zollhaus betritt. Aber das entscheide ich nach dem ersten Entwurf.«

Paola sah zu ihm auf, betont beiläufig erkundigte sie sich: »Und Mario? Ich weiß, du willst nicht, dass wir über ihn sprechen. Aber während du so krank warst, haben wir uns immer besser verstanden, Mario und ich. Deshalb frag ich.«

Michele löste sich von ihr und schlug mit der Faust leicht gegen eine der Säulen. »Ich verstehe den Kerl nicht. Seit ich wieder auf den Beinen bin, hab ich nichts mehr von ihm gesehen. Dabei weiß er, dass ich ihn für beide Bilder eingeplant habe. Als Edelmann beim Mord in der Kirche und bei der Berufung als Bewaffneter. Zwei schöne Uniformen darf er tragen.« Michele drehte sich zu ihr. »Er wird hoffentlich nicht krank sein? Ich brauche ihn …«

»Nur für die Bilder?«

Einen Moment lang wunderte sich Michele über ihren Blick. »Bei der Auswahl hab ich die Körpergrößen der Modelle aufeinander abgestimmt. Mario war mein Maßstab. Er darf jetzt nicht ausfallen.«

»Wenn es nur ums Malen geht …«, sehr beschäftigt kniff Paola an den Falten ihres Rockes, »… kann ich dich beruhigen. Sicher freut er sich, zu den Malsitzungen zu kommen.«

Etwas in ihrem Ton weckte ihn. »Warum sagst du das so?«

»Ich sagte ja schon, dass wir uns gut verstanden haben. Und er hat mir viel erzählt, von seiner Familie auf Sizilien und auch von der Verwandtschaft hier in der Stadt.« Sie band die Schleife des Stoffgürtels neu. »Daher weiß ich, dass die Mutter sich um seine Zukunft sorgt.«

»Zukunft?«

Ein empörter Blick. »Ja, Zukunft. Nicht nur du denkst daran. Ich frag mich oft nach meiner. Und warum sollte Mario sich nicht auch Gedanken machen?« Wie ausgewechselt schob sie die Unterlippe vor und blies eine Haarsträhne zur Seite. »Du glaubst es vielleicht nicht, aber unser Leben ist auch wichtig. Deshalb hat jeder von uns das Recht, sich um seine Zukunft zu kümmern.«

Michele verschränkte die Arme vor der Brust. »Da ist doch was? Nun sag's schon.«

»So wie ich ihn verstanden habe, will er neu anfangen …«

»Als was?« Ein spöttisches Grinsen. »Außer ein bisschen Malen hat er nichts gelernt.«

»Ich meine auch nicht beruflich, ich meine …«, sie atmete tief ein, »… so als Mann.«

Nichts läutete. Vergnügt zwinkerte Michele ihr zu. »Eure Gespräche müssen sehr aufregend gewesen sein.«

»Heilige Madonna. Ich hatte gehofft, du verstehst es schneller.« Sie stemmte beide Hände in die Hüften. »Mario will … nein, er muss heiraten.«

Ein unerwarteter Stoß. Michele bog den Kopf zurück. »Eine Frau …?« Gleich wusste er, wie dumm die Frage war, und geriet ins Stottern. »Du meinst, er muss …? Weil eine Frau von ihm …? Aber nein, das glaube ich schon gar nicht.«

»Wäre ein Kind so schlimm?« Paola senkte die Lider, wurde leise. »Ein Kind ist sehr wohl ein Grund zu heiraten, meine ich.« Gleich sah sie ihn wieder offen an. »Aber nichts davon. Mario muss heiraten, weil die Mutter es befohlen hat und er nun mal ein gehorsamer Sohn ist. Außerdem geht's ums Geld. Wenn er Filiberta nicht zur Frau nimmt, dann gibt's nichts mehr von zu Hause.«

Tief im Inneren war eine Wunde, kein richtiger Schmerz, sie verursachte nur ein Stechen, und weil Michele irgendetwas dagegen tun wollte, flüsterte er: »Dieser Verräter.«

Paola beobachtete ihn genau. »Was sagst du?«

Husten überfiel Michele, so gewann er Zeit, und nach dem Ausspucken hatte er eine Antwort: »Er darf mich jetzt nicht im Stich lassen. Die Bilder sind das Wichtigste. Sonst kann er meinetwegen machen, was er will.«

»Ist das wahr?«

Er nickte. Da lächelte Paola.

So früh am Tag war es Michele im Schatten des Pferdestalls zu kühl. Er verließ das Dunkel, trat über die scharfe Grenzlinie ins Helle und ließ sich von der Oktobersonne den wehen Rücken wärmen. Bis zum Morgengrauen hatte er tief gebeugt über den Entwürfen zur »Berufung« gesessen, jetzt wusste er nicht, was mehr schmerzte, die Augen oder die Schultern. Von den Detailskizzen hatte er nur die Studien zu den Handgesten in den kleinen Lederköcher gesteckt, mehr benötigte er nicht für das Gespräch mit Kardinal del Monte.

Die Bitte um eine Unterredung hatte er dem Kammerherrn gestern Morgen vorgetragen und gegen Mittag die Antwort erhalten. Zwei Möglichkeiten standen ihm zur Auswahl. »Ist es ein grundlegendes Problem ...?« Dafür würde seine Eminenz dem Maler am späten Abend zur Verfügung stehen. »Ist es eine Frage, die dringender Klärung bedarf ...?« Für eine schnelle Antwort sollte der Maler in der Früh den Herrn bei seiner dienstlichen Ausfahrt begleiten.

»Ich kann nicht länger warten.«

Und nun wartete Michele seit einer halben Stunde. Die schlanke Kutsche stand bereit, der Schimmel war längst eingespannt. Drüben im offenen Scheunentor unterhielten sich Kutscher und Stallmeister über die Hafervorräte für die Wintermonate. O großer Gott, dachte Michele, wir schreiben heute den 21. Oktober, und ich hab noch keinen Pinselstrich auf der Leinwand.

Schnelle Schritte von der Gesindetür her. Er wandte den Kopf. Drüben duckte sich Nino unter den Fenstern der Hauswand entlang, ihm folgte ein zweiter Novize, sie vergewisserten sich über die Schultern und überquerten rasch den hinteren Teil des Innenhofs; immer wieder sahen sich beide um, kamen auf den Pferdestall zu und wären beinahe in Michele hineingelaufen.

»Was reitet euch denn?«

»Meister Merisi?« Nino fasste sich schnell und grinste: »Reiten ist eine gute Idee.« Er stieß seinem Kumpan in die Seite, damit der ja kein Wort verpasste, und setzte dann mit samtener Stimme hinzu: »Bei mir dürft Ihr gerne von hinten aufsteigen. Ihr braucht nur mitzukommen.«

Vom Mut angesteckt, zwinkerte sein Kumpan Michele zu. »Und ich besorg Euch die Rückendeckung.«

Beide lachten leise. Ihre offen angetragene Frivolität verschlug Michele die Sprache. Sollte er mitlachen oder Würde zeigen? Vorsichtshalber runzelte er die Stirn, deutete auf Nino. »Du wirst der Engel im Martyrium sein ...«

»Was ich immer schon fragen wollte. Treiben es die Engel auch? Ich mein, haben sie auch Lust?«

Dieser verdorbene kleine Teufel will mich reizen. Michele versuchte weiter, den Ernst zu bewahren. »Im Himmel soll eitle Freude für alle herrschen. Wenn es stimmt, dann ...«

»Habt Ihr schon Engel mit Brüsten gemalt? Nein?« Ein leichtes Zungenschnalzen kündete den Triumph an. »Also meint Ihr auch, alle Engel sind Männer? Und die treiben es miteinander?«

Er hat mich in die Falle gelockt. Michele hob den Finger, konnte das Schmunzeln nicht länger verbergen. »Ich glaube, du solltest die Frage unserem Herrn stellen. Er kennt sich da besser aus.«

»Eure Antworten gefallen uns aber besser.« Mit schnellem Griff fasste Nino dem Freund zwischen die Beine. »Stimmt's?« Ohne das erschreckte Aufjammern zu beachten, setzte er hinzu: »Ich glaube, Ihr kennt unseren neuen Novizen noch nicht. Das ist Cecco.« Noch einmal fasste er zu. »Nun sei artig, und wünsch unserem Meister einen guten Tag.«

»Gott zum Gruß, Meister Merisi.«

Michele betrachtete den Neuling. Dieses Gesicht. Offene Ungezogenheit stand in seinem Blick. Das Lachen zog die Mundwinkel leicht nach oben und grub Fältchen in die festen Wangen, dazu diese ungebändigten schwarzen Locken. »Cecco?« Michele musste sich räuspern. »Was ist das für ein Name?«

»In Wahrheit heiße ich Francesco Buoneri. Sie nennen mich Cecco, vielleicht weil es sich so anhört, wenn ich lache.«

»Ist es so?« Immer noch konnte Michele die Augen nicht von ihm lösen. Das trotzige Kinn zeigte den Mann, seine Haut aber trug noch den knabenhaften Schimmer… Auch ohne sie zu berühren, fühlte Michele das Samtweiche …

»Meister? Könnt Ihr mich gebrauchen?«

Die Frage weckte ihn aus den Gedanken. »Gebrauchen? Gewiss. Nicht gleich. Die Besetzung der Bilder ist vollständig. Es sei denn, dein Freund verzichtet auf den Part des Engels …«

»Wehe.« Nino schubste den Neuen zur Seite. »Ich bin ausgewählt worden, und dabei bleibt es.«

Sofort schob sich Cecco vor ihn. »Wenn ich Euch besser gefalle …?«

Das Gerangel der beiden vergnügte Michele. »So einfach kann ich das nicht entscheiden. Erst muss ich euch nebeneinander sehen. Vielleicht fürs nächste Bild.«

Nino trat dicht vor ihn hin. »Warum warten, Meister? Kommt doch mit rüber zur Zeugkammer. In meinem Nest zeigen wir Euch alles, was Ihr sehen wollt …«

Lärm drüben am Eichenportal des Palazzos. »Der Herr kommt!«

Sofort eilten Stallmeister und Kutscher zum Wagen.

Nino fuhr zusammen. »Verrate uns nicht, Meister. Bitte.« Er zog Cecco mit fort, beide entschwanden im Durchstieg zwischen den Wirtschaftsgebäuden.

Der Leibwächter drückte Michele grob beiseite. Doch del Monte, im schwarzen Talar und auf dem Haupt den schwarzen Hut mit goldverziertem rotem Band, schnippte die behandschuhten Finger. »Zu viel des Guten, Herkules. Während der Fahrt zum Palazzo der Dominikaner ist der Maler mein Gast.«

Langsam rollte die Kutsche aus dem hohen Tor. Zum ersten Mal saß Michele so nah neben dem Herrn. Sein dunkel-herbes Parfum reizte in der Brust, er versuchte, den Husten aufzuhalten, musste sich dann doch zum Seitenfenster wenden, musste keuchen, atmete einige Male kurz und schnell, bis er den Anfall unterdrückt hatte … Draußen warteten Passanten, um das Gespann vorbeizulassen. Im Vorbeifahren fiel ihm der untersetzte Kerl mit der flachen Mütze auf. Dieser schläfrige Blick? Das sonderbare Lächeln …? Es war d'Arpinos

Leibwächter. Oder? Nein, kein Zweifel, es musste dieser Boris gewesen sein. Was hatte er …?

»Bitte schließ den Vorhang. Damit wir ungestört von Gaffern sind.« Die Hand federte auf Micheles Knien. »Mein lieber Freund. Wir werden nicht gleich zum Stall der Hunde des Herrn fahren. Du verzeihst die banale Umschreibung für unsere Dominikaner, aber bei ihrem schier hündischen Eifer, der Inquisition zu dienen, legen sie selbst mir diesen Spottbegriff auf die Zunge.« Er benetzte die fast schwärzlichen Lippen. »Wir nehmen den Umweg über Sant'Angelo. Dort erwarten mich einige Schriftstücke, die mir den Hintergrund der letzten Anhörung Giordano Brunos noch etwas erhellen sollen. Du bist mit seinem beklagenswerten Los vertraut?«

»Ich weiß nicht viel mehr, als was man auf der Straße über ihn erzählt. Er muss ein kluger Mann sein.«

»Nein, nein, klug ist er wahrhaftig nicht. Sonst säße er nicht seit bald acht Jahren im Kerker.« Del Monte seufzte. »Bruno verfügt über eine hohe Intelligenz, ist über die Maßen gebildet, und seine Thesen wagen sich weit über die verkrusteten Horizonte der kirchlichen Lehrmeinung hinaus. Wäre er überdies noch klug, so hätte er längst widerrufen, wäre inzwischen auf protestantischem Boden, um von dort aus an seinen Theorien weiterzuarbeiten … Aber so …« Ein Schlenker zeigte die leere Handfläche. »Er wird heute vom Dominikanergeneral Beccaria zum letzten Mal verhört, und ich ahne seine Antworten im Voraus.«

»Er widerruft nicht.« Michele nickte zustimmend. »Bruno sagt zu allem Nein. Ich hatte schon einmal den Wunsch, diesen Mann zu malen. Könntet Ihr nicht die Erlaubnis für mich erwirken?«

»Still, mein Freund.« Eine leise, doch bestimmte Ermahnung. »Jede offen gezeigte Nähe zu Bruno zieht dich, wie auch mich, sofort in den Kreis der Verdächtigen. Und ich habe wahrhaft andere Pläne für mein Leben, als ausgerechnet von Großinquisitor Bellarmin verfolgt zu werden. Und du bist gerade dabei, deine größte Chance zu verwirklichen. Also …« Unvermittelt brach del Monte ab, wischte Giordano Bruno beiseite und sah seinen Maler mit neuem Interesse an. »Welches Problem konnte nicht bis heute Abend warten, damit wir es in der Ruhe meiner Bibliothek durchsprechen?«

»Es geht um verschiedene Fingerzeige. Sie werden die Spannung der Bildkomposition bestimmen. Da ich heute mit der Stellprobe beginnen möchte, wollte ich vorher Euren Rat dazu einholen.« Michele entrollte die drei Skizzen und legte sie nebeneinander auf sein Knie. »Nehmen wir zunächst diese beiden Hände. Ich habe sie der Schöpfung von Michelangelo Buonarotti entnommen. Eine von beiden möchte ich Jesus geben ...?« Michele zögerte, sah den Kardinal an. »In Wahrheit will ich Jesus die Hand Adams geben. Jedermann kennt die Gesten aus der Sixtina, jeder wird dann wissen, dass ich den Gottessohn als einfachen Menschen dargestellt habe. Trotz Andeutung eines Strahlenkranzes. Auf alle anderen himmlischen Beigaben, mit denen ihn meine Kollegen gern darstellen, möchte ich ohnehin verzichten.«

»Mein Rat ist einfach: Du hast dich entschieden. Also male.« Mit hoch gewölbten Brauen sah del Monte seinen Schützling an. »Es wird Aufregung geben, vielleicht werden einige Frömmler sogar Anstoß nehmen. Aber das ertragen wir gern, nicht wahr?« Er deutete auf die dritte Skizze. »Wem hast du diese Hand zugedacht?«

»Den ausgestreckten Zeigefinger möchte ich Matthäus geben. Diesen Moment der Handlung werde ich malen. Seht Ihr?« Zur Demonstration hob Michele das Blatt vor seine Brust. »Indem Matthäus auf den Nachbarn zeigt, fragt er Jesus: Meint Ihr mich oder ihn ...?«

»Bist du dir sicher, dass dies ein guter Gedanke ist? Schließlich wirst du nicht immer unter dem Gemälde stehen können, um dem Betrachter diese Erklärung zu geben.«

Ohne das Blatt zu senken, reckte Michele das Kinn und sah del Monte fordernd an. »Das will ich auch nicht.«

»Du beabsichtigst ...?« Die Lippen spannten sich zu einem Lächeln. »Ein Rätsel? Der Betrachter soll im Unklaren bleiben, wen Christus auffordert?«

»Es sei denn, er lebt sich ins Bild hinein. Dann wird er sich denken können, was Matthäus den Herrn fragt und warum er auf den Nachbarn zeigt.«

Nun lachte del Monte in sich hinein. »Die frommen Wächter verlangen von euch Künstlern Eindeutigkeit in der Aussage der Kirchenbilder. Die Richtung muss klar gewiesen werden. Und du ...?« Einige

Male tanzten nun die Finger auf Michels Knie. »Du sicherst dich ab, indem du Christus mit einer der zurzeit berühmtesten Handgesten, den Apostel berufen lässt … wer wagte schon Michelangelo Buonarotti zu kritisieren … dazu gibst du einer Person noch diesen gestreckten Zeigefinger, der aber auf einen Nachbarn weist.« Del Monte fand mehr und mehr Gefallen an dem Gedanken. »Es gibt Richtungshinweise wie befohlen, gerade sie aber stiften erst recht Unklarheit, stellen das Rätsel auf.«

Die offene Zustimmung wärmte Michele. Mit einem Mal ertrug er ohne Atembeschwerden den Geruch des Parfums. »Und sollte ich Petrus mit aufs Bild nehmen, so wird er die Geste von Jesus nachahmen, aber ungenauer und schwächer …«

»Gottes Stellvertreter auf Erden hat nur wenig von der wahren göttlichen Kraft. Das ist große Kritik, ausgeübt mit scheinbaren Kleinigkeiten. Mein lieber, lieber Freund, allein diese Vorüberlegungen lassen mich stolz auf dich sein. Nun kann ich es kaum erwarten, das Bild in natura zu sehen. Du solltest nicht länger zögern …«

Ein sanftes Ruckeln unterbrach ihn. Mit den Fingerspitzen schob er den Vorhang etwas zur Seite. »Wie im Flug ist mir die Fahrt vergangen.« Als die Kutsche hielt, neigte er sich etwas näher zum Fenster und sprach mehr zu sich selbst. »Die Sache mit Bruno scheint heute ernster zu werden, als ich annahm.« Er wandte sich an Michele. »Du wirst von hier aus zu Fuß gehen müssen. Dort draußen erwartet mich anstatt einiger seiner Schriftstücke der ehrenwerte Kardinal Camillo Borghese selbst.«

Der Schlag wurde geöffnet, hilfreiche Hände reckten sich. Halb hatte sich del Monte bereits hinausgezwängt, als er innehielt und Michele aufforderte, ihm zu folgen.

Der zweite Wagen hielt zwischen den Bäumen etwas abseits des hohen Eisentors zum Innenhof von Sant'Angelo. Nur kurz gelang Michele ein Blick auf das Wappen – ein gekrönter Adler stand mit weit gespannten Schwingen über dem goldfarbenen Flügeldrachen –, dann schoben sich zwei Diener wie zufällig davor und verdeckten es.

»Bruder Francesco«, Kardinal Borghese hob nur andeutungsweise die Hände zur Umarmung, dabei musterte er Michele mit scharfem Blick. »Ich ahnte nicht, dass Ihr einen Gast mitbringt?«

»Bruder Camillo.« Auch del Monte beließ es bei dem Ansatz einer herzlichen Begrüßung. »Es ist nur ein ›Carpe diem‹. Ich wollte rasch die Gelegenheit nutzen und Euch meinen Schützling vorstellen.«

Der kräftige Haarwuchs Borgheses wucherte unterhalb der Ohren weiter, bedeckte zur Hälfte die Wangenseiten. Von den Mundwinkeln hinab markierten zwei ausrasierte Bogenfurchen den Kinnbart. »Zu gütig, werter Freund.« Bei jedem Wort vibrierte das dunkle Haargeflecht über der Oberlippe. »An einem Tag wie heute steht mir der Sinn nicht nach Zerstreuung.«

Del Monte entwertete die Spitze mit einem nachsichtigen Lächeln. »Ich denke, Euer Sprengel in Jesi hat genügend Blumengärten, an denen Ihr Euch erfreuen könnt. Hier aber bringe ich den Mann, der es versteht, den Moment so festzuhalten, dass er für alle zur Augenweide wird. Bruder Camillo, ich bringe Euch einen Maler aus Caravaggio …«

»Caravaggio?«, unterbrach Borghese. Neugierde erwachte in den Augen. »Ist das nicht der Ort vor Mailand, aus dem auch dieses neue Talent stammt? Wer hat mir von ihm berichtet? Ja, mein Freund Vincenzo Giustiniani und … Es war noch ein Sammler aus unseren Kreisen. Beide schwärmten mir von einem Merdisi vor.«

»Merisi«, verbesserte Michele gereizt. Erst glaubt er, ich wäre ein Lustknabe, und jetzt verdreht er meinen Namen. »Verzeiht, der Maler heißt Michelangelo Merisi da Caravaggio.«

Del Monte bemerkte, dass sein Schützling die geballte Faust hinter dem Rücken verbarg, und legte ihm die Hand auf die Schulter. »Das hier ist das große Talent, von dem Ihr gehört habt. Der Maler, der uns alle noch in Erstaunen versetzen wird.«

Vergessen war jede Spur von Ablehnung. Wohlgefallen erhellte das strenge Gesicht. »Junger Mann, da ich mich auf das Urteil meiner Freunde verlassen kann, betrachtet mich als künftigen Kunden.« Und zu del Monte gewandt, setzte Borghese hinzu: »Bruder Francesco, hiermit bitte ich Euch, mich künftig über Fortschritte und Erfolge Eures Schützlings zu informieren.« Der Moment war vorüber, die Stimme wurde ernst und geschäftig: »Nun aber sollten wir uns dem bitteren Alltag stellen …«

Ehe del Monte ihn entlassen konnte, verneigte sich Michele knapp und eilte in Richtung Tiberbrücke davon. Er hatte fast auf der anderen Flussseite die Statuen der beiden Apostel erreicht, als unvermittelt der Leibwächter d'Arpinos aus dem Schatten des rechten Sockels trat und sich zwischen Petrus und Paulus aufbaute.

Woher weiß er …? Es blieb keine Zeit, darüber nachzudenken. Nicht stehen bleiben, befahl sich Michele. Es ist helllichter Tag. Hinter dem Russen, am Ende des Richtplatzes, entdeckte er zwei Wachleute. Sonst verhasst, jetzt aber war ihm ihr Anblick hochwillkommen. Er verlangsamte den Schritt. »Was willst du?«

Keine Antwort. Boris verschränkte die Arme vor der Brust.

Wenn ich schnell bin, schaffe ich es an ihm vorbei.

Zwei junge Burschen schlenderten näher und blieben wie zufällig rechts neben dem Leibwächter stehen. Leicht bauschte sich der Mantel des einen, und Michele entdeckte den knorrigen Knüppel in dessen Faust. Das Herz pulste hinter den Schläfen. Die drei gehören zusammen. Rechts der Fluchtweg an Petrus vorbei war versperrt. Nur eine Chance blieb.

Jetzt sofort … Michele stürzte nach vorn, versuchte es linkerhand. Keiner hielt ihn auf. Wie Tänzer bewegten sich die Helfer nur wenige Schritte und versperrten den Fluchtweg geradeaus über den Richtplatz. Michele musste ganz nach links zur Uferstraße ausweichen. Nun sprangen die beiden ihm hinterher, hetzten ihn wie Hunde. Nach gut hundert Schritt fehlte Michele der Atem, die Seitenstiche nahmen zu. In Höhe der Tor di Nona überholten sie ihn. Ein Schlag traf seine Halsseite, und er stolperte seitwärts in die Tordurchfahrt zum Gefängnisturm. Ehe er das Gleichgewicht zurückfand, fielen sie über ihn her. Fausthiebe gegen das Herz, in den Magen, wieder und wieder. Michele krümmte sich. Nicht aufgeben. Er ruderte mit den Fäusten, traf keinen Gegner, er drehte sich, griff erneut an. Sie lachten und sprangen um ihn herum. Dann schwangen sie die Knüppel und prügelten auf den Rücken ein. Michele brach in die Knie.

»Wartet!« Die Peiniger ließen von ihm ab.

Michele hob mühsam den Kopf, er sah an Boris hoch, fand endlich das Gesicht. »Wieso …? Was hab ich … getan?«

Das Lächeln blieb auf den Lippen. »Einen Glückwunsch soll ich bringen von meinem Herrn. Glückwunsch zum schönen Auftrag für die Kirche.«

Mit dem Handballen stieß ihm der Russe gegen die Stirn. Kraftlos stürzte Michele rücklings zu Boden, schlug mit dem Hinterkopf aufs Pflaster. Er fühlte, wie sein rechter Arm lang gezerrt wurde, und öffnete wieder die Augen. Boris trat ihm auf die Hand, drehte die Stiefelsohle auf seinen Fingern, als wollte er Käfer zerquetschen. Michele schrie …

Endlich lockerte Boris das Gewicht, nahm den Fuß aber nicht zurück. Er ließ sich von einem der Helfer den Knüppel reichen. Kurze, harte Stöße trafen Micheles rechten Oberarm. Immer wieder stieß der Russe gezielt auf die Muskeln und Gelenke. Stiche von glühenden Nägeln. Sie versengten die Stimme, kein Stöhnen mehr, hilflos warf Michele den Kopf hin und her.

Unvermittelt brach der Leibwächter des berühmten d'Arpino die Folter ab und beugte sich hinunter. Ohne jede Regung betrachtete er das Opfer. »Soll heute nur ein kleiner Gruß sein.«

Ein Wink für die Helfer. Michele hörte Schritte, sie entfernten sich rasch. Stille. Wie betäubt lag er da. Was ist mit mir? Er fand keine Antwort. Er mühte sich hoch, stöhnte, ein nicht enden wollender Schmerz durchfuhr den rechten Arm bis in die Finger, nur mit dem linken vermochte er sich aufzuhelfen. Jeder Atemzug bedeutete neue Qual. Weshalb? Geld bin ich d'Arpino nicht schuldig. Er besah seine Hand. Mittel- und Zeigefinger waren angeschwollen. Nur langsam vermochte er sie zu bewegen. Nichts schien gebrochen. »Ein Gruß?« Übelkeit stieg und er übergab sich. Die Bilder. »Ich muss malen …« Jetzt wusste er das Warum. Diese heimtückische Bande. Unter qualvollem Stöhnen versuchte er den rechten Arm zu heben, es gelang nur bis in Schulterhöhe, dann nahm der Schmerz den Atem. Aus der Ohnmacht flackerte Zorn. Michele raffte sich hoch. D' Arpino, du und deine sauberen Freunde, ihr werdet euch wundern. Er torkelte durch die düstere Toreinfahrt zurück auf die Uferstraße. Und wenn ich den Pinsel zwischen die Zähne nehmen muss, selbst dann bin ich immer noch besser als ihr. Um mich zu erledigen, hättet ihr mich totschlagen müssen. Erneute Schwäche, er musste sich an eine Hauswand lehnen. »Ja, totschlagen …«, flüsterte er. »Jetzt aber seht euch vor. Ihr alle, auch du, Baglione. Wartet nur …«

Kein Stern stürzte auf die Erde, die Sintflut blieb aus, keine Pest brach über die Bürger Roms herein, nach den ersten zwei Januarwochen schwiegen die düsteren Propheten in den Straßen der Stadt. Die Wende zwischen 1599 und 1600 war glückhaft bestanden. Für die Bürger hatte das neue Jahrhundert seine Schrecken verloren.

In der Nähe von San Salvatore in Campo wurde Michele nach kurzem Läuten der Hausglocke vom Diener eingelassen. »Die Künstler sind vollzählig erschienen …«

»Kein Wunder, wenn es Geld gibt.« Michele grinste im Vorbeigehen. »Zu den Malsitzungen waren sie nicht so pünktlich.«

»Signor Orsi hat schon mit der Auszahlung begonnen.«

Michele nahm zwei Stufen auf einmal. Oben im ersten Stock des kleinen Patrizierhauses stand die Tür zum Empfangssaal offen. »… Nein, es wird nicht nach Stunden bezahlt«, hörte er den Freund geduldig erklären. »Ihr wart alle damit einverstanden, dass wir pro Tag abrechnen. Und für die ›Berufung‹ hat der Meister euch zu drei Sitzungen gebeten. Das bedeutet …«

Kaum tauchte Michele in der Tür auf, als Prospero Orsi abbrach und die Hand ausstreckte. »Dort kommt der Meister. Begrüßt ihn mit mir.« Er klatschte vor, und die versammelten Modelle fielen mit ein.

Mario näherte sich lächelnd. »Bravo. Das Bild ist dir wirklich gelungen.« Mit leiser Stimme und betontem Wimpernschlag setzte er hinzu: »Und besonders gut bin ich gelungen.«

»Willst du mich etwa verführen?«, zischelte Michele halb im Scherz. »Als künftiger Ehemann einer prächtigen sizilianischen Sonnenblume solltest du dich schämen. Oder bereust du's schon?«

»Spotte nicht!« Mario schob die Unterlippe vor. »Ich kann doch nicht anders, das weißt du.«

Michele ließ ihn stehen und winkte den anderen mit der linken Hand. »Danke, Freunde …« Trotz der intensiven Behandlung durch Doktor Mancini damals, gleich nach dem Überfall bei der Tor di Nona, verspürte er immer noch heftige Stiche im rechten Schultergelenk. Mit Arnikatinktur und Essig war wenigstens der Hand und den Fingern rasch geholfen gewesen, sodass er schon nach einer Woche den Pinsel wieder hatte führen können, zwar unter Schmerzen, aber mit sicherer Hand. »Ihr wart mir lieber als die berufsmäßigen Modelle. Und ihr wart besser.«

»Dann bezahlt uns auch besser«, forderte Jesus. Gleich fand er Unterstützung bei Petrus. »Schließlich soll das Gemälde in einer Kirche hängen.«

Michele senkte den Kopf. Von unten starrte er die beiden Männer an. »Ausgerechnet ihr beschwert euch? Seid dankbar, dass ihr überhaupt zu erkennen seid.« Seine Linke sank auf den Degenknauf, gefährlich langsam trat er einen Schritt auf sie zu. »Von euch hab ich nur die Hände gebraucht. Auf dein Gesicht, Jesus, hätte ich ganz verzichten können, der Heiligenkranz wäre genug gewesen. Und von dir, verehrter Paulus, hätte der Hinterkopf ausgereicht. Im Grunde steht euch demnach Lohn für einen Tag zu …«

»Keinen Streit ums schnöde Geld«, unterbrach der Agent und stellte den Geldbeutel schwungvoll auf den Tisch. »Schon gar nicht, wenn es um Kunst geht.« Es war als Scherz gemeint, und er schmunzelte, bis ihm klar wurde, dass außer ihm niemand den Scherz verstanden hatte. »Pro Tag gibt es zwanzig Baiocchi.« Er zählte nacheinander jedem die Münzen hin, auch Jesus und Petrus erhielten den vollen Lohn. Nachdem Matthäus sich bedankt hatte, zog Prospero die Lederschlaufen des Beutels wieder zu.

»Und ich?« Mario streckte ihm die Hand hin.

»Du auch?« Fragend sah der Agent zu Michele. »Habt ihr das ausgemacht?«

»Wieso du?« Die Zornader schwoll Michele auf der Stirn. »Bis jetzt habe ich dir noch nie …«

»Ich muss, sagt Filiberta.« Hilflos hob Mario die Hände. »Wir gründen eine Familie, sagt sie, und da muss jeder Baiocchi gespart werden. Bitte versteh doch, Filiberta rechnet gut.«

»Zahl ihn aus.« Michele wandte sich an alle. »Nochmals Dank. Dich, Frederico, sehe ich morgen wieder, als Matthäus bei der nächsten Stellprobe.« Betont sachlich betrachtete er Mario. »Dich, Minitti, benötige ich auch. Und zwar als Edelmann …« Er dehnte die Pause. »Falls aber deine Braut etwas einzuwenden hat, so sag es gleich …«

»Rede nicht so mit mir, bitte. Filiberta hat nichts dagegen. Wenn ich dir nur …«

Michele hörte nicht mehr hin, er wandte sich zum Fenster und blickte hinaus. Kaum hatten die anderen Männer den Saal verlassen, versuchte es Mario erneut. »Willst du dich an mir rächen? Oder warum behandelst du mich so abfällig?«

Du Verräter sollst ruhig etwas zappeln. Die Strafe hast du verdient. Ohne sich umzuwenden, tat Michele überrascht: »Abfällig? Ich? Das meinst du nur, weil du ein schlechtes Gewissen hast.«

Unten eilten die Modelle aus dem Haus. Nach kurzem Handschlag trennten sie sich. Sein Matthäus ging hinüber zu San Salvatore. Vor der Kirche traten ihm drei Stutzer in den Weg und hielten ihn auf.

Mario versuchte es wieder. »Ich habe dir nichts getan. Und unsere Freundschaft ist mir wichtig, das hab ich Filiberta schon gesagt.«

»Ich glaub's dir.« Michele winkte ihm. »Komm her, schnell. Siehst du die Kerle da beim Matthäus? Der in der Mitte ist Ranuccio Tomassoni, aber wer sind die beiden anderen?«

Prospero kam nun auch zum Fenster. Nach kurzem Blick seufzte er. »Kümmer dich nicht darum. Da sind drei junge Männer auf der Straße, mehr nicht.«

»Und wieso ist Ranuccio dabei? Warum tauchen sie gerade jetzt auf? Und warum reden sie ausgerechnet mit meinem Matthäus?«

»Zufall.« Der Agent hob die Brauen, bemühte sich um einen gelassenen Ton. »Bestimmt schleppt dieser Tomassoni die beiden Fremden als neue Kunden zu Fillide. Schließlich ist er ihr Zuhälter. Und vor der Kirche da hinten haben sie Frederico getroffen. Vielleicht kennt ihn sogar einer von den beiden? Und jetzt unterhalten sie sich.«

Michele wischte die Argumente mit einer Handbewegung weg. »Das sind mir zu viele Zufälle.« Er fasste Mario an der Schulter. »Geh rüber zu ihnen. Ranuccio kennst du auch. Also stell dich einfach dazu und versuch, etwas rauszufinden. Nun geh schon!« Beinah grob schob er ihn zur Tür.

Kaum hatte sich die Tür geschlossen, rieb Michele die Fingerknöchel an den Zähnen. »Ich werde beobachtet.«

»Das bildest du dir ein.«

»Doch, doch.« Michele wies zu der Gruppe hinüber. »Mag sein, dass die Kerle da drüben zufällig aufgetaucht sind. Und weil der Sohn von Hauptmann Tomassoni zu uns gehört, ist mein Verdacht sicher unbegründet. Aber sonst …? Wenn ich den Palazzo verlasse, steht immer irgendjemand in der Nähe vom Tor, steht einfach da rum. Nie ist es derselbe Mann, dafür sind die zu geschickt. Und wenn ich rüber zu San Luigi gehe, dann lungert im Hauptschiff auch immer einer. Erst geht er vor zum Hauptaltar, und langsam nähert er sich der Contarelli-Kapelle. Guck ich zu ihm rüber, dreht er sich weg. Selbst gestern beim Palazzo Colonna, als ich Paola abgeholt habe …«

»Schluss damit!« Eine steile Falte stand dem Agenten auf der Stirn. »Das redest du dir ein. Verzeih das offene Wort: Ich glaube, du suchst nur nach einer Rechtfertigung für deinen Degen. Drei Mal bist du jetzt schon wegen unerlaubten Waffentragens verhaftet worden.« Prospero faltete die Hände vor der Brust. »Du schadest dir. Hör auf mich. Einige Leute nennen dich bereits in einem Atemzug mit diesen Raufbolden, den Söhnen der reichen Patrizier, die sich in den Spelunken herumtreiben und sich nachts in den Straßen wilde Kämpfe liefern. Ich nenne da nur Onorio Longhi, und dieser Tomassoni gehört auch dazu. Außerdem: dieses verfluchte Ballspiel …«

»Was willst du von mir?«, blaffte ihn Michele an. »Ich rede davon, dass mich diese Malersippe der Akademie auf Schritt und Tritt verfolgt, und du predigst mir von Wohlverhalten.« In der Erregung stieß sich Michele immer wieder den Zeigefinger an die Brust. »Ich arbeite schwer, male Tag für Tag. Da wird es mir ja wohl gestattet sein, mich am Abend mit Freunden zu treffen und ein wenig Spaß zu haben.« Ihm wurde heiß, und er zerrte an der Halsschlaufe seines Hemdes. »Und wenn es dir nicht passt …? Verflucht, ich komme auch ohne dich …«

»Nicht weiter …!« Kein Befehl, eher ein erschreckter Aufschrei. Gleich senkte Prospero den Kopf. »Bitte. Zerstöre nichts. Ich bin nicht dein Feind. Im Gegenteil. So viele Jahre begleite ich dich …«

Michele atmete aus, spürte, wie sich der Zorn in seiner Brust legte. Er wollte den Freund nicht verletzen. »Verzeih. Ich weiß, du meinst es nur gut mit mir. Aber seit dem Überfall, seit diese Hunde versucht haben, mir den rechten Arm und die Hand zu zerschlagen, muss ich auf der Hut sein. Deswegen trage ich den Degen. Ist mir doch gleich, ob es verboten ist. Ich hab die Waffe von Kardinal del Monte. Das sag ich dem Hauptmann der Schergen, wenn er mich verhört, und jedes Mal lässt er mich sofort wieder laufen.«

»Bis jetzt. Ich hoffe inständig, dass du nicht mal an den Falschen gerätst, der dir daraus einen Strick dreht. Nur hochgestellte Persönlichkeiten haben die Erlaubnis, in der Stadt Waffen zu tragen.«

Michele ergriff den Arm des Freundes. »Glaub mir, Cesari und seine Akademie-Sippe, die wollen mich vernichten. Und bei Gott, dass wird ihnen nie gelingen.«

Dienstag der 8. Februar 1600 ...

Im Palast des Kardinals Madruzzi, dem Vorsitzenden des Heiligen Offiziums, drückten die Gerichtsdiener den Angeklagten Giordano Bruno vor dem Tisch auf die Knie. Er trug den weißen Habit seines Ordens. Die nach hinten abgestreifte Kapuze hatte sich im Skapulier, dem Überwurf, verklemmt und zeigte den ausgemergelten Hals, die blauroten Folterspuren auf den knochigen Schultern. Zu hastig hatten die abgeordneten Brüder seines Ordens ihm die Kluft übergestreift.

Der Rechtsprokurator der Inquisition erhob sich, grüßte zu Kardinal Madruzzi hinüber und wartete mit gefurchter Stirn, bis die Beisitzer neben ihm ihr privates Getuschel beendet hatten, dann erst fasste sein kühler Blick nach dem Knienden. »Kraft meines Amtes verlese ich das Urteil gegen Filippo Bruno,

der sich selbst Giordano Bruno nennt,

der zu Nola im Jahre 1548 geboren,

der sich durch seine ketzerischen Thesen verdächtig gemacht,

der vor nunmehr sieben Jahren der Inquisition übergeben wurde,

der verhört, immer wieder brüderlich ermahnt und schließlich von den hervorragendsten Theologen verdammt wurde.

So vernehmt alle den Beschluss der Richter ...«

Wie ein weißer Sack hing die Kutte an dem dürren Leib. Für eine Weile gelang es Bruno, aufrecht zu knien, dann aber wankte er, sank in sich zusammen. Gleich waren die frommen Helfer zur Stelle, stießen dem Geschwächten in die Seiten, bis er wieder mühsam den Rücken durchdrückte.

Der Sprecher des Heiligen Gerichts hob die Stimme, scharf schlugen seine Sätze auf den Angeklagten nieder: »So fällen wir heute das Urteil gegen den Bruder Giordano Bruno und erklären ihn als verstockten und hartnäckigen Häretiker …«

Zustimmend schob Kardinal Madruzzi die Unterlippe vor und zurück.

»… Von nun an sollst du ausgestoßen sein aus unsrer priesterlichen Gemeinschaft und aus unserer heiligen und unbefleckten Kirche, deren Gnade du nicht mehr würdig bist … wir verfügen und ordnen an, dass du der weltlichen Gerichtsbarkeit des hier anwesenden Statthalters von Rom übergeben wirst, auf dass die Strafe an dir vollzogen wird, die du verdienst. Obwohl wir inbrünstig beten …«

»Ihr …!«

Der Wortpfeil schnellte auf den Richtertisch zu. Erschreckt hielt der Prokurator inne, den Beisitzern wich die satte Zufriedenheit aus den Gesichtern.

»Ihr Handlanger der nun triumphierenden Bestie auf dem Stuhle Petri …« Die Sehne war erneut gespannt, mit ungeahnter Kraft erhob sich der Angeklagte, streckte den Arm, streckte den Finger, vor dessen glühender Spitze die Herren sich zurückbogen. »Ihr … Gewiss habt Ihr mehr Furcht, die Ihr mein Urteil verkündet, als ich, der es empfängt!«

»Schweig!«

Schon wollten die Kuttenknechte eingreifen, doch das Aufbäumen hatte den letzten Vorrat verzehrt. Giordano Bruno brach in sich zusammen, schlug zu Boden, dort wand er sich, versuchte, den Körper hochzustemmen, vermochte aber nur den Kopf anzuheben.

Diese Aufmerksamkeit genügte dem Gericht. »Weiterhin verdammen wir, verwerfen wir und verbieten wir alle deine Bücher und Schriften als ketzerisch und irrig und bestimmen, dass sie öffentlich vernichtet und auf den Stufen von Sankt Peter verbrannt werden mögen …«

Donnerstag, den 17. Februar 1600 …

Die Glocke schlug … sechs Mal, jeder Schlag einzeln und hart, ohne Nachklang. Immer noch war es dunkel. An der Straßenabsperrung vor dem Stadtgefängnis Tor di Nona gegenüber von Sant'Angelo verstummten die Gespräche der wenigen Wartenden. Paola drängte sich enger an Micheles Seite. »Halt mich warm, Liebster.«

Vor einer Stunde hatte er sie am Palazzo Colonna abgeholt und mit ihr den Weg zum Campo de' Fiori eingeschlagen. Zwei Straßenecken weiter, als mehr und mehr Menschen mit schwankenden Lichtern in dieselbe Richtung strebten, war Paola stehen geblieben. Sie hatte die Blendlaterne angehoben, sodass der Schein ihre beiden Gesichter erhellte. »Wenn wir sofort zur Hinrichtungsstätte gehen, nur um uns einen guten Platz zu sichern, sind wir Gaffer wie alle hier. Und das will ich nicht. Ich musste der Herrin schon im letzten Jahr versprechen, falls Giordano Bruno verurteilt wird, dann soll ich ihn auf seinem letzten Weg begleiten.«

Das Schaben und Klirren der schweren Eisengitter drang herüber. Weit hinter dem Durchgang öffneten sich beide Torflügel, und vier Fackelträger traten aus dem düsteren Turm. Rasch näherten sie sich und warteten bei der Einmündung zur Uferstraße. Eine Gruppe folgte ihnen, rechts und links eskortiert von je drei Fackeln. Michele verengte die Augen, nur langsam konnte er einzelne Personen ausmachen. Mönche in hellen oder dunklen Kutten, sie alle hatten die Kapuzen übergestülpt. Dann, Schritt für Schritt immer genauer, zeigte sich die Gestalt in der Mitte. Ein hoher Papierhut schwankte auf dem Kopf, das helle, mit einem Strick gebundene Leinenhemd reichte bis zu den Knöcheln. Im flackernden Lichtschein schien der Stoff mit Rot und Gold besudelt. Der Zug hielt, kurze Befehle des Hauptmanns, und paarweise reihte sich Ordensbruder zu Ordensbruder hinter dem Verurteilten ein.

»Da sind Teufelsfratzen draufgemalt«, hauchte Paola und zeigte zur spitzen Kopfbedeckung. Michele nickte nur, er betrachtete voller Bitterkeit die von unten hochlodernden Flammenzeichen auf dem Büßerhemd. »Sie können es gar nicht abwarten. Bruno soll schon auf dem Weg zum Scheiterhaufen brennen.«

Ein erneuter Befehl. Ein Ruck am Halsstrick. Der Zug setzte sich wieder in Bewegung. Für einen Moment war das bleiche Gesicht zu erkennen.

»Nein«, stöhnte Paola, ihre Schultern zitterten, und Michele schluckte heftig. Ein Knebelball hielt die Lippen weit auseinander, er war zu groß, hatte beide Mundwinkel aufgerissen, verkrustete Blutbahnen schwärzten Wangen und Kinn. Der Henker hatte ihm das Lederknäuel in den Rachen gestoßen und mit einem Riemen hinter dem Kopf festgezurrt. »So sehr fürchten die Richter seine letzten Worte, dass sie ihn vorher schon zum Schweigen gebracht haben.«

An der Tiberbrücke begannen die Mönche zu singen, dunkle getragene Litaneien. Aus allen Seitengassen strömten die Bürger hinzu, und als der Morgen heraufzog, wälzte sich tiefer in der Stadt ein Menschenstrom durch die enge Straße und ergoss sich auf den Campo de' Fiori. Dort aber warteten bereits Schaulustige. Streit entbrannte. Flüche, Prügelei. Nur mit hartem Einsatz der Schlagstöcke gelang es den Wachleuten, Ruhe und Ordnung wiederherzustellen, dann erst schafften sie für den Gefangenen und seine Begleiter eine Gasse vorbei an der Ehrentribüne zum Scheiterhaufen vor der französischen Botschaft.

Im Osten färbte sich der Himmel über den Dächern. Blutsknechte zerrten und hievten Giordano Bruno die kurze Leiter hinauf. Auf dem Podest über dem geschichteten Holzstoß erwartete der Henker sein Opfer. Breitbeinig stand er da, rot die Kappe, rot der Umhang. Sein Blick war zur Tribüne gerichtet. Die ersten Strahlen der Sonne griffen nach ihm. Und als wären sie ein eisiger Hauch, erstarb jedes Geräusch, Stille fiel über den weiten Platz.

In seiner Loge hob der Vorsitzende des Heiligen Offiziums die Hand. Die begleitende Zeremonie durfte beginnen. Junge Mönche eilten zur Mitte, umstellten den Scheiterhaufen, alle Orden waren vertreten.

Paola stieß Michele an. »Da. Ich glaub, da vorn ist dein Bruder.« Sie deutete zu den Jesuiten hinüber. »Ganz sicher, es ist Giovanni Battista.« Jetzt stimmten alle Mönche einen Choral an, sangen aus voller Brust. Paola hob das Gesicht. »Siehst du ihn?«

Auch Michele hatte den Bruder entdeckt. Im ersten Augenblick verspürte er Freude … Hab dich so lange nicht gesehen … dicht hintereinander schlichen sie als Buben durchs Schilfmoor bei Caravaggio … sie hatten fünf Frösche und sechs gelb gezackte Molche gefangen, welch stolze Beute für einen Nachmittag … Beim zweiten Hinsehen betrachtete er den Bruder wirklich. Wie du beim Singen das Maul so fromm verziehst, und du guckst, als würdest du dem armen Kerl da auf dem Scheiterhaufen ein fröhliches Ständchen bringen. Alles in Michele sträubte sich. Verdammt, ich sehe dir von Weitem an, wie du dich freust, dass es bald wieder einen Ketzer weniger gibt.

»Gianni ist mir egal«, brummte er. »Er passt genau zu den Kuttenkitteln da vorn, diesem scheinheiligen Jesuitenpack.«

»Nicht, Lieber.« Paola strich sanft über seinen Handrücken. »Immerhin ist er dein Bruder. Ganz sicher ist er von seinem Oberen zu dem Chor dort abgeordnet worden. Meine Herrin hält viel von ihm. Sie sagt, dass er gute Aussichten hat, in seinem Orden die Karriereleiter noch weit aufzusteigen.«

»Das glaub ich gern.« Der Spott schmeckte bitter auf der Zunge.

Ein Raunen ging durch die Menge. Die beiden Henkersknechte führten den Verurteilten bis an den Rand des Podestes, damit die Gäste auf der Tribüne nichts verpassten, und zerrissen ihm das Büßerhemd vom Hals bis hinunter zu den Knöcheln. Nackt, nur mit den Teufelsfratzen auf dem Kopf, stand Giordano Bruno da. Sein ohnmächtiger Anblick schürte den Zorn in Michele. Neben ihm rollten Paola die Tränen über die Wangen. »Ich ... ich verstehe es einfach nicht«, stammelte sie. Brunos Oberkörper war übersät mit schwärzlichen Löchern. Sie hatten ihm glühende Eisen ins Fleisch gestoßen. Die Arme hingen verdreht und leblos an den Seiten. Als sie ihn übers Rad flochten, hatten sie ihm die Glieder aus den Gelenken gerissen. »Keine Tiere ... das waren Menschen, die ihm das angetan haben.«

»Bestien waren es ...« Michele fühlte einen leichten Schlag im Rücken, fuhr herum, die geballte Faust schon erhoben.

»Friede ... ich bin's nur.« Bernardo, der Bruder von Meister d'Arpino, zwang sich ein dünnes Lächeln ab. »Hab euch hier stehen sehen und dachte, besser ich schaue mir diesen Mord da nicht alleine an.«

Ranuccio Tomassoni schlängelte sich nun auch zwischen den Umstehenden hindurch. »Der Arme ist mit einem Mal empfindsam«, spottete er, und die Flügel der scharfkantigen Nase blähten sich. »Dabei habe ich ihn nur gefragt, ob wir nachher vom Henker ein Stück Braten ...«

»Halt endlich dein gottloses Maul.«

»Schon gut, schon gut«, beschwichtigte Ranuccio, seine wasserhellen Augen aber lachten weiter, er musste den nächsten Scherz noch loswerden; ein schneller Blick zu den Nachbarn, dann flüsterte er Michele zu: »Schreit er? Oder schreit er nicht? Wie wär's mit einer kleinen Wette? Um einen Giulio. Ich sag, er schreit? Was sagst du?«

Fassungslos starrte Michele ihn an, dann, als müsse er Paola schützen, zog er sie hinter sich, ehe er dem hageren Kumpan an den Kragen ging. »Noch ein Wort«, knurrte er leise. »Und ich zerschlag dir deine Glasnase.«

»Ich ergebe mich.« Ranuccio stöhnte ihm den Atem ins Gesicht. »Du also auch? Was seid ihr nur für Memmen? Da wird ein verfluchter Lutheraner hingerichtet. Mehr nicht. Den Tod hat er verdient. Und ihr macht Gesichter, als hätte man euch Essig eingeschenkt.«

Michele ließ ihn los. »Sind eben nicht alle so wie du. Und sie verbrennen ihn als Ketzer.«

»Ob nun Lutheraner oder Ketzer, die sind doch alle gleich.« Die Lust zu scherzen war dem schrill gekleideten Zuhälter von Fillide vergangen, er stellte sich neben Bernardo, rieb sich den Nasenrücken, sagte aber nichts mehr.

Paola kam aus ihrem Versteck, blieb jedoch in Micheles Arm. Aus dieser Geborgenheit wagte sie wieder zur Richtstätte hinüberzusehen.

Giordano Bruno war inzwischen an den Pfahl gebunden worden, dicke Stricke hatten sie ihm um Beine, Leib und Hals geschnürt. Aus den vom Knebel eingerissenen Mundwinkeln lief frisches Blut, tropfte auf den abgemagerten Brustkorb.

Der Henker verließ mit seinen Knechten das Podest. In den Reihen der Tribüne reckten sich die Vornehmen, in den Fenstern der französischen Botschaft lehnten sich die Beamten der Kurie weit nach vorn, hinter ihnen tauchten mehr und mehr Gesichter auf. Der Gesang rund um den Scheiterhaufen riss ab. Wie einstudiert zogen sich die jungen Mönche einige Schritte vom Holzstoß zurück und gaben freien Raum für die Arbeit des Henkers.

Nacheinander hielt der Meister vier Fackeln über den Gluttopf, sorgte sich um jede, prüfte, bis der getränkte Lappenkopf sicher loderte, und gab sie an seine Knechte weiter, die letzte, größere blieb ihm vorbehalten. Er war bereit. Die Brust gereckt, blickte er zum obersten Richter des Heiligen Offiziums. Kardinal Madruzzi wulste die Unterlippe einige Male vor und zurück, dann gab er dem römischen Statthalter ein Zeichen. Der reckte für alle sichtbar die Hand, sie verharrte, dann fuhr sie hinab. Ein geübtes Miteinander, ein Schauspiel der menschlichen Allmacht. Der Henker verständigte sich mit seinen Männern, und zugleich stießen sie an jeder Seite des Haufens den Brand in die vorbereiteten Pulvernester. Vier Stichflammen leckten hoch, verloren sich halb, setzten im Innern des Haufens neue Nester in Brand, und allmählich griff das Feuer ins feuchte Holz.

»Agnus Dei, qui tollis …«

Michele fuhr zusammen, sah zu den Mönchen neben der Tribüne. »… peccata mundi …« Diese Stimme. Klar und Hell. Er kannte diese Tenorstimme. Sein Bruder war einen Schritt aus der Reihe getreten, sang voller Inbrunst. »… dona eis requiem …« Jetzt fielen die anderen Mönche ein.

»Warum hältst du nicht das Maul«, murmelte er.

»Was sagst du?« Paola zog an seinem Arm.

»Ich mein Gianni. Da verbrennen sie einen Mann, der ganz sicher kein Verbrecher ist, und ausgerechnet er muss sich nach vorn drängen.«

»Gianni gehört nun mal dazu … Ach, lass ihn doch. Ich …« Sie rieb sich die Stirn, wollte nicht hinsehen und konnte den Blick doch nicht abwenden.

Das Feuer hatte sich durch den Holzstoß nach oben gefressen, erste Flammen leckten den Pfahl hinauf und erfassten die Füße und den nackten Leib. Ein Dominikaner trat dicht zum Scheiterhaufen. Mit beiden Händen hob er eine lange Stange, an deren Ende ein Kruzifix befestigt war. Er führte den Gekreuzigten nah vors Antlitz des Verurteilten. »Bereue«, schrie er hinauf. »Bereue! Bereue!«

Giordano Bruno wandte den Kopf zur Seite. War es Absicht? Oder Schwäche? Das Kreuz prallte einige Male gegen sein Gesicht, traf hart den gestopften, blutigen Mund, ehe der Dominikaner es aufgab, den Verstockten noch im letzten Moment vor der Verdammnis zu retten.

Kein Schmerzensschrei war ihm erlaubt. Giordano Bruno starb, sein Leichnam verkohlte, und als der Scheiterhaufen in sich zusammenstürzte, sprühte ein Universum an Sternenfunken aus der Asche.

Während um sie herum Klatschen und Zustimmung aufbrandeten, barg Paola die Stirn an Micheles Brust. Er streichelte ihr übers Haar, wusste sonst keinen Trost.

Ranuccio schob sich an ihnen vorbei. »Du hättest die Wette gewonnen«, stichelte er. »Aber du wolltest ja nicht.« Gleich ging er weiter und schlug Bernardo auf die Schulter. »Glückwunsch. Ich hab gehört, dass dein Bruder vom Papst für seine Malerei zum Ritter erhoben wurde. Nun hat er's endgültig geschafft.« Mit Blick auf Michele betonte er: »Giuseppe Cesari Cavalier d'Arpino. Das klingt doch gut. So weit schaffen es andere nie.«

»Was willst du damit sagen?« Michele löste sich von Paola.

»Na, du schaffst es ja nicht einmal, mit deinem ersten großen Auftrag rechtzeitig fertig zu werden.«

»Wer behauptet das?«, Michele ging auf den Spötter los. »Ich werde fertig. Eins der Bilder hab ich schon, und mit dem anderen bin ich auch schon sehr weit. Verflucht, ich halte den Termin! Auch wenn es schwer ist.« Seine Wut steigerte sich mit jedem Wort. »Aber solche Nichtstuer wie du haben keine Ahnung, was Arbeit heißt. Ich sollte dich …«

Gleich stellte sich Bernardo vor ihn. »Keinen Streit. Nicht hier. Hört auf …«

»Herrgott, was ist los mit dir, Merisi?« Ranuccio wackelte mit dem schmalen Kopf und schlug sich die flache Hand auf die Brust. »War doch nur Spaß. Wieso verstehst du das nicht?«

13

Sommerhitze in Rom. Seit dem Mittag des 3. Juli waren Wolken aufgezogen, sie brachten unerträgliche Schwüle, es wollte, musste endlich Erlösung geben, doch der bleierne Himmel öffnete sich nicht. Erst spät am Abend wirbelte unvermittelt Wind durch die dunklen Straßen und Gassen, trieb Staub und vertrockneten Unrat vor sich her, ihm folgte der Sturzregen. Wassermassen überfluteten die engen Gassen rund um die Piazza Navona, in Strömen zogen sie vorbei am Wohnsitz Kardinal del Montes und bildeten vor San Luigi einen kleinen See. Bald schon brach das Unwetter ab, eilte mit dem Wind und hinterließ eine schmale Mondsichel hoch oben im Sternenmeer.

Aus Richtung der Via della Scorfa näherten sich drei Gestalten, bis auf einen Spalt hatten sie ihre Laternen abgeblendet. Jeglichem Licht an den Hauseingängen wichen sie aus und wateten vor San Luigi durch die riesige Pfütze zum Eichenportal. Eisen schabte gegen Eisen, ein kurzes, hartes Knacken, das Schloss war gebrochen. Wenig nur schwang einer der Flügel auf, und die Männer schlüpften hinein.

»Wartet.« Nahe dem Weihwasserbecken reichte der Anführer jedem der Kumpane eine kleine verkorkte Flasche. »Seid vorsichtig damit. Und vergesst nicht. Kleine Spritzer genügen. Das Zeug soll die Bilder nicht ganz zerstören, nur anfressen. Folgt mir, ich zeig euch, wo sie hängen.« Er öffnete die Blende seiner Laterne, huschte durch den Mittelgang des Hauptschiffes, und vor dem Altarraum bog er nach links ab. Hinter ihm stolperte einer der Männer, kein lautes

Geräusch und doch hallte der Doppeltritt durch den Kirchenraum. Aus dem Dunkel tauchte der Eingang zur Grabkapelle des Matteo Contarelli auf. »Wir brauchen mehr Licht.« Die beiden Helfer drehten nun auch die Dochte höher und stellten ihre Laternen auf einen Marmorsockel, rückten sie, bis die riesigen Gemälde an beiden Seitenwänden angestrahlt wurden. Rahmen aus rohem Holz. Für die Einweihung am nächsten Tag waren die Kunstwerke nur notdürftig von den Zimmerleuten eingefasst worden. »Ihr beide nehmt das linke. Denkt dran. Wir sollen Figuren in der Mitte treffen. Also los!« Sie streiften sich Handschuhe über. Neugierig öffnete einer sein Fläschchen. Beißender Geruch nach Salmiak und Schwefel breitete sich aus. »Bist du wahnsinnig? Den Korken drauf!«, fauchte der Anführer. »Nicht jetzt, erst wenn du davorstehst. Und dann hältst du besser die Luft an.« Der Anführer näherte sich rechts dem »Martyrium«, seine Kumpane gingen nach links zur »Berufung«.

Weiter hinten an der Stirnwand entstand kurzes Flattern, dann wirbelten zwei schwarze Schemen aus der Finsternis des Altars nach vorn. Einer landete direkt vor dem Anführer. Ein Fußtritt zwischen die Beine, ein Kopfstoß gegen die Stirn. Der andere prallte vor der linken Seitenwand gegen beide Männer, riss sie zu Boden, sprang wieder hoch, die blanke Waffe in der Faust. Auch dem anderen sprang der Degen in die Faust. Rücken an Rücken standen sie kampfbereit da, schienen abzuwarten. Schnell erholten sich die Einbrecher von der Überraschung. »Wer seid ihr?«, forderte der Anführer. Keine Antwort. Langsam ließen die Schwarzen ihre Klingen hin und her fahren, das Licht der Laternen blitzte auf dem geschliffenen Stahl.

»Macht das Maul auf!« Nichts. »Wird's bald!« Keine Reaktion. »Dann verreckt.«

In vielen Kämpfen geübt, rissen jetzt die drei Männer gleichzeitig die Degen aus der Scheide und griffen an.

Als hätten die Schweigenden nur darauf gewartet, schlugen sie geschickt die schnell züngelnden Spitzen beiseite, setzten selbst zum Stoß an, wichen zurück, stießen wieder vor, und dann tänzelten sie. Kein Hieb der Gegner fand sein Ziel. Galt der Rundschlag den Füßen, so sprangen sie, sollte die Spitze den Körper durchbohren, so bogen sie ihn mühelos zur Seite. Die vergeblichen Versuche steigerten die Wut der Einbrecher. Unterdrückte Flüche, Keuchen. Ihre Gegner wirbelten ins Dunkel, waren nicht mehr auszumachen, gleich kehrten sie an anderer Stelle ins Licht zurück, und wilder noch entbrannte der Kampf. Stahl gegen Stahl. Funken sprühten. Mitten in der Bewegung hielten die Schwarzen inne, nickten sich zu, dann fauchten ihre Klingen kreuzweise durch die Luft. Kein Spielen mehr. Der erste Stich ging dem einen durch den Oberarm, der zweite bohrte sich in den Schenkel des anderen. Erschreckte Schreie, nicht genug, ein schneller Querstreich schnitt beiden Helfern die Mundwinkel auf. Blut quoll und erstickte das Stöhnen. »Verschwindet!« Schon holte der Schwarze wieder aus. Nur entsetztes Brabbeln. So rasch es die Verletzungen erlaubten, schleppten sich die beiden davon.

Die zweite dunkle Gestalt hatte den Anführer an die Seitenwand neben das »Martyrium« gezwungen, die Degenspitze drückte gegen den Kehlkopf. »Lass dein Messer fallen!« Die Waffe klirrte zu Boden, mit dem Fuß trat der Sieger sie beiseite. »Runter auf die Knie!« Der Anführer gehorchte. Nur für einen Augenblick bedrohte die Spitze nicht mehr seinen Hals, da zückte er in einem Anflug von Tollkühnheit das Fläschchen aus der Tasche. »Rührt mich nicht an, sonst brenn ich euch.«

Kaum ausgesprochen, ritzten beide Degen ihm die Halsseiten auf. Er brüllte. Geduldig warteten die Schwarzen. Als er nur noch vor sich hin stöhnte, sagte einer von ihnen. »So lange du noch was hören kannst: Ich bin Pacco, und mein Freund hier ist Tippo.«

»Teufel seid ihr.«

Da kicherten beide. »Nicht schlecht geraten.« Tippo schnappte ihm die kleine Flasche weg, sein Degen glitt in die Scheide, dann zog er den Korken ab und rollte die Augen. »Das Zeug riecht nach Hölle.« Er beugte sich zu dem Anführer hinunter. »Und du meinst, es brennt?« Auf die Antwort wartete er nicht, sondern goss ihm einen Schwall auf beide Hände. Zischend fraß sich die Säure in die Haut. Wieder schrie der Anführer. Mit einem harten Ruck riss ihm Pacco den Hemdkragen ab und stopfte ihm damit den Mund. »In der Kirche soll man leise sein. Hast du das nicht als Kind gelernt?« Beide hockten sich nun neben ihn. »Bis zum Morgen haben wir Zeit, mit dir zu spielen.« Tippo tätschelte dem Zuckenden das Knie. Und Pacco versicherte: »Bis dahin hast du uns alles erzählt, was wir wissen wollen.«

Der Tag war neu. Heute ohne gestern, dachte Michele und beugte sich über die Waschschüssel, alle Mühe, alle Sorgen der letzten Monate zählten nicht mehr. Mehrmals schöpfte er Wasser mit den Handmulden und wusch sich Augen und Hals. Nicht genug. Nicht heute. Er tauchte das ganze Gesicht ein, prustete, auch ein Teil des Haares wurde nass. Vielleicht hätte ich gestern besser mal baden sollen? Er trocknete sich ab und ahmte den Tonfall seines Agenten nach. »Nur jetzt nicht übertreiben.«

Am Tisch zögerte er, ließ dann doch den Weinkrug unberührt und füllte sich den Becher mit Wasser. »Erst heute Abend saufe ich. Egal, ob die Leute klatschen oder pfeifen, den guten Schluck hab ich verdient.«

Von seinem Fenster aus konnte er zum Himmel hinauf oder hinab in den Innenhof des Palazzos und weiter drüben auf die Stallungen sehen. Er reckte sich, über ihm das Blau, und die Sonne bestrahlte den Giebel der Scheune. »Ist noch zu früh.« Erst um zehn sollten die Bilder enthüllt werden. »Was soll's, ich bin nicht aufgeregt.« Er kämmte mit den Fingern die Haarmähne aus den Schläfen. »Aber nachschauen sollte ich, ob sie noch gut hängen. Nicht dass sich ein Rahmenholz gelöst hat und das »Martyrium« schief an der Wand hängt. Darauf achten Pacco und Tippo bestimmt nicht.«

Tippo und Pacco. Erst hatte er seinem Agenten gar nichts von den beiden sagen wollen, dann aber war Prospero Orsi gestern Nachmittag unerwartet in die Kirche gekommen, hatte die Stirn gerunzelt und die Schausteller beäugt. »Darf ich fragen …«

»Das sind meine Wächter.« Michele hatte den Freund in eine Nische gezogen. »Ich weiß, dass niemand die Bilder stehlen kann, weil sie zu groß sind. Und doch will ich sichergehen. Deshalb habe ich die beiden angeheuert. Es sind Schwertkünstler …«

»Du und deine Angst. Meinetwegen. Wo hast du sie aufgetrieben?«

Michele zeigte ihm die offene Handfläche, fuhr den Linien nach.

»Ein schönes Weib hat sie mir vermittelt.« Er ahmte die Stimme nach: »›Zehn Baiocchi für jeden. Und fünf für mich.‹ Erinnerst du dich?«

»Estrella? Unsere Wahrsagerin, diese Diebin?«

»Lass sie das nicht hören. Ich glaube, sie würde dir sofort wieder eine Lektion erteilen.« In der Erinnerung hatte Michele den Freund vergnügt angelacht.

Auf dem Weg zur Ateliertür kam er wieder am Tisch vorbei. Der Weinkrug. »So werd ich ruhiger.« Mit dieser Entschuldigung goss er sich den Becher randvoll und leerte ihn, ohne abzusetzen. Wärme dehnte die enge Brust.

Draußen sprang er die Stufen hinunter und verließ leise pfeifend den Palazzo. Niemand trieb sich in der Nähe des Portals herum. »Selbst für Spione ist es noch zu früh.« Die Luft war frisch. Tief sog er den Atem ein. Der Morgen begann gut. Gegen neun Uhr wollten die Oberen von San Luigi sich mit Prospero treffen und ihm das Honorar ausbezahlen. »Fünfzig Scudi Vorschuss hab ich schon. Also noch dreihundertfünfzig. Für das Geld muss ein Richter gut ein Jahr die Leute verurteilen. Ich werde bezahlt wie die Großen in Rom.« Michele schaute zum Himmel. »Das hätte vor einem Jahr niemand geglaubt.« Er rieb sich die Nase. »Außer mir. Und Prospero? Bei ihm bin ich mir nicht so ganz sicher. Er will meinen Erfolg, will ihn aber langsamer. Und Paola? Sie wünscht mir nur das Beste, dabei ist ihr der Erfolg nicht so wichtig. Also …« Michele klatschte einmal in die Hände, das Echo kam von den Hauswänden zurück: »Nur ich allein glaube an mich.«

Er verengte die Augen. Das Portal von San Luigi stand halb offen? Davor wartete Ranuccio. Wieso …?

Kaum hatte der Sohn des Hauptmanns Tomassoni den Maler entdeckt, als er die Hand hob und ihm entgegenkam. »Gut, dass du kommst.«

»Was ist …?« Michele spürte den Magen und ging schneller auf die Kirche zu. Um ein Haar wäre er im Modder der verdunsteten Regenpfütze ausgerutscht. »Sind meine Bilder noch da?«

»Keine Angst. Alles ist in Ordnung. Ich hab mich schon überzeugt. Sei froh, dass ich vorbeigekommen bin.« Die Stimme wurde lauter. »War reiner Zufall.«

»Danke. Bist ein guter Freund.« Michele stürmte in den Kirchenraum, und Ranuccio folgte ihm auf dem Fuß. »Aber es hat wohl nicht viel gefehlt ...«

Lichter flackerten am Eingang zur Grabkapelle. Von oben aber drang das Morgenlicht durchs Fenster und fiel auf die »Berufung«. So wollte ich es haben, dachte Michele flüchtig beim Näherkommen, drei Mal soll die Szene beleuchtet werden: von meinem geheimen Licht, dann durchs Fenster auf dem Bild und dazu durchs wirkliche Fenster von da oben.

Zwischen Pacco und Tippo entdeckte er den zusammengekauerten Mann. »Wir haben ihn für dich aufbewahrt, Meister.« Pacco drohte seinem Partner spielerisch mit dem Finger. »Geh ja vorsichtig mit unserem Liebling um. So, und nun zeig dem Meister sein Gesicht, vielleicht kennt er ihn ja.« Pacco packte ins Haar und bog den Kopf zurück.

Dunkel geschwollene Augen, die zerschlagene Nase, die aufgeplatzten Lippen, Michele starrte auf das schwärzlich geronnene Blut an den Halsseiten.

Neben ihm entfuhr Ranuccio zischend der Atem durch die Zähne. »Beim Satan, den habt ihr aber zugerichtet.«

Michele schüttelte den Kopf. »Nie gesehen.«

»Also wir, der gute Tippo und ich, wir schlafen schon süß ...« Auf bewusst kindliche Weise schilderte Pacco, was in der Nacht vorgefallen war, aus Stichen wurden Stubser, aus Wunden kleine Kratzer. »Dieser Schelm und seine Freunde wollten dir einen Streich spielen ...«

»Lass mich weitererzählen ...« Die ganze Zeit über wollte sich Tippo einmischen, nun war es ihm gelungen. Er rollte die Augen. »Ein böser Streich, Meister. Ich führe ihn dir vor.« Schon hatte er das Fläschchen entkorkt und träufelte dem Gefangenen die ätzende Flüssigkeit auf den Wamsärmel.

»Nein ...«, flehte der Mann, »nein ...« Er starrte auf den Fleck, der sich in den Stoff hineinfraß, bald begann er zu wimmern.

»Wirst du wohl still sein!« Tippo schlug ihm auf die blutigen Lippen und sah zu dem Maler auf. »Bist du zufrieden mit uns, Meister?«

»Gute Arbeit. Wer hat die Kerle geschickt?«

»Immer wieder haben wir es mit aller Liebe versucht, aber nichts. Er weiß nur von einem Fremden. Der hat sie in einer Spelunke unten am Tiber angeheuert. Mehr konnten wir nicht herausfinden.«

In Michele schmerzten die Gedanken. Die Akademie-Sippe hat versucht, meine Ausstellung zu verhindern. Sie wollten meine Bilder und mich zerstören. Das ist offener Kampf.

»Wir sollten den Schelm im Tiber ersäufen«, schlug Tippo mit treuherziger Stimme vor, »das kostet nichts extra.«

»Nur keinen Mord!«, warnte Ranuccio entsetzt und fasste Micheles Arm. »Lass ihn laufen. Er hat wirklich schon genug.«

»Die Wache …?«

Kaum ausgesprochen, da erstarrten die Schwertkünstler, hörte der Verletzte auf zu stöhnen, und Ranuccio wich zwei Schritte zurück.

Mit bitterem Lächeln winkte Michele ab. »War nicht ernst gemeint.« Draußen schlug die Glocke. Schon acht, um neun kommen die Auftraggeber. Beim Anblick des Kerls wird den frommen Herrn der Atem stocken. Da entdeckte er auch noch Blutspuren auf dem Marmorboden, sie führten von der Kapelle durchs Hauptschiff zum Ausgang. Michele trat dicht vor den Mann. »Ich weiß, wer dich geschickt hat. Heute lass ich dich laufen. Aber wehe dir! Das nächste Mal überlebst du nicht. Bestell deinen sauberen Herren, dass Michelangelo Merisi keine Angst vor ihnen hat. Aber in Zukunft sollten sie Angst vor mir haben. Denn ich vergesse nichts. Und jetzt weg mit dir!«

Tippo zog den Einbrecher auf die Füße. Mit einem Schlenker hatte er ein Messer in der Hand, und ehe Michele begriff, hatte er seinem Opfer das halbe rechte Ohr abgetrennt. Der Schausteller wartete den Schrei ab, nutzte das Atemholen und ermahnte: »Damit du nicht vergisst, was der Meister gesagt hat.« Er stopfte ihm das blutige Stück in die Wamstasche. »Nur zur Erinnerung. Und jetzt lauf!« Mit einem Tritt jagte er den Mann davon.

Ranuccio Tomassoni wischte sich den Nacken. »Ich gehe jetzt besser auch und werde mal sehen, was Filide so treibt.«

Als Michele ihn ansah, ließ er linkisch die Arme schlenkern, seine Augen irrten zu den Gemälden. »Aber ich komme heute noch mal vorbei.«

»Was ich sagen wollte … Von den anderen habe ich in den letzten Tagen nichts gesehen.« Michele lächelte und tippte ihm die Faust gegen die Schulter. »Du bist der Einzige von unserer Clique, der sich für meinen großen Tag interessiert. Dafür wollte ich dir danken.«

»Mach ich gern«, sichtlich erleichtert breitete sich Feixen übers schmale Gesicht. »Du kennst mich doch. Ich hab oft ein loses Maul, aber wenn's drauf ankommt, ist Ranuccio für seine Freunde da. Bis später.«

Michele winkte ihm nach, dann wandte er sich an die Schwertkünstler. »Ich bin nur froh, dass ihr für mich arbeitet. Als Feind möchte ich euch nicht begegnen. Schon gar nicht im Dunkeln.«

»Wen Estrella mag, den mögen wir auch.« Tippo gab sich sanft und unschuldig. »Wenn sie sagt, dem Meister und seinen Bildern darf nichts geschehen, dann geschieht auch nichts. So sind wir eben.«

Das Gedränge nimmt immer noch zu, dachte Michele, und die Luft hier wird schlechter und schlechter. Durst hab ich. Jetzt einen schönen Roten …

Bei der Eröffnung hatten sich nur seine Auftraggeber, die Abgesandten der französischen Botschaft und einige Mitglieder der Kongregation von San Luigi eingefunden. Höfliches Klatschen, warme Worte, und vor den Gemälden beobachtete man unauffällig den Nachbarn. Erst wenn dessen Miene sich erhellte und ihm gar ein Lob über die Lippen kam, erst dann erwärmte man sich selbst für die Kunstwerke. »Sagt, Meister, wo befindet sich die Lichtquelle für das ›Martyrium‹ …?« »Liege ich richtig, wenn ich behaupte, dass Ihr Personen aus dem Alltag als Vorlage benutzt habt …?«

Bei erster Gelegenheit hatte Michele seinem Agenten zugeraunt: »Du hast mir versprochen, ganz Rom würde hier auftauchen. Verflucht, wo bleiben denn die Leute?«

»Warte ab. Wer was auf sich hält, der steht nicht in aller Herrgottsfrühe auf, der lässt sich Zeit. Und wer wirklich einen Namen hat, der kommt ohnehin später.«

Prospero hatte recht behalten. Aus dem Rinnsal war ein Strom geworden. Inzwischen scharte sich eine Traube von Besuchern vor der Grabkapelle des Matteo Contarelli. »Nur was vom Licht angestrahlt wird, hat der Meister herausgearbeitet. Alles andere hat er weggelassen. Solche Gemälde gab's noch nie …« Immer neue Menschen drängten sich zu den Bildern. Sie hatten draußen auf der Straße davon gehört, wollten sich selbst überzeugen. »Eine Revolution in der Malerei …« Prospero hatte das Gerücht verbreitet, und binnen weniger Stunden war die Saat aufgegangen, und sie wucherte weiter. Rastlos zwängte er sich durch die Menge, stets auf der Suche nach einem bedeutenden Gast, nach einem betuchten Gönner, den er zu seinem Schützling führen konnte, doch die Erhofften waren bisher nicht erschienen. Lange schon hatte Michele keine Fragen mehr beantworten müssen. Er wechselte seine Position, verließ die »Berufung« und stellte sich an der gegenüberliegenden Wand unter das »Martyrium«. »Zur Seite. Weg da. Weg mit dir!« Ein in blauen Samt gekleideter Patrizier winkte ungehalten. »Die ungepflegten Zottel auf deinem Kopf stören mich bei der Andacht.«

Michele zeigte ihm die Faust und rührte sich nicht.

»Nun gehorche. Deine Gegenwart entweiht diese wundervollen Kunstwerke.« Der grauschläfige Geck zupfte erregt an den Hemdrüschen vor seiner Brust. »Was hat solch ein ungehobelter Bursche überhaupt hier zu suchen?«

»Ich habe die Bilder gemalt, du vertrottelter Ochse.«

»Unverschämter Kerl …«

»Ein Irrtum …« Prospero hatte hinter sich den letzten Wortwechsel mitbekommen, fuhr herum und versuchte sofort zu glätten. »Gewiss ein Irrtum. Bitte …«

»Will ich wohl meinen«, empörte sich der Patrizier im blauen Samt. »Dieser freche Lümmel behauptet, der Maler dieser Kunstwerke zu sein.«

»Aber er ist es, werter Herr. Vor Euch steht der Meister persönlich …«

»Was …?« Blässe überzog das Gesicht. »Wie peinlich …« Der Geck wandte sich ab, strebte, so rasch es ihm möglich war, davon.

»Bitte sei höflich«, flüsterte Prospero, »vor allem versuch zu lächeln. Dein Publikum soll dich lieben.«

»Idiot«, schnaufte Michele, »ich will nicht geheiratet werden. Ich will Bilder verkaufen, neue Aufträge bekommen.«

»Das eine hat etwas mit dem anderen zu tun.« Prospero strich ihm über den Arm. »Aber das erkläre ich dir später.«

Michele hörte nicht mehr zu. Ihre Augen, der strahlende Blick. Paola drängte sich durch die Besucher. Er ging ihr entgegen. Wenn ich ihr Lächeln hätte, dachte er, dann müsste sich Prospero um die Gunst des Publikums keine Sorgen machen.

Paola fasste ihn an beiden Händen. »Ich freue mich so für dich.« Gleich senkte sie die Stimme, gehörte schon zu ihm. »So viele Leute … Wunderbar. Herzlichen Glückwunsch. Und …? War der Kardinal schon da?«

»Noch nicht«, Michele wollte sie an sich ziehen, doch da fühlte er die Hand des Freundes auf der Schulter. »Untersteht euch. Dieses Aufsehen sollten wir hier vermeiden. Heute gehörst du der Malerei und deinen Bewunderern.«

»Du hast mir gar nichts …«

»Er hat recht, Lieber.« Paola drückte Michele sanft die Fingerkuppen auf die Lippen. »Steh den Tag durch. Ich muss wieder zurück.« Sie hob sich auf die Zehnspitzen, »aber Kammerherr Carlo hat mir die Nacht freigegeben«, raunte sie ihm ins Ohr. »Ich komme zu dir und so ganz zum Schluss hab ich eine Überraschung für dich.«

»Aber was …?«

Sie war schon auf dem Weg, drehte die rechte Hand in der Luft, als wäre sie eine Puppenspielerin.

Nahe dem Portal musste sie einem Riesen ausweichen. Herkules, der Leibwächter Del Montes, betrat armschwingend das Gotteshaus. Das Auf und Ab der Fäuste, dazu sein Knurren genügten. Bereitwillig traten die Besucher beiseite, und sobald der Leibwächter eine Gasse durch den Mittelgang bis zum Hauptaltar geschaffen hatte, folgten ihm die erlauchten Herren.

Der Agent des Künstlers wurde durch Zuruf seines eigens dafür engagierten Türspions von der Ankunft informiert. Er zog Michele aus dem Gedränge und postierte sich mit ihm gut sichtbar in der Nähe der Kapelle. »Es sind die Großen und Reichen«, murmelte Prospero und faltete die Hände. »Guter Gott, hab Dank.« Voran schritt Kardinal Del Monte in Begleitung von Kardinal Camillo Borghese, ihnen folgte in einer Gruppe von Patriziern der leicht hinkende Massimo d'Massimi, laut diskutierend mit seinem Nachbarn Ciriaco Mattei. »Sieh dir das an«, flüsterte Prospero, »selbst die verfehdeten Brüder Giustiniani hat es hergetrieben. Und sie gehen auch noch nebeneinander. Darauf darfst du dir wirklich etwas einbilden.«

Michele entdeckte die beiden Herren. Sie schritten der Gruppe hinterher. Abgesehen davon, dass sein Gönner Vincenzo sichtlich der jüngere war, ähnelten sich die Brüder sehr. Auch Benedetto hatte ein ausgeprägtes Kinn und diesen Berggrat als Nase. »So wie Kardinal Giustiniani daherkommt, scheint er doch ein freundlicher kluger Mann zu sein«, wunderte sich Michele und stieß die Spitze gleich hinterher: »Deshalb verstehe ich nicht, wieso ein gebildeter Mann wie er ausgerechnet für diesen roten Baglione schwärmen kann und sich sogar Bilder von ihm an die Wand hängt.«

»Untersteh dich … Bitte mäßige dich in der Wortwahl. Ganz gleich, was einer der Herren zu dir sagt, nimm es ruhig und souverän zur Kenntnis.«

»Wie soll ich sein?«

»Souverän … überlegen, also fluch nicht, aber küss auch keinen vor Begeisterung.«

Michele schnaufte nur, wartete, bis die vornehmen Gäste fast schon heran waren, erst dann erkundigte er sich mit scheinheiligem Ernst: »Verprügelt dich deine Livia eigentlich jede Woche? Oder nur einmal im Monat?«

»Was soll die Frage …?« Mitten im Satz brach Prospero ab, er verneigte sich, und als er wieder aufschaute, erstrahlte sein Gesicht neu. »Hochverehrte Eminenzen, seid uns willkommen. Auch Ihr, hochgeschätzte Herren. Wir sind überglücklich, dass Ihr uns, will sagen, dass Ihr meinem Schützling, dem aufstrebenden Talent Michelangelo Merisi, ein wenig von Eurer sicher knapp bemessenen Zeit opfert.«

Die umstehenden Besucher klatschten nach der Begrüßung, außer leichtem Kopfnicken gab es keinen Beifall aus dem Kreis der Würdigen. Del Monte wandte sich an den Kollegen Camillo, sprach laut genug, dass es auch die Übrigen vernehmen konnten: »Ich bin gewiss der Einzige, der schon einen Blick auf die Kunstwerke werfen durfte.« Er fächerte sich mit der behandschuhten Rechten etwas Luft zu. »Vor Jahren entdeckte ich den noch unbekannten Maler und gab ihm Kost und Unterkunft. Heute darf ich sagen: Mein Glaube ist belohnt worden.«

Kardinal Borghese wartete das allgemeine Hüsteln ab. »Lieber Freund, dies scheint mir eher ein Erfolg Eures sicheren Gespürs für Kunst denn des Glaubens zu sein.«

»Ich fasse den Begriff weiter. Für mich können Gemälde auch Gebete sein ...« Del Monte lächelte gewinnend. »Doch wir sind nicht hergekommen, um das Konzil von Trient neu auszulegen, sondern um das Werk dieses Malers aus Caravaggio zu bewundern.« Seine Geste lud Michele ein voranzugehen.

Staunendes Schweigen. Konzentriert wandten sich die Herren zwischen »Berufung« und »Martyrium« hin und her. Die Brüder Giustiniani betrachteten gemeinsam die Zollstube. »Gut ausgearbeitet im Detail«, äußerte sich Kardinal Benedetto, »doch als Ganzes recht schlicht. Hell und Dunkel. Kaum etwas dazwischen ...«

»Gerade das ist neu und so wunderbar«, ereiferte sich sein Bruder Vincenzo mit verhaltener Stimme. »Merisi erfindet die Malerei neu ...«

»Von wahrer Kunst verstehst du leider zu wenig.« Ein Schnitt in die immer offene Wunde. Sofort trennten sich die Brüder, jeder betrachtete nun allein die Gemälde.

Michele hatte ihr Gespräch mitgehört und an sich halten müssen, den Kardinal nicht zu beschimpfen. Aus der Gruppe heraus klatschte der füllige Mattei, gleich entschieden sich auch die anderen; sie spendeten dem Meister Beifall, gaben ihm sogar die Hand, hatten lobende Worte, und einige signalisierten dem Agenten, dass schon bald mit einem neuen Auftrag für den Künstler zu rechnen sei.

Kardinal Camillo Borghese ließ Michele den Ring küssen. »Du hast ein großes Talent, mein Sohn. Ich bin beeindruckt. Vielleicht hätte die Aussage klarer sein können, vielleicht auch das Gesicht des Apostels nicht so gewöhnlich. Doch ungeachtet dieser Mängel, bin ich wirklich sehr beeindruckt.« Er wandte sich zum Gehen. Del Monte nahm Michele rasch beiseite: »Das war ein Kompliment, glaub es nur. Ich bin stolz auf dich.« Völlig unerwartet und nicht der Würde seines Amtes gemäß, zeigte del Monte den Umstehenden den erhobenen Daumen. »Seid dankbar, meine Freunde, denn heute habt ihr einen großen Maler mit aus der Taufe gehoben.« Gereckten Hauptes und mit wehendem Mantel eilte er Borghese nach und gab mit einem Fingerschnippen seinem Leibwächter das Zeichen, für den sicheren Rückweg der Gruppe zu sorgen.

Prospero Orsi legte seinem Schützling den Arm um die Schultern und drückte ihn kurz an sich. »Geschafft. Morgen wird in allen Kanzleien des Vatikans von deinen Bildern gesprochen. Und spätestens übermorgen werden hier ganze Prozessionen von Neugierigen und Bewunderern auftauchen …«

»Du schwärmst ja richtig.« Michele sah ihn verwundert von der Seite an. »Das hätte ich dir gar nicht zugetraut!«

»Weil du scheinbar nicht begriffen hast, was gerade geschehen ist.« Der Agent nahm die Kopfbedeckung ab und trocknete sich mit einem Tuch die nackte Schädeldecke und das spärliche Haar an den Seiten. »Du bist schon ein besonderer Mensch. Seit Jahren träumst du von nichts anderem, und heute, da all deine Hoffnungen sich erfüllen, stehst du herum, als gehörtest du nicht hierher.«

Michele sah zu dem Gedränge vor seinen Bildern hinüber. Was hatte sein Kardinal zu ihm gesagt: Du kannst nicht immer dabeistehen und die Bedeutung erklären. Er tippte Prospero auf den Arm. »Glaubst du, einer von den Leuten da weiß, was ich mir beim Malen gedacht habe?«

Der Freund stutzte einen Moment, dann klärte ein Anflug von Lächeln seine Miene. »Ist das so wichtig? Bei meinen Grotesken erwarte ich, dass jeder den Kern findet. Aber in deinem Fall? Bei solchen Kunstwerken? Glaub mir, deine Kritiker und auch deine Bewunderer werden sich nie auf eine gültige Auslegung einigen können, jetzt nicht und auch in hundert Jahren nicht. Nimm doch die Bilder von Tizian, Raffael, nimm jeden der alten großen Meister. Was reden wir ach so klug über die Tiefe der Gedanken, die Motivationen der Künstler, und könnten wir sie fragen, was wirklich gemeint war, würden wir ihnen die vielleicht simple Antwort sogar übel nehmen. Weil wir uns selbst spiegeln wollen in der Auslegung …«

»Wenn das so ist, dann bis später.« Ohne es ernst zu meinen, wandte sich Michele ab und ging in Richtung Hauptaltar. Sofort hielt ihn Prospero am Wams fest. »Wo willst du hin?«

»Du hast es doch gerade selbst gesagt: In Wahrheit bin ich hier überflüssig. Meine Gemälde sind hier, sie genügen den Leuten.« Ehe der Freund erneut auf ihn einreden konnte, gestand er: »Ich hab Durst. Ich will sehen, ob ich irgendwo einen Wein bekomme. Den brauche ich jetzt dringender als …« Seine Miene verdüsterte sich. »O verflucht!« Mit dem Kopf deutete er zum Eingang hinüber. »Sieh mal, wer da kommt. Der große Meister, und er bringt seine ganz Sippe mit. Na wartet.«

Prospero schob Michele in Richtung des Chorraums. »Wenn du Durst hast, dann geh doch in die Sakristei. Der Küster von San Luigi weiß sicher, wo der Messwein aufbewahrt wird.«

»Ich rühr mich nicht hier weg«, knurrte Michele, »jetzt auf keinen Fall.«

Giuseppe Cesari eilte, flatterte beinah durch den Kirchenraum. Der spitze Kinnbart wippte bei jedem Schritt. In seinem Gefolge die Getreuen, allen voran Giovanni Baglione. Der Meister schien Michele gar nicht zu bemerken, wollte an ihm vorbei.

»Was willst du hier?« Michele hielt ihn auf und spuckte: »Werter d'Arpino?«

»Cavalier …«, laut und weithin vernehmlich wiederholte der Meister: »Giuseppe Cesari Cavalier d'Arpino. Ich weiß, für einen Naturburschen aus Caravaggio sind solche Ehrentitel sicher schwer zu behalten. Aber auf eine Begrüßung sollten wir nicht verzichten.« Er streckte ihm die Hand hin. Michele übersah sie, hob dafür langsam die geballte Rechte bis neben das Kinn, dort öffnete und schloss er sie. »Staunst du nicht, wie gut sich meine Finger bewegen?«

»Du sprichst in Rätseln …?«

»Davon hab ich noch mehr. Sicher wunderst du dich auch, dass meine Gemälde so eindrucksvoll und vor allem unversehrt dort hängen?«

»Dieser Tag scheint dir in den Kopf zu steigen.« D'Arpino glättete seinen Lippenbart. »Eindrucksvoll? Nun ja. Die erlauchten Mitglieder der Malerakademie wollen sich überzeugen, ob das, was ich hier in meinen Deckenfresken angelegt habe, in deinen Werken fortgesetzt wurde. Ich weiß, du bedienst dich vorzugsweise der Bildideen großer Kollegen.« Erwartungsvoll scharten sich seine Jünger um d'Arpino, auch von den Besuchern traten einige neugierig näher.

Schmerz, die Messerspitze steckte im Kopf, Michele versuchte, ein Aufstöhnen zu unterdrücken.

Für alle Umstehenden hob Cesari die Stimme. »Wer wird dies einem Emporkömmling verübeln wollen? Schließlich muss er sich des geistigen Handwerkszeuges, das andere sich in Bildung und langen Gesprächen bis hin zu Disputationen erworben haben, um es dann in ihrer Kunst umzusetzen, dieses Rüstzeuges muss er sich bemächtigen, indem er die Bildmotive geschickt kopiert.« D'Arpino betupfte sich mit zwei Fingern die Stirn. »Aber was tue ich? Zu wem sage ich das …? Kommt, Freunde!« Damit schritt er in die Grabkapelle.

»Wag dich nie wieder ohne Leibwächter auf die Straße …« Der Zorn loderte in Michele auf, er wollte dem Verhassten nach. Wieder wurde er von Prospero zurückgehalten. »Nicht, ich flehe dich an!«

»Dieser hinterhältige Schurke soll mich kennenlernen. Ich schlag ihm den Schädel ein.«

»Um Himmels willen. Ein Skandal hier in der Kirche wird alles vernichten. Und darauf hat er es abgesehen. Merkst du denn nicht, er will dich reizen. Bitte, Freund. Ertrag es. Nur dann hast du über ihn gesiegt. Hör auf mich!«

Michele hechelte, so trocken war seine Zunge. Immer wieder versuchte er zu schlucken, endlich gelang es, ruhiger ging der Atem. »Schon gut. Keine Sorge, ich rühr mich nicht.«

Vor den Gemälden befragte d'Arpino die Kollegen, forderte sie auf, sich zu äußern. Gemurmel entstand, gestreckte Finger zeichneten Linien in die Luft. Bald war wieder der Meister zu vernehmen: »Lauter, sprich lauter, geliebter Zuccaro, denn was diese Bilder betrifft, sprichst du mir und unseren Freunden aus dem Herzen. Sprich lauter, damit auch die einfachen Gemüter hier sich nicht blenden lassen.«

Erst folgte ein heftiges Hüsteln, dann mühte sich die heisere Stimme des Sechzigjährigen um Deutlichkeit: »Was ich sagte? Ich begreife den ganzen Lärm um dieses Bild nicht. Ich sehe hier nichts anderes als den Versuch, den Stil des großen Giorgione nachzuahmen. Dessen ›Berufung des heiligen Apostels‹ ist allerdings ein wahres Kunstwerk.«

»Sehr richtig.« Giovanni Baglione applaudierte ihm und plapperte das Gehörte nach: »Auch mir kam gleich das Gemälde von Giorgione in den Sinn.«

Frederico Zuccaro drängte schon aus der Kapelle und ging, ohne Michele auch nur eines Blickes zu würdigen, ins Hauptschiff. Die Malerkollegen schlossen sich nach und nach an. Ehe auch Baglione aufbrach, versuchte er, die Besucher zu belehren: »Seht zur Decke. Diese Fresken, sie sind wahre Kunst. Vergleicht sie mit diesen Bildern hier und fällt euer Urteil.«

Ein Mann zeigte auf die »Berufung«: »Bravo.« Eine Frau pflichtete ihm bei. »Wunderbar.« Sie klatschte und ermunterte die Freundinnen: »Beweist, dass ihr von Merisi begeistert seid.« Die Zustimmung wuchs rasch, unüberhörbar zeigten die Leute ihre Begeisterung für Michelangelo Merisi.

Giovanni Baglione zog den Kopf ein, das rote Haar quoll ihm über den Kragen, eilig folgte er d'Arpino und den anderen.

»Hast du sie gehört?«, flüsterte Michele. »Sie haben nur Spott für mich.«

Prospero verneinte entschieden mit der Hand. »Hörst du den Beifall der Besucher? Sie sind dein Publikum und nicht diese neidischen Kollegen.«

Spät am Abend ließ sich Michele von Paola an der Hand durch die halbdunklen Gänge des Palazzos führen. Vor den vier Stufen zur Wohnung hinauf erkundigte sie sich: »Brauchst du meinen Arm?«

»Ich bin nicht betrunken, mein das nur nicht.« Allein tappte er hinauf, fand sogar das Schlüsselloch und bat sie mit schwungvoller Geste herein. »Es ist noch Wein da.« Er zeigte zum Tisch. »Schenk uns ein. Jeder noch einen Becher und dann … dann wird geschlafen.« Ohne Halt ging Michele hinüber ins Atelier und stellte sich vor den Spiegel, näherte sich mit dem Gesicht, betrachtete es, prüfte die Zähne, rückte an der Nase, deckte es zur Hälfte ab, ließ die Hand wieder sinken und schnitt eine Fratze.

Leise war Paola hinter ihn getreten. »Suchst du dich, Liebster?«

»Wollte nur mal sehen, wie ein berühmter Maler aussieht.« Er schüttelte sich: »Scheußlich, sag ich dir. Ganz scheußlich.« Er bückte sich nach einem Tuch und verhängte den Spiegel, drehte sich nun von einer Seite zur anderen und tat so, als würde er sich begutachten, legte sogar die Hand unters Kinn und übte zu lächeln. »So gefalle ich mir schon viel besser.«

Sie umarmte ihn von hinten, schmiegte das Gesicht an seinen Rücken. »Mir bist du schön genug.«

Er nahm ihre Hände und küsste sie. »Der Tag ist vorbei«, flüsterte er. »Alle waren da … die Guten und die Bösen. Und ich lebe noch.«

»Dein Erfolg ist da. Niemand hat ihn mehr verdient als du.«

»Ja, endlich.« Er zog sie mit zum Tisch, reichte ihr den Becher. »Weißt du noch, damals? Ich sagte: Ich gehe nach Rom und werde berühmt. Und …?« Er setzte an und trank in einem Zug, wollte den Becher an die Wand werfen. »Untersteh dich!«, warnte Paola und schnappte nach seinem Handgelenk.

»Gut. Schon gut.« Übertrieben behutsam setzte er das Gefäß auf den Tisch, beugte sich vor und verschob es noch zwei Fingerbreit, als wäre dort der bessere Platz. »Ich habe Wort gehalten. Ab heute gehöre ich zu den großen Malern der Stadt.« Michele schüttelte langsam den Kopf. »Wenn es nur wahr bleibt … auch morgen.« Auf dem Weg zum Bett zog er das Wams aus, verlor sein Hemd und öffnete den Bund der Hose. Als er sich setzte, war sein Hintern bereits nackt. Müde strampelte er mit dem Stoffgewurstel an den Beinen. »Meine Beschützerin, hilfst du mir?« Er sank zurück, und sie streifte ihm Sandalen, Strümpfe und Hosen ab. Der Arm erreichte noch ihre Taille, so zog er Paola mit sanftem Ruck zu sich, bis sie quer über ihm lag. »Du bist meine einzige Decke«, murmelte er, und die Lider sanken. »Mit dir decke ich mich gern zu.«

Paola drehte sich so, dass sie mit dem Gesicht nahe dem seinen lag. »Liebster? Hörst du mich?«

»Klinge weiter, schöne Stimme.«

»Nicht so.« Sie zog ihn an der Nase. »Ich frage ganz ernst.«

Michele öffnete weit die Augen. »Glaubst du etwa, ich schlafe?«

Nun schob sie den Mund dicht an sein Ohr. »Kein Blut kommt mehr. Jetzt schon den vierten Monat nicht …« Sie wartete. Weil auch nach einigen Atemzügen keine Frage kam, knuffte sie ihm in die Seite und fragte: »Weißt du, was das bedeutet?«

»Was …?« Michele kehrte zurück. »Ich verstehe dich. Was bedeutet das?«

Ihre Lippen berührten sein Ohr. »Unser Kind, Liebster. Ich trage ein Kind.«

Halb wieder im Schlaf, lächelte Michele: »Ja, ein Kind wäre schön. Und eine Tochter. Aber verrate mich nicht. Und ab heute kann ich ihr eine Samtmütze kaufen und Schuhe aus Silber … Nein, besser nicht aus Silber … damit kann sie schlecht laufen …«

Paola lauschte, hoffte und hörte nur noch das tiefe Atmen. Sie richtete sich auf, sah das Lächeln seiner Lippen. »Ja, Liebster. Nimm unser Kind mit in den Traum. So seid ihr beide das erste Mal eng zusammen.« Sie kniete sich neben ihn und setzte sich auf die Fersen. Mit der Fingerkuppe fuhr sie sanft von der Unterlippe über das unrasierte Kinn den Hals hinunter. »Ich möchte auch ein Mädchen. Vertrau mir, Liebster, ich werde dir eine Tochter schenken. O ja. Und ich spüre schon, wen ich da im Bauch trage. Stark ist sie. Und immer mehr Platz braucht sie.« Paola streichelte seine Brust, umspielte die Höfe der Brustwarzen. »Du bist zu früh eingeschlafen, Liebster. Du hättest mich wenigstens vorher noch fragen können, ob ich deine Frau werden will.« Paola krauste die Nase, wiegte lange den Kopf. »Da sehe ich viele Nachteile … Aber was soll ich machen …« Sie betrachtete sein Gesicht und drückte ihm einen Kuss auf den Mund. »Also gut. Ich bin einverstanden.«

Wohlig streckte sie sich neben ihm aus, suchte mit der Wange einen weichen Platz an seiner Haut. »Und morgen, Liebster, erzähle ich dir, was wir heute Nacht alles beschlossen haben.«

14

Und Engel tragen das Haus … Unser Haus, dachte Paola, nicht groß, so klein wie das hier, das hätte schon genügt für das Mädchen, für Michele und mich. Durch den Tränenschleier verschwamm das Mauerwerk aus rotem Backstein im Licht der Kerzen.

Und Engel bringen die Sancta Casa, in der Maria geboren, in der ihr die Geburt Jesu verkündet wurde, von Nazareth übers Meer, zwei Mal ruhen sie aus, dann setzen sie das Haus am 10. Dezember bei Nacht nahe dem Ufer in einem Lorbeerhain bei Recanati ab …

»Ave Maria gratia plena …«

Paola schloss die Augen, neben ihr auf der harten Marmorstufe kniete die Herrin und betete zur Schwarzen Madonna von Loreto. Vor zehn Tagen war Marchesa Costanza nur in Begleitung ihrer engsten Dienerinnen von Rom zur Wallfahrt nach Loreto aufgebrochen, um heute am Jahrestag der wundersamen Hausverpflanzung in der Sancta Casa die heilige Messe zu feiern.

»… Dominus tecum …«

Ich weiß nicht, wie ich beten soll! In Paola zerbröckelte das kleine Haus. Vor ihr ragte wieder die Hintertreppe im Palazzo Colonna auf. Nur eine einzige Stufe. Der Stein brach heraus, als sie ihn mit dem Fuß berührte. Ich konnte mich doch nicht festhalten, ich hatte doch den Wäschekorb in den Händen. Mein armes Kind … Paola wusste nur noch, dass sie gestürzt war, mit dem Bauch wieder und wieder angestoßen war …

»… et benedictus fructus ventris tui …«

Als sie wach wurde, umgab sie ein Meer von Schmerzen. Stimmen, tröstende Stimmen. Hände hielten ihren Kopf, Arme hatten sie unter den Achseln gefasst. »Atme, Kindchen. Presse, du kannst es ...« Und dann drängte ein neuer fremder Schmerz, er forderte alle Kraft. Mit einem Mal war es still, eine leere Stille. Sie fragte, und die Hebamme legte ihr das Kind zwischen die Brüste. »Ein Mädchen, ein schönes Mädchen.« Und ehe Freude wachsen konnte, setzte sie hinzu: »Es lebt nicht.«

»Aber es ist doch warm ...« Paola streichelte den kleinen Körper. Der Arzt beugte sich über sie: »Glück im Unglück. Bis auf eine Kopfwunde und Abschürfungen an Beinen und Armen hast du den Sturz gut überstanden. Dem Kind konnten wir nicht helfen.« Sie hatte das Mädchen nicht hergeben wollen, die Frauen hatten ihr das Kind wegnehmen müssen.

»... ora pro nobis peccatoribus nunc et in hora mortis nostrae ...«

Warum bin ich nicht auch gestorben? Paola sah zur schwarzen Muttergottes hinüber. Du hast es einfach. Sie lächelte bitter. Du hast deinen Sohn auf dem Arm, wohnst sogar hier bei uns in Italien in deinem eigenen Haus. Da ist es einfach, so zufrieden in die Ferne zu gucken.

Paola fühlte ein Zupfen an der Schulter. Die Herrin hatte sich bereits erhoben. Rasch stand sie auf und folgte ihr aus der engen Sancta Casa in die Weite der Basilika. »Fühlst du dich nicht wohl?«, erkundigte sich Costanza, ohne zur Seite zu blicken.

»Es geht schon. Hab nur wieder dran denken müssen.«

»Ach, Kind ...« Die Herrin brach ab, flüsterte rasch: »Wir sprechen später«, und lächelte dem Prior des Klosters entgegen.

»Hoheit, wenn Ihr erlaubt, dann geleite ich Euch durch eine Seitentür zu Eurer Unterkunft. So bleibt Euch draußen auf dem Platz ...«, ein Schmunzeln bereitete den Scherz vor, »... das Bad im Pilgermeer erspart.«

»Wie aufmerksam. Ihr seid ein zuvorkommender Gastgeber. Habt großen Dank.«

Der Nachtwind kam von Ost, er brachte den salzigen Geschmack des Meeres mit. In einen Mantel gehüllt, den Pelzkragen hochgeschlagen stand Costanza mit ihrer Zofe auf dem schmalen Balkon vor ihren Gemächern im ersten Stockwerk des Klosters zu Loreto. Paola hatte sich ein großes Wolltuch umgeschlungen und die Mütze tief über die Ohren gezogen. Eine Weile schon sahen die Frauen stumm den unzähligen Feuern am Fuß des Hügels zu. Nicht nur dort, auch weiter entfernt noch loderten Flammen. Zum Jahresfest des Wunders sollten in dieser Nacht alle Lichter den Engeln leuchten, ihnen den Weg weisen, um die Sancta Casa nach Loreto zu bringen.

»Dein Zustand bereitet mir Sorgen …«

»Seid Ihr unzufrieden?« Gleich fühlte sich Paola angegriffen. »Hab ich etwas falsch gemacht?«

»Ruhig, Kind. Es gibt nichts auszusetzen. Du umsorgst mich gut. Und doch …« Costanza wandte sich ihr zu, hob mit zwei Fingern sanft das Kinn der Zofe. »Schau dich an, Kind. Selbst hier im Halbdunkel fällt auf, wie blass und eingefallen deine Wangen sind. Außerdem fehlt mir dein Lachen.«

»Ich hab nichts mehr, worüber ich lachen … Das ist vorbei, Herrin.«

»Und darüber sollten wir sprechen. Die letzten Wochen in Rom waren so anstrengend. Bald jeden Abend gab es Einladungen zu Leuten, die wichtig sind oder sich wenigstens dafür halten. Außerdem habe ich für meinen Bruder drei große Feste im Palazzo geben müssen. Da blieb uns keine Zeit. Aber jetzt werden wir sie uns nehmen. Gehen wir hinein, ehe uns zu kühl wird.«

Duft nach Nelken und Süße durchzog das Zimmer. Paola hatte auf dem Gluttiegel etwas Rotwein erhitzt, ihn mit Gewürz und Honig zubereitet. »Nimm dir auch.« Die Herrin schlürfte. »Kein anderes Getränk wärmt so sehr das Blut. Nun trink.«

Paola kostete, doch der heiße Wein vermochte die Enge in ihrer Brust nicht zu dehnen. »Er hilft ein wenig.«

»Du musst nicht lügen, um mir zu gefallen.« Costanza drehte den dampfenden Holzbecher in den Händen. »Von unserem Leibarzt weiß ich, dass die Schürfwunden und Prellungen abgeheilt sind.«

»Außen an mir ist alles wieder gut …« Paola schwieg, nur innen ist alles zerstört, dachte sie.

»Hilft dir Michele? Kannst du mit ihm reden?«

»Er meldet sich nicht. Schon seit zwei Monaten nicht mehr. Damals hat er mich besucht …«

Kammerherr Carlo hatte drei Tage nach dem Unfall auf ihr Bitten hin einen Diener zum Palazzo Madama gesandt, und Michele war sofort mitgekommen. Seine erste Sorge galt ihr. »Hast du Schmerzen?« Er streichelte die Stirn, ihre Wangen, küsste die Narbe auf der Oberlippe, dass dem Kind etwas geschehen sein könnte, daran dachte er nicht einmal. »Glück hast du gehabt, sagte mir der Diener.« Sofort rannen Paola die Tränen, und er wischte sie mit den Fingerkuppen weg. »Nicht weinen. Ich habe Neuigkeiten, gute Neuigkeiten. Der Vertrag mit Tibor Cerasi ist unterschrieben. Er ist auf alle Forderungen eingegangen. Ich allein hätte sie nie durchgesetzt, dafür aber mein großer Gönner.« Er ließ den Namen klingen: »Der Bankier Marchese Vincenzo Giustiniani. Dem widersetzt sich keiner lange. Zwei Bilder für die Familienkapelle in Santa Maria del Popolo: die Kreuzigung des heiligen Petrus und die Bekehrung des Paulus.« Er nahm ihre Hand. »Weißt du noch, damals in Mailand? Da hab ich dir doch in der Kirche die Saulusbekehrung von Alessandro Moretto gezeigt. Erinnerst du dich an dieses Pferd mit dem prächtigen Bauch? So einen Riesengaul stell ich mir auch für mein Bild vor …«

Paola schluchzte auf. »Unser Kind …« Sie klammerte sich an seine Hand. »Unsere Tochter …«

Michele war blass geworden. »Was ist mit ihr?«

Sie führte seine Hand, legte sie unter dem Busen auf die Decke.

Träume erloschen … Eine Ewigkeit ging verloren. »Nein, es ist nicht wahr. Sag es mir.«

Paola hatte nur Tränen, nichts hatte sie sagen können. Michele war zum Fenster gegangen, zurückgekehrt. »Ich muss arbeiten …« Seine Stimme klang hohl, der Blick war schon fern. »Die Kreuzigung des Petrus, damit fange ich an.« Wie ein Betrunkener hatte er nach der Tür gesucht und war gegangen.

Eine steile Falte stand Costanza auf der Stirn. »Nichts? Nicht einmal eine Nachricht, eine Entschuldigung, dass er zu viel Arbeit hat?«

Paola blickte in ihren Becher, so fiel ihr das Sprechen leichter. »Gehört hab ich schon etwas, aber nicht von ihm selbst. Carlo kennt viele Menschen in der Stadt, er sagt mir manchmal, was sie erzählen …«

Sie nahm einen Schluck. »Michele trinkt jetzt viel mehr noch als vorher. Betrunken beleidigt er und beschimpft er fremde Leute. Das scheint ihm sogar Spaß zu machen.«

»Ich dachte, er muss malen. Bei den vielen Aufträgen ...«

»Das stimmt ... Carlo sagt, dass er manchmal drei Wochen gar nicht gesehen wird und dann wieder jeden Abend. Meist fängt es mit einem Ballspiel im Campo Marzio an ... da an der Kirche, da trifft er sich mit den Freunden, da spielen sie gegen die Spanienpartei ... Nicht spielen, ich hab mal zugeschaut, sie kämpfen richtig, als wären die anderen Feinde. Und nachher ziehen sie in die Osteria. Und, und ...« Paola stockte, trank jetzt hastig einige Schlucke.

Ihre Herrin beugte sich leicht vor. »Erzähl weiter. Hab keine Scheu vor mir.«

»Vielleicht ...«, ratlos hob Paola die Achseln. »Vielleicht bin ich als Frau zu wenig. Er wird jetzt immer mit einem Diener gesehen. Cecco nennen sie ihn, und sie sagen ...«, so schwer war es, »... dieser Cecco trägt ihm nicht nur den Degen nach. Und jünger als Mario soll er sein.«

»Unser Maler hat also wieder einen Liebhaber.« Costanza setzte den Becher betont fest auf dem Tisch ab. »Dieser Kerl! Endlich hat er Erfolg, verdient mehr, als er zum Leben benötigt. Meinetwegen kann er sich herumtreiben oder kann es treiben, mit wem er will. So mag ein Künstlerleben aussehen. Aber du bist unmittelbar betroffen, du leidest unter ihm. Und das werde ich nicht dulden.«

Sie faltete die Hände im Schoß. »Es geht um Ordnung und eine Zukunft für dein Leben. Meine Pflicht ist es, dafür zu sorgen, und viel zu lange schon habe ich sie vernachlässigt. Die Freiheit, sich selbst zu entscheiden, bringt nicht, wie ich früher annahm, zwangsläufig Glück, sondern kann auch das Gegenteil verursachen.« Bekümmerte Güte lag in ihrem Blick. »Ich habe mich bereits mit meinem Bruder Kardinal Ascanio abgesprochen, und gemeinsam sind wir zu einer Lösung gekommen. Carlo, der Kammerherr, ist dir zugetan. Wir haben eure Ehe beschlossen. Carlo wird dich heiraten. Und zwar in diesem Jahr noch ...«

»Nein.« Der Becher fiel Paola aus der Hand, wie vergossenes Blut dampfte der warme Rotwein auf dem Boden. Gleich nahm sie ein

Tuch, kniete nieder und versuchte, den Fleck aufzuwischen. »Verzeiht. Ich bin so erschrocken. Verzeiht. Bitte nicht, Herrin. Ich kann nicht. Nie kann ich los von ihm, das weiß ich. Carlo mag ich gern, sehr gern sogar. Aber nur als guten Freund.«

»Genügt das nicht als Grundlage? Einen Freund zu heiraten wäre für viele Ehefrauen schon reines Glück.«

Den durchtränkten Lappen in Händen, flehte Paola die Herrin an. »Zwingt mich nicht, bitte. Carlo wird niemals froh sein mit mir. Ich bin schon unglücklich, und er wird es dann auch, das hat er nicht verdient. Bitte lasst es so zwischen uns, wie es ist.«

Die Marchesa erhob sich, ging langsam zum Balkon hinüber und sah eine Weile in die Nacht. »Die Feuer lodern immer noch«, sagte sie leise. »Auch ich möchte den richtigen Weg für dich finden.« Als sie zurückkam, war die Entscheidung gefällt. »Also keine Ehe. Dafür aber wirst du mit mir nach Caravaggio zurückkehren. Ich plane, erst frühestens in zwei Jahren wieder meinen Bruder hier zu besuchen. Auf diese Weise kannst du den Abstand gewinnen, der dringend notwendig ist, um wieder zu gesunden.« Sie streichelte die Wange ihrer Zofe. »Nicht weinen … Glaub mir, es ist das Beste. Und wir werden reisen. Den nächsten Winter gedenke ich bei meinem Sohn Fabrizio in Neapel zu verbringen. Die Gerüchte um ihn reißen nicht ab. Viel zu lange habe ich den allzu übermütigen Admiral aus den Augen gelassen. Die Verwandten dort im Königreich habe ich schon viel zu lange vernachlässigt. Und du begleitest mich.«

Es war ein Umweg. »Na und?« Michele stierte nach vorn, obwohl im Nachtdunkel keine Hauswände oder Mauern, nur graue Schemen und klobige schwarze Blöcke auszumachen waren, ging er schneller. Cecco trug Degen und Schlagstock im Lederköcher über der linken Schulter. Mit Erlaubnis Kardinal del Montes hielt sich Michele den Novizen als Diener, Schüler und außerdem als Geliebten. Vor allem in dieser Rolle bewies Cecco großes Talent. Sehr zur Freude des Malers liebte es der Junge, ungeniert nackt vor ihm zu posieren. »Wann darf ich endlich auf ein Gemälde?«

»Geduld. Bei nächster Gelegenheit denke ich an dich.«

»Und nicht Nino. Schwört es.«

Seitdem der Novize bei ihm war, versuchte er mit allen Mitteln, jeden möglichen Nebenbuhler auszuschalten, und im Wechsel zwischen harter Arbeit und den langen Saufnächten hatte Michele bisher keine Zeit gehabt, weiter darüber nachzudenken.

Mit der Rechten hielt Cecco für ihn die Laterne hoch, lief einen Schritt vorweg und hatte selbst alle Mühe, nicht über Steine oder Unrat zu stolpern. »Meister, es ist bald schon Mitternacht.«

»Glaub mir, die Zeit ist genau richtig. Da verlassen die Ratten das Nest.« Michele stieß auf. Er schmeckte Gallenbrei mit Wein, Brot und Käse. Verflucht, ist mir elend.

»Lasst uns heimgehen.«

»Noch nicht.«

Er musste zur Akademie. In der Osteria war von Becher zu Becher der Zwang stärker geworden. »Die feine Sippe schickt mir Spitzel hinterher.« Zuletzt hatte der Rausch nur den einen Gedanken noch zugelassen: »Was die können, das kann ich auch. Und sogar besser.«

Von der Via della Scrofa bogen sie in die schmale Gasse ab, in der Giuseppe Cesari d'Arpino residierte. Gegenüber dem Tor zur Akademie zog Michele den Diener in eine Mauernische und befahl ihm, die Laterne ganz abzublenden. »Was hab ich dir gesagt? Genau richtig.« Drüben waren die Lichter hinter den Saalfenstern bereits erloschen. Nur im Treppenhaus und der Empfangshalle flackerten noch Kerzenleuchter. Schatten bewegten sich hin und her. »Besser als jeder von denen bin ich allemal«, knurrte Michele.

Der Anblick von Gediegenheit ließ den zornigen Neid in ihm weiter hochköcheln. Da leben sie fett und zufrieden, schlagen sich gegenseitig auf die Schulter, einer lobt den anderen. Aber ich bin der, von dem in Rom gesprochen wird. Und nicht nur die einfachen Leute bewundern mich. Bildet euch das nur nicht ein, ihr …

Er schüttelte den Kopf, um deutlicher zu sehen. Das Portal stand offen. Stimmen, Lachen. Wünsche für einen guten Heimweg. Knechte mit Laternen traten hinzu, und die Herren näherten sich, in angeregte Gespräche vertieft, über den Kiesweg.

Ihre heimlichen Beobachter drückten sich enger in die Nische. Eine Weile blieben die Gruppen noch dicht beieinander, trennten sich dann an der Einmündung zur Via della Scrofa.

Zwei Mitglieder der Akademie überquerten mit ihrem Lichtdiener die breite Straße. Sobald sie in die Gassen vom Campo Marzio eintauchten, folgte ihnen Michele. Nur einen Spaltbreit durfte Cecco die Blende der Laterne öffnen.

Die Verfolgten blieben vor dem Haus des Kerzenmachers stehen, und einer von ihnen näherte sich der Tür, trat ins Licht der Hauslaterne. »Los jetzt!«, keuchte Michele, riss den Stock aus dem Köcher und hetzte nach vorn. Die Herren ahnten nichts; als sie die Schritte hörten, herumfuhren, war er bereits bei ihnen. »Verräter!« Mit aller Kraft schlug er zu, traf den Mann vor der Tür am Kopf. Gleich sprang dessen Begleiter zusammen mit dem Lichtdiener beiseite. »Was willst du?« Michele hieb nach der Stimme im Halbdunkel, verfehlte sein Ziel, aufheulend wandte er sich wieder dem zuerst Getroffenen zu. »So zahl ich es jedem zurück.« Er stieß dem Mann gegen die Brust, prügelte auf ihn ein. Das Blut rauschte in seinen Ohren, erst nach einer Weile vernahm er durch den Lärm die Hilfeschreie seines Opfers und ließ den Stock sinken.

Aus dem Halbdunkel hörte er: »Ich hab dich erkannt, Merisi. Glaub nur nicht, dass du damit davonkommst.«

»Verdient habt ihr es ...« Der Zorn wich. Verflucht, was ist nur geschehen? Seine Lippen begannen zu zittern, mühsam presste er hervor: » Ihr alle ...« Vom Lärm aufgeschreckt, kamen Nachbarn mit Lichtern gelaufen. Michele wandte sich ab, fühlte, wie Cecco seine Hand fasste, und ließ sich fortziehen. Hinter ihnen wurde sein Name verflucht, dann gellten Rufe nach der Wache auf. »Verdient haben sie es«, murmelte er und fragte Cecco: »Hab ich recht?«

»Ganz sicher, Meister.«

Da griff er nach dem Nacken des Jungen und zog ihn an sich.

Kardinal del Monte stützte beide Ellbogen auf die Lehne seines Sessels, legte die Hände nur an den Fingerspitzen zusammen. »Erstaunlich, was Ihr mir da erzählt. Ich gestehe, sogar sehr erstaunlich.« Unter halb gesenkten Lidern blickte er den Besucher im schlichten Priestergewand auf der anderen Seite seines Schreibtisches an. »Bruder in Christo ... Wiederholt Euren Namen.«

»Eminenz, aber ich habe ihn schon dreimal ...«

»Bitte!«, schnappten die bläulichen Lippen.

»Bruder Giovanni von den Jesuiten ... Ich bin Sohn des Fermo Merisi aus Caravaggio.«

»Ihr behauptet also, der leibliche Bruder unseres Malers zu sein.«

»Der jüngere, wenn Ihr erlaubt. Und ich bin nur gekommen, weil ich um das Seelenheil ...«

»Nicht wieder von vorn ...« Del Monte erhob sich, ging um den Arbeitstisch herum, ein Gedanke ließ ihn tänzeln. Er nahm den marmornen Briefbeschwerer vom Stapel der Eildepeschen und zeigte ihn seinem Besucher. »Was sagt Ihr zu diesem Detail einer antiken Statue?«

Die Augen weiteten sich, dann blickte Giovanni zur Seite. »Ich verstehe, Ihr wollt mich prüfen. Es ist sehr aufdringlich ...«

Das Auflachen unterbrach den jungen Priester. »Solch einen Kommentar zum Schmuckstück des Götterboten Hermes hat noch niemand abgegeben.«

»Ich verstehe nicht?«

»Muss auch nicht sein.« Del Monte wies zur Tür und geleitete den Besucher einige Schritte. »Schaut in drei Tagen noch einmal vorbei. Ich werde ein Treffen mit Michelangelo Merisi ermöglichen.«

Giovanni Battista verbeugte sich. »Danke, Eminenz. Was ich gesagt habe, geschah nur aus brüderlicher Liebe und Sorge.«

Es sollte nur ein Essen im kleinen Kreis sein, war ihm vom Majordomus des Palazzo Madama mitgeteilt worden. Der Maler möge aber wenigstens ohne Farbkittel und mit möglichst sauberen Händen erscheinen. Etwas vor der verlangten Zeit stand Michele am Fenster nahe der Tür zum Speisesaal. Zwei der jungen Novizen trugen Geschirr und Obstschalen hinein. Kein weiterer Gast war bisher erschienen. »Besser warten, als zu spät kommen«, brummte Michele und grub mit einem Fingernagel die Farbreste aus anderen Fingernägeln. Ohne heißes Wasser waren die schwarzbraunen Halbmonde kaum zu entfernen.

»Wie steht es mit der Gesundheit?«

Michele wandte sich um. Doktor Giulio Mancini war neben ihm stehen geblieben, nach einem forschenden Blick erkundigte er sich: »So bleich? Ist dir kalt?«

»Danke der Nachfrage. Sei unbesorgt, kein Anfall von Wechselfieber kündigt sich an. Schuld an meinem Aussehen hat das Arbeitsfieber.«

Der Arzt nickte, in den Augenwinkeln versteckte sich leiser Spott. »Ich denke, auch einige Becher zu viel vom Roten haben dazu beigetragen. Nur in Maßen eingenommen, ist er eine gute Medizin.«

»Mag schon sein.« Michele spürte das Wohlwollen und spielte mit. »Vielleicht sollte ich, wenn ich die Zeit habe, über die Dosierung nachdenken. Bist du auch zum Essen geladen?«

»Leider nicht.« Mancini seufzte übertrieben. »Du erfreust das Auge unseres Herrn mit deinen Ölbildern. So ist es kein Wunder, dass er dich zu Tisch lädt. Meine Kunst beschäftigt sich mehr mit seinem Darm. Erst nach den Mahlzeiten kommt die Komposition der öligen Bestandteile eines Klistiers zur wahren Geltung ...« Stimmen am Ende des Flurs unterbrachen ihn. Kardinal del Monte nahte in Begleitung des Bankiers Giustiniani. Ohne übertriebene Hast flüsterte der Arzt: »Dieser kleine Exkurs über die unterschiedlichen Künste sollte unter uns bleiben, mein Freund. Wünsche, gut zu speisen.« Mancini ging weiter und grüßte die Herren im Vorbeigehen mit einer Verneigung.

Das prall gefüllte Euter dampfte auf der Silberplatte. Als der Majordomus die gekochte Köstlichkeit aufschnitt, verbreitete sich der Geruch nach Muscheln, Pfeffer und Kümmel. »Bravo«, lobte Marchese Vincenzo Giustiniani und setzte die Brille auf. »Das erste Versprechen galt der Nase, das zweite dem Auge, und nun kann die Zunge die Erfüllung beider kaum erwarten.«

Ebenso elegant erwiderte der Gastgeber: »Ich bin sicher, die Fischlake, verschärft mit Senf, wird Euch zusätzliche Gaumenfreude bereiten.«

Michele bemühte sich, ernst zu bleiben. Dieses Wortgeraspel. Sie schmieren es sich ums Maul und freuen sich auch noch drüber. Nie werd ich das begreifen.

Er aß schnell, zwischen Kauen und Schlucken trank er vom Wein, und immer wieder rann ihm Lake übers stoppelbärtige Kinn, ehe er den Löffel ganz in den Mund geschoben hatte.

Erst nachdem die Tafel abgetragen war, richtete del Monte das Wort an Michele. »Ich denke, die Frage, ob du mit der Speise zufrieden warst, erübrigt sich. Der Anlass zu diesem kleinen Mahl ist ein geplanter Wettstreit. Doch ich will meinem Freund und deinem Gönner nicht vorgreifen.« Ein leichtes Kopfnicken zum Marchese, dann lehnte er sich zurück.

Vincenzo Giustiniani straffte das Wams über dem kleinen spitz nach vorn gewölbten Bauch. »Um die Angelegenheit zu erläutern, muss ich ein wenig ausholen. Lieber Meister, seit dem Erfolg Eurer Gemälde in der Contarelli-Kapelle sind nun bald zwei Jahre vergangen, und ich hatte in dieser Zeit das Glück, wunderbare Arbeiten von Euch zu erwerben. Nein, wehrt nicht ab. Auch wenn die Oberen von San Luigi die erste Fassung vom ›Heiligen Matthäus mit dem Engel‹ als Altarbild abgelehnt haben.« Ein verschmitztes Auflachen. »Diese Frömmler. Zu frivol sei der Engel. Nun, ich habe profitiert, und nun ziert dieses Kunstwerk neben dem ›Ungläubigen Thomas‹ und anderen meine Privatgalerie.«

»Mit Verlaub«, unterbrach del Monte. »Nicht zuletzt durch Eure großzügige Entlohnung ist der Wert auch aller anderen Gemälde unseres Merisi enorm gestiegen. Dies, so meine ich, gibt dem Wettstreit noch eine pikantere Note.«

Michele rückte auf seinem Stuhl hin und her. Sie reden, als wäre ich gar nicht hier, dachte er und räusperte sich lautstark: »Hab ich auch etwas mit diesem Wettstreit zu tun?«

»Ein wenig.« Der Marchese vergnügte sich an dem Gedanken, als ginge es um einen Jungenstreich. »Sagen wir, der größte Teil ist schon geleistet.«

»Ja, Herrgott, so kommt …«

»Ich darf doch bitten …« Die Schärfe in der Stimme des Hausherrn schloss Michele den Mund.

Mit Genuss breitete sich Vincenzo Giustiniani weiter aus: »Mein Bruder Kardinal Benedetto, ist wie ich selbst ein begeisterter Kunstsammler. Nur lässt sein Geschmack mir das kalte Grauen über den Rücken laufen.« Mit aufrichtigem Charme setzte der Bankier hinzu: »Säße allerdings er an meiner statt hier, so würde er über mich sicher ähnlich urteilen. Doch kommen wir zum Kern.«

Na endlich, dachte Michele und wischte sich mit dem weißen Mundtuch die Fischlakenreste aus den Bartstoppeln.

»Es geht um Giovanni Baglione …«

»Wieso der …?« Michele zerknüllte das Tuch in der Faust.

»… und außerdem um den ›Amor‹. Bitte, geduldet Euch, gleich werdet Ihr verstehen.«

Vor wenigen Tagen noch war der Gönner zu Besuch in Micheles Atelier gewesen, um seine Auftragsarbeit zu begutachten. »Ich bin überwältigt.« Er stand vor dem Gemälde, lachte es an, atmete tief und seufzte. »Hinreißend.« Michele hatte den nackten Amor halb auf die Tischkante gesetzt. Kein Kindengel, nein, Cecco war das Modell und präsentierte sich in all seiner unerzogenen Schamlosigkeit. Der Bankier stutzte, ging näher und deutete auf die kaum sichtbare Sternenkugel unter dem Hintern des Liebesgottes. »Die Sterne gehören zum Wappen der Aldobrandinis. Spielt Ihr damit etwa auf unsere Heiligkeit Papst Clemens an? Und sollte die nach hinten zum Gesäß geführte linke Hand des Amor andeuten, dass er sich dasselbige nach der körperlichen Notdurft reinigt? Träfe dies zu, so müsste ich zu dem Schluss kommen, dass Ihr den Amor in verächtlicher Pose gegenüber dem Mächtigen auf dem Stuhle Petri zeigt.«

Michele hatte nichts erwidert, sich einen Becher vom Roten eingeschenkt und dem Gemälde zugeprostet. Diese Antwort war für Giustiniani ausreichend gewesen. »Ich liebe es, wenn sich Ironie und politische Kritik in den Bildern verstecken.« Er hatte den Preis um hundertfünfzig auf dreihundert Scudi erhöht.

Seit der Name eines seiner verhassten Widersacher gefallen war, ließ Michele den Mäzen nicht mehr aus den Augen. »Verzeiht, Herr, was hat Baglione mit meinem Amor zu schaffen?«

»Durch Gerüchte weiß ich, dass sich dieser Maler schon seit Langem mit dem Gedanken trägt, den Liebesgott auf ein Gemälde zu bannen. Nun habe ich gestern meinen Bruder gedrängt, den von ihm so hoch geschätzten Maler auch mit einem Amor zu beauftragen. Damit wir nach Fertigstellung einen Vergleich zwischen unseren – verzeiht, wenn ich scherze –, unseren Gladiatoren der Malkunst anstellen können.«

»Dann gehörte also der Auftrag an mich auch schon zu diesem Wettstreit?« Michele sah immer klarer. »Ihr lasst uns also zu Eurem

Vergnügen gegeneinander antreten, aber nicht gleichzeitig … Oder? Verstehe ich richtig? Kardinal Benedetto weiß bisher nichts von meinem Amor?«

»Vor allem Baglione nicht«, bestätigte der Bankier.

Micheles Mund war trocken. Ohne zu fragen, nahm er sich vom Wein. Als er den Kristallkelch zur Hälfte geleert hatte, setzte er ihn ab. »Und warum habt Ihr mich vorweg malen lassen?«

Da spitzte Vincenzo Giustiniani die Lippen. »Ich bin neben aller Leidenschaft auch Geschäftsmann. Ehe ich Kardinal Benedetto zu diesem Wettstreit aufforderte, wollte ich sicher sein, dass ich gewinne. So sind die Kämpfe zwischen Brüdern nun mal.«

»Dieser kleine Zank zwischen Brüdern …« Del Monte beugte sich vor und sah Michele mit leisem Lächeln an. »Sie sind dir sicher nicht fremd?«

»Aus eigener Erfahrung kann ich dazu nichts sagen«, antwortete Michele und wollte sich wieder an den Marchese wenden, Del Monte aber setzte erstaunt nach: »Du hast keinen Bruder?«

»Nein, Herr.«

»Wie bedauerlich.« Ohne weiter darauf einzugehen, lehnte sich der Hausherr zurück, und endlich kam Michele zu seiner Frage an den Mäzen: »Was hab ich denn jetzt noch zu tun?«

»Stillschweigen. Die Inszenierung Eures Bildes sollte dem Gegner verborgen bleiben.«

»Das ist einfach. Nie würde mir einfallen, mit diesem sogenannten Maler zu reden.«

»Habt Ihr das Bild schon jemandem gezeigt?«

»Nein. Solange die Farben noch nicht ganz getrocknet sind, lasse ich keinen Fremden in die Nähe.« Michele erinnerte sich, dass am Morgen Ranuccio Tomassoni überraschend vorbeigekommen war. Und weil er sich dafür interessierte, hatte er ihm den Amor gezeigt und ihm die Komposition auch erklärt. »Lediglich ein guter Freund hat einen Blick auf das Bild geworfen. Aber meine Freunde sind sicher nicht der Umgang von diesem Giovanni Baglione.«

»Sehr gut.« Vincenzo Giustiniani schmunzelte und rieb sich die Hände.

»Nackt?« Die Zungenspitze schnellte über die Unterlippe, dann folgte einige Male heftiges Saugen an der Zahnlücke. »Wie nackt?« Giovanni Baglione fasste den Arm seines Spitzels. »Guter Junge, versuch dich genau zu erinnern?«

»Ganz.«

»Ganz? Du sagtest doch, bei ihm sei Amor kein Knäblein, sondern ein junger Mann, und er präsentiert ...?«

»Alles.« Ranuccio stellte den rechten Fuß mit weit abgespreiztem Bein auf einen Stuhlsitz und patschte sich gegen die Innenseite des Oberschenkels. »So offen zeigt er sich.«

»Wie abscheulich!« Die Augen des Malers quollen vor. »Und der ... kleine Amor des Amors, wie erregt ... ich meine, wie groß ...?« Er blies den Atem aus. »Du weißt schon.«

»Der Schwanz? Nicht so, wie Ihr denkt.« Ranuccio starrte anzüglich unter den mächtigen Bauch seines Auftraggebers. »Ganz normal. Wie bei uns jungen Männern eben.«

Baglione watschelte vor das schräg gestellte Zeichenbrett. Mit Kohle waren die Positionen seiner Figuren schon skizziert. Er legte den Maßstock an, prüfte einige Linien. »Was ist mit Flügeln?«

»Hat er. Schön groß sind die. Und in der rechten Hand hält er ein paar Pfeile.«

»Was noch? Erinnere dich ans Beiwerk. Ich muss möglichst alles wissen.« Sehr zum Vergnügen des Meisters berichtete Ranuccio vom Winkeleisen, von Noten und Musikinstrumenten. Schließlich lachte Baglione befreit auf. »Solche Fehler werden mir nicht unterlaufen. Du hast deinen Lohn wahrhaft verdient. Nun bin ich schon fast sicher, den Wettstreit für mich und meinen hochverehrten Gönner Kardinal Benedetto zu entscheiden. Allerdings sollte ich auch wie dieser Caravaggio auf den Hintergrund verzichten.« So rasch es ihm bei der Leibesfülle möglich war, schwang er sich herum. »Ich werde meinen Amor von einem prächtigen Engel retten lassen. Und zwar vor dem Bösen ...« Er versuchte sich in kleinen Tanzschritten, die roten Locken wippten auf seinen Schultern. »Und kannst du dir denken, wessen Züge der Unhold tragen wird? Nun? Ich verrate es dir: Merisi höchstselbst wird der Leibhaftige auf meinem Gemälde sein. Das ist wahre Satire, so sollen gute Gemälde komponiert sein.«

Michele musste die Arbeit unterbrechen. »Unverzüglich.« Die Miene des Majordomus ließ kein Zögern, geschweige denn eine Ausrede zu. Auf dem Weg in die Empfangshalle erkundigte sich Michele: »Ist es ein neuer Auftraggeber?«

»Ich vermute, nein. Der Besucher scheint ein gewöhnlicher Priester zu sein.«

»Und doch will unser gnädiger Herr ihn mir persönlich vorstellen? Hast du eine Erklärung?«

»Dazu erlaube ich mir, keine Meinung zu äußern.«

Michele blieb einen Schritt zurück. Du falscher Heiliger, dachte er, ganz sicher weißt du mehr. Willst dich nur vor mir aufspielen. Seit er auch Frauen in seinem Atelier empfing, diese mit Duldung des Herrn sogar bei ihm nächtigten und damit die rein männliche Oase im Palazzo zerstört war, seitdem strafte ihn der oberste Leibdiener mit Verachtung.

»Bitte einzutreten.« Der Majordomus öffnete die Tür und neigte nur unmerklich den Kopf, als der Maler an ihm vorbeiging.

Jäh blieb Michele stehen. Das Herz schlug hinauf, die Kehle schnürte sich zu. Er erkannte den Besucher, obwohl er mit dem Rücken zu ihm stand und sich mit dem Hausherrn unterhielt. Gianni, verflucht, was willst du hier?

Del Monte hob den Arm. »Und nun, werter Bruder in Christo, seht, wer dort erschienen ist.«

Der junge Jesuit wandte sich um. »Bruder!« Mit wehender Kutte eilte er auf ihn zu.

Michele starrte ihm ohne jede Regung entgegen, und Gianni wurde langsamer, einige Schritte noch, dann blieb er stehen. »Was ist? Hab ich mich so verändert?«

Mit gerunzelter Stirn sah Michele zu del Monte. »Verzeiht, Herr. Wer ist dieser Pater?«

Der Kardinal näherte sich, dabei schnippte er leicht mit Daumen und Mittelfinger neben seinem Ohr, als wollte er sein Hörvermögen prüfen. »Welch eine Überraschung, lieber Freund! Nun verspricht der Tag eine noch interessantere Wendung zu nehmen.« Spott zuckte in den Mundwinkeln. »Dieser aufrichtige Priester hier versicherte mir, dass er dein leiblicher Bruder sei.«

»Aber, Herr …« Michele erinnerte sich an die Frage während des Essens mit dem Marchese. Um nicht als Lügner zu gelten, musste er zu seiner Antwort stehen, und neben aller Verachtung für Gianni wollte er dies auch aus tiefstem Herzen tun. »Herr, ich kenne diesen Mann nicht.«

»Was sagst du da?« Ungläubiges Entsetzen weitete Giannis Augen. »Versündige dich nicht gegen dein eignes Blut.«

Michele hob bedauernd die Schultern. »Da ich keinen Bruder habe, könnt Ihr auch nicht mein Bruder sein.«

»Aus reinem Herzen und großer Sorge bin ich hergekommen.« Das Kinn bebte. »Bruder, häufe nicht auf all deine verwerflichen Werke noch mehr Sünde, indem du mich verleugnest. Ich will dich bewahren und retten. Dein Ruhm verführt dich immer mehr. Du malst stadtbekannte Huren als Heilige, du zerrst auf deinen Bildern die Geschichte unseres Heilands in die Gosse …«

»Muss ich mir das anhören?« Michele wollte zur Tür.

Mit hartem Fingerschnippen hielt ihn del Monte auf. »Bleib noch, lieber Freund. Jeder Gast in meinem Hause hat Anspruch auf eine gewisse Höflichkeit. Bitte, Pater, fahrt fort, sagt, was Ihr zu sagen habt.«

Gianni rang die Hände. »Lass ab von diesem Weg. Ich bitte nicht um meinetwegen. Sondern ich sorge mich um dich, um dein Seelenheil. Und sollte Gott dir die Gnade einer Ehe gewähren und dich mit Nachwuchs beschenken, so sorge ich mich auch um das Wohlergehen deiner Kinder.«

Der Schmerz erwachte wieder. »Schweigt, Fremder. Was wisst Ihr schon von meinem Leben, von meinen Wünschen?«

Tränen flossen Gianni über die Wangen. Seine Hände, seine Finger suchten den Bruder, doch dort stand nur ein abweisender, schroffer Fels. »Ich hoffe«, flüsterte er, »dass Gott dir gnädig sein möge. Darum werde ich den Allmächtigen in all meinen Gebeten anflehen. So wie es auch deine Schwestern Tag für Tag in all ihrer züchtigen Unschuld tun.« Ein Atemzug, ein letztes Hoffen, doch kein Erweichen, nicht ein noch so kleines Zeichen des Wiedererkennens. Der Jesuit senkte den Kopf, wandte sich ab und ging. Nahe dem Ausgang schluchzte er: »Nie mehr … Ich trete aus deinem Leben.« So floh er davon.

Kaum hatten die Diener die Eichentür wieder geschlossen, applaudierte Kardinal del Monte langsam und sehr nachdrücklich und ließ sich unter dem Fenster auf einem der lederbezogenen Lehnstühle nieder. »Bruderzwist. Eine ausgereifte Darbietung. Mein Kompliment. Auf der Bühne allerdings hätten die Schauspieler den Text zwischen sich abgesprochen. Hier aber ist einer von beiden unversehens in das Stück geraten, während der andere als Schauspieler seine Rolle perfekt beherrschte.«

Michele starrte zu ihm hinüber. »Ich verstehe nicht …?«

»So? Nun, dann will ich deutlicher werden.« Del Monte wies mit dem Zeigefinger auf den Boden vor seinem Platz. »Komm näher, lieber Freund. Wir sollten uns offen in die Augen schauen können. So ist es gut.« Das Lächeln ließ die Lippen zu schwärzlichen Strichen werden. »Dieser Priester war dein Bruder Giovanni Battista. Nein, sag noch nichts. Du wirst gleich Gelegenheit dazu haben. Was zwischen euch vorgefallen ist, dass du ihn so rüde verleugnen musstest, das wäre eine Geschichte für Schlechtwettertage, und selbst dann, so fürchte ich, würde sie mich langweilen. Mich interessiert nur die eine Frage: Warum hast du mich belogen?«

Der Vorwurf bohrte sich in den Magen. Michele schluckte gegen die Übelkeit. Ich war es nicht … Damals, nach dem Steinwurf … Paolas Lippe blutete. Verrate mich nicht … Doch Gianni war zur Mutter gelaufen …

»Bist du stumm geworden?«

»Mein Bruder existiert für mich nicht, deshalb habe ich nicht gelogen.«

»Du wagst es …?« Del Monte hieb die flache Hand auf die Lehne. »Dein Bruder ist bei den Jesuiten erzogen worden, nicht du. Also unterlass die Winkelzüge.«

Wie redet er mit mir? Ich bin keiner von seinen Novizen. Das Blut stieg, das Rauschen in den Ohren nahm zu. Ich bin auch nicht sein Sklave. »Herr, woher wollt Ihr wissen …?«

»Vor drei Tagen war der Priester zum ersten Mal hier und behauptete, dein Bruder zu sein. Als ich dich gestern fragte und du jeglichen Bruder verneintest, habe ich bei deinen Freunden Erkundigungen einholen lassen.«

Also auch del Monte. Auch er spioniert mir nach. Das Brausen wurde stärker. Was war ich blind! Del Monte sitzt mit d'Arpino im selben Gremium. »Verzeiht, Herr«, Michele versuchte, nicht laut zu werden. »Wenn Ihr mir nicht mehr vertraut, so …«

»Nun? Sprich nur weiter.«

Michele wischte sich mit der flachen Hand durchs Gesicht. »Ich bleibe nicht länger hier.«

»Geh nur.«

So einfach? Er will mich nicht halten? Trotz allen Zorns erschreckte ihn die Erkenntnis. Oder? »Ich werde Euren Palazzo verlassen.«

»Es steht dir frei.« Del Montes Miene wurde undurchdringlich. »Sicher bist du dir bewusst, was du mit deinem Auszug hinter dir lässt.«

»Ich verdanke Euch viel. Aber es bemühen sich auch andere Mäzene … Von Prospero Orsi weiß ich, dass genügend Aufträge eingegangen sind. Der Erlös genügt. Ich kann mir ein eigenes Leben finanzieren.«

»Ach, mein Freund. Erinnere dich, was ich über deinen Erfolg sagte: Er hat Vater und Mutter. Das heißt: Del Monte protegiert, und ein Gönner wie Marchese Vincenzo Giustiniani zum Beispiel ist bereit, viel Geld für deine Bilder zu bezahlen. Was wärst du ohne uns? Nein, antworte jetzt nichts. Wir wollen den Schaden nicht unnötig vergrößern.«

»Verflucht, ich brauche Euren Rat nicht!« Michele schlug sich die geballten Fäuste gegen die Schläfen. »Ich brauche keinen … keinen …«

Gelassen nahm der Kardinal seine Handschuhe aus der Wamstasche und streifte sie Finger für Finger über. »So sei es also. Dieses kleine Zerwürfnis sollte uns aus verschiedenen Gründen willkommen sein. Zum einen hast du meine Protektion in dem Maße wie zu Beginn deiner Karriere nicht mehr nötig. Zum anderen muss ich eingestehen, dass dein recht ungezügelter Lebenswandel selbst meinem doch sehr fragwürdigen Ruf tatsächlich weiteren Schaden zufügen kann. Ich denke da insbesondere an die sich häufenden Auffälligkeiten und Verstöße gegen die öffentliche Ordnung.« Del Monte zeigte ein leises Lächeln. »Wie bedauernswert, du hättest in der Verschwiegenheit meines Palazzos jede Höhe und Tiefe der Lust ausloten können. Aber für diesen Genuss fehlte und fehlt dir die nötige Distanz. Dein Herz schlägt viel zu laut, und die Moral stellt dir im entscheidenden Moment dann doch ein Bein. Darüber zu urteilen maße ich mir nicht an. Aber wer weiß, vielleicht sind aus diesem Grunde deine Gemälde so unvergleichlich gut? Ich lasse dich gehen, Freund, lasse dich aber nicht aus den Augen. Dies sichere ich dir zu, auch wenn du jetzt in der Aufregung des Moments vielleicht keinen Wert darauf legen möchtest.«

Triumph! Seit dem Mittag hatte Michele getrunken und für den Abend die engsten Freunde in die Osteria del Moro eingeladen. Gemeinsam mit einigen Frauen waren sie über den Tiber nach Trastevere gegangen, Onorio, Filippo, Bernardo und im Schlepptau von Orazio Gentileschi sogar Mario ohne seine Filiberta.

Jeden hatte der Regenguss überrascht, und gleich nach dem Betreten der Osteria dampften die nassen Kleider, außerdem tränten bald die Augen vom Qualm des Herdfeuers.

»He, Pietro«, schrie Michele angetrunken quer durchs Lokal, während er seiner Begleiterin den Schultermantel abnahm und ihn Cecco zuwarf. »Schaff uns Platz.«

Der Wirt kam eilig herüber. »Wie viele seid ihr denn?«

»Das siehst du doch. Oder bist du blind?« Das Gekicher von Onorio und Filippo bestärkte Michele. »Beweg deinen fetten Arsch.«

»Den großen Tisch haben die Spanier schon besetzt. Ihr Franzosen müsst euch aufteilen.«

Michele packte in den Schürzenlatz und zog Pietro näher. »Was du diesen Spanienkriechern bietest, das bekommen wir auch. Verstanden?«, zischte er. »Oder soll mein Diener mit dem Knüppel nachhelfen?«

»Geht schon in Ordnung, Meister.« Der Wirt faltete die Hände. »Nur keine Schlägerei. Bleibt alle ganz ruhig.« Er bat andere Gäste, enger zusammenzurücken, und ließ von seinem Knecht neue Holzböcke bringen, eine große Tischplatte auflegen.

Michele tätschelte seiner schlanken Begleiterin die Schulter. »Nur das Beste für dich. Wie eine Marchesa werde ich dich verwöhnen.«

Lena betrachtete ihn; erst nach einem Seufzer löste sich der Zweifel in den dunklen Augen auf. »Mir reicht es, wenn du mich schöner malst als Fillide oder Bianca.«

»Ist versprochen.« Michele nickte vergnügt vor sich hin. »Ihr Huren seid nicht anders als wir Maler. Wollt immer besser sein als die Konkurrenz. Aber denk jetzt nicht an die beiden Weiber. Heute feiern wir.«

Die Weinkrüge kreisten. Als alle Becher gefüllt waren, erhob sich Michele. »Schöne Frauen und gute Freunde der Franzosen. Die ›Grablegung Christi‹ hat mir stolzes Geld gebracht.« Bernardo klopfte mit den Knöcheln auf die Tischplatte, und alle in der Runde spendeten dem Künstler Applaus. »Danke, danke«, wehrte Michele ab. »Jetzt lasst uns das Fell des Heilands versaufen ...«

»Gotteslästerer!«

Michele sah zum Spanientisch. Wer gerufen hatte, wusste er nicht. »Haltet das Maul da drüben.«

»Du bist es nicht wert, dass deine Bilder in einer Kirche hängen.«

Onorio sprang auf, auch Filippo Trisegni, hinter ihm schlug der Hocker um.

Gleich war der Wirt zwischen den Parteien. »Aufhören!« Er hob die Hände zur einen, dann zur anderen Seite. »Frieden! Bitte. Ich spendiere zwei Krüge vom Scharfgebrannten.«

Die Spannung lockerte sich, ging an beiden Tischen in Gemurmel über.

Aus der Gruppe der Spanier löste sich einer und kam herüber. Überrascht setzte Onorio Longhi den Becher ab. »Das glaub ich nicht! Seht mal, wer da bei den frommen Buben war.«

Michele wandte den Kopf. »Du?«

Der Sohn des Hauptmanns Tomassoni knuffte ihn gegen die Schulter, und nach einem Kopfschlenker zurück in Richtung des anderen Tisches zwinkerte er ihm zu. »Geschäft ist Geschäft. Weiber besteigen wollen alle, auch die Spanienkriecher.«

Bernardo beugte sich vor und packte Ranuccio am Handgelenk. »Was hast du mit denen da drüben zu schaffen?«

»Kassiert hab ich.« Einen Moment lang fiel das Gesicht ein, wurde der Blick unruhig, ehe es auffiel, gewann wieder das Feixen.

»Meine Fillide hat nun mal ein weiches Herz, hat einigen Kredit gegeben.«

Michele hieb dem Zuhälter spielerisch in die Seite. »Wenn sie sich auch von den Spaniern stoßen lässt, dann rühr ich sie nicht mehr an.« Diese Androhung löste anzügliche Kommentare in der Tischrunde aus. Davon angespornt griff ihm Lena zwischen die Beine. »Besorg es mir nur gründlich, dann hast du Fillide nicht mehr nötig. Das verspreche ich dir.«

Bisher hatte Cecco ruhig hinter seinem Herrn gestanden, nun aber beugte er sich vor. »Und was ist mit mir?« Da zog ihn Lena an der Nase. »Keine Angst, du geiler Köter, dich bringen wir auch noch unter.«

Onorio glaubte richtig verstanden zu haben, konnte es aber nicht glauben, er rückte näher: »Sag das noch mal.«

»Geht dich nichts an.« Lena wich zurück, setzte sich gerade, und madonnenhafte Unschuld kehrte in ihre Miene zurück.

»Und ich dachte schon, wir könnten Eintritt nehmen ...«

»Du bist ein Schwein«, fuhr ihm Micheles neues Modell über den Mund.

Mario hatte alles mitgehört. Blass im Gesicht, stieß er seinen Becher an Micheles Becher. »Denkst du manchmal noch daran?«

Der Freund grinste. »Was meinst du, braver Ehemann?«

»An unsere Zeit?«

Da patschte ihm Michele gegen die Stirn. »Aber ja doch. Und alles war so schön sauber. Ach, mein Prinz, du solltest mal sehen, wie es jetzt bei mir aussieht.« Er kicherte bei der Vorstellung. »Du würdest weinen, ich weiß es.« Langsam goss Michele etwas vom Rotwein auf den Tisch, dann schlug er mit der flachen Hand in die Pfütze. Gerade rechtzeitig konnte Mario sich noch zurückbeugen und den Spritzern ausweichen. »So sieht's bei mir aus. Und niemand putzt.« Gleich drohte Michele seinem Diener. »Du auch nicht. Du hast auch immer nur anderes im Kopf.« Er wandte sich wieder um. »So ist es, schöner Prinz, keiner räumt mehr bei mir auf. Keiner putzt ...« Wo war Mario? Michele runzelte die Stirn. Da entdeckte er den ehemaligen Geliebten, wie er rasch zum Ausgang eilte. »Mein Prinz ... Ach, dann eben nicht ...«

»Freunde …« Orazio Gentileschi winkte alle Gesichter zusammen. »Heute Abend geben wir es den Spaniern. Was meint ihr?«

Die Becher scharrten auf der Tischplatte. »Fangen wir an mit der Seeschlacht.«

Das Rumoren wurde lauter, die Freunde begannen zu summen, dann hob Orazio die Stimme: »Da fuhren die Schiffe nach Engelland …«

Allein der halbe Satz ließ jedes Gespräch am Nachbartisch ersterben.

Gentileschi sang von der stolzen Armada, die auslief, um die englische Flotte auf den Meeresgrund zu schicken. Und der Chor sang im Refrain düster von des Schicksals Weh und Ach. Strophe für Strophe ballten mehr der Spanienanhänger die Fäuste. Der Wirt schlug zunächst die Hände vors Gesicht, dann, als die Geschichte nicht abriss, sondern der Katastrophe vom August 1588 unerbittlich zusteuerte, begann er das Geschirr zu sichern, und sein Knecht rückte Holzböcke als Hindernisse vor die Weinfässer.

Die Spaniengläubigen warteten den Untergang der Armada nicht ab, sondern sprangen auf, um dem Hohn und Spott der Franzosenanhänger Einhalt zu gebieten. Ein Kampf mit Fäusten und Füßen entbrannte. Michele schlug zu, mehrmals wurde er im Gesicht und am Kopf getroffen. »Meinen Knüppel!« Doch Cecco war nicht neben ihm. »Verflucht!« Da sah er, wie der Junge sich mit Lena und den übrigen Weibern geduckt zum Ausgang schob. »Meine Waffen!« Er stampfte aus dem Getümmel, musste sich gegen einen Spanier wehren, streckte ihn schließlich mit einem Hieb gegen die Kehle zu Boden. Nahe der Tür erreichte er die beiden. »Meine Waffen …«

Gleich umschlang Lena seinen Hals. »Komm mit. Lass uns zu Hause weiterkämpfen.« Sie küsste ihn. »Mal sehen, ob du mich besiegen kannst.« Sie zog ihn mit. »Nun komm schon!« Und Lena war stärker. Michele folgte ihr. Draußen traf ihn die frische Luft, er wankte, musste sich an Cecco und seinem Modell festhalten. Erst auf der anderen Seite des Tibers fühlte er sich besser und sang wieder das Lied von der Seeschlacht. »Ihr auch«, forderte er. »Sonst siegen die Engländer nicht.«

In den engen Gassen hallten die Stimmen der drei die Hauswände empor, und Flüche antworteten von oben aus den Fenstern. Vor seinem Haus an der Ecke des Divino Amore ließ Michele den siegreichen Francis Drake und die englischen Admiräle hochleben, dann stieß er die Haustür auf und polterte mit Lena und Cecco die Treppen hinauf in den obersten Stock. Das Keifen seiner Hauswirtin überhörte er, alle Verwünschungen prallten von ihm ab.

Breitbeinig stellte er sich in die Mitte des Wohnraums, rülpste, lachte befreit und grinste Lena und Cecco an. »Bringt mich ins Bett. Und dann könnt ihr mit mir … dann zeigt mir, was ihr könnt.«

Sie entkleideten ihn, legten sich beide zu ihm. Ein neuer Rausch begann. Michele vergrub sich in ihr, keuchte und stöhnte, dann spürte er, wie Cecco sich auf seinen Rücken legte, in ihn drang, die Bewegung übernahm, den Rhythmus bestimmte, Lena warf den Kopf hin und her. Das Räderwerk zerbrach in grelle Farben, Michele schrie auf, erbebte, zitterte und sank in sich hinein.

Pochen. Hartes Klopfen gegen die Tür. Michele öffnete die Augen, das Tageslicht versetzte ihm einen tiefen Schmerz in den Schädel, er drehte sich zur Seite.

Das Pochen wurde bedrohlicher. Er hörte, wie die Tür aufschwang.

»Was wollt …?« Ceccos Stimme riss ab.

»Wache!« Gepolter. Harte Stiefeltritte auf den Holzbohlen. »Michelangelo Merisi?!«

»Nein. Lasst mich … Ich bin es nicht.«

»Wo ist er?«

Lena fauchte: »Was wollt ihr von ihm?«

»Halt dein Maul.«

Die Schritte kamen näher zum Bett. Michele rührte sich nicht. Seine Decke wurde fortgerissen. Hände packten in sein Haar. »Steh auf! Los, raus mit dir!«

Sie zerrten an ihm, und er musste gehorchen. »Ein Irrtum …«, murmelte er und wurde langsam wach. Er sah die Männer an. Große Männer. Sie haben Steingesichter, dachte er.

»Michelangelo Merisi. Ihr seid verhaftet. Euch wird Ruhestörung, mutwillige Beschädigung und schwere Körperverletzung vorgeworfen …«

»Muss ein Irrtum sein.«

»Zieht Euch an!«

Unter den strengen Blicken der Bewaffneten reichte ihm Lena Hose und Wams. Cecco schnürte die Sandalen. Unvermittelt lachte einer der Männer – ein böses trockenes Auflachen. »Fünf Anzeigen gegen Euch seit Jahresbeginn, dass nenne ich mir einen friedvollen Bürger der Stadt. Ich selbst bin jetzt das dritte Mal dabei, wenn Ihr abgeführt werdet. Und immer behauptet Ihr, dass Ihr nichts damit zu tun habt.«

Michele hob den Kopf, die Gedanken arbeiteten klarer. »Na und? War es nicht jedes Mal so?«

Da drohte ihm der Wachmann mit der Faust. »Irgendwann bin ich rechtzeitig an Ort und Stelle, bin Augenzeuge …«

Michele winkte ab. Hart stieß ihn der Mann in den Rücken, sodass er zur Tür stolperte, sich nur mit Mühe aufrecht halten konnte. »Vorwärts. Eure Lügen könnt Ihr dem Richter erzählen.«

Sie griffen ihn an beiden Armen. Über die Schulter rief er Cecco zu. »Lauf zum Palazzo Madama. Sag Kardinal del Monte, wo ich bin. Hörst du?« Und noch von der Treppe aus tröstete er Lena: »Ich bin bald wieder hier. Dann male ich dich schöner als Fillide und Bianca. Das verspreche ich.«

15

Verflucht, seit Sonnenaufgang läuteten irgendwo Glocken. Waren die einen verstummt, setzten irgendwo anders die nächsten wieder ein. »Hört endlich auf zu drängen«, knurrte Michele und zerrte den Gürtel fest. »Ich beeil mich ja.« Alle Kleidungsstücke musste er selbst suchen. Warum war Cecco auch ausgerechnet in dieser Woche zu seinen Eltern gereist? Das tiefe Wummern ertrug er noch, diese hellen Mahnrufe aber pickten wie Meißel in seine Schläfen. »Ich komme schon.« Er knallte die Tür hinter sich zu und lief die Treppen hinunter. Heute war der 16. April im Jahre des Herrn 1603 und seine Stimmung geladen. Michele hieb mit der Faust aufs Geländer. »Freu dich, Baglione. Diesen Ostersonntag wirst du sicher nicht so schnell vergessen.«

Auf der Gasse erwarteten ihn die drei Freunde. »Wo bleibst du denn?« Orazio Gentileschi winkte nur und ging mit Filippo Trisegni schon los. Onorio Longhi beschattete die Augen mit der Hand. »Großer Gott, wie läufst du rum? Musst du ewig diesen schwarzen Lumpen tragen?«

Michele stieß den Anführer der Clique gegen den Oberarm. »Was geht es dich an?«

»Wenn sie uns deinetwegen nicht in die Kirche lassen, war alle Mühe umsonst.«

»Nur keine Sorge. Wer versucht, mich aufzuhalten, dem schlag ich aufs Maul. Wie viele Abschriften habt ihr?«

»Zehn«, rief Orazio über die Schulter. »Aber die verteilen wir erst nachher. Nun geh schon schneller.«

Sie waren nicht zu spät. Als sie Il Gesù erreichten, stand das Portal bereits weit offen, nur wenige Besucher verließen nach der Messe das Gotteshaus des Jesuitenordens, die meisten schienen bleiben zu wollen, um der Enthüllung beizuwohnen. Nahe dem Eingang zog der Sohn des Architekten Longhi die Freunde kurz noch in eine Mauernische. »Also wir lachen. Wer fängt an?« Ohne abzuwarten, deutete er auf Michele. »Du. Dir hat er versucht zu schaden. Du bist sein größter Feind.«

Michele nickte. »Am liebsten würde ich die rote Ratte im Taufbecken ersäufen.«

»So gefällst du mir.« Onorio grinste und ließ Trisegni die Blätter verteilen. »Also gleich nach dir fallen wir mit ein. Und zwar rufen wir durcheinander, damit sich nachher keiner dran erinnern kann, wer genau was gesagt hat.«

Die Verabredung war getroffen. Mit scheinheiligem Ernst betraten die Freunde den Innenraum von Il Gesù. Duft nach Weihrauch und gelöschten Kerzen schlug ihnen entgegen. Die zahlreichen Besucher hatten sich vor der linken Seitenwand versammelt und standen bis zur halbkreisförmigen Absperrung. Auf Kopfnicken ihres Anführers hin mischte sich die Gruppe unauffällig zwischen die letzten Reihen. Ganz vorn, unter dem mit einem Seidentuch verhängten Gemälde, breitete neben dem in schillerndes Grün und Rot gekleideten Künstler der Obere der Compagnia di Gesù beide Arme aus. »Brüder, Schwestern! Ihr Freunde der Kunst! Begrüßt mit mir den hochverehrten Meister Giovanni Baglione.« Er verneigte sich leicht vor dem Maler, wartete den Applaus mit strahlendem Lächeln ab. »Welch ein Glück für uns alle, dass er für die Kirche unseres Herrn Jesus Christus ein neues Gemälde geschaffen hat. Ostersonntag, liebe Freunde! Ein Tag des Jubels, denn Jesus Christus, der für uns gestorben, ist heute auferstanden. Seht das Kunstwerk …!« Er gab das Zeichen. Gleich traten zwei junge Mönche an die geflochtenen Stricke rechts und links unter dem Bild, und die seidene Verhüllung schwebte langsam nach oben. »Nehmt teil an der Auferstehung!« Alle Gesichter hoben sich. Auf dem Gemälde entwich Christus dem Grab, das Haupt umkränzt von himmlischem Licht. Und mit getragenem Gesang begleitete der Obere den feierlichen Akt: »Victimae paschali laudes immolent Christiani …«

Michele glaubte, das Lied wäre zu Ende, er atmete, um loszulachen, da setzte der Jesuitengeneral mit der zweiten Strophe an. Geduld, dachte Michele, gönnen wir der roten Ratte noch eine kleine Schonfrist. Eine Berührung an der Schulter ließ ihn herumfahren. Er sah in das Grinsen von Ranuccio Tomassoni. »Wieso?«, flüsterte er. »Wo kommst du her?«

Der Sohn des Hauptmanns beugte sich zu seinem Ohr. »Ich hab euch gestern im Atelier von Filippo verpasst. Aber ich dachte mir schon, dass ihr heute hier auftaucht. Und da bin ich.«

»Wir können Unterstützung gebrauchen.« Rasch erläuterte Michele den Plan, und als Ranuccio begeistert nickte, reichte er ihm eine der Abschriften. »Stell dich ganz nach rechts. Und sobald die anderen loslegen, fällst du mit ein.«

»Du kannst dich auf mich verlassen.«

Noch ein Handschlag, und Michele sah Ranuccio nach, wie er sich durch die Andächtigen schlängelte.

»… dux vitae mortuus, regnat vivus.« Das Lied verklang im hohen Himmel des Kirchenschiffs. Nach einem Moment weihevoller Stille beglückwünschte der Obere der Compagnia di Gesù den rot gelockten Künstler. »Ein Meisterwerk …«

Eines besseren Stichwortes bedurfte es nicht. Ohne viel Zutun platzte das Lachen aus Michele heraus, nach dem ersten Atemholen brüllte er: »Pfuschwerk! Ekelhafte Stümperei!«

Aus drei Richtungen gleichzeitig setzte nun weiteres Gelächter ein. Von der rechten Seite hörte Michele nichts, kurz sah er hinüber. Ranuccio hatte zwar den Mund geöffnet, brachte aber scheinbar keinen Ton zustande. Gleich wandte Michele den Blick wieder nach vorn. Die Beschimpfungen und Schmähungen in den Versen kannte er auswendig! »Scheißkerl! Du bist kein Maler. Und selbst der Pinsel in deiner Hose taugt nicht!« Immer lauter und hämischer überschütteten die Freunde den Maler mit dem übelsten Wortunrat, dabei wechselten sie immer wieder ihre Position. Giovanni Baglione wankte, griff sich ans Herz und musste von den beiden jungen Novizen gestützt werden. Doch kein Erbarmen: Ohne Unterlass trafen ihn neue mit Schmach getränkte Pfeile.

Endlich rührte sich Empörung bei den Zuschauern. Aus der Menge wurden Drohungen laut. Als erste beherzte Männer die Fäuste ballten und andere aufforderten, gemeinsam gegen die Störenfriede vorzugehen, da warf Michele seine zwei Exemplare mit den Spottversen in die Luft. Blicke folgten, Hände schnappten danach. Derweil nutzte er die Ablenkung, tauchte zwischen den Leuten weg und rannte zum Ausgang.

Fast zur gleichen Zeit erreichten auch die Kumpane das Portal. Allein Ranuccio fehlte. Sicher hat er den Seitenausgang genommen, dachte Michele flüchtig und beschäftigte sich nicht weiter mit ihm.

»Erkannt hat uns in der Aufregung ganz bestimmt keiner!« Zum Zeichen des Sieges klatschten sich die Freunde mit den flachen Händen ab. »Verschwindet!«, Onorio stieß sie auseinander, »ehe einer von uns erwischt wird.«

Sie rannten davon, jeder in eine andere Richtung.

Der Gerichtsschreiber tunkte den Gänsekiel ins Tintenfass.

Beleidigungsklage!
Das hohe Gericht der Stadt Rom
gegen
Onorio Longhi, Bürger Roms,
Michelangelo Merisi aus Caravaggio, Maler,
Orazio Gentileschi, Maler,
Filippo Trisegni, Maler, Bürger Roms.

Giovanni Baglione hatte Anzeige erstattet. Früh am Morgen des 28. August erschien der Maler im Gerichtsgebäude. In leidenschaftlichen Worten schilderte er dem Staatsanwalt die erlittene Schmach, als wäre Ostern gerade erst gewesen. Der Schweiß rann ihm in Strömen übers Gesicht und spülte die eine oder andere Träne mit die Wangen hinunter. »Und hier …« Er legte ein Blatt auf den Tisch, wischte sich sofort die Finger an seinem Sacktuch ab. »Hier seht Ihr den Beweis …« Die Stimme sank von der Klage hinab ins trostlose Elend. »Mit solchen Versen wurde ich verleumdet.«

Gegen Mittag waren Kläger und Gerichtsbeamte gleichermaßen erschöpft. »Öffentliche Beleidigung gehört in unserer Stadt zu einem der schwersten Verbrechen.« Der Staatsanwalt erhob sich zum Abschied. »Seid gewiss, verehrter Giovanni Baglione, wir werden dem Gesetz und Euch Genugtuung verschaffen.«

Der Richter stellte Haftbefehle aus und ließ die Beschuldigten in der zweiten Septemberwoche festnehmen. Prozessbeginn war auf Samstag, den 12. des Monats, angesetzt.

Onorio und Filippo wurden eingehend verhört. Jeder antwortete, sagte aber nichts, was ihn oder einen der Freunde belasten konnte. Für Michele war der Sonntag anberaumt. Die Hand- und Fußeisen hatten ihm die Gefängniswärter nicht abgenommen. Mit gelangweilter Stimme beantwortete er die Fragen nach seiner Person, Herkunft und nach dem Beruf.

»Ist Euch bewusst, warum Ihr hier seid?«

»Die Schergen haben mich vor drei Tagen auf der Piazza Navona festgenommen. Warum, weiß ich nicht. Ich bin Maler, sonst nichts.«

»Sind Euch einige der Kollegen bekannt?«

»Einige?« Michele lachte trocken. »Ich kenne sie alle, die Scharlatane und die wirklichen Meister.«

Der Staatsanwalt nahm die Brille ab. »Wie unterscheidet Ihr zwischen gut und schlecht?«

Michele sah das Schlangenlächeln und nahm sich in Acht. »Wer die Natur täuschend echt nachahmen kann, den nenne ich einen Meister.«

»Wie zum Beispiel Giovanni Baglione?«

Michele starrte den Beamten an. Du bist mein Feind, dachte er, sollte ich irgendwann den Bösen malen, so werde ich ihm dein Gesicht geben.

»Merisi. Oder soll ich Caravaggio sagen, wie Ihr Euch jetzt auch gern nennt? Ganz gleich, Ihr müsst antworten, andernfalls werde ich Euch zwingen lassen.«

»Dieser Maler gehört nicht zu meinen Freunden.«

»Ich verlange eine klare Aussage.«

Die Wut brodelte hoch. »Verflucht! Er ist unfähig. Ich halte keines seiner Bilder für gut.«

»Auch nicht die ›Auferstehung Christi‹?« Die Frage kam schnell und scharf. »Antwortet!«

Michele ballte die Fäuste, schlug sie aneinander, die Kette klirrte, die Eisenringe schmerzten an den Handgelenken. »Gerade seine ›Auferstehung‹ gefällt mir überhaupt nicht. Weil sie in allem plump und ohne Spannung ist. Im Übrigen kenne ich keinen Kollegen, der dieses Bild lobt.«

»Mit wem wart Ihr Ostersonntag in der Kirche Il Gesù?«

»Ich war allein. Ich kann mich nicht daran erinnern, ob noch andere Maler dabei waren ...« Michele stockte, sein Nacken wurde siedend heiß. Zu spät.

Der Staatsanwalt setzte die Brille wieder auf, kostete erst stumm seinen Triumph, tauschte dann mit dem Schreiber einen Blick, ehe er ins Protokoll diktierte: »Der Beklagte gesteht, dass er am Ostersonntag, dem 16. April dieses Jahres, zum Zeitpunkt der Auferstehung ... Nein, das Letzte streichen ... dass er sich zum Zeitpunkt der Enthüllung des Gemäldes die ›Auferstehung Christi‹ in Il Gesù aufhielt.«

Keine Fehler mehr. Michele war auf der Hut. Nein, er habe nie mit Onorio Longhi über das Bild gesprochen. Und Orazio Gentileschi? Der habe schon seit mehr als drei Jahren nicht mehr mit ihm gesprochen ...

»Und die Spottverse auf den ehrenwerten Giovanni Baglione?« Der Staatsanwalt hielt ihm das Blatt vor.

Michele warf nicht einmal einen Blick darauf. »Herr. Ich verfasse keine Verse. Weder in Italienisch noch in Latein.«

»Mein Anstand verbietet mir, diese Traktate vorzulesen. Meine Pflicht aber gebietet es, Euch über den Inhalt zu befragen. Hier wird über den Wert der Bilder des Beklagten räsoniert. Vom mageren Erlös sollte er sich lediglich einen Stofffetzen für eine Hose leisten können, welche nicht einmal seinen ... Ich zitiere: ›seinen fetten Arsch bedecken‹ könne. Des Weiteren wird ihm geraten, die Schönen nicht mehr mit seinem ... wieder zitiere ich: ›mit seinem kleinen Schwanz zu ficken.‹ Und weiter unten bittet der Verfasser um Verzeihung, dass er dem Maler nicht schmeicheln könne, weil ... Zitat: ›weil du der Kette, die du trägst, unwürdig bist‹ ...!«

Der Staatsanwalt ließ das Blatt sinken. »Auf welche Kette wird hier angespielt?«

Michele ließ seine Handfesseln klirren. »Auf diese hier ganz sicher nicht«, spottete er, lachte über seinen Scherz und gab sich bescheiden. »Die reichen Brüder Giustiniani haben letztes Jahr einen Malerwettstreit zwischen dieser roten … zwischen Baglione und mir ausgelobt. Meine Wenigkeit hat ihn gewonnen.«

»Und welche Bedeutung kam der Kette dabei zu?«, erkundigte sich der Staatsanwalt in sanftem Ton. Michele bemerkte die Veränderung nicht, auch nicht das Schlangenlächeln, viel zu sehr genoss er erneut seinen Sieg. »Mein Gönner Vincenzo Giustiniani zahlte mir für den ›Siegreichen Amor‹ dreihundert Scudi. Kardinal Benedetto gestand die Niederlage ein und entlohnte Baglione für den ›Himmlischen Amor‹ nur mit einer Kette.«

»Danke für Eure Offenheit.« Der Staatsanwalt legte die Verse zurück zu den übrigen Beweismitteln.

»Verflucht. Ihr seid ein hinterhältiger …«

»Schweigt besser.« So falsch besorgt war der Tonfall. »Verschlimmert Eure Lage nicht weiter. Auf Grund der nun gewonnenen Erkenntnisse werde ich Euch nicht nur der Mittäterschaft bei den Ereignissen am Ostersonntag in der Kirche Il Gesù anklagen, sondern auch der Miturheberschaft an diesen Versen.«

Michele schloss die Augen. »Ich kenne die Verse nicht, hab auch noch nie von Spottversen gehört, in denen Baglione genannt wird.«

Das Gericht befand Michelangelo Merisi da Caravaggio schuldig im Sinne der Anklage. Erschwerend für das Strafmaß wogen die zahlreichen Delikte der vergangenen drei Jahre. Das Urteil lautete: sechs Monate verschärfte Haft im Stadtgefängnis Tor di Nona.

Auf dem Weg in den Kerker begegnete Michele noch im Gerichtsgebäude dem Anführer seiner Clique. »Lasst mich Abschied nehmen«, bat er die Bewaffneten. Da ihm die Hände gebunden waren, umarmte ihn Onorio, und rasch flüsterte er ihm zu: »Sie wussten alles. Schon vorher. Gib Acht, wenn sie dich weiter verhören.«

Der Freund küsste seine Wange. »Wir sind verraten worden. Es war Tommaso Salinis, von ihm hat Baglione die Verse bekommen …«

»Unmöglich.« Michele gab den Kuss zurück. »Der stand ganz vorn. Der kann uns nicht gesehen haben. Und keiner von uns hat ihm das Blatt gegeben.«

Die Wachen griffen nach der Kette. »Genug jetzt.« Sie zerrten Michele hinter sich her.

Von Carlo erfuhr Paola es noch am selben Tag. »Zu den Mördern und Ketzern?«

»Leider ja. In die Tor di Nona kommen nur die Schlimmsten.«

»Du willst mir Angst machen …«

»Niemals.« Der Kammerherr sah sie bekümmert an. »Ich dachte, du hättest dich von ihm losgesagt, hättest ihn überwunden? Zumindest habe ich dich so nach deiner Rückkehr aus Caravaggio verstanden.«

»Das stimmt auch. Aber das gilt doch nicht, wenn es ihm schlecht geht …« Paola schlug sich die Hände vors Gesicht, so erblindet, ging sie zu Carlo und lehnte die Stirn an seine Brust. »O Madonna, ich weiß, ich sollte mich selbst ohrfeigen. Aber was bedeutet schon Vernunft, wenn es um ihn geht?«

Behütend schloss Carlo sie in die Arme. »Wenn er dich wenigstens verdient hätte … Aber so bin ich nur zornig auf ihn.«

»Bitte nicht.« Enger noch schmiegte sich Paola an den Kammerherrn. »In Wahrheit ist er weich, und weil er so ist … und weil er Angst davor hat, verletzt zu werden … ich glaub, deshalb wehrt er sich.«

Carlo seufzte betont. »So wie er sich aufführt, muss er aber sehr, sehr viel Angst haben.«

»Mach dich nicht lustig.« Paola knuffte ihn mit der Faust in die Seite. »Bitte, du musst ihn verstehen. Ich … Ich versuche es doch auch.«

Schillernde Namen öffneten ihr die Schlösser in der Tor di Nona. »Ich arbeite im Palazzo Colonna.« Die Torwache ließ Paola die eiserne Pforte passieren.

»Kardinal Ascanio schickt mich, um dem Maler Michele …« Sie hielt inne, er wollte jetzt anders genannt werden, und sie verbesserte: »… dem Maler Michelangelo Merisi da Caravaggio etwas zu essen zu bringen.« Vom Hauptmann wurden die Riegel beiseitegeschoben, und er geleitete sie persönlich die Wendelstiege hinab zu den Kellerverliesen. Von Stufe zu Stufe verstärkte sich der Gestank nach Urin und Kot. »Da vorn. In der zweiten Zelle.«

Die Fackel auf dem Gang warf nur schwaches Licht durch die Gitterstäbe. Paola suchte mit dem Blick, entdeckte ihn schließlich an der hinteren Wand. Dort hockte er zwischen mehr als zehn verwahrlosten Gestalten auf dem feuchten Stroh.

»Ich bitte um die Erlaubnis, den Gefangenen einen Moment allein zu sprechen.«

»Verboten.« Zur Bekräftigung verschränkte der Hauptmann die Arme vor der Brust.

»Bitte.« Paola schenkte ihm einen Augenaufschlag. »Meine Herrin, die Marchesa Costanza, hat der Köchin und mir genau zugesehen, wie wir den Korb mit Schinken, Käse und Brot gefüllt haben. ›Mein Michele‹, hat sie gesagt, ›mein Michele soll nicht hungern.‹ Du musst wissen, meine Herrin, die Marchesa Costanza Colonna, ist die Patin über den Maler Michelangelo Caravaggio.«

»Und was …?«

»Doch, das ist sein richtiger Name. Und wenn ich der Herrin berichte, dass der Hauptmann ihrem Patensohn kleine Erleichterungen gewährt hat, dann wird sie es ihm sicher lohnen.«

Jetzt erst kam er zu seiner Frage. »Und was ist mit Wein?«

Paola nahm das Tuch vom Korb, und im Tausch für den gefüllten Lederschlauch wurde Michele von zwei Knechten herausgezerrt. »Kein Wort. Nicht hier vor den anderen«, knurrte der Hauptmann. In der Folterzelle am Ende des Gangs durfte Paola mit ihm allein sein, von den geschmiedeten Fuß- und Handfesseln befreiten sie ihn nicht, auch blieb die Tür offen stehen.

»Warum kommst du her?« Seine Stimme war abweisend. Der Blick hatte Gitterstäbe.

»Ich musste dich sehen … musste sehen, wie es dir geht.«

»Weibersorgen.« Er lachte trocken. »Sei ehrlich. Du bist nur neugierig, willst nur gucken, wie tief der böse Michele gefallen ist.«

»Du tust mir weh …«

»Ach, ich kenne euch Weiber.«

Paola umklammerte den Korb. »Ich bin keine von deinen Huren.«

»Nein, ich weiß. Du bist eine Heilige. Und ich bin undankbar.« Der bittere Spott nahm zu. »Und verzeih mir die Narbe an deiner Lippe. Was gibt es noch zu verzeihen? Ach ja, ich saufe zu viel …«

»Hör auf!« Mit Mühe bezwang Paola das Weinen. »Auch wenn andere es tun, ich klage dich nicht an. Und bald jede Nacht denke ich: Hätten wir doch nur unser Kind, dann wäre nichts so schlimm geworden. Aber ich habe keine Schuld an dem Unglück, auch wenn du das denkst und mich deshalb so vergisst.«

Der Schutz wich. Seine Augen zeigten Not und Einsamkeit. Doch mit dem nächsten Lidschlag schloss sich wieder das innere Versteck. »Jetzt weiß ich, warum du gekommen bist. Gianni war bei der Marchesa und hat ihr erzählt, dass meine Seele in Gefahr ist. Aber ich will nicht gerettet werden, weder von meinem Bruder noch von der Herrin, noch …« Er wandte das Gesicht ab, seine Stimme sank, klang ratlos. »Und warum solltest du das wollen? … Geh besser jetzt. Ich muss so leben; meine Bilder retten mich, und das genügt mir.«

Paola stellte den Korb vor ihn hin, er sah sie nicht an. Mit den Fingerkuppen berührte sie seine Wange. »Darf ich wiederkommen?«

»Nicht nötig.« Er versteifte den Rücken, versuchte zu spotten, doch der Ton gelang nicht. »Del Monte oder einer meiner Gönner holt mich bald wieder raus. Schließlich will keiner lange auf seine bestellten Bilder warten.«

Protokoll vom 25. September 1603. Auf Fürsprache des französischen Botschafters hin befiehlt der Statthalter von Rom die sofortige Freilassung des Malers Michelangelo da Caravaggio aus der Tor di Nona, unter der Auflage, dass Caravaggio ohne schriftliche Genehmigung nicht das Haus verlassen darf.

Zusatz im Protokoll vom 25. September 1603: Ainolfo Bardi, Graf von Vernio und Gesandter des französischen Hofes, garantiert persönlich dem Statthalter von Rom: Der Maler wird, gemäß der Garantie des Grafen von Vernio, künftig jegliche Art der Beleidigung gegen den Giovanni Baglione oder Tommaso Salini unterlassen.

Drei Tage schon schäumte die ganze Stadt, quoll über von freizügigen Kostümen, furchterregenden Masken. Die Musik in den Tavernen und Spelunken ruhte auch während der dunkelsten Nachtstunden nicht, und der Gesang von gestern wurde zur Begrüßungsmelodie des nächsten Tages. Karneval in Rom.

Die Bank war hart. Michele rieb sich die Augen, als er sich aufrichtete, schmerzte der Rücken. Er stierte auf Tische mit umgestoßenen Bechern. »O Gott! Wo bin ich?« Von den Bänken her hörte er das Geschnarche der Freunde. Nur langsam dämmerte die Erinnerung. Gestern Abend. Lange hatte er mit Freunden nahe der Piazza del Poppolo gezecht. Bis auf Bernardo, den Bruder von d'Arpino, waren alle dabei gewesen. »Wir bleiben hier«, bestimmte Onorio Longhi. »Dann haben wir morgen am Renntag den besten Platz.« Der heftige Protest des Wirtes war von ihm mit zwei Giulii erstickt worden. »Vorher aber setzen wir alle Spanienkriecher vor die Tür.«

Michele schloss und öffnete die Hände, keiner der Knöchel schmerzte. Er befühlte Kinn und Wangenknochen: keine Wunden. »Ich muss wohl schon vor der Prügelei eingeschlafen sein.« Er stand auf, wankte durch den Schankraum, dabei stieß er gegen Hocker und Tischecken. Jetzt roch er den Gestank nach Erbrochenem, und Übelkeit würgte seinen Hals.

Draußen peinigte ihn der Morgen mit Helligkeit und Gedränge. Zuschauer sicherten sich Plätze; um besser zu sehen, stapelten sie Kisten aufeinander, lehnten Leitern an die Hauswände. Michele blickte hinüber zur Piazza. Dort verkleideten Handwerker unter Anleitung von Schwarzröcken die Papsttribüne mit himmelblauen Seidentüchern.

Der letzte Papst hat kein Rennen mitbekommen, überlegte Michele, grinste vor sich hin und rechnete. Gestorben war der vorletzte, dieser verfluchte Clemens, im März 1605, dann hatten sie einen Medici gewählt, doch Leo XI. gab den Hirtenstab schon nach sechsundzwanzig Tagen ab, und gleich im Mai war Kardinal Camillo Borghese als Paul, der fünfte dieses Namens, auf den Heiligen Stuhl gehoben worden. »Mal sehen, wie lange der sich hält.« Michele mochte den strengen Mann nicht, auch wenn ihm durch Vermittlung del Montes die Ehre zugefallen war, den neuen Papst gleich nach seiner Erhebung als Erster von allen Malern Roms zu porträtieren. Während der Sitzung damals hatte Camillio Borghese nicht aufgehört, ihn zu ermahnen. Zwar achtete er das Können Micheles, dennoch gefielen ihm die Bilder nicht. »Sie sind ohne Frömmigkeit. Dich hat der Heilige Geist nicht angeweht, mein Sohn. Bitte den Allmächtigen um diese Gnade. Dann erst wirst du die Krone der Kunst erlangen.«

Michele drohte mit dem Finger zur grell leuchtenden Tribüne hinüber. »Nicht dass du heute da runterfällst«, knurrte er, »dabei kann sich selbst ein Papst ganz leicht das Genick brechen.«

»Du schuldest mir eine Münze.« Eine mit Lumpen umwickelte Hand streckte sich ihm von der Seite her entgegen. Michele wich zurück und sah in ein verdrecktes Gesicht, staubgrau war der Bart. »Verschwinde!«

»So wirst du mich nicht los.« Das kehlige Lachen zeigte drei Zahnstümpfe. »Wir sind im Wort, Söhnchen. Der alte Isaak vergisst nicht. Wir sind uns am Galgenplatz vor dem Ponte San Angelo begegnet. Damals warst du so winzig …« Zwischen Daumen und Zeigefinger ließ er nur einen Spalt. »Aber heute kennt die ganze Stadt deine Bilder.«

Der Wurm! Michele erkannte ihn wieder und musste schmunzeln. »Du hast nicht an mich geglaubt. Ich schulde dir gar nichts.«

»He, was du nicht sagst! Bei allen Propheten hab ich dir Glück gewünscht. Und das hat genutzt, Bübchen. Also stehst du in meiner Schuld.«

»Alter Jude, du verdrehst den Sinn, bis dein Vorteil herauskommt.« Michele nahm drei Baiocchi aus der Gürteltasche.

Gleich schickte Isaak einen flehenden Blick zum Himmel. »Da hab ich ihn zum reichen Mann gemacht, und er straft mich mit Verachtung. Ist mein Wunschglück so wenig wert?«

»Hör auf zu jammern.« Michele zückte einen Giulio. »Hier nimm. Das ist mehr, als du in einer Woche zusammenbetteln kannst.«

Die Hand schnappte zu. Wie angerührt starrte der Bettler vor sich hin. Dann, als falle die Wurmhülle von ihm ab, richtete er sich auf. Mit beiden Jackenärmeln fuhr er sich über Augen, Wangen, über den Bart und sah Michele maskenlos an. »Nun, da steht jetzt der alte Isaak in ganzer Wahrheit vor dir. Zwei Töchter hat ihm seine Sarah geboren und einen Sohn, den Jakob. Einen schönen Sohn, kannst mir glauben, weil seine Mutter eine schöne Frau ist.« Der Jude drehte die glitzernde Münze zwischen den Fingern. »Warum sag ich das? Nun, einfach ist es nicht. Aber ich biete dir ein Geschäft, Bübchen.«

»Ich denke, es reicht ...«

»Nicht gleich abwenden. Warte. Ich will dir etwas abkaufen.«

Michele runzelte die Stirn. »Ein Bild?«

»Nein, Bübchen.« Der Blick des Alten wurde ernst, dennoch bemühte sich die Stimme um Leichtigkeit. »Es ist mir heute wertvoller als ein Bild.«

»Nun sag schon.«

»Ich will dir dein Lachen abkaufen.«

Völlig überrascht lachte Michele auf, brach gleich wieder ab. »Entschuldige ...«

»Nein. Lach du nur. Das Geschäft gilt erst nachher, wenn sie rennen müssen.« Mit der Linken beschirmte Isaak die Augen. »Ich war für den Lauf vorgesehen. So wie schon seit zehn Jahren. Immer haben sie mich für das Judenrennen ausgewählt. Doch nun bin ich alt, und meine Sarah meint, ich halte die Anstrengung nicht mehr durch. Und da hat sich mein Jakob für mich geopfert.«

Michele nickte, schüttelte aber gleich danach den Kopf. »So ganz versteh ich das Geschäft nicht.«

Da drückte ihm Isaak den Giulio in die Hand und schloss sie mit seinen beiden Händen. »Wenn alle vor Vergnügen schreien und johlen ... Bitte, lach du nicht über meinen Jakob und die anderen. Und ...« Die Lippen zitterten, es kostete ihn Kraft, noch einen Scherz beizufügen. »Und wenn ein Jude schon vor Abschluss des Geschäfts die Ware bezahlt, dann muss er großes Vertrauen haben.«

»Du kannst auch so auf mich zählen.« Michele wollte die Münze zurückgeben, doch der Alte wehrte ab. »Juden machen nun mal mit Christen Geschäfte. Lass uns nicht aus dem Bild steigen, Bübchen.«

Sie blieben nebeneinander stehen. Wenig später, als der Lärm zunahm, wachten in der Taverne auch die Freunde auf. Als Erster kam Ranuccio nach draußen. »Komm rein. Vom Fenster aus siehst du besser.«

Michele winkte ab. Onorio blieb in der Tür stehen und pfiff so lange nach dem Freund, bis der sich umdrehte. »Wo bleibst du? Der Wirt kocht uns eine Suppe.«

»Lass mich hier draußen. Mir ist noch schlecht von gestern.«

Fanfaren kündigten den Heiligen Vater an, und als Paul V. im Kreise seiner Kardinäle und engsten Vertrauten hoch oben auf der Tribüne stand, erfolgten auf sein Zeichen hin die drei Kanonenschläge. Der Renntag war eröffnet.

Als Erstes die Esel! Weit drüben am Beginn des Corso brandete Lärm auf. Gejohle näherte sich in wilder Hast. Die Zuschauer verrenkten sich die Hälse. Nun war das Prasseln der Hufe zu vernehmen, und endlich tauchten die Esel auf. Ihre Reiter hieben mit Gerten und den Fersen auf die geschmückten Tiere ein. Nicht jedes fügte sich. Zum Ergötzen der Zuschauer bockten und buckelten einige Eselinnen, stellten die Ohren senkrecht und warfen die Plagegeister von ihren Rücken. Drei Favoriten hatten sich vom Hauptfeld abgesetzt. Ihre Namen wurden geschrien, dazu stießen Fäuste den Rhythmus in die Luft. Der Corso mit seinen hohen Häuserflanken drohte zu bersten. Da erreichte das Rennen die Piazza del Popolo, der Sieger durchriss unterhalb der Papsttribüne das Zielband, und der Heilige Vater applaudierte mit leichtem Getätschel seiner behandschuhten Fingerkuppen.

»Jetzt die Juden!« Wie eine frohe Botschaft eilte die Nachricht durchs Gedränge an den Straßenrändern. »Die Juden, die Juden!« In Vorfreude jubelten die Weiber, schlugen sich Männer begeistert auf die Schultern.

Isaak schob sich enger an Michele. »Sonst fragt keiner nach dem Hunger im Ghetto. Weil, gern sehen sie unsere Kinderchen verhungern, damit wir uns nicht ausbreiten. Aber heute …« Er schlug sich gegen die Brust. »Fressen müssen alle Auserwählten und immer wieder saufen …« Auf dem Marktplatz im Ghetto brodelte seit Sonnenaufgang die dicke, mit Knoblauch und Zwiebeln durchsetzte Krautsuppe. Polizisten häuften allen Läufern große Portionen in den Blechnapf und achteten unter Drohungen darauf, dass jeder aß und auch jeden Nachschlag in sich hineinzwang. Nicht genug der Völlerei, jeder einzelne Teilnehmer musste kurz vor dem Start einen ganzen Krug Bier in sich hineinschütten. »Weißt du, was das bewirkt, Bübchen …?« Der Alte sprach nicht weiter, aufbrandender Jubel schloss ihm den Mund.

Michele sah in Richtung Start. Dort näherten sich mehr als vierzig bis auf die Binde um ihre Lenden vollständig nackte Männer, Jünglinge und Alte. Nur wenige liefen, und auch die kamen aufgrund ihrer vollleibigen Behäbigkeit nur langsam voran. Die meisten von ihnen aber torkelten, hielten sich außer Atem die stechenden Seiten. Dann, nach der Hälfte der Strecke, stürzten die Ersten. Sie durften nicht liegen bleiben. Die Christen Roms bewarfen die Schwachen mit kleinen Steinen und Hölzchen, einige Weiber sprangen vor und schlugen ihnen auf den nackten Hintern, dabei kreischten sie und juchzten. Wer sich dennoch nicht aufraffen konnte, den trieben die Rennaufseher mit Stöcken weiter.

Michele ballte die Fäuste, er schämte sich, während um ihn herum das Gelächter, die Hohnrufe lauter wurden. Isaak krallte die Finger in seinen Wamsärmel. »Da. Da ist mein Jakob.« Er zeigte auf einen schmalbrüstigen jungen Mann mit Bart und Brille. »Das ist der Sohn meiner schönen Sarah.«

Michele sah ihn, nach Luft ringend, vorbeitaumeln, so unmäßig aufgebläht der Bauch …

»Gefällt er dir, Bübchen?« Eine erstickte Stimme. »Nun sag schon.«

Michele wandte den Kopf. Tränen liefen dem Vater übers Gesicht, zeichneten sein Unglück in den Schmutz der Wangen. »Ist ein schöner Mensch, dein Jakob.«

»Was ich sage.« Isaak tätschelte ihm die Hand. »Was ich immer sage …« Er krümmte sich ein, wich zurück und entschwand, ehe ihm Michele den Giulio zurückgeben konnte.

Die Begeisterung geriet auf der Piazza del Popolo in schrilles Tosen. Der Sieger hatte das Band durchrissen und wälzte sich in Krämpfen auf dem Boden. Und oben auf der Tribüne klatschte der Heilige Vater und lachte herzlich auf ihn hinab.

»Besser du lägst da unten im Dreck«, flüsterte Michele und wollte zu den Freunden in die Taverne.

Hart wurde er am Wams festgehalten. »Warte. Geh da nicht rein.« Bernardo zerrte ihn mit sich fort.

»Bist du wahnsinnig?«

»Kann schon sein.« Der Bruder d'Arpinos raunte ihm zu: »Wenn du erfährst, was ich weiß, wirst du auch wahnsinnig.« Erst in einer dunklen Nebengasse ließ er den Freund los, um ihn gleich wieder an sich zu ziehen. »Ich kenne den Verräter. Jetzt weiß ich alles.«

Michele spürte heftiges Pochen in den Schläfen. »Du meinst, wer uns an Baglione verraten hat?«

»Und nicht nur die Sache in Il Gesù. Ich spreche von dem, der dir nachspioniert. Alles, was du tust, meldet er gleich weiter. Und das schon seit Jahren. Und der Kerl verdient auch noch gut dabei. Es ist Ranuccio.«

Der Mund wurde trocken, Michele bemühte sich zu schlucken. »Unser Ranuccio ...«

»Genau der. Der Sohn vom Hauptmann Tomassoni.«

Alles in Michele wehrte sich. »Wieso bist du so sicher?«

Giovanni Baglione hatte sich mit Cesari in dessen privatem Empfangsgemach getroffen. »Wir wollen ungestört sein.« Vom Meister war der jüngere Bruder mit einem Auftrag weggeschickt worden. »Ich hatte die Adresse vergessen und bin noch mal zurück.« Bernardo war leise ins Vorzimmer getreten. »Und da hörte ich die beiden über dich lachen. Der Rote prahlte damit, dass er dich letzten Monat bei den Patres in Loreto schlechtgeredet habe und sie dir deshalb den Auftrag nicht gegeben hätten. Und zum Schluss sagte er, dass sein Spion ihn jede Woche informiert. Alles von dir wisse er, und wenn er wollte, dann könne er jeden Pinselstrich nachmalen, den du gerade auf die Leinwand gebracht hast. Mein Bruder fragte, wie viel er dem Spitzel bezahlen müsse. Ranuccio sei gierig, sagte Baglione, aber sehr geschickt, weil er sich in dein Vertrauen geschlichen habe. Außerdem seien die gelieferten Informationen jeden Giulio wert.«

Jeder Satz hatte Michele ausgehöhlt, jeder neue Gedanke riss tiefe Wunden in ihm. »Ranuccio wird büßen. Nicht heute, aber bald.« Er fasste Bernardo ins Genick und zog ihn an sich. »Wir lassen uns nichts anmerken. Wir beobachten den Kerl, hörst du, nur beobachten.«

»Und dann ...«

»Ich weiß noch nicht. Der Einzige, den wir einweihen, ist Onorio. Mit ihm werd ich mir was überlegen. Das Verräterschwein kommt mir nicht davon, verlass dich drauf.«

Der Tag war gut gewählt. Seit dem Morgen schon dauerten die Feierlichkeiten zum ersten Jahrestag der Wahl des Kardinals Camillo Borghese zum Papst Paul V. an. Wurden auf dem Petersplatz von Bürgern, Nonnen und Mönchen fromme Lieder gesungen, so grölten in den düsteren Vierteln rechts und links des Tibers die Betrunkenen, gerieten sich Huren in die Haare und schrien die Bestohlenen nach der Polizei.

Beim Schlag der Glocke blickte Michele hinauf zur Turmhaube über dem Dach der Kirche dell'Immacolata Concezione. Jeder folgende Stundenschlag vibrierte in seiner Schädeldecke, noch ehe er als Echo von den Hauswänden rund um den kleinen Platz widerhallte. Kaum war der sechste verklungen, trat Michele gemeinsam mit den Freunden aus dem Schatten. Zur selben Zeit verließen auf der anderen Seite die Anhänger der Spanienpartei ihren Treffpunkt in der engen Gasse. Beide Gruppen hatten sich schon vor der vereinbarten Zeit in dieser Gegend etwas abseits vom Festtrubel zusammengefunden.

Sonntag, der 28. Mai 1606. Der Abend des großen Spiels und des großen Geldes! Mehr noch, heute sollte die Entscheidung fallen. Franzosenanhänger oder Spanienkriecher. Ein Sieg bedeutete die Vorherrschaft fürs ganze Jahr im Viertel des Campo Marzio.

Er. Er war dabei! Michele atmete schneller und tippte Onorio an die Schulter. »Der Hund hat den Schwanz nicht eingekniffen.«

»Dann werden wir ihm nachher seinen kleinen Schwanz abschneiden.« Nicht weiter. Mit erhobener Hand hielt der Anführer seine Horde zurück und trat nur mit Michele und den beiden anderen Mitspielern bis an den Rand des Platzes vor. Stumm die Arme vor der Brust verschränkt, schätzte er die Stärke des Gegners ab.

Auch auf der anderen Seite hielten sich die Helfer zurück, und nur die vier Kämpfer näherten sich noch einige Schritte, hüteten sich aber, vorzeitig das Kampffeld zu betreten. Ihr Kapitän nahm ebenfalls mit dem Blick Maß, einen Fuß vorgesetzt, rieb er sich dabei mit der Faust unter dem Kinn.

»Wird schwer«, brummte Onorio. »Sie haben den Bruder von Ranuccio aufgestellt.«

Trotz Zorn und Ungeduld seit jenem Karnevalstag hatte sich Michele während der beiden folgenden Monate dem Rat des Freundes gefügt und erst vor einer Woche dem Sohn des Hauptmanns Tomassoni im Beisein der ganzen Clique die Maske runtergerissen. »Elender Hundsfott. Hast mich die ganzen Jahre ausspioniert, mich an die rote Ratte verraten …« Rechtzeitig war Michele von zweien der Freunde zurückgehalten worden.

Onorio hatte vor Ranuccio ausgespuckt. »Verschwinde. Geh zu den Spanienkriechern. Und wenn du auch nur einen Funken Mut hast, dann lass dich fürs große Spiel aufstellen. Auf unserer Seite wird Michele mitkämpfen. Solltest du aber feige sein und dich drücken, dann wirst du ab dem Tag gejagt. Ganz gleich, wo du dich versteckst, wir finden dich, und dann gnade dir Gott.«

Ranuccio war vom Feind mit offenen Armen empfangen worden, nicht nur, weil er jedem, der künftig seiner Fillide einen Besuch abstatten wollte, großzügigen Rabatt versprach, sondern auch, weil gleichzeitig mit ihm sein Bruder Francesco die Seiten wechselte. Francesco war zwar der Jüngere, aber bei seiner Zeugung musste Hauptmann Tomassoni alle Reserven mobilisiert haben, denn dieser Sohn war im Gegensatz zu Ranuccio zu einem wahren Hünen herangewachsen.

Die vier Franzosenanhänger klatschten sich mit den Händen ab, und Onorio schritt aufs Spielfeld, traf sich dort mit dem gegnerischen Spielführer. Letzte Absprachen.

»Weg mit den Waffen!«

Auf beiden Seiten zückten die Mitglieder ihre Degen, Messer oder Schlagringe. Dann zählte jeder Kapitän den hohen Einsatz von fünf Goldscudi in den Beutel. Ein Wink für die Bewacher. Mario eilte mit den Waffen der Franzosen hinzu, und zusammen mit dem ebenso hoch beladenen Spanier brachte er die Siegprämie zum Eingang der Kirche. Bis zum Ende des Spiels sollte dort der Schatz gehortet werden.

Während von Helfern die Schnur quer über die Platzmitte gespannt wurde, befestigte Michele die mit Eisenspangen verstärkte Holzmanschette an seinem rechten Unterarm.

»Du und Filippo geht nach vorn«, bestimmte Onorio. Er selbst wollte mit Petronio, einem ehemaligen Wachsoldaten, den hinteren Teil des Feldes übernehmen.

Den ersten Abschlag führten die Spanier aus. Der pralle Lederball flog handbreit über die Schnur ... Michele ließ ihn passieren ... weich wurde er von Petronio angenommen, abgegeben an Filippo ... die Vorlage für Michele, und aus dem Sprung knallte er den Ball zurück. In der Spanierhälfte war der Hüne zur Stelle, hieb auf das Leder. Michele konnte nicht schnell genug reagieren, musste zusehen, wie der Ball den Boden berührte, und richtete sich dicht neben der Schnur wieder auf. Da traf ihn ein furchtbarer Schlag an der Schulter. Aus den Augenwinkeln sah er, wie Francesco zum zweiten Male ausholte, und konnte sich nur durch einen Sprung von der Mitte weg in Sicherheit bringen.

Ranuccio drängte sich neben seinen Bruder und zischte. »Warte nur ab, Pinselquäler. Deine Freunde werden dich hier wegtragen müssen.«

»Oder dich, du Verräterschwein.«

Das Spiel wurde schneller. Die Anhänger der Parteien schwiegen gebannt, brachen in Jubel oder Flüche aus und hielten wieder den Atem an. Bald stand es fünfzehn zu neun für die Spanier, und schon vier Mal war Michele am Hals oder Kopf von der eisenbewehrten Holzmanschette des Hünen getroffen worden. Dennoch versuchte er immer wieder, selbst einen Schlag gegen Ranuccio zu führen, doch der war zu biegsam, entwand sich, und statt den Verhassten zu treffen, wurde Michele von dessen Bruder am Hals und einmal sogar an der linken Kopfseite verletzt. Lautstark verwarnte Onorio die Gegner, erntete jedoch nur spöttisches Gelächter, und bei jedem gelungenen Hieb gegen den Maler kicherte der Verräter, zischelte: »Merisi, Merisi. Deine Mutter hätte dich besser gleich nach der Geburt ersäufen sollen.«

Als Michele vorn an der Schnur in die Knie sank, brach Onorio das Spiel ab und erklärte beim Stand von zwanzig zu vierzehn für den Gegner seine Franzosenpartei zum Sieger. »Niemals!« Gleichzeitig tauchten die beiden Tomassonibrüder unter der Schnur her, gefolgt von ihren Hintermännern. Fäuste flogen, Fußtritte. Nun griffen die Helfer ein, wild schreiend verknäulten sich die Parteien ineinander. Francesco war es gelungen, den ehemaligen Wachsoldaten von hinten am Lederwams zu packen. Er drehte die linke Faust in den Kragen, würgte den Feind, doch kaum erlahmte Petronio, als der Hüne mit dem rechten Arm zuschlug. Wieder und wieder traf die eisenbewehrte Holzmanschette den Schädel seines Opfers. Onorio versuchte zu helfen, der Hüne aber hielt ihn mit Fußtritten auf Abstand.

Michele kämpfte, die Wut hob ihn über die Schmerzen hinweg. Er versuchte, an den Verräter heranzukommen, aber der wich ihm aus, bewegte sich in Richtung Kirchenportal. Michele ahnte die Absicht und verfolgte ihn. Schon zückte Ranuccio ein noch unter dem Hemd verstecktes Messer. Mit blanker Klinge trieb er Mario von der Kirchentreppe und forderte den spanischen Bewacher auf: »Nimm das Gold. Es gehört uns.«

Michele hatte ihn eingeholt. »Du rührst es nicht an.« Da schnellte Ranuccio herum, stach zu und ritzte den linken Unterarm des Malers.

»Meinen Dolch«, brüllte Michele zu Mario hinüber. Der Freund warf ihm die Waffe zu, sie fiel auf die Eingangsstufen. Michele bückte sich, umfasste den Griff, als Ranuccio schon über ihm war. Ein Stich fuhr ihm in die rechte Seite. Michele brüllte, hieb mit dem Dolch nach oben und stach die Klinge dem Feind bis zum Heft in den Oberschenkel. Ranuccio heulte auf, taumelte und schlug rücklings zu Boden. Michele riss die Waffe heraus. Blut spritzte ihm ins Gesicht, er merkte es nicht, das Rauschen im Kopf ließ ihn fast erblinden. Er beugte sich über den Feind. Ranuccio zappelte, schlug mit den Beinen, sein Knie traf Michele in die Hoden. Neuer Schmerz … »Du verfluchter Hund! Ich schneide dir den Schwanz ab.« Er zerrte an den Hosen des Verhassten, konnte sie nicht runterziehen. In rasendem Zorn schlug er die Klinge wieder und wieder in den Unterleib.

Seine Arme wurden gepackt. »Hör auf!« »Genug!« Weit entfernt hörte er die Stimmen von Filippo und Mario. Die Bilder verlangsamten sich. Michele fühlte, dass sie ihn wegzogen, und gleichzeitig sah er sich dabei zu. Erst als sie losließen, fand er sich wieder. Vor ihm lag sein Opfer. Aus der Innenseite des Oberschenkels schoss eine Blutfontäne.

Francesco kauerte sich zu dem Bruder, versuchte mit der Hand die Wunde zu verschließen, doch das Blut quoll ihm zwischen den Fingern hindurch. »Nuccino. Mein Nuccino.« Das Stöhnen des Verletzten wurde schwächer. »Er stirbt«, jammerte der Hüne und hob den Bruder auf die Arme, wusste nicht, wohin. Er trug ihn aufs Kampffeld. Wenige Schritte vor dem leblos daliegenden Petronio kehrte er um, drehte sich einige Male im Kreis und kauerte sich dann nieder. Den Sterbenden auf den Knien, blieb er dort.

Von den Fenstern ringsum wurden Stimmen laut. Rufe nach der Wache gellten auf.

»Bringt euch in Sicherheit!«

Michele hörte den Befehl seines Anführers, wollte gehorchen, doch da legte sich Schwere auf seinen Kopf, er schwankte und stürzte.

»Wir müssen Merisi hier wegschaffen!«

Onorio ist ein guter Freund, dachte Michele noch. Rot kam über ihn … verlor sich ans Schwarz.

Lena wohnte nicht weit. Dorthin schleppten die Kumpane den Verletzten, hämmerten mit der Faust an die Wohnungstür.

»Was wollt ihr …?« Beim Anblick des blutüberströmten Malers weitete sie die Augen. »Nicht ins Bett. Bitte. Die Flecken …«

»Sei still!«, fauchte Mario, und sie legten Michele behutsam auf den Boden. »Bring Wasser und Tücher!« Aus Sorge um den Freund wuchs Mario über sich hinaus, er übernahm die Organisation der Hilfe, schickte Filippo zum Palazzo Madama. »Schildere Kardinal del Monte, was vorgefallen ist. Sag ihm die Wahrheit. Bitte ihn, dass er Doktor Mancini hierherschickt.«

Lena schlug die Hände vors Gesicht. »Aber er kann nicht hier bleiben. Die Polizei sucht doch sicher schon nach ihm. Jeder weiß, dass Michele mich besucht. Also werden sie kommen. Und ich will nicht in die Sache mit hineingezogen werden.«

Flucht? Auch wenn Lena Michele nur aus Eigensucht loswerden wollte, sie hatte recht. Nicht lange, und er war nirgendwo in Rom mehr sicher. Mario nickte. »Er muss fliehen.« Doch wohin?

Onorio sollte zum Palazzo Colonna laufen und Paola verständigen. »Halt sie zurück. Sie darf erst herkommen, wenn sie mit ihrer Herrin über einen Fluchtort gesprochen hat.«

Die vertraute Stimme. Mein schöner Prinz ist bei mir. Mit geschlossenen Lidern lächelte Michele, und unvermittelt war er wach. Schmerzen. Der Kopf, die linke Halsseite, bei jedem Atemzug fuhr ein Stich durch den rechten Brustkorb. »Alles tut mir weh«, murmelte er. Gleich beugte sich Mario über ihn. »Hier bei Lena bist du erst mal in Sicherheit. Lange kannst du aber nicht bleiben. Du musst weg, sonst verhaften sie dich.«

»Warum?«

»Weil du ...« Die Verzweiflung übermannte Mario, erst nach tiefem Einatmen konnte er weitersprechen. »Du hast ... Ranuccio ist tot.«

»Ich habe mich gewehrt. Nur gewehrt ... Er hatte zuerst ein Messer. Ich musste, sonst hätte er mich getötet.«

»Ich weiß.« Mario strich ihm die Haarsträhnen aus der Stirn, sah ihn bekümmert an. »Du hast ... Er lag schon auf dem Rücken. Und da, da hast du noch ein paar Mal auf ihn eingestochen.«

»Was?« Michele benetzte die Unterlippe mit der Zunge. »Daran kann ich mich nicht erinnern. Ich schwöre ...«

»Da waren Zeugen, die den Mord beschwören werden ... Du musst raus hier. Und ich auch, weil ich dir den Dolch zugeworfen habe.«

»O dieser gottverfluchte Verräter.« Michele griff nach der Hand des Freundes. »Meine Farben, die Pinsel ... Sag Prospero Bescheid. Er soll in meiner Werkstatt nur das Nötigste in den kleinen Holzkasten packen. Und Geld. Er muss mir einen Gürtel mit Scudi spicken.«

Nach einer Stunde kehrte Filippo mit dem Leibarzt del Montes zurück.

»Keine Details«, bat Doktor Mancini gleich beim Betreten des Zimmers. »Falls ich verhört werden sollte, will ich reinen Gewissens sagen können, dass ich zwar einen Verletzten versorgt habe, aber nichts über Ursache und Herkunft der Wunden wisse.«

Mario gab Filippo den Auftrag, Prospero Orsi zu verständigen.

Der Agent sollte noch in der Nacht mit Malutensilien und Geld herkommen.

Der Einstich in der Brust war nicht tief. Die Verletzung am Hinterkopf war jedoch erheblich und musste mit zwei Stichen zusammengezogen werden, um die Blutung zu stocken. »Ihr könnt von Glück sagen, dass Euer Schädel nicht zertrümmert wurde. Bis zur vollständigen Heilung werden noch einige Wochen vergehen. Wie lange die Kopfschmerzen andauern, wage ich nicht abzuschätzen.«

Heftiges Pochen. Lena fuhr zusammen. »Die Wache.« Hastig schlug sie das Kreuz. »Heilige Madonna, bewahre mich.«

Mario blickte den Arzt an, der zuckte nur mit den Schultern. Klopfen. Die Klinke wurde probiert. Wieder klopfte es. »So öffnet doch«, bat eine gedämpfte Stimme.

Mario atmete befreit aus, eilte durch den Raum und ließ Paola ein. Sie hatte nur Augen für den Liebsten, kniete sich zu ihm, sah ihn an. Michele tastete nach ihren Lippen. »Tut mir leid ...«, flüsterte er und wollte viel mehr sagen, doch sie küsste rasch seine Hand. »Du bist in großer Gefahr. Onorio hat selbst mit der Herrin gesprochen. Sie wird dir helfen.«

»Und was will sie dafür ...?«

»Nichts. Vielleicht Dank. Ich weiß es nicht.« Paola beugte sich über seine Augen. »Hab endlich Vertrauen. Die Marchesa hat schon einen Boten losgeschickt. Wir haben alles geplant. Vertrau mir und vergiss mich nicht. Um mehr bitte ich dich nicht.« Sie küsste ihn behutsam. »Alles wird gut gehen. Bald bist du in Sicherheit.«

Als das Laudanum Wirkung zeigte und die Schmerzen etwas nachließen, wurde Michele von den Freunden aus Lenas Wohnung gebracht. Rechts und links gestützt, vermochte er sogar langsam zu gehen. Kein Laut, niemand sprach. In einer Ecke des Hinterhofs hockten sie sich dicht um den Verletzten, wärmten ihn. Paola barg seine Hand in ihren Händen.

Beim ersten Tageslicht rollte auf der Straße ein Wagen vor. Onorio Longhi kam durch den Hausflur. »Schnell jetzt«, flüsterte er, »besser, wenn der Kutscher hier nicht lange anhält.«

Behutsam weckte Paola den Liebsten aus dem Dämmerschlaf. »Es ist so weit.« Bei der ersten Bewegung kehrten die Schmerzen zurück, erstickt schrie Michele auf.

Draußen wartete Prospero Orsi. »Ich habe die Malsachen und das Geld schon im Wagen verstaut.« Es war noch zu dunkel, um sich in die Augen zu schauen. Michele drückte die Hand seines Agenten. »Sobald ich weiß, wo ich bin, gebe ich dir Nachricht. Dann kannst du mir neue Aufträge per Boten zusenden.«

Er bemühte sich um ein Lächeln für Paola. »Wenn sich die Aufregung gelegt hat, komme ich wieder. Dann wird alles anders. Das schwöre ich …« Für mehr Abschied blieb keine Zeit. Mario und Onorio hoben ihn in den Wagen. Kaum war der Schlag geschlossen, ruckte der Zweispänner an.

Michele stöhnte, dann bemerkte er die Gestalt neben sich auf der Bank. »Wer seid Ihr?«

»Euer Schutzengel. Und ich gestehe, nicht aus freiem Entschluss, sondern aus Pflichtbewusstsein.«

»Nun sagt schon den Namen!«

Ohne zu antworten, bestimmte der Fremde: »Legt Euch jetzt auf den Boden. Dann werde ich Euch mit einem Tuch bedecken. So bleibt Ihr, bis wir die Wachen am Tor passiert haben. Bitte gehorcht.«

Michele rutschte langsam vom Sitz, streckte sich qualvoll aus und spürte ein weiches Tuch auf dem Gesicht.

Nach einer Weile zügelte der Kutscher draußen auf dem Bock die Pferde.

Der Fenstervorhang wurde beiseitegeschoben. Eine scharfe Stimme forderte: »Wer? Und wohin?«

Gleich gab der Schutzengel Auskunft: »Carlo, der erste Kammerherr des Kardinals Ascanio Colonna, im Auftrag seines Herrn auf dem Weg nach Paliano zum Landsitz der Familie.«

»Darf passieren.«

Zungenschnalzen. Wieder ruckte der Wagen an.

Nach einer Weile zog Michele das Tuch vom Gesicht. »Du bist es also. Paola hat mir schon oft von dir erzählt.«

»Auch ich musste schon viel über Euch hören.«

»Du schreibst Gedichte …«

»Ihr seid verwundet«, unterbrach ihn der Kammerherr höflich, aber mit Nachdruck. »Wäre es für Eure Genesung nicht zuträglicher, wenn wir auf eine Unterhaltung möglichst verzichten?«

16

Salzig schmeckte der Wind. Er fuhr durchs Haar, den Bart, ließ die Augen tränen. Michele stand oben im Heck des Großseglers. Beide Arme auf die Reling gestützt, sah er zu, wie der Kai zurückblieb, der Blick auf Neapel weiter wurde. War es beim Ankerlichten nur die Festung mit der langen Ufermauer, den Wehrtürmen, sah er bald neben den geduckten Fischerkaten und Lehmhütten schon die hohen Holzkräne und Frachthallen des Hafens. Dahinter wuchsen jetzt die Dächer, die Häuser der Stadt, den Hügel hinauf zeigten sich Palazzi, und oben thronte das wuchtige Castel noch über der Certosa di San Martino. »Lebwohl, Neapel«, murmelte er. »Wenn ich zurückkehre, dann kannst du mich feiern.« Nur zwei Bilder hatten genügt: die ›Madonna del Rosario‹ und die ›Sieben Werke der Barmherzigkeit‹, sie allein waren nötig gewesen, um in dieser Stadt zur Elite der Maler aufzusteigen. »Auf meinem Konto bei der Banca del Popolo ist schon mehr, als andere Maler in ihrem ganzen Leben verdienen. Doch das ist nur der Anfang.«

Nach seiner Flucht aus Rom hatte er drei Wochen wegen der schweren Verletzungen auf dem Landgut in Paliano verbringen müssen und war dann weiter ins Königreich Neapel gereist. Mit offenen Armen hatte ihn dort Fabrizio, der zweite Sohn der Marchesa Costanza Sforza Colonna, in seinem Stadtpalast empfangen. »Freund! Alter Milchbruder! Sei willkommen. Mutter hätte mir keinen liebenswerteren Gast ankündigen können.« Er ließ auftischen, und sie erzählten und lachten. Die Spielkameraden der Kinderzeit wurden schnell zu Saufkumpanen. »Ich hab alles über dich schon im Brief von Mutter gelesen.« Der hochgewachsene, kräftige Fabrizio wischte Micheles Verurteilung als Mörder und die zwangsläufig darauf gefolgte Verbannung mit einem Handschlenker beiseite. »Wir Männer aus der Lombardei sind nun mal keine Duckmäuser. Sieh mich an!« Er lachte, und im gebräunten Gesicht strahlten die Zähne. Als Admiral der maltesischen Kriegsflotte hatte er etliche Ruhmestaten vollbracht, hatte Schiffe gekapert, Gefangene gemacht, als Ritter des heiligen Johannes war er jedoch schon mehrmals wegen grober Verstöße gegen die heilige Ordensregel verwarnt, verurteilt und sogar mit Ausschluss bedroht worden. Immer wieder hatten ihn die zahllosen Bitt- und Vermittlungsschreiben seiner Mutter an ihren lieben Freund, den Ordensgeneral Alof de Wignacourt, vor dem Schlimmsten bewahren können. Fabrizio ließ nachschenken. »Auf deine und meine Retterin, die Marchesa Costanza Colonna!«

Michele trank, ehe er absetzte, versicherte er mit schon schwerer Zunge: »Ich komme auch ohne Hilfe weiter …«

Angehoben vom Roten, knallte der Admiral den geleerten Silberpokal auf den Tisch. »Einen Dreck kommst du … Diese Frau, meine Mutter, sie hält uns am Strick, sonst wären wir längst abgesoffen. Weißt du, was sie für dich will? Weißt du das?« Er winkte Michele näher, bis sie sich mit der Stirn beinah berührten. »Ritter … Du sollst Ritter werden wie ich. Bist du erst Ritter vom Johanniterorden, dann bist du straffrei, dann kann dir keiner mehr … Nein, hör zu. Sie hat schon dem Großmeister geschrieben. Und …« Fabrizio stieß den Pokal beiseite, trank gleich aus dem Krug. »Ich bringe dich im Herbst nach Malta. Sobald der Tramontana bläst. Und bis dahin kannst du malen. Ich hab schon rumgefragt. Kunden findest du hier genug … Malen musst du ja wirklich können, so wie die über dich reden.« Er hatte ihm leicht gegen die Schulter gestoßen, und weil die Stichwunde vom Kampf mit Ranuccio immer noch nicht ganz verheilt war, hatte Michele nur gequält lächeln können.

Im gleichen Takt furchten rechts und links der Schiffswände die langen Ruderblätter das Wasser. Michele wandte den Blick nach Osten, dort hob sich der Kegel des Vesuv in den kaltblauen Morgenhimmel. Er dehnte dem Vulkan die Brust entgegen. »Wie du werde ich sein.

Für einige Zeit muss ich mich jetzt still verhalten. Aber wehe dir, Baglione, d'Arpino und euch anderen Scharlatanen! Sobald ich als Ritter Michelangelo Caravaggio zurück bin, durchbreche ich alle Schranken, und meine Kunst wird euch wie ein heißer Strom auslöschen.«

Am Ausgang der Bucht gellten die Pfiffe des ersten Maats durchs Schiff. Gleich kletterten Matrosen in die Wanten, und wenig später blähte der Tramontana die Segel. Leicht legte sich die Galeere und nahm Kurs hinaus aufs offene Meer.

Am Abend hatte Admiral Fabrizio Sforza Colonna die beiden Passagiere des Kriegsschiffes zum Diner in die Kapitänskajüte geladen. »Willkommen an Bord der stolzen Futura. Darf ich vorstellen: Chevalier Jérôme Vasray ...« Er ließ den Namen verklingen, ehe er hinzusetzte: »Der ehrenwerte Bruder verwaltet und hütet die Schatzkammer und bekleidet damit nach dem Großmeister eines der höchsten Ämter unseres Ordens.«

»Nicht übertreiben, Admiral. Nicht übertreiben.« Der gedrungene, wohlbeleibte Ritter blähte leicht die Wangen. »Bescheidenheit ist eine unserer vornehmsten Eigenschaften. Sie sollte die Zierde eines jeden Mannes sein.« Die in Fettwülste eingebetteten kleinen Augen richteten sich auf Michele. »Seid Ihr meiner Meinung?«

Gleich übernahm Fabrizio die Antwort: »In diesem Sinne ist mein Freund aufgewachsen, lieber Vasray. Vor Euch steht der allseits gerühmte Maler Michelangelo Caravaggio. In Rom hat er die Contarelli-Kapelle ausgestaltet. In Neapel ein herrliches Kunstwerk für San Domenico erschaffen ...«

»Caravaggio?«

Michele sah, wie der Blick sich veränderte, ihn belauerte, dennoch lächelte er höflich. »In Wahrheit stamme ich, wie auch Fabrizio, aus diesem Ort. Den Namen habe ich als Künstler angenommen, weil er sich leichter merken lässt.«

»So wird es sein.« Der Chevalier hielt leicht den Mund geöffnet. »Ich komme gerade aus Rom. Dort sorgte ein Gemälde für Aufregung, weil das Modell eine Wasserleiche aus dem Tiber sein soll. Wie war das denn noch? Richtig. Es ging um den Tod der heiligen Maria.

Ein holländischer Maler, ich glaube, er nennt sich Paul Rubens, hat sich dafür starkgemacht, dass es gezeigt wurde. In diesem Zusammenhang fiel Euer Name.«

»Ich hoffe, die Betrachter wussten mein Kunstwerk zu würdigen!«

Durch kurze Atemstöße wippte dem Chevalier ein dünnes Lächeln auf der Oberlippe. »Die Meinungen waren geteilt, die einen sprachen von Skandal, die Mehrheit aber von Sensation …« Er überlegte, dabei schmatzte er leise. »Oder hörte ich Revolution? Verzeiht, ich weiß es nicht mehr. In jedem Fall sorgte das Gemälde für Aufruhr. Und das will ein Künstler doch? Oder irre ich mich?«

»Wer Langeweile malt, erntet auch nur Langeweile.«

»Köstlich. Wie geistreich.« So verbindlich der Ton auch war, der Blick hatte sich nicht einen Hauch erwärmt. Du weißt mehr über mich, dachte Michele, vor dir muss ich auf der Hut sein.

Während des Tischgeplauders beobachtete er den Schatzkämmerer und staunte, mit welcher Geschwindigkeit der das gebratene Huhn auseinanderriss und die Stücke verschlang. Erst bei den kandierten Früchten erkundigte sich der Chevalier: »Darf ich fragen, aus welchem Grunde sich ein so viel beachteter Maler ausgerechnet unsere landschaftlich doch recht eintönige, böse Zungen behaupten gar, recht trostlose Insel als Reiseziel gewählt hat?«

O verflucht! Fabricius sah Micheles Not und kam ihm zu Hilfe. »Er ist von mir angesteckt worden. Die Ziele unseres Ordens haben meinen Freund zutiefst beeindruckt. Er möchte sich beim Großmeister um Aufnahme bemühen.«

»Klopfet an, so wird euch aufgetan.« Ein meckerndes Lachen. »So leicht geht es bei uns nicht.« Die Fingerkuppen vollführten Trommelwirbel auf der Tischplatte: »Keuschheit. Armut. Gehorsam. Auch die Laienbrüder des Ordens sind diesen drei Tugenden verpflichtet. Neben vielen anderen, wohlgemerkt …«

»Ich bin zu allem bereit.« Michele bemühte sich, ruhig zu bleiben. »Malen fordert höchste Disziplin von einem Künstler.«

»Eine gute Schule, meint Ihr? Sehr köstlich …« Mit Absicht zeigte der Chevalier etwas verzögert die kandierte Traube, ehe er sie zum Mund führte.

»Meine Herren.« Fabricius schlug mit der flachen Hand auf den

Tisch. »Verzeiht die Unhöflichkeit. Aber mein Steuermann wartet.« Er hob den Becher. »Ein Lob noch auf Galileo Galilei und seinen Kompass. Ohne ihn wäre das Navigieren bei Dunkelheit schier unmöglich. So aber werden wir bis zum Morgengrauen noch ein gutes Stück vorangekommen sein.«

Michele hatte nicht gleich seine Kabine aufgesucht. Er stand allein vorn am Bug, den Kragen hochgeschlagen, sah er hinauf zu den Sternen, wünschte sich lächelnd, dass einer aus dem funkelnden Meer für ihn herabfiel.

»Werter Meister?«

Gleich wieder gewappnet, fuhr Michele herum. »Wer …?«

»Ich bin es. Chevalier Vasray.« Das achtspitzige Kreuz schimmerte auf dem langen Mantel. Lauernd war der Tonfall. »Warum so schreckhaft? Plagt Euch etwa das Gewissen?«

Schlag ihn nicht, beschwor sich Michele, verdirb dir nicht alles, noch ehe du in Malta an Land gegangen bist. »Ich benötigte Stille, um nachzudenken, und liebe deshalb die Nachtstunden.«

»Sollte wirklich aus dem Wolf ein Lamm geworden sein?« Vasray trat einen Schritt näher. »Lassen wir für einen Moment die Förmlichkeiten beiseite. Also, mein Freund. Ich habe in Rom beste Beziehungen, auch zu den höchsten Kreisen der Justiz. Caravaggio? Dieser Name steht auf jeder Fahndungsliste, und zwar an oberster Stelle … Soll ich weitersprechen?«

Verloren! Michele fühlte leere Müdigkeit. »Genug. Ich werde den Admiral bitten, mich bei der nächsten Fahrt wieder mit zurück nach Neapel zu nehmen.«

»Aber auf keinen Fall! Junger Mann, hältst du mich wirklich für einen Verfechter der Moral? Deine Vorgeschichte soll ein Geheimnis bleiben. Nur der Großmeister, dein Freund Admiral Fabrizio und meine Wenigkeit haben von ihr Kenntnis. Allerdings …« Noch näher schob sich das rundliche Gesicht. Der Atem roch säuerlich. »In unserem Lazarett werden Kranke gepflegt, und ihre beschmutzten Bettlaken werden, wenn nötig, durch frische ausgetauscht. Das sollte auch mit deiner Vergangenheit geschehen. Großmeister Chevalier Wignacourt versteht sich hervorragend auf diese Reinwäsche. Ich werde ihn, so weit es in meinen Möglichkeiten steht, dabei unterstützen.«

Michele versuchte vergeblich, in den Augen des Ritters zu lesen. »Und was verlangt Ihr als Gegenleistung? Geld? Ich habe genug … sagt nur den Preis.«

»O pfui!« Michele verspürte tadelndes Getätschel auf seinem Arm, schlug die Hand aber nicht weg. Der Chevalier schnaufte ihm den Atem ins Gesicht. »Eine Bitte. Nur eine Gefälligkeit. Mir ist bekannt, dass du den Heiligen Vater Paul V. porträtiert hast. Ein wunderbares Gemälde.«

»Ihr möchtet …?«

»Gemalt werden. So ist es. Das Bild sollte mindestens die Ausmaße des Papstporträts haben. Vielleicht sogar etwas größer …« Ein Schnaufer. »Aber das überlasse ich deiner künstlerischen Vision.«

Am Vormittag des 14. Juli sollte es Geschenke geben. So lautete der ausdrückliche Wunsch von Großmeister Alof de Wignacourt. Die Überraschungen waren verpackt. Auf dem Schreibtisch lag die mit verknoteter Lederschnur zusätzlich gesicherte Briefmappe. Nahe dem Fenster zum offenen Meer hinaus stand die mit einem weißen Tuch verhüllte Staffelei. Michele prüfte die Position und verrückte das Holzgestell, kein Sonnenstrahl durfte nachher bei der Enthüllung das innere Licht seines Gemäldes vergiften. »Ich hoffe nur, dass der Herr sich gefällt«, murmelte er. »Ich hab das Beste von ihm rausgeholt. Mehr Schönheit hat er nun mal nicht zu bieten.«

Leise öffnete sich die Tür des Arbeitszimmers. Pico schlüpfte herein und stellte das Tablett mit Wein und zwei Pokalen auf dem niedrigen Tisch bei den Sesseln ab. Auf seinen kurz geschorenen hellen Haarstoppeln standen Wassertropfen, auch die hohe blasse Stirn des Jungen glänzte noch nass.

»Warst du baden?«, erkundigte sich Michele.

»Aber ja.« Ohne Scheu näherte sich der Page dem Maler. Der wissende Blick seiner dunklen Augen wie auch der abgeklärte Zug um den Mund widersprachen den knabenhaften Bewegungen, mit denen er sich die samtbraune, am Knie gebundene Pluderhose zurechtzog. »Der Vater wollte sich erfrischen. Und wenn der Vater ins Bassin steigt, möchte er mich dabei haben. Ich bin doch sein Fischlein.«

»Was treibt ihr denn so? Ich mein im Wasser …« Als Pico die Lippen rundete, winkte Michele rasch ab. »Nein, verrat es mir nicht.«

Der Großmeister hielt sich den Jungen als Lustknaben, und in einer sonderbaren Vorliebe für Familiensinn ließ er sich von ihm Vater nennen. Anfänglich hatte Michele diese bürgerliche Eigenart des Großmeisters heimlich belächelt, doch nach den nun bald sieben Monaten als Novize hier auf Malta hütete er sich, dies als Schwäche auszulegen. Nur wer sich offen zu Alof de Wignacourt bekannte und, wenn verlangt, auch zum Familienspiel bereit war, blieb von dessen bisweilen sogar ins Grausame gehender Rachsucht verschont.

Pico näherte sich der Staffelei, dabei setzte er die mit einer Schleife gebundenen Pantöffelchen weich auf den Marmorboden. »Darf ich?« Er deutete auf das eingehüllte Bild und versuchte sich in einem verführerischen Augenaufschlag. »Bitte. Ich will ja nur sehen, wie ich aussehe. Den Vater schaue ich mir nicht an. Versprochen.«

»Sei nicht so eitel.« Michele strich ihm übers Haar. »Glaubst du, ich wüsste nicht auch gern, was dahinten in dem Brief steht? Wir müssen beide bis zur Bescherung warten.«

Mit Schwung wurde die Tür aufgerissen. Der Großmeister wehte im langen dunklen Schultermantel herein. Hochgewachsen, kernig der Schritt. Das Johanniterkreuz in Gold prangte auf der Brust. Das angegraute spärliche Haar war kurz, kräftig der Lippen- und Kinnbart, und der Nasenrücken war bis hinunter zur traubendicken Kuppe heftig gerötet. »Lassen wir alle Sorgen draußen.« Seine Augen strahlten zu Michele und dem Pagen hinüber. »Wie schön ist es doch daheim im Kreis der Lieben. Ist alles bereit?« Ein prüfender Blick, ein Seufzer. »Dann kommt, wir wollen gleich beginnen.« Er ließ sich auf dem hohen Lehnstuhl nieder, stellte die Beine leicht auseinander und tätschelte einladend den rechten Oberschenkel. »Nimm hier Platz, mein Sohn, und singe Meister Caravaggio und mir zur Freude ein kleines Lied.«

Pico setzte sich und wartete ab, bis sein Herr ihn mit sicherem Griff am Po und zwischen den Beinen noch etwas näher zu sich herangerückt hatte, dann sang er mit heller, klarer Stimme: »Il y avait une dame de la noblesse …«

Trotz seiner spärlichen Kenntnisse der französischen Sprache verstand Michele die frivolen Verse über eine vornehme Dame, die sich dem Wärter der Chaussee unter dem Baume hingab, mehr und immer mehr von ihm verlangte, bis der Tüchtige völlig geschwächt neben seiner Chaussee zusammenbrach.

»Bravo!« Wignacourt kniff seinem Lustknaben in die Wange. »Du bist mein Augenstern. Nun hüpf hinunter. Jetzt wollen wir endlich sehen, wie der Meister uns beide auf der Leinwand festgehalten hat.«

Mit dem Knaben an der Hand, schritt er zum Fenster.

»Nicht ganz so nah, Herr.« Michele deutete auf eine bestimmte Stelle. »Von dort habt Ihr den besten Blick.«

Der Großmeister glättete sich mit beiden Händen das kurze Schläfenhaar, drückte den Bart ans Kinn. »Ich bin bereit.«

Langsam hob Michele das Tuch vom Boden auf, entfernte es dann mit Schwung von der Staffelei.

»Eine Offenbarung«, flüsterte der Großmeister. »Meine Rüstung. Hier kommen die Goldeinlegearbeiten noch mehr zur Geltung als in der Wirklichkeit. Und diese Haltung … Fabuleux.«

»Warum ist mein linkes Bein nicht ganz drauf?« Die Beschwerde in Picos Ton war nicht zu überhören. Gleich wies ihn Wignacourt zurecht. »Weil es auf dem Gemälde mehr um deinen Vater geht. Das erkennst du doch schon daran, dass du mir den Helm bringst.«

»Aber deine Nase ist in Wirklichkeit noch viel röter.«

Die Hand packte ins Genick und hob den Knaben fußbreit vom Boden. »Dummerchen. Nur im Sommer. Das Bild zeigt sie im Winter. Und nun schweig!« Mit kurzem Schwung zur Seite ließ er den Jungen fallen. Pico fing sich geschickt ab, lächelte, als wäre nichts geschehen, blieb aber außer Reichweite.

»Ich bin sehr beglückt, Meister. Mein Dank wird es Euch beweisen.« Vom nächsten Tag an sollte Michele über zwei muselmanische Sklaven verfügen können. »Ich habe sie selbst ausgewählt und sie einer eingehenden Prüfung unterzogen. Glaubt mir, die Talente, besonders die des jüngeren, beschränken sich nicht nur auf Hausarbeit und Kochen. Aber findet es selbst heraus. Doch nicht genug … Kommt, kommt nur.« Wignacourt eilte zum Schreibtisch. Der Brief. Michele folgte ihm rasch. Doch der Großmeister entnahm der Lade feierlich eine goldene Kette. Michele musste den Kopf senken, und er legte sie ihm an. »Dieses Geschmeide soll Sinnbild dafür sein, wie eng wir nun miteinander verbunden sind. Denn …« Er hielt inne, griff nach der Briefmappe und löste die Lederschlaufe. »Mein Freund … lasst mich Euch so nennen. Denn hier halte ich in Händen, worum ich in langen Briefen an den Heiligen Vater gebeten habe.«

Das Herz schlug heftig. Jubel durchströmte Michele, doch er zwang sich zur Ruhe. Der Großmeister hob das Blatt, gab es nicht aus der Hand, sondern ließ Michele nur einen Blick darauf werfen. »Papst Paul V. hat das Gnadenersuchen angenommen. Der Heilige Vater hat Euch von der Last Eurer Schuld befreit.«

»Danke«, stammelte Michele, unerwartet überkam ihn Rührung, Tränen stiegen und er vermochte sie nicht zurückzuhalten. »So lange habe ich gehofft …«

»Und auch gebetet, so hoffe ich«, ermahnte Wignacourt und weidete sich in der väterlichen Rolle. »Mein lieber Michelangelo. Dies ist ein Tag der Freude. Um dein Glück abzurunden, habe ich den feierlichen Akt insgeheim schon vorbereiten lassen. Heute Nachmittag wird mein Schwert Euch im Beisein der Vornehmsten unserer Gemeinschaft erheben. Geht jetzt, mein Sohn …« Von den eigenen Worten ergriffen, stahl sich ein Vibrieren in die Stimme. »… und bald schon werde ich Euch als Bruder, als Fra Michelangelo in die Arme schließen können.«

Am Ziel. Ich bin am Ziel. Unfähig zu sprechen, verneigte sich Michele, wandte sich um, wäre beinah über Pico gestolpert und hastete zur Tür.

»Ach, ich vergaß …«, hielt ihn der Großmeister auf. »Lieber Freund, eines liegt mir noch am Herzen.« Er wartete, bis Michele einige Schritte zurückgekehrt war. »Natürlich erhebe ich Anspruch auf Einmaligkeit, obwohl Ihr noch ein zweites Bild von mir anfertigen sollt. Ohne Rüstung.«

Gleich stellte sich Pico neben ihm in Positur. »Und wie soll ich? Ohne Kleidung …?«

Dafür erhielt er einen väterlichen Klaps. »Du wirst gar nicht zu sehen sein.« An Michele gerichtet, setzte er hinzu: »Entschuldigt bitte seine Ungezogenheit. Haben wir uns verstanden?«

»Verzeiht, was bedeutet für Euch Einmaligkeit?«

»Kein Porträt eines anderen Ordensritters. Ihr habt mich, den Großmeister, gemalt, und damit muss es genug sein. An Aufträgen wird es Euch nicht mangeln, dafür trage ich Sorge. Sobald Ihr die ›Enthauptung des Johannes‹ beendet habt, winken schon die nächsten. Also, wir haben uns verstanden …« Die Stimme wurde scharf und schneidend: »Kein Porträt eines anderen Ordensritters.«

Weit war der Weg, weit und steil. Michele rang nach Atem. Bereits zum zweiten Mal an diesem Tag stapfte er die Hauptstraße von seiner Wohnung unten, nicht weit vom Fort St. Elmo, hinauf zur Stadtmitte von Valletta. Am Morgen war ihm durch einen Boten die Nachricht ins Oratorium gleich neben dem Hauptschiff der St. John's Co-Kathedrale gebracht worden. Ordensschatzmeister Jérôme Vasray bat um eine private Unterredung.

»Ich kann jetzt nicht«, hatte Michele sofort abgewehrt, weil er den Grund ahnte und sich wie schon dreimal zuvor dem Gespräch entziehen wollte. »Vor vier Wochen ist die ›Enthauptung des Johannes‹ eingeweiht worden, nur eingefasst mit ungehobelten Latten. Der Großmeister hat einen würdigen Rahmen angeordnet. Ich muss ihn jetzt mit dem Zimmermann ausmessen, das Holz und die Vergoldung bestimmen.«

Der Bote hatte keine Miene verzogen. »Ich soll Fra Michelangelo ausrichten, dass Chevalier Vasray dieses Mal keine Ausflüchte gelten lassen will. Wenn der Maler nicht bereit ist, so wird er sich in den nächsten Tagen wegen Befehlsverweigerung verantworten müssen.«

So läuft das also. Michele stöhnte, um nicht laut zu fluchen. Wenn ich Nein sage, will er mir was unterschieben. Das fette Schwein zieht die Daumenschrauben an. Ihm war klar, dass er sich fügen musste, wollte er nicht seine Privilegien aufs Spiel setzen. »Wann?«

Eine Stunde vor Sonnenuntergang. Ein freundschaftlicher Spaziergang zu zweit auf dem Befestigungswall über dem Großen Hafen. Treffpunkt war vor der Baustelle des Palastes. Ohne Gruß war der Bote wieder gegangen.

Diese verfluchten Straßen. Der Stadtplaner von Valletta war mit Sicherheit kein Freund großer Gelage gewesen, überlegte Michele, auch musste er sich gesunder Füße und Beine erfreut haben. »Und mir klebt der Rote von gestern noch auf der Zunge.« Entweder malen oder saufen, eines von beidem musste sein, sonst war das Leben hier auf dem trostlosen Malta kaum auszuhalten. Und für einen Schluck in der Taverne musste dann auch noch ein Berg erstiegen werden. »Solch eine Stadt darf es einfach nicht geben!« Keine Kehren, nicht einmal ein sanfter Schwung, nein, schnurgerade, wie mit der Messlatte gezogen, führte der Weg hinauf, und selbst die bunt bemalten Heiligenfiguren in den Hausnischen konnten ihn nicht mit der Strapaze des Aufstiegs versöhnen.

»Fra Michelangelo, lieber Freund.« Kurze Atemstöße blähten die feisten Wangen. »Ist es nicht wunderbar? Die laue Brise vom Meer herauf versöhnt für die Tageshitze.« Jérôme Vasray hatte sich im offenen Wagen zur Stadthöhe fahren lassen. Er befahl dem Kutscher zu warten und empfahl seinen beiden Adjutanten in betont heiterem Ton: »Gönnt euch drüben in der Herberge einen Becher Wein. Aber übertreibt es nicht. Ihr habt eure Anweisungen.« An Michele gewandt, setzte er vertraulich hinzu. »Es sind tüchtige Burschen. Nur müssen sie straff gehalten werden, sonst schlagen sie über die Stränge. Und nun lass uns einige Schritte tun.«

Die Stufen hinauf zum Wehrgang nahmen beide schweigend und kurzatmig. Oben weitete sich der Blick über den Hafen mit seinen Handelsschiffen, Fischerbooten und der Kriegsflotte und reichte hinüber zum weit ins Meer hinaus gebauten Fort St. Angelo. Ein gewaltiges Bollwerk. Mit der Feuerkraft und Reichweite seiner Kanonen konnte jeder Feind abgeschreckt werden, lange bevor seine Schiffe die Hafeneinfahrt von Malta erreichten.

»Du hast dich mir entzogen.« Der Chevalier schob die Unterlippe vor. »Hin und wieder war ich versucht zu glauben, dass du mir sogar mit Absicht aus dem Weg gegangen bist.«

»Der Eindruck täuscht.« Michele beobachtete den Ritter von der Seite. »Ich hatte zu arbeiten. Wer ahnte bei der Herfahrt schon, dass ich hier mit Aufträgen überschüttet werden würde?«

»Ja, dein Talent ist unbestritten. Die ›Enthauptung des Johannes‹ ist ein Meisterwerk. Aber ich denke auch mit Bewunderung an den ›Heiligen Hieronymus‹, insbesondere gefällt mir der bleiche Schädel auf dem Tisch. Was für Augenhöhlen! Als wenn der Tod den Betrachter anblickte …« Abrupt blieb der Ritter stehen und starrte Michele ins Gesicht. »Du siehst recht mitgenommen aus. Sicher beschäftigst du dich zu viel mit dem Tod.«

»Aber nein. Das liegt nur an den Aufträgen.«

Gönnerhaft tätschelte die Hand Micheles Unterarm. »Schluss mit den trüben Themen. Zumindest für eine Weile. Es mag zwar richtig sein, dass wir Menschen uns schon beizeiten mit dem Sterben beschäftigen sollten, dennoch dürfen wir das Leben nicht vernachlässigen. Ich fordere nun mein Geschenk ein. Das Porträt von mir wird dich ablenken, wird dich mit frischen, lebensfrohen Gedanken erfüllen.«

Michele vermochte dem Blick nicht standzuhalten, er trat näher zur Wehrmauer, stützte die Hand in eine der Schießscharten. »Ich muss nicht aufgemuntert werden. Gut, die Eintönigkeit hier auf dem Stützpunkt quält hin und wieder, aber im Großen und Ganzen fühle ich mich sehr wohl.«

Ungewöhnlich leichten Schritts war der Schatzmeister bei ihm. »Und das verdankst du mir. Alles verdankst du mir, meinem Schweigen und meiner Fürsprache. Vergiss dies nicht, werter Fra Michelangelo, Ritter dritten Grades im Orden des heiligen Johannes.«

»Aber Großmeister Wignacourt hat sich für mich beim Papst verwandt …«

»Der gute Alof …« Ein meckerndes Auflachen. »Was wäre auch er ohne mich? Er hat mich um Rat gefragt, und erst meine Empfehlung brachte das Schreiben auf den Weg. Aber genug davon. Wann, mein Freund, soll die erste Sitzung sein? Vorher solltest du mit mir noch die Gestaltung absprechen. Welche Kleidung? Soll ich sitzen, stehen? Welches Ambiente …? Ach, ich freue mich auf diese Abwechslung.«

»Ich kann Euch nicht malen.«

Die Kinnlade sank, leicht wölbte sich die Oberlippe, offenbarte die spitz zulaufenden Zähne. »Ist etwas mit deinem Arm? Kannst du den Pinsel nicht halten?«

Michele zeigte dem Ritter die offenen Hände. »Ich darf nicht. Bitte versteht, der Großmeister hat mir das feste Versprechen abgenommen, dass nur er von mir porträtiert wird.«

»Dann ist es also wahr …« Der Chevalier nickte vor sich hin. Als er den Kopf hob, lächelte er sonderbar und deutete auf den nahen Wehrturm. »Lass uns dort drüben die Stufen wieder hinuntergehen und gib mir Zeit, über deine Ablehnung nachzudenken.«

»Einverstanden.« Michele atmete erleichtert und befreit. Mit dieser ruhigen Reaktion des Schatzmeisters hatte er nicht gerechnet.

Kurz vor der Treppe hob Vasray die Hand. »Das ist weit genug. Hier sollten wir uns aussprechen. Du weigerst dich also?«

»Ich muss, weil ich im Wort bin.«

»Was gilt schon das Wort eines Mörders?«

Die Frage traf Michele wie ein Stich. »Aber, Herr ... Ich bin von dem Vorwurf freigesprochen ...«

»Freispruch? Idiot! Das Gerücht haben wir unter den Mitbrüdern ausgestreut. In Wahrheit bist du begnadigt worden ...«

»Das reicht doch.« Michele spürte den Zorn, er schnürte schon seinen Hals.

»Für einen Halunken mag das genügen. Aber nicht für einen Ritter unseres Ordens. Begnadigte Verbrecher haben in unseren Reihen keinen Platz. Und glaub mir, wenn durch Zufall die Ordensversammlung von deiner Vergangenheit erfährt, dann wird es einen Aufstand gegen deine Ernennung geben.«

»Herr ...« Michele presste die Fäuste gegen die Schläfen. »Das dürft ... das könnt Ihr nicht tun!«

»Was du nicht sagst! Bruder Wignacourt ist zwar der Großmeister, ich aber habe die Macht über die Versammlung.«

Michele versuchte das Rauschen in seinem Kopf zu besiegen. »Ich kann mein gegebenes Wort nicht brechen. Nehmt doch ein anderes Bild. Nehmt den ›Schlafenden Amor‹. Bitte. Ich habe schon einen Käufer, aber den werde ich los. Nehmt dieses Bild.«

»So kannst du mich nicht abspeisen.« Die Stimme wurde lauter, giftspeiender. »Du Lügner. Weißt du, was in Rom über dich erzählt wird? Wenn du nicht malen könntest, dann gehörtest du in die Gosse, wo sich Säufer, Hurenböcke und Diebe herumtreiben.«

»Nicht, Herr ...«, flehte Michele. »Nicht weiter ...«

Doch der Chevalier hieb erneut in die offene Wunde. »In Wahrheit bist du bis ins Herz verdorben. Keine Freunde, keine liebende Frau ... Ein fauler Ast, der abgebrochen werden muss ...«

»Halt dein Maul!« Mit einem Schrei sprang Michele den Chevalier an, schlug ihm die Faust ins Gesicht, gleich setzte er nach, traf den Hals.

»Zu Hilfe!« Jérôme Vasray strauchelte rückwärts gegen die Mauer.

Michele warf sich gegen den fetten Leib. »Ich bringe dich um …« Er würgte den Ritter, drückte dessen Kopf in eine Schießscharte. »Du verdammtes Schwein. In der Hölle sollst du …«

An beiden Armen wurde er weggerissen, ein Schlag in den Rücken, gleichzeitig traf ihn ein Tritt in die Kniekehlen. Michele brach zusammen und stürzte zu Boden.

»Wieso kommt ihr so spät?«, hörte er den Schatzmeister fauchen. »Verflucht, ich stand nur einige Schritte vom Wehrturm entfernt.«

»Wir sind gleich los. Der Angriff kam zu plötzlich.«

Eine Falle. Mühsam setzte sich Michele auf und starrte die Adjutanten an, dann zu dem Ritter hoch. Vasray richtete sich den Kragen. Seine Unterlippe war angeschwollen, dennoch grinste er böse. »Du hast einen Chevalier tätlich angegriffen. Das ist einer der schlimmsten Verstöße gegen unsere Ordensregeln. Ich selbst werde dich anklagen. Und ich schwöre dir, nach dem Urteil wirst du deine verdiente Strafe im tiefsten Verlies von St. Angelo verbüßen. Und wer dort überlebt, den kann selbst die beste Pflege in unserem Spital nicht mehr vom Wahnsinn heilen.« Er ließ den Finger vor Micheles Gesicht kreisen und gab seinen Adjutanten Befehl, ihn zu verhaften.

Klatschen von Peitschenhieben, gefolgt von Schmerzensschreien. Dazwischen das Lachen der Peiniger. Und wieder Schreie und furchtbares Stöhnen.

Michele stand, die Hände auf dem Rücken gebunden, zwischen seinen beiden Bewachern im Arbeitszimmer des Großmeisters. Entsetzt starrte er in die halbrund ausgemauerte Nische neben dem Kamin. Dort saß Alof de Wignacourt in seinem hohen Stuhl. Den Kopf andächtig zur Seite geneigt, lauschte er zum geöffneten Schachtloch hin. Auf seinem Knie hockte Pico, auch der Junge hörte mit geweiteten Augen den qualvollen Schreien zu, die von tief unten herauf bis ins Arbeitszimmer drangen. Erst nach geraumer Weile tätschelte Wignacourt dem Jungen den Po. »Nun ist es genug für heute. Verschließe das Ohr, und dann zieh dich zurück. Der Vater muss seinen Pflichten nachgehen.« Gehorsam bückte sich Pico nach einem kopfgroßen, mit Samt umwickelten Holzpfropf und stopfte das Schachtloch zu. Im Vorbeihuschen warf er Michele einen schüchternen Blick zu und verließ das Arbeitszimmer durch eine Tapetentür.

Der Großmeister schlug mit beiden Händen auf die Stuhllehnen, ächzend erhob er sich. »So also muss ich dich wiedersehen? Verwahrlost. In Fesseln hereingeschleppt.« Nach einigen Schritten baute er sich vor Michele zur vollen Größe auf. »Ich habe dich als Künstler verehrt, habe dich wie einen Freund an mein Herz genommen. Und du …?« Er unterbrach die Klage und wies zum Erker. »Morgen schon muss ich also deinen Schreien zuhören, wenn du tief unten in der Kammer dem Verhör unterzogen wirst. Weißt du, welchen Schmerz dies für ein väterlich liebendes Herz bedeutet?«

»Es war nicht meine Schuld …«

»Papperlapapp … Das sagen alle. Also beleidige mich nicht.« Er nahm ein Blatt vom Schreibtisch. »Die Anklageschrift ist lang, und jeder Punkt allein genügt, um dich für immer ins Verlies zu werfen.«

»Aber, Herr …«

»Nein, selbst wenn ich wollte, könnte ich dich nicht davor bewahren. Wer zur nächtlichen Stunde in völliger Trunkenheit gemeinsam mit ebenso verderbten Kumpanen eine Prügelei anzettelt …«

»Was …?«

»Wer dabei zahlreiche Brüder verletzt. Wer unseren heiligen Orden mit Flüchen und Spott schmäht …«

»Aber, Herr …«

»Unterbrich mich nicht! … Wer es gar wagt, den hochehrenwerten Chevalier Jérôme Vasray, der nur Frieden stiften wollte, wer es wagt, ihn, den Schatzmeister unseres Ordens, mit dem Degen anzugreifen und zu verletzen, den kann weder Gott noch ich vor Prozess und Strafe bewahren.«

Michele glaubte, seine Brust müsste zerspringen, keuchend trat er einen Schritt vor, wurde sofort von den Bewaffneten zurückgerissen. »Herr, das sind Lügen, alles Lügen. Nur ein einziger Vorwurf stimmt, und der stimmt auch nicht.«

»Bringt ihn zur Vernunft!«

Unter den Faustschlägen der Wächter rief Michele verzweifelt: »Bitte, Herr, hört mich an. So hört mich doch! Das ganze Unglück ist nur wegen Euch geschehen.«

Mit knappem Handzeichen befahl Wignacourt den Männern innezuhalten. »Meinetwegen, sagst du? Kerl, wage nicht …«

»Es geht um das Porträt von Euch.« Dieser Satz hakte sich fest. Nach kurzem Stocken schickte der Großmeister die Wachen hinaus. »Bleibt vor der Tür! Lasst niemanden herein, bis ich es sage!«

Er wartete. Als die Männer sich zurückgezogen hatten, verschränkte er die Arme vor der Brust. »Auf welche Weise kommt mein Bild mit in dieses abscheuliche Spiel?«

»Der Schatzmeister wollte mich zwingen, auch von ihm ein Porträt anzufertigen.« Michele senkte den Kopf. »Erst war es nur eine Bitte, dann aber wurde er zornig. Aber weil ich Euch mein Wort gegeben hatte, blieb ich standhaft und lehnte ab.« In leisem Ton berichtete Michele von den Beschimpfungen, die schließlich zum Angriff führten. »Alle anderen Vorwürfe entsprechen nicht der Wahrheit. Bei einer nächtlichen Prügelei kann ich nicht beteiligt gewesen sein. Denn zu diesem Zeitpunkt hatten mich die Adjutanten schon festgenommen und mich im Hinterhof des Schatzmeisters ans Rad seiner Kutsche gebunden.«

»Treue.« Der Großmeister rieb sich mit dem Handrücken über die Augen. »Du hast treu zu mir gestanden?« Er ging ans Fenster und sah hinab zu den ankernden Kriegsschiffen vor der Hafenausfahrt, blickte zum offenen Meer hinaus. Nach einer Weile nickte er. »Ich weiß um die Schwäche des ehrenwerten Schatzmeisters. Er achtet sehr auf die Würdigung seiner Person.«

»Eitel ist er …«

»Nein, nicht mein Sohn …«, wiegelte der Großmeister gleich ab und kehrte zu Michele zurück. »Wir wollen nichts Schlechtes über den Chevalier sagen.« Er ballte die Faust. »Doch ich bin der General. Und diese Würde soll niemand antasten.« Seine Miene verlor jeden väterlichen Zug, der Blick war hart und entschlossen. »Wir müssen planen, Sohn. Gut planen …«

Der Schatzmeister des Ordens stieß mit dem Finger nachdrücklich auf einen Punkt der Liste. »Die Ausgaben sind jetzt schon zu hoch.« Mit Mühe nur mäßigte er seinen Zorn, versuchte sogar ein Lächeln. »Lieber Alof, wenn wir drei weitere Ärzte einstellen, dann benötigen wir für jeden mindestens noch einen Assistenten. Das übersteigt mein errechnetes Budget. Dieses Hospital ist, unter uns gesagt, ein verfluchter Vielfraß, ein Fass ohne Boden.« Die Stimmung hoch oben im Arbeitszimmer des Großmeisters war gereizt. Wignacourt sah den feisten Ritter stirnrunzelnd an. »Du scheinst vergessen zu haben, dass wir und der Orden die Krankenpflege auf unser Banner geschrieben haben. Das Hospital Santo Spirito ist das Herzstück …«

»Aber ich muss auch Lunge, Nieren und den Kopf erhalten. Du mit deiner Mildtätigkeit … Wenn es nach dir ginge, dann würden wir alle nicht nur einmal in der Woche Dienst an den Kranken tun, sondern gleich jeden zweiten Tag. Versteh doch! Ich bin für die Finanzen des ganzen Ordens zuständig.«

»Also gut, zwei neue Ärzte«, lenkte der Großmeister mit kühler Stimme ein. »Und keine weitere Diskussion mehr darüber.«

Genüsslich strich Jérôme Vasray einen Arzt und drei Assistenten von der Liste. »Kommen wir zur Wäsche. Wir unterhalten zurzeit gut achthundert Betten. Wenn wir in Zukunft die Leinenlaken statt nach vierzehn Tagen nur alle drei Wochen wechseln würden, so könnten wir erhebliche Einsparungen …«

Lautes Brüllen vom Innenhof her unterbrach ihn. Flüche. Befehle.

Die Ritter erhoben sich und traten ans Fenster. Tief unten zerrten drei Wärter einen Gefangenen hinüber zum Eingang des Kerkerturms. Der Unglückliche wehrte sich, fiel auf die Knie, flehte …

Jérôme Vasray beugte sich vor. »Diese Kopfbedeckung …? Wer wird dort seiner gerechten Strafe zugeführt?«

»Nach meinem Plan …« Kurz blickte auch der Großmeister hinunter und vergewisserte sich. »Richtig. Das ist der beklagenswerte Fra Michelangelo. Bis zum Prozess soll er vorab eine Kostprobe von Folterkammer und Kerker erhalten. Seine Vergehen sind ein Kapitel für sich und haben mich zutiefst enttäuscht. Aber dass er sich jetzt dort unten so unmännlich aufführt, ist eine Schande.«

Kaum war der Gefangene im Gefängnistrakt verschwunden, hatte sich die Miene des Schatzmeisters erhellt. »Er ist nur ein schmutziger Fleck, der nun weggewischt wird. Er taugt nicht zum Ritter. Hingegen …« Atemstöße pufften einige Male die Wangen. »Als Künstler findet er meine Anerkennung. Das Porträt von dir, lieber Freund, ist einfach genial. Auch die ›Enthauptung‹, wir sprachen schon häufiger darüber. Allerdings haben mich bei näherer Betrachtung des Bildes inzwischen leise Zweifel beschlichen. Mit dem Blut, das aus dem abgetrennten Haupt des Heiligen tropft, hat dieser Mensch tatsächlich seinen Namen geschrieben. Deutlich zu entziffern ist: Fra Michelangelo.«

Wignacourt kehrte zum Tisch zurück. »Nun, darin sehe ich keinen Frevel …«

»Genug von diesem Maler.« Jérôme Vasray warf ihn mit einem Handschlenker über die Schulter ins tiefste Verlies von Fort Sant' Angelo. »Nun haben wir ihn sicher verwahrt.« Der neue Gedanke reizte ihn zu einem vergnügten Hüsteln. »Und dort unten kann er höchstens mit seinem eigenen Blut die Wände beschmieren … Doch kehren wir zu den Bettlaken unseres Hospitals zurück …«

Das Glühen der steilen Uferfelsen unterhalb von Fort St. Elmo und Fort St. Angelo war erloschen. Für eine kurze Weile fingerten draußen vor der Hafeneinfahrt noch letzte Strahlen der Abendsonne an den hohen Masten der drei zum Auslauf bereiten Galeeren, dann versank der Glutball im Horizont, und rasch breitete sich Dämmerung über die Insel, über Valletta und seine beiden Festungen. Neues Leben erwachte in der Bucht. Fischerboote lichteten den Anker. Frauen winkten zum Abschied. Von Heck zu Heck tauschten die Männer Zoten und gute Wünsche aus. Wer würde als Erster die Hafenmolen passieren? Schneller schlugen die Ruder das Wasser, halb schon wurden die Segel aufgezogen. Die allabendliche Wettfahrt war in vollem Gange. Eines der Boote verlor an Fahrt, blieb zurück, und der Fischer musste es an die Buckelfelsen unterhalb von St. Angelo lenken. Überhäuft von Spott und Hohn, ließen ihn die Kollegen zurück. Der Alte fluchte laut, dabei zerrte und riss er an den Seilen seines Segels.

Ein Pfiff. Zwischen den großen, rund gewaschenen Felsen tauchte eine Gestalt auf. Gleich warf der Fischer ein Tau hinüber. Ein kräftiger Zug, und die Bootsseite schabte gegen Stein. Die Gestalt sprang, erreichte mit den Füßen die Kante, doch der Schwung genügte nicht, halb fiel sie zurück, rutschte bis zur Hüfte ins Wasser. »Verdammt, Herr!« Fest griff der Alte zu und hievte den Fahrgast ganz in den Kahn. »Auf den Boden mit Euch!« Gleich stieß er sein Boot wieder ab. Kraftvoll griffen die Ruderblätter ins Wasser. »Bleibt unten, Herr. Bis ich es sage.«

Wenig später hatte der Kahn die Hafenausfahrt erreicht. Von einer der Galeeren näherte sich ein Beiboot.

»Es ist so weit, Herr.«

Der Fahrgast richtete sich auf.

»Dreht Euch weg!«, befahl der Alte. »Gebt mir das Geld. Aber zeigt mir nicht Euer Gesicht. Ich will mich an nichts erinnern.« Er klaubte die Münzen aus dem Beutel und warf das Leder ins Wasser.

Das Beiboot ging längsseits. Zwei Offiziere halfen dem Mann beim Umsteigen. Kein Wort wurde gewechselt. Das Fischerboot setzte die Fahrt fort. Das Beiboot kehrte zur Galeere zurück. An Bord des Kriegsschiffes geleiteten die beiden Matrosen den Passagier bis vor die Tür der Kapitänskajüte und klopften. »Befehl ausgeführt.« Sie salutierten und zogen sich zurück.

»Milchbruder.« Admiral Fabrizio umarmte Michele. »Willkommen an Bord. Setz dich. Nimm dir vom Roten. Und entschuldige mich.« Damit war er schon halb aus dem Raum. »Wir müssen sofort auslaufen. Sobald wir auf Kurs sind, komme ich zurück.« Er ließ die Zähne strahlen. »Mein Gott, was hast du nur angestellt?«

Michele fror trotz der Decke, die er sich umgelegt hatte.

»Du musst mehr trinken«, forderte ihn Fabrizio auf.

»Ich bin müde und so ausgelaugt. Seit zwei Tagen habe ich kaum geschlafen.«

»Das kannst du nachher. Wir erreichen Syrakus sicher erst morgen am späten Vormittag. Jetzt aber muss ich wissen, was geschehen ist? Schließlich entführe ich normalerweise keine Gefangenen, schon gar nicht auf Bitten des Großmeisters.«

Michele stützte die Stirn in die Hand und berichtete. Zum Abschluss schüttelte er den Kopf. »Mir kommt das Ganze vor, als wäre es schon lange her. Dabei hat alles erst vorgestern angefangen. Das Schlimmste für mich war das Warten. Diese Enge und diese elende Dunkelheit. Ich dachte, ich verliere den Verstand.« Alof de Wignacourt hatte ihn bis zur Flucht in der Geheimkammer neben dem Arbeitszimmer untergebracht. Kein Lichtstrahl. Und nur durch einen verwinkelten Schacht gelangte Frischluft herein. »Es war eine Ewigkeit.«

Fabrizio drehte den Siegelring an seinem Finger hin und her. »Die Flucht? Bis zum Fischerboot und hierher hab ich sie verstanden. Der Großmeister hat also einen anderen einsperren lassen und Jérôme Vasray glauben lassen, du wärst es, den sie ins Verlies geworfen haben.«

»Es war Bruder Petrus de Ponte. Er hat bei der nächtlichen Schlägerei tatsächlich mitgeprügelt. Aber von oben konnte der Schatzmeister ihn unmöglich erkennen.«

»Sehr schlau. Nur wie soll es weitergehen? Du fliehst, und ich laufe zur gleichen Zeit mit meinen Schiffen aus. Da kann doch jeder Idiot zusammenzählen, wer dir geholfen hat.«

»Glaubst du, ich würde dich in Gefahr bringen?« Der Gedanke allein schmerzte Michele, seine Lippen zitterten. »Niemals. Ich verdanke dir so viel und … und einen Freund zu haben ist mir wichtiger als … Ach, was rede ich! Hab keine Furcht! Niemand sucht mich, weil niemand mich vermisst. Wenigstens vorerst nicht. Der Schatzmeister glaubt mich im Verlies. Die Wärter dort unten wissen gar nichts von mir, also fehle ich ihnen auch nicht.«

»Bis zum Prozesstag. Und der müsste spätestens Anfang Oktober sein, länger dürfen sie keinen Gefangenen ohne Verurteilung einsperren.«

»Es sei denn, der Schatzmeister streicht ihn einfach von seiner Liste.« Michele leerte den Pokal. »Aber falls es doch eine Verhandlung gibt, werde ich am Tag vorher aus dem Kerker entfliehen.«

»Du scherzt. Niemand hat das bisher geschafft.«

»Ob mit oder ohne Hilfe.« Michele lächelte zum ersten Mal. »Es wird ein langer Strick an der Mauer des Gefangenentrakts hängen. Der Strick reicht sogar die Steilfelsen hinunter bis zum Ufer. Wie ich entkommen bin? Dieses Rätsel soll der Schatzmeister selbst lösen. An eine Verbindung mit dir und dem heutigen Tag wird jedenfalls niemand denken.«

Fabrizio lehnte sich zurück. »Schade … Ich darf Mutter nichts davon schreiben. Nicht einmal erzählen darf ich es ihr.«

»Erfahren muss sie es. Sicher wird sie wieder enttäuscht von mir sein.« Michele nahm das Johanniter-Kreuz aus der Tasche und legte es vor sich hin. Mit der Fingerkuppe drückte er gegen eine der acht Spitzen, bis ein Blutstropfen quoll. »Ich weiß, ich habe der Marchesa viel zu verdanken. Sie verwendet sich für mich, und egal, wie ich es anstelle, es gelingt mir einfach nicht, dieser Hilfe gerecht zu werden.« Er verrieb den Blutstropfen über das Kreuz. »Aber ich versuche jetzt, auf Sizilien neu anzufangen. Ich denke doch, als Ritter Michelangelo Caravaggio habe ich gute Chancen.«

»Vergiss den Traum!« Jede Heiterkeit verlor sich aus der Miene des Freundes. »Du kennst die Rachsucht unseres Ordens nicht. Sie ist kalt und ohne Gnade.«

»Rache? Aber wofür?« Unvermittelt hieb Michele die Faust auf den Tisch. »Verflucht, ich habe nichts getan! Gemalt habe ich für sie, ihnen meine Bilder dagelassen, meine Farben, sogar das Honorar, das sie mir für die Gemälde bezahlt haben. Das muss doch genügen!« Er zerrte an seinem Bart und flüsterte: »Für das bisschen Freiheit.«

»Der Schatzmeister bestimmt die Ordensrichter und somit auch das Urteil. Und weil du dir diesen Fettsack zum Feind gemacht hast, bleibt dir nichts erspart.«

»Hätte ich ihn doch über die Mauer gestoßen.«

Fabrizio lachte trocken. »Ob Mord, Nestbeschmutzung oder Kränkung der Ehre eines Oberen. Die Strafe wäre beinah die gleiche. Nur solange die Versammlung nichts von deiner Flucht weiß, kannst du dich sicher fühlen. Aber dann werden Ritter und Handlanger beauftragt, sich an deine Fersen zu heften. Egal, wie lange die Suche dauert, sie wird erst beendet sein, wenn du gestellt worden bist.«

»Ich gebe nicht auf.« Michele versuchte, sich selbst Mut zu machen. »Ein Freund von mir lebt jetzt in Syrakus …«

»Ganz gleich, wie einflussreich dieser Mann auch sein mag, ich halte es für ratsam, wenn du gleich mit nach Neapel kommst. Dort kann dir meine Familie einen gewissen Schutz bieten.«

»Mein eigener Weg … Ich darf mich nicht sofort wieder an den Rockzipfel deiner Mutter klammern. Sie soll endlich sehen, dass ich mein Leben allein meistere. Später komme ich nach Neapel, und vielleicht kann ich dann bald schon nach Rom zurück.« Enger noch schlang Michele die Decke um sich, und unvermittelt dachte er an Paola. Mit einem Mal war es ihm wichtig, dass sie wusste, wie es ihm ging. »Könntest du dafür sorgen, dass die Zofe der Marchesa erfährt, dass … dass ich frei bin.«

»Komm mit mir und sag es ihr selbst.« Ein Fingerschnippen ließ die Erinnerung aufflackern. »Diese Paola, eine wunderbare Person. Was hatte sie damals unter mir und Ludovico zu leiden, wenn wir als Jungen die Seeschlacht von Lepanto im Flur nachkämpften.«

»Und heute leidet sie unter mir.« Michele schüttelte über sich selbst den Kopf. Der Sohn der Marchesa sah ihn mit besorgtem Lächeln an. »Schon gut, Milchbruder, ich will dich nicht länger bedrängen. Versuch dein Glück auf Sizilien. Es hilft vielleicht, wenn du weißt, dass du bei uns in Neapel immer willkommen bist und – denke ich an Mutters Zofe – dass sogar mit Sehnsucht auf dich gewartet wird.«

17

Noch blühte vereinzelt der Oleander, auch waren dem Hibiskus zum zweiten Mal Knospen aufgesprungen; die wärmende Herbstsonne verströmte den Duft der Pinien. »Wir werden ein Stillleben aufbauen.« Mario und Michele hatten sich abgesprochen, und nach einigem Zögern war Filiberta einverstanden gewesen. »Nur aufbauen«, hatte sie sich ausbedungen und gleich drohend hinzugefügt: »Nicht malen! Wehe euch, wenn ihr den Kindern unseren Ausflug verderbt.« Vor dem alten Steinbruch der Griechen und seinen geheimnisvollen Grotten wollte sie im Grünen mit ihrer Familie und Michele den Sonntagnachmittag verbringen. Nun stand sie, die Fäuste in den ausladenden Hüften, am Rand des Wiesenflecks und beobachtete, wie ihr Gatte und sein Freund unschlüssig das weiße Laken hin und her trugen, sich nicht einig wurden, wo es am wirkungsvollsten ausgebreitet werden sollte. Die beiden Kinder, der sechsjährige Roberto und die inzwischen schon achtjährige Antonella, bestaunten mit offenen Mündern, welch sonderbares Tuchspiel der Papa und der Maler mit dem wilden Bart aufführten.

»Seid ihr bald so weit?« Gleichzeitig trat Filiberta einen Schritt vor. Ihre Frage allein hätte schon genügt. Die Männer breiteten das Leinentuch vor dem Oleander aus. »Hier können wir den Halbschatten der Pinie nutzen.« Michele nickte. »Das gibt uns einen zusätzlichen Lichteffekt.«

Mario brachte die beiden Körbe mit den Köstlichkeiten. Das Brot als Mittelpunkt des Lebens. Weinkrug und Becher zum Rand. Oliven und Pilze, Trauben und Zitronen, dazwischen der angeschnittene

Schinken. »Den Käse noch.« Mario griff tief in einen der Körbe. »Das Gelb liegt gut bei dem schweren Braunrot.«

»Ich benötige jetzt die Würste und die getrockneten Tomaten.« Sorgsam häufelte Michele sie vor dem Weinkrug aufeinander.

»Was ist mit dem Fisch?« Mario hielt eine geräucherte Dorade an den Schwanzflossen hoch. »So, wie die duftet, esse ich sie am besten sofort.«

»Und wir legen nur die Gräten ins Bild?«, spottete Michele gut gelaunt. »Du willst ein Maler sein? Weißt du nicht, dass Künstler vom Verzicht leben?«

Filiberta stand unvermittelt zwischen ihnen. »Meine Kinder hungern.« Sie schnappte ihrem Gatten den Fisch aus der Hand. »Wohin damit?«

Michele deutete in die Mitte des Stilllebens. »Er gehört zum Brot.«

Filiberta bückte sich, dabei schwangen ihre vollen Brüste fast aus der Bluse, und mit nachdrücklichem Klatsch drapierte sie die Dorade neben die Brotfladen. »So! Sind die Herren Maler mit ihrem Kunstwerk zufrieden?« Sie wartete nicht auf Antwort. »Sehr schön. Dann können wir endlich essen.« Ein Händeklatschen beendete ihre Verärgerung, sie strich eine Haarsträhne aus der Stirn und war von nun an Familienvorstand, Gastgeberin und fürsorgende Mutter in einem. »Setzt euch. Nein, der Saft für die Kinder fehlt noch.« Gehorsam brachte Mario die verschlossene Kanne. »Aber setz dich doch, Lieber.« Das Messer blitzte in ihrer Hand. »Zuerst gibt es Schinken mit Trauben. Lasst es euch schmecken. Ach, ist es nicht ein schöner Tag!«

Nach dem Mahl und drei Bechern vom dunklen Roten streckte sich Michele unter der Pinie aus. Zwischen den Zweigen beobachtete er den Himmel. Vielleicht war es doch richtig, dass ich in Syrakus geblieben bin. Kaum zu glauben, aber ich habe Glück. Und das schon seit zwei Monaten. Ein großer Auftrag und dazu noch ein sicheres Dach über dem Kopf. Bei Mario wird mich kein Ritter suchen.

Damals, nach dem Tod von Ranuccio, war der Freund aus Furcht vor Verfolgung mit seiner Frau und den Kindern aus Rom geflohen. Und als Michele nun Ende August unversehens vor seiner Tür stand, hatte er geweint. Als Filiberta dazukam, wischte er die Tränen rasch beiseite. »Michelangelo wird bei uns wohnen.«

»Wie lange?« Die Gastfreundschaft war auch ihr heilig, dennoch bemühte sie sich erst gar nicht, das Misstrauen zu verhehlen.

»Nur bis ich eine eigene Bleibe gefunden habe.« Dabei war es geblieben. Mario entstammte einer einflussreichen Familie der Stadt. Mit deren Hilfe hatte er den berühmten Maler und Ritter des Johanniterordens in der guten Gesellschaft eingeführt. Bald schon war der Auftrag für das »Begräbnis der heiligen Lucia« perfekt. Michele lieferte pünktlich ab, seine Arbeit wurde hoch gelobt und öffnete ihm alle Türen auf Sizilien. Weit über Syrakus hinaus meldeten sich Klöster, die nur zu gern ein Gemälde des Chevalier Michelangelo Caravaggio in ihrer Kirche hängen sehen wollten. Auch reiche Privatsammler schickten Angebote zu ihm ins Haus der Minittis hinter der Piazza Archimede.

»Kommst du mit auf einen Spaziergang? Wir könnten den Steinbruch hinaufsteigen.«

Michele schreckte aus seinen Gedanken. Über ihm lächelte Mario. »Mein Prinz«, flüsterte Michele, und erst nach einem Blick zu Filiberta hinüber wagte er zu fragen: »Willst du mich etwa verführen?«

»Sei still.« Auch Mario wandte sich vorsichtshalber nach seiner Frau um. »Sag so was nicht mehr. Auch nicht im Spaß. Sie ist ohnehin nicht gut auf dich zu sprechen.«

Gleich erhob sich Michele. »Gut, gehen wir ein Stück.«

Filiberta blickte sie scharf an. »Bleibt nicht zu lange.«

Die Kinder spielten Nachlaufen, versteckten sich hinter den Felsbrocken vor der Grotte des Dionysios. Ihr Kichern und Lachen begleitete die Männer ein gutes Stück während des Aufstiegs und verlor sich erst, als sie zur Höhe gelangt waren. »Ein Kaufmann aus Messina möchte ein Bild von dir.«

»Messina?« Michele trat einen Pinienzapfen aus dem Weg. »Ist mir zu weit weg von hier.«

»Sein Name ist Giovanni Battista Lazzari …«

»Der Vorname erinnert mich zu sehr an meinen Bruder …«

»Aber Lazzari zahlt gut …«

»Was ist? Willst du mich loswerden?«

»Nicht ich. Aber … sie fragt manchmal. Weil sie meint …«

»Hör auf.« Der Stachel hatte die Wunde längst aufgerissen. »Ich hab schon verstanden.«

Mario fasste seine Hand, schmiegte einen Moment die Stirn an seine Schulter. »Nichts habe ich mehr erhofft, als dass es so bleiben kann. Meine Familie und du ganz in der Nähe.«

»Wie lange darf ich noch bei euch wohnen?«

»Über den Winter ganz sicher. Im Frühjahr vielleicht …«

Schreie. Schrille Schreie ganz in der Nähe. Michele riss den Kopf herum. Drehte sich auf dem Fuß. Entdeckte niemanden. Das Schreien verstummte nicht. »Verflucht, was bedeutet das?«

Mario lachte leise. »Sorg dich nicht. Antonella und Roberto streiten sich mal wieder.«

Ehe Michele fragen konnte, zog Mario ihn zu einem Loch im Felsboden. Noch deutlicher waren nun die Kinderstimmen zu vernehmen. »Sie spielen tief unten in der Grotte. Du hörst sie durch diesen Trichter. Man sagt, König Dionysios hat von hier aus seine gefangenen Feinde dort unten belauscht. Das ist alles.«

»Das Ohr«, flüsterte Michele, und die Erinnerung verursachte ihm Übelkeit. Er sah wieder den Großmeister in seinem Sessel sitzen, der Knabe Pico hockte auf seinem Knie, und beide horchten zum offenen Schacht hin auf die Folterschreie der Gefangenen im Verlies. Er verspürte ein Sirren, es fuhr durch seinen Kopf, verursachte Schmerz …

»Was ist dir?«

»Lass nur.« Michele kehrte zurück. »Ich dachte gerade, dass nicht nur früher die Leute belauscht und ausspioniert wurden. Aber egal.«

»Bist du mir böse?«

»Wo denkst du hin!«

Michele ging voraus, er stieg viel zu hastig den Pfad hinab. Steine rollten, er rutschte, konnte sich nur im letzten Moment an einem Strauch festhalten.

Die Tochter des Freundes empfing ihn mit zu Hörnern am Kopf ausgestellten Händen. »Onkel Michele, schau nur, ich bin ein wilder Stier. Und der will jetzt mit dir kämpfen.« Sie stampfte los, schnaubte, und da ihr Brüllen nicht gelang, wieherte sie wie ein Pferd, so lief sie in Michele hinein.

»Du hast mich besiegt.« Er schloss die Arme um das Mädchen, streichelte die seidigen Locken. Meine Tochter wäre jetzt so alt wie du. Alles wäre anders, wenn ich sie hätte. Nichts von mir dürfte sie haben, ganz sicher hätte sie alles von der Mutter. Eine kleine Paola …

»Onkel, du weinst ja?«

»Aber nein.« Michele wischte die Tränen weg. »Das kommt nur vom Staub … weil ich gerutscht bin.« Er drückte Antonella behutsam einen Kuss auf die Stirn.

»Lass meine Tochter los!« Filiberta zog das Mädchen von ihm fort. »Lauf, Kind. Geh mit dem Papa und Roberto zum Brunnen an der Seilergrotte. Er soll euch die Hände waschen. Wir müssen gleich zusammenpacken. Keine Widerworte. Nun lauf schon.«

Kaum waren sie allein, drohte ihm die Frau seines Freundes mit der Faust. »Nicht auch noch meine Kinder. Ich warne dich.«

Jetzt erst begriff Michele, worauf sie anspielte. »Du glaubst doch nicht etwa …« Unglücklicher Zorn stieg in ihm hoch. »Bist du wahnsinnig? Nie würde ich einem Kind etwas antun.«

Sie reckte ihm kämpferisch den Busen entgegen. »Dir traue ich alles zu. Aber wag es nie mehr, meiner Tochter zu nahe zu kommen … Und solltest du meinen Mario noch mal anrühren … So aus alter Gewohnheit, dann … Ich schwöre es bei der Madonna, dann schneide ich dir den Schwanz ab. Ist das klar?«

»Warum hasst du mich so?«

»Kein Hass …« Sie griff sich an Herz, sprach in seltsam ruhiger Kälte. »Kein Hass. Es ist Angst. Du bist nicht wie wir. Vielleicht musst du so sein, weil deine Bilder sonst nicht so wären. Ich weiß, mein Mario wird niemals so malen wie du, aber dafür hab ich ihn und auch die Kinder. Das ist mir lieber.« Gründlich wischte sie die Hände an ihrem Rock ab. »Wann verschwindest du?«

Michele fühlte sich im Würgegriff, er rang nach Luft. »Ich wusste nicht, dass ich solch eine Last für dich bin. Mit Mario verstehe ich mich gut.«

»Damit ist es gottlob jetzt vorbei. Ihr könnt euch schreiben, mehr nicht. Wann gehst du, will ich wissen?«

Weil er nur vor sich hin starrte, stampfte sie mit dem Fuß auf. »Dieser Feigling. Hat er es dir nicht gesagt?« Aus Richtung der Seilergrotte näherten sich wieder die Kinderstimmen.

»Doch, hat er«, beeilte sich Michele zu versichern. »Nun sei nicht auch noch wütend auf ihn. Im Frühjahr, meinte er, aber nachdem ich nun weiß ...«

»Von wegen Frühjahr«, unterbrach ihn Filiberta. »Sofort. Das sollte er dir heute mitteilen. Du hast noch eine Woche Zeit.« Sie wandte sich den heranstürmenden Kindern zu und ließ sich die sauberen Hände zeigen.

Sichtlich verlegen, blieb Mario bei dem Freund stehen. »Hat sie es dir gesagt?«

»Wie viel will dieser Kaufmann aus Messina für ein Gemälde bezahlen?«

»Tausend Scudi. Das ist ein sehr guter Preis, meine ich.«

Michele kratzte in seinem Bart, dann nickte er.

Seit geraumer Weile schon sah Giovan Battista Lazzari in der ausgeräumten Lagerhalle dem Maler bei der Arbeit zu. Lange hatte er um die Erlaubnis ringen müssen. »Ich bin der Geldgeber. Die ›Erweckung des Lazarus‹ ist schließlich mein Auftrag. Ich allein trage die Kosten für die Gestaltung der Hauptkapelle in unserer Kreuzigungskirche ...« Alle Begründungen waren von Ritter Michelangelo Caravaggio weggewischt worden. »Lasst mich in Ruhe. Ich benötige keinen Aufpasser.«

Doch heute Morgen hatte er dem Drängen nachgeben. Nicht aus Einsicht oder gar Freundlichkeit. Nur weil der Kaufmann sich sonst geweigert hätte, die nach drei Wochen vertraglich festgelegte nächste Rate des Honorars auszubezahlen, nur deswegen war Michele bereit gewesen, ihm Zutritt ins Atelier zu gewähren. »Aber nicht reden. Ich benötige absolute Stille, wenn ich arbeite.«

Bisher hatte der Kaufmann die Bedingung eingehalten, stumm zugesehen, wie die Mutter sich über das Gesicht des Sohnes beugte. Er hielt den Atem an, als unter dem Körper ein Totenschädel und große Knochen angeordnet wurden. Und warum war der Körper von Lazarus so steif, nur der rechte Arm und die Hand schienen zu leben?

»Verzeiht, Meister«, brach Giovan Battista das Schweigen. »Ehe es zu spät ist. Darf ich, darf ich auf einen Fehler aufmerksam machen? Wird nicht erst der Kopf, ich meine, die Augen, werden die nicht zuerst lebendig? Ich meine, bei einer Auferweckung …?«

»Idiot!« Michele schleuderte den Pinsel nach ihm, die spritzende Farbe besudelte den Mantel des Kaufmanns.

»Um Gottes willen …«

»Was mischt Ihr Euch ein? Wer ist der Künstler …?« Michele ging drohend auf ihn zu. »Wer? Sagt es. Sagt es sofort!«

»Ihr seid es …«

»Lauter! Ich will es hören …« Der Dolch sprang Michele in die Faust. »Wird es bald?«

»So mäßigt Euch. Natürlich seid Ihr der Maler. Bitte beruhigt Euch.«

»Was wisst Ihr schon?«, brüllte Michele und vernahm nur Dröhnen in seinem Kopf. »Was wisst Ihr schon vom Kampf des Himmels gegen die Hölle?« Schaum stand ihm in den Mundwinkeln. Er fuhr herum, hastete zu seinem Bild zurück. »Leben und Tod … Das Licht fließt in die Hand …« Die Klinge blitzte auf, er stach ins Bild, mit einem wilden Schnitt trennte er den beweglichen Arm vom noch leichenstarren Leib des Jünglings. »Und wenn die Kraft nicht fließt, dann bleiben wir auf ewig …« Wieder holte er zum Schnitt aus.

»Genug!« Verzweifelt schrie jetzt auch Lazzari. »Haltet ein! Zerstört nicht das Wunderbare.«

Michele presste die Augen zusammen, er zitterte am ganzen Leib. »Zerstören?« Er öffnete die Lider, sah das zerfetzte Gemälde. »Es tut mir leid, Herr. Den Schaden … Ich werde ihn wiedergutmachen.« Sein Mund war trocken. »Die Hitze. Ihr müsst entschuldigen …« Er ging auf den Kaufmann zu, bemühte sich um einen Scherz. »Ich werde Euern Namensvetter neu erwecken. Keine Sorge. Bis zum 10. Juni hab ich ihn wieder lebendig. Der Abgabetermin ist nicht in Gefahr.«

Giovan Battista zog sich bis in die Nähe des Ausgangs zurück. »Es war vielleicht doch falsch, dass ich Euch bei der Arbeit über die Schultern sehen wollte. Nein, kein guter Gedanke.« Und erst, als er das Tor schon geöffnet hatte, setzte er hinzu. »Ich lasse Euch Essen und Trinken für heute draußen hinstellen. Und wenn Euch danach ist …« Ein gekünsteltes Lachen. »Nun, dann nehmt Ihr es Euch einfach.« Rückwärts entwich er dem Atelier und schloss sehr sacht das Tor.

Weiter. Nur nicht auffallen. Michele blieb im Schatten der Häuser an der Uferstraße Palermos. Die lange, spitze Kapuze tief in der Stirn, beobachtete er die heute eingelaufenen Schiffe. Keine Küstensegler, keine Fischerboote, allein die schweren Dreimaster der Fernhändler interessierten ihn. Erst als er ein Großschiff entdeckte, von dem gerade Lohnarbeiter die Ladung löschten, verließ er den Schutz der Hauseingänge und näherte sich gemessenen Schritts der Anlegestelle.

»Gott zum Gruß, Pater.« Ehrfürchtig wichen Passanten beiseite und gaben dem Kapuziner bereitwillig den Vortritt zum Holzplankensteg, damit er trockenen und vor allem sauberen Fußes den Schlamm der Straße überqueren konnte. Michele dankte mit kurzem Neigen des Hauptes. An die Rolle könnte ich mich gewöhnen, dachte er und schmunzelte im Schutz der Kapuze. So viele Mönche habe ich schon gemalt, wurde höchste Zeit, dass ich selbst mal in einer Kutte stecke. Das kastanienbraune Habit war ihm ein wenig zu lang, verstohlen zog er es durch den weißen Strickgürtel etwas höher.

Vor nun bald vier Wochen war er aus Messina geflohen. Damals waren zur Enthüllung seiner zweiten Auftragsarbeit für den Senat der Stadt unvermittelt zwei maltesische Ritter in der Chiesa dei Cappuccini aufgetaucht. Während der Schleier hinter dem Altar gelüftet wurde und der Obere des Kapuzinerordens den Geldgebern und ihm, dem Künstler, dankte, hatte er die Männer noch nicht bemerkt. Doch als er sich neben den Honoratioren im Chorraum niederließ, stachen ihm die blitzenden achteckigen Kreuze an den Mänteln der Fremden ins Auge. Mit versteinerten Gesichtern standen sie in der vordersten Reihe und warteten mit den Gläubigen auf die Festmesse. Der Schreck durchfuhr ihn wie ein gellender Glockenton. Fahrig bedeckte er sein eigenes Kreuz mit der Hand. Sobald das Eingangslied angestimmt wurde, entschuldigte er sich bei seinen Nachbarn und wankte gekrümmt in die Sakristei.

Der Obere des Klosters blickte verwundert von der Schrift auf. »Mein Sohn?«

»Bitte, Vater, helft mir. Es bleibt keine Zeit für Erklärungen. Dort draußen sind Männer, die mir nach dem Leben trachten. Ich muss sofort die Stadt verlassen.« Die Not im Blick des Malers genügte. »Wohin willst du?«

»Das Sicherste wäre Palermo.«

»So weit?« Einen kurzen Moment überlegte der Abt, dann hatte er sich entschlossen: »Mit dem Gemälde hast du uns sehr beglückt. Nur zu gern unterstütze ich dich nach Kräften. Geh einstweilen hinüber ins Kloster. Dort bist du sicher. Das Weitere überlasse mir. Zuallererst aber muss ich die Messe lesen.« Er küsste die Bibel und verließ die Sakristei.

Am späten Nachmittag war der mit einer Plane geschlossene Wagen des Klosters durch die Straßen von Messina gerollt. Der Bruder hoch auf dem Bock wechselte mit den Wächtern am Tor noch einige freundliche Worte, ehe er draußen das Gespann zur Uferstraße in Richtung Westen gelenkt hatte.

Dieser stinkende Dreck, dachte Michele. Vom Wolkenbruch heute Vormittag scheint der gesamte Unrat aus den Straßen und Gassen Palermos hinunter zum Hafen gespült worden zu sein. »Und die Augustsonne verkocht ihn zu einem üblen Brei.«

Handlanger schleppten auf den Schultern schwere Säcke von Bord des Großseglers. Michele trat zum Aufseher nahe dem Steg. »Wann läuft das Schiff wieder aus?«

»Unser Hauptmast hat beim letzten Sturm gelitten, Pater. Außerdem müssen wir neue Fracht an Bord nehmen. Ich denke, so zwei Wochen wird's dauern, bis wir wieder in See stechen. Erst Rom, dann weiter rauf nach Genua. Entschuldigt mich …« In ungeahnter Schnelligkeit war der große Mann bei einem der Hafenarbeiter und stieß ihn in die andere Richtung. »Da geht es zur Lagerhalle. Verfluchter Kerl! Lass dich von mir nicht noch einmal erwischen!« Zur Bekräftigung trat er dem Mann noch in den Hintern und kehrte zu Michele zurück. »Wenn ich meine Augen nicht überall hätte, würde mir die Hälfte der Ladung von den Halunken gestohlen werden. Aber was rede ich. Das ist in jedem Hafen das Gleiche.«

»Und Neapel? Macht Ihr dort einen Halt?«

»Gott bewahre! Da im Königreich muss die Ware, selbst wenn wir nicht ausladen, extra verzollt werden. Warum fragt Ihr?«

»Nun, ich muss im Auftrage meines Ordens nach Neapel. Dort habe ich eine wichtige Mission zu erfüllen.«

»Ich hätte Euch gern mitgenommen. Ein frommer Kittel an Bord hält das Unglück fern. Das sagt man so bei uns.« Er war sich nicht ganz sicher, ob sein Scherz gut aufgenommen wurde, und wies gleich mit der Hand auf den Segler an der übernächsten Mole. »Aber ich hab gehört, die Fauna dahinten nimmt nur frisches Wasser und Proviant auf. Übermorgen schon läuft sie in Richtung Neapel aus. Gewürze und Tuche. Das ist auch für Eure Nase besser, Pater, als unsere stinkenden Felle.«

Michele dankte dem Aufseher. Schon eine Stunde später hatte er die Passage auf der Fauna vereinbart. »Fra Michelangelo vom Orden der Kapuziner«, so hatte er sich auf der Liste eintragen lassen.

Endlich. Mit allen Fasern sehnte er sich nach etwas Sicherheit. Und Neapel war weit entfernt von Malta. »Vielleicht geben sie die Suche auf.« In jedem Fall würde er sich in Neapel nicht mehr an jeder Straßenecke nach Verfolgern umschauen müssen. »Weniger Angst ist schon Glück.« Beschwingt verließ er den Hafen, eilte die Gassen hinauf, wollte gleich ins Kloster, um die Habseligkeiten zu packen. Hier bei den Franziskanern hatte er Unterschlupf gefunden. Nach der Lektüre des Empfehlungsschreibens aus Messina war der Abt gern bereit gewesen, den Flüchtling zu verstecken. »Mein Sohn, mit Freude las ich, dass du die Malkunst in besonders hohem Maße beherrschst. Nun, für Kost und Logis erbitte ich für das Oratorium nebenan eine ›Natività‹ als Altarbild. Unsere armen Brüder von der Kongregation des heiligen Lorenzo werden sich glücklich schätzen, den Stall zu Bethlehem und die Heilige Familie in ihren Mauern zu beherbergen. Und wenn auch noch Franziskus und Lorenzo an der Krippe in Andacht niederknien, wäre für uns alle das Glück vollkommen.« Das Lächeln des Abtes hatte eine solch fordernde Freundlichkeit, dass Michele gar keine andere Wahl geblieben war, als sich schon am nächsten Tag an die Leinwand zu stellen.

»Vier Wochen malen für vier Wochen wohnen. Da hab ich schon

bessere Preise für meine Bilder erzielt.« Er blickte zur Klosterpforte am Ende der engen Gassentreppe. »Aber ich war vor Verfolgern sicher. Der Engel und die beiden Heiligen haben mich beschützt.« Das Packen hatte Zeit. Er blieb auf der Via Immacolatella und betrat über den kleinen Innenhof das Oratorium von San Lorenzo. Nach wenigen Schritten hielt er inne und sah hinauf zum Gemälde über dem Altar. Eine weiche Wärme durchströmte ihn. »Ich möchte nicht stören«, flüsterte er Maria zu. »Ich wollte nur rasch Abschied nehmen. Schau du nur deinen neugeborenen Sohn an. Auch ihr Heiligen, du, Francesco, und du, Lorenzo, lasst euch nicht von der Andacht des Heilands abhalten.« Michele dachte an die gerunzelten Stirnen einiger Klosterbrüder von San Lorenzo, als sie bei der Enthüllung der »Natività« seinen geflügelten Boten aus den Himmeln auf die Heilige Familie herabstürzen sahen. Stellvertretend für die Mönche beruhigte er nun den heiligen Joseph. »Ängstige dich nicht. Auch wenn ich morgen abreise, der Engel wird nicht fallen, dafür habe ich gesorgt.«

Keine Freudenausbrüche. Gleich nach der Ankunft seines Milchbruders zog Fabrizio ihn aus der Empfangshalle des Palazzo Colonna nahe von San Domenico in sein Studio hinter der Bibliothek. »Ich bin froh, dass du die Kutte anbehalten hast. Die Kapuziner von Neapel kommen häufig her, um zu betteln.«

So oft nun schon verjagt, erwachte gleich das Misstrauen. Schwang nicht leiser Unmut im Ton des Freundes mit? »Darf ich bleiben?« Michele musste, wollte es sofort und genau wissen.

»Willst du mich mit der Frage kränken?«, blaffte ihn Fabrizio an. »Ich stehe zu dir. Und außerdem breche ich nie mein Wort.«

»Verzeih.« Michele streifte die spitze Kapuze in den Nacken. »Heimatlosigkeit ist ein gieriger Wurm. Sie zerfrisst mir die Brust, und ich fürchte, bald auch den Verstand.« Er wölbte die Brauen und setzte leise hinzu. »Das musste ich in den vergangenen Monaten bitter genug erfahren.«

»Hier bist du zu Hause, Freund.« Aus einer jähen Regung heraus umarmte ihn Fabrizio. »Aber nicht weich werden. Vor allem nicht leichtsinnig. Denn wahren Schutz kann es für dich auch in Neapel nicht geben.« Fabrizio öffnete eine Schatulle und entnahm ihr ein

Blatt. »Hiervon haben alle führenden Ritter unseres Ordens Ende letzten Jahres eine Abschrift erhalten. Sie stammt vom 1. Dezember 1608. Erlass und Befehl der Großen Versammlung. Darin geht es um dich, mein Freund.« Er versuchte sich in Heiterkeit und ahmte die Stimme Chevalier Vasrays nach. »Ich zitiere: ›Nach eingehender Untersuchung und Abwägung der Umstände verdammen wir Michelangelo Merisi da Caravaggio, der …‹«, kaum vermochte Fabrizio das Kichern zu unterdrücken, »›… der ohne Erlaubnis mithilfe eines Seiles aus dem Kerker von St. Angelo entflohen ist …‹ ›Ohne Erlaubnis‹, das steht hier wirklich.«

»Ich kann darüber nicht lachen«, murmelte Michele.

»Verzeih.« Nun ganz gefasst, informierte Fabrizio ihn weiter über den Inhalt. »Sie haben dir die Ritterwürde aberkannt und dich aus dem Orden geworfen. Außerdem, und das ist wirklich schlimm und gefährlich, wurde deine Verfolgung angeordnet. Und zwar mit den Worten: ›… gejagt wie ein verfaulter, stinkender Aussätziger‹. Diese Bezeichnung wird nur in besonders schweren Fällen angewandt und bedeutet letztlich, dass du vogelfrei bist.«

»Ich begreife es nicht.« Michele ließ sich auf einen Stuhl sinken. »Der Großmeister liebt mich. Er weiß, dass ich in eine Falle geraten bin. Er muss doch zu mir halten. Wenn ich ihn nur besänftigen könnte …«

»Noch vor jeder persönlichen Neigung muss sich Chevalier Wignacourt an die Gesetze des Ordens halten. Vergiss das nicht.« Fabrizio legte das Blatt zurück und schloss die Schatulle mit einem Knall. »Nun bist du hier. Ich denke, wenn Mutter endlich aus Rom eintrifft, wird sie sicher den einen oder anderen Brief für dich schreiben.« Er berichtete kurz über den Tod seines Onkels Kardinal Ascanio im vergangenen Sommer. »Seine Krankheit war wohl unheilbar. Mutter hat sehr um ihren Lieblingsbruder getrauert. Als Alleinerbin musste sie außerdem den Palazzo in Rom übernehmen und die Verwaltung der Galerie und der Bibliothek neu organisieren. Aber jetzt scheint das Schlimmste überwunden. Ich erwarte sie spätestens im November hier bei uns in Neapel.«

Michele hob den Kopf. »Und …?«

»Aber ja doch.« Fabrizio zeigte sein Lachen. »Unsere, verzeih, deine

Paola wird natürlich auch mitkommen. Und bis dahin überlasse ich dir unseren kleinen Mönch.« Rasch ging er zur Tür, rief und gab dem Kammerherrn Befehl: »Der Monaccino soll sofort hier erscheinen.«

Wenig später pochte es, und ein schmalgliedriger junger Mann mit großen dunklen Augen riss seine Kappe vom Kopf und dienerte: »Zu Befehl, Admiral.«

»Kerl. Du bist nicht mehr auf meinem Schiff. Also?«

»Zur Stelle …« Er trat von einem Bein auf das andere. »… Don Fabrizio … Eh, Don Marchese. Oder …«

»Es genügt. Nun zapple nicht so rum. Sag unserem Gast …«

»Gott zum Gruß, Pater … Eh … Eminenz … oder.«

Erst die halb ernst gemeinte Ohrfeige seines Herrn brachte ihn zur Ruhe. »Also, dieser Herr hier ist genauso wenig ein Mönch wie du. Sobald er die Kutte gegen normale Kleidung getauscht hat, ist er Meister Caravaggio für dich.« Und zu Michele gewandt, sagte er: »Dies hier ist Beato. Unser Glücksbringer. Monaccino werden die Diener genannt, von denen unser Wasser in Neapel sauber gehalten wird … Aber das wird er dir selbst erzählen, da bin ich mir ganz sicher. Lass dich nicht von seiner Unruhe täuschen, er ist äußerst schlau und kennt sich in der Stadt aus wie kaum jemand.« Fabrizio schmunzelte leise. »Wie er als Leibdiener taugt, wage ich nicht vorherzusagen.«

Michele sah den Jungen prüfend an. Keine Schönheit, sicher kein Modell. Oder doch? »Ich nehme ihn. Wir werden schon miteinander auskommen.«

Die Melodie war zwar falsch, dafür aber hingebungsvoll laut. Beato kniete auf dem Boden des Ateliers und verschalte das aus Kanthölzern genagelte Viereck mit Brettern, dazu pfiff er das Lied vom Fischermädchen und seiner unglücklichen Liebe. Nahe dem geöffneten Fenster stand Michele vor der Staffelei und prüfte zum letzten Mal sein Gemälde. Der Firnis war hart genug, es würde die Reise unbeschadet überstehen. Über die Schulter erkundigte er sich: »Bist du bald so weit?« Weil die Frage im Hämmern und Pfeifen unterging, wiederholte er sie, begleitet von lautem Fluchen.

Beato kratzte sich mit dem Hammerstiel den Rücken. »Bald, Meister. Bald ist der Sarg für den armen heiligen Johannes fertig. Oder auch … Das Unterteil hab ich schon. Doch, ich glaube, schon … Der Deckel dauert nicht lange.«

»Beeil dich. Und red nicht immer vom Sarg. Du zimmerst eine Transportkiste. Das ist genug.«

Der Junge fügte neue Bretter aneinander und nagelte die erste Querlatte darüber. »Meister, darf ich was fragen?«

»Was gibt es?«

»Ihr wollt … Bei diesem Oberritter … da wollt Ihr Eindruck schinden mit dem Bild? Ist das richtig? … Oder?«

»Ich will den Großmeister besänftigen, ihn umstimmen.«

So weit wie nötig war der kleine Mönch von Michele eingeweiht worden. Er wusste über ein Zerwürfnis mit dem Orden auf Malta, von der Verurteilung, der Flucht und dass Michele in höchste Gefahr geriet, sollte er von den Rittern oder ihren Handlangern aufgespürt werden.

»Wäre ein schönes Bild nicht besser? Ich frag ja nur …?« Beato wies mit übertriebener Geste nach draußen in den hellen Oktobertag. »Ich denke an eins mit Blumen und Früchten. Genau so eins … So was erfreut doch das Herz.« Er griff nach einem neuen Nagel. »Aber nicht die Salome mit dem abgeschnittenen Kopf des Täufers auf der Schale. Das verdirbt die Laune … Sag ich mal so.«

»Davon verstehst du nichts.« Michele legte das fertige Unterteil auf den Tisch und polsterte es mit Lumpen aus. »Großmeister Wignacourt hat von mir bereits die ›Enthauptung des Johannes‹ in seiner Kirche hängen. Jetzt lass ich ihm von Salome den Kopf bringen. Darüber wird er sich freuen, das weiß ich genau.« In Gedanken setzte Michele hinzu. Und so Gott will, begnadigt er mich. Wieder für Beato sagte er: »Das Bild muss rechtzeitig heute zum Schiff gebracht werden. Sonst war all die Eile in den letzten Wochen vergebens.« Er legte das Kunstwerk in die Kiste, achtete darauf, dass nichts Hartes die Seiten und vor allem die Ecken verletzen konnte. Gemeinsam nagelten sie den Deckel auf. »Und zur Feier des Tages werden wir heute ausgehen.«

Der Junge lief zwei Schritte, federte vom Boden, vollführte eine Körperrolle in der Luft und stand wieder sicher auf den Beinen. »Nehmen wir den Weg durch die Unterwelt?«

Michele lachte. »Wie denn sonst? Wir tauchen ein, und sobald wir wieder erscheinen, geht der Kapuziner mit dem Monaccino ins Cerriglio.«

»Und ich esse Artischocken, eine ganze Schüssel für mich.« Beato strahlte. »Ach, Meister. Ihr seid der beste Herr, den ich je hatte.«

Nach der Mittagszeit, das Leben im Hafen erwachte gerade wieder, erreichte Beato mit seiner wertvollen Kiste den Ankerplatz der Voluntà. Er stellte die Schubkarre neben dem Fallreep ab, zückte ein großes weißes Sacktuch und trocknete sich den Schweiß von der Stirn. »Was stöhnst du, mein Freund«, tröstete er sich. »Wenn es wirklich … na ja, ein echter Sarg wäre schwerer, meine ich.« Er ging zwei Schritte den Holzsteg hinauf. »Ahoi!« Er winkte dem Wachposten oben an Bord. »Ich hab eine Fracht … Für Malta … Ich meine, für die Ritter.«

Der Matrose winkte zurück. »Warte.«

Wenig später begutachtete der Erste Maat die Kiste, hob sie an. »Sehr leicht. Was ist da drin?«

»Darf ich dir nicht … Ein Kunstwerk soll ich … na ja, jetzt hab ich's dir schon gesagt.«

Der bärbeißige Offizier spuckte zur Seite. »Kerl, bleib ruhig stehen! Du bist ja schlimmer als rauer Seegang. Für wen ist die Kiste bestimmt?«

Beato nahm einen versiegelten Brief aus der Rocktasche. »Hier. Da steht alles drin.«

»Respekt.« Der Maat hob die Brauen. »Für Großmeister Alof de Wignacourt persönlich.«

»Das hast du gesagt … Stimmt's? Nicht ich.«

»Wieso? Aber es steht doch hier.«

»Glaubst du, ich könnte nicht lesen?« Beato lüftete seine Kappe und raufte sich das Haar. »Auch in Neapel gibt es gebildete Leute … Schließlich arbeite ich im Palazzo des Marchese Sforza Colonna.«

»Mach mich nicht wahnsinnig!« Die erhobene Hand ließ den Monaccino einen Schritt zurückspringen. »Von wem ist die Kiste? Was soll ich dem Großmeister ausrichten?«

»Keinen Namen … Nein, den brauchen wir nicht. Sag nur, das ist vom Meister … Dass mein Meister den Johannes hingerichtet hat, das weiß der Großmeister sowieso genau … Nun liegt der Kopf auf der Schale.« Beato trat von einem Fuß auf den anderen. »Bring ihm das Gemälde, dann weiß er schon den Namen.«

»Von vorn du Affe: Da ist also ein Bild drin? Und das Bild ist für den Großmeister auf Malta bestimmt? Hab ich dich richtig verstanden?«

»Sag ich doch.«

»Das kostet sechs Giulii für den Transport.«

Gleich klaubte Beato die Münzen aus der Gürteltasche, reichte sie dem Maat. Doch ehe der das Geld nehmen konnte, schnappte die kleine Hand wieder zu. »Wie viel steckst du dir davon ein …?«

»Wag es nicht …«

»Schon gut.« Der Junge zahlte den Preis. »War nur ein Scherz unter Freunden.«

Wortlos packte sich der Maat die flache Bretterkiste auf die Schulter und stampfte das Fallreep hinauf. Erst über dem Wasser, zwischen Kai und dem Schiff, drehte er sich um. »Bestell deinem Meister, dass er mir leid tut. Weil er dich als Diener hat.«

»Sag ich ihm gern.« Beato winkte und schob mit der Karre davon, dabei trippelte er nach rechts, dann trippelte er nach links.

Kaum war der Monaccino in die Straße zur Stadt eingebogen, als sich aus der Tiefe einer Frachthalle ein Mann im dunklen Schultermantel löste und mit großen Schritten auf die Voluntà zuhielt. »Chevalier Lejeune muss den Kapitän sprechen.«

Der Wachhabende sah das achteckige Kreuz auf dem Mantel und brachte ohne weitere Nachfrage den Ordensritter zum Oberdeck.

Knapp erwiderte Lejeune den freundlichen Gruß des Schiffsherrn und ließ ihn die Abschrift des Urteils gegen den entflohenen Häftling Caravaggio lesen. »Da ich mit der Suche beauftragt bin, erbitte ich Auskunft über die Kiste, die vor wenigen Augenblicken an Bord gebracht wurde.«

»Ich selbst weiß nichts darüber.« Der Kapitän ließ seinen Maat kommen.

»Ein Bild soll drin sein. Aber wer der Absender ist …?« Der Offizier wollte spucken, besann sich aber rechtzeitig. »Was hat dieser kleine Affe erzählt? Ich soll dem Großmeister sagen, dass sein Meister schon den heiligen Johannes umgebracht hat, dann wüsste der schon Bescheid.«

Das kantige Gesicht des Ritters hellte sich auf. »Die ›Enthauptung des Johannes‹. Ich kenne das Gemälde, weiß auch, wer es gemalt hat. Sehr gut, Mann. Und erinnerst du dich zufällig auch, woher der Bote kam?«

»Er hat gleich bezahlt, deshalb musste ich nicht … Nein, wartet. Er sagte: Colonna. Ja genau, er arbeitet im Palazzo Colonna.«

Ein schneller Griff in den Mantel, schon blinkte eine Münze, die der Maat geschickt aus der Luft fing. »Danke, Herr, war mir ein Vergnügen.«

Chevalier Lejeune nickte dem Kapitän zu und ging schnell, doch ohne Hast von Bord der Voluntà.

Am späteren Nachmittag verließ Michele, als Kapuzinermönch gekleidet, mit seinem Diener den Hinterausgang des Palazzos. Der kleine Mönch trug eine Blendlaterne, wieselte durch den Garten, wartete am offenen Brunnenhaus und schwenkte einladend den Arm, als ihn Michele erreichte. »Hereinspaziert. Die Unterwelt erwartet Euch.« Er rollte übertrieben mit den Augen. »Da wohnen schwarze Riesenschlangen … Nein, nein … Ich kenne mich da gut aus.«

»Dreh das Licht höher. Und steig nicht zu schnell.«

»Wir nehmen die Treppe«, beruhigte ihn Beato. Er wies auf das runde Loch neben dem Brunnen und kicherte. »Zu dick … Durch meinen Schacht passt Ihr gar nicht durch.« Im rückwärtigen Teil des Pavillons klappte er die Flügel einer Bodentür auseinander. Steinstufen führten in die Tiefe. »Ich leuchte. Bleibt dicht hinter mir.«

Die Tritte hallten, Feuchtigkeit hauchte Michele aus der Finsternis entgegen. Obwohl er tief gebückt ging, spürte er, wie seine Kapuze bei jeder Stufe gegen das in den Tuffstein hineingehauene Gewölbe stieß. Am Fuß der Treppe hielt der kleine Mönch die Laterne hoch.

Licht schimmerte an den felsigen Wänden, spiegelte sich vor ihnen auf einem runden See, über dem der Brunnenschacht nach oben führte. Aus dieser Zisterne wurde der Palazzo mit frischem Wasser versorgt, und zur Aufgabe Beatos gehörte es, täglich hinabzusteigen und die Wasseroberfläche mit einer langen Lederlippe von Steinstaub und Ungeziefer zu reinigen. »Wir sollten gleich ... können den Hauptweg nehmen«, schlug er vor. »Und steigen ... an der Chiesa San Paolo gehen wir wieder nach oben. Da ist es nicht weit ...« Er schmatzte schon im Voraus. »... da warten meine Artischocken.«

»Die hast du dir heute auch wirklich verdient.«

Beato ging rasch am Rand des Sees entlang. Vor dem mannshohen Zugang in den Fels hielt er inne und formte die freie Hand vor dem Mund zum Trichter. »Hoooh«, rief er in den Gang, horchte und wiederholte den Ruf. Von irgendwoher kam ein Hoooh als Antwort, gleich darauf ein zweites und ein drittes. »Das kam aus Richtung der Via Severino ... auch von der Via Toledo eins ... und mein Freund Sebastiano ... der ist auch unten. Gehen wir.«

Jeder Palazzo der Reichen oder jeder Straßenzug, in dem die einfachen Bürger wohnten, hatte unter sich eine in den Fels gehauene Zisterne. Mit den herausgebrochenen Steinen waren oben die Häuser gebaut worden. Durch den porösen Tuff sickerte Regenwasser und füllte die Brunnen. Ein Gewirr von schmalen Gängen und sogar breiten Straßen verband die Wasserzellen miteinander. Ein Kloster der Unterwelt. Wehe dir, unkundiger Fremder, allein findest du den Weg nie mehr zurück! Hier wurden die kleinen Mönche zu Äbten, denn kaum einer außer ihnen wusste die Markierungen an den Wänden zu deuten.

Michele folgte dem Licht; um nicht zu stolpern, tastete er sich mit der linken Hand am feuchten Fels entlang.

Trotz der dringenden Warnung von Fabrizio, nicht den Bereich des Palazzos zu verlassen, war er drei Mal schon auf diese Weise davongeschlichen und hatte, als Kapuziner getarnt, einige Stunden dem Treiben in der Stadt zugeschaut. Mit Beato als Gehilfe an seiner Seite war er sogar tollkühn genug gewesen, im Cerriglio, dem Treffpunkt der Maler und Dichter, zur Krönung des Ausfluges einen Wein zu trinken und eine kleine Mahlzeit einzunehmen.

»Verdammt! Neapel, du gehörst mir«, schimpfte er vor sich hin. »Und ich will mich nicht vor dir verstecken.«

»Was habt Ihr gesagt?«

»Nichts. Gar nichts. Sieh zu, dass wir bald da sind.«

Schritte. Beato blickte sich um. »Seid Ihr das?«

Michele blieb stehen. Tritte von weit hinten, dumpf und hohl. Stiefeltritte. Sie kamen langsam und stetig näher.

»Hooh?« Beato wartete. »Hoooh?« Keine Antwort. Die Schritte hallten. Ein Licht tauchte in der fernen Dunkelheit auf, es schwankte hin und her.

»Da folgt uns ... da kommt ...«

»Wird wohl einer deiner Kollegen sein«, brummte Michele. »Los, weiter!«

»Keiner von uns antwortet, Herr ... Wir sollten durch einen Nebenstollen ...«

»Ach was.« Michele blickte sich um. Das Licht blieb in gleichem Abstand zu ihnen. Auch die Schritte beschleunigten sich nicht. »Wir bleiben im Hauptgang. Sehen wir zu, dass wir so rasch wie möglich hier rauskommen. Nun geh schon!«

Nach dem nächsten Zisternensee verbreiterte sich die Höhle, und sie konnten schneller gehen. Bald schon nahm auch der harte Takt hinter ihnen an Geschwindigkeit zu.

Sollte Fabrizio einen Diener hinter mir hergeschickt haben? Sofort schüttelte Michele den Gedanken ab. Er ist mein Freund, er spioniert mir nicht nach.

»Gleich, Herr ...« Ein einziger Seufzer. »Wir sind gleich unter San Paolo.«

Kaum hatten sie die Treppe erreicht, als Beato gleich zwei Stufen auf einmal nahm. »Langsamer, Angsthase. Warte, verdammt, ich sehe nichts.« Oben drückte der Monaccino die Tür auf. Mildes Abendlicht empfing sie.

Michele ordnete seine Kutte und zog die Kapuze tiefer in die Stirn. »Komm weiter.« Auf der gegenüberliegenden Straßenseite stellte er sich mit dem Jungen in einen Hausflur und beobachtete den Einstieg zur Unterwelt gleich neben der Kirche. Nichts. »Wir warten noch.« Niemand erschien. Erst nach einer Viertelstunde war sich Michele sicher. »Und es war doch ein Kollege von dir. Der schläft jetzt irgendwo da unten seinen Rausch aus.«

»Ich kenne keinen, der … Ach, egal … Hoffentlich sind die Artischocken …«

»Nur keine Angst, Kleiner, du bekommst eine große Portion.« Michele zog ihn weiter in Richtung der Via Monteoliveto. Als sie den hohen Zaun aus kunstvoll geschmiedeten Eisenlanzen zwischen Steinsäulen an der Ecke zur Calata Trinita Maggiore erreicht hatten, erweiterte er sein Versprechen. »Wenn du es schaffst, spendiere ich dir sogar noch einen zweiten Teller.«

»Caravaggio?« Eine freundliche Stimme in seinem Rücken. »Seid Ihr es, großer Meister?«

»Ja?« Michele wandte sich um. »Wer fragt …«

Die Faust, sie explodierte in seinem Gesicht, stieß den Kopf nach hinten. Michele taumelte, begriff nicht, da traf ihn ein nächster Schlag in den Magen, krümmte ihn. Er hustete, erbrach sich. Der Hieb in den Nacken fällte ihn zu Boden. Gleich wurde er an beiden Armen wieder hochgerissen, von zwei Männern festgehalten. Der dritte stand vor ihm, mit unbeteiligter Miene; er sagte nichts, schlug ihm kurz hintereinander die rechte und linke Faust unter die Rippen. Kein Atem mehr. Schmerz stach durch den Brustkorb. Michele rang nach Luft, glaubte zu ersticken, hustete, würgte. Dabei sah er die Augen der Peiniger, in kalter Ruhe warteten sie seine Qual ab.

Beato sprang hin und her, schwang die Fäuste über dem Kopf. »Weg … Ich … Sonst werde ich …« Dann schrie er: »Hilfe! Zu Hilfe!«

Hinter einer der Steinsäulen des Eisenzauns trat ein Mann aus der Deckung, das achteckige Kreuz schimmerte auf dem langen Schultermantel. Gleich bestürmte ihn der kleine Mönch. »Gott sei gepriesen … Helft, so helft! Die Kerle …«

»Schweig!«

Beato faltete die Hände. »Sie haben … Seht doch … Meinen guten Herrn … Sie haben …«

Ohne hinzusehen, hieb ihm der Ritter auf den Schädel. Beato stürzte und blieb jammernd liegen.

»Caravaggio.« Chevalier Lejeune befahl mit einem Schnippen

seine Handlanger beiseite und trat dicht vor den Maler hin. »Früher oder später geht uns jeder ins Netz.«

Michele starrte auf die schmalen Lippen, sah die hervorspringenden Wangenknochen. »Woher wusstet Ihr …?« Er schmeckte Blut, ein zerbrochener Zahn löste sich aus dem Oberkiefer, seine Zunge suchte nach den Stücken. »Wie habt Ihr mich gefunden?«, brachte er endlich hervor.

»Sicher wird Großmeister Wignacourt deine ›Salome mit dem Kopf des Johannes‹ gern in Empfang nehmen.«

»Ihr wart auf dem Schiff …? Und seid mir gefolgt?« Michele schloss die Augen. Ich hab mich selbst verraten. Verflucht, wie konnte ich nur!

Der Triumph hob nur unmerklich die Stimme des Ritters. »Dein Bote war in den Höhlen laut genug.«

Vor seinen Füßen regte sich Beato. »Nichts habe ich …«

Michele würgte, und mit dem blutigen Schaum quollen ihm Zahnstücke aus dem Mund. Gleich schob ihm der Ritter die Dolchspitze zwischen die Lippen. »Willst du mich etwa anspucken?« Ein Handschlenker nach oben, die scharfe Klinge schnitt die Oberlippe auf. »Jetzt versuch es wieder!« Mit sich zufrieden, steckte er das Messer zurück und befahl den Handlangern: »Die Kutte stört mich. Ich bin ein Freund der Kapuziner. Zieht ihn aus.«

Beato klammerte sich an den Beinen des Riesen fest. »Erbarmen … Mein Herr ist gut … Das dürft Ihr nicht …«

Mit hartem Griff packte ihn Lejeune am Rückenteil seines Kittels und riss ihn hoch. »Du wirst mir lästig, Käfer.«

»Loslassen!«, schrie Beato, versuchte nach hinten zu schlagen, dann war ihm sein Herr wichtiger. »Ich habe nichts verraten …«, schluchzte er. »Glaubt mir …« Und gleich wieder beschimpfte er den Ritter: »Ihr seid ein feiger Mann … Vier gegen zwei …«

»Sei still!« Chevalier Lejeune trug den keifenden Monaccino zum Zaun, hob ihn mit dem Gesicht über eine der geschmiedeten Lanzen. Ein harter Ruck. Die Spitze drang vom Hals durchs Kinn in den Kopf. Er ließ sein Opfer dort hängen. Noch zappelten Arme und Beine.

Alle eigenen Schmerzen schienen sich aufzulösen, fassungslos sah

Michele, wie die Bewegungen weniger wurden, wie der schmächtige Körper nur noch reglos da hing. »Mörder!«

Leicht beugte sich der Ritter zu ihm. »Geduld, Meister.« Die Stimme war sanft. »Dein Käfer da am Zaun, der war sofort tot. Du aber sollst auf dem Weg dorthin lernen, wie falsch es ist, gegen die Gesetze des Ordens zu verstoßen. Wie heißt es im Urteil: Jagt ihn wie einen verfaulten, stinkenden Aussätzigen. Das bedeutet, wer dich findet, darf das Urteil an Ort und Stelle vollstrecken.« Er griff Michele ins Haar und bog das Gesicht nach oben. »Wie gern würde ich unserem verehrten Großmeister neben dem Kopf des heiligen Johannes auch deinen Kopf auf einer Schale servieren. Leider haben sich die Zeiten geändert.« Er richtete sich auf und gab den Knechten das Zeichen.

Sie streiften sich dornenbewehrte Schlagringe über die Fäuste. Sie traten mit Stiefeln nach ihm. Keine Ohnmacht erlöste Michele. Ein Acker voller Disteln. Oder sind es Scherben? Nur tief drinnen blieb ein Funke wach.

»Er hat genug, Herr.« Deutlich vernahm Michele die Stimme aus der anderen Welt. Auch spürte er, wie ihn eine Stiefelspitze gegen die Rippen stieß, seinen Körper umwälzte.

»Gute Arbeit, Männer.«

Du bist Chevalier Lejeune. Wenn ich nicht so müde wäre, würde ich dich verfluchen.

»Der Auftrag ist erledigt. Gehen wir.«

Michele horchte auf die Schritte. Nicht bewegen, warte. Armer Beato, mein kleiner Freund. Ich will um dich weinen. Er schluchzte. Später zog er ein Bein an, schob sich mit dem Knie ein Stück vorwärts. Schmerzen weckten ihn. Nein, ich bin Schmerz … Nach einer Weile wusste er, dass beide Ellbogen unverletzt waren, auch die rechte Hand. Durch den Spalt der verquollenen Lider entdeckte er Helligkeit. Es sind Laternen, dachte er und erinnerte sich, wohin er mit Beato wollte. Zum Cerriglio. Er robbte weiter. Zu den Artischocken. Und vierzehn Tage Leben habe ich noch gut, fiel ihm mit einem Mal ein. Glaubt ihr etwa, dass ich sie vergessen habe? Die lasse ich mir von keinem Papst und keinem Kalender wegnehmen und schon gar nicht von euch Rittern. Dieser Gedanke wurde das Seil. Als er das Ende erreichte, blendete Licht. Michele rollte zur Seite und blieb auf dem Rücken liegen.

Rufe, lauter wurden sie. Stimmen über ihm. Fragen, Fragen. Mit großer Kraftanstrengung gelang es ihm zu antworten. »Caravaggio.«

»Der Maler? Deutlicher. Bitte deutlicher.«

Er wiederholte den Namen, sagte ihn noch oft, bis er einen Sturm der Hilfe entfachte.

18

Am Tisch gab Paola noch etwas Wasser in die Silberschale, verrührte es mit der Seifenschmiere und ging zu Michele hinüber, dabei wirbelte sie mit dem kleinen Drahtbesen die glibberige Masse auf und zauberte blasige Schaumhütchen. Er saß im Lehnstuhl nahe dem Fenster, ein großes Tuch um den Hals gebunden, sah er Paola wie ein Verurteilter an. »Muss das sein?« Das hängende Unterlid des linken Auges bestärkte noch den klagenden Ausdruck.

»Bitte fang nicht wieder von vorn an.« Sie runzelte die Stirn. »Wir waren uns vorhin einig, dass die Rasur nötig ist. Zum einen hat es der Arzt angeordnet. Denn solange die Haut auf den Narben im Gesicht noch so empfindlich ist, verletzen dich lange Bartstoppeln. Und im Übrigen wollen wir dich für das Treffen nachher mit der Marchesa etwas herrichten.«

»Wir?« Michele lachte, und weil der linke Mundwinkel immer noch nicht zu bewegen war und unten blieb, wirkte sein Lachen auf einen Fremden stets wie Hohn. Paola konnte sehr wohl unterscheiden, das wusste er, und jetzt wollte er den bitteren Spott. »Du bestimmst über mich, und ich soll zustimmen. Mein Gott, was ist aus mir geworden! Ein Weiberknecht.«

Sie klatschte ihm eine Handvoll Seifenschaum auf die Wange und beugte sich über sein Gesicht. »Das Weib ist gut zu dir. Also beklag dich nicht.« Michele streichelte ihre Brüste. »Wenn du mich schon wie ein Kind behandelst, dann lass mich auch an dir trinken …« Die Heiterkeit brach, seine Miene veränderte sich. »Ich wünsche mir so sehr, dass ich dir wieder genug sein kann.«

»Was redest du?« Mit der Fingerkuppe verspielte sie weißen Schaum zwischen den flammenden Furchen auf Wange und Kinn, besonders behutsam bedachte sie die Partie zwischen Nase und Oberlippe. »Beklage ich mich? Du bist mir stark genug. Und von Woche zu Woche bewegst du dich leichter. Du wirst sehen, bald werden auch beim Atmen die Schmerzen weniger.«

»Ich bin es so leid.«

»Geduld, Lieber. Freu dich, dass du schon wieder malen kannst. Für alles andere braucht es eben Geduld.« Der Schaum reichte nicht, und erneut ließ sie den Besen in der Schale tanzen. »Wenn ich daran denke, in welchem Zustand du warst, und dich jetzt sehe. Da können wir nur dankbar sein.«

Nachdem Michele so furchtbar zugerichtet in den Palazzo gebracht worden war, hatte der Leibarzt der Familie den besten Chirurgen Neapels hinzuziehen müssen. Beinah alle Rippen waren gebrochen, der Leib unförmig angeschwollen. Gemeinsam kämpften die Mediziner wochenlang um das Leben des Patienten und hatten letztendlich gesiegt. Größere Sorge noch als die tiefen Fleischwunden an Brust und Hals bereiteten ihnen die Gesichtsverletzungen. Die aufgetrennte Oberlippe konnte der Chirurg mit vier Stichen nähen. Auch den tiefen Schnitt in der linken Stirnhälfte vermochte er rasch zu schließen, doch darunter war der Nerv verletzt. Und nur mit Glück und sorgsamer Massage würde Michele irgendwann sein Mienenspiel wieder ganz beherrschen können. Diese Aufgabe hatte Paola sofort übernommen, als sie, gut einen Monat nach dem mörderischen Überfall, mit der Marchesa in Neapel eingetroffen war.

»Und jetzt sagst du kein Wort mehr!« Eine Drohung mit dem blanken Messer. »Sonst … Na, du weißt schon.« Damit setzte sie die Klinge unterhalb der Nase an, schabte behutsam die Bartstoppeln rechts und links der Narbe ab, tupfte gleich mit einem weichen Tuch nach. »Wie wird das sein, wenn wir uns wieder richtig küssen können! Du mit deiner schönen Narbe auf meiner schönen Narbe …«

»Wie anrührend.« Er seufzte übertrieben. »In jedem Fall haben wir Grund, uns gegenseitig zu schminken.«

»Mach dich nur lustig über mich.« Mit energischem Druck bog sie sein Gesicht zur Seite. »Lang genug hab ich allein unter meiner Narbe gelitten. Aber damit ist es jetzt ein für alle Mal vorbei. Nein, du hältst den Mund.« Sie setzte unter dem Ohr an und arbeitete sich langsam über die Wange vor.

Gedeckt war im Garten. Das Lachen von Fabrizio tönte bis zum Haus herüber. »Sein Gemüt möchte ich haben«, flüsterte Michele und nickte Paola zu. »Solch einem strahlenden Menschen gelingt einfach alles. Beneidenswert.«

Sie drückte seinen Arm. »Dafür kannst du etwas, das keiner kann. Also sei zufrieden.«

Der Juni verwöhnte das Auge. Rund um den Pavillon standen die Rosen in voller Blüte. Eine Pracht aus Rot und Weiß. Die Marchesa ruhte im hochlehnigen Korbsessel. Den Pokal mit gepresstem Orangensaft in beiden Händen, lauschte sie leicht amüsiert den unglaublichen Geschichten ihres Sohnes.

Fabrizio unterbrach sich, als Michele den Tisch erreichte. »Milchbruder! Du kommst gerade noch rechtzeitig. Mutter hat das Gebäck schon fast aufgegessen. Nur ein Mandelkringel ist noch übrig.«

»Schäm dich.« Costanza warnte ihn mit erhobenem Finger.

Gleich entschuldigte sich Paola für die Verspätung und setzte hinzu: »Pflege und Umziehen haben länger gedauert, als ich dachte.«

»Das ist nur zu verständlich.« Costanza wies auf die Plätze ihr gegenüber. »Michele dorthin. Und du, mein Kind, bleibst bei uns. Nein, keine Bescheidenheit. Was ich unserem Maler zu berichten habe, betrifft letztlich auch dich. Also nimm Platz.«

Sie forderte ihre Gäste auf, sich ungeniert vom Saft und dem Gebäck zu nehmen. Lange sah sie Michele an. »Erlaubst du, dass ich offen mit dir spreche? Und versprich mir, nicht bei dem ersten vielleicht nur unglücklich gewählten Wort in Rage zu geraten.«

Bin ich so gefährlich? Michele bedeckte mit der Hand den hängenden Mundwinkel und lächelte. »Ich wollte Euch nie mit Absicht kränken.«

»Welch überraschend galanter Beginn.« Die Marchesa schenkte ihm ein Lächeln zurück. »Dann will ich gleich zur Sache kommen.« Sie nahm noch einen Schluck und stellte den Pokal zurück. »Nach der Verkettung zahlreicher Ereignisse – lasst sie mich als Unglücke bezeichnen –, die dich bis in den Kerker von Malta und letztlich fast in den Tod gebracht haben, scheint sich nun endlich das Glück durchzusetzen.«

Michele verspürte einen leichten Stoß gegen das Schienbein, blickte kurz zur Seite und sah die Aufregung in Paolas Augen. Sie weiß es schon, dachte er, dieses Weib weiß mehr und hat mich nicht eingeweiht.

»Als Erbin meines viel zu früh verstorbenen Bruders habe ich in Rom nicht nur die Verwaltung des Palazzo Colonna übernommen, sondern bin auch – mehr oder weniger freiwillig – gezwungen, einige seiner gesellschaftlichen Verbindungen weiterzupflegen. Natürlich gehören vor allem etliche Würdenträger aus dem Kardinalskollegium dazu. Kardinal del Monte ...«

Michele zerbrach der Mandelkringel zwischen den Fingern, die Krümel sprangen auf sein Wams, die Hose, fielen zu Boden.

»Ich sehe, ich langweile dich nicht«, bemerkte die Marchesa sanft und setzte hinzu. »Dein Entdecker und Mäzen hat sich ganz intensiv nach dir erkundigt, leider konnte ich ihm nichts Erfreuliches über dein Schicksal berichten.«

»Es war dumm von mir, ihn zu verlassen. Seine Freundschaft hätte ich nicht einfach wegwerfen dürfen.«

»Ach, lieber Freund, so viele Hände sind dir gereicht worden, und du hast sie nicht genommen. Doch es gibt eben auch für dich Menschen, die unerschütterlich in ihrer Zuneigung sind. Und del Monte gehört dazu. Er meldete sich schon einige Tage nach unserer Begegnung und teilte mir mit, dass er Kardinal Gonzaga für dich wachgerüttelt habe. Gonzaga steht Kardinal Scipio Borghese, das ist der Neffe des Heiligen Vaters, sehr nahe und ist wie auch er ein begeisterter Kunstsammler.«

»Mutter!«, rief Fabrizio scheinbar verzweifelt und hielt sich die Ohren zu. »Verzeih. Ich hasse dieses Wer-kennt-wen- und Der-kenntden-Spiel. Nur der alte Kammerherr Carlo in Rom kann für seine Tischordnungen mit so vielen Namen etwas anfangen.«

Die Mutter nahm die Unterbrechung mit Humor. »Mein armer Admiral. Ich hoffe, die viele frische Luft hat dir nicht wirklich geschadet. Wie, glaubst du, bist du an die Spitze der maltesischen Flotte gelangt?«

»Touché.« Der Sohn streckte beide Hände lachend in die Luft. »Ich beuge das Knie vor der Klügeren.«

Gelassen nahm Costanza den Faden wieder auf. »Also, jener Kardinal Gonzaga hat durch Kardinal Scipio Borghese ein Gnadengesuch bei Papst Paul V. eingereicht. Und ich habe gestern einen Zwischenbericht von Gonzaga erhalten, in dem er mir ankündigt, dass der Landesverweis gegen dich so gut wie sicher aufgehoben wird.«

Der schwarze Vorhang teilte sich. Helligkeit flutete. Michele presste beide Hände vors Gesicht, wiegte den Oberkörper vor und zurück. Erst nach tiefem Atemholen zeigte er sich wieder der Marchesa. »Ich darf zurück?« Seine Stimme bebte. »Wann, Herrin?«

»Bald … Doch ich denke, nicht vor meiner Abreise nach Rom Anfang Juli. Ganz gewiss aber wird die Bestätigung bis Mitte des Monats unterzeichnet sein.«

Paola sah die Rührung des Liebsten und musste die Tränen aus den Augen wischen.

»Aber, Kind?« Costanza tätschelte ihren Arm. »Das ist eine freudige Nachricht. Und du kanntest sie doch längst.«

»Ich weiß …« Ein erlösender Schluchzer, dann hatte sich die Zofe wieder in der Gewalt. »Verzeiht, es ist nur so furchtbar schön …«

»Erzähl von unserem Plan.«

Paola schenkte sich Saft nach und leerte den Pokal bis auf den Grund. »Die lange Fahrt über Land ist bei der Hitze noch zu anstrengend für dich. Deshalb sollst du hier abwarten und dann mit dem Schiff nachkommen.«

»Ihr reist Anfang Juli?« Michele faltete die Hände, öffnete sie wieder. »Das ist noch lang, bald zwei Wochen. Und dann soll ich noch warten?« Neue Unruhe pulste in ihm. »Ich könnte doch vorher …« Er fasste Fabrizio am Arm. »Welcher Hafen in der Nähe von Rom gehört nicht zum römischen Herrschaftsgebiet?«

»Porto Ercole. Die ganze Halbinsel Monte Argentario wird immer noch von den Spaniern besetzt gehalten. Aber du willst nicht ausgerechnet …?«

»Doch, will ich.« Michele besann sich, er neigte leicht den Kopf in Richtung seiner Wohltäterin. »Wenn Ihr erlaubt, möchte ich zur selben Zeit abreisen. Ich könnte doch in Porto Ercole warten. Und sobald Ihr mir Nachricht schickt, bin ich schon zwei Tage später in Rom.«

»So eilig? Nun gut.« Costanza lehnte sich zurück. »In dieser kleinen Garnisonsstadt kenne ich allerdings niemanden. Vielleicht sollte ich den Vizekönig von Neapel bitten …«

»Aber Mutter! Unser Meister ist kein Kind mehr.« Fabrizio zeigte die strahlenden Zähne. »Wenn ich Zeit hätte, würde ich ihn selbst nach Porto Ercole bringen. Die Tavernen dort sind berühmt und berüchtigt.«

Vereinzelte weiße Wolkenballen umkränzten den Vesuv, sonst spannte sich über Küste und Bucht ein tiefblauer Himmel. In der Stadt war die Julihitze noch erdrückend gewesen, hier draußen auf dem fruchtbaren, sanft ansteigenden Vorland des Vulkans aber ging ein Wind, und Michele fiel das Atmen endlich leichter. Er saß neben Paola im halb offenen Zweispänner. »So lasse ich mir einen Ausflug gefallen.« Er räkelte sich und rückte enger noch an ihre Schulter. Gemächlich rollte der Wagen durch Orangenhaine. Hell und Dunkel … zwischen langen Schatten blendeten immer wieder Sonnenstreifen.

»Schöner werden wir es in Rom auch nicht haben.« Paola ließ den Arm außen neben dem Schlag hin- und herschaukeln. Sie trug ihr hellblaues Kleid und in gleicher Farbe eine luftige Haube mit bis in den Rücken hängender Schleife.

Der Nachmittag war ein Geschenk der Marchesa. »Nehmt meinen Wagen«, hatte sie ihrer Zofe verordnet. »Keine Widerworte, mein Kind. Der Kutscher kann euch zum Strand oder irgendwohin ins Grüne fahren. Am besten verabschiedet ihr euch heute schon. In aller Ruhe. Morgen früh, wenn er aufs Schiff muss, seid ihr sicher nicht einen Moment allein.«

»Sorgt Euch nicht, Herrin, ich werde nicht weinen. Ich sehe ihn ja bald schon wieder.«

Costanza war ernst geworden. »Wie es in Rom weitergeht, werden wir dann sehen. Nun aber nimm deinen Maler und genieß die freien

Stunden.« Mit einem Klaps auf die Schulter hatte sie ihrer Zofe die Richtung zur Tür gewiesen.

Hinter einem Pinienwäldchen dehnten sich rechts von ihnen die bunt-grünen Gemüsegärten der Bauern. »Lass uns ein wenig herumspazieren«, schlug sie vor und bat den Kutscher zu halten.

Lange schlenderten sie schweigend durch Bohnen- und Gurkenfelder. Um Micheles Narben vor der Sonne zu schützen, hatte Paola darauf bestanden, dass er den breitkrempigen Strohhut aufsetzte. Außerdem hatte sie vorsichtshalber ein kleines Fläschchen mit Olivenöl in die Kleidertasche gesteckt. In einem der nächsten Gärten bogen sich die Sträucher unter der Last tiefroter Früchte. »Liebesäpfel«, flüsterte sie vor sich hin. Michele widersprach. »Sie heißen Goldene Äpfel.«

»Sei nicht so … Man kann auch Liebesäpfel dazu sagen.« Sie brach eine Frucht und reichte sie ihm. »Magst du?«

Michele führte sie zum Mund, wollte hineinbeißen, versuchte es und zuckte gleich zusammen. »Verflucht! Meine Lippe. Ich bekomme den Mund nicht weit genug auf.«

»Soll ich dir ein Stück abbeißen?«

»Untersteh dich!«, schimpfte er. »So weit kommt es noch, dass du mir das Essen vorkaust. Ich verzichte.« Er ging schneller.

»Ich hab's nicht böse gemeint.« Paola ging ihm nach. Nur jetzt keinen Streit, flehte sie stumm und warf die Frucht beiseite. »Hast du dich verletzt?«

Michele prüfte die Oberlippe. »Nein. Kein Blut.« Unvermittelt nahm er ihre Hand. »Ich weiß, du meinst es nur gut.«

Er hatte sich entschuldigt! Völlig überrascht von diesem seltenen Ereignis, vergaß Paola, etwas zu entgegnen.

Am Rand eines abgeernteten Feldes blieb er stehen. Mit der Fußspitze schabte er in den zurückgelassenen, zum Teil schon halb verwelkten Blüten. »Roter und auch gelber Mohn. Zusammen müssen sie ein schönes Bild abgegeben haben.« Nachdenklich deutete er auf den Acker. »Die Frucht deines Leibes«, murmelte er schließlich.

»Wie kommst du jetzt darauf?«, erkundigte sie sich behutsam.

»Die dunkelbraune Erde da. Irgendwie fiel mir bei dem Anblick ein, was ich als Erstes in Rom malen werde.«

Nur nicht fragen. Paola lächelte und wartete. Endlich schob er den

Sonnenhut etwas weiter in den Nacken. »Weißt du noch, wie wir damals in Mailand von Kirche zu Kirche gezogen sind? Und versucht haben, zu jedem Bild die richtige Bibelstelle auswendig herzusagen?« Er wartete nicht auf die Antwort. »Jetzt drehe ich es um.« Mit einem Mal schwang jungenhafter Schalk in seiner Stimme. »Erst der Text. Aber ich fange mit dem zweiten Vers an, und du sagst den ersten. Also: ›Da sie aber ihn sah, erschrak sie über seine Rede und gedachte: Welch ein Gruß ist das?‹«

Paola wusste sofort, wer gemeint war und um welche Situation es sich handelte. Weil sie aber Micheles weiche Stimmung hinauszögern wollte, spielte sie die verschämt Überraschte, ließ sich auf einem Stein nieder und senkte leicht den Kopf.

»Das ist es. Bleib so in dieser Haltung!« Michele trat mit den Sandalen die Ackererde fest. Erst nachdem er ein großes Rechteck geglättet hatte, erkundigte sich Paola: »Willst du den Vers gar nicht mehr hören?«

»Wieso? Doch ja.«

»›Gegrüßet seist du …‹«

»Genau das Bild werde ich wieder malen. Die Verkündigung. Nur mit einem anderen Modell. Warte noch.« Er nahm einen Stock und entwarf in schnellen Strichen den hereinschwebenden Engel. »Siehst du seine schönen Schwingen?«

Diese Frage? Sie erinnerte Paola an den Garten in Caravaggio. Dort hatte er schon einmal für sie einen Engel in die Erde gemalt, damals fehlte die Farbe. Ohne ihre Haltung zu verändern, deutete sie auf die Mohnblätter. »Du könntest sie mit den gelben auslegen.«

Er kniete sich zu ihr. »Dieses Mal sollst du meine Maria sein.«

»Sag das nicht.« Sie strich behutsam über die Narbe an seiner Stirn. »Für ein Kind bin ich inzwischen zu alt.«

»Dann male ich dich eben jünger.« Er lachte, und obwohl der linke Mundwinkel nach unten hing, wusste sie, dass sein Lachen von Herzen kam.

Die Feluke pflügte durchs Wasser. Michele stand vorn am Bug, und trotz des Sonnenhutes beschattete er die Augen mit der Hand. Vor ihm öffnete sich die Bucht der Halbinsel Monte Argentario. Das

Licht der Abendsonne ließ die Festung oben auf dem Hügel erglühen, und unten in Porto Ercole lag schon Schatten über den Dächern und Türmen. Der vorletzte Schritt, dachte er und seufzte. Mit dem nächsten bin ich wieder in Rom.

»Großer Meister?«

Michele wandte den Kopf.

Das Grinsen im verschwitzten Gesicht verbreiterte sich. »Seid Ihr zufrieden mit Eurem Kapitän?«

»Sehr. Danke, Ramón.«

»Nur zwei Tage von Neapel bis hier rauf. Das macht mir und meiner Esmeralda so schnell keiner nach. So schlechte Seefahrer, wie die Franzosen behaupten, sind wir Spanier gar nicht.« Der Kapitän stellte sich neben seinen Fahrgast und stützte die Arme auf die Reling. »Und zu saufen gab's auch genug?«

Michele dachte an seinen schweren Kopf am Morgen. »Mehr als genug.«

»Will ich wohl meinen. Und alles ist im Preis drin.« Eine Weile beobachtete der untersetzte Mann sonderbar interessiert die Möwen über ihnen. »Und Ihr sagt, dass Eure Gemälde berühmt sind?«

»Hab ich das?« Michele gab sich erstaunt.

»Mein ich doch. Letzte Nacht beim Branntwein, da habt Ihr erzählt, wie viele Kardinäle sich in Rom Eure Bilder aufhängen. Sogar der Heilige Vater selbst.«

Die Bewunderung schmeichelte. »Schnaps löst nun mal die Zunge. Also zugegeben, es entspricht der Wahrheit.«

»Das gefällt mir.« Ramón wischte sich den Schweiß vom Nacken. »Ich dachte schon in Neapel, das muss ein ganz besonderer Mann sein, wenn er von so einer feinen Kutsche zum Schiff gebracht wird. Und sogar eine Reisetruhe mit Schlössern. Ich hab mir gleich gedacht: Der Mann gefällt mir.« Er nickte anerkennend. »Und in den drei Kisten? Da sind solche Bilder drin?«

»Ich hab sie letztes und dieses Jahr gemalt.«

»Ihr müsst schon entschuldigen, ich versteh nichts davon, aber was ist auf Bildern drauf, die sich, sagen wir mal, ein Pfaffe … verzeiht … so ein Kardinal kaufen will?«

»Ganz unterschiedlich.« Michele drehte sich um, schob den Sonnenhut etwas aus der Stirn und wies zu seinem mit einer Plane abgedeckten Gepäck in der Schiffsmitte. »Da drüben hab ich eines von der heiligen Ursula, eins von Johannes dem Täufer und ein Gemälde, auf dem David den Kopf des Goliath hochhält.«

»Ich verstehe. Fromme Bilder verkaufen sich also gut?«

»Und ob.« Michele lachte. »Ich kann sehr zufrieden sein.«

»Das freut mich.« Der Kapitän spuckte ins Wasser. »Hauptsache, das Geschäft blüht. Entschuldigt mich. Ich muss ans Ruder.« Schon unterwegs zum Heck, ergänzte er: »Bei der spanischen Garnison hier herrschen strenge Sitten, da darf beim Anlegen nichts danebengehen.« Er wandte sich noch einmal um. »Und wenn die Zöllner gleich auftauchen, bleibt Ihr einfach bei Eurem Gepäck. Ich regle alles, und dann schicke ich sie zu Euch. Haltet nur den Geleitbrief von Neapel bereit.«

Der Hafenmeister winkte die Esmeralda zu ihrer Anlegestelle, ohne Schwierigkeiten ging sie längsseits, und die Ankerkette rasselte. Kaum war das Fallreep zum Quai gelegt, als zwei Bewaffnete an Bord kamen. Der Kapitän begrüßte sie in schnellem Spanisch, lachte mit ihnen, nahm einen sogar am Arm und führte sie palavernd auf die andere Seite des Schiffes. Michele sah ihnen nach. Dieser Ramón! Was redet er von Strenge? Besonders viel Respekt scheint er vor dem spanischen Zoll nicht zu haben.

Das Gelächter nahm zu. Ein sonderbar langes Händeschütteln folgte. Und nach gegenseitigem Schulterklopfen kamen die Bewaffneten zu Michele hinüber.

»Señor? Eure Papiere?«

Michele überreichte den Geleitbrief. Ohne zu lesen, steckte ihn der Bewaffnete in seine Jackentasche.

»Aber ich benötige den Ausweis …«

»Schweigt. Nehmt den Hut ab!«

Er war sein Schutz, nicht allein vor der Sonne, mehr noch fürchtete Michele das Zurückschrecken Fremder vor seinem Anblick.

»Wird's bald!«

Er gehorchte. Wenig überrascht, betrachteten beide Zöllner sein entstelltes Gesicht, dann, wie verabredet, entfernten sie sich einige Schritte und flüsterten miteinander.

Gefahr. Michele schluckte, benetzte die Unterlippe. Aber wieso? Er suchte nach dem Kapitän. Der stand mit dem Rücken zu ihm und gab seinen Matrosen Anweisungen. Ramón wollte doch alles regeln?

Die Bewaffneten traten wieder näher, bauten sich rechts und links von ihm auf. »Wir müssen Euch bitten mitzukommen.«

»Aber ich bin Michelangelo Caravaggio …«

»Folgt uns freiwillig. Falls Ihr Euch weigert, müssen wir Euch Fesseln anlegen.«

»Warum hört ihr mir nicht zu?« Aufsteigende Wut ließ Micheles Stimme zittern. »Verflucht, das wird euch noch bitter leid tun …«

Hart stieß ihm einer der Bewaffneten den Ellbogen in die Seite. Schmerz durchfuhr seinen immer noch wunden Brustkorb. Michele unterdrückte den Aufschrei, stöhnte nur. »Meine Papiere sind in Ordnung. Lest doch … Bitte.«

»Fälschungen gibt's genug. Seit Langem sind wir auf der Suche nach einem Betrüger mit Narbengesicht. Euer Aussehen genügt. Voran! Im Stadthaus könnt Ihr dem Hauptmann Eure Geschichte erzählen. Los jetzt!« Sie zerrten ihn über Deck.

Neben dem Fallreep stand der Kapitän und hob nur beide Arme. »So sind die spanischen Sitten hier nun mal.«

»Ein Irrtum«, rief ihm Michele zu. »Es muss eine Verwechslung sein.«

»Ganz bestimmt, Meister. Bald wird sich alles aufklären.«

»Meine Gemälde …!«

»Bleibt ruhig. Ich gebe schon Acht. Bei Ramón ist Euer Gepäck gut aufgehoben.«

Sie führten ihn zur Stadt. Vor den Tavernen tranken und lärmten Soldaten, Weiber kreischten und zeterten. Michele musste lange Gassentreppen hinauf- und wieder hinabsteigen, dann drängten sie ihn durch einen Torbogen zum Hintereingang eines lang gestreckten Gebäudes. »Wo … wo bringt ihr mich hin?«

»Maul halten!«

Der Flur war düster und stickig. Gestank nach Urin schlug Michele entgegen. Einer der Bewaffneten schloss eine Tür auf, der andere stieß Michele in die Zelle. »Wartet hier!« Die Riegel schnappten zu.

Nur durch ein kopfgroßes Loch hoch in der Mauer schimmerte etwas von der Abenddämmerung herein. Im Halbdunkel ertastete Michele die Strohmatte, fand einen Eimer halb gefüllt mit Wasser. Sirren dicht an seinem Ohr, gleich darauf verspürte er den Stich. Sirren, jetzt hörte er die Mücken, sie sangen hell, umschwirrten ihn. Nicht in die Narben. Er schützte sein Gesicht mit den Armen, ging auf und ab. Die Angreifer zerstachen seine Hände, den Nacken. Wild schlug er nach ihnen.

»Hör auf damit«, befahl er sich. »Das sind Mücken, mehr nicht.« Die eigene Stimme zu hören beruhigte etwas. »Gleich holen sie dich hier wieder raus.«

Er hockte sich aufs Stroh, zog das Wams aus, streifte sein Hemd so weit über den Kopf, dass es Gesicht und Hals bedeckte. Wenigstens die empfindlichen Narben an Stirn, Wangen und Lippen waren geschützt. Gegen die Stiche an Bauch und Rücken wehrte er sich nicht.

Warten. Bald roch er den Gestank nicht mehr. Die stickige Luft ermüdete. Er lehnte den Kopf auf die Knie, dämmerte vor sich hin.

Lärm draußen auf dem Flur! Michele schreckte hoch. Grölend sangen Männerstimmen, dazwischen gellten scharfe Befehle gefolgt von Schmerzensschreien. Das Schließen von Schlössern, Türen schlugen zu. Michele erhob sich. Dort wurden Betrunkene eingesperrt. Er hämmerte die Fäuste an die Tür. »Aufmachen!« Heftig trat er mit dem Fuß dagegen. »Aufmachen!«

Der Riegel schnappte auf. Im Schein der Laterne stand ein Riese. Mit dem Knüppel in der rechten Faust schlug er einen gefährlichen Takt in seine offene linke Hand. »Was schreist du hier rum?«

»Man hat mich vergessen.«

Da lachte der Kerl und tippte Michele mit dem Knüppel auf die Schulter. »Schon gut, Narbengesicht. Schlaf deinen Rausch aus. Morgen kommst du dann vor den Schnellrichter.« Nun versetzte er ihm einen härteren Schlag. »Und merk dir: Wer in meinen Arrestzellen brüllt, singt oder nur zu laut furzt, dem bringe ich Manieren bei. Sind wir uns einig?«

Michele nickte. Die Tür wurde wieder verschlossen, und er kehrte auf die Strohmatte zurück. Morgen. Unentwegt wiegte er den Oberkörper vor und zurück. Morgen klärt sich alles auf. Das hier ist nur ein böser Traum. Morgen …

Der Riegel weckte ihn. Sonne fiel durchs Mauerloch, das Strahlenbündel traf die Tür, und nachdem sie geöffnet war, erhellte es ein abgefeimtes Gesicht. Im ersten Moment dachte Michele, der Engel des Bösen wäre eingetreten, dann aber war er endgültig wach und erinnerte sich an einen der beiden Zöllner vom Vortag.

»Señor Caravaggio. Das Ganze war ein Irrtum.«

Michele raffte sich auf. »Verflucht sollt ihr sein. Dafür musste ich in diesem stinkenden Loch hier übernachten!« Er stopfte das Hemd in die Hose, reinigte sein Wams vom Stroh. »Kann ich mein Begleitschreiben zurückhaben? Es ist auch für Rom ausgestellt.«

»Ich weiß.« Der Zöllner spitzte mit Zeigefinger und Daumen sein Kinn. »Die Vorschrift sagt, dass Ihr Euren Ausweis nur vom Richter zurückerhalten könnt.«

»Dann bring mich sofort zu ihm.«

»Das wird schwer. Er kommt erst gegen Mittag. Ihr müsst hier warten.« Ehe Michele antworten konnte, setzte der Zöllner hinzu. »Allerdings ist bis dahin die Esmeralda wieder ausgelaufen.«

Die Gemälde! »Wann legt die Feluke ab?«

»Vorhin, als ich kam, hat es acht geschlagen. In zwei Stunden. Soviel ich weiß, steht Eure Reisekiste noch an Bord.«

»Lass mich raus. Ich hole mein Gepäck, dann komme ich zurück.«

Der Kerl verneinte mit dem Zeigefinger. »Kein Fremder darf sich in der Stadt ohne Ausweis aufhalten.«

»Verflucht! Was soll ich denn …? Ich muss meine Sachen haben.«

Das Opfer war so weit. Nun folgte ein vertrauliches Grinsen. »Für zwei Scudi könnte ich alle Vorschriften vergessen.« Wie zur Entschuldigung für die hohe Summe kam noch die Ergänzung. »Vom Kapitän weiß ich, dass Ihr genug Geld im Gürtel bei Euch tragt.«

»Du hinterhältiger …« Michele verschluckte die Beschimpfung, für einen Kampf war er viel zu geschwächt, außerdem durfte er seine Lage nicht noch verschlimmern. Er zeigte dem Erpresser die beiden Goldstücke, streckte gleichzeitig die Linke aus. »Nur Zug um Zug. Her mit meinem Ausweis.«

Nach dem Handel führte ihn der Zöllner bis durch den Torbogen. »Zum Hafen geht es dort die Treppengasse hinunter.«

»Du und dein sauberer Freund. Ihr steckt mit dem Kapitän unter einer Decke.«

»Nichts für ungut, Señor. Wir müssen ja auch leben.«

Michele lachte bitter. »Und ich habe mich betrügen lassen.«

Aus einer mitfühlenden Regung heraus riet ihm der Zöllner, sich zu beeilen. »Es könnte sein, dass die Esmeralda sogar früher den Anker lichtet.«

Die Gemälde. Michele war schon unterwegs. Auf alles wollte er verzichten, nur nicht auf seine Farben und Pinsel, vor allem aber nicht auf die drei Bilder. Sie waren sein Unterpfand, um in Rom gleich wieder Fuß fassen zu können. Der David mit dem Kopf des Goliath war für den Papstneffen bestimmt. Michele hastete die unregelmäßig hohen und verwitterten Steinstufen hinunter. »Scipio Borghese«, murmelte er vor sich hin. »Wenn du mich im abgeschnittenen Kopf des Riesen wiedererkennst, dann weißt du, wie reumütig ich bin.« Die beiden anderen Bilder sollte Prospero Orsi dem Kardinalskollegium anbieten. Ein Käufer würde sich sicher finden.

Er hetzte die Straße zum Hafen hinunter, den Kai entlang. Wo war die Anlegestelle? Dort …? Der Platz war leer! Vielleicht hatte er sich geirrt. Michele blickte die Mole entlang. Zu viele Schiffe ankerten hier. Er wandte sich an einen Hafenarbeiter. »Die Esmeralda? Wo liegt sie?«

»Wenn Ihr noch mitwollt, seid Ihr zu spät.« Der Mann wies mit dem Daumen zur Hafenausfahrt. »Dahinten. Gleich passiert sie die beiden Türme.«

»Wie kann ich sie aufhalten?«

»Aber, Herr! Nehmt doch das nächste Schiff nach Neapel.«

»Sag mir, gibt es eine Möglichkeit?«

Diese Fremden! Der Hafenarbeiter versuchte es nicht mehr mit Vernunft. »Am Strand.« Er deutete in nordöstliche Richtung. »Eine Zeit lang hält sich die Feluke nah an der Küste. Da ist sie noch in Rufweite. Erst wenn sie ganz aus der Lagune raus ist, geht sie weiter in die See. Weil, da geht der Wind stärker …« Er sah zur Seite, doch der Fremde lief schon den Kai entlang. »Verrückt. Bei der Hitze. Und er trägt keinen Hut. Na, mir soll's egal sein.«

Michele folgte dem Pfad durch die blühenden Sträucher und Büsche. Nur flüchtig nahm er den Duft nach Rosmarin, Majoran, nach Thymian und Minze wahr. Das Schiff, nur das Schiff! Der Kapitän musste umkehren. Oder er sollte wenigstens ein Boot mit seinem Gepäck zum Strand schicken. Das war er ihm schuldig.

Sand. Tief sanken die Stiefel ein. »Ich schaffe es«, jubelte Michele. Die Esmeralda hatte eben erst die befestigte Hafenbucht verlassen, steuerte nun auf den Strand zu.

Schwer atmend stand er im Wasser, winkte mit beiden Armen. »Hola! Hola!«

Niemand an Bord reagierte. Michele konnte die Matrosen arbeiten sehen, glaubte, den Kapitän am Ruder zu erkennen. »Hola ...!«

Die Feluke änderte den Kurs, fuhr jetzt parallel zum Ufer. Das Segel blähte sich leicht. Gemächlich glitt die Esmeralda an Michele vorbei.

»Du entkommst mir nicht!«, drohte er und lief mit. »Warte!« Auf dem noch feuchten Sand nahe dem Wasser kam er gut voran. Immer wieder schrie er den Namen des Kapitäns durch den Trichter seiner Hände.

Nach gut einer halben Stunde taumelte Michele, und immer noch versuchte er, sich bemerkbar zu machen. »Du willst mich nicht hören«, heulte er vor Wut. »Du Betrüger! Du gottverdammter Hund!« Mit allen Flüchen, die ihm einfielen, bedachte er den Spanier. Doch keine Antwort, nicht ein einziges Zeichen.

Die Sonne brannte vom Himmel. Den angeschwemmten Balken übersah er. Michele stolperte, stürzte und schabte mit dem Gesicht durch den nassen Sand. Gleich betastete er die schmerzenden Narben, sah das Blut an den Fingerkuppen. »Ist mir gleich«, schimpfte er und raffte sich wieder auf.

Das Schiff war inzwischen viel weiter entfernt. »Ich hole dich ein«, schwor er mit geballter Faust. »Und dann versenke ich dich.« Er rannte jetzt, war blind, sah nur noch das weiße Segel. Es verhöhnte ihn, hüpfte auf dem Wasser auf und nieder. »Mach dir nur deinen Spaß mit mir. Du hast mich bestohlen, Ramón, und dafür werde ich dich bestrafen.«

Michele merkte nicht, dass er langsamer wurde, er glaubte immer noch zu rennen und fühlte seine Brust zerspringen. Husten, mit dem Husten wachte er auf, und ihm wurde bewusst, dass er bis zu den Knöcheln im seichten Wasser stand, dass er den Wettlauf mit der Esmeralda längst verloren hatte.

»Ich kenne dich, Ramón. Und ich werde dich suchen ...« Michele wollte fliehen, fliehen zum weichen Sand hinüber. Mit jedem Schritt aber nahmen seine Beine an Schwere zu. Kälte kroch durch die Lenden, erstarrte den Bauch, schon wucherte Eis in seiner Brust. »Die Sonne hilft ...«, tröstete er sich und dachte an den warmen Sand, mit dem er sich zudecken wollte. Die Knie gehorchten nicht mehr, er fiel und blieb gekrümmt auf der Seite liegen. Die Zähne schlugen, mit frostigen Fingern versuchte er, sein Kinn festzuhalten. Vergeblich.

Erst nach Stunden verebbte das Zittern, die Zähne schlugen nicht mehr. Michele vernahm Rufe. Er drehte sich auf den Rücken, streckte die Hand und fand nichts, woran er sich halten konnte. Rufe. Er rieb die Augen, um klarer zu sehen. Möwen schwebten dicht über ihm, sie starrten ihn an, schrien ... Eine löste sich, stieß auf ihn nieder. »Nicht«, flehte er. »Bitte nicht.« Und dann war es doch sein Engel aus der »Natività« ...

Da begann der Sand unter ihm zu glühen, verbrannte seinen Rücken. Feuer fiel vom Himmel, die Flammen tropften auf seine Lippen, sengten die Mundhöhle aus. »Durst«, stammelte Michele. Schweiß überströmte ihn. Er leckte seine Hände. Der Schweiß füllte den Trog. Er beugte den Kopf hinein, doch seine Zunge vertrocknete.

Ein Tier stieg aus dem Meer. Mit letzter Kraft stützte er sich auf den Armen hoch. »Ich sehe es ...« Das Tier hatte sieben Häupter, und aus ihren Mäulern troff der Speichel. »So gebt mir doch ...« Michele fiel zurück.

Alles Licht in ihm zerbrach.

Und Fischer fanden den Leichnam bei Sonnenuntergang.

Epilog

Wieder in Palermo, im Herbst des Jahres 1969.

Die »Natività«, gemalt von Caravaggio, wurde in der Nacht zum 18. Oktober aus dem Oratorium der Bruderschaft San Lorenzo geraubt. Erst nachmittags entdeckten die beiden Kustodinnen den Verlust des Gemäldes und verständigten die Polizei. Sirenen. Blaulicht. In wenigen Minuten drang ein riesiges Aufgebot ins enge Hafenviertel. Bald traf auch der oberste Denkmalpfleger am Schauplatz ein …

An diesem Samstag stand Dottor Vincenzo Scuderi vor dem Altar und starrte hinauf in die Wunde, starrte auf das rissige Mauerwerk im leeren Goldrahmen. »Rausgeschnitten«, flüsterte er. »Keine Alarmanlage. Sie konnten die ›Natività‹ einfach herausschneiden und mitnehmen.« Langsam wandte er sich um. Vor seinem Blick wichen die beiden Frauen einige Schritte zurück. »Und ihr wollt nichts gehört haben?«

Maria Gelfi presste die Hand auf die Lippen, das Zittern war nicht aufzuhalten. »Was denn?«

Ihre Schwester Martha wisperte nur: »Es hat doch geregnet.«

Dottor Vincenzo Scuderi tauschte einen Blick mit dem Commissario und versicherte ihm, während sie in Richtung Ausgang schritten: »Kein Zweifel. Der erste Verdacht fällt auf die Frauen. Sind Sie meiner Meinung?«

»Wenn ich es genau betrachte …« Ein Hüsteln, verbunden mit kurzem Nicken. »… so pflichte ich Ihnen bei, Dottore. Die Nachlässigkeit der Wächterinnen hat den Raub erst möglich gemacht.« Damit kehrten die Herren zurück in den kleinen Innenhof.

Nur zögernd folgten die Frauen. Martha hielt die Hand der älteren Schwester umklammert. »Hast du's gehört? Jetzt geht es mit uns zu Ende.«

»Sei still. Und kein Wort über den Papa ...«

Mit dem Zeigefinger winkte der Dottore die Frauen näher. »Ihr Unseligen. Dieses Gemälde war das letzte Werk Caravaggios auf Sizilien. Der Meister hat es hier in diesen Mauern gemalt. Ein halbes Jahr vor seinem Tod.« Er schritt auf und ab. »Hier im Oratorium hing es seit dreihundertsechzig Jahren. Ahnt ihr auch nur, wie viele Gläubige in dieser Zeit herkamen, um das Kind, die Heilige Familie mit San Francesco und San Lorenzo anzuschauen? Dreihundertsechzig Jahre hing die ›Natività‹ hier in Ruhe und Sicherheit.« Ergriffen von seiner eigenen Rede, rang er nach Atem. »Und ihr Unseligen habt zugelassen, dass freche Diebe das Kunstwerk stehlen.«

Martha weinte an der Schulter ihrer Schwester. Maria versuchte sich zu wehren. »Wir haben abgeriegelt, wie jeden Abend.«

»Was noch zu überprüfen wäre ...«

»Verzeihen Sie, Dottore«, mischte sich der Commissario ein. »Die Täter haben das Tor aufgebrochen.«

Draußen auf der Piazza wurden Stimmen laut. Forderungen. Heftige Wortwechsel. Wenig später schlüpfte ein Agente herein, drückte gleich die Pforte wieder zu. »Die Reporter sind da.«

Gleich wurde er von seinem Vorgesetzten an der Uniformweste gepackt. »Wer hat ...? Hab ich nicht befohlen ...?«

»Muss wohl der Wirt drüben von der Bar gewesen sein. Jetzt sind alle Zeitungen vertreten. Auch das Radio. Sie verlangen eine Erklärung.«

Der Commissario blickte den obersten Denkmalpfleger an. »Haben wir eine Erklärung?«

»Wieso wir?« Ein Schritt zur Seite, und der Dottore glättete mit den Fingern die angegrauten Schläfen. »Meine Behörde ist lediglich für den Schutz der Kunstwerke zuständig, die sich im Besitz der Provincia di Palermo befinden. Das geraubte Gemälde aber gehört meines Wissens der Kirche.«

Jäh wuchs Not im Blick des Commissario. »Aber Sie können mich doch jetzt nicht allein lassen! Da draußen warten Raubtiere.«

Dünn lächelte der schlanke Herr. »Ich muss, mein Freund. Der Raub, so schrecklich und tragisch er auch für die Kunstwelt sein mag, fällt nicht in meinen Verantwortungsbereich.« Nun verstärkte sich das Lächeln. »Doch Kopf hoch. Es ist Ihr Fall. Und erste Fortschritte in der Untersuchung sind auch schon zu verzeichnen ...« Er deutete auf die Frauen. »Wer weiß, ob sie die Tat nicht unterstützt haben?«

»Nein!« Gleichzeitig hatten Maria und Martha aufgeschrien. Beide bekreuzigten sich.

Dottor Vincenzo Scuderi neigte das gepflegte Haupt zum Gruß. »Viel Glück, Commissario. Halten Sie mich über die Ermittlungen auf dem Laufenden. Guten Tag.« Er ließ sich vom Agente die Pforte öffnen und trat hinaus.

Vor der Presse schilderte er kurz das Geschehen und endete: »Alles Weitere werden die Nachforschungen der Polizei ergeben.«

»Dottore! Für die Diebe war es ein Kinderspiel, ins Oratorium einzudringen! Wie kann es sein, dass ein Kunstwerk von solchem Wert so wenig geschützt war?«

»Aber, werte Herren! Für moderne Sicherheitssysteme fehlt es der Stadt an Geld. Dennoch wissen wir von der obersten Denkmalbehörde unsere Kunstschätze sehr wohl zu schützen. Die gestohlene ›Natività‹ aber ist Eigentum der Kirche. Fragen Sie dort. Im Übrigen sei gesagt: Das Gemälde war gut bewacht, denn die beiden Kustodinnen wohnen gleich über dem Oratorium. Und solch einen Schutz genießt lange noch nicht jedes Kunstwerk in Palermo.«

»Ist das als Scherz zu verstehen?«

»Mehr habe ich im Moment nicht zu sagen. Bitte keine Fragen mehr.«

Der schwarze Alfa brüllte auf, Sirenen heulten, und geleitet von der Eskorte, verließ Dottor Vincenzo Scuderi die Piazza San Franceso.

Im Innenhof stemmte der Commissario vor den jammernden Frauen die Fäuste in die Seiten. »Aufhören. Das nutzt euch auch nichts mehr. Still.«

Sie gehorchten, sahen aus rot geweinten Augen zu ihm auf. Er dachte nach, dann wusste er den nächsten Schritt: » Habt ihr euren Vorgesetzten informiert?«

»Pater Rocco?« Martha nestelte nach ihrem Taschentuch. »Dafür war noch keine Zeit.«

»Bringt mir den Verwalter des Klosters!«, befahl er dem Agente und milderte gleich. »Bittet ihn höflich zu mir.«

Wenig später erschien Pater Rocco in Begleitung des Uniformierten. »Was musste ich hören? Wie schrecklich? Welch ein Verlust …« Er sah die beiden Frauen, bemerkte, dass sie sich gegenseitig stützten. »Aber meine Töchter? Ist euch etwas geschehen?«

»Körperlich geht es ihnen gut, Pater.« Der Commissario drängte sich dazwischen. »Ich leite die Untersuchungen. Fest steht: Es gab keine Alarmanlage. Deshalb prüfen wir die Frage, ob die beiden Kustodinnen ihre Pflichten vernachlässigt haben. Wenn ja, dann trifft sie eine erhebliche Mitschuld an dem Verbrechen. Pater, wann genau musste das Tor verschlossen werden? Wie oft am Tag und wie viele Male in der Nacht mussten sie ihren Rundgang machen? Wo befindet sich die Stechuhr? Könnten Sie mir eine Kopie der Dienstanweisung für die Wächterinnen überlassen?«

Der Franziskaner verhakte die Daumen im weißen Hüftstrick. »Ich muss Sie enttäuschen, Commissario. Es gibt keine Dienstanweisung.« Der Blick war voll unschuldiger Freundlichkeit. »Wir waren stets dankbar für die Hilfe von Maria und Martha.«

»Zu gütig«, höhnte der Commissario, riss die Mütze herunter, fuhr sich durchs Haar und setzte sie wieder auf. »Die Wächterrinnen haben so hervorragende Arbeit geleistet, dass jetzt eines der wertvollsten Bilder Siziliens verschwunden ist.«

»Das ist wahrlich ein Unglück.« Nach einem Seufzer setzte Pater Rocco hinzu: »Doch die Frauen trifft keine Schuld. Warum auch? Sie stehen nicht als Kustodinnen im Dienstverhältnis mit unserem Kloster. Es existiert kein Vertrag oder sonst eine schriftliche Vereinbarung. Ich müsste es wissen. Für die Reinigung des Oratoriums dürfen sie kostenfrei dort oben wohnen. Die Bewachung des Gemäldes haben sie freiwillig geleistet. Und dafür gebührt ihnen Dank.«

Der Commissario zerrte die oberen Knöpfe seines Hemdes auf. »Also verzichten Sie auf eine Anzeige gegen die beiden?«

»Aber, mein Sohn. Die Frauen hatten gar keinen Auftrag. Warum also sollte ich sie eines Versäumnisses beschuldigen?«

Maria eilte zum Pater hin. »Danke.« Sie küsste ihm die Hand. »Danke, Vater, Ihr seid ein gütiger Mensch.«

Mit erhobener Faust sah der Commissario zu, Zorn trieb ihm das Blut ins Gesicht. »Ein Gemälde ist gestohlen worden. Madonna …«

»Schweigen Sie!« Die scharfe Stimme in seinem Rücken ließ ihn herumfahren.

Der Abt des Klosters stand noch im Zugang und drohte dem Beamten. »Wagen Sie es nicht. In diesen Mauern wird nicht geflucht!« Schnellen Schritts betrat der resolute Mann den Innenhof. »Die Nachricht vom Verschwinden der ›Natività‹ hat mich zutiefst erschüttert. Nun verschlimmern Sie den Tag nicht noch mit Gotteslästerungen.«

»Verzeiht, Ehrwürden.« In der Stimme schwang leichte Resignation. »Ich will mich kurzfassen. Hier geht es um einen Raub in Ihrem Kloster. Stimmt das?«

»Genau genommen geschah der Einbruch im Oratorium San Lorenzo. Aber wir zählen den Andachtsraum zu unseren Gebäuden.«

Der Commissario nickte. »Wenn Sie erlauben, Ehrwürden, so möchte ich jetzt die Anzeige aufnehmen. Nur der Ordnung halber.« Bitter setzte er hinzu: »Schließlich ist Ihnen ein Gemälde im Wert von mindestens acht Milliarden Lire entwendet worden.«

Da lächelte der Abt milde. »Ich muss Sie leider enttäuschen, mein Sohn. Ich kann keine Anzeige erstatten, denn mir ist nichts gestohlen worden. Caravaggio hat das Bild der Bruderschaft von San Lorenzo überlassen. Sie ist die alleinige Eigentümerin.«

Mit Niederlagen inzwischen vertraut, nahm der Commissario diese Auskunft gefasst hin. »Also gut. Wo finde ich den Prior der Bruderschaft? Würdet Ihr ihn herbitten.«

Unaufgefordert trat Pater Rocco hinzu, nach einem stummen Blickwechsel mit seinem Oberen räusperte er sich und erklärte: »Der Vater Prior ist schon lange tot. Unsere Brüder von San Lorenzo … Also sie sind nach und nach verstorben. Der letzte vor einigen Jahren.«

Lange starrte der Commissario in den Himmel, dann zeigte er hinauf. »Ihr meint ... Alle sind dort oben? Es gibt also keinen Eigentümer der ›Natività‹?«

»Das wollten wir Ihnen sagen.« Der Abt hob leicht die Hand. »Ich möchte festhalten: Die Aufsicht über das Gemälde oblag einzig der Bruderschaft San Lorenzo. Mein Kloster hat sich keinerlei Versäumnis vorzuwerfen. Wir wünschen einen guten Tag.« Damit entschwand er mit seinem Verwalter.

Der Commissario schritt wie ein Gefangener im Innenhof von einer Wand zur anderen. »Por...« Nein, nicht fluchen. »O großer Gott, warum bestrafst du mich?«

Maria wagte es, in seinen Weg zu treten. »Was ist mit uns?«

»Verschwindet.«

»Danke, Commissario. Tausend Dank.«

Martha knickste vor ihm. »Auch Sie sind ein guter Mensch.«

»Raus«, fauchte er. Doch gleich stürzte er ihnen nach. »Kein Wort zur Presse. Wehe euch! Sonst lasse ich euch einsperren.«

»Wir gehen durchs Kloster«, versicherte Maria. »Da treffen wir auf keinen.« Eilig zog sie die Schwester hinter sich her.

Der Commissario sah den Agente am Tor an. »Und ich? Ich werde wohl dort hinaus müssen.« Er presste die Fäuste vors Kinn. »O Gott«, haderte er, »erst lässt du mich zu einer Entführung rufen, dann war es ein Gemälde von Michelangelo, daraus wurde eins von Caravaggio. Du gabst mir zwei verdächtige Wächterinnen, doch die waren in Wahrheit keine Wächterinnen. Und das Gemälde? Der Soprintendente ist nicht verantwortlich. Der Abt des Klosters nicht. Das Bild gehört niemandem. Was bleibt, ist die Meldung der beiden Weiber. Eine Anzeige gegen Unbekannt. Der muss ich nachgehen, muss mich also auf die Suche nach der ›Natività‹ begeben.«

Ein müder Wink, und das Tor wurde geöffnet. Blitzlichter. Fragen. Der Tapfere versuchte zu antworten, umkleidete das Nichts, so gut er es vermochte. »Die Umstände sind schuld ...«

»Commissario! Sollten die Gesetze nicht verschärft werden?«

»Sehr richtig.«

»Ein Gesetz muss her, das die Kirchen verpflichtet, ihre Kunstschätze besser zu bewachen.«

»Da stimme ich zu.«

»Eine Sonderkommission soll eingerichtet werden. Zum Schutz unserer Gemälde.«

»Sehr richtig.«

Am späten Nachmittag des 18. Oktober öffnete Tonio die Flügeltür des Holzschuppens. Nach zweimaligen Versuchen sprang der Motor an, und aus der blauen Qualmwolke stieß der dreirädrige Lieferwagen rückwärts ins Freie. »Lass das Tor offen«, befahl Francesco Marino Mannoia. »Steig ein. Wir sind schon spät dran.«

Kaum saß der Helfer auf dem Beifahrersitz, schaukelte die Ape über die holprige Einfahrt und fädelte sich in Richtung Osten auf der Via Archirafi ein.

Die Zigarette klebte Mannoia im rechten Mundwinkel. »Du trägst den Teppich. Sonst nichts. Ich rede. Hast du mich verstanden?«

»Und wenn der ehrenwerte Signor Venengo mich etwas fragt?«

»Dann gibst du Antwort. Aber ich rede.«

Während der Weiterfahrt sagten die Diebe nichts mehr. Beide hatten schlecht geschlafen, und der Gedanke an den Besuch bei Pietro Venengo verursachte beiden Übelkeit. Das geraubte Gemälde war beschädigt. An einigen Stellen war Farbe abgeplatzt oder der Firnis gebrochen. Außerdem hatte die Fahrstuhltür ein Stück der linken oberen Ecke abgerissen. Da der Bruder des Paten sich geweigert hatte, die »Natività« in diesem Zustand der Familie auszuhändigen, mussten die Diebe nun selbst in die Höhle des Löwen.

Geübt wurden sie von den Leibwächtern nach Waffen abgetastet. Einer deutete auf die Teppichrolle. »Was ist da drin?«

»Ein Geschenk für den Paten.«

»Aufmachen.«

»Es ist zerbrechlich. Ich warne dich.«

»Wird's bald.«

Für einen Moment glitzerten Mannoias Augen, dann streckte er ihm den Zeigefinger bis dicht unter die Nase. »Mach es selbst. Aber auf deine Verantwortung.«

»Her damit.« Der Leibwächter riss Tonio die Last von der Schulter, hockte sich nieder, er überzeugte sich und rollte Bild und Teppich wieder zusammen. »In Ordnung.«

»Idiot«, zischte Mannoia und seufzte bedeutungsschwer. »Du weißt nicht, was du getan hast.«

»Rein mit euch.« Der andere Leibwächter hielt ihnen die Tür auf.

Ein weiträumiges Büro, Ledersessel um einen Glastisch, eine Zimmerpalme stand nahe dem Fenster. Pietro Venengo, ein etwas beleibter, unauffälliger Herr, saß hinter dem Schreibtisch und telefonierte. Beim Eintreten der Männer beendete er das Gespräch und lehnte sich zurück. »Ich habe es schon im Radio gehört. Meinen Glückwunsch.« Er nahm die schwarz geränderte Hornbrille ab. »Wollt ihr etwas trinken?«

»Danke.« Mannoia lächelte verkrampft. »Ein Schluck wäre jetzt gut.«

Der Pate klatschte in die Hände, gleich erschien einer der Leibwächter. »Bring Grappa und Gläser. Und bitte doch Signor Hipoldite zu uns.«

Venengo erhob sich, straffte die Weste über dem Bauch. »Nun zeigt es mir. Ich habe die ›Natività‹ nur einmal kurz im Oratorium gesehen und kann mich an Einzelheiten kaum erinnern.«

Tonio entrollte den Teppich. Er rückte noch an der Leinwand, als sich die Nebentür öffnete und ein schmächtiger Mann mit grauem, gelocktem Haar eilig hereinkam und ohne Zögern auf das Bild zustürzte. »Es ist wahr. Dio grazie. Ich wagte nicht, daran zu glauben.« Er beugte sich über das Gemälde. Sein Lachen erstarb, jede Heiterkeit wich. »Aber ...?« Er blickte sich nach dem Paten um. »Sieh doch, Pietro. Es ist geschändet.«

In ungeahnter Geschmeidigkeit war Venengo neben ihm. Er setzte die Brille auf, sah nicht lange hin, dann griff sein Blick nach den Dieben. Eis klirrte in der Stimme. »Habt ihr mir etwas zu sagen?«

Mannoia schob sich vor seinen Helfer. »Ich verstehe nicht?«

»Willst du mich beleidigen?« Der Pate deutete auf die »Natività«. »Wer hat das Kunstwerk so zugerichtet?«

»Um Vergebung, ich weiß nicht, wovon Ihr sprecht.« Mannoia wagte nun selbst einen Blick und fuhr entsetzt zurück. »Dieser verdammte Idiot«, jammerte er und schlug sich die Faust gegen die Stirn. »Ich habe ihn gewarnt. Aber er wollte nicht hören.«

»Wen meinst du?«

Mannoia nickte zum Glastisch hinüber. Dort füllte der Leibwächter gerade die Grappagläser. »Ich schwöre es, das Bild war unversehrt. Bis vorhin. Da hat er … als er den Teppich kontrolliert hat. Er hat ihn ausgerollt und dann viel zu eng wieder eingerollt …«

Der Beschuldigte stellte mit einem Knall die Flasche ab. »Wag es nicht. Du Bastard willst mir was in die Schuhe schieben.«

Mühelos zahlte Mannoia in gleicher Lautstärke zurück. »Wir haben das Gemälde wie ein rohes Ei behandelt. Deinetwegen sind die Risse entstanden.«

Ein Griff ins Jackett, und der Leibwächter hatte seine Pistole in der Faust. »Wiederhol es, und du sagst nie mehr etwas.«

»Aufhören!« Der Pate schnippte mit den Fingern. »Weg mit der Waffe.« Er wandte sich Mannoia zu. »Und wieso fehlt eine Ecke der Leinwand?«

»Das war … die muss wohl vorher schon lose gewesen sein. Als wir das Bild raustrennten, riss sie ganz ab. Hier …« Er zog das bemalte Stück aus seiner Jackentasche. »Ich hab es mitgebracht. Aber, Patron, wenn du mich fragst, dann hat dieser Kerl Schuld …«

Ohne Vorwarnung gab ihm Venengo eine Ohrfeige und kniff gleich danach in die geschlagene Wange. »Ich frage dich nicht. Also halt dein Maul.« Ein Wink bat den Gast Hipoldite näher. »Guter Freund. Kann das Bild wieder aufgearbeitet werden?«

»Möglich ist es. Allerdings braucht es dafür Zeit und Geld. Ein guter Restaurator sollte in der Lage sein …«

»Kennst du einen tüchtigen?«

»Den besten. In ganz Italien findest du keinen besseren.«

»Also gut. Zeit haben wir genug, und Geld spielt keine Rolle. Sprich mit dem Mann. An einen Verkauf denke ich ohnehin nicht. Die ›Natività‹ bleibt unsere Geisel und wird uns gute Dienste erweisen. Zunächst aber sollten wir ihre Spur verwischen.« Er beauftragte Hipoldite, das Bild noch am selben Tag an Rosario Ricabono zu liefern, der sollte es am folgenden Montag zu Gerlando Alberti bringen. »Bei ihm in der Fabrik ist es gut aufgehoben.«

Er trat dicht vor Mannoia hin. »Nun zu dir und deinem Helfer. Ihr seid also unschuldig?« Zwischen eingekicktem Zeige- und Mittelfinger nahm er die Nase in die Zange und drehte sie. Mannoia zischte vor Schmerz, gleich folgte wieder eine Ohrfeige. »Mein Bruder hat vorhin mit mir telefoniert. Sagt dir das genug?«

Das Blut wich dem Lügner aus dem Gesicht, er vermochte nur zu nicken.

»Dann wirst du auch mit deinem Honorar einverstanden sein.« Venengo zückte einen dicken Umschlag aus der Innentasche, entnahm mehr als die Hälfte der Scheine und überreichte Mannoia das ausgedünnte Kuvert. »Den größeren Teil investierst du sicher gern in die Restaurierung.«

»Danke, Patron.«

»Und nun dürft ihr gehen.«

Mannoia fasste es kaum. »Einfach so?«

»Nehmt es als Geschenk von mir.«

Die beiden hatten die Tür erreicht, als der Pate ihnen nachrief: »Warte noch, Mannoia. Das Stehlen von Kunstwerken ist offenbar nicht deine Stärke. Aber du scheinst nicht dumm zu sein. Ich will dir noch eine Chance geben. Hast du etwas Ordentliches gelernt?«

»Ich habe in einer Apotheke gearbeitet. Als zu viel Morphium fehlte, wurde ich rausgeworfen.«

»Du bist Chemiker?«

»Ich will nicht lügen …«

Wo ist das Bild? Wo ist die »Natività« von Caravaggio? Seit dem Raub am 18. Oktober 1969 dauert die Suche an ... Klammern wir uns an die wenigen Hinweise, selbst wenn auch davon nur wenige als gesichert gelten:

Im Jahre 1971 wurde in Palermo den unmittelbaren Nachbarn des Oratoriums, den Mönchen des Franziskanerklosters, eine Lösegeldforderung in Milliardenhöhe zugespielt. Als Beweis für die Echtheit war ein Stück bemalter Leinwand des Bildes beigefügt. Das Angebot wurde, weil unbezahlbar, ausgeschlagen. Die zu spät eingeschaltete Polizei fahndete vergebens.

1974 stand ein als Hehler in die Mafia eingeschleuster Fahndungsbeamter kurz vor dem Kauf des Bildes. Doch ehe das Geschäft abgeschlossen werden konnte, gab es Unstimmigkeiten und Misstrauen. Der mögliche Verkäufer erschien erst gar nicht am verabredeten Ort.

Im selben Jahr wurde das Gemälde der Regione di Sicilia von einem Mittelsmann der Mafia angeboten. Als Gegenleistung verlangte er eine Milderung des Paragrafen 41a, also eine Lockerung der Haftbedingungen für verurteilte Mafiosi: Aufhebung der verschärften Einzelhaft. Erlaubter Kontakt zur Außenwelt ...

Auf die Forderungen wurde nicht eingegangen.

1986 wurde Francesco Marino Mannoia wegen eines Drogendeliktes verhaftet. Zunächst schwieg er hartnäckig. Dann, im Oktober 1989, nahm Mannoia Kontakt mit dem Anti-Mafia-Anwalt Paolo Borsellino auf und bot ihm die Zusammenarbeit an. Als Kronzeuge half er der Polizei bei der Aufdeckung zahlloser Verbrechen, vor allem brachte er Licht in den Prozess gegen Giulio Andreotti und belastete den ehemaligen Ministerpräsidenten und Senator auf das Schwerste. Er selbst gestand, mehr als eintausend Kilo Heroin für seine Bosse verfeinert zu haben. Außerdem gingen siebzehn Morde auf seine Rechnung. Damals schon erwähnte er auch den Raub der »Natività«, doch dieser Hinweis versickerte im Sumpf der anderen, weit größeren Verbrechen. Kurz nach den ersten Aussagen als Informant wurden Mannoias Mutter, die Schwester und auch seine Tante auf brutalste Weise ermordet.

Am 23. Mai 1992 zerfetzte eine Bombe das Auto des Untersuchungsrichters Giovanni Falcone. Er leitete die Sonderkommission gegen das organisierte Verbrechen. Mit ihm starben seine Ehefrau und drei Leibwächter. Im selben Jahr fiel auch Paolo Borsellino einem Sprengstoffattentat zum Opfer. Zum Dank und Gedenken an diese unerschrockenen Männer wurde der Flughafen von Palermo in Falcone Borsellino Aeroporto umbenannt.

1996 berichtete Mannoia vom Raub der »Natività« aus dem Oratorium San Lorenzo. Genau schilderte er den Hergang des Einbruchs. Seiner Meinung nach sei das Bild nach vergeblichen Versuchen, es zu restaurieren, schließlich vernichtet worden.

Im selben Jahr ging der Verantwortliche für das Attentat an Falcone der Polizei ins Netz. Giovanni Brusca, einer der Anführer der Cosa Nostra. Ihm wurde die Beteiligung an mehr als hundert Morden angelastet. Auch er bot sich der Polizei als Kronzeuge an. Unter anderem äußerte er sich über das geraubte Gemälde von Caravaggio und behauptete im Gegensatz zu Mannoia: »Die ›Natività‹ lebt …« Bei den großen Zusammenkünften der Bosse werde das Gemälde gezeigt. »Das Bild ist eine Gefangene. Ich kenne den Zustand nicht, aber das Kunstwerk lebt noch …«

Im Jahre 2001 erschien in der größten Tageszeitung Palermos eine Anzeige: »Denkt daran, eine Person, so wichtig sie auch sein mag, kann durch eine andere ersetzt werden. Ein Kunstwerk, das einmal zerstört ist, aber niemals.«

Eine Drohung?

Viel zu lange schon ist die »Natività« verschwunden.

Im Jahre 2010, am 18. Juli, jährt sich der Tod von Michelangelo Merisi da Caravaggio zum vierhundertsten Mal.

Wir warten …

Zeittafel

1571
Michelangelo Merisi da Caravaggio wird als Sohn von Fermo Merisi und Lucia Aratori am 29. September in Mailand geboren. Der Vater steht als Maurer im Dienste des Marchese Francesco I. Sforza.

1584
Beginn der vierjährigen Lehrzeit bei dem Maler Simon Peterzano in Mailand.

1592
Michele zieht nach Rom und verdient sich dort seinen Lebensunterhalt zunächst mit dem Malen von Porträts und Andachtsbildern.

1593
Für neun Monate arbeitet Michele in der Werkstatt des Malers Giuseppe Cesari d'Arpino.

1595
Aufnahme in den Palazzo Madama seines Gönners Kardinal del Monte.

1602/1603
Selbstständiger Maler mit Unterstützung seines Freundes und Agenten Prospero Orsi.

1606
Flucht nach Neapel, nachdem Michele im Streit den Sohn des Hauptmanns Tomassoni getötet hat.

1607
Michele sucht Unterschlupf bei den Rittern des Johanniterordens auf Malta.

1608
Ausschluss aus dem Orden. Flucht von Malta nach Sizilien.

1609
Wieder in Neapel, wird er von den Ordensrittern aufgespürt und fast zu Tode geprügelt.

1610
Auf dem Weg nach Rom stirbt er am 18. Juli in Porto Ercole.

Tilman Röhrig

Riemenschneider

Historischer Roman. 624 Seiten. Piper Taschenbuch

Würzburg, 1492. Feierlich werden die Skulpturen von Adam und Eva vor dem Eingang der Marienkapelle enthüllt. Doch diesmal ist der Bildschnitzer Tilman Riemenschneider zu weit gegangen: Eine Bäuerin hat ihm Modell gestanden – nackt. Ein Skandal! Die Gemüter erhitzen sich. Dabei ahnt noch niemand, welch viel gewaltigeres Beben die Stadt in den nächsten Jahren erwartet, dass Reformation und Bauernkriege die bestehende Ordnung in ihren Grundfesten erschüttern werden. Bald muss auch Meister Riemenschneider um sein Leben kämpfen …

»Röhrig zeichnet nicht nur ein eindrucksvolles Bild des Künstlers Tilman Riemenschneider, sondern auch ein großartiges Panorama einer aufregenden Epoche deutscher Geschichte.«
Kölnische Rundschau

05/2366/01/L

Tilman Röhrig

Die Schatten von Sherwood

Historischer Roman. 432 Seiten. Piper Taschenbuch

Als der Wilddieb John Little Zeuge wird, wie die Schergen des Sheriffs von Nottingham sein Dorf auslöschen, flieht er mit der einzig anderen Überlebenden: seiner Adoptivtochter, der kleinen Marian. Zusammen suchen sie Schutz im Sherwood Forest, aber auch dort lauern Gefahren: Der Räuber Robin Hood greift sie auf, doch ist er nicht der schillernde Held, für den er gehalten wird …

»Wie es Tilman Röhrig gelingt, Robin Hood Gestalt werden zu lassen, ohne ihn dem archetypischen Muster des strahlenden Helden auszuliefern, macht die Qualität dieses Buches aus.«
Süddeutsche Zeitung

»Ein fesselnder Abenteuerroman.«
Kölner Stadtanzeiger

05/2473/01/R

Robert Löhr

Das Erlkönig-Manöver

Historischer Roman. 368 Seiten. Piper Taschenbuch

Im Februar 1805 setzt eine bunte Truppe im Schutz der Dunkelheit über den Rhein: Johann Wolfgang von Goethe und Friedrich Schiller, Achim von Arnim und Bettine Brentano sowie Heinrich von Kleist und Alexander von Humboldt. Ihr Auftrag: den wahren König von Frankreich aus dem französisch besetzten Mainz zu befreien. Ihr Gegner: Napoleon Bonaparte, der mächtigste Mann der Welt. Mit intelligentem Witz und fundierter Sachkenntnis beschert uns Robert Löhr einen hinreißenden historischen Roman um die Ikonen der deutschen Literatur.

»Eine Mixtur aus Fiktion und wahrer Historie, aus hochgeistigen Anspielungen und handfester Action. Unbedingt lesenswert.«
Südwestdeutscher Rundfunk

05/2437/01/L

Alexandra Guggenheim

Das Mönchsopfer

Historischer Roman. 304 Seiten. Piper Taschenbuch

Kloster Rheinau, 1709: Im Gebüsch neben der Kapelle wird die Leiche eines Mönchs entdeckt. Francesco Antonio Giorgioli, der die Fresken der Klosterkirche gestaltet, ist erschüttert vom plötzlichen Tod des lebensfrohen Klosterbruders. Warum wurde der Mönch vergiftet? Abt Gerold, der einen Skandal vermeiden will, verpflichtet den Tessiner, sich sogleich auf die Suche nach dem Mörder zu machen. Doch nicht nur der Auftrag des Klostervorstehers macht Giorgioli zu schaffen, sondern auch seine Herzensangelegenheiten: Johanna, eine verführerische junge Wirtin, fordert den Maler auf ganz spezielle Weise heraus …

»Ein spannender Klosterkrimi vor historischer Kulisse – man fängt an zu lesen und kann nicht mehr aufhören!«
Charlotte Thomas

05/2545/01/R

Agnes Imhof

Die Königin der Seidenstraße

Historischer Roman. 448 Seiten. Piper Taschenbuch

Mit ihrem Gesang bringt sie die mächtigsten Männer um den Verstand: Arib, die berühmteste Kurtisane des Orients. Doch bevor die Verführerin auf dem Höhepunkt ihrer Macht anlangt, liegt eine gefahrvolle Flucht vor ihr, die sie durch die Salzsteppen Asiens über die uralten Karawanenwege der Seidenstraße bis in den Palast des Kalifen Harun ar-Raschid nach Bagdad führt. Hier muss Arib sich schließlich entscheiden: zwischen dem leidenschaftlichen Wunsch, Rache am Mörder ihrer Familie zu nehmen – und der Liebe ihres Lebens.
Bildgewaltig erzählt Agnes Imhof die wahre Geschichte Aribs und entführt in eine sinnliche Welt voller Luxus und Ausschweifung, voller Intrigen und Hass.

»Die große Verführung. Sex and the City im Orient. Ein farbenprächtiger Roman über Bagdads Schickeria.«
Freundin

05/2610/01/L

Sabrina Capitani

Das Spiel der Gauklerin

Historischer Roman. 416 Seiten. Piper Taschenbuch

Die fahrende Spielfrau Pauline Schwan hat ein schlechtes Jahr hinter sich. Die Leipziger Neujahrsmesse 1573/74 ist ihre letzte Chance, einigermaßen unbeschadet den Winter zu überstehen. Wird es Pauline gelingen, einen Platz als Hausmusikerin zu ergattern? Doch in der wohlhabenden Stadt überschlagen sich schon bald die Ereignisse: Zwei Bürgerkinder werden entführt, und Paulines Freund Jacobus, Besitzer einer fahrenden Wunderkammer, gerät in Verdacht. Dann wird auch noch eine Harfenhure grausam ermordet. Vor dem Hintergrund einer religiösen Intrige gerät Pauline in große Gefahr.

05/2599/01/R